国家社科基金
后期资助项目

中国现当代作家与书法文化

Modern Chinese Writers and Culture of Calligraphy

李继凯　孙晓涛　李徽昭　著

中国社会科学出版社

图书在版编目(CIP)数据

中国现当代作家与书法文化/李继凯,孙晓涛,李徽昭著. —北京:中国社会科学出版社,2021.6
ISBN 978-7-5203-8347-9

Ⅰ.①中… Ⅱ.①李…②孙…③李… Ⅲ.①作家—关系—书法—文化研究—中国—现代②作家—关系—书法—文化研究—中国—当代 Ⅳ.①I206.6②J292.1

中国版本图书馆 CIP 数据核字(2021)第 073174 号

出 版 人	赵剑英
责任编辑	郭晓鸿
特约编辑	杜若佳
责任校对	师敏革
责任印制	王 超

出　　版	中国社会科学出版社
社　　址	北京鼓楼西大街甲 158 号
邮　　编	100720
网　　址	http://www.csspw.cn
发 行 部	010-84083685
门 市 部	010-84029450
经　　销	新华书店及其他书店

印　　刷	北京君升印刷有限公司
装　　订	廊坊市广阳区广增装订厂
版　　次	2021 年 6 月第 1 版
印　　次	2021 年 6 月第 1 次印刷

开　　本	710×1000　1/16
印　　张	32.25
插　　页	2
字　　数	565 千字
定　　价	168.00 元

凡购买中国社会科学出版社图书,如有质量问题请与本社营销中心联系调换
电话:010-84083683
版权所有　侵权必究

国家社科基金后期资助项目
出 版 说 明

  后期资助项目是国家社科基金设立的一类重要项目，旨在鼓励广大社科研究者潜心治学，支持基础研究多出优秀成果。它是经过严格评审，从接近完成的科研成果中遴选立项的。为扩大后期资助项目的影响，更好地推动学术发展，促进成果转化，全国哲学社会科学规划办公室按照"统一设计、统一标识、统一版式、形成系列"的总体要求，组织出版国家社科基金后期资助项目成果。

全国哲学社会科学规划办公室

作者题记

　　作家最擅长做的事就是书写，对其书写行为（包括文学手稿书写、书法文本书写等）进行交叉研究、综合研究确实很有必要。目前，学术界对中国现当代作家与书法文化关联性（包括局限性）的深入研究，在国内外都很少见，特别是具有整体性、系统性的专题研究几乎是一个空白。本书意在对这一学术空白进行一些填补，尽管这方面的全面而又深入的研究仍处于初探阶段，但对相关研究领域的积极拓展，无疑具有重要的学术价值和研究意义。

　　我们不仅要关注作家的文学，也要关注作家的书法；不仅要关注书家的书法，也要关注书家的文学；不仅要关注书文的联通，还要关注相关研究本身。

　　向那些同时在文学与书法创作上取得突出业绩的作家文人致敬！

　　向那些理解和支持研究作家书写行为及书法文化的学者致敬！

目 录

引言　文心铸魂与翰墨传神 …………………………………………（1）

第一章　中国现当代作家与书法文化的结缘 ………………………（1）
　　第一节　一个新的学术视域 ……………………………………（1）
　　第二节　现当代作家的贡献 ……………………………………（5）
　　第三节　书法对文学的滋养 ……………………………………（10）
　　第四节　"书写"的文化生态 ……………………………………（16）

第二章　现当代作家书法的功能及意义 ……………………………（22）
　　第一节　从古代文人书法说起 …………………………………（22）
　　第二节　文学与书法融合形成的文化特征 ……………………（29）
　　第三节　作家的书法文化创造所具有的功能及意义 …………（38）

第三章　现当代作家论书法文化 ……………………………………（46）
　　第一节　书法美学观及价值观 …………………………………（46）
　　第二节　论说书法创作及体验 …………………………………（53）
　　第三节　对书史及其命运的关切 ………………………………（60）
　　第四节　当代作家的若干相关思考 ……………………………（64）

第四章　贯通古今：从梁启超、沈从文到汪曾祺 …………………（72）
　　第一节　梁启超的书法美学及其教育实践 ……………………（73）
　　第二节　沈从文与书法文化的深缘及成就 ……………………（86）
　　第三节　汪曾祺的书法修养对其小说、散文的影响 …………（105）

第五章　笔耕墨种："双坛"上的"鲁郭茅" ………………………（121）
　　第一节　鲁迅与中国书法文化 …………………………………（121）

第二节　郭沫若对现代书法文化的创造 …………………… （134）
　　第三节　茅盾对书法文化的不懈追求 ………………………… （146）

第六章　战地墨香：以延安文人为中心的考察 ……………… （158）
　　第一节　烽火连天中诞生的文化奇迹 ………………………… （158）
　　第二节　无心插柳柳成荫的文人书法 ………………………… （164）
　　第三节　创造现代红色的书法文化 …………………………… （169）
　　第四节　"白羽书法"对红色书法的继承 …………………… （172）

第七章　墨海拾贝：南方作家的书法实践 …………………… （177）
　　第一节　越文化背景及鲁迅的"送去主义" ………………… （177）
　　第二节　苏州文人叶圣陶的儒雅与庄重 ……………………… （197）
　　第三节　南国文人朱自清的质朴书写 ………………………… （202）
　　第四节　"金大侠"创化的"武术书法" …………………… （213）

第八章　砚边揽翠：北方作家的书法探索 …………………… （230）
　　第一节　从于右任的书文情结谈起 …………………………… （230）
　　第二节　当代西安作家与书法文化 …………………………… （270）
　　第三节　秦地"双坛"群英掠影 ……………………………… （299）

第九章　"大文学"与"广书法"的建构 …………………… （336）
　　第一节　晚清民初勤奋书写者的书法艺术 …………………… （336）
　　第二节　现当代文人个性与书法艺术风格 …………………… （356）
　　第三节　书法比较：以鲁迅与其他作家为例 ………………… （413）

第十章　20世纪中国作家与美术的相遇 …………………… （439）
　　第一节　"文学""美术"的交融与分立 …………………… （440）
　　第二节　现代作家与美术的相遇 ……………………………… （445）
　　第三节　作家言说美术的动机与方式 ………………………… （450）
　　第四节　作家书画与当代书法问题 …………………………… （453）

结语　作家与书家的生命融合及启示 …………………………… （469）
主要参考文献 ………………………………………………………… （476）
后记 …………………………………………………………………… （489）

图 目 录

图1　《书剑图》……………………………………（引言5）
图2　墨舞示意图……………………………………（引言7）
图3　胡适《大胆小心》条幅………………………（7）
图4　康有为《行书诗轴》…………………………（8）
图5　杨秀《董美人墓志》…………………………（14）
图6　孙犁《宁静》…………………………………（19）
图7　贾平凹书法……………………………………（20）
图8　张照书《岳阳楼记》局部……………………（26）
图9　台静农《汉代晋人联》………………………（31）
图10　鲁迅《运交华盖欲何求》……………………（37）
图11　叶圣陶《工部祠》……………………………（44）
图12　林语堂书法……………………………………（49）
图13　沈尹默《兰亭集序》…………………………（56）
图14　茅盾书法………………………………………（62）
图15　余秋雨书法……………………………………（69）
图16　康有为书法……………………………………（75）
图17　梁启超书《砥德蒙祜联》……………………（78）
图18　张猛龙碑文……………………………………（85）
图19　怀素《四十二章经》…………………………（91）
图20　杨凝式《韭花》局部…………………………（96）
图21　沈从文书法……………………………………（102）
图22　汪曾祺"破体书法"……………………………（108）
图23　《石门铭》……………………………………（114）
图24　日本书道………………………………………（123）
图25　鲁迅书《赠瞿秋白·录何瓦琴句》…………（127）
图26　台静农书条幅…………………………………（132）

图 27	郭沫若书《水牛赞》横幅	（137）
图 28	郭沫若书"百家争鸣 百花齐放"	（145）
图 29	茅盾书《沉舟》诗轴	（152）
图 30	延安旧城墙"安澜门"	（160）
图 31	艾青书法	（166）
图 32	刘白羽书法	（173）
图 33	鲁迅书《诗经·采薇》	（178）
图 34	秦汉瓦当文字	（185）
图 35	《鲁迅致增田涉书信手稿》	（192）
图 36	叶圣陶硬笔手稿	（198）
图 37	朱自清手稿	（203）
图 38	王蒙书"朱自清旧居"	（210）
图 39	金庸书"真诚笃行"	（216）
图 40	王羲之《丧乱帖》	（223）
图 41	《明报》	（229）
图 42	《神州日报》	（235）
图 43	于右任撰《胡励生墓志铭》	（242）
图 44	《龙门十二品》	（249）
图 45	于右任书法	（254）
图 46	于右任书《千字文》	（260）
图 47	于右任《饮酒诗》	（266）
图 48	汉字书法演变	（273）
图 49	西安书院门	（278）
图 50	西安书院门街景	（279）
图 51	西安书院门一角	（280）
图 52	电影《羊肉泡馍麻辣烫》宣传海报	（287）
图 53	电影《高兴》宣传海报	（287）
图 54	"西凤酒"宣传包装	（288）
图 55	"银桥"包装	（288）
图 56	西安小吃街景观	（288）
图 57	女书《床前明月光》	（295）
图 58	《贾平凹书画艺术论》	（301）
图 59	贾平凹书法作品《丹水》	（303）
图 60	贾平凹书法作品	（305）

图 61	《危崖上的贾平凹》封面,"贾平凹"为贾氏手迹	（306）
图 62	贾平凹为《当代》杂志题写作品"古炉"书名	（309）
图 63	方英文与贾平凹	（315）
图 64	方英文书写手札	（318）
图 65	方英文书《得体难》	（321）
图 66	方英文书横幅	（322）
图 67	方英文书对联	（322）
图 68	方英文书条幅	（322）
图 69	孙见喜书条幅	（324）
图 70	孙见喜书对联书法	（326）
图 71	雷涛斗方书法	（329）
图 72	雷涛横幅书法	（329）
图 73	雷涛对联书法	（330）
图 74	赵熙临《怀仁集王羲之〈圣教序〉》	（333）
图 75	赵熙书《书诗博见》	（334）
图 76	赵熙书《春华秋实》	（334）
图 77	梁启超楷书《一晌无限联》	（340）
图 78	梁启超篆书题《孔彪碑》	（341）
图 79	梁启超行书《半山绝句》	（341）
图 80	王国维楷书楹联	（344）
图 81	王国维行楷《书三境界赠内藤虎次郎》	（345）
图 82	章太炎篆书《应荔答韩文宪书句轴》	（350）
图 83	章炳麟行书杜甫诗轴	（352）
图 84	蔡元培《行书七言联》	（355）
图 85	鲁迅抄《禅国山碑》（局部）及《禅国山碑》原拓（局部）	（361）
图 86	鲁迅抄《群臣上酬刻石》	（362）
图 87	鲁迅抄《三体石经尚书残字》（局部）	（362）
图 88	《张迁碑》篆额　鲁迅设计的"火鸟"　鲁迅设计的北大校徽	（362）
图 89	鲁迅所画的"小白象"图案	（363）
图 90	鲁迅1934年书法《韦君素园之墓》	（363）
图 91	《五凤刻石》	（367）
图 92	鲁迅隶书《戏彩娱亲》	（369）
图 93	鲁迅隶书《如松之盛（预才祝）》	（369）

图 94	鲁迅隶书题写《毁灭》	（369）
图 95	鲁迅隶书题写《准风月谈》	（369）
图 96	鲁迅题写《十字街头》	（370）
图 97	鲁迅题写《海燕》	（370）
图 98	鲁迅隶书题写《木刻纪程（壹）》	（371）
图 99	鲁迅隶书题写《镰田诚一墓》	（371）
图 100	鲁迅书写《甘泉山刻石》	（374）
图 101	鲁迅书写《李宪墓志》文献资料	（374）
图 102	鲁迅辑校《杜乾绪等造像记》及小楷书写此造像文献资料	（376）
图 103	鲁迅《地质佚文》手稿	（378）
图 104	《哀范君三章》行书手稿	（378）
图 105	鲁迅《坟》的题记	（378）
图 106	《中国新文学大系》小说二集序	（378）
图 107	条幅《自题小像》	（379）
图 108	扇面《自嘲》（赠山本勇乘）	（380）
图 109	鲁迅诗《题三义塔》（赠西村真琴）	（380）
图 110	鲁迅致许广平	（382）
图 111	《041008 致蒋抑卮》	（383）
图 112	《101004 致许寿裳》	（383）
图 113	《190216 致钱玄同》	（383）
图 114	《320702 致母亲》	（383）
图 115	《361010 致黄源》	（384）
图 116	《291116 致李霁野》	（384）
图 117	《330116 致赵家璧》	（384）
图 118	章草题签《热风》	（384）
图 119	《360215 致萧军》	（387）
图 120	《360307 致沈雁冰》	（387）
图 121	《360309 致黄源》	（388）
图 122	周作人 52 岁时书法	（394）
图 123	周作人 63 岁时书法	（394）
图 124	周作人 76 岁时墨迹	（394）
图 125	鲁迅书《二十二年元旦》	（400）
图 126	鲁迅书《报载患脑炎戏作》	（400）

图 127	《石门颂》（局部）	（401）
图 128	台静农临《石门颂》	（401）
图 129	集《石门颂》联	（402）
图 130	拟何绍基书	（402）
图 131	台静农行书	（402）
图 132	倪元璐行书	（402）
图 133	台静农草书	（403）
图 134	李凖书《秦时明月汉时关》	（405）
图 135	任政行书柳宗元《江雪》	（407）
图 136	任政临《朝侯小子碑残石》（局部）	（409）
图 137	任政隶书《七律·长征》	（410）
图 138	卫俊秀行书和行草	（412）
图 139	闻一多书《离骚》句条幅	（416）
图 140	闻一多为陈家煜书《诗经·关雎》	（416）
图 141	闻一多篆刻的姓名印	（416）
图 142	闻一多篆刻"戎马书生"	（416）
图 143	《全唐诗校勘记》手稿	（417）
图 144	《九歌》手稿	（417）
图 145	题《观察报》	（418）
图 146	题《大众报》	（418）
图 147	闻一多为徐志摩题李商隐诗《碧城三首》之一并绘插图	（419）
图 148	闻一多临《礼器碑》与《礼器碑》原拓	（419）
图 149	鲁迅钞校《礼器碑》与原拓	（419）
图 150	沈尹默祖父拣泉公行书扇面和手札	（421）
图 151	沈尹默书《灵峰补梅庵题记》	（423）
图 152	沈尹默小楷	（425）
图 153	沈尹默题《北平笺谱》	（425）
图 154	大楷习字帖（甲种）局部	（426）
图 155	沈尹默行书联	（427）
图 156	沈尹默文稿书法	（427）
图 157	沈尹默行书绝句二首	（427）
图 158	草书千字文	（427）
图 159	沈尹默临怀素草书	（428）

图 160 《天发神谶碑》（局部）……………………………………（428）
图 161 沈尹默篆书六言联图……………………………………（429）
图 162 沈尹默小篆五言联………………………………………（429）
图 163 沈尹默临《张迁碑》……………………………………（429）
图 164 沈尹默临《乙瑛碑》……………………………………（429）
图 165 沈尹默隶书创作…………………………………………（430）
图 166 鲁迅辑校《张迁碑》……………………………………（430）
图 167 沈从文小楷《青瓷展品说明卡》………………………（435）
图 168 沈从文节临皇象《急就章》……………………………（436）
图 169 美术书法…………………………………………………（441）
图 170 王祥夫国画………………………………………………（457）

引言　文心铸魂与翰墨传神

作家最擅长的事就是书写，对其书写行为（包括文学手稿书写、书法文本书写等）进行交叉研究、综合研究确实很有必要。目前，学术界对中国现当代作家与书法文化关联性的深入研究，在国内外都很少见，特别是具有整体性、系统性的专题研究几乎是一个空白。本成果（专著）意在对这一学术空白进行一些填补，尽管这方面的交叉研究仍处于初探阶段，但对相关研究领域的积极拓展，无疑具有重要的学术价值和研究意义。同时我们也可以相信，本成果（专著）的最终完成及顺利出书，将是这一论域（整体研究）的国内外第一本比较严整和厚重的学术专著。

近年来，研究中国现当代文学的角度和方法日趋多样，其中从文学文化学或跨学科角度研究文学的潮流仍是方兴未艾。的确，"文学现象"牵系着文化的方方面面，相应的研究成果也堪称丰富丰硕。其中有深入探讨现当代文学与传统文化的许多成果，也有将作家作品与音乐、绘画、书法等艺术形式进行相关性的个案研究，但从中却很难发现对中国现当代作家与书法文化（包括书法艺术但不限于此）进行整体研究的成果。国内学术界亦有个别学者（如王岳川等）对书法与文学、古代诗文与书法等话题给予过专题讨论，国外学术界（汉学）则基本不涉及现当代作家与书法文化这样的话题，即使像影响很大的汉学家夏志清、李欧梵、顾彬等人也都未涉及这一论域，只有王德威涉及台静农书法与文学的个案研究。因此可以说，国内外学术界迄今为止尚未对"中国现当代作家与书法文化"这一重要课题进行整体研究，现有相关文献的收集和整理也远未到位，所以亟待加强这一课题的整体研究。从文学研究领域看是如此，那么从书法研究领域看又如何呢？应该说，书法研究领域也同样对此注意不够，尚无"现当代书法与作家"之类的系统研究。书法研究者多将兴趣点集中在"书法文化"概念的界定和使用等方面，如《中国书法文化大观》（金开诚、王岳川主编）、《书法与中国文化》（欧阳中石）、《笔走龙蛇》（崔树强）等，都未能涉及或深入讨论书法文化与中国现当代作家这样的命题；

虽然也有借重文化名人书法或文人书法来彰显其书法性情的，如《民国文人书法性情》（管继平）就是一部有代表性的书，但也明显带有掌故介绍特征，并未充分注意作家主体、文学文本与书法文化之间存在的多层关联，研究范围也受到明显限制。即使在《中国现代书法史》（朱仁夫）中也只是吉光片羽式的点缀，作家书法明显处于书法史的边缘或被其他身份遮蔽了"作家"的本色。即使随着学术视野的扩大，有的学者立意要对中国现当代文学进行跨学科研究，且其跨学科研究涉及了不少艺术样式，可惜也都忽视了现当代文学作家与书法文化的密切关系。

总之，从目前研究现状来看，这确实是个很新颖的学术命题，研究成果也具有相当充实的内容，尤其是就中国现当代作家与书法文化关系的整体研究而言，具有原创性和填补学术空白的性质，并且具有较为宽广的论域和相当丰富的意义。要而言之，主要有以下重要的学术价值及意义。

其一，在中国特色的文化传承和文化建设的意义上，现当代作家与书法文化的关联是很值得关注和研究的：作为文化现象，中国现当代作家与书法文化的关联相当密切也相当显豁，对"中国创造"的书法文化（基本同于书写文化）的传承和弘扬起到了重要作用，由此表明，现当代作家不仅代表着"新文化的方向"，而且代表着"弘扬优秀传统文化的方向"；其二，从文学文化学或"大文学"的视野来观照中国现当代作家，即可发现仍有一些现当代作家将书法书写与文学书写结合了起来，二者可谓相得益彰，尤其是书法文化对某些作家生命的滋养和创作生涯的辅助作用也可谓深切入微；其三，有些作家在书艺、书学上亦颇有造诣，对书法活动也介入较多，从而与书法文化建立了密切而又复杂的关系，并对社会文明、当代作家及书法仍具有重要影响，体现着文学介入书法、书法传播文学的文化特征以及多种文化功能；其四，从宏观的历史发展角度看，中国现当代作家主体和书法文本亦为历史文化的"中间物"，文学文本与书法文本化合为"第三种文本"，并成为"中国创造"的艺术文化可持续发展的一股重要力量与一种活力资源，这对启发后继作家及文学青年也有不可忽视的作用。

鉴于上述，同时也为了整体深入研究的需要，本成果主要从文化学或"大文学"的视野来观照中国现当代作家与书法文化的密切而又复杂的关系。同时还从宏观与微观相结合的角度，来把握作家主体和书法文本作为历史文化"中间物"的特征，具体领略现当代作家与书法文化的有机融合及某种疏离倾向。由此，本成果拟从宏观与微观、纵向与横向、总体与个案紧密结合的多个层面及向度（现象、特征、功能、影响等），系统探讨中国现当代作家与书法文化这一重要成果。循此基本思路，本成果采用多种有效方法，包括历史的、美学的、比较的和文化研究等方法，尤其是注重从相关现象入手，力求实证充分，论述扎实细致。本成果的主要内容体现在各章节中，这些章节尽管研究的具体对象不同，或整体宏观把握，或进行个案分析，但其间主要涉论的内容都包括了以下几个大的方面。

一、现象论：文化血脉的现代赓续。现当代作家是书写者，也是从事文化传承和创新的重要文人群体，他们在文学与书法交叉领域的笔耕墨种，业已形成重要的文化现象，值得我们予以高度关注。在本成果大部分章节中，将结合具体作家的实际情况，具体论及现当代作家的翰墨良缘、现当代作家接受的书法教育、现代作家对书学的涉猎、现代作家书法创作的业绩等。

二、特征论：文化艺术的交融共生。作为文化艺术创造的重要力量，中国现当代作家在"书写"中创化文字，也在创造文学之美和书法之美方面贡献了自己的情感与智慧。本成果着力揭示了现当代作家与书法文化交叉融合所呈现出的古今交错或古今相通的若干主要特征：首先是具有求美审美的特征，其次是具有"字核"衍化的特征，再次是具有互动共生的特征，复次是具有分层并存的特征。

三、功能论：文化价值的充分体现。通过书写，达至"文心铸魂、翰墨传神"的境界，这是现当代作家追求和建构的文化理想、文化生命和人生境界，从中体现了涵容文学而又超越文学的诸多文化功能，体现出了多重文化价值，如文化载体功能、文化实用功能、文化交际功能、文化纪念功能和文化消遣功能等。由此也体现了宽阔的文化研究视域，不局限于文学性或书法的技巧性分析，也可以发现现当代作家传世之作并不仅仅是"文学文本"，还有"文学"与"书法"合璧的"第三文本"（手稿、书札等）。

四、影响论：文化取向的当代承继。现当代作家是民族优秀传统文化的传承者，在中国文学和中国书法两大领域，都有无法取代的贡献。在后者，主要体现为文学与书法的结合，"文学书法"（作品手稿）对后世的影响也不可忽视。本成果对现当代作家从事书法文化创造的几种主要影响方式进行了探讨：一是通过手迹传世、书法展览及题字等影响书法和社会；二是为保护文化遗产而积极开展书画收藏等活动；三是当代人及作家对现代作家书法的接受与化用；四是跨代作家对书法文化及其建设的坚守及反思。

本成果力求全面观照现当代作家与书法文化的方方面面，除了上述的主要内容之外，这里再强调或说明几点。

1. 现当代作家与书家身份的"复合"确是一个非常值得关注的现象，作家原本就是书法家的"底色"，而从广义观照作家，更可以将作家与书家的舞文弄墨都视为"文本化"的文化创造行为，为此，本成果选择一些作家的书法穿插书中，力求图文并茂，这是可以理解的，也是必要的。

2. 许多现当代作家对书法不仅有爱好和兴趣，而且有追求有成就；许多书家对文学亦可谓修养甚深且常常是"有诗为证"；自然也有兼善诗文和书法并皆有杰出成就者。因此本成果将复合的作家与书家所包括的作家书家型、书家作家型和双美兼备型等三个类型都纳入了考察范围。但重点是"文学史"上的作家。

3. 以学者的理性和宽容的心态面对文化史、文学史上的诸多纷争，摆脱二元对立思维模式及机械的进化论文化观的束缚，从而将新旧人物和文学加以通观，继续拓展现当代文学研究的文化空间，深入探讨传统文化包括书法文化的传承、创化与现当代作家的关联，并给出恰如其分的评断。

4. 长期以来，无论是现当代文学研究还是书法研究都忽视了作家与书法文化这一成果的研究，对现当代作家关于书法文化的一系列思考（书学思想）的忽视则尤为严重，本成果认为理应对此有所救正，并对相关问题展开一系列研究。

5. 站在当代文化立场上揭示作家书法的"汉字"情结，并进一步佐证：中国书法主要即为"汉字"之俑——这是一个意味深长的话题。中国汉字书法之精妙，确实可谓之为中国的"汉字俑"。从书法文化的创造性角度看，即使在世界范围内也堪称是美妙绝伦，精彩纷呈，魅力无穷。

6. 中国书法文化源远流长，中国文学命脉绵延不断，二者的关联也永无止境，相关的探讨也将持续下去。其中对现当代作家书法文献的整理和研究尤其需要尽快加强。尽管目前相关学术的基础还有待加强，我们还是要乐观地看到：中国现代作家书法取向的当代影响仍在继续，在建构"新国学"或"中国创造"（而非仅仅是"中国制造"）的语境中，作家们以及与他们携手并进的文学研究者在书法文化方面的积极实践和创造业绩，都会对中华文化的重新崛起和持久发展做出新的独特而又重要的贡献。

诚然，言为心声，书为心画。中国文艺和美学的灵魂总是日日夜夜萦绕着一个深邃而又绵长的"情"字。沉浸于文学和书法研究数十载，如果说略有心得，那么，笔者心目中的艺术精神即是：驱霾去蔽，扬善弘美，文心铸魂，翰墨传情！

诚然，人皆有情，但唯其是作为"文人"的作家，就会格外地多情、微妙地传情，同时又能够从这"情"的汪洋大泽之中，不断地掬起那碧玉般的甘霖，来灌溉自己心灵的土壤。不难想象，当中国古今文人墨客天然般地与中国特有的文字、笔墨朝夕厮守时，他们怎能保持其心灵的缄默！诗人共传心声，书画皆表精神。我们这里回眸凝视的，便主要是现当代作家文人在"文坛、书坛"的"双坛"之上搬演的绰约多姿、妙趣横生、情意绵绵的"纸上的舞蹈"——共时性的文学与书法的书写行为及其蕴含的情意或精神。

从辉煌的中国书法文化史中我们可以看到：这里没有庄严堂皇的帷幕，没有悠然飘扬的笙箫，没有枝叶扶疏的茂林修竹，也没有车水马龙的尘世写照。以此，中国书法不似戏剧、音乐、绘画和小说那般绚烂显赫。然而，就在她那极为简约而单纯的黑白、点画构造的艺术格局之中，却又常常蕴含着比这些更为丰富而隽永的"意味"。古今文人们钟情于斯、寄情于斯，研习书艺成为日课，畅意挥洒为其乐事，遂致衷情流泄于腕底，意象隐现于点画。既可见张旭化公孙大娘之剑器舞而为神韵别具的"毛锥"舞（图1），"喜怒窘穷，忧悲、愉佚、怨恨、思慕、酣醉、无聊、不平，有动于心，必于草书焉发之……"，怀素《自叙帖》，满纸纵横，生龙活虎，流转跳荡，于具有强烈的抒情节律的

图1 《书剑图》

"墨舞"之中，表现出了书家豪迈不羁的气概和超凡脱俗的胸襟，又可领略颜真卿厚重稳健之高韵，即于书《祭侄文稿》以寄激愤、哀思之情时，亦凝重深邃，不夹杂明显的"颠"气"狂"意，王羲之《兰亭集序》，则于其款款挪移之间，无处不弥漫、荡漾着"和乐"之情，与自然、与亲朋的亲和、宽慰、祥瑞之感，在这里成了点画洒洒飘落的驱动力……。固然，积淀了中华民族文化内涵的书家情感世界，常常是十分复杂、充满变化的，"心画"与书法也不是直线相连、简单对应的，但从总体上看，

由于书家的技法、教养，尤其是境遇、志趣、人格的不同，还会导致"达其情性、形其哀乐"的书法作品众相万殊、彼此有异，从而表现出独异的艺术个性。即如刘熙载所言："书，如也。如其学，如其才，如其志，总之曰如其人而已。"（刘熙载《艺概·书概》）也许，在古今文人与翰墨之间，在笔歌与墨舞之间，古往今来有着更多的传奇和更为复杂的情节，人们总难以把握其精义，但力求有所参透和有效解读其文化意蕴，则成为一个恒久的颇具魅性的命题。

中国书法，无可争议是一种真正的艺术，然而又不仅仅是艺术，因为她是民族文化的一种产物，负载着丰富的文化心理信息。可以说，在她身上，惊世绝伦的创造与历久沉积的随性交织在一起，既令人困惑，又催人思考，企望能够穷究她的创造奥秘及问题所在……这种情形到了现当代依然存在。

在笔者心目中，中国有个"大古代"，也有个越来越显赫的"大现代"。这自然是契合"大历史观"的看法。"大古代"已成为历史事实，"大现代"却尚未成为过去，仍在积极建构过程之中。也许，这个"大现代"的启动与西方世界的冲击相关，但完成却会以中华民族的伟大复兴为标志。当然，完成只是形态相对完善完满而已，并非意味着终结。笔者曾探索过古代文人的"墨舞"现象，如今，立足于"大现代"的文化立场来观照现当代作家与书法文化的关联，也觉得兴趣盎然（图2）。笔者在观照古代文人书法时，考察的主要是古代文人即士人、士大夫这一阶层的书法及其精神，而尤其注重对这个阶层中著名书法家的解剖分析；在考察古代文人借书法抒情冶性这一双向性的精神现象时，既注重宏观（文化）分析，又注意微观（心理）分析，并努力把二者结合起来。而今，却要移步换景，主要考察我国现当代作家文人与书法文化的多方面关联，且主要采取宏观考察和个案分析相结合的方式，通过对进入现代时空的作家书写行为的分析，展现传统文化式微和文人作家承传的文化图景，民族的与世界的、古代的与现代的文化诉求在"墨舞"中映现，激荡不已，斑驳陆离，奇谲裂变，而又生生不息，其跌宕起伏、百折千回的状况本身就充满了历史的"魅性"。

自然，对作家书写历史的回顾、反思并不是单纯为了发"回忆"或"念旧"之幽情，而主要是为了重新发现历史、扬弃传统，重建美的"文学·书法"文化世界，建构新的"文学·书法"文化形态，延续千姿百态、意象丰盈、情深意长的"文心"和"墨缘"，从而丰富典雅而美好的现实人生。

图 2　墨舞示意图

诚然，中国文学和书法都有"国粹"之誉，都有杰出的成就。进入现当代，这种状况也没有根本改变，甚至，中国文学和书法文化在世界文化对话交流中越来越具有自己的特色和优势。尽管如此，我们仍要进行必要的反思，包括对作家书法创作乃至独步世界艺苑的书法艺术，也要有所反思，力争有所创新和新的发展。因为时代毕竟在发展变化之中，书写工具和传媒方式也在发生重要的变化。书法作为艺术而满足人们日渐增长的精神需要，这是它在未来能够存在和发展的首要条件，与它"出身"并较多地黏着于实用的历史不同，书法的审美特性将愈益得到强化，相应的表现形式势必更加自由和多样化。随着科学技术、物质文明的高度发展，实用性书写的"使命"可以交付忠实的"机器人"去完成，而变化万端、情波荡漾的抒情性书法艺术却仍必须由大写的"人"来创造；自然，新的科学成果和物质文明当会为这种艺术的创造提供新的书写工具与材料，从而不断推出新的书作形式，抑或产生似书非书的派生艺术或边缘艺术，同时，也不反对出于情感表现的需要，而在新的文化层次上来精制仿古的碑帖，抑或把未来可能出现的拼音汉字充分艺术化……。也许书法的未来随机性很强，也太丰富，超过了我们现在的一切想象，但有两点是可以断定的，一是书法只有通过不断地改变和丰富自身，才会有美好的未来；二是书法必须冲破民族传统文化怪圈的缠绕，才能真正地走向世界，成为人类共享的精神财富。

对传统文化进行深刻反思，在中国近现代有一位最具代表性的人物，就是大文豪鲁迅先生。就传统文化的惰性方面，他更是着力探察，并施以无情的鞭挞。"阿Q"，就是他"摸索"国民魂灵尤其是国民劣根性的艺术结晶。"阿Q"精神或文化心理结构是中国传统文化生态圈所塑造的文化心理结构的活标本；"阿Q"既是一位戴着毡帽、身为雇工的绍兴人，又绝不仅此，从他身上也可以看到众多的身着长衫官服、舞文弄墨的读书人亦即文人的影像。其二者内在相通的地方，就是民族共性文化塑造的心理意识，要使古老的书法艺术焕发新的生命，就要首先变革"文人"们的盲目自大的"阿Q"心态，驱逐缺乏反思与理智精神的"阿Q"之魂，也不能一味为作家的书法唱赞歌。

在现代文坛、书坛之上，总的来说，作家和书家已不能与古代文人墨客相提并论。但在许多方面，尤其是文化心理的深层部分，还有很明显的一致之处。而有些现象，如对书法的推崇之中隐含着"阿Q"式的自尊自大，对书艺传统的恪守也仿佛就是"阿Q"处处要"合乎圣经贤传"的变异性表现等等，就显示着中国文人包括现当代作家对书法艺术这块古老的"黄土地"，还缺乏更彻底的开垦、更精细的耕耘。

仅就"阿Q"的幽灵在中国现代书坛上游荡而言，大致说来有以下几种表现。

其一，妄自尊大。古老的文明大国，以其对世界文化的封闭（基本事实或倾向如此）为方式，使酷爱自己民族的子民们，反倒生成了一种"中央之国"的自大心理。什么"外国的书法是从中国学去的"，"我们是老师"，"书法的优势在中国"，"书学吾国第一"，包括我们前述的"神州独秀"以及报载的"书坛青年珍惜自己的国粹，冷静地对待'创新'"等等说法，在一定意义上说，固然合乎情理，都有事实作依据。然而就在这样一些观念的背后，却可能深潜着狭隘、虚妄的文化心理，就是缺乏或根本没有人类共同的文化意识，看不到世界文化愈来愈加速交流、互渗的大势，而只是一味地盲目自大。鲁迅曾讥刺过梅兰芳的"男人扮女人"，那锋芒所向并不是艺术本身，而是深潜的"第一""国粹"的自大意识。书人对于中国书法的观念，常常也潜隐着这种传统的封闭心态。人们记忆犹新的是，在"文化大革命"时期，这种封闭而又自大的心理意识扩张到了无以复加的地步，书法（这究竟是斗争工具还是书法艺术？）也被滥用到了无以复加的地步。因而可以说，文化封闭与妄自尊大，事实上对艺术尤其是现代艺术有极大的损害。至今犹有对异族书法艺术长足的发展视若不见者，"那像什么东西？"就与"阿Q"曾对王胡所持的不屑态度相仿佛。

其二，精神胜利。这是一种转化心理感受的方法。中国文人的"酸腐"就是这种特殊的方法制造出来的产物。如前所述，古代文人的人格依附是极为严重的，但他们又最善于在精神幻想世界中猎取补偿与满足："依附"时可以把人格降得很低、很低，但"幻想"时却可以想得很高、很高。这种"文人性"积淀在末代代表人物"孔乙己"身上，他那件脱不去的长衫就是其"幻想"的象征，断了的腿则是"现实"的写照。这种两歧分裂而又奇异地整合在一个性格世界中的现象，实际也就是"阿Q性"的一种变式。甚至可以说，在耽于虚幻的精神满足这点上，"文人"往往更甚于戴毡帽的"阿Q"[①]。这点颇带有悲剧的意味。然而这种可悲的心态——在虚幻中得到满足——却与审美的心理状态很接近。这也就是古代文人的书画世界是那般美妙、和谐、静谧的一种心理根据。这种"知足者常乐"的民族文化心理尽管带有审美的特点[②]，却与现代生活与艺术多元化的历史要求，有着明显的矛盾。

其三，恪守古法。这种现象是中国人尤其是相当多的文人最经常表现出来的意识倾向。古今文人在这点上联系得比较密切。鲁迅曾认为不少头脑僵化的"满腹经纶"的文人，往往比愚昧的村民更为保守和顽固。书苑中亦不乏这种恪守古法、唯古是尊的文人。在现代书坛众多的书展评选活动中，就经常表现出这样的尚古倾向。而对书作，总是苛求这一笔不像《九成宫》，那一笔不及颜真卿，这幅字有"汉魏风骨"，那幅字有上古之韵。致使许多学书者只知照帖复制，"见一个菩萨磕一个头"，刚到集字成幅、酷像欧颜柳赵的时候，就心花怒放、自炫自足了；而对谙于古法却又能够摆脱、别出新意的书作，不少已有相当造诣的书家也难以容忍，就仿佛以"圣经贤传"为行为规范的"阿Q"，起初认为"革命"就是造反，造反就是与他为难那样。

其四，程式化。这也是恪守古法、单向选择的必然结果。古代文人作书渐渐形成的书写程式，如用笔有八法，笔必是毛笔；用墨是正宗，其他不当用；书写右至左，竖行最合度；等等。这些程式并非没有合理性的优点，艺术史的艺术范式（或程式）是存在的，常常是某种艺术样式成熟

[①] 据说，著名的清代书法家傅山曾发明一种"名吃"——"清和元头脑"。笔者虽未有幸吃到，但想见它的发明者借此来实现自我精神上的胜利——吃掉"清"（人）和"元"（人）的头脑！这种"伯夷、叔齐"式的心理现象又何限于民族"自尊"感情的域限呢。

[②] 梁漱溟曾认为中国文化有"非艺术亦艺术"的特点，参见梁漱溟《东西文化及其哲学》，台湾里仁书局1985年版，第182页。

的表现。但把它绝对定型化、单一化，成为书法创作活动的必须恪守的律条，就会由原来的经验结晶转化为创新之路上的障碍。比如使用毛笔作书本是优化选择的结果，但当其成为不可移易的定则之后，反会限制书法创作的自由。其实仅就书写工具而言，古代文人兴之所至，也不光是用毛笔作书，用袖、指、头、草代笔的事，也时有发生①。在现代用硬笔、毛刷、油画笔、手指作书的，大都不被视为真正的书法艺术，这也就是程式化的观念意识在作怪的表现。由于程式化的巨大限制，书法创作也难以出新，就如一位研究者所指出的那样："白纸黑字，老形老式，颜柳欧苏，旧体诗词，自我限制，自我禁锢。日复一日，年复一年，能不单调么？"②正所谓"世人尽学兰亭面，欲换凡骨无金丹"，程式化必然导致书法惊人的雷同与重复，就仿佛阿Q频频使用的"精神胜利法"那样，虽有效，但亦有限，很容易蜕化为桎亡生命的无形锁链。

其五，无个性与庸俗化。"阿Q"作为一个封建文化环境中的活生生的人物，其显著的特征便是"无个性"，或谓没有真正个性就是他的"个性"，"无我"就是他的"自我"。他的存在在文化进化的意义上，严格说来不是正数或贡献，而是负数或障碍。在艺术的自由王国里，最为人忌讳的，便是没有任何特异之处的无个性的"艺术"，最受人崇拜的，恐怕莫过于卓越的艺术个性。书法艺术的传统包袱较之其他的民族艺术样式更重些，要建树新的艺术个性的难度也更大些。正因此，有的人畏难而退，有的人却轻而易举地获得了"家"的头衔——靠庸俗的吹吹拍拍，靠粗浅的临摹和"探索"，靠攀缘名人和扩展尺幅。如果说古代文人常有以集古字、以假乱真的模仿"见长"的作伪者（古代的著名书作多有伪作），那么这种不求自己创作个性而专事模仿的人，在现代书坛也并未绝迹。诸如矫饰、模仿和草率等，便都是书法艺术个性形成过程中的障碍，都是书苑中经常出现的庸俗现象。如果"革命"真像阿Q想象的那样庸俗化、简单化，书法创作或创新也就形同儿戏了。

针对上述存在的种种现象，显然强调学书者的主体建设至关重要，只有真正获得现代意识，从文化修养和审美观念都不再是"阿Q"式（"阿Q"既是"文盲"，也几乎是"美盲"），才能尽快地促使传统色彩极浓的书法，发生创造性的转化，真正地走到现代生活中来，充分地发挥其多元

---

① 如清代岭南宋汀，在湖北为官时曾用竹叶书写琴台题壁诗，有时他还用草刷、毛巾写，亦酣畅淋漓，雄健古拙。有一些叙述作品中，更是发挥文学想象，用各种顺手的东西进行书写。在金庸笔下的古人甚至可以用武器进行书写，还有了"武功书法"一说。

② 陈方既：《书法艺术创新与书法观念僵化琐议》，《文艺研究》1985年第6期。

的功能。我国近期引起世界影坛轰动的影片《老井》的导演吴天明，曾在《〈老井〉断想》中说：“好一座山，山那边还是山，要命的水，多少代了，打井，找水。山不转，水也不转，这就是老井……我们希望山转水也转，转出个好世界来，转出个中华民族的好日子来，转出个舒舒展展的当代中国人来！”[1] 书法，也就正是中国的一口"老井"，曾经喷过甘泉，给不知多少文人墨客以精神的慰藉；然而也屡屡废弛，并以有害健康的矿物质，侵蚀过我们民族的肌体。愿它能被更新装修，焕发新姿，为现代人（不仅仅是中国人）带来更多、更美的精神享受。

着力从书法内容的更新上，和着力从艺术形式的更新上来对古典书法进行改造，是现代书法两种较为明显的倾向。前者如鲁迅、郭沫若这样的现代文人，毛泽东大抵也可归入此类，他们主要是把新的思想感情注入古老的书艺形式之中即所谓"旧瓶装新酒"。这类书家较多，代表着一条书法现代化的书路。后者如潘天寿、古干等人，主要是把新的书艺形式作为刻意追求的目标，对传统的书法技巧有所师承，但更讲求自我的独创。潘氏的书作曾被讥为带有"霸悍"之气，不合传统的平和超逸的书风，但潘氏却执意要"一味霸悍"；古干说来还仿佛是书坛新人，竭力提倡"现代书法"，其书作最显明的特点是以意象为骨干，以画法入书。如果不以国界为限，1987年4月在北京中国美术馆展出的《启功宇野雪村巨匠书法展》，就基本体现了上述这两种书法创作的路向[2]。

不过同时也要注意到，这两类书家尽管各自艺术构思的心理场的侧重有所不同，但他们又有着共同的审美理想，就是总要扬弃传统，推出具有古风新意或新风古意的新作，使人感到既有一种古老遥远的艺术气韵，又有一种当代艺术的崭新风度。孟伟哉曾在《古干画舞》一文中说："它们有古味，更有新意，在古风中透视着当代气息，能引起当代人的神往，满足当代人的某种审美要求。"[3] 这虽是评一人之画，其实也可以视为对追求书法现代化的书艺的一种总的把握或界说。

---

[1] 吴天明：《〈老井〉断想》，《电影画刊（上半月刊）》2004年第6期。
[2] 改革开放以来，国际间的书法交流活动日益频繁，除国际性的书展和书家互访切磋技艺之外，还有大批的外国留学生来华攻读书法，仅浙江美术学院就接受了来自奥地利、加拿大、美国、法国、联邦德国、哥伦比亚、澳大利亚、荷兰、瑞士、希腊、巴基斯坦、新加坡、比利时、日本等国的留学生，他们毕业后把书法带向各自的国度，可以尽快地促使中国书法走向世界。参见陈振濂《外国留学生来华攻读书法》，《青少年书法》1988年第2期。如今，伴随中华民族的和平崛起，伴随"孔子学院"的世界化，中国书法的国际化交流以及作为中国的一个文化"符号"，都更加"经常化"或"正常化"了。
[3] 古干：《现代书法构成·序》，北京体育学院出版社1987年版，第2页。

现代书法在成长，但绝不只是沿着某一条创作的路线。现代书家的艺术选择已越来越呈现出多元、多样化的趋势，这是很令人振奋的。刘再复曾说，在现代个性解放的时代，"天底下没有一个人与另外一个人的精神需求是完全一致的，……人类的多方面精神需求，就要求社会给予他们多方面的精神满足，而只有精神界的生态平衡，才可能实现这种满足"①。他所倡导的"精神界的生态平衡"，现在越来越成为国人包括书家和文人的自觉意识，这怎能不令人欣喜呢！现代书人对书艺的理解和要求，主要体现在抒情化和个性化的充分自由，力求"法以表意"而不是"笔笔有出处"，处处要"适我性情"而不是拘泥于成法。上述两类书家所选择的路向，仅是大体的概括，倘更具体些考察，就会看到许多具有新意的创造。

有的人大胆引进了工艺制作的一些技艺，追求书法载体的新的质感，借以丰富书法意象世界；有的人在操作上"双管"齐下，全身和谐运动，书作呈现了一种奇异的对应效果；有的人追求更加丰富的变化，章法布白随机变换，尺幅之间书体多变，故意打破和谐而获得强烈的跃动感；有的人自觉地以画入书，突出水墨作用，试图更胜于前人飘逸的神韵；也有一些书家保持对古代文人更多的钦慕，但不是钦慕他们的时代、生活和陈腐的观念，而是钦慕他们对艺术的忠诚，法度的谨严，站在现代文明的立场上，抒发自己对民族文化的深沉而热烈的恋情；与此相反，也有人更多地关注西方现代派造型艺术的审美理想、造型规律和表现手段，把更大的审美惊奇感注入书作之中，奇怪生焉的笔墨，幻化为迷人的朦胧之美，但作为"书法"艺术，似不应取消文字（将来也许会出现真正的拼音文字的书法艺术），即使书法中的文字符号淡化、变形得很厉害，但也必须"有"，倘没有，则可能是其他艺术或其他艺术的变式，而非地道的书法艺术了。

如今，纵向的延伸，横向的移植，多元杂交，自由结合，给书苑带来了从未有过的新的生机。有人认为，我国书法艺术已经进入了一个新的发展时期，具体表现在以下十个方面：一是书法创作队伍的群众化；二是书法家的年轻化；三是艺术表现手法的拓展化；四是书法审美意识的多层次化；五是书学研究的科学化；六是书法展览的多样化；七是书法竞赛的经常化；八是书法教育的普及化；九是书法刊物的多样化；十是书法交流的

---

① 刘再复：《文学的反思》，人民文学出版社 1986 年版，第 141 页。

国际化①。所有这些都表明，中国书法艺术也和其他姊妹艺术一样，在"新时期"也有了历史性的转变和长足的发展。

当然，要使古老的书艺为沸腾而多样的现代生活增光添彩，还有许许多多的工作要做。首先当是认真地进行历史的反思，对前人书艺"不识不知"的"史盲"，无异于盲牛瞎马，即使有闯劲，也终不过是蒙昧的冲动，与建设现代文明无助。其次是现代意识的培养，而现代意识既可以是现实生活的启示，也可以是从异域和古人那里"拿来"，这就要像鲁迅那样，虽有自己独特的艺术趣味，却又有巨大的包容意识，既爱柯勒惠支、麦绥莱勒的战斗的艺术，也不鄙弃谷虹儿和比亚兹来的纤细的甚至有些病态的作品。有的书评家苛评启功、舒同等人的书法，以为无个性或无功力云云，究其实质，是自我审美情趣的单调化所致。忠实于自己的审美知觉与感受是对的，但作为书法评论，则需具有宽容精神。我们认为，只有充分的自由创造和兼容并包的大度，才合乎现代精神，任何貌似以"新"代"旧"的偏激，都与这种精神相冲突。

再次是勤于探索，勇于创新，不怕失败，要获得文艺缪斯的青睐，没有足够的殷勤、忠诚和勇气、胆识，那是很难奏功的。又次，必须重视书法理论的探讨，讲观念更新，讲创新丰富，没有理论的深入研讨和富有成效的指导，是很难实现的。理论之树只要与实践之树进行经常的嫁接，也会"常青"，也会结出独具风味的硕果的。最后，还必须重视书法教育，更新教学的观念，改进教学的方法等等。而这一切，仍主要依赖现代文人来做。李泽厚先生曾说："中国知识分子，如同古代士大夫一样，确乎起了引领时代步伐的先锋者的作用。由于没有一个强大的资产阶级，这一点在近现代中国便更为突出。中外古今在他们心灵上思想上的错综交织、融会冲突，是中国近现代史的深层逻辑，至今仍然如此。这些知识分子如何能从传统中转换出来，用创造性的历史工作，把中国真正引向世界，是虽连绵六代却至今尚未完成的课题。这仍是一条漫长的路。"② 中国思想文化、政治经济的变革如此，中国文学艺术包括书法文化的变革与发展也是如此，作家文人和书坛文人都任重道远，因此决不可掉以轻心。

---

① 田旭中：《我国书法艺术进入一个新的发展时期》，《书法报》1987 年 12 月 30 日第 1 版。
② 李泽厚：《中国现代思想史论·后记》，东方出版社 1987 年版，第 344 页。

第一章　中国现当代作家与书法文化的结缘

对于中国现代文学的研究，至今已取得了令人瞩目的成就。不说研究成果的丰富多彩，也不说具体研究的深入细致，只从研究队伍的壮大来说就让人叹为观止。据统计，时间跨度只有三十余年的中国现代文学，却汇聚了近万人的研究队伍。不过，也应该看到，这种壮观的格局尚存有较大的隐忧，即趋于"饱和"的研究状态。基于此，开拓和发现中国现代文学研究新的增长点，成为学界近年来的共识和趋势。有学者将目光放在中国古代文学和文化上，于是探讨它与中国现代文学的关系，也有人将中国近、现、当代文学打通，试图在三者的联系中寻找新路；当然也不乏站在世界文学和文化的背景下，从跨学科的角度来考察中国现代文学的价值意义，于是被人们目为身处困境的中国现代文学研究又焕发了新的生机。然而，即使在这样的情势下，也仍有一些领域并未引起学界的高度重视，如"书法文化"与"中国现代文学"的关系就是其一。本书拟从"书法文化"的角度探讨中国现代作家，既展示作家对于书法、书学的贡献，又反观书法文化给予作家的深刻影响，并由此对文学创作和书法创作的一些深层问题进行反思，以便有助于新21纪中国文学和文化的进一步发展。

第一节　一个新的学术视域

众所周知，中国现代文学是在反对、批判中国传统文学和文化的基础上建立起来的，像打倒"孔家店"，用白话文代替文言文，只作白话新诗而不作旧体诗，有人甚至提出取消汉字，所有这些都成为那个时代启蒙者的强烈心声。于是，中国文学和文化开始步入了现代化转型的轨道。不过，由于文化无意识的巨大影响，即使现代作家陷于文化心理的矛盾中，在理智上努力倾向激进，在情感和审美层面却也难以拒绝传统文学艺术的魅力。当时的人们恐怕都没有意识到，"启蒙"观念和文学"趣味"可以突然大变，但书写工具——毛笔却并未随之变易，它仍成为众多作家的主要书写工具，而以毛笔为载体的书法文化也一直与作家如影相随。

因为中国现代作家自小就接受传统书法教育的熏陶，不论他们是不是书法家，却大都与书法文化有着天然的情缘。就如叶秀山所言："书法艺术是文化的一种概括性的表现……我们的文化传统教育我们从小要把'字'写'好'，我们当然不是'书家'，但我们不可避免地是'书者'。"① 如俞平伯深得其曾祖父俞樾之教诲，亲沐其教泽，传承其衣钵，对书法文化多有体会②；茅盾幼年从酷爱书法的祖父那里受到了很大的影响，童年即将临帖练字作为日课；台静农的父亲颇工书法，且喜收藏，更愿教子，在耳濡目染和耳提面命中便养成了他喜爱书法、练写书法的习性；梁实秋"幼时上学，提墨盒，捧砚台，描红模子，写九宫格，临碑帖，写白折子"，确实下过苦功，其父即使在他进入清华后也常鼓励其尽情练字，这使成名后的梁实秋仍感念不已，他说："因此我一直把写字当作一种享受。我在清华八年所写的家信，都是写在特制的宣纸信笺上……包世臣的《艺舟双楫》，康有为的《广艺舟双楫》成了我的手边常备的参考书。"③ 叶圣陶四五岁时即开始识字描红，八岁时开笔作文，即用小楷书写，这些练习对其后的书法起到了关键性影响。④ 即使如沈从文那样富于"野性"的童年，也还是在湘西山野和军旅生涯中受到中国书法文化的熏陶，并培养了他对书法的兴趣爱好，并使他受益终生。⑤ 钱锺书学识渊博，兴趣广泛，尤其热衷于多语种的外文原著，但他对中国书法的兴趣终其一生，即使在抗战期间极其艰苦的条件下，也对"二王"、苏、黄等古代文人书帖时或阅读揣摩，有时也练习一番。事实上，像中国现代文学

---

① 叶秀山：《书法美学引论》，宝文堂书店 1987 年版，第 224 页。
② 俞平伯追求唯美、崇尚纯粹的人文气即与其家风文脉有关。其曾祖父俞樾是著名学者、文学家、经学家、古文字学家、书法家，也是博大精深、卓有成就的教育家。现代名家章太炎、吴昌硕等即出其门下，东亚一带求学者多敬慕和向往之。其父俞陛云是光绪二十四年（1898 年）探花，文化素养自然非常深厚，也深谙诗词书画之道；其母许之仙是出自杭州名门的淑女，亦通诗文书画。文化环境亦如生态环境，生长其中必赖于此。而如此家庭文化环境对俞平伯的渗透影响无疑是很大的。据说，俞平伯 3 岁时就在曾祖父亲自指导下开始描红，习写《龙藏寺碑》等，由此培养了扎实的"童子功"。这位俞樾老先生还有小诗记之："娇小曾孙爱如珍，怜他涂抹未停匀。晨窗日日磨丹砚，描纸亲书'上大人'。"可以说，从小对先辈书写行为的"见习"和"练习"，对俞平伯后来的文学创作、学术追求和书法用笔都产生了明显的影响。
③ 《梁实秋散文》第一集，中国广播电视出版社 1989 年版，第 227—228 页。
④ 张香还：《叶圣陶和他的世界》，上海教育出版社 1995 年版，第 4—7 页。
⑤ 参见金介甫《凤凰之子·沈从文传》第二章，符家钦译，中国友谊出版公司 2000 年版。

史上的鲁、郭、茅、巴、老、曹这"六大家",都曾在青少年时代接受过书法教育,且多在书法上有相当的造诣。其他文学史上的名家,如陈独秀、李大钊、胡适、周作人、沈尹默、林语堂、郁达夫、丰子恺、邵洵美、郑振铎、赵树理、张恨水、艾青、闻一多、无名氏(本名卜宁)等对书法也有浓厚的兴趣,并有不俗的表现。而晚清民初即享有盛誉的文学家和学者,像康有为、梁启超、王国维、章太炎、林纾、李叔同、苏曼殊等在书法上也颇有成就。还有如赵叔雍、曹聚仁和徐志摩等人,都曾师从晚清著名的书法家郑孝胥。不仅如此,即使像冰心、赵清阁、凌叔华、冯沅君、林徽因这样的女作家也一直未放下手中的毛笔,并以秀美、潇洒、自然的书法见长。可以说,由于中国现代作家是中国古今文学和文化之变的桥梁式人物,自小又受过书法文化的熏染和教育,之后又没有放弃毛笔书写,故而,他们并没有割断与书法文化的血脉关联,他们的手迹书法也是一笔相当宝贵的文化遗产。

然而,面对这笔文化遗产,长期以来学界却少有关注,造成一个被忽视的学术视域,即使有所涉及也多是吉光片羽,多属于知识介绍和个别作家评述,[①] 并未形成宏观、系统、深入的学理性探讨,更没有将之作为一种文学和文化现象加以研究,从而使中国现代这笔宝贵的文化遗产被厚厚的历史尘埃淹没了。那么,何以会形成这一状况呢?我认为,主要有以下几个方面的原因。

第一,与中国现代文学、作家和学者的价值观与思维定势有关。既然现代新文学是在对传统旧文学的批判、扬弃甚至否定,也是在向西方现代性文学和文化学习的前提下产生的;那么新与旧、中与西、先进与落后的优劣得失就不言自明了。而作为中国传统书法当然也在被忽视和超越之列!因之,谈到中国现代作家和现代文学,人们自然更关注其对外国文化的接受和白话文学本身的贡献,却忽视甚至有意避开它与本土传统文化包括旧体文学、书法文化的密切关系。因为承认了书法文化之于现代作家的

---

① 在这方面有代表性的著述有:贾兆明的《闲话作家书法》(《万象》1944年第7期);张宗武的《孙犁的书法与〈书衣文录〉》(见孙犁《书衣文录》,山东画报出版社1998年版);孙洵的《民国书法史》在评介"民国时期书法研究的发展"时说:"林语堂的研究,独领一代风骚。""他的论书观念最为新颖。"(孙洵:《民国书法史》,江苏教育出版社1998年版,第133页);古远清的《台静农:传承文化,功不可没》(见《书法导报》2008年8月6日第32期)一文对台静农在书法实践的贡献以及传承中国传统文化上给予充分肯定;笔者的《郭沫若:中国现代书法文化的创造者》,(《陕西师范大学学报》2007年第3期)等。值得说明的是,对于康有为的《广艺舟双楫》有不少研究,并取得了巨大的成就,但可惜不是从"作家"角度展开的。

影响，就无异于说他们缺乏现代性。关于这一点，即使到了20世纪90年代，有人还这样认为："过于迷恋承袭，过于消磨时间，过于注重形式，过于讲究细节，毛笔文化的这些特征，正恰是中国传统文人群体人格的映照，在总体上，它应该淡隐了。"① 作为著名学者和作家的余秋雨在20世纪末尚有这样的看法，即要为中国书法祭奠，而长期以来学界疏于思考和研究中国现代作家的书法情结，也就是情理之中的事了！

第二，与学科间的壁垒森严、学术研究缺乏整体感不无关系。近现代以来，中国学术思想和文化向西方学习，逐渐走向了严密、细化和实证，这是有意义的；但另一方面，消解中国传统学术的整体性通感，越来越追求学科的分野甚至碎片化，这是不利于学术发展的。对于文学和书法也是如此，在中国古代这二者是相得益彰的；而到了近现代则分而治之，甚至可以分道扬镳。作为书法家，他可以将别人的诗文作为书写对象，而他自己不一定成为文学家；一个作家往往仅将书法视为书写工具，对于书法的精进并无过高的热情和要求，这就造成了书法与文学的分离。难怪书法界往往看不起现代作家的书法，有人据此提出"书法在民国就已经遭冷遇"的看法。② 书法界对于民国以来包括作家的书法评价不高，而文学界和学术界对作家书法的忽视也就不足为奇了。

第三，与长期以来对于"作家和书法文化关系"研究的匮乏直接相关。学术需要积累，也需要启发和引导，更需要观念、价值和方法的确立。当百年来整个中国现代作家一直缺乏"书法文化"视角的关注，学界对于它的忽略也就不可避免。也是在此意义上说，有了一个好的开端也就成功了一半，学术研究最可宝贵的是探索精神、独立品格和创新意识。另外，由于中国现代作家的"书法文化"散布于各种旧报刊、回忆录、日记或传记等资料中，迄今尚无专题资料汇编，只能通过各种管道搜集，还要辨其真伪，这无疑又为研究的快速发展设置了障碍，因为现在愿意下大功夫做研究尤其是甘于发掘第一手资料的学者并不多见。

第四，与20世纪尤其是当代中国学者知识结构的欠缺也是密切相关的。在20世纪上半叶，由于时代较近的关系，许多学者虽精于书法，但难以对同代作家进行"书法文化"的审视；而在20世纪下半叶，虽然时代拉开了距离，可以进行超越时空的审美观照，但学者对于书法的隔膜又成为一个天然的屏障。试想，当学者没有"书法文化"的知识结构与审

---

① 余秋雨：《笔墨祭》，载《文化苦旅》，东方出版中心1997年版，第246页。
② 李一、刘宗超：《共和国书法大系·书史卷》，江西美术出版社2009年版，第3页。

美自觉，中国现代作家的书法文化创造也就很难引起他的共鸣。生于"文化大革命"时代的学人是如此，而扔掉钢笔、手击键盘的"80后""90后"学者更是如此！

令人欣慰的是，如今中国现代作家与书法文化的历史尘封已被打开，以往以西方价值为圭臬、视中国传统文化为"保守"的观念也得以修正。近些年，有人开始探讨《红楼梦》对中国现代作家的深刻影响，认为除了西方文学和文化，它也是中国新文学产生的一个源头。[1] 也有人将中国现代旧体诗词作为自己的研究对象，并探讨其中包含的现代性因素。[2] 从此意义上说，探讨"书法文化"与中国现代作家的关系，也具有观念和方法论的意义，它将开启一个久被忽视的新的学术视域。

第二节 现当代作家的贡献

由于有了先入之见，即中国现当代作家的书法水平不高，更不能与中国古代书法相提并论，因之，在书法界看低甚至无视中国现代作家书法的情况就在所难免。如果站在纯书法艺术尤其从技巧的角度观之，这样的看法也许不无道理；然则，如果从历史发展、现代思想以及评断标准的变化审视，或许会有新的认识和结论。我认为，中国现代作家在"书法文化"尤其在"书学"上的贡献不可低估，理应给予足够的重视和高度的评价。

热爱中国书法艺术，注重书法收藏，在中国传统文化的传承上，中国现代作家的努力可谓功不可没。最有代表性的是由近代进入现代的梁启超，他将收藏碑刻拓本作为重要的书法活动，一生共收藏历代金石拓本1284件，其中各朝代的几乎都有，书体和碑刻的种类也相当齐全。鲁迅的书法收藏也很有代表性，他的碑帖收藏甚富，年轻时还潜心临摹碑刻，从而打下了扎实的书法功底。另外，郭沫若、郑振铎、阿英、林语堂、臧克家、冰心、老舍等人也都收藏了不少名家书法，如冰心收藏和保护了梁启超的书法"世事沧桑心事定，胸中海岳梦中飞"，于是使这一杰作得以流传。还值得一提的是刘半农的书法收藏，他曾格外有心收藏"五四"前后的白话诗稿，后来汇编一册并于1933年由北平星云堂书店影印，书名为《初期白话诗稿》。内中收李大钊一首，沈尹默九首，沈兼士六首，

---

[1] 详参王兆胜《〈红楼梦〉与20世纪中国文学》，《中国社会科学》2002年第3期。
[2] 陈友康：《20世纪中国旧体诗词的合法性和现代性》，《中国社会科学》2005年第6期。

周作人一首，胡适五首，陈衡哲一首，陈独秀一首，鲁迅二首。① 所收虽不够丰富，既无郭沫若、刘大白等人的，连刘半农自己的也没有，可谓缺憾不小，但赖此却保存了早期的部分白话诗稿。从书法文化保护的角度看，作家收藏自己或他人的书法，由此才会促成中国传统书法与中国现代作家书法的延续和增值，并通过这种具有人类学意味的视觉作品"所诱发的联想"和产生的"对位性的启迪"，② 为当代社会文明建设提供一种精神文化资源。当代著名作家陈建功在《中国现代文学馆馆藏珍品大系·总序》中说："难得的是，不少作家——特别是老一辈作家，多是国学功底深厚、艺术修养全面的饱学之士，有的本身就是藏书家和书画家，更多的人，则由于声名显赫，或得以广交书画界朋友，常得遗赠丹青；或自身喜爱书画赏析，不惜重金持购。聚沙成塔，集腋成裘，于不知不觉间成了艺术珍品的持有者。另有作家之间的唱和、赠答、翰墨往来等，也在不经意间成了寄寓着文坛佳话的珍品……"③ 从此意义上说，不要小看中国现代作家的书法收藏，也许可以这样说，正由于他们的努力，中国书法这条长河才不致断流。

中国现代作家的书法创作对于中国书法史来说，也具有增光加彩之功。我认为，中国现代作家的书法有鲜明的时代感和个性特点，具体表现有三。一是强烈的社会责任感和使命意识。在中国古代，书法往往具有个人性、闲适情调和隐逸意识，不论是王献之、颜真卿等人的信札，还是王羲之的《兰亭集序》，抑或是米南宫的《淡墨诗帖》和刘墉的"宝鼎长和霄露满，琼枝早结蕊珠新"等都是如此。而中国现代作家的书法则大为不同，它们身肩重任，将国家民族的生死存亡放在心头，如李大钊的"铁肩担道义，妙手著文章"，鲁迅的"我以我血荐轩辕"和"横眉冷对千夫指，俯首甘为孺子牛"，郭沫若的"公生明偏生暗，智乐水仁乐山"都是如此。二是视野比较开阔，世界眼光、宇宙意识、个性思想、自由精神都比较突出，如林语堂的"两脚踏东西文化，一心评宇宙文章"，其胸襟和眼界就不是古人书法所能达到的；郁达夫的"曾因酒醉鞭名马，生怕情多累美人"，可谓自由放任、冲破了中国传统书法的正统，思想的解放和个性的鲜明简直无与伦比。接到鲁迅馈赠的自作诗书法，郁达夫也给鲁迅回赠了一幅书法"醉眼朦胧上酒楼，彷徨呐喊两悠悠。群盲竭尽蚍

---

① 刘半农：《〈初期白话诗稿〉序》，《新文学史料》1979年第3期。
② 王海龙：《视觉人类学》，上海文艺出版社2007年版，第117页。
③ 详参陈建功主编《中国现代文学馆馆藏珍品大系·书画卷》（四辑，文化艺术出版社2006年、2007年版），其中，数百幅书画精品皆为作家收藏并捐赠（或家人馈赠）。

蜉力，不废江河万古流！"其诗、书之潇洒自由令人惊叹。三是章法、结构与笔法的自由表达。中国古代书法虽然丰富多样，但却有一定的规矩和定式。而中国现代书法则要随意和自由得多，像陈独秀、胡适和沈尹默等都用书法写新诗，章法比传统更自由（图3）；郁达夫的书法我行我素，一如不修边幅、东倒西歪的醉汉；鲁迅等现代作家的书法竟加上了现代的标点符号，有的在汉字书法中加入了日文、英文等毛笔字迹，居然也化合而成别致的"新帖"，有的还将行序自右向左、字序自上而下，改为行序自上而下、字序自左向右，也是一种形式创新，这在作

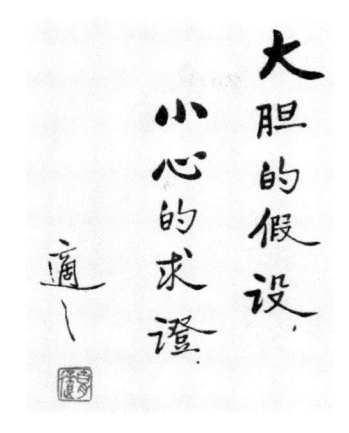

图3 胡适《大胆小心》条幅

家用毛笔写成的文稿中表现尤其突出。当然，就个体书法而言，中国现代作家也不乏创新，如在郭沫若眼中，鲁迅是一位"熔冶篆隶于一炉、听任心腕之交应"的书法家；又如五四诗人、《新青年》编委沈尹默，是中国现代公认的书法大家；再如聂绀弩曾这样赞赏现代著名学者、诗人、书法家谢无量："平生字与诗，增光此世纪。字尤口皆碑，潇洒绝尘鄙。"[1] 林语堂曾将中国书法归结为"一笔线条"，并说："在研习和欣赏这种线条的魅力和构造的优美之时，中国人就获得了一种完全的自由。"[2] 倘从书法文化或"大文学"的视野来观照中国现代作家，即可发现仍有较多的作家将书法书写与文学书写结合了起来，其中部分作家在书学上亦颇有造诣，从而与书法文化建立了密切而又复杂的关系，并对社会文明、当代作家及书法艺术仍具有持久的影响。由此也表明，现代作家不仅代表着"新文化的方向"，而且代表着"弘扬优秀传统文化的方向"。从宏观角度看，现代作家"增光此世纪"的书法业绩也成为"中国创造"的艺术文化可持续发展的一股重要力量与一种活力资源；微观细察，也可领略现代作家与书法文化的深切融合，体现着文学介入书法、书法传播文学的文化特征以及多种文化功能。总之，中国现代作家的书法绝不是可有可无的，无论在思想内容、艺术形式还是审美格调方面，它都无愧于其时代，也为整个中国书法史做出了自己的贡献。

---

[1] 寓真：《聂绀弩诗挽谢无量》，《山西文学》2005年第4期。
[2] 林语堂：《中国人》，郝志东、沈益洪译，浙江人民出版社1988年版，第258页。

在书法理论即"书学"上,中国现代作家也有不俗的表现。近现代以来,有不少作家、学者谈及书法,都有相当的理念突破和创新,其中,康有为的《广艺舟双楫》、梁启超的《书法指导》、沈尹默的"执笔五字法"最有代表性。除此之外,郭沫若的古文字及书法研究,林语堂的书法文化评述,于右任的草书研究,宗白华的书法美学,台静农的书艺细说,以及李叔同、沈从文、钱锺书、骆宾基、赵清阁等的相关言论,大都是可圈可点的书论成果。他们关于书法的美学、价值、技巧、文献、鉴赏、评论和传播等方面的论述,理应得到重视和必要的整理研究。① 概言之,中国现代作家的书学理念四个方面的重要意义:一是革命和创新意识。早在康有为时,他就力倡碑学,以克服数千年帖学一统的局面,他认为碑刻有"十美",这主要表现在魄力雄强、气象浑穆、笔法跳越、点画峻厚、意志奇逸、精神飞动、天趣酣足、骨气洞达、结构天成、血肉丰美等方面(在书法实践上也努力为之)。他在书学上尚"变",认为:"盖天下世变既成,人心趋变,以变为主,则变者必胜,不变者必败。而书亦其一端也。"②(图4)与此相关的是,鲁迅也酷爱碑学,曾在民初时"寓在这屋里钞古碑"。③ 这反映了他与康有为的一脉相承。另外,鲁迅还主张毛笔、钢笔可以通用,不必固守不变,他自己就是二者兼用的,在私塾和家中用毛笔,而在学校里用钢笔,他的理由是:"假如我们能够悠悠然,洋洋焉,拂砚伸纸,磨墨挥毫的话,那么,羊毫和松烟当然也很不坏。不过事情要做得快,字要写得多,可就不成功了,这就是说,它敌不过钢笔和墨水。"④ 这种大胆倡导改革用笔工具的认识,也是富有革命意义的。二是

图4 康有为《行书诗轴》

---

① 如在《二十世纪书法研究丛书》七册(上海书画出版社2000年版)之一的《文化篇》中就收有梁启超的《论书法》、鲁迅的《论毛笔之类》、林语堂的《中国书法》、梁实秋的《书法》、台静农的《我与书艺》、沈从文的《谈写字》等多篇谈论书法文化的文章。
② 康有为:《广艺舟双楫》卷三四。
③ 鲁迅:《呐喊·自序》,载《鲁迅全集》第1卷,人民文学出版社1991年版,第418页。
④ 鲁迅:《论毛笔之类》,载《鲁迅全集》第6卷,人民文学出版社1991年版,第393页。

以美和宗教的方式看待书法艺术。20世纪初,蔡元培曾提出"以美育代宗教"的看法,而有不少中国现代作家也受到这一思想的影响,即从美和宗教的角度来看待书法。像宗白华、林语堂、丰子恺、朱光潜等人最有代表性,他们承前启后,其探讨亦渐趋深入。如林语堂指出:"中国书法在世界艺术史上的地位实在是十分独特的。毛笔使用起来比钢笔更为精妙,更为敏感。由于毛笔的使用,书法便获得了与绘画平起平坐的真正的艺术地位……书法标准与绘画标准一样严格,书法家高深的艺术造诣远非凡夫俗子所能企及,如同其他领域的情形一样。""也许只有在书法上,我们才能够看到中国人艺术心灵的极致。""书法提供给了中国人民以基本的美学,中国人民就是通过书法才学会线条和形体的基本概念的。因此,如果不懂得中国书法及其艺术灵感,就无法谈论中国的艺术。"林语堂甚至认为,诗歌艺术在中国已经代替了宗教的作用。[1] 宗白华也认为,中国人写字,能成为艺术品,"中国字若写得好,用笔得法,就成功一个有生命有空间立体味的艺术品",就会化为一脉生命之流、一回舞蹈、一曲音乐。[2] 这种书法美学思想在他后来的《中国书法里的美学思想》中表现得更为清晰明白。三是中西比较的方法。因为时代不同了,作家的眼界也更开阔了,所以他们谈论中国书法就能够在中西的比较中互相参照,如林语堂认为,西方艺术总是到女人体里寻求最理想、完美的韵律,把女性当作灵感的来源,而中国人对韵律的崇拜却是从书法艺术中发展起来的,书法代表的韵律是最为抽象的原则,书法是抽象艺术,可把中国书法当作一种抽象画来解释其特性,它是抽象的构图和自然的律动。[3] 运用中西比较的方法,就避免了中国传统拘囿一地,甚至妄自尊大的自我中心主义。四是辩证的眼光与思维方式。由于时代的关系,也由于眼光的限制,中国古代书法家很难有世界视野和辩证的思维,而中国现代作家多周游世界,对于中西文化能够借鉴融通,所以他们的书学思想也就容易获得解放。如林语堂一面高度赞扬中国的书法艺术,但另一面他又说:中国传统的书写方式"对中国来说是一把双刃剑……这种追求漂亮书法的练习消耗了难以估量的

---

[1] 林语堂:《中国人》,郝指东、沈益洪译,浙江人民出版社1988年版,第257、258、285、240页。
[2] 宗白华:《中西画法所表现的空间意识》,载《中国现代美学名家文丛·宗白华卷》,浙江大学出版社2009年版,第256页。
[3] 林语堂于1936年发表的这个观点对近20年来中国的"现代派"书法也产生了重要影响。参见刘灿铭的《中国现代书法史》(南京大学出版社2010年版,第200页)。

时间。它也限制了文化在民众中普及。读写能力成为知识阶层的特权"。①丰子恺也说过:"宇宙是一大艺术。人何以只知鉴赏书画的小艺术,而不知鉴赏宇宙的大艺术呢?人何以不拿看书画的眼光来看宇宙呢?如果拿看书画的眼光来看宇宙,必可发现更大的三昧境。"② 当然,中国现代作家的书学贡献远不止于此,由于篇幅所限,在此就不一一赘述了。

由于中国现代作家处于古今中外文化的转折期,他们多承续了中国古代文人精通书法的传统,所以不论在书法实践还是书法理论上都有自己的坚守、探索和思考,著名作家是如此,一般作家也不例外,而且这些内容散落于作家的文学创作、理论研究、日常生活之中,需要进一步的发掘、整理和研究。如果站在文学的角度探讨,中国现代作家的书法贡献往往不为人重;但从"书法文化"的角度观之,中国现代作家往往处处闪烁着耀眼的光芒,这与整个中国书法艺术的发展是一脉相承的。

第三节 书法对文学的滋养

除了中国现代作家对于"书法"的贡献,反过来,中国现代作家和文学又受到"书法"的哪些滋养呢?换言之,因为书法的影响和渗透,中国现代文学有何独特的风貌,尤其有哪些不为人重的内容呢?理解了这一点,我们就容易理解中国现代作家和文学并非孤立的存在,而是具有丰富内蕴、多元性的存在。

书法装帧艺术改变了中国现代文学书刊的样式,从而成为艺术美和作家心灵的重要载体。由于现代印刷业的发达和便捷,中国现代文学的书刊装帧丰富多彩,美不胜收!其中,"书法"的参与不可忽略,可以说它改变了书刊的形式。以中国现代文学著作的封面装帧为例,有许多书名是用毛笔题写成,如徐枕亚的《玉梨魂》、鲁迅的《呐喊》、胡适的《尝试集》、陈衡哲的《小雨点》、闻一多的《红烛》、徐志摩的《翡冷翠的一夜》、茅盾的《子夜》、林语堂的《大荒集》、叶圣陶的《西川集》、老舍的《骆驼祥子》、王鲁彦的《柚子》、朱自清的《踪迹》、陈西滢的《西滢闲话》、梁实秋的《雅舍小品》、丁西林的《一只马蜂》、蒋光慈的《纪念碑》、凌叔华的《花之寺》、白朗的《我们十四个》、张爱玲的《传

---

① 林语堂:《中国人的生活智慧》,陕西师范大学出版社2005年版,第52—53页。
② 丰子恺:《人间情味》,北京大学出版社2010年版,第3—4页。

第一章 中国现当代作家与书法文化的结缘 11

奇》、苏青的《浣锦集》、施蛰存的《上元灯》、章克标的《蜃楼》、卢焚的《江湖集》、钱锺书的《人·兽·鬼》、靳以的《残阳》、臧克家的《罪恶的手》及卞之琳的《三秋草》等，都是如此。[1] 这对于彰显作品的意涵和审美取向作用很大。在文学期刊中用书法进行装饰者更不在少数，可以说比比皆是。其中，林语堂创办的《论语》杂志用的即是郑孝胥的书法，在《人间世》杂志创刊号上，翻开刊物首先映入眼帘的即是周作人的"五十自寿诗"书法，以及蔡元培、林语堂等人的"和诗"书法，从而产生了极为强烈的视角冲击效果。另外，《大公报·文艺副刊》《晨报副镌》《小说画报》《小说月报》《创造季刊》《语丝》《莽原》《浅草》《宇宙风》《太白》《七月》《希望》《诗创造》等，都曾用书法题名来寄托某种文化寓意，或求锋芒，或求稳重，或求创造，或表自谦，或寄希望，因为书法比印刷体或美术字更能表达某种编辑意向，更加别致美观和富于意趣变化。尤其值得注意的是，有的是由作家自题，这就很能契合作家本人的心绪，也容易与作品的风格和美学意蕴合拍，如鲁迅早年曾示贺《天觉报》，画一松，配篆隶体"如松之盛"四字，他热爱绘画热爱美术且时或在画面及照片上题字，似乎乐此不疲。又如鲁迅的《呐喊》由北京北新书局出版时，"封面由鲁迅自行设计绘制，自写黑长方框中的'呐喊《鲁迅》'隶体字样，显得大方而雄浑，较好地契合着苍劲悲凉、富有风骨的审美格调"。[2]《野草》也是鲁迅自题的书名，书法采用的是隶、篆结合，又有新的创造，在回旋圆转、交织缠绕的线条中，体现了鲁迅复杂、微妙、坚韧、神秘的内心图景。对于文学书刊来说，"书名""刊名""刊头"等犹如一个人的名片，它具有相当重要的作用，用书法这种形式装帧好了，一定具有画龙点睛的作用，从而构成"大文学"的一部分。

作家的手稿改变了现代文学的存在方式，从而使其成为集文学与书法于一身的复合体。这也就是说，众多现代作家用心用力所留下的手迹文稿，在笔者看来大都是具有复合特征的"第三种文本"，即作家手迹文稿

---

[1] 可以参见杨义等《中国新文学图志》（人民文学出版社1996年版）；姚志敏主编《中国新文学作品系列书影》（上、下册，上海远东出版社2003年版）；张泽贤编《民国书影过眼录》（上海远东出版社2004年版）、《民国书影过眼录续集》（上海远东出版社2006年版）等系列书籍；唐文一等《20世纪中国文学图典》（四川人民出版社2001年版）、孙郁《鲁迅书影录》（东方出版社2004年版）、陈子善《发现的愉悦——人踪书影文丛》（湖北人民出版社2004年版）、唐文一等《消失的风景——新文学版本录》（山东画报出版社2005年版）等。

[2] 杨义、[日]中井政喜、张中良：《中国新文学图志》（上），人民文学出版社1996年版，第119页。

是文学与书法的合成合金。从文学与书法结合的角度看，这当是独特、独立的一种文化形态，也是现代作家对中国现代文化的杰出贡献。从众多现代作家存世的手迹可以直观文学与书法的相通，并由此可以认定：作家书法的总体优势或最大优势及特色其实就在于手稿书法，书札艺术，而非一般书法家所精通的中堂、对联、条幅、斗方、横幅等特别讲究的书法艺术形式，因为专业书法家更谙熟于此，具体操作也较作家更加规范化和精致化。从传播与接受角度看，读者通常关注铅字印刷的文学文本，书家通常看到的是线条墨色构成的书法文本，自然各有局限。但从宏观角度看，作家主体和书法文本亦为历史文化的"中间物"，文学文本与书法文本化成"第三种文本"，并成为"中国创造"的艺术文化可持续发展的一股重要力量与一种活力资源；微观细察，亦可领略现代作家与书法文化的融合，体现着文学介入书法、书法传播文学的文化特征以及多种文化功能。还应该说，由于历史久远和战争频繁，中国古代文学原作很难得以保存，就目前的作家手稿来看，所剩无几，一旦有存，便价值连城。王羲之的《兰亭集序》如今真迹已无，只能靠摹本留存；即使是离我们不远的曹雪芹的《红楼梦》也无真迹手稿，只有靠手抄本进行研究。而中国现代文学的众多手稿则不同，许多是以毛笔书法的形式创作而成，是一种真正意义上的书法文学或文学书法，因为其中有作家增删修改的痕迹，也有作家书写的书体，还有作家的章法结构，因而成为一种有生命体温的活化石，其价值意义也就显得弥足珍贵。即使是现代作家随手随意书就的篇幅较小的手札，亦如文学中的"小品"，往往在法无定法、心手两忘的舞文弄墨之中，书文交融而又臻于化境，从而于字里行间蕴含着如诗的情怀，如诗的意境，因为"手札书法是书法史诗中极为曼妙的篇章"[①]，存留着作家最真切的生命气息。有人曾这样认为："文学本身的美感和书法笔墨的美感结合在一起，相得益彰，千百年来共同为中国人生存的心灵空间，应构出一种浓浓的诗意和独特的美感。"[②]如果说，在中国古代这种文学与书法的结合，至今流传不多，尤其是小说和散文存世更少[③]；那么，中国现代文学手稿包括

[①] 张红春：《手札100通欣赏》，上海书画出版社2010年版，第168页。
[②] 崔树强：《笔走龙蛇——书法文化二十讲》，北京大学出版社2009年版，第158页。
[③] 参见刘国庆、林光旭编著《中国古代文学家书法》（点评本作品选），山东美术出版社2009年版，该书在漫长的数千年间仅选择了80位文学家，从李斯开始，到文名不显的张问陶结束，选择范围很宽泛，包括了传为曹操书写的"衮雪"二字以及尚有争议的李白的《上阳台帖》。因为各种原因，古代文人存世的书法真迹很为罕见，而近现代以来的著名作家手稿真迹却易于见到，且品相完好，近年来也赢得了世人的喜爱，升值空间有了迅速的扩展。

小说和散文则相当丰富，可谓汗牛充栋、比比皆是。就目前情况看，不仅在中国现代文学馆珍藏着大量的现代作家手稿，①而且仅从《现代作家手迹经眼录》《民国文人书法性情》《沧海往事：中国现代著名作家书信集锦》《旧墨二记·世纪学人的墨迹与往事》等正式出版物所附的图版中，也可管中窥豹，看到现代作家手稿的丰富多彩和意趣盎然。如仅鲁迅幸存的文稿就被文物出版社编为60卷出版，规模不可谓不宏大。②不过，笔者建议，随着社会发展和现代老作家的辞世，抢救手稿等文物的意识应该加强，以便更多、更好地保存这些以"书法"形式写成的文学作品。③

书法文化对于中国现代文学的渗透，直接影响了文学的内涵、形式、境界和质量。诗人陆游在《示子遹》中曾说："我初学诗日，但欲工藻绘；中年始少悟，渐若窥宏大。……汝果欲学诗，功夫在诗外。"胡适也表示过，读书要博大，多一份知识也就多一个参照系。由此可见，打通学问人生的重要性！我们虽不能说，精通书法一定能创造出优秀的文学作品；但可以说，"书法文化"有助于作家的修养和文学创作的丰富与提升，这也是古人所言的"腹有诗书气自华"的道理。清代刘熙载在《艺概》中指出："书者，如也；如其学，如其才，如其志，总之曰如其人而已。"这与"文学是人学""个性即风格""文如其人"等经典文论的思维方式无疑是相通的。这种着眼于创作主体的文艺观在现代作家的文学与书法的创作实践中也得到了很好的继承，相关的文论与书论话语也足可以集为专书的。而从创作主体的书法素养与文学表达的贯通角度看，书法自具面目的作家在文学文本中也往往会有相对应、相映衬的特点。如有人这样认为："鲁迅校勘碑文的方法，是先用尺量定了碑文的高广，共几行，

---

① 据中国现代文学馆官网介绍，现有各类馆藏文物文献资料50多万件，作家手稿珍藏库现藏有作家珍贵手稿、书信、字画等文物近4万件。又据《中华读书报》2009年10月21日"信息"版报道，该馆馆藏已有60多万件。笔者以为，这还只不过是世间相关实物包括书画中的很小部分。
② 目前能够看到多种版本的鲁迅手稿方面的书，从20世纪70年代末开始，文物出版社陆续推出了《鲁迅手稿全集》（全60册），堪称翘楚。但出版界对其他著名作家或文化名人手稿的忽视则应该尽快加以补救，学术界和国家有关部门也应在这方面给予高度重视。起码也要像保护民间非物质文化遗产那样去保护文人作家身后留下的手稿以及他们费心收藏的书画作品。
③ 台湾著名学者、出版家蔡登山先生对现代文人的命运特别是情感历程进行了大量的考察，撰写了很多文章，也出版过不少专书，大陆也有一些学者关注这方面的史料搜集和研究，受此启发，似乎应该进一步细化研究某些方面，比如，可以对现代文人的情书手札、日记手稿等进行文学与书法文化相结合的专题研究和系列研究，多多搜集资料，多多开掘分析，图文兼备，肯定会有新的发现和收获。

每行几字，随后按字抄录下去，到了行末，便画上一条横线，至于残缺的字，昔存今残，昔残而今微的形影的，也都一一分别注明（从前吴山夫的《金石存》，魏稼孙的《绩语堂碑录》，大抵也用此法）。这样的校碑工作，不仅养成他的细密校勘修养，而且有积极的一面。"① 而这细密校勘的修养和积极的一面，在鲁迅的文学创作中也有影响。如鲁迅的小说结构和章法严谨，都让我们想到他校勘碑文的细密，他一丝不苟和严整划一的书法风格。最典型的是《狂人日记》，它的构思可谓细针密线，其中有校勘碑文的功夫。还有鲁迅的擅用细节描写，都可作如是观。鲁迅曾说过这样一段话："我翻开历史一查，这历史没有年代，歪歪斜斜的每叶上都写着'仁义道德'几个字。我横竖睡不着，仔细看了半夜，才从字缝里看出字来，满本都写着两个字是'吃人'！"② 这样的笔法和思维方式很有点校勘碑文的细密，且有入木三分的功力。也令人想起鲁迅书法的特点，那就是有人称赏的，鲁迅书法"笔力沉稳，自然古雅，结体内敛而不张扬，线条含蓄而有风致，即便是略长篇的书稿尺牍，也照样是首尾一致，形神不散。深厚的学养于不经意间，已洋溢在字里行间了。所以，赏读鲁迅书法，在你不知不觉的时候，书卷气已经扑面而来。就好比盐溶于水，虽有味而无形"。③ 茅盾从清人陆润庠的楷书入手，进而上溯晋唐，尤其受柳公权、欧阳询、褚遂良以及《董美人墓志》（图5）碑的影响很大，心追手摹，转益多师，逐渐形成个人书风。其内紧外松、节制含蓄、中规中矩的书风让我们想到

图 5　杨秀《董美人墓志》

---

① 曹聚仁：《鲁迅评传》，东方出版中心 1999 年版，第 46 页。
② 鲁迅：《狂人日记》，载《鲁迅全集》第 1 卷，人民文学出版社 1991 年版，第 425 页。
③ 管继平：《民国文人书法性情》，汉语大辞典出版社 2006 年版，第 74 页。

他的长篇小说《子夜》，亦是理性和严谨的典范。难怪有人说，从手稿上"不难看出茅盾当年创作《子夜》时的态度是何等严谨认真，无丝毫随意性，真是深思熟虑、胸有成竹后，方从容落笔，一气呵成"。① 从手稿文本中还可以窥见作家的文风和人格特征。如周作人、汪曾祺的字秀淡闲雅，一如其文，更似其人。而作家们多喜行草，利弊互见；擅长写楷书者则少见。相比较，唯有周正严谨如老舍、俞平伯、叶绍钧、王统照诸人最擅写楷书。早在20世纪40年代就有文学编辑发现了这种字迹与心迹、书风与人格的契合：如"俞氏的诗集《忆》，是他自己缮写了影印的，有平原之刚，而复兼具钟繇之丽，精美绝伦。与俞氏同以散文名于时，且为俞氏好友之朱自清，他的字拘谨朴素，一如其人。《忆》后之跋，也是他亲笔手稿"。② 这也表明，在书法与文学的思维方式或艺术精神方面，确实存在着深切的契合。因为在中国艺术文化系统建构中原本存在着"复合"或"兼容"的审美倾向。尤其是书法，可以与其他很多艺术样式进行程度不同的结合。比如诗书画印的水乳交融就被许多作家文人视为最有意趣的复合性艺术创造。可以说，书法与文学的关联，尤其是具有互动性的关联体现在许多具体方面。作家既可以把艺术灵感、意象带入文学文本，也可以带入书法艺术世界；而书法审美经验和创作体验也可以化为文学写作的营养。如书法讲究的灵动、布局、意象、虚实、疏密、浓淡、直曲、节奏以及优美、豪放、龙飞凤舞等，其实也为作家所追求。比如林语堂，就曾认定通过书法可以训练国人对各种美质的欣赏力，如线条的刚劲、流畅、蕴蓄、迅捷、优雅、雄壮、谨严与洒脱，形式的和谐、匀称、对比、平衡、长短、紧密，有时甚至是懒懒散散或参差不齐的美。他还认为，单纯的平衡匀称之美，绝不是书法美的最高形式，而在一高一低的"势"中方能产生一种"冲力的美"。③ 这种对于书法的理解，令人想到林语堂的文学观，他说："我写此项文章的艺术乃在发挥关于时局的理论，刚刚足够暗示我的思想和别人的意见，但同时却饶有含蓄，使不致身受牢狱之灾。这样写文章无异是马戏场中所见的在绳子上跳舞，亟需眼捷手快，身心平衡合度。在这种奇妙的空气当中我经已成为一个所谓幽默或讽刺文学家了。"④ 很显然，"在绳子上跳舞"，追求"身心平衡合度"，林语堂这种文学观与他倡导的书法"一高一低"、富有"势"的"冲力的美"，是有着

---

① 刘屏：《茅盾的〈子夜〉手稿》，《人民日报》（海外版）1997年11月4日。
② 徐调孚（署名贾兆明）：《闲话作家书法》，《万象》1944年第7期。
③ 林语堂：《中国人》，浙江人民出版社1988年版，第286、289页。
④ 林语堂：《八十自叙》，宝文堂书店1991年版，第111—112页。

内在关联的。这也正是林语堂所谓的"通过书法可以训练国人对各种美质的欣赏力"。另外,宗白华格外强调书法艺术要"有感情与人格的表现",笔力或风骨作为书法家内心力量的外化,要求"笔墨落纸有力、突出,从内部发挥一种力量,虽不讲透视却可以有立体感,对我们产生一种感动力量"。[①] 这与他重视内在生命情感的文学观也是一致的。闻一多于诗、书、画、印皆有较深的造诣,他在《字与画》中提出书与画"异源同流",[②] 这对他影响甚大的"三美"新格律诗学原则也有影响,因为闻一多的书法、篆刻也是将韵律、绘画和建筑(结构)三美同流作为自觉追求的美学目标的。现代侦探小说家程小青甚至将自己喜爱并擅长书画的特点"对象化"为笔下的人物,塑造了江南燕这一脍炙人口的艺术形象。还有郭沫若、毛泽东的"诗性书法"与文学都具有浪漫主义的情怀,二者也是相互映照、相得益彰的。

应该说,如果细细探究,在中国现代文学中可随处找到书法文化精神的熏染,只是有的方面较为明显,有的方面比较隐含罢了。而正是这些滋养,使文学作品焕发更炽热的光芒和感人至深的力量。

第四节 "书写"的文化生态

研究"书法文化"与中国现代作家的关系,一面是有学科意义的,因为通过开拓这一新领域,我们会发现中国现代文学生态原来是如此丰富,而其中隐含的书法史和文学史以及二者的交互融通又是意义非凡的;另一面又是立足当下,展望未来,即通过对这一关系的把握来观照中国当代文学,思考21世纪中国文学的发展方向及其命运。

就中国当代作家而言,我们仍能看到"书法文化"的承传,这在自五四以来的老生代作家中表现得最为明显,而在深受五四文化精神熏陶的十七年作家身上也有薪火相传。就前者而言,像毛泽东、郭沫若、茅盾、巴金、曹禺、老舍、周作人、冰心、叶圣陶、丰子恺、朱自清、沈从文、臧克家、孙犁、赵树理、钱锺书、端木蕻良、台静农这些跨越两个时代的作家,他们直接将书法文化带到当代,这就丰富了中国当代文

---

① 宗白华:《中国美学史中重要问题的初步探索》,《中国现代美学名家文丛·宗白华卷》,浙江大学出版社2009年版,第171页。
② 见《二十世纪书法研究丛书·品鉴评论篇》,上海书画出版社2008年版,第15—17页。

学的风貌;① 就后者而言,像秦牧、刘白羽、杨朔、邓拓、陈白尘、汪曾祺、周而复、姚雪垠、徐光耀等人,因为他们也没有放弃毛笔,所以他们与书法文化还保持一定的联系。然而,进入新时期,尤其是当老一辈作家渐渐去世后,更年轻的一代作家却面临着"书法文化"的沙漠,除了贾平凹、莫言、冯骥才、张贤亮、熊召政、汪国真等有数的作家与书法有缘外,更多的作家则与书法相当隔膜甚至无知,有的作家不要说为作品题字,也不要说写出书法论著,就是连赠书的签名也写不成样子,这是作家无"文化"的一个典型例子。更令人担忧的是,"70 后"和"80 后"的作家完全抛弃了"笔",更不要说"毛笔",而只用键盘和鼠标进行创作,与"书法",他们更是相去更远了。试想,西方作家可以不问书法而进行文学创作,而作为有着数千年书法文明,并以象形汉字为工具的中国作家,完全放弃毛笔和书法文化是不可思议也是难以想象的。

从"书法文化"与中国现代文学的关系来看,抛弃"书法"和"书法文化"也就意味着与中国传统文化割断了血脉联系,书法文化的长河就会断流,而包蕴着书法文化的文学创作也就成为不可能,其中最直接的后果是具有书法意义的作家"手稿"也就成为绝响。另一方面,书法的精、气、神,以及它的宁静、超然、平淡等,也就难以对作家起作用。还有,书法与文学具有天然的因缘,是琴瑟的共鸣和知音的心语。沈尹默曾在 20 世纪 50 年代撰写了《文学改革与书法兴废问题》一文,探讨了文学与书法的深层关联,强调了二者存在的矛盾与统一的复杂关系,表达了对书法命运的信念及关切。晚年叶圣陶在给丁玲的一首词中曾写道:"兔毫在握,赓续前书尚心热……那日文字因缘,注定今生辙。"② 读来真的是耐人寻味,使人总想起文学与书法的难解之缘和作家与书家的会心之意。女作家赵清阁也曾书"诗文讴盛世,翰墨写春秋"以表情达意;③ 余秋雨也曾从《笔墨祭》中的喟叹者转型为自我欣赏且名副其实的"书法迷",并认定"书法艺术游动不定的抽象黑线,是中国历史的高贵经纬"。④

---

① 这里将毛泽东也列为作家,是因为他的一生也有著名诗人和政论散文家的"身份",其书法与文学的关联至为密切,其对 20 世纪中国文艺发展的巨大影响都是难以回避也不应回避的。著名学者黎活仁先生认为,要学习和研究中国现代文学,就不能因"政治"意识等原因而不顾基本的文史事实,如对郭沫若、鲁迅、茅盾等作家的了解是必要的,否则就很难在中国现代文学这门学科登堂入室(参见黎活仁《茅盾回忆录与现代中国文学》,香港《抖擞》1982 年 7 月号)。对毛泽东,这样的基本判断无疑也是适用的。
② 张香还:《叶圣陶和他的世界》,上海教育出版社 1995 年版,第 326 页。
③ 孔海珠:《聚散之间——上海文坛旧事》,学林出版社 2002 年版,第 71 页。
④ 余秋雨:《问学·余秋雨·与北大学生谈中国文化》,陕西师范大学出版社 2009 年版,第 208 页。

作为炎黄子孙，固然不可能要求每个人都热爱书法，甚至都成为书法家，但让更多的中国人热爱、练习书法，让更多的作家理解和接受"书法文化"，并从中切实受益，在这个以键盘代笔的时代就显得非常必要，也是相当迫切的一项工作了。基于此，这不仅仅需要文学界的重视和努力，也需要书法界的清醒和自觉，更需要国家出台一系列的教育、文化政策，只有这样才有可能逐渐提高我国的文化软实力，真正实现国家的富强和伟大复兴。

需要说明的是，我们指出中国现代作家的书法贡献，只是从一般意义，即站在超越前人的角度来说的。事实上，如果以更高的标准，即马克思所说的"历史和审美的标准"进行判断，中国现代作家的"书法文化"还存在这样和那样的不足，具体言之有二。一是世俗化倾向。自康有为以下，中国近现代作家往往写行、草书者多，能写楷、隶、篆者少，而能写石鼓文、甲骨文者就更少了。何以故？追求通俗、随意、便捷、解放者多，而喜好典雅、含蓄、高古者少。当书法与文学一样都远离雅致而走向世俗时，书法文化的含金量也就越来越低了。二是自觉的创新意识匮乏。中国现代文学家除了康有为、沈尹默、鲁迅、毛泽东、沈从文等有限的几个人外，大多没有书法的创新意识。他们或是将毛笔作为书写工具，或是将书法看成写字，或是将书法当成人际交流的一种方式，或是把创作视为兴之所来的一种自我表达，因此，严格意义上的书法创作并不突出，而真正能够超越前人的书法经典作品也并不多。而到了当代作家以及新时期作家，就更谈不上书法的创作了，有的也只是用毛笔写字而已。如孙犁就表示："我本来不会写字，近年也为人写了不少，现在很后悔。愿今后一笔一画，规规矩矩，写些楷字，再有人要，就给他这个，以示真相。他们拿去，会以为是小学生写字，不屑一顾，也就不再来找我了。"① （图6）显

---

① 孙犁：《字帖》，载《孙犁散文》，中国广播电视出版社1996年版，第391页。其实孙犁还是勤于书写且遗墨较多的文人。我们如今能够看到的孙犁墨迹，有20世纪中叶的，但更多的还是其新时期以来即其晚年的手稿、手札、题字及书法作品等。孙犁作为早已成名的文艺界"名人"，求其题字或墨宝的很多，尽管他经常自谦写字不好，委婉推掉了许多这方面的请求，但毕竟有些亲友的请求还是很难拒绝的。如60年代他为冉淮舟写过多幅书法，他频繁与冉淮舟的通信也留下了具有书法价值的手札；又如80年代他应李屏锦、李跃强等人请求也写了多幅书法，还表示"如不满意，以后写了大些的再寄上"；再如90年代韩映山、万振环、段华等人不仅获得了孙犁的墨宝或手札，还得到了书写毛笔字的具体指教。笔者以为，尤其难得的则是孙犁的写字心态极佳，对当今文人们也会有所启迪：人家真诚要字，我便真诚书写；即使书迹不够美观，也有"留个纪念"的意义；且不要钱财礼物，却多了练习书法的机会……

然，没有创新意识的书法创作就必然影响书法的水平，也使其文学手稿的价值大打了折扣。当然，中国现代作家尚且如此，当代尤其是"50后"的作家就更可想而知了。以书法有名的作家贾平凹和冯骥才为例，他们虽然多有书法问世，对延续文人书法传统上有不可忽视的贡献，但其格调与创新显然还是不能令人满意的。从这个方面来说，新世纪中国文学不仅要突破对于"书法文化"的忽视与隔膜，更要走出中国现代作家存在的误区，真正能够树立书法的创新意识，并创作出超凡脱俗的书法作品。只有这样，新世纪的中国文学与书法才能与中国古代接轨，以便更上一层楼，并努力建构以当代作家为主体的"新文人书法"格局，对此当代作家可谓责无旁贷（图7）。

图6　孙犁《宁静》

由"书法文化"与中国现代作家的关系，还可以进一步引申到对于古今、中西文化的思考，从而有助于建构更为健康合理的新世纪中国文学。如果站在一元化的西方文化角度看，中国书法当然可有可无，它甚至会成为中国文学和文化走向世界的巨大阻力；但如果站在世界文化多元共存、各有优长、取长补短的角度观之，中国书法又是不可或缺的，它是中国人思考、感悟世界的独特方式，因为象形方块汉字本身就是中国文化的伟大创造与象征，是美好的心灵与天地自然共同育化的结果。我们很难想象像王羲之的《兰亭集序》与颜真卿的《祭侄文稿》，如果没有美好的书法艺术表达，它们仍有那么长久的魅力和感染力。当然，在新的世纪，中国文学和文化不能只拘囿于一时一地，用一元的价值观看待问题，而应有中国立场、世界眼光、人类情怀、宇宙意识，尤其应站在人类健康、和谐、美好发展的角度进行思考，这样就可以克服长期以来困扰我们的一些矛盾，诸如文学与书法、古旧与创新、东方和西方等的艰难选择。换言之，尽管书香墨趣与"书卷气"的深度融合所形成的中国文人书法传统经过现代作家的传承，在当代并没有完全成为"绝响"，但也确实存在着严重危机，不少作家世俗化、作品粗鄙化，其实在文化本体上恰恰反映了他们的文化气血不足，这也与他们盲目告别毛笔文化、放逐士子情怀有关；尽管当代文人作家们亲近和创化书法文化与疏离书法文化构成了当代文化发展的一种矛盾运动，不以人的意志为转移，但我们也可以在这种运动规律中看出中国文学与书法的未来与希望，并坚信关于作家书法的相关探讨还将持续下去，特别是对现代书法包括作家书法文献的整理、研究，理应得到多方面的支持，抢救数据，规范整理，既要建立现代书法文献学，也要致力于"计算机书法"的相关研究……

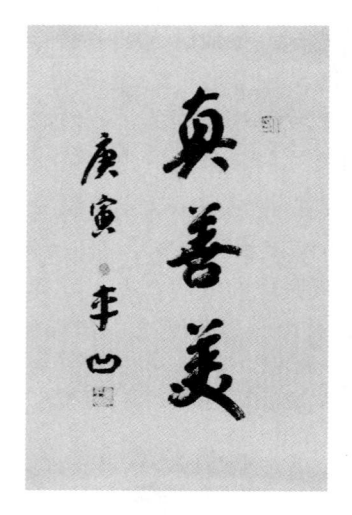

图7　贾平凹书法

在19世纪与20世纪之交，当中国与世界的目光一齐朝向西方时，中国现代作家并没放下手中的毛笔，而是创造出无愧于时代的文学与书法艺术；而进入21世纪，当中国也开始吸引世界的目光时，中国的作家更没有理由放下手中的毛笔，因为放下甚至舍弃"书法文化"，在一定意义上也就意味着背离、远离甚至丧失了中国文化的血脉与根本。事实上，在实用领域，我们正处于一个"毛笔"迅速被"键盘"取代的时代，基于此，新世纪的中国作家更应保持一份清醒和自觉，葆有一份关切和责任。

这里且录诺贝尔文学奖得主莫言打油诗一首，表明"大有作为"的中国当代作家的"书写"心态：轻松"自嘲"中却有可贵的自在和自信——

　　练字说明人已老，
　　挥毫可以长精神。
　　书法有法无定法，
　　文章朴素贵天真。
　　多少风华成旧梦，

"无边光景一时新",
冷眼懒看文坛事,
是非曲直史中论。

  此诗以硬笔书法图片形式呈现,贴于莫言博客,围观者颇多。诗后还有莫言相关说明的话:"打油一首以答观我博客众文友。小说正写着,话剧正改着,闲书正看着,书法正练着,革命进行着。时在庚寅五月七日,老莫随手。"最后还按书法模式盖了莫言本人的朱文小印。这件墨宝比较特殊,耐人寻味,对于当今大陆作家而言,确实有"代言"的效果,也生动地呈现了中国当代文学的文化生态及作家的文化心态。其中,对书法文化的理解,也有着较为明显的现实意义。

第二章 现当代作家书法的功能及意义

如前所述，学术界迄今对中国书法文化与现当代作家的关联性研究仍是薄弱环节。在传承和弘扬卓具特色的中国书法文化方面，中国现当代以来的作家们其实也做出了重要的贡献。同时，书法文化作为中国传统文化的重要组成部分，对现当代中国作家也产生了多方面的深刻影响。在这里，笔者拟根据各种相关的历史文献和现存实物，进一步揭示现当代中国作家与书法文化的翰墨缘或关联性：尽管历史变迁、工具变革，许多现当代中国作家仍与书法文化保持着难分难解的翰墨之缘；作家们的书写行为及其书法文本，具有求美审美、"字核"衍化、互动共生、分层并存等精神文化特征。同时，笔者还拟对现当代中国作家创造的书法文化所具有的文化载体功能、文化实用功能、文化交际功能、文化纪念功能、文化消遣功能、文化启示功能及其相关价值意义，进行较为深入的探讨。

中国书法文化是名副其实的"国粹"，也是世界文化格局中特色独具或差异性极为鲜明的一种文化形态。总体而言，中国是很注重传统文化的国家，其维系传统文化的主要力量或途径，则是充分发挥了文人及作家的作用。幸运的是，古代的文坛和书坛几乎是合二为一的。而这个传统进入现当代特别是21世纪之后，虽然有了一些重要变化，但文坛和书坛所构成的"双坛"交叉现象依然存在，并且仍然作为一种"文化传统"对现当代文人作家产生了深刻的影响。以古鉴今，由今思古，可以使我们看出古今的相通和文化生命的延宕，同时也可以看出现当代文人作家在传承创新中华民族文化方面的重要作用。

第一节 从古代文人书法说起

在中国古代，若非"文人"，大抵不会钟爱书法，精通书法，并自觉地把书法当作艺术来看待，这是一种历史的真实。"文人"亦即知识分子，是伴随人类社会的发展和进步而出现的，作为社会现象，它和社会体力劳动与脑力的分工密切相关，与人类生活中文字的出现和广泛运用密切相关。而文人的优势，也就体现在拥有深厚的文化素养与较高的书法造诣等方面。因为文人与学问、书家与文人、书法与修养等本来就是密切联系在一起的，征之以书法史，事实确乎如此。如东汉著名书法家蔡邕，既是文学家，兼通经史、音律、天文，亦能画。有《蔡中郎集》，显示其知识宏富，由此促其书法艺术臻于佳境，史有"骨气洞达，爽爽有神"之评，所书"六经"文字，立石于太学门外，围观学习者拥塞通衢。又凭借其智能之高，聪敏过人，受偶然事情启发而创"飞白"书，对后世影响颇大。其女蔡文姬，文化素养渊自家学，书艺亦精擅。至于王羲之、王献之、颜真卿、张旭、虞世南、苏轼、黄庭坚、董其昌等，莫不旁通他艺或广泛的知识领域，并皆非泛泛涉猎，而是潜心求索，大多有较高的成就。如元代的赵孟頫，就是当时著名的书画家，书法兼精各体，并工篆刻，均领一代风骚；同时又善诗文，所作自然温婉，有《松雪斋集》传世。"扬州八怪"之一的郑板桥，既是著名的书画家，亦善诗文，所写《孤儿行》《家书》《道情》等颇能动人；尤其是他那经常出现于画幅之上的题诗，意味隽永，迄今仍时时为人称引。可以说仅仅能书而无他能的书家，在古代书法史上罕有其人。

所有这些中国书法界的精英人物，在某种意义上说，亦堪称中国文化的精英——对中国文化有其可贵的贡献。正由于他们与生俱来浸淫在中国文化的"黄河""长江"之中，才有可能会创造出这些舒展恣肆、纵横有象、波磔怪奇、妙趣迭生的书法艺术来！

古人坚信：书为心画而能陶情冶性。今人虽然不作线性的简单理解，但基本上仍认可这样的说法。即认为书法艺术作为艺术确实具有抒情言志的功能，而这种内在的情感意象还需假以特殊的物质手段——毛笔和纸墨之类——来实现。身内的修养、情感要有身外之物以"帮助"才能得以表现——成为可供观赏的艺术品。显然，这些"内""外"两方面的东西对中国古代文人来说，都是相当"富有"的。鲁迅曾说："文学的修养（亦可换称为"文艺的修养"——引者），决不能使人变成木石，所以文人还是人，既然还是人他心里就仍然有是非，有爱憎；但又因为是文人，他的是非就愈分明，爱憎也愈热烈"[①]。文人的内心生活、爱憎感情的丰

---

① 鲁迅：《再论"文人相轻"》，参见《鲁迅全集》第六卷，人民文学出版社1981年版，第335页。

富复杂,较之于非文人的人们,在程度上一般说来应该是高得多的;在古代,由于从事书法艺术的多是士大夫文人,是相对来说"有钱""有闲"的人们,所以笔墨纸砚的精良,通常都是挺考究的。即使是近乎家徒四壁、两袖清风、别无长物的下层文人,大多亦有或优或劣的书写用具——文房四宝,而不至于总是用别的什么替代品。像怀素,穷而出家,但言其穷而无纸,以蕉叶代之,并未说他无笔无墨——而况竟有"笔冢"!当然,也有少数下层文人时以指、棒为笔,大地沙丘为纸的,虽说也能借以练功,甚至抒怀,但终受限制,难臻上境并有碍流传。即使穷窘以至如斯,文人的特性仍有赖"书法"(通常的层次只是书写,还不是纯粹意义上的艺术)而得到确证。可以说,大凡文人,都有强烈的"书写欲",像孔乙己那样以指蘸水写四种"回"字的封建末代文人,他仍没有摆脱这种古老文化所铸下的心理定式。显然,在漫长的中国古代历史上,许多文人在超越了"孔乙己"式的穷窘而达至相对自由的境界(物质的、精神的)时,他们获致了"书法艺术"的巨大报偿:在创作她的过程中体味着欢乐,在欣赏她的过程中体味着审美的快意。由"书为心画"势必导向抒情冶性,以满足文人们最频繁也最一般的对艺术的精神渴求。可以说,中国古代文人与书法艺术的因缘之深,在一定意义超过了绘画、音乐甚至诗文等其他文艺样式。

  古代文人在书法艺术的创作方面有优越之处,在其鉴赏方面也同样如此。所谓"书为心画""陶情冶性"中要有相应的前提条件的。我们知道,中国书法艺术的基础是文字符号,首先要求创作者必须掌握它,才能在更丰富的知识修养和情感体验以及相对充裕的时间和物力等条件下,投入书艺的创作中去;欣赏也几乎需要着同等的主客观方面的条件。而仅从对文字符号的驾驭这一点来看,书法艺术就在很大程度上被限制在"识文断字"的文人圈中了。比较而言,传说故事、诗歌戏剧、音乐舞蹈等艺术在民间可以自产自销,比较普及。何况,符号学认为:"只要符号的使用被限定于代码规定的范围,就不会创造出本质意义上的新的意义作用。这是因为'美的功能'必然包含着它要超越既成代码的作用。从文本创造者的角度来讲,这是超越既成代码创造讯息;从文本解释者的角度来讲,这是超越既成代码解释讯息。总之,这就要伴随'把讯息从代码中解放出来'的活动"[1]。也就是说,即使达到了对文字符号作为艺术的"代码"进行解读的水平(在书法还包括对笔墨技巧常识的领略),还距

---

[1] [日]池上嘉彦:《符号学入门》,张晓云译,国际文化出版公司1985年版,第137页。

收纳"超越"这"代码"本身的"美"的讯息有一定距离。这是因为,创作者在有限的"既成代码"或表现形式中,寄寓了无限的情思,具有巨大而丰富的"美的功能",同样要求欣赏者(解释者)要具有"超越既成代码"的能力,才可能探知和充分领略美的奥秘。在这方面,中国古代文人之于书法艺术,无疑具有"天然"的优势,也正是由此而生的优越感,把他们引向了攀登书法艺术高峰的漫漫长途。

我们知道,古代文人醉心于书法,其崇尚、赞美之词可谓比比皆是。汉代大文豪与书法家蔡邕在《笔赋》中由"赞笔"而表达了他心目中的书法:"昔仓颉创业,翰墨用作,书契兴焉。夫制作上圣,立则宪者,莫隆乎笔。……书乾坤之阴阳,赞三皇之洪勋。"笔之"隆"在于它能挥洒出天地间的"阴阳"秘奥,表叙人世间的"洪勋"伟绩。书法之生命既得之于自然,又得之于社会,以此之故,蔡邕才会在《笔赋》《笔论》《篆势》《九势》等文章中连声不住地称颂书法。像蔡邕这样倾心赞美书法艺术的文人,自汉以后,代不乏人。

我们不妨以古证今。在古代,诗趣与书趣、诗情与书情、诗美与书美的相通相融,古人对此可谓心领神会。唐代诗歌大盛,其中多有以诗颂书的作品。如李峤的《书》,岑参的《题三会寺仓颉造字台》、刘言史的《右军墨池》、张钦敬的《洛出书》、杜甫的《李潮八分小篆歌》、李白的《王右军》、刘禹锡的《洛中寺北楼见贺监草书题诗》、白居易的《紫毫笔》等等,将书法艺术发生的源流、表现的体式乃至具体的笔法和所用的笔墨,都视为人所创造的非凡奇迹来加以歌颂。值得称奇的是,唐代诗人对那位遁入空门而又嗜好酒与书的怀素似乎怀有特别的好感,有不少诗人专以怀素书法创作活动为吟咏的对象。如李白的《草书歌行》、戴叔伦的《怀素上人草书歌》、孟郊的《送草书献上人归庐山》、鲁牧的《怀素上人草书歌》、许瑶的《题怀素上人草书》、王邕的《怀素上人草书歌》等等。在对卓越而有代表性的书家的颂赞中,诗人们真正体验到了诗神与书神的相通:生命的艺术自然要以生命的自由律动与心灵的真诚表现为旨归。在怀素的自由挥洒中,诗人感到"恍恍如闻神鬼惊,时时只见龙蛇走"(李白);"神清骨竦意真率"(戴叔伦);"手中飞黑电,象外泻玄泉"(孟郊),其神奇之况味实难言传,而心仪之赞美却溢于言表。

书法的神妙、奇崛自然会产生巨大的魅力。不仅对书家本人,对那些敏感的诗人有魅力,对那些平头百姓或一般官员往往也有很大的魅力。张固《幽闲鼓吹》中记载,张旭曾为苏州常熟县尉,有一老汉投诉,张旭挥毫在其诉状上加了判语使老汉离去。可是不几日这老汉又来投诉,张旭怒而责问道:"你怎么敢屡以闲事来搅扰公堂呢?"这老汉回答说:"我实不是想判明什么事,只是看到您笔迹奇妙,欲得而收藏、欣赏,故而想出这个办法"。这种"不择手段"的追求,正是生动的"行为"体的"书法颂"。相传,清代书法家张照曾精心书写范仲淹的《岳阳楼记》,被镌刻悬于岳阳楼上(图8)。一时被称为"名楼、妙文、好字"的"三绝"之一。有位地方官卸任即将离去,由于酷爱这件书法珍品,便暗中约高手仿刻,悄悄来个"偷梁换柱",将真件藏入船中运走。但船过洞庭,风作浪击,在船儿将倾覆之际,这地方官忍痛将原件投入湖中,少顷,风平浪静。后来,湖水有一天近乎干涸时,有人发现了这原件,重新置于岳阳楼上。至今,游客每到岳阳楼,总是要欣赏这件精美的书作。像这类以"行为"本身来赞美书法的佳话、逸事,不胜枚举。当读者想起唐太宗"不择手段"弄到《兰亭集序》真迹并最终带入坟墓时,也许要叹息一番,但当想起"文化大革命"中居然有人"盗取"书法名家书写张贴的"检讨书"时,则会发出会心的微笑。

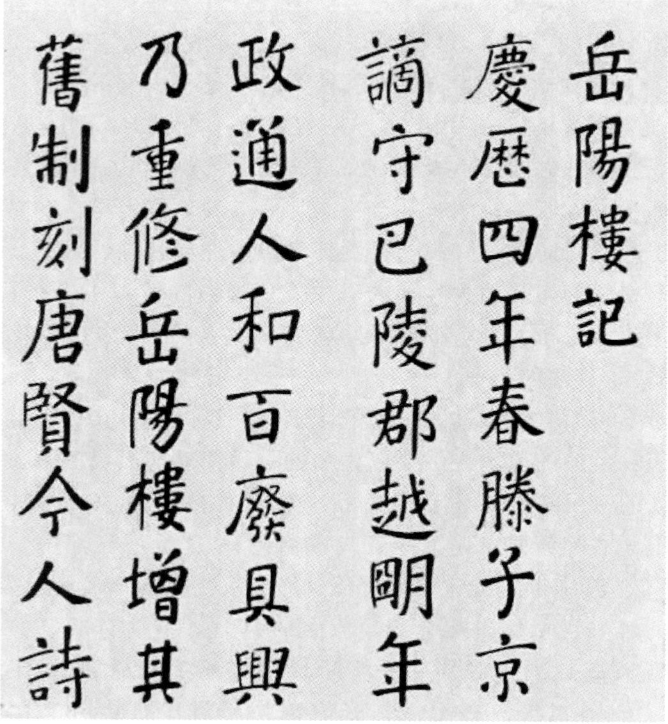

图8　张照书《岳阳楼记》局部

对中国"国粹"书法文化的赞肯,近现代作家文人中也不乏其人。如著名学者、作家林语堂就曾在他的名著《吾土吾民》(*My Country and My People*)中,这样盛赞国人书法:"书法提供给了中国人民以基本的美学,中国人民就是通过书法才学会线条和形体的基本概念的。因此,如果不懂得中国书法及其艺术灵感,就无法谈论中国的艺术","在书法上,也许只有在书法上,我们才能够看到中国人艺术心灵的极致"。梁启超、宗白华、沈尹默、郭沫若、台静农、沈从文等也给予了类似的称扬。久居国外的著名的书画家、作家与学者蒋彝先生在向西方世界介绍中国书法时,其热情与细心较林语堂有过之而无不及。他的专著《中国书法:美学与技艺》(*Chinese Calligraphy: An Introduction to Its Aesthetic & Technique*)就是证明。经过比较,他指出,很少有国家像中国这样高度重视书法,"把它作为艺术来研习,并得到普遍的承认。可能这就是为什么'calligraphy'(意即书法)这个词如今几乎只用来称呼中国书法的原因"。

从行为文化或文化创造的意义上考察,与书写活动最为亲近的作家们原本与书法就有着难解之缘,在中国尤其如此。在中国古代特别是秦汉以降,史载知名作家几乎皆善书法,即使是女作家如蔡文姬、李清照、朱淑真等,文献记载亦表明她们才艺出众,兴趣广泛,且精通书法。[①] 古代作家倘有手迹幸运地传世至今,大抵也都有一字万金的"艺术价值"或"文物价值"。事实上,书法文化已内化为古代作家的文化素质,笔墨书写也已外化为他们的生命符号,而"书写"本身也如行为艺术一般具体地表征着他们的翰墨生涯及文化身份。这也在较大程度上体现了古代作家与书家一体化的状况,他们的文学文本与书法作品汇成了中国文化弥足珍贵的宝藏。一般说来,中国古代作家与书法家都面对和使用同一"符号"——汉字,并矢志终生将情感、想象、技艺等灌注其间,潜心创造出了具有自家独特面目的艺术佳构。可以说古代作家文人的"舞文弄墨"(包括文人书法、文人诗文、文人绘画等)确实取得了辉煌的文化业绩,在天地间昭示着书法艺术与文人生命的同构关系。其中,文人书法,在庙

[①] 参见《后汉书·董祀妻传》、《李清照》(程千帆、徐有富撰著,江苏古籍出版社 1982 年版)、《朱淑真集》[(宋)张璋编,黄畲校注,上海古籍出版社 1986 年版] 及邓红梅《朱淑真事迹新考》(《文学遗产》1994 年第 2 期)等。及至晚清民初,秋瑾、吴芝瑛等也都兼善书法,并有书法作品传世。

堂和民间都有巨大的影响。①

但总体上看，到了中国近现代，情况毕竟发生了重要的变化：书法职业化倾向愈来愈显著，作家疏离书法成了大势所趋。在"五四"前后甚至出现了一些废汉字、弃书法的言论，作家群体中兼善书法的人似乎越来越少。但事实上还有另外一面，即近代或晚清民初的文人基本仍和古代作家一样常与文言及书法相伴，林则徐、龚自珍以降，能书者在近代作家队伍中可谓依然比比皆是。即使是提倡"诗界革命""文界革命"的梁启超、黄遵宪、夏曾佑以及从事翻译并对文学产生重要影响的严复、林纾等也都精于书法，康有为更是世间公认的弘扬碑派碑学的书法大家。而在通常所谓"中国现代文学史"（1919—1949）期间，实际也仍有较多的作家在书艺上颇有造诣，并有较多的书法作品传世且得到了公众较为普遍的认可，即使是"业余"接触或通过对书法的欣赏和收藏等日常审美活动，也与书法文化建立了广泛而又深切的联系。如果从绝对数据上看，古代的人口少，文人更少；近现代的人口多，文人成群，且多已走向职业化，在文化逐步普及和文学大众化过程中，还出现了与市场相伴的职业书法家群体以及与近现代传媒相生相伴的跨阶层的作家群。能够舞文弄墨者在数据上看即使超不过古时某个朝代，却也必然是相当可观的。特别是从文化实物保存的现状来看，尽管屡有劫难，近现代作家成千上万的作品手迹（包括实物、图片等）和相关印刷品也还是存世很多，在这方面与古代作家留下的"珍稀"笔迹稿本相比，简直是不可同日而语，总的看确是量大质优，美不胜收。无论是从文化传承和再造的角度看，还是从文学修养和审美需求的角度讲，现当代作家（也经常具有多重或复合身份）与书法文化的关联及其持久的影响，无疑都很值得我们关注和研究。

---

① 文人书法是中国传统文化的重要分支。其养成的传统审美习惯乃至作家生活方式都会对近现代作家包括当今活跃的作家构成某种"诱惑"，促使他们频发思古之幽情，诱发他们的文化怀旧、挥毫泼墨的文人行为，虽然这只是他们进入近现代社会"多面人生"的一个侧面，但也呈现出颇为动人的侧影。诚然，文人书法包含着作家书法，并且文人及作家书法也会有自己的优势和局限。比如，文人书法的笔墨技法往往不够精湛，却更注意了性情和自由；文人书法的布局谋篇不太考究，却多能具有人文气息、自家面目。大文豪苏轼的观点"无意佳乃佳"在书法史上也是美名远扬的。所以，文人书法的局限也往往是和优势或特色紧密结合在一起的。文人书法同样会注意美用合一、形神兼备等基本要求，但文人修养及气息，名人效用及联想，往往使其书法负载了更多的文化信息甚至是创作心理信息，为了更多地了解作家作品或深化相关研究，也很需要了解他们的书法作品及书法活动，了解他们的手稿和笔墨变动痕迹，了解他们创作思维上的追求及具体意图，以及他们笔墨活动中留下的各种蛛丝马迹。研究苏轼和曹雪芹的学者们早就这么做了，但迄今对近现代作家的相关研究包括整体研究及个案研究都还很薄弱。

第二节 文学与书法融合形成的文化特征

作为文化现象,中国现当代作家与书法文化的关联可以说相当密切和显豁,而从现象关联角度的具体考察,笔者在《书法文化与中国现代作家》[①] 中已有介绍和分析,于此不赘。这里主要就中国书法文化与现当代作家关联性,特别是由此体现出来的主要特征和功能意义,从更多方面集中进行一些申论。

从文化视野考察现当代作家与书法文化或思考书法与文学的文化关联,无疑会获得一种较为开阔、通达的眼光,看到在同为文化现象的关联中所存在的具体结合方式,也可以领略到书文合体的"第三种文本",领略到在艺术、亚艺术及非艺术等不同层面上的关联及诸多文化功能,与此同时更可以认识到二者在文化与艺术的总体互动中的交融共生和相得益彰。在此基础上,我们即可以领略到现当代作家创造的文学与书法交叉融合所呈现出的若干主要精神文化特征。

首先,具有求美审美的特征。人们所熟悉的林语堂的"书法提供给了中国人民以基本的美学"[②] 的观点,便从发生学的意义上指出了中国书法在中国审美文化中的重要价值,也指出了书法美学对中国作家思维特征的渗透性影响。我们知道,文学讲求"文心",书法讲求"书道",都在学理层面突出了对"艺术性"的高度认同。而这个艺术性的核心应该是"美",从作家和读者(鉴赏者)角度讲就是求美审美。在文化艺术学或艺术哲学视野中审视,文学与书法也都是"人学",都是努力表现人生体验、情感情韵的艺术,要"达其性情,形其哀乐",且通常也会"文如其人","书如其人",讲求"精、气、神"。尽管现当代作家们的书法功底总体看较之于古代文人及专业书法家是相对的弱项,较之于职业化的书法家也在技法上没有优势,但文化素养的深厚、情感意象的丰富以及所谓书卷气等,显然对

[①] 李继凯:《书法文化与中国现代作家》,《中国社会科学》2010 年第 4 期;Li Jikai, *Calligraphy and Modern Chinese Writers*, *Social Sciences in China*, Vol. XXXII, No. 1, February 2011, 110 – 126. 笔者曾于 20 世纪 80 年代后期在拙著《墨舞之中见精神》中初步讨论过文人作家和书法文化的问题,此后断续仍有涉猎,近年来又集中加以探讨,撰有论文《书法文化与中国现代作家》《鲁迅与中国书法文化》等多篇,这些成果问世后都有相当积极的反响。加之同好的激励和学界的响应,以及金惠敏先生的约稿,激活了我的思维,就像那挥洒于徽宣上的水墨,洇润开来,触发了持续的相关思考,遂有本书的产生。

[②] 林语堂:《中国人》,学林出版社 2001 年版,第 282 页。

其书法创作大有助益。他们的挥毫更多一些"自然而然"的气息和韵味，更少一些刻意为之的"人为"雕琢的痕迹。显然，现当代作家的书法实践和文学创作一样也要受到创作主体的价值观念和审美理想的影响。而在艺术审美范畴，作家书法与文学的关系较之于专业书法家通常会建立更为紧密的关系。诗文、对联、哲言、妙语不仅是作家书法中最重要的表现内容，而且作家会更率性更真挚更不拘形式地将情感内容外化到书法的情感线条符号中，将情意和线条融合为内外谐美的"意象"。① 不过，将书法与文学细加比较，应该说书法更注重形式美，文学更注重意蕴美，"双美"复合则韵味无穷。我们注意到，现当代作家也会和书法家一样，在特意从事书法创作时，尽量选择那些适合自己书体特点的诗文内容来进行创作，避免选择那些与自己书体特点相乖的内容，努力做到书文和谐。这种和谐也对书法艺术与旧体诗词的相互支撑、绵延发展起到了非常关键的作用。而当我们面对那些传世的现当代作家书法作品，如鲁迅《阿Q正传》手稿呈现的文学文本的妙绝和书法文本的潇洒，便会更加回味无穷；许地山在1924年曾为美国某女士摄风景照并特意在照片上用篆书题写了"山有木兮木有枝，心悦君兮君不知"来表达自己的感情；台静农也曾表白："每感郁结，意不能静，惟时弄毫墨以自排遣，但不愿人知。"② 就在这种内在情感需求的驱动下，作家的书艺也可精进。张大千就对台静农师法明代书法家倪元璐（鸿宝）的成就给予了充分的肯定："三百年来，能得倪书神髓者，静农一人而已。"③ 早年以小说《地之子》《建塔者》名世的台静农，也确实堪称现当代书苑的"地之子"和"建塔者"（图9）。从形式上看，现当代作家的那些"与古为邻"的旧体诗词，④ 多用书法体式书写出来，更是可以用审视书法艺术的眼光来品鉴再三，也会深切地感受到诗书谐美的妙趣。诚然，诗词与书法的相得益彰，或书法艺术美和诗词之美结合形成的"合金"美质，也许最能够满足中国人求美审美的精神需求，使人们获得更多的审美愉悦，而这样的审美心理期待也反过来鼓励了书法与诗词的"亲上加亲"，并形成了中国审美文化中一道极其亮丽的景观。我们还看到，诗书画的相通往往成为诗人、书家和画家共

---

① 参见李继凯《墨舞之中见精神》第三章第二节"意象的营求"，国际文化出版公司1988年版，第92—101页。
② 台静农：《我与书艺》，《20世纪书法研究丛书·文化精神篇》，上海书画出版社2000年版，第22页。
③ 张昌华：《故纸风雪·文化名人的背影》，台北秀威资讯公司2008年版，第184页。
④ 参见钱理群等注评《二十世纪诗词注评》，广西师范大学出版社2005年版。

同的追求。如茅盾曾为高莽画自己的肖像题诗，云："风雷岁月催人老，峻坂盐车未易攀。多谢高郎妙化笔，一泓水墨破衰颜。"① 这一合作产生的视觉艺术，也可以令人期待这样的境界：诗中要有画的意境，最美的诗却要用最美的书法形式来表达；画中也往往可以书上美妙的题画诗，这样，将诗书画在空间、时间及境界、韵味上有机地融为一体，便化合、交融出一种"中国创造"的复合性艺术。

其次，具有"字核"衍化的特征。如果说文学是语言运用的艺术，那么在很大程度上也可以说书法是文字书写的艺术，而中国书法则主要是汉字的艺术。多年来书法界普遍认为，汉字作为象形文字本身就含有形象性、文学性、审美性或艺术性的基因。书法作为文字书写的线条艺术，文学作为主要以文字为形式的语言艺术，显然二者都与文字有着密切的关系。为什么中国书法具有艺术独立性？"这就要归因于文字（扩而大之，即文学）的承载和庇护了。"② 由学文字而入文学园地且能书能写者，在文人丛集的"现当代文坛"上可谓俯拾皆是。他们的手稿包括

图9　台静农
《汉代晋人联》

有意为之的书法创作，大抵是各有其味道，却又连通一体，充盈着生趣妙味和人文气息。在作家手稿墨迹中，也充盈着各种"气"，包括书法文化讲求的气象、气本、气势、气脉、气韵、气化、气味以及神气、逸气和养气，总之就是作家生命气力的外化。③ 如果说"文心"与"书道"的关系皆由"字"始，那么"字"便凝结着中国文学与书法的许多秘密。书法家的"写字"和作家的"码字"的结合可谓是人间非常值得重视的一种文化创造行为。尽管我们可以将作家从事书法和写作的优雅身姿

---

① 高莽：《文人剪影》，武汉出版社2001年版，第1页。
② 卢辅圣：《书法生态学》，浙江美术学院出版社1992年版，第82页。
③ 参见崔树强《气的思想与中国书法》，人民出版社2010年版。

径直视为一种"行为艺术",但我们还是要注意现当代作家书法呈现出的"字核"衍化的特征。这种以文字为核心进行衍化、创化的文化活动,在那些着意"告别古典"而追求现当代性的中国现当代作家的书法实践中也有非常充分的体现。文学是语言的艺术,但这语言艺术的成熟形态是超越了口口相传阶段的文字语言书写阶段;书法是线条的艺术,但这线条艺术的书法形态则排除了那些非文字化的线条形态。从汉字文化发展的角度看,中国现当代作家致力的现代汉语写作和书法文化的积极实践,对汉语文化的发展也确实做出了史无前例的贡献,他们对文言文的整体性消解却并未淡化他们对汉字的热恋和依赖。这也就是说,中国现当代作家中虽然有不少熟悉外语和西学的,却仍对民族文化中的语言文字或母语具有文化心理上的依赖性,文化无意识乃至思维习惯也使他们离不开这种与生相伴的民族语言文化,这也就使得现当代作家的书写活动无论如何离不开绵延几千年的祖国文字及书写工具。由此也造成了现当代文学与书法的血缘联系。几乎所有成名的现当代作家都可以说是书斋中或书桌前的精神贵族。他们深知非宁静无以致远,他们乐于享受孤独并与汉字共舞。正是在这样的创作心境中,他们才能够写出一篇(部)又一篇(部)文学作品,同时也给我们展示出一幅又一幅书法作品。例如高产的林语堂、梁实秋、周作人、弘一法师等等,都拥有自己的书斋和自己亲自书写的斋号,甚至还拥有以自己斋号作为书名的作品集……在国家图书馆、中国现代文学馆很多省市(包括港台)图书馆、大学图书馆或多或少珍藏着一些作家手稿,这些手稿就昭示着现当代作家对书法美的心驰神往。虽然审美标准可以是多样的,有的崇尚碑派,有的追慕帖派,有的二者兼得,而在笔者看来,碑派也可曰硬派;帖派亦可称软派。从书法特征或风格看,现当代作家书法亦多能"软硬兼施",且成绩斐然。同时,笔者也以为,在中国现当代出现的一种比较明显却至今仍未引起足够重视的书法现象:多种语言文字混合体书法现象,如中日文、中英文、中法文、汉藏文、蒙汉文等。当我们从文化交流、文化对话过程中诞生的翻译手稿或翻译家、学者兼作家的日记、信札中看到相关现象时,常常熟视无睹。我们可以尽情欣赏汉文书法,甚至许多人仅仅认为汉文书法才与艺术相关。这种观念确实根深蒂固。其实,现当代作家和文学翻译家,在跨语言书写实践中,对相应的书写书法的合璧或共美也有了一定的经验积累。由此体现了值得继续探索的书法创作取向,或可展呈一种新的书法景观和未可限量的发展前景。事实上,钱锺书、吴宓、傅雷等已经有意无意地进行了一些尝试，留下了不少相关的书法文本。① 从一些现当代作家、文学翻译家及文学编辑手稿中汉语手迹与外文手迹同在的事实中，人们可以得到有益的启示：汉语书法和外文书法也可以在艺术层面上有更好的自觉结合；即使仅仅言说中国书法，也要顾及多民族书法这个基本事实。在中国少数民族作家的书写活动中，有本民族书法艺术自觉意识的虽然不多，但在阿拉伯文书法、满文书法、蒙古文书法等领域，确实已经达到了较高的书法艺术境界。② 这对少数民族文学及文化传播毕竟还是起到了一定的影响。我们在重绘中华文学版图的同时，也很有必要重绘中华书法文化版图。

再次，具有互动共生的特征。在中国艺术文化系统建构中存在着"复合"或"兼容"的审美倾向。尤其是书法，可以与其他很多艺术样式进行程度不同的结合。比如诗书画印的水乳交融就被许多作家文人视为最有意趣的复合性艺术创造，即使是多人合作的一幅（件）作品也经常是妙趣横生。尤其是"文学本身的美感和书法笔墨的美感结合在一起，相得益彰，千百年来共同为中国人生存的心灵空间，应构出一种浓浓的诗意和独特的美感"。③ 书法与文学的关联，尤其是具有互动性的关联体现在许多具体方面。作家可以把艺术灵感、意象带入文学文本，也可以带入书法艺术世界；而书法审美经验和创作体验也可以化为文学写作的营养。如书法讲究的灵动、布局、意象、虚实、疏密、浓淡、直曲、节奏以及优美、豪放、龙飞凤舞等，其实也为作家所追求。又如文学修养可以深切地润化书法家（书写者）的心灵，文学是很多幼年习书者主要接触的文本，不仅可以给书法家（书写者）以精神的熏陶、艺术的滋养，从而提高其知识文化的水平和审美的情趣与能力，而且可以为书法创作提供具体的书写内容甚至是丰富多彩的艺术形象，使书法家（书写者）得到启示，吸取形象，并巧妙地融入书法创作，使其气韵生动，意象深邃。特别是人们习见的诗文与书法并辉的现象，就体现着诗文与书法在艺术层面的互为载体，从而在审美感染中可以相互生发，在艺术传播上能够相得益彰。如果

---

① 林语堂在20世纪30年代撰写的《中国人》中就曾提议西方艺术家也可尝试用毛笔书写英文，练得好亦可成为艺术。这也许是个幽默，但也自有真义及启示存焉。
② 参见关东升编《中国民族文字书法宝典》，中国大百科全书出版社2001年版。中国近现代文学馆也曾举行"北京满文书法艺术展"，参见《中国近现代文学馆馆藏珍品大系·书画卷》第三辑，第145—150页。相关评介还可参见朱仁夫《中国近现代书法史》，北京大学出版社1996年版，第165—168页。
③ 崔树强：《笔走龙蛇——书法文化二十讲》，北京大学出版社2009年版，第158页。

说"文学中的书法"尚未构成突出的文化现象,那么"书法中的文学"却是非常普遍和引人注意的文化现象。这既表现在书法内容多为古今诗词对联或文学作品手稿等,更表现在潜蕴的层面:一是书法家的文学素养所化育的书卷气,二是书法作品中潜蕴的文学化的意境。在书画领域人们将文人书法和文人画都视为一大品类,且都格外强调文化修养、文学造诣对文人书画的重要作用。尤其要有深厚的传统文化的品味和"国学"根基,唯有如此其书法绘画才会葆有十足的中国作风与中国气派。过去,每当说起文学与书法或书法与文学的关系,总会有很多人言必称王羲之《兰亭集序》、颜真卿《祭侄文稿》、苏轼《黄州寒食诗帖》等,不厌其烦地强调他们是如何才华横溢,诗文并举,书画皆能的。但具体说到现当代作家与书法成功融合的代表作家时,则往往语焉不详,顾左右而言他了。这种状况其实应该加以改变。事实上,伴随着思想解放与个性解放,在东西方文化交融与磨合的文化背景上,得益于更为丰富的古今中外的文化资源,进入 20 世纪门槛的诸多文化名人都呈现出了非常活跃的文化创造力。比如比鲁迅小三岁的苏曼殊,在他短暂的艺术生涯中就贡献甚丰。其诗文小说都很有成就,书画俱佳的作品颇多。在现当代诗人中融诗为书、化书为诗的举动似乎相当普遍。即使是政治人物,也每每用诗歌与书法一体的形式表达其强烈的意愿;即使在最具有战斗意味的某些政治化、军事化的情境或语境中,也经常出现政治家用书法书写诗歌来表达抱负与激情的文化现象。无论是何种党派,似乎都不乏这样的"复合型人才",他们用诗文与书法的融合表征着他们同为中国文化的传人。[1] 我们应该看到,在文化冲突与磨合的历史转型期,在时代促成的文化生态圈中,五四作家的反传统主要体现在政治文化和伦理文化层面,对传统文化中的艺术文化特别是书画艺术,却有着至为深切的依恋,即使为了适应传媒或工作要求而穿插现当代硬笔书法,[2] 他们对传统毛笔书法的习用和钟爱也依然使他们对传

---

[1] 参见刘芫月等《中华民国政要手迹》,广东人民出版社 2006 年版。倘若编《共和国政要手迹》,也可以与之媲美。唯后续文脉墨迹渐衰,似应予以注意改进。

[2] 主要使用钢笔等近现代书写工具,与中国古代硬笔书法有所区别。参见李正宇《敦煌古代硬笔书法》,甘肃人民出版社 2007 年版。其实,中国书法历史长河中也存在硬笔书法传统,钢笔书法也只是对这一传统的弘扬和变革,从苏曼殊到林语堂,从冰心到丁玲,作为这些作家的硬笔手稿,大多也可以视为书法。诚如有的学者所说:"写得好的毛笔字是书法,写得好的钢笔字同样是书法;以毛笔字著称的书法家也拿起了新式武器钢笔,惯使弓箭大刀的中国人,也抡起了洋枪洋炮……实际上是对秦汉前以硬笔为主潮书法的回归。"因此可以说,近现代作家的书法世界也大体是毛笔书法与硬笔书法同辉的。参见朱仁夫《中国近现代书法史》,北京大学出版社 1996 年版,第 25—26 页。

统的书法形式依依不舍。这真切地表明了他们对传统文化的选择性继承与发展的愿望,对那种简单认定五四作家是全面反传统或中断传统文化的急先锋等观点,也是一个有力的反驳,对中国文化重建无疑也有着重要的启示和意义。而现当代作家与书法文化融合而成的一个现象应该引起我们高度重视:现当代作家手稿的丰富和流失都足以引起大家的关注,从量上看,现当代作家手稿真的可以说是汗牛充栋,令人目不暇接。不仅在中国现代文学馆中珍藏着大量的近现代作家手稿,[①] 即使仅从《近现代作家手迹经眼录》《民国文人书法性情》《沧海往事:中国近现代著名作家书信集锦》《旧墨二记·世纪学人的墨迹与往事》等正式出版物所附的图版中,也可以管中窥豹,见出现当代作家手稿的丰富多彩和意趣盎然。就现存现当代作家手稿的出版状况而言还很不理想,能够单独出版手稿的只是若干文学大家,且很难出全。如果用"堆积如山"来形容现当代作家的手稿当不为过。仅鲁迅幸存的文稿就被文物出版社编为 60 卷出版,可谓规模宏大。[②] 面对其手稿,人们可以从自己的角度看取不同的映像或信息,但有一点则是共识,即鲁迅手稿绝大多数文字既是文学文本,也是书法文本。尤其是书法爱好者,可以尽情欣赏其蕴藉含蓄的书法艺术。鲁迅对"文人书法"的贡献似颇有代表性,正如有人指出的那样:其书作"笔力沉稳,自然古雅,结体内敛而不张扬,线条含蓄而有风致,即便是

---

① 据中国近现代文学馆官网介绍,现有各类馆藏文物文献资料五十多万件,作家手稿珍藏库现收藏有作家珍贵手稿、书信、字画等文物近 4 万件。又据 2009 年 10 月 21 日《中华读书报》"资讯"版报道,该馆馆藏已有 60 多万件藏品。笔者以为,这还只不过是世间相关实物包括书画中的很小部分。该馆"收藏范围"中的第二条规定为:"作家各个时期有代表性的重要手稿(3—5 件)、获奖作品手稿,作家之间往来的重要书信,作家的日记、创作采访笔记等;"第三条规定为:"作家本人的字画,作家收藏的字画及所收藏的历史文物文玩等"。由此表明,该馆收藏范围的限制如手稿数量的限制,以及义务捐献的方式等,也严重影响了收藏相关文献的质量和数量。不过,中国近现代文学馆已经取得的业绩和近些年来搞的多次书画展览(其中也有作家专题书画展),真的是难能可贵。舒乙曾说:"过去,中国没有一座作家手稿库……自从有了近现代文学馆,情形才有了变化,作家手稿被当成最重要的创作档案,受到认真对待。"(《走进中国近现代文学馆》,上海书画出版社 2004 年版,第 60 页)不过,笔者建议:随着社会发展和近现代老作家们的逐一谢世,抢救手稿、书画、版本和笔墨等文物的意识应该加强,不仅需要提倡义务捐献,而且更需要多渠道积极收集或购置,在这些方面也需要"大手笔"。

② 目前能够看到多种版本的鲁迅手稿方面的书,从 20 世纪 70 年代末开始,文物出版社陆续推出了《鲁迅手稿全集》(全 60 册),堪称翘楚。福建教育出版社 1999 年重点出版的线装书《鲁迅著作手稿全集》(豪华珍藏本)也颇有收藏与研究价值。但出版界对其他著名作家或文化名人手稿的忽视则应该尽快加以补救,学术界和国家有关部门也应在这方面给予高度重视。

略长篇的书稿尺牍，也照样是首尾一致，形神不散。深厚的学养于不经意间，已洋溢在字里行间了。所以，赏读鲁迅书法，在你不知不觉的时候，书卷气已经扑面而来。就好比盐溶于水，虽有味而无形"。① 但创作量比鲁迅大，书法亦自具风格的一些作家，其手稿其实也需要作为重大出版工程来对待，可惜现在还多被束之高阁，甚至有不少手稿已经遗失、损毁，更多的作家手稿也在面临这种命运。即使仅就当前可以见到的现当代作家手稿而言，其翰墨世界也已汇成浩瀚的书法之海，读者也会真切地感受到他们与传统的会通和对文化重建的努力。② 而笔者以为，如能将中国现当代作家的手稿进行集中展览，即可构成蔚为大观的人间奇迹。其中，鲁迅、郭沫若、茅盾、沈从文、老舍等作家的手稿目前多被视为国家级文物，主要是因为它们具有很高的文史价值和艺术价值。咫尺天地阔，翰墨日月长。文人作家的手迹因其涵容的文化信息丰富，给人的想象空间和品味余地确实宏阔而又悠久。

最后，具有分层并存的特征。从书法文化角度看，也存在着艺术、亚艺术和非艺术三个层次，这种分层结构也体现在现当代作家书法世界中。在现当代作家笔下，书法实践所取的题材基本都是文学，并以诗词、对联等为最主要的书写内容。不少情况下还是自己原创的，在赠人书法中题款有"两正"字样者，即为文学文本（诗词、对联等）和书法文本皆为作者原创，由此也最容易进入复合性的艺术创作的佳境。即使在纯艺术的层面上来审视，现当代作家书法中堪称书法精品的也可谓不胜枚举，如梁启超的对联《春已堪怜》、横幅《跋石门铭拓本》，鲁迅的条幅《运交华盖欲何求》《灵台无计逃神矢》，郭沫若的题碑"黄帝陵"、对联《国有干城》，茅盾的横幅《清谷行》、条幅《林和靖旅馆写怀》，沈从文的条幅《驱马天山》和书录《崔瑗草书势》，闻一多手卷《古瓦集》、篆额《西南联合大学纪念碑》，胡适的隶书对联《周礼不亡》，丰子恺的条幅《东城高且长》，郁达夫条幅《玉儿春病胭脂淡》，老舍的楹联《鬼狐笑骂》，台静农的对联《诗坛历落》，赵清阁的条幅《沧海泛忆往事真》，沈尹默的立幅《六街人语正喧哗》，废名的对联《看得梅花忘却月》，等等，都各具艺术风貌，即使置于几千年的中国书法史上来看，也有其独到的艺术风采（图10）。但是也要看到，现当代作家从

---

① 管继平：《民国文人书法性情》，汉语大辞典出版社2006年版，第74页。
② 参见贾兆明《闲话作家书法》（《万象》1944年第7期），此文虽为书信，但是较早对近现代文人作家手稿进行广泛描述的文字，颇有参考价值。

事书写时的"文学意识"之强烈毕竟在很多情况下超过了"书法意识",很多书稿有不少修改的留痕,这种留痕往往多于颜真卿的《祭侄文稿》,已经明显破坏了作为书法作品所具有的和谐气韵,但有些部分还具有艺术的味道。类似的情况也出现在现当代作家的机械化的日记和书札及便条等实用性手迹中,要承认这些大量的书写是处在"亚艺术"甚至是"非艺术"的层次。即使是鲁迅的手稿,也不是所有部分都可以视为书法作品,比如他留日的学习笔记和批注,他日记中的流水账,随便写给友人的短札或便条等,就多可以作如是观。其他作家大多也是如此,即使是书法上甚为自得的钱玄同,也曾被鲁迅毫不客气地批评"议论虽多而高,字却俗媚入骨也",其水平大抵处在亚艺术的层次,包括有的著名作家或诗人,如周作人、巴金、曹禺、臧克家等也没有多少真正堪称书法艺术佳作的手迹存世。尽管也有书卷气或文人味,却很难得到书法界或社会民众的普遍认可。特别是那些自觉字迹拙陋而又多用钢笔的现当代作家,其手稿笔迹大抵多属于非艺术的范畴。尽管也具有文物价值或书法文化价值,但毕竟与艺术审美要求存在一定的距离。倒是有些书法家反而擅长写诗,尤其是旧体诗词,从而留下了不少诗书并辉的佳作,这些旧体诗词似乎也应该受到现当代文学史家的重视。譬如现当代书法家刘海粟、于右任等就多有旧体诗词存世,即使到了当代,几任

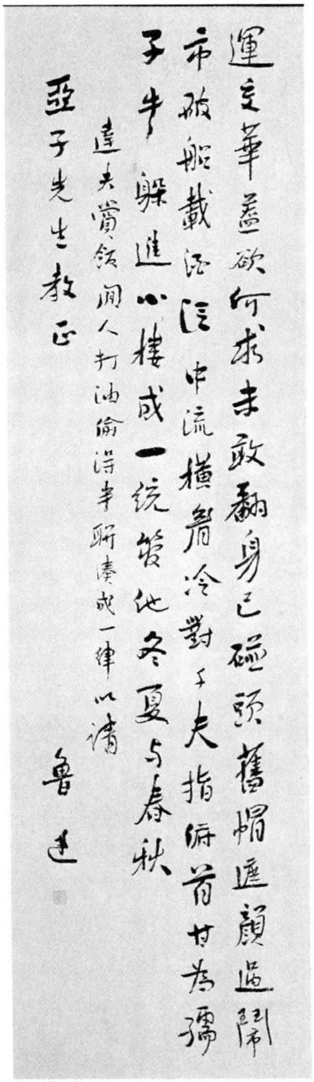

图 10 鲁迅
《运交华盖欲何求》

中国书法家协会主席如舒同、启功、沈鹏、张海等也都亦能兼为诗词,有的还出版了专门的作品集。文体书体不分新旧,质量如何其实才是应该关注的焦点。

第三节　作家的书法文化创造所具有的功能及意义

现当代作家追求和建构的文化理想和人生境界，在古今中外交融的文化背景下应该不断趋向丰富和人化，即使被某些人描述成一味恶斗或执着顽韧的鲁迅，其实其"审美趣味，也同样是丰富多彩的。他理解和喜爱多种多样的文学艺术品种……"[①]。而与他有点"欢喜冤家"意味的林语堂似乎更是如此，其艺术观也更加通达。仅就现当代作家的书法世界而言，"字如其人"的书法实践也创造出了相当"养眼"的丰富多样性，对作家（艺术家）人生也有多方面的启示与贡献，[②] 由此恰可说明作家书法作为文化创造必定具有无可否认的重要的创化人生、传播文明、助益社会等方面的文化功能，从而体现出多重的文化价值意义。前述的文学与书法交融共生、相得益彰的文化功能，便是其中突出的一种体现。这里再略举数端，由此可以较为充分地看出现当代作家参与书法文化创造所体现的文化功能意义。

其一，文化载体功能及意义。作为精神文化，书法具有中国传统文化载体的功能，也就是说在艺术以及技术层面，书法也具有像语言文字那样的超越功能或凝聚功能。在现代转型历史时期，人们注意到了文学的多方面功能，却在很多情况下，忽视了书法的巨大功能。将书法仅仅理解为一种技艺，或仅仅理解为一种点缀，似乎可有可无。这样的偏见确实存在。一方面是将其视为传统的精华部分或主要部分加以推崇，一方面又将其视为现实的次要部分甚至是技末杂术而加以贬低，这就构成了一种明显的矛盾。其实，书法文化在手书时代对古今中外文化的传承作用都是巨大的。中国现当代作家作为中国文化的传承者和创化者，自然也是中国书法文化的传承者和创化者。显然，在文字书写和书法创作之间，在书法创作和文学创作之间，最终形成的手稿书法文本实际是许多文化信息包括社会信息、情感信息、审美信息的"载体"，也具有历史文化的文献价值。如鲁迅著译及大量辑校的典籍、石刻的文字，乃至赠书题签和日用便条，基本

---

① 林非：《鲁迅和中国文化》，学苑出版社2000年版，第386页。
② 参见何怀硕《创造的狂狷》，台北：立绪文化事业公司1998年版，第206—216页。值得注意的是，书法界有不少人出于所谓"正宗"意识而排斥或贬低作家书法，也是对作家书法体现的"复合型"文化功能认识不足造成的。就书法文化整合、建构和发展的思路而言，作家书法与专业书法应该是互补互动的。

都用毛笔书写完成，从书体上看，有篆书、楷书、行书等。广而言之，大都可以视为书法作品。鲁迅一生实际书写的笔迹已经难以查考，但如今能够见到的各种书写的近千万字的墨迹（倘若将他使用硬笔书写的字数也算在内则更多），却造就或见证了一位文化巨子的诞生。这些笔迹或手稿具有的文化载体功能无疑也是巨大的。在这种意义上称《鲁迅全集》为20世纪百科全书式的文本，也就说明鲁迅的书写留给后人的是一份怎样宝贵的文化财富。即使仅仅从文学性书写的角度看，鲁迅手握毛笔"金不换"，在并不太长的创作岁月里，辛勤笔耕，创造了辉煌的业绩。很多现当代作家的手稿可以看作一个涵容很多文化信息的翰墨世界。即使是他们偶或为传承中华文明包括文学传统而进行的书法创作，也为承载和赓续民族文化作出了自己的贡献。有学者曾直接用"台静农：传承文化，功不可没"这样的题目来评价作家、书法家、教育家台静农的突出贡献，尤其突出了他的书法实践对传承文化的贡献。中国书法承载的文化信息常常是智慧的结晶、格言的集萃、诗词的佳句等，多具有启牖人心的雅文化或"国粹"的特征，在传播真理、道理、事理等方面，激励人生、鼓舞人心、升华灵魂等方面，都往往可以起到意想不到的重要作用。如果说中国传统文化中的精华能够跨越各种险阻甚至灾难而生生不息，并在近现代依然具有活力和再造的机遇，中国现当代作家对汉字与书法的创造性转化和运用，也起到了不可忽视的重要作用。① 中国书法文化确在传承中华传统文化方面，有着巨大的作用。同时她又与新文化发展同步，正所谓"深结翰墨旧缘，大兴文化新风"，即使"旧瓶装新酒"也是耐人寻味的书法文化现象。

其二，文化实用功能及意义。书法作为文化手段主要还是要服务社会，也包括服务于文学事业发展的需要。在书法文化的服务社会、促进文明等多种功能中，人们最容易领略到的还是书法的诸多实用方式，如报刊题名、书籍装帧（含插图或扉页题字等）、家居装饰（主要是书房、客厅以及器皿的书画点缀等）、市招广告、单位题名、宣传专栏、作品题名、影视题名、绘画题字、作者签名、仪式联语等。仅从与文学相关的报刊题名情况来看，书法的运用就颇为常见。如《大公报·文艺副刊》②《晨报副镌》《小说画报》《小说月报》《创造季刊》《语丝》《莽原》《浅草》

---

① 参见古远清《台静农：传承文化，功不可没》，见《书法导报》2008年第32期。
② 《大公报》各个时期的文艺副刊刊名都用书法为之，似乎在创造和维系一种"编辑传统"。参见刘淑玲《〈大公报〉与中国近现代文学》，河北教育出版社2004年版，第15页。

《宇宙风》《太白》《七月》《希望》《诗创造》等等,就都曾用书法题名来寄托某种文化寓意,或求锋芒,或求稳重,或求创造,或表自谦,或寄希望等等,大都以为书法可以比印刷体或美术字更能表达某种编辑意向,甚至更加别致美观和富于变化及意趣。前述的文学书籍题名也是如此。而在文学书籍的插图中,也经常体现"书画一家"的某种审美特征。如鲁迅早年曾为《天觉报》示贺,画一松,配篆隶体"如松之盛"四字,他热爱绘画热爱美术且时或在画面及照片上题字,似乎乐此不疲[①];文坛还流传着林语堂的《鲁迅先生打落水狗图》,亦有用毛笔字题写的画名,画为漫画,字为行书,书画一体,耐人寻味;梁实秋早年参编的清华早期学生刊物《癸亥级刊》扉页上题有隶书"勿忘国耻",就表达着青年学子的爱国情怀;还有丰子恺的漫画,经常被置于报刊的显要位置,那绘画和题名、题诗的和谐一致常常为文学报刊和书籍带来画龙点睛的审美效果。陈梦家编选的《新月诗选》、凌叔华的《女人》等,都借助于书画进行艺术包装,也都取得了很好的审美效果。现当代作家有不少人同时也是编辑,他们用毛笔改稿也留下了诸多文坛佳话。如巴金曾有一篇墨水浅淡的散文手稿就经沈从文用毛笔描改后才清晰可辨并排版发表。[②]《郭沫若年谱》[③]中记录了大量实用书法的史实,他在日常生活或交往中也常用书法表达心意,如他曾为他人的订婚题诗纪念、赠外国友人诗轴(卷)、赠农民和房东诗轴、集联语书赠餐厅经理、书写联语吊唁进步人士等等。事实上,现当代著名作家的书法多已成为标志性的文化符号,不仅有着相当广泛的共识,而且各行各业几乎都有曾经或正在使用现当代作家书法符号(有时对去世作家则通过集字方式)的现象。可以说,现当代作家的字颇得同人和后人喜爱,书画市场上现当代文人字画热也许只是表面现象,其本质也非金钱能够说明问题。说到底,还是现当代作家书法有其综合的文化价值:既有艺术的,也有实用的;既有名人效应,也有文化想象。即使有崇拜或欣赏文化名人或见贤思齐的心态,大抵也都属于比较正常的心理状态。

其三,文化交际功能及意义。专业书法家精于技艺且依赖市场,对作品润格往往也很讲究。而文人作家却将书法作品作为"秀才人情一张纸"无偿地送来送去,由此凸显了主要是作家书法的文化交际功能。现当代作

---

① 参见王锡荣选编《画者鲁迅》,上海文化出版社 2006 年版。
② [美] 金介甫:《凤凰之子·沈从文传》,符家钦译,中国友谊出版公司 2000 年版,第 175 页。
③ 龚济民、方仁念:《郭沫若年谱》,天津人民出版社 1992 年修订版。

家会在赠书、赠照片时题写赠语或签名以表达情谊。比如,徐志摩生前曾给胡适拍了张照片,还题字曰:"适之,你为什么愀然若有所思?你的病容也不曾会减。"① 由衷地表达了好友的深切关怀。更为常见且书作更加"规范"的是作家与作家、作家与朋友之间的诗书赠答或对联交心:成名于南社而与毛泽东交往颇多且屡有佳话的柳亚子,其诗词与书法同辉,颇为养眼提神,柳公留下的馈赠友人的书法作品中,不仅书法艺术面貌风格独具,而且内容多为自己的诗词佳作,友人视之也格外珍惜;毛泽东为著名女作家丁玲书写《临江仙》,早已经成为传播甚广的文坛佳话;林语堂曾请梁启超手录自拟的对联"两脚踏中西文化,一心评宇宙文章"并挂在自己的"有不为斋"的墙上,仅此名联妙笔也可以彰显出林氏书房的品位;鲁迅与瞿秋白的交往中,对联书法②也曾充当了"知音"的使者和见证。众所周知,文人作家酬唱已成为中国最具传统文化色彩的风习,现当代依然。那些擅长书法的作家或作家的朋友,常常会应友人之求或朋友之间诗联的唱和而进行兴趣盎然的书写。连毛泽东也是如此,与柳亚子、郭沫若等人的酬唱,在两方面都留下了名诗,也留下了书法佳作。又如郭沫若就与很多人酬唱过,在他步鲁迅诗写下"又当投笔请缨时……"不久,连沈尹默也曾写诗奉和,郭沫若更是乐于将这首七律诗书写成书法作品,送给一些朋友。③ 郁达夫在接到鲁迅馈赠的自作诗书法后,也给予了同样的回报,题写了"醉眼朦胧上酒楼,彷徨呐喊两悠悠。群盲竭尽蚍蜉力,不废江河万古流!",在这种文人作家的知音神会的书法交流活动中,也含有书艺诗情之外的挚友间的支持与激励,对各自的人生也是一种充实、丰富和安慰。现当代作家的作品包括书法也都是要通过文化传播渠道来实现的,日常的书法交流也是一种很有效的文化传播。有时居然也可以起到切磋书艺的作用。如与鲁迅交往较多的台静农也与启功相交相知甚深,他们曾在教书之余潜心切磋书艺:早年的启功热衷于临摹赵松雪的字,台静农间接说其字"侧媚、少筋骨,不可取"。启功则由此颇受启发,决意改弦更张,遂努力练出了骨立神爽、高雅清丽且自成一体的书法。笔者认为,从艺术人文的视野来看现当代作家书法,也应注重他与友人间的翰墨情缘,其作品的"人文"意味常为后人所激赏不已。现当代作家与书法的深切结缘其实也是对其人生的充实,而通过书法为中介的人

---

① 参见韩石山《徐志摩传》,北京十月文艺出版社 2001 年版。
② 鲁迅曾书前人对联"人生得一知己足矣,斯世当以同怀视之"赠瞿秋白,瞿秋白非常高兴和珍惜。
③ 陈福康:《民国文坛探隐》,上海书店出版社 1999 年版,第 33 页。

际交往，又在更大程度上丰富了他人和自己的人生。现代作家靳以虽然其个人的书法业绩不显，他却很喜欢书法艺术，对交往较多的一代才女张充和的书画尤其喜欢，终生都珍藏着张充和送他的书法作品（抄录的唱词等），张充和则珍藏着他馈送的贵重墨块"黑松使者"。① 而现当代作家大量的书信原稿，堪称现当代作家交往和情谊的珍贵文本，更是中国书信文化达至巅峰却又趋于转型的生动见证，其中无论是毛笔还是硬笔书写的，多有书法价值和文献价值，辄有发现，皆被文史学家视为珍宝。还有情书书法，在现当代作家笔下也留下了绚烂的文本，即使那些很难称为作家或诗人的名流，如熊希龄们，也曾为心爱的人儿用书法形式写下了许多动人的诗词。②

其四，文化纪念功能及意义。有学者说："浏览历史如果不参之于文物手稿，以及器皿遗物，总觉有点空洞。"③ 实物实证确实最容易唤起历史的记忆。诗人臧克家在追忆友人何其芳时写的文章题目就是"抬头看手迹，低头思故人"，文中介绍何其芳曾送他书写新作七律的条幅，他高兴地把这幅字裱好，"和另外十几位前辈、老友写的条幅并排高悬在墙上，时时作壁上观，眼望手迹，心怀老友"。④ 与这种个人化的纪念形式不同，为了国家大事举行各类纪念活动，书法经常也会派上用场。可以说，中国书法在各种纪念活动中，常常扮演很重要的角色。领导或名人的题词应该说并非现当代或今人的首创。在帝王书法中早就有这样的例证。⑤ 而在文人作家形成的文化圈中，类似的笔墨就经常可以见到。比如在鲁迅五十大寿和逝世后的周年之内，书法与联语的结合便成为祝福和纪念的主要方式之一。著名作家、书法家沈尹默也曾书有七言绝句表达对老友鲁迅的深切怀念，写了多篇怀念鲁迅的诗文，并为《鲁迅全集》书名题签，端庄凝重。⑥ 作为作家靳以的老友，张充和曾极为认真地题写了"纪念靳以诞辰一百周年"的书名，表达了她对老朋友真挚的感情和深切

---

① 章小东：《知音：〈归去来辞〉》，上海鲁迅纪念馆编《上海鲁迅研究》，上海社会科学院出版社2009年版。
② 参见毛彦文《往事》，百花文艺出版社2007年版，第60—61页。
③ 孙郁：《序》，见方继孝《旧墨二记》，北京图书馆出版社2006年版。
④ 臧克家：《臧克家回忆录》，中国工人出版社2008年版，第229页。臧克家在书中还说："我喜欢文艺界前辈和同辈作家们的字，会客室里高挂着郭老、茅盾、叶老、闻一多、王统照、郑振铎……诸位的手迹条幅。"他还费力索来了冰心的墨宝，兴奋欣喜之余以诗作答："高挂娟秀字，我作壁下观，忽忆江南圃，对坐聊闲天。"（第245—246页）
⑤ 参见陆钦主编《龙之魂——中国历代帝王墨宝》，九州出版社2001年版。
⑥ 陈福康：《民国文坛探隐》，上海书店出版社1999年版，第11页。

的怀念。诸如此类的例子很多。即使在同一个作家身上,怀念他人和被他人怀念的书法符号也会不断地映现,令人感念不已,同样显示着文化生命的绵延与美好。对著名作家的纪念笔墨多些,但也有一些知名度不高的作家活在一些人的心中,如钱杏邨曾写了条屏送给李一,[①] 书法绝句却是为了纪念牺牲的文艺工作者,其中也包括其子钱毅。虽然书法功底无法和颜真卿《祭侄文稿》相比,但那份悲切却古今相同。而现当代作家的那些书信特别是情书手迹以及那些他人为他们墓碑上写的碑名、铭文等,也都是具有纪念意味的书法文化遗产,后人理应加以珍视、整理和研究。即使现当代作家出于对前辈的尊敬而用自己的书法略表心情于万一,也常常会留下珍贵的书法作品。如成都杜甫草堂中就可以见到多幅近现代作家的书法,除了郭沫若题写大门匾额并先后三次为杜甫草堂书写楹联或作跋语之外,还有叶圣陶题写的"工部祠"匾额,老舍补书的清代著名学者、诗人王闿运的长联,丰子恺书杜甫《田舍诗》,谢无量书写杜甫《茅屋为秋风所破歌》及沈尹默补书明何宇度的对联等等,也都能表达近现代作家对古代诗人的尊敬[②](图 11)。老舍还曾为张仃画的巨幅《曹雪芹画像》题识,多达 300 余字,虽然是录敦诚《佩刀质酒歌》,却也表达了内心中的"红楼梦情结"。[③] 如今在中国现代文学馆和全国各地图书馆、著名作家纪念馆以及某些收藏家所收藏的作家书法或作家珍藏过的书画,可以说都具有种种纪念意味。如果能够将现当代作家书法精品精雕细刻为数百碑石,则必定可以令人直观这一"作家碑林"的壮观和丰富,且从中亦可领略到现当代作家对现当代书法文化的倾心创造,感念他们丰沛的文化创造精神。

其五,文化消遣功能及意义。在中国近现代文化史上,与文人作家息息相关的文艺副刊作为一个窗口,就较早地透露出一个信息:文人遣兴也是文人生活丰富性、精神丰富性的一种生动体现。现当代作家常常借助于文艺副刊来畅谈他们对琴棋书画诗酒花的喜爱。[④] 这种爱好取向曾经被"革命",但随着社会的发展和人们精神境界的提升,人们必然会建构更高层面的文化生态观,从以人为中心的"以人为本"过渡到天人合一的

---

① 上海社会科学院文学所编:《上海孤岛文学回忆录》(上),中国社会科学出版社 1984 年版,第 324 页。
② 丁浩:《杜甫草堂》,成都时代出版社 2008 年版,第 130—147 页。
③ 近现代作家在很多情况下流露了这种"情结",表明了《红楼梦》对近现代文学的深刻影响。详参王兆胜《〈红楼梦〉与 20 世纪中国文学》,《中国社会科学》2002 年第 3 期。
④ 冯并:《中国文艺副刊史》,华文出版社 2001 年版,第 2 页。

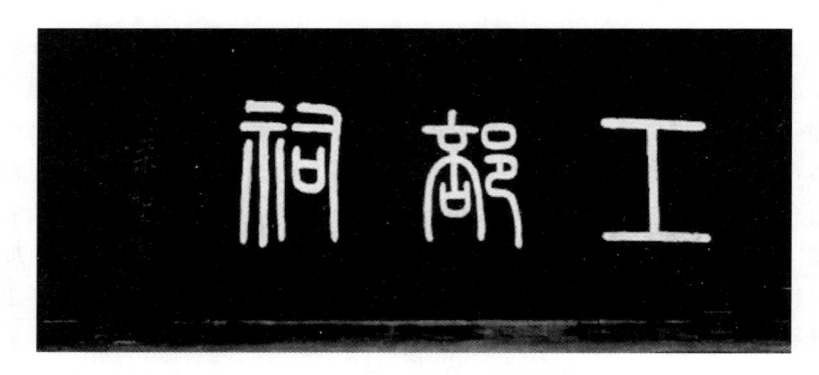

图 11　叶圣陶《工部祠》

"以命为本"的阶段,将生命意识与生态意识整合为更符合人道和天道相统一的"大道之观"。在这里,精神需求和养生护命同等重要,健康生命和文化品位同等重要。从这个意义上来观照现当代作家与书法文化,也会有积极的启示意义。事实上,作为审美文化,中国书法也有其极为普遍的文化消遣功能。不仅可以给他人带来审美愉悦,尤其能够给书家本人带来精神自慰和养生护命的作用。比如弘一法师、丰子恺等自觉将佛家精义和艺术妙道结合起来,在文化消遣中昭示着生命大道,也实际上对书法养生[①]之道进行了长期的实践。在现当代苦难频仍的岁月里,文人作家通过习练书法创作书法不仅可以增强自己的"精气神",而且能够通过这种最贴近自己文人性情和习惯也相对易为易工的书法活动达到抒发胸臆、排遣积郁的目的,以期调养身心。于是,消遣、养生本身也具有了建构"健康现代性"的重要意义,如今关注"享受健康"这一人生主题的人似乎越来越多。当年远去台湾的台静农一度非常苦恼,教书读书写作之余,每感郁结难以自释便以弄毫挥墨以自排遣,以此代行养生。他称自己的养生之道是:不养生而寿,处浊世亦仙。体现了文人雅士梦寐以求的潇洒和自由以及"天心圆月自从容"一般的超脱和豁达。可以说,很多现当代作家以及他们的书法之友从书法的文化消遣中获得了无尽的快乐,调养了自己的精气神,不仅有益于自己的身心健康,而且对"入世"也是一种"蓄势"或准备。又如好山好水之处的美妙书法,也可作为恰当的说明:数十位近现代作家诗人留存于西湖的书法,也为"西湖美的

---

① 参见马行之《中国书法养生》,远方出版社 2003 年版。该书提出"养生学",并认为中国古今不同,学派不同,儒、道、释养生也各有偏倚,但诸家同时具备的则是"书法养生"。见该书第 9 页。

龙章凤姿"增添了光彩和亮点，为中国书法史缩影的"西湖书法"① 续写了新的篇章，同时也为自己的山水情怀和游客的西子情结留下了美妙的见证。

其六，文化启示功能及意义。文学和书法是文化之源，也是文化创造的启示之源。我们不仅要能够把握作家"自然"书写与书家"人为"书写的区别，更要顾及现当代作家书法对书法界、文学界的启示，对重建文学文化、书法文化传统的意义，以及对中华民族文化伟大复兴的价值和意义。说不完的文学和书法，都是开放性的文化命题，许多"熟知而非真知"的命题仍然需要继续言说和强调。比如对作家和书家都应强调"心中存锦绣，笔下有乾坤"。这不仅对文学家是如此，对书法家也相当重要。人说功夫在诗外，道理相当明显。历史应该记取，却也应当反思。书法文化与时俱进的追求和拓展，也必然包含着适应性的转型和创变。包括要学会将书法文化与电脑技术结合起来，加快书法文化的创造和传播。这里存在大量的未知情况需要探讨，计算机书法的研究才刚刚起步，也需要文学家和书法家给予共同的关注。又如，作家协会应该与书法协会从组织层面加强互动，不是加剧二者的分离，而是促进二者的结合，要从民间的、个体的作家与书法家或书法家与作家的程度不同的交叉及结合，发展到组织层面的协调和发展，鼓励在文学创作和书法艺术方面皆有一定成就者取得"作协"和"书协"的双重会籍，在文学和书法两个领域的期刊报纸等传媒，要兼顾兼容，互有交叉性的作品发表，而非偶尔的轻轻点缀。在中国特色文化传统影响的时代，这样做的效果会相当显著。在文化实践层面，甚至可以组织作家和书法家一起为社会公益事业做一些事情，除了大灾大难中联手奉献"书法文学"（既是书法也是文学的文本），还可以联手进行书法教育，相约到各类学校去讲授书法文学书法文化甚至书法技巧，加强书法与文学的"基础教育"，这无疑对书法和文学命运的维系和发展都有重要的意义。

---

① 参见宋涛等编著《西湖书法》，杭州出版社 2008 年版。据此细品作家与西湖的文情墨缘，也可以写出有滋有味的大文章。

第三章　现当代作家论书法文化

如果将"中国现当代作家"并不局限于"新文学"或"白话文学"范畴，且能够理解"作家与书家"通常具有的复合性身份或文化角色①，同时也能够将古今中外的文化会通视为近代以来中国文化、文学发展的"常规"或"新国学"建构的"常态"，那么就会以学者的理性和宽容的心态面对文化史、文学史上的诸多纷争，摆脱二元对立思维模式及机械的进化论文化观的束缚，从而将新旧人物（作家）和文学加以通观，继续拓展现当代文学研究的文化空间，深入探讨传统文化包括书法文化的传承、创化与现当代作家的关联，并给出恰如其分的评断。长期以来，无论是现当代文学研究还是书法研究大都忽视了作家与书法文化这一课题的研究，从作家或文学的角度切入书法世界的探讨也较为浅表，而对现当代作家书法文化观的忽视则更加严重，在书学研究方面也是一个非常薄弱的环节。因此，笔者认为理应对此有所救正，对相关问题展开一系列研究。本章即拟就中国现当代作家对书法文化进行的多方面思考和研究性贡献进行一些梳理，同时对存在的若干问题也进行初步的揭示和分析。

第一节　书法美学观及价值观

我们知道，对中国近代以来的文学发展有重大影响的康有为、梁启

---

① 如果从大历史、大艺术的角度进行考察，作家（包括文学批评家）与书家的复合确是一个非常值得关注的现象。作家原本就是书法家的"底色"，而从广义看取作家，更可以将作家与书家的舞文弄墨都视为"文本化"的文化创造行为。许多作家对书法不仅有爱好和兴趣，而且有追求有成就；许多书家对文学亦可谓修养甚深且常常是"有诗为证"，如将书家的诗文集汇总起来，堪称洋洋大观甚至应该进入文学史或独立成史；自然也有兼善诗文和书法并皆有杰出成就者。因此本书关于"作家"的视野或理解较宽，并将复合的作家与书家所包括的作家书家型、书家作家型和双美兼备型等三个类型都纳入了考察范围。

超，其诗文创作可谓相当宏富，书法创作也成绩显赫，此二子的文化创造和传奇人生为后人留下了很多话题。事实上，他们在书法理论方面的造诣也达到了很高的层次。如康有为的《广艺舟双楫》堪称中国书学史上标志性的理论专著，体现了清末民初时期书法理论的最高水平；梁启超的《书法指导》等著述对书法美学的初探饱含激情，诸多言论颇为精彩并具有持久的理论魅力；五四新文学先驱者之一的著名诗人与书法家沈尹默，诗书同辉，其对书法技巧特别是"执笔五字法"的缜密探索，引起了世人对书法技巧和功底的高度重视，意义非常深远。至于郭沫若的古文字及其书法研究，林语堂的书法评述，于右任的草书研究，马叙伦的随笔《石屋余沈》，朱光潜的《艺文杂谈》，丰子恺的《艺术三昧》等，大都可以视为可圈可点的书论成果。其中亦多有对书法文化的美学特征和价值的认定（也包括对书法娱乐、消闲等审美因素的恰当肯定），以此对抗和消解 20 世纪不绝如缕的"书法死亡论"的负面影响。

从西方美学角度研究中国书法的理论自觉起自蔡元培的"美育代宗教"思想，宗白华、林语堂、朱光潜、丰子恺等人继之，而埋头考究书法技巧者却常常缺乏这种宏观的理论思考。所以有学者指出："与传统的书史、书录、书评、书体等研究相比，书法美学崛起的第一个标志，即是强化书法研究的思辨性……书法美学的发展已成为当务之急。不从一个美学的立场对书法进行整体观照，书法家们还是懵懵懂懂地身处其中执迷不悟，书法也还是写字而不是视觉艺术形式。"[1] 作家们从事诗文创作关注的是文本的美学特征，习惯上所形成的心理定式使然，其对书法也自然会抱有求美审美的心态。比如，作为一个"脚踏东西文化"的作家、学者，林语堂非常关注东西方审美文化，也非常善于进行中外文化交流或跨文化对话，其中也包括书法文化的交流。在他的心目中，源远流长的中国书法文化带有"文化原型"的意味，是"源文化"。在审美意识形成方面也是如此。他看重中国人几千年逐渐形成的"生活的艺术"，他赞赏"吾国与吾民"的关切幸福问题胜于物质进取问题的精神取向。他认为由此可以寻求精神的自足，包括从书画艺术中寻求精神补偿和审美乐趣。他的"中国心"使他丝毫没有民族文化虚无主义的文化自卑，对中国艺术精神推崇备至，而他的世界文化视野又使他能够欣赏不同的民族文化个性，从而试图寻求积极的跨文化对话与互补。他会通中西的通达和智慧使他乐于"与古为邻"，更容易亲近具有诗意的古人和具有古意的书法。当然，林

---

[1] 陈振濂：《中国现代书法史》，人民美术出版社 2009 年版，第 139—140 页。

语堂也喜欢接触西方文化，从语言到艺术，修养也相当深厚。如今学界已经公认林语堂是一个拥有世界眼光且修养深厚的现代知识分子，是一个通才且努力于文化创造的大气磅礴的现代中国学者。从文学角度看他是一个成就显赫的作家，从书法思想史角度看，他也是现代书学丛林中的翘楚。尽管他本人的书法艺术造诣未必能够获得普遍承认，但他的书学思想却获得了相当普遍的推崇。如中国第一部《民国书法史》作者孙洵在评介"民国时期书法研究的发展"时说："林语堂的研究，独领一代风骚"。且认定"他的论书观念最为新颖"，认为林语堂的两本代表论著《中国人》和《苏东坡传》"比较深刻地涉及书法艺术"。[①] 其实，林语堂在《生活的艺术》和《中国人的生活智慧》等著作中也都比较深刻地论及书法文化。综合来看，林语堂的书法美学思想多为人们称道，其中最主要的观点体现在这样几个方面。其一，比较文化研究方法对审美文化包括中国书法文化研究具有重要意义，进入现代就应该摆脱宗祖式、诠经式研究方法而自觉从世界文化视野中审视书法文化，甚至也要努力打破学科界限、突破时空壁垒从而进入跨文化对话的语境中，才能获得对中国书法艺术文化的"通识"，他指出："中国书法在世界艺术史上的地位实在是十分独特的。毛笔使用起来比钢笔更为精妙，更为敏感。由于毛笔的使用，书法便获得了与绘画平起平坐的真正的艺术地位……书法标准与绘画标准一样严格，书法家高深的艺术造诣远非凡夫俗子所能企及，如同其他领域的情形一样。"[②] 其二，林语堂认为西方艺术总是到女性人体那里寻求最理想、最完美的韵律，把女性当作灵感的来源，而中国人对韵律的崇拜却是从书法艺术中发展起来的，书法代表的韵律是最为抽象的原则，他认为书法是抽象艺术，可以把中国书法当作一种抽象画来解释其特性，它是抽象的构图和自然的律动。[③] 其中，通过"师法自然"的美学原则，则可以深入领会主导性的中国艺术精神。其三，书法提供给中国人以基本的美学和美感形式，书法常用的诸多术语如平衡、匀称、虚实、对比、呼应等构成了中华民族美学观念的基础。林语堂曾多次强调了他的这种书法文化观。他认定通过书法可以训练国人对各种美质的欣赏力，如线条上的刚劲、流畅、蕴蓄、迅捷、优雅、雄壮、谨严与洒脱，在形式上的和谐、匀称、对比、平衡、长短、紧密，有时甚至是懒懒散散或参差不齐的美。也正是在艺术发

---

① 孙洵：《民国书法史》，江苏教育出版社1998年版，第133页。
② 林语堂：《中国人》，浙江人民出版社1988年版，第257页。
③ 林语堂于1936年发表的这个观点对最近20多年来的中国"现代派"书法也产生了重要影响。参见刘灿铭《中国现代书法史》，南京大学出版社2010年版，第200页。

生学的意义上，林语堂认为，书法艺术给美学欣赏提供了一整套术语，我们可以把这些术语所代表的观念看作中华民族美学观念的基础。据此，他还向西方人士告白："我觉得中国人不会放弃他们传统的书写方式，因为这与中国文化和书法韵味深厚的美感联系在一起，书法作为一门艺术可以与绘画相媲美并与绘画唇齿相依"。① 其四，从传统书法的文化价值和审美价值判断上，林语堂强调"中国的书写对中国文化产生了历史性的影响。书写成为统一中国的重要手段"。②"也许只有在书法上，我们才能够看到中国人艺术心灵的极致"③，因此他格外强调只有懂得中国书法及其艺术灵感，才能领略中国的艺术奥妙。从林语堂的这些观点或启示性思路中，可以看出他是从发生学的意义上指出了中国书法在中国文化特别是审美文化中的核心价值或"源文化"特征，同时也指出了书法美学对中国作家思维特征的渗透性影响。值得注意的还有，林语堂曾从书法文化而非纯粹的书法艺术的角度，充分肯定了胡适所领导的"汉字书写的革命"，他认为这是"一次最重要的革命"，从而使得"书写汉字更容易"。他甚至还高明地指出中国传统书写方式"对中国来说是一把双刃剑……这种追求漂亮书法的练习消耗了难以估量的时间（图12）。它也限制了文化在

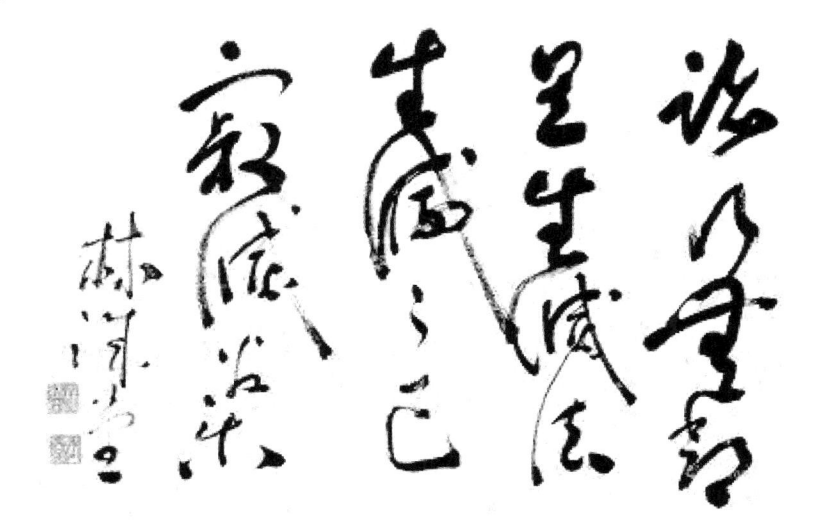

图12　林语堂书法

---

① 林语堂：《中国人的生活智慧》，陕西师范大学出版社2005年版，第61—62页。
② 同上书，第59页。
③ 林语堂：《中国人》，浙江人民出版社1988年版，第258页。

民众中普及。读写能力成为知识阶层的特权"①。由此可以看出林氏的辩证思维以及受到革命文化影响的痕迹，同时从中也可以领略林语堂书法文化思想的丰富及其重要意义。

  与林语堂强调书法与绘画等艺术的关系密切且地位独特的思路相类似，早年著有诗集《流云小诗》的著名诗人、美学家宗白华也指出："中国的书法本是一种类似音乐或舞蹈的节奏艺术。它具有形线之美，有感情与人格的表现……中国音乐衰落，而书法却代替了它成为一种表达最高意境与情操的民族艺术。"② 宗白华还认为，中国人写的字，能够成为艺术品，有两个主要因素：一是由于中国字的起始是象形的，二是中国人用的笔。由此他还特别指出："中国字若写得好，用笔得法，就成功一个有生命有空间立体味的艺术品"，就会化为一脉生命之流、一回舞蹈、一曲音乐。③ 这种书法美学思想在他于20世纪60年代撰写的专题论文《中国书法里的美学思想》以及30年代撰写的《笔法之妙》等"编辑后语"中，则有更为专业化的分析。不过，无论其对笔法书艺分析多么细致，字里行间都仍渗透了他在五四新文学运动高潮时期即形成的"生命文艺观"。有学者据此指出了宗白华书法美学观的特色："把书法与音乐、舞蹈、建筑相比，是一种艺术门类学的审视立场；强调书法形式中的文字媒介具有生命的'空间单位'的特征，是洞察书法视觉美的点睛之笔；而指出书法线条的构成是非静态的、有节奏趋势的，则更是牵涉到书法空间背后包含时间规定的深层美学性格。"④ 从宗白华的书法美学思想中，我们可以看出他对书法内容与形式的丰富性确实非常重视，即使论述绘画与诗歌，也常以书法作为典型论据，由此暗示或体现出书法作为一种"综合艺术"的审美倾向。事实上，书法作为艺术文化往往可以将线条之美与诗文、哲语、篆刻、装帧等熔于一炉，有荟萃之美和复合效应，从而体现出中国人对艺术美的追求和创造思维的精妙。此外，宗白华也格外强调书法艺术要"有感情与人格的表现"，笔力或风骨作为书法家内心力量的外化，要求"笔墨落纸有力、突出，从内部发挥一种力量，虽不讲透视却可以有立体

---

① 林语堂：《中国人的生活智慧》，陕西师范大学出版社2005年版，第61、52—53页。
② 宗白华：《中西画法所表现的空间意识》，载《中国现代美学名家文丛·宗白华卷》，浙江大学出版社2009年版，第256页。
③ 同上书，第257页。
④ 陈振濂：《中国现代书法史》，人民美术出版社2009年版，第141页。

感,对我们产生一种感动力量"。① 一般说来,作家们的书法功底总体看较之于专业书法家当是相对的弱项,但其"内在力量"即文化素养的深厚、情感意象的丰富以及所谓书卷气、性情化等,却往往会显现出某种优势,并对其书法研究也颇有帮助。因为在他们看来,书法和文学一样也要受到创作主体的价值观念和审美理想的影响。而在艺术审美范畴,作家书法与文学的关系较之于专业书法家通常会建立更为紧密的关系。诗文、对联、妙语(多为自创)不仅是作家书法中最重要的表现内容,而且作家会更率性更真挚更不拘形式地将情感内容外化到书法的情感线条符号中,将情意和线条融合为内外谐美的"意象"。不过,将书法与文学细加比较,应该说书法更注重形式美,文学更注重意蕴美,"双美"复合则更是韵味无穷。

对书法的价值认同在"五四"前后也仍有较为普遍的共识。如梁实秋1919年在清华求学期间就曾撰写《戏墨斋丛话》,表达了他初步形成的书法观:"我国字学,由来久矣。历代莫不尊崇。科举时代,尤为注重。近数年来,学子竞竞于西学,而所谓书法者,殆无问津者焉。呜呼谬矣。我国字学,美术之一也。文明日昌,美术岂有荒废之理?且我国习俗,字学常能代表一人之学问。字如涂鸦,望而知为斗筲之辈;行列整齐,常可断为饱学之士。至善书者,尤能受社会之欢迎。然则字学又为社会上之应酬品,当无疑义。由此观之,书虽小道,岂可忽哉!岂可忽哉!"② 时为青年的梁实秋能发表这样的书法价值观,并对忽视书法的倾向以"呜呼谬矣"给予痛斥,确实难能可贵。而在此文中还能够见出他对执笔、习帖、书体、用腕、用墨、用纸、书风等的精到见解,虽然尚属感悟、体会性的书论,亦堪称现代书学早期的一篇代表作,发出了类似于"救救孩子"的"救救书法"的呼声。"五四"以降,中国现代作家固然非常关注外来文化,甚至在"文化习语"和"文化磨合"的意义上进行了很多探索,奉行的是积极的"拿来主义",但他们却在灵魂深处仍然亲近或难以摆脱自己的文化传统,甚至在无意识中会抵抗着西方文化的宰制或文化殖民主义的压力,话语中仍会经常强调中国文化的独立自主和融合创新的可贵与必要。即使那些曾激烈抨击过传统文化惰性的作家,如鲁迅、郭沫若、闻一多等,也都曾由衷赞美中国传统文明的魅力。鲁迅早在

---

① 宗白华:《中国美学史中重要问题的初步探索》,载《中国现代美学名家文丛·宗白华卷》,浙江大学出版社2009年版,第171页。
② 解志熙:《从戏墨斋少作到雅舍小品》,《新文学史料》2005年第2期。

1907年即撰文称中国文明"负令誉于史初,开文化之曙色",而且还"自具特异之光彩,近虽中衰,亦世稀有"。① 在上海书画社近年来出版的《二十世纪书法研究丛书》七册之一的《文化篇》② 中,就收有梁启超的《论书法》、鲁迅的《论毛笔之类》、林语堂的《中国书法》、梁实秋的《书法》、台静农的《我与书艺》、沈从文的《谈写字》等多篇谈论书法文化的文章。这些文章从不同角度表达了现代作家的"书法观",尽管角度不同,却大都注意到了中国书法所具有的文化价值与审美价值。如梁启超从比较文化视野反思了中国传统的书法观,同时也强调书法应具"悲壮淋漓之笔"和"伟大高尚之理想",从中体现了他的"新民说"的精义;梁实秋也强调了书法与文人的休戚相关,同时表达了对中国书法前途的乐观:"或谓毛笔式微,善书者将要绝迹,我不这样悲观。……读书种子不绝,书法即不会中断。"

应该说,作家中的书法家们关于书法的思考和实践,对现代书学包括书法美学的发展也或多或少地贡献了自己的智慧,特别是对文人书法和书法文化提供了较为丰富的思想资源。笔者以为,中国书法作为一种文化现象,堪称中华民族伟大的文化创造:中国逐渐创化和积累的"书法文化"以书法艺术为核心,建构了一个多学科交叉而又深邃宏大的文化场,与文字学、文艺学(诗学)、文化学、历史学等都有着密切关系。其实,稍加留意,也会发现一些现当代作家的文艺观与其书法观也有相通之处,并在其书法实践中体现了出来。如闻一多的诗书画印皆有较深造诣,其影响甚大的"三美"新格律诗学原则其实也在他本人的书法篆刻创作中,得到了很好的体现,也就是说闻一多的书法篆刻,也将韵律之美、绘画之美和建筑(结构)之美作为其自觉追求的美学目标。而他在论述书画关系的专文《字与画》③ 中所提出的诸多美学观点:字与画在历史上是愈走愈近,且经过了"装饰的"和"表现的"两个阶段;在表现的阶段书法则成为一种"纯表现的艺术",并成了"画的理想";与其说是"书画同源",毋宁说是"异源同流",字与画只是近亲等,至今仍耐人寻味。也许后人可以不同意他的观点,却要承认他的一家之言。散文家和书画名家丰子恺也高度认同书法的美妙,他认为中国书法和东洋书道,有其特有的"优胜"之处,工具简便,应用广泛,且具有美感:"创作与鉴赏的机会

---

① 鲁迅:《摩罗诗力说》,《鲁迅全集》第1卷,人民文学出版社1981年版,第66页。
② 上海书画出版社编:《二十世纪书法研究丛书·文化篇》,上海书画出版社2000年版。
③ 该文被选入《二十世纪书法研究丛书·品鉴评论篇》,上海书画出版社2008年版,第15—17页。

很多。写好字的人,在一张明信片,一个信壳,甚至账簿上的一笔账中,都作着灵巧的结构,表着美满的谐调。"即使在数分见方的金石小空间中,"布置,经营,钻研,创造一个完全无缺的具足的世界,是西洋人所不能梦见的幽境"①。此外,现当代许多作家如钱锺书、臧克家、骆宾基、周而复、汪曾祺、李英儒、刘亮程、贾平凹、马识途、余秋雨、熊召政、张贤亮、赵丽宏、汪国真等作家都很喜爱书法,且都有或多或少的相关言论存世。如骆宾基曾高度关注"露天博物馆"和"书法文化山"泰山,为《泰山诗联集墨》写下令人动容的序言。其中写道:"它为我们展现了历代著名诗人到达了这个圣境的非凡感受。诗词如此,书法也不例外。从中我们就可以体会到人类古今都有一个共同的追求——对于美的崇高境界的追求,这种追求精神是伟大的。它的伟大,就体现在'攀登者'的那种坚毅不息的步履间。"② 诚哉斯言。中国源远流长的文学和书法造就了巍峨的中国文化山,进入现当代时空的现代作家文人也仍须成为崇尚美的坚毅的攀登者。

第二节 论说书法创作及体验

在许多人的印象中,作家书法是率性的,既对书法艺术性重视不够,也缺乏临池功底,对书法技巧较少修炼。这种印象自然并非全然没有根据,但事实上却忽视了部分作家对书法艺术包括书法技巧的重视和坚守,尤其是忽视了一些作家出身的书法家或复合型的作家兼书法家的文化名人对书法创作与理论方面的实际贡献。比如前述的先期以五四文学先驱和诗人名世的沈尹默③,就堪称是重视书法技巧的典型人物。尽管他自幼喜欢练习书法,但原来在书法技巧和创作方法上仍然存在着较为明显的问题,陈独秀在沈尹默25岁时曾当面夸奖他的诗歌,却对他的书法给予过"其俗在骨"之类的酷评,并对他产生了很大的精神刺激。兹后遂苦练书法,

---

① 丰子恺:《人间情味》,北京大学出版社2010年版,第57页。
② 安廷山主编:《泰山诗联集墨·序一》,山东友谊书社1989年版。
③ 著名学者吴泰昌认为沈尹默的新诗写得好,"旧诗更好",其新诗中也有旧诗的韵味。沈氏有自平精印的旧体诗词集《秋明室杂诗》等存世。1921年还曾应邀,完成了《沈尹默书曼殊上人诗稿》,并附己作题诗二首,可以见出他在创作新诗时期也精于格律诗的书写。参见吴泰昌《艺文轶话》,安徽人民出版社1992年版,第10、13页。笔者以为文学家的书画可入书画史、书画家的诗文可入文学史,在这方面还存在不少欠缺。"学科化"学者为了所谓纯粹,使很多史著失去了应有的丰富,留下了太多的遗憾。

且多年坚持不懈，终成大家。同时他也结合自己的书法学习和创作经验，非常注重对书法理论和书写技巧的研究，写出了《书法漫谈》、《二王书法管窥——关于学习王字的经验谈》和《历代名家学书经验谈辑要释义》等论著，并结集为《学书有法：沈尹默讲书法》①行世。在此之前，沈尹默已有《书法论丛》等著述问世。②他的书学文章无论单独发表，还是结集出版，都对书法界特别是年轻学子产生了重要影响。

　　沈尹默格外重视书法之"法"，对其进行了相当全面的研究。尤其注重的是笔法、笔势和笔意。他认为中国书法的艺术性与柔软毛笔的巧妙使用和书家的才情修养等密切相关。笔法是写字点画用笔的方法，是人们在长期的写字过程中逐渐发现和积累而成的。笔法体现着书写的规律，只有遵循着它去做，其书法才有成就和发展的可能。值得注意的是，作为诗人的沈尹默，在他思考书法之法的过程中，却极其自然而又自觉地与文学创作规律联系了起来，体现了文学思维与书法思维的融会与沟通。他说："就旧体诗中的律诗来看，齐梁以来的诗人，把古代诗中读起来平仄声字配合得最为协调的句子，即是律句……选择出来，组织成为当时的新体诗，但还不能够像新体诗那样平仄相对，通体协调……所谓律诗之律，自有五言诗以来，就在它的本身中自在地存在着，经过了后人的发现采用，奉为规矩，因而旧体诗得到了一个新的发展。"③沈尹默由诗歌的合律及诗歌史的深刻启示，特别强调要对书法之"法"给予必要的尊重，认定"不懂得应用写字规律的人，就无法写好字"；他还特别强调了执笔法，并且经过反复比较研究选取了"执笔五字法"向大家推荐，还就此写了专门的文章给予详细的介绍，其细致入微的程度远过于古人。他坚持认为：执笔要讲求指法，运笔则要讲求腕法。从用腕或运腕，他又讲到用臂和悬肘，讲到指实掌虚、肘腕并起、提按适宜等，由此可见沈尹默对笔法的介绍已经达到了权威专家的水平。同此，他对与笔法密切关联的笔势也给予过相当周详和深入浅出的介绍，对所谓"笔笔中锋""永字八法"以及笔势与笔法的异同更是给予了审慎的辨析，将前人理解的混乱、混淆之处也予以

---

① 《学书有法：沈尹默讲书法》，中华书局2006年版。
② 沈尹默：《书法论丛》，上海教育出版社1979年版。沈尹默的书法理论著作，多发表于1949年以后，如《谈书法》（1952年）、《书法漫谈》（1955年）、《文学改革与书法兴废问题》（1957年）、《学书丛话》（1958年）、《答人问书法》（1960年）、《和青年朋友们再谈书法》（1961年）、《怎样练好使用毛笔字》（1962年）、《历代名家学书经验谈辑要释义·上》（1963年）、《二王法书管窥》（1964年）等。
③ 沈尹默：《书法论丛》，上海教育出版社1979年版，第3—4页。

辨明。在讲到笔意时,更在严谨的逻辑思维引导下,申明了诸多精彩的见解,如:"要离开笔法和笔势去讲究笔意,是不可能的一件事情……三者都具备在一体中,才能称之为书法。""我国文字是从象形的图画发展起来的。象形记事的图画文字即取法于星云、山川、草木、兽蹄、鸟迹各种形象而成的。因此,字的造形虽然是在纸上,而它的神情、意趣,却与纸墨以外的自然环境中的一切动态,有自然相契合的妙用。""总起来说,是要用一套'心摹手追'的功夫。书学所关,不仅在临写玩味二事,更重要的是读书阅世。"作为五四文学先驱者、北京大学文科教师的沈尹默在此表现出循循善诱、诲人不倦的风范。著名学者郭绍虞、陈振濂等都对其书学价值给予了充分的肯定。如郭绍虞认为:沈尹默"善于吸收古人书法理论的长处,但又不受这些理论的束缚。无不学而又无不舍,他不论在艺术实践或书法理论方面总是一贯如此的。清季有碑学帖学之争,而他则兼收并蓄,学碑能不涉于僻,学帖能不流于俗。其于书论也是这样,对于古人的书论无不融会贯通,以丰富自己的营养,真能做到取其精华,去其糟粕"。① 应该承认,沈尹默确实非常看重书法传统的规范性要求,但他也并不是恪守成法的顽固派,这从他对郭沫若、谢无量等反对株守成法、敢于创新的书法实践所给予的诗意的赞肯中,也可以看出他的通达和包容(图13)。

在中国现当代文学史上具有重要影响的文人作家中,像诗人沈尹默化身为书法名家的确乎不多,但其学生启功则在诗书画诸方面狠下功夫,也达到了相当高的境界。他的100首《论书绝句》② 就显示了他深厚的文学功底和丰富的书学思想,特别是他对书法之"法"的深刻思考和全力坚守,表现了他长期的定见。在他看来书法的技术确实非常重要,即使仅仅从基础的入门的意义上来理解,书法技术也有大楼基石的意义。尽管有人认为启功在技术层次似有"过剩"的倾向,在艺术层次却少有情感与变化,但他的书法个性毕竟卓然可见,其心性的放达和从容的精致使其书法人生依然流光溢彩。③ 其实,从沈尹默、启功身上也可以看出,能诗文、爱文学的主体素质对书法创作和研究都会产生深切而又重要的影响。无论文坛还是书坛,喜欢舞文弄墨者确实很多,其中固然有一些人缺乏书法修

---

① 郭绍虞:《书法论丛·序》,载沈尹默《书法论丛》,上海教育出版社1979年版。
② 上海书画出版社2007年版。该书不仅有"论书绝句",而且有作者的说明和手书等。其中最早的一首是1935年写的论诗绝句《西京隶势》。此外,马叙伦著名的《论书诗二十首》也值得关注。
③ 参见倪文东编《启功谈书法人生》,上海书画出版社2009年版。

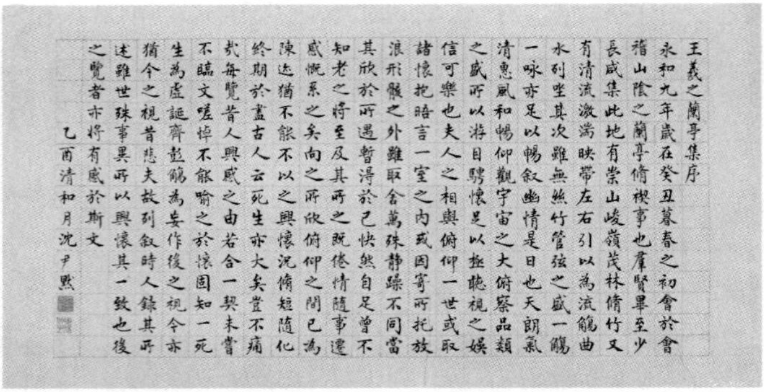

图13 沈尹默《兰亭集序》

养却又喜欢随意挥洒，不重视书法之"法"，然而也毕竟有一些作家文人比较重视书法技巧，不仅热衷书法，而且刻苦练习，虽然技巧方面未必十分讲究，却在文人书法的大千世界中拥有了可贵的自家面目，并获得了较大的社会影响。如郭沫若、鲁迅、茅盾、钱锺书、沈从文、贾平凹、冯骥才等就在书法技巧方面也像经营其文学文本一样颇有讲究，或习练成法，或自创新法，对表达或书写技巧给予了高度重视，并时有很好的论述，提出了一些有益的见解。特别是就文学与书法关系方面也表达了具有启示性的思想。即使如翻译家，也可以在书法创作和理论方面达到较高的境界。如对现当代文学有重要影响的翻译家、文学家严复和傅雷，其书法在文人圈内也颇有声誉，他们对中国书法文化也都有较多的涉猎，在读帖临池之余亦多有评说，表达了他们鲜活的印象或感悟。又如那位堪称爱国诗人的书法大家于右任，曾花费了很多时间精研书法，创立了"标准草书"体系，对中国现当代书法产生了极大的影响。他对书法研究的精细和深入，有很多事实可资证明。这里仅举个实例借以管中窥豹：于右任曾为了精研标准草书，于1939年9月26日给远在腾冲的老友李根源写信请求帮助，盼老友能多多代为收集相关资料特别是云南先贤草书、书法拓片和名帖等。他还在信中称赞李根源的《云南金石诗》："文字献彩，山川发香，真伟作也。"李根源为老友严谨的治学精神所感动，遂收集了很多相关资料呈送给于右任。后来，于右任还曾给李氏《曲石诗录》作序，对李的诗歌特别是论书诗，给予了很好的评价。[①]即使仅仅从文化创造的动机层面看，作家文人的创造欲望之强烈，也会促

---

① 参见腾冲县旅游局编《历代名人与腾冲》，云南民族出版社2007年版，第145—147页。

使像郭沫若、于右任等致力于书法技巧的探索和总结,不仅为了创造和丰富自己的书法的人生或艺术个性,而且也确实意在影响他人,产生积极的文化建设的作用。

　　值得注意的是,作家从事书法评论,也常常有自己的特征,如感性化言语较多,就是一个鲜明的特征。其印象性和生动性的评说,往往显示着非常"逼真"的感受或文学色彩。比如老作家和著名民俗文艺学学者钟敬文对鲁迅的书法就留下了如此真切的印象:"既不尖锐也不带刺,倒是拙朴、柔和的","既没有霸气又没有才气,也不冷严。而是在真挚中有着朴实的稚拙味,甚至显现出呆相"。[①] 这里的质朴表达,与曾被选入中学教材并广为人知的郭沫若《鲁迅诗稿·序》对鲁迅书法的相关评论,可以说便形成了某种对比:"鲁迅先生亦无心作书家,所遗手迹,自成风格。熔冶篆隶于一炉,听任心腕之交应,朴质而不拘挛,洒脱而有法度。远逾宋唐,直攀魏晋。世人宝之,非因人而贵也。"在这里,郭沫若是以诗人、学者与书法家复合的身份从事评论的,字里行间体现了书史和书论的视野和修养,其审美判断也带有浪漫诗人的气质。然而钟敬文却是充分发挥了作家的直觉和体验能力,说出了"稚拙"型书法的独特况味,凸显了鲁迅书法的自我特征,同时表达了对书法语境中崇尚领袖式书法"霸气"和过分逞才使性的"才气"的不满。鲁迅是刚性的硬骨头战士,这只是鲁迅丰富性中的一个重要方面,但从精神补偿的角度看,鲁迅在某些方面的柔韧,比如书法,比如爱情,比如怜子,比如怀旧,比如骨子里爱毛笔胜过钢笔等等,都是维系鲁迅情感世界或精神大厦的某些人文要素。而众多能够吟诗作文的作家笔下的以诗论书和兴致勃发的书法点评,或者针对碑派、帖派以及著名法帖的讨论,也时见其思想的闪光和见解的独到。如鲁迅的老师章太炎《论碑版法帖》一文[②],不仅梳理和论析了崇碑贱帖的学理依据,还从"文艺地理"角度提出了"边鄙之人笃于守旧,都邑之士巧于创新"的看法;作家和编辑徐调孚《闲话作家书法》一文[③],对当时一些知名作家的字分别给予点评,如鲁迅、周作人、茅盾、老舍、俞平伯、叶圣陶等人的手迹,他都非常熟悉,娓娓说来,虽未必全

---

① 钟敬文:《寻找鲁迅,鲁迅印象》,北京出版社2002年版,第305页。
② 崔尔平选编:《历代书法论文选续编》,上海书画出版社2004年版,第770页。
③ 原载《万象》1944年第7期。如文中曾指出一种现象,即硬笔书写不及毛笔:"郑振铎的钢笔字原稿,固然乌里乌糟,人家见了喊头痛,但他的毛笔字,说句上海话,写得真崩好!不由得不叫人见了暗地里喝一声彩。他的字,颜鲁公体是底子,再加上写经体,铁画银钩,左细右粗,虽不及疑古玄同的精美,但功力也不小。"

都恰到好处，却也相当有趣。又如钱锺书在《管锥编》中对诸多书法史实的评点，施蛰存对海派书法代表书法家白蕉进行的精到点评，丰子恺对吴昌硕、弘一法师书法的独到鉴赏，马叙伦在《论书二十首》对书法技巧和书法家的直率而又精彩的点评，徐訏在《鲁迅先生的墨宝与良言》①中对书法"有用于世"的谈论，齐燕铭对铁云（刘鹗）藏印二册的校读和评介②等等，都显示了这些文坛精英相当精到的书法眼光和深厚的学术素养。

值得注意的是，作家书法具有文人书法的一般特点，却也是文人群体中最具有"文学性"和"情感性"的人，他们不仅在文学文本中体现出作家文人的本色，而且也会在书法文本及书法思考中体现出这样的本色。如冯骥才在近著《文人画辨》③中对文人书画的评价便显示了这种本色。在该书收录的《文人的书法》《我的书法生活》等文中，冯氏发表了自己对文人（作家）书法的基本看法和自己创作的一些体会。他说："文人以文章书法心志，其书法天生具有挥洒情感、一任心灵的性质，故此文人书法是以个性为其特征。文人性格彼此迥异，有一千个擅长书法的文人，就有一千个相去千里的书法面貌。故此文人书法风格都不是刻意追求的。""文人的书法，向例是不拘法矩，情之所至，笔墨奋发。文字原本是表达与宣泄心灵的工具。工具缘何反过来要限制心灵？故此文人要进入书法，天地突然豁朗；一无牵绊，万境俱开。"此外，冯骥才还强调了文人书法多写自己原创性作品、文人进入书法也是"文化的注入"等特征。也许其诸多论文人书法的观点时有偏激之处，却恰恰从这里也显示了文人书法的长处与不足。总之，作家文人的书论往往较之于学者文人更率性、更情感化，更具有诗性和自创性。他们的"双书"（文学书写与书法书写）特征也更加鲜明，从手迹存量看也远多于其他群体。可以说，他们有意无意的"双书"性实践及其理论思考，对中国文化传统的继承和转化，都起到了非常重要的作用。

作家的文体爱好也会在书论中有所体现，如有的作家很喜欢撰写论书诗（包括白话诗），有的作家却喜欢即兴写下对书法的随感等；有的作家虽然不擅长正襟危坐的长篇专论，却在情感化的书法点评中显示出强烈的感受性和情景化效果，同时在字里行间也有其思想的渗透；有的作家还能

---

① 见《场边文学》，上海印书馆1968年版，第225页。
② 吴泰昌：《艺文轶话》，安徽人民出版社1992年版，第131—132页。
③ 冯骥才：《文人画辨》，中州古籍出版社2007年版。

够将诗人般的激情和想象力带入书法文化的研究中，即使面对远古的甲骨文也会浮想联翩，参透其中许多奥妙。现当代作家以诗词、散文、日记、回忆录、讲学以及随笔札记或报道访谈等形式，"即兴"发表对书法的看法，从表达方式及媒介传播上看也明显较古代更加丰富和自由了。比如，酷爱书法的余秋雨曾在其散文名著《文化苦旅》所收录的《笔墨祭》一文中，表达了他对工具革命所带来的毛笔文化衰微的忧患及相应的书法悲观论，在社会上产生了不小的影响，而他在接受媒体采访时，也曾尽情发挥了他对中国书法的关切和忧虑。但当他近期与北大学生对谈时，却从年轻人身上看到了希望，也恢复了对中国书法前途的信心。[①] 又如贾平凹除了时或自我评说之外，还在散文集《朋友》中，对一些文学和书画圈中的朋友及其作品进行了诸多评说，显示了他的书法评论颇有见地。即如他对陕西省美术馆馆长李杰民的书法艺术就给予了相当专业的评论，认为李的书法已有清晰的自家面目，力沉雍容，真气淋漓，有极高的眼力和腕下功夫，行踏大方而不乏趣味。作家喜爱议论评说似乎是职业习惯，甚至有的小说家在小说文本中也表达或借人物评述了对书法文化的一些看法。比如人们熟悉的金庸小说中就多有对书法文化的描写和议论，台湾学者龚鹏程曾在《书学与武学》一文中以金庸武侠小说为例，说明小说虽有想象，其实也揭示了"书法与武学实有许多相通之处"，且"书法是艺术中与武学关系最紧密的"；[②] 又比如当代作家都梁在长篇历史小说《荣宝斋》中对晚清杰出书法篆刻家赵之谦就有颇为精彩的评介："赵之谦和古今中外很多大师级人物一样，他的书法、篆刻虽说在当时已经颇有名气，但远不及死后声名显赫。""赵之谦的篆刻，别具一格、自成一派，人称'赵派'……老赵观察着雨水在宣纸上慢慢晕开，忽有所感，于是在雨后的那个黄昏，赵之谦终于悟出了治印的精髓，吟出了他这行里的千古绝唱：治印之妙，不在斑驳，而在于浑厚。此后他在'浑厚'二字上下足了工夫，又大胆吸取汉镜、钱币、权、诏、汉器铭文、砖瓦以及碑额等文字入印，丰富了金石的内涵，最终形成人称'赵派'的篆刻新风格，开一代风气之先。"[③] 而当年闻一多在西南联大时曾因困难而治印外卖，并有一群文化名人（其中有朱自清、杨振声、沈从文等作家）联名发布

---

① 参见余秋雨《问学·余秋雨与北大学生谈中国文化》，陕西师范大学出版社 2009 年版。
② 龚鹏程：《书学与武学》，见张炳煌、崔成宗主编《2004 台湾书法论集》，台湾里仁书局 2005 年版，第 285 页。
③ 都梁：《荣宝斋》，长江文艺出版社 2008 年版，第 2 页。

《闻一多教授金石润例》①，撰稿人为浦江清，文为妙文，点评金石篆刻和闻一多艺术亦很有见地。如"秦玺汉印，攻金切玉之流长；殷契周铭，古文奇字之源远。是非博雅君子，难率尔以操觚；倘有稽古宏才，偶点画而成趣。浠水闻一多教授，文坛先进，经学名家，辨文字于毫芒，几人知己；谈风雅之原始，海内推崇。斫轮老手，积习未除，占毕余闲……何当琬琰名章，共榷扬于艺苑。黄济叔之长髯飘洒，今见其人；程瑶田之铁笔恬愉，世尊其学。"也许有人仅以广告视之，但这里体现的学术味和高水平却早已被世人所公认。

第三节　对书史及其命运的关切

中国书法堪称"汉字"之俑，这种比享有盛名的"兵马俑"更为悠久也更具文化辐射力的"汉字俑"，其造型和意蕴的复合足以体现中国汉字书法的精妙。从书法文化创造的角度看，"汉字俑"即使在世界范围内也堪称是精彩纷呈、魅力无穷的文化现象；从接受学的文化史角度讲，被接受的古典文化包括书法文化也就是活着的当代文化。"活着的中国"要靠"活着的古今中外的文化资源"来滋养。在历史长河中，中国作家与书法文化结下了深缘。古代作家文人作为中国书法文化创造的主力军，其超越性的书法实践与自我实现的快乐是不言而喻的，但很多人也曾为练习书法吃过很多苦，为了科举应试而苦练馆阁体书法更是苦上加苦，狭隘的功利和书体要求限制了很多古代作家的个性发展。到了现当代，书法文化作为传统文化也一再陷入危机，作家与书法文化的关系也变得更加复杂。甚至也有一些现代作家文人曾主张废除汉字而走拼音化道路，并将"汉字俑"移送博物馆。尽管如此，一些现当代作家文人仍然对书法历史及其命运给予了很大的关切和较多的思考。

进入现代社会，分工趋于细致。这也使现当代作家很少去花费许多时间精力从事虽然没有严整的书法史包括断代性质的专著，但相关的著述或文献整理却相当可观，成绩可谓不俗，且以实际的学术选择延续着书法文化的命脉。如郭沫若对古文字及书法史上一些问题的探讨及争鸣，为书学的历史发展也做出了重要贡献。② 而擅长诗文的沙孟海所作的长篇论文

---

① 此件在云南师范大学校园中的西南联大纪念馆中仍在展出，内容在书画界传播甚广。
② 李继凯：《郭沫若：现代中国书法文化的创造者》，《陕西师范大学学报》2007年第3期。

《近三百年书学》，则体现了鲜明的书史意识，主要对清代书法史进行了梳理与分析，对书法"五派"的界定与介绍对后人也颇有影响。[①] 同时，作家们也会有意无意地面对和触及书法史上一些难题。其中，"文人书法"的特征和命运本身就是个很大的难题。我们知道，现当代书法界有不少人倾向于贬低文人书法特别是作家书法，或者有限地评介古代文人书法而乐于遮蔽、批判现当代作家书法，流露出崇古贬今的倾向。沈尹默就曾多次阐述了他的重返唐贤法度的书法主张，其中也从重法度、重执笔、尊法帖的角度，经常批评不重法度的文人书法。应当承认尺有所短寸有所长，作家书法有自己的长处也有自己的不足。沈尹默的批评对文人书法的薄弱环节给予了善意的提示。自然，也会有人特别是对文学一往情深的作家，面对以创作手稿和书信手札为代表的文人书法，他们因喜其真趣弥漫且有书卷气，常常想方设法加以珍藏，并给予更多的肯定，前述的冯骥才就堪称是这方面的代表性作家。

现当代作家在书法文献及其整理介绍方面的贡献主要体现在两个方面：一是现当代作家对前人书法文献资料的重视和收集整理，二是他们自己留下的关于书法的文字数据包括自述、创作谈、书法评论等。在对前人书法文献资料的重视和收集整理方面，现当代作家的实际贡献很多，有些作家如梁启超、鲁迅、郭沫若、钱锺书等就都对部分书法文献进行过潜心的收集和整理，从学术文化角度看，也是对书学的一种切实的努力和贡献。在此笔者要特别强调：仅仅是现当代作家的书法收藏就可谓宏富。这从部分作家捐给中国现代文学馆的部分藏品即可管中窥豹[②]。国家和各省份以及一些大学图书馆、博物馆也有一些作家手稿或作家捐赠的书画作品，许多作家的私人收藏也很可观。如冯骥才曾介绍，由于其外祖父与康有为过从甚密，家中曾收藏有康有为信手所书手卷条幅多达数十幅。这种因家庭原因而有名家墨宝者也许不多，但作家们相互的馈赠，作家与书法家交往的所获，文学爱好者对作家的追求所得到的书法，自然还有作家自己收藏自己的得意之作等等，皆可构成丰富的宝藏。有些作家书法还流传到海外，由于书法作为中国文化的象征而受到不少有识之士的重视和珍藏。从现代书法文献资料角度看，现当代作家关于书法的文字包括自述、创作谈等等，对研究现代书法史、现代书法思想史或现代书法文化史等，

---

① 沙孟海：《近三百年书学》，《东方杂志》1930 年第 27 卷第 2 号。
② 详参陈建功主编《中国现代文学馆馆藏珍品大系·书画卷》（共四辑），文化艺术出版社 2006 年、2007 年版。

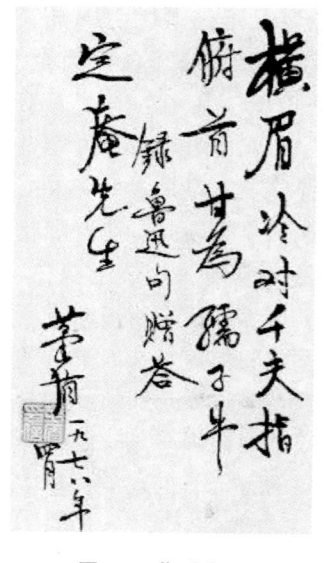

图14 茅盾书法

都有重要的价值和意义。一是现当代作家提供了大量"留存"的相关数据，为书法史料的积累做出了贡献。如梁实秋的《清华八年》、鲁迅的《论毛笔》、台静农的《静农书艺集·序》、沈从文的《从文自传》以及郭沫若的自传等，都坦率地介绍了自己与书法的难解之缘，有的作家还介绍甚详。二是现当代手札等对澄清一些书法研究中的问题也颇有帮助。如晚年施蛰存曾因喜欢而写信向老友茅盾索墨宝，且认定茅公书法"大有瘦金体笔意"。时已83岁高龄的茅盾仍挥毫作书相赠，但在回信中却否认了流行较广的所谓"瘦金体"笔意说（图14）。又如钱锺书也曾于书札中对自己的行草书法特征及其不足有过自评，并借此竭力谢绝他人索书，由此可以见出钱氏秉持的人格与书格。三是昭示了抢救书法文献包括作家手迹的紧迫性。即使仅仅是现当代作家关于书法文化的相关言论的收集整理，就暂付阙如。而涉及书法活动的各种文献，在现当代仍有很多至今没有人留心收集整理，即使类似《作家书法集》方面的书也还很少见，也未见《中国现当代女作家书画集》面世。由此也表明，20世纪作家文人书法文献的整理和研究还有很多工作要做，学术空白也亟待有心人给予填补。

对书法文化命运的关切，也可以说是对历史的一种观照和对未来的殷切期待。众所周知，进入近代的中国，悲剧感、悲情味不期而至，中国传统文化的命运经受了前所未有的煎熬。许多文人志士在努力从各种向度上探求拯救中国及其文化的途径，即使是所谓"反传统"的文人作家，也往往在文化实践层面为赓续传统文化进行了不懈的努力。鲁迅与胡适就是人们经常提及的典型现代文人。而鲁迅非常欣赏的陈师曾，也可以说就是努力拯救文人书画的极有代表性的文人志士之一。他所强调的文人画要有"人品、学问、才情、思想"四要素的观念，也经常在"书画一体"的意义上被用于书法研究。而且人们普遍认为只有兼备这四要素的书画家才能创作出书画佳作，才能为维系书画艺术命脉起到积极的作用。事实上，这种观念在传统艺术评论中可谓是放之四海而皆准的不刊之论，但真正能够达到这种境界且为人们普遍承认的书画家却并不多见，现代亦然。但陈师曾（即陈衡恪）却能臻于此境。他堪称是诗书画印的全才，其书法和篆刻风格相近而又彼此呼应，韵味醇厚，风神秀逸，苍劲朴茂。因此鲁迅与之交往较多，且非常赞赏其书法篆刻，早年出书也多请他题签。应该说，陈衡恪的诗词书法和绘画都是可以入史的，功力不俗，影响亦显。鲁迅曾在《北平笺谱·序》中对陈衡恪的艺术成就给予了很高的评价，梁启超、吴昌硕等大家对陈师曾也都称赞备至。有学者指出：那些在书法或文学抑或两个领域中取得重大成就者，"无一不是文化大家"，而"中国历史上很少有专业的书法家，相反，倒是文人在精通经史子集之后'我笔写我心'，在笔墨中重新展示自己的心灵的踪迹而成为书法大家。单一的书法技术或许可以成为书法个体户，但是永远不会成为东方文化的代表"。[①] 这种大文化、大修养造就大作家、大书家的认识，理应成为有志于文学和书法者的共识，为此做出持久的努力，才能为中国书法文化的复兴贡献自己的力量。

　　站在当今文化建设的立场上，通过积极的建设性思考，促进现当代书法文化研究，包括对书法文化市场的开拓，也是我们应加以关注的命题。因为通过积极的宏观性、建设性思考或深刻的反思，也可以生成一些新的认识，如在文学与书法、古旧与创新之间的艰难选择，是现当代作家所面临的悖论式的文化难题；那些曾断言中国书法进入死亡阶段的话语，在现当代作家亲近书法并积极创造书法文化的文化立场面前已经被无形消解；作家是文化的传人，书法是传播文化的使者，作家在书法文化继承方面应该拥有更高的文化自觉和创新意识；如今人文环境才可能孕育这样的重要观念：我们终于可以大谈"现实生命为本，古今中外为用"这个新的伟大命题了，书法文化由此也可以获得新的发展空间；尽管作家多将书法视为"余事"，但从他们与书法文化的关联中还是可以看到他们的真性情和时代的光影，看到他们对文化创造的热衷和对民族文化的创化及弘扬；现代作家将白话诗文作为书法内容，形式上也不拘一格，性情化个性化与规范化的关系需要深思；当代文人作家们应多注意提高书写技巧，把本属于自己的"书写手艺"修炼回来；亲近和创化书法文化与疏离书法文化构成了当代文化发展的一种矛盾运动，恰在这种运动规律中昭示着书法的未来与希望。而通过书法教育事业对当代书法文化建设产生积极影响，这也是我们应该努力的一个方向。

[①] 王岳川：《当代书法问题与艺术生态重建》，载王冬龄主编《中国"现代书法"论文选》，中国美术学院出版社2004年版，第31—32页。

当代作家都梁在其长篇历史小说《荣宝斋》结尾借助人物之口，表达了对书画象征性文化存在"荣宝斋"的某种美好愿景："我们首长说，荣宝斋是代表中国文化的一张名片，只要中国文化在，荣宝斋就会永远存在下去。"[1] 这样的"小说家言"其实也颇为耐人寻味，使人总想起光荣的过去、墨宝的珍藏以及作家与书法、书者与知音的难解之缘。诚然，中国书法文化源远流长，中国文学命脉绵延不断，二者的关联也永无止境，相关的探讨也将持续下去。笔者坚信：在"新国学"或"东方学"建构的历程中，作家们以及与他们同在的文学研究者在书法文化研究方面的积极努力，也会对中华文化或东方文化的重新崛起和持久发展做出新的独特贡献。

第四节　当代作家的若干相关思考

书法与文学有着极强的美学与文化亲缘关系，作家本应天然地亲近书法。唐代书论家张怀瓘一再指出：尧舜王天下，焕乎有文章，文章发挥，书道尚矣（《书议》）；字之与书，理亦归一，因文为用，相须而成（《文字论》）。可见，文学与书法从来就是交相互用，中国作家善书法、懂书法具有天然的文化合理性。五四文化运动，使这种亲缘关系受到破坏，书法与文学的亲缘关系便转为隐形的文化基因，存活在中国文化血液中，并主要为作家所承袭。现代作家多曾受过书法文化的熏染和教育，他们没有放弃毛笔书写，成了中国古今文学和文化之变上的桥梁式人物，他们与书法文化的血脉关联比较自然，也印证了书法与文学难以割裂的文化关联。当代作家则有着大不相同的社会文化环境。中华人民共和国成立后，中国作家、书法家一并被体制接收和规训。中华人民共和国成立初及20世纪80年代分别成立的中国作家协会、书法家协会，使作家和书法家相继职业化。书法教育的文化环境逐渐封闭，文学和书法应有的文化联系为职业化所区隔。

20世纪末，中国经济崛起，传统文化复兴，具有文化自觉的部分当代作家开始主动介入书法艺术活动。这或也证明，文学与书法的亲缘关系，确是中国文化的隐形基因，中国作家选择书法与书法选择中国作家是一种互为因果的关系。随后，在与西方各种文化艺术思潮不断碰撞磨合

---

[1] 都梁：《荣宝斋》，长江文艺出版社2008年版，第456页。

中，传统文化渐被中国社会所体认，当代作家的书法活动日益受到社会各界重视。2006年以来，西安与广州相继举办了作家或文人书画展，引起了广泛而良好的反响。当代作家介入书法文化的主体为民国时期与中华人民共和国成立前后出生和成长的两批。周而复、姚雪垠、汪曾祺等前辈作家出生成长于民国时期，接受过一定的旧式教育，具有较为自觉的书法文化意识。贾平凹、熊召政、余秋雨、陈忠实、高建群、张贤亮、王祥夫等作家多出生成长于中华人民共和国成立前后，书法自觉意识稍弱于前辈作家。总体上，由于出生成长时间的差别，民国时期与中华人民共和国成立前后出生成长的两批作家，教育与书法文化修养的些微差异使得他们论及书法的文字也稍有不同。

一

周而复是当代著名作家、书法家，曾任国家文化部副部长、中国书法家协会首任副主席。其书法艺术和文学作品，珠联璧合，相互辉映。周而复生于1914年，幼承庭训，学习古文、诗词，练习写字，受过临帖、默帖和读帖训练，具有深厚的书法功底及修养。周而复的书法"结构严谨，欹侧面取其姿美，笔法方折纤劲而达清秀；骨力洞达，肌腴筋健，刚劲蕴藉"，郭沫若认为其书法"逼近二王"。尤为重要的是，周而复以深厚的文化修养认识到书法艺术的当代价值，体会到书法传承的重要性。20世纪80年代初，他联合其他书家倡议成立了中国书法家协会，为书法的当代传承、发展起到了重要推动作用。周而复认为，字如其人，自然流露。字不但表现每个人的特性，还能表现每个人的思想感情。[①] 有关具体创作，周而复认为，笔法借点画以显，点画借结字以显。字的点画相当于绘画的线条。线条要有粗细、浓淡、强弱等不同，用毛笔书写，可以表现出多资多态而又和谐统一的情调。关于书法创新，周而复认为"要植根于前代书法家所取得的杰出成就基础之中，根据自己所处时代，继承优秀的传统，不断努力发展和创新"。在具体继承上，又应区别对待，因为"历代名家书法，不是每一幅作品都好，每一个字都好，每一笔都好，应该分析其优、缺点，扬长避短"。周而复对书法艺术的表现性及其影响有独到见解。他说，中国书法艺术"具有与一般艺术门类不同的艺术品格，成为中国各类造型艺术和表现艺术的灵魂"。正是对书法表现特征的体认，他说，"中国书法艺术对欧美一些国家也有深远的影响，西方国家的传统

[①] 周而复：《略谈书法美学》，《中国书法》1987年第4期。

艺术基本都是以模拟再现为主的具象艺术，到了现代才出现抽象艺术。现代抽象派绘画，受到中国书法艺术影响以后，才提高了它的艺术素质"。①

和周而复一样，姚雪垠、汪曾祺生于民国时期，中华人民共和国成立前即参加了文学活动。姚雪垠出版有历史小说《李自成》5卷，书法颇具文人情趣。姚雪垠指出了书写内容于书法的重要性，他曾介绍说，常常看见有不少条幅出自不同书法家之手，书法风格各有独到，但内容都是几首常见诗词，毫无新鲜感。内容的千篇一律影响对书法艺术的欣赏。这一看法关涉书法形式与内容的问题。应该说，姚雪垠指出了一个重要问题，即书法艺术的美不在书写内容，但无法脱离书写内容，内容与形式协调统一才能提升书法的价值。书写内容主要与文学相关，对书写内容文学性的关注反映了书法欣赏者的文化期待。

汪曾祺从小受过较为正规的书法训练，其书法与小说一样，极富清淡幽远空灵的趣味。汪曾祺对书法体会颇深。在书法章法上，他认为："'侵让'二字最为精到，谈书法者似未有人拈出。此实是结体布行之要诀。有侵，有让，互相位置，互相照应，则字字如亲骨肉，字与字之关系出。'侵让'说可用于一切书法家。——如字字安分守己，互不干涉，即成算子"。② 有关文人书法，他说"这种文人书法的'味'，常常不是职业书法家所能达到的"。对电脑写作换笔问题，他觉得"电脑写作是机器在写作而不是我在写作"。③ 对于街头牌匾中的书法文字，他也表达了他的看法，认为应该字少一点，小一点，写得好一点，使人有安定感，从容感。且认为这问题的重要性不下于加强绿化。

秦牧、刘白羽、邓拓、杨朔等作家也出生成长于民国时期，多受过较系统的书法教育，有较深厚的传统国学根基。他们在民国时期养成的毛笔书写习惯形成了日常书写风格，作为审美艺术的书法，又超越了日常书写，具有独特的法度、技巧与审美情趣，在书法内容和形式结合中，涵纳了文学文化与精神的多种情趣。或许正是较系统的国学及书法教育形成了他们近乎无意识的书法行为，他们所留下来的论及书法的文字较少。同时，他们经历的中华人民共和国成立后一段历史时期，作为被革命的"传统文化"，书法显然不能引起足够重视。20世纪80年代书法热开始时，他们又相继离世或疏远文坛，其书法活动也就未能引起社会关注。所以当

---

① 周而复：《敏而好学　勤于笔耕》，《书画艺术》1994年第2期。
② 汪曾祺：《徐文长论书画》，《中国文化》1992年第6期。
③ 汪曾祺：《文人与书法》，《中国书法》1994年第5期。

代前辈作家的书法与当代职业书法可谓是一种断裂式的弥合。不过,应予肯定的是,周而复、姚雪垠、汪曾祺等部分当代前辈作家的书法活动推动了书法文化在 20 世纪 80 年代的复兴与发展,引领了当代书法的文化风向,他们的书法见解应该是当代书论研究不可缺少的一笔。总体来看,他们生活成长的环境形成了较为自觉的书法意识,多能清楚地认识到书法文化作为中国传统文化重要的主体性价值,对书法的形式与内容均有较高的要求。他们的书论见解有深厚的传统书论、国学支撑,因此,能深刻地触及书法时弊。

二

与周而复、姚雪垠、汪曾祺等前辈作家不同,贾平凹是中华人民共和国成立后在中国农村出生成长的新一代作家,早在 20 世纪 70 年代末,其便开始投入书法艺术活动。长期的书法艺术活动,形成了贾平凹朴拙其外、内美其中的书法艺术风格,也形成了独特的贾平凹书法艺术思想。他认为,过分强调书法艺术,即更多的唯美性、趣味性和装饰艺术性,会影响天才的发展,以致最后沦落为小家。因此,在他看来,"技巧,都以精神构形,似妙作之妙出"。"若呼名是念咒,写字是画符,这经某一人书写的形而上的符号是可透泄出天地宇宙的独特体征"。① 书法应该"本分书写,以书体道",在当下,现代人已经"很难从书法里去体验天地自然了,很难潜下心修炼自己技艺了"。所以,他申明,"我为我而作","我是在造我心中的境,借其境抒我的意"。贾平凹充分表达了书法艺术的个人精神表现特性,显示其书法艺术思想的个性,也是对古代书法理念的回归。东晋王羲之说过,"心意者将军也,本领者副将也",技巧显然从属于书写者的文化精神与思想。所以,他强调书法家精神修养历练。他说,"如果想成为大家,都是要扫糜丽去陈腐,以真诚、朴素、大气和力量来出现的"。"在掌握了一定的技法之后,艺术的高低优劣深浅厚薄,全然取决于作者的修养。人道与艺道往往是一统的,妙微而精深"。② 这不啻击中了当下中国职业书法家的软肋,对书法家思想、精神与文化修养的强调,对才艺背后"人"的呼唤,显然是作家贾平凹文学"人学"意识向书法领域的延伸。

在作家书法上,与贾平凹齐名、被称为"北贾南熊"的"熊",是以

---

① 贾平凹:《我读吴三大书品》,《电影画刊》2006 年第 12 期。
② 贾平凹:《读画随感》,载《菩提与海枣》,中国戏剧出版社 1999 年版,第 156 页。

长篇小说《张居正》知名的湖北作家熊召政。熊召政的书法，灵秀儒雅，富情趣韵味，显出文学修为与书法艺术的沟通互动。他认为，书法由造形而体会里面的含义，由表及里，由形式而达精神，就是书法和文学最高的境界。由此，他批评当下的书法创作，把书法从文学中脱离出来，变成一种单纯的形式美，实际上违背了中国书法的原义。① 熊召政重视书法艺术技巧。他认为书法是一种身心投入的活动，它有技术因素在里面起作用，"书法不能有书无法，法是书本身的规律"。尽管重视技巧与法度，但他更强调，技术并非书法的唯一，书法有形式，仅追求形式，远远不够。重点应关注形式与技巧背后的学养。"一个人的字可以反映一个人的经历、学养、生存和精神状态"，这是作家熊召政深深体味到的书法艺术境界。在小说《张居正》中，熊召政对书法"从气度上来评判，没有去讲求笔画与流派，是把书法作为反映一个人的素养、气度来加以评述。气度与法度，气是境界，法是学养"。他批评当下一些书家缺乏学养支撑：字非常好，可是笔法太甜，气度偏弱。可见，熊召政与贾平凹一样，十分关注书法背后的文化精神内涵，注重人生经历、身世、学养在书法中所起的作用。由此，熊召政对当下书法艺术表示了严肃的思考。他问：有没有一个书法大家，通过简体字能把书法表现得很美？他期待：总有一天简体字也会从风雅变成风俗的。他重申：书法家应该首先是文人，文化复兴中，首先要解决的是文人自身的精神状态与品格追求。

　　学者余秋雨在 20 世纪 80 年代成功转型为散文作家，其《笔墨祭》引起诸多关注与批评。《笔墨祭》中，余秋雨祭奠了"作为一个完整世界的毛笔文化"的消失，他指出书法文化"过于迷恋承袭，过于消磨时间，过于注重形式，过于讲究细节"，"它应该淡隐了"。但他又说，"喧闹迅捷的现代社会时时需要获得审美抚慰，书法艺术对此功效独具"（图 15）。作为一位学养颇深的作家、学者，《笔墨祭》中的余秋雨是矛盾纠结的，作为文化研究学者，他爱书法，深知其中的文化重负，但他显然无法断绝书法中的中国文化基因。所以后来，这位"笔墨"的"祭奠者"不仅亲身投入书法艺术活动，并已到迷恋的境地。他认为，从书法的"满纸烟云当中就可以看得出中国文化人格"，"毛笔字写到一定程度，需要超越技术，而获得一种神秘的'气'"，他呼吁要"保护书法与拯救公共书法"。余秋雨对书法文化悖反式的认同，反映出书法在当代文化中传统与现代交织的矛盾特征。

---

①　兰干武：《从风雅到风俗——与熊召政先生对话》，《书法报》2006 年 5 月 24 日。

其他一些著名作家也从不同角度对书法表达了自己的看法。如陈忠实充分体悟到文人书法的价值。他认为作家用毛笔写字，是对传统文化的传承。在维护传统文化背后，陈忠实也重视提高书法家的文化与精神修养。他说，不能"只是临摹某大家的笔法技巧墨色浓淡，而不得大家的思维和精神"，单纯临摹"终究走不出大家大师的阴影，无法形成独立艺术个性的自己这一家"。①作家高建群觉得，当下书法得以兴隆，应该从民族心理深层上找原因。当中国人在传统书写工具毛笔先被钢笔、圆珠笔取代，随后被电脑取代时，面对的是传统割断、国粹丢失的危险，这是中国人怕失去传统，继而失去自己。这昭示我们要从民族文化根源上维护书法文化。文学评论家白描认为，在黑白对比的审美感受

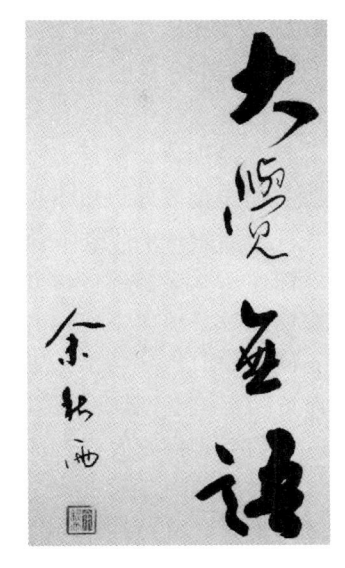

图 15　余秋雨书法

里，首要的是书法意蕴提供给观赏者的审美愉悦。对当代书家剑走偏锋，追求诡异奇怪，他说这是大妄。作家王祥夫对中国书法、绘画均有研修。他认为，书法之"法"是书法的性命与灵魂。书法作品的面目可以有俊丑不同，法却是一样的，离了法只能说是写字。因此，"技法到死都重要"，"点和线是中国书画的舍利子"。作家张贤亮从书法中体悟到了新的乐趣，他从研习书法中享受到了类似手工操作的乐趣，而且练习书法也不会失去手写汉字的本领。②

三

给予书法以律动的根源是书写者的生命，书法线条律动节奏形成的书法形象显示了书写者的精神文化修养和生命意识。没有书写者生命力的投入，就无法在点画构形中赋予有意味的形态。中国当代作家的书法观表明，他们充分认识到书法以及中国文人在文化传承、民族文化建构中的责任担当问题，强烈的文化生命意识使得他们真诚地视书法为中国传统文化的根基之一。他们不约而同地体味到书法独特而有意味的表现功能，重申

---

① 陈忠实：《气象万千的艺术峡谷——高峡印象》，《金秋》2007 年第 1 期。
② 张贤亮：《电脑写作及其他》，《朔方》1996 年第 1 期。

了诗书画同源或字如其人等看法，提出了重视书法背后的"人"及其文化修养问题。通过对书法家个"人"及其文化修养的重视，他们肯定书法中所蕴含的中国文化精神，对当下职业书法文化与精神缺失的现状提出了善意的批评，实际是对当下中国书法"唯形式化"的警戒。他们对书法家的文化修养提出了期待，实际是希望能够以书法家的文化、精神修养实现书法表现的"再功能化"，重新赋予当代书法以新的文化意识。他们以深厚的文学修养体悟到书法欣赏对书写内容的审美期待，由作家文化修养而触及书法家书写内容的文化意识。在书法法度与技巧上，尽管他们有不同看法，但技巧为人及其精神所"用"是他们大致相同的理念。他们期待的是能够回归书法文化的源头，即生命意识、精神性等。

  当代作家论及书法的文字具有深刻的文化与思想价值，对当代中国书法发展有着更深层的意义。他们的书法观指向了职业书法中正渐失落的生命意识及文化精神，着重处理的是文化、文学与书法的关系。他们强调书法传承中的文化意识与文化担当，强调书写背后的精神文化修养、人格精神，这与当下书法教育虚热（各高校纷纷开设书法专业，但书法专业高考文化分远低于其他专业）、过于重视书法的市场价值、艺术形式背后精神文化缺失形成鲜明对比。诚如王岳川所说，中国书法界存在着严重的文化缺失现象，书法消费主义导致书法本体迷失不彰，书法创新也失去了明确方向。作家的书法观重新彰显了被现代艺术遮蔽的书法文化身份。可以说，当代作家书法观是中国文化观念在当代的合理顺变，在全球化审美语境中突出了中国传统艺术的本土身份，显示出古今通变、克服当代书法艺术变形的本土意识。他们也提出了当代书法理论的一些新范畴，如"精神构形""本分书写，以书体道""气度与法度"等，值得书法理论界深入体会与思考。总而言之，当代中国作家的书法观是当代作家在书写中体味沉思出的艺术感觉与理念，体现了中国书法本身应有的生命意识及人文精神，这些阐述对全球化语境下中国传统文化审美主体身份确认具有一定的意义。

  作家书艺活动也具有深刻的社会文化意义。作家书法是当下社会文化的呼唤，社会需要具有真正精神文化内涵的名流引导日常文化生活。作家书法形成的属于作家书法艺术的新表现、新风格、新精神，是当代作家主体精神的需求，释放了作家文学创作中对自由的渴望，提升了作家的文化精神境界，促进了当代作家的文化主体性认知与建构。由此，作家书法与主流文化和社会风潮形成了某种契合。作为一种客观文化存在，当代作家书法理念或将对中国文化心理更新产生一定的刺激作用。同时，我们又应看到，在日常书写丧失造成书法文化危机的情况下，当代文人作家亲近和创化书法文化与疏离书法文化构成了当代文化发展的矛盾。① 这种矛盾警醒我们应该呼吁更多作家关心、参与书法艺术活动，共同推动并实现中国书法文化内部更新。值得欣慰的是，当下已经有一批"60 后""70 后"实力派作家开始参与到书法研修中，如雷平阳、徐则臣等，他们也正渐形成自己的书法文化观，这也许是中国当代作家书法审慎乐观的未来。

当然，当代作家的书法创作也存在不少问题，章法、布局、点画线条处理等仍欠法度，在技巧上确实有着一些缺憾。但当代作家的书法观及其书法实践可以弥补职业书法的某种不足，比如职业书法只知道如何"造型"而不知道如何"造人"，他们不乐意谈书文关系，很少谈所书写的文字内容，甚至有时还对这些"书外之物"不屑一顾，完全忽视书法艺术中人的修为与完善。面对作家书法这一文化存在及其书法观，职业书法家理应深入思考，支撑书法家书写的"法"的深层内涵应该是什么；职业书法过分重视的"纸上因素"是否暗含某种危机；作家书法中包蕴的情操意趣、审美观念和文化素养等"纸外因素"对职业书法家是否应有深刻启示。在当代作家书法观的文化刺激下，职业书法家应该充分反观自身书法理念及实践，这或将为中国书法文化的发展提供新的源泉与动力。

20 世纪以来，中国社会与文化多受西方文化的引领而发展，在书法文化现代发展中，我们不由得顺从了西方现代艺术观念，而迷失了自己立身所在的中国传统文化观念。当然，中国传统书法文化观念也确实需要顺应现代生活并能与时代精神相呼应，并做出合理顺变，以此在全球化审美语境中突出中国书法的本土身份，显示出古今通变、克服当代书法文化主体意识的迷失或变形，但绝不是完全顺从西方艺术观念，将过度"艺术化"的与市场紧密结合的游戏性灌注到我们的书法文化精神血液中。当下，我们应该正视职业书法界的问题，从作家书法文化观中汲取文化营养，通过书写中的情感投入，凸显书法家的主体情感；通过书写体味沉思出新的适应现代生活的艺术感觉与理念，只有这样才能真正体现中国书法本身应有的生命意识及人文精神，也或才能在全球化语境下确认中国传统书法文化审美的主体身份。

---

① 李继凯：《书法文化与中国现代作家》，《中国社会科学》2010 年第 4 期。

第四章　贯通古今:从梁启超、沈从文到汪曾祺

　　"琴棋书画诗酒花"是中国传统文人雅士藉以传情达意的工具。自古以来，无数文人墨客对书法艺术痴迷，他们是把书法看作道德文章之余事的"游于艺"者。他们能诗、擅画，加之具有深厚的艺术素养和丰富的生活阅历，这种独特的素质给他们的书写实践提供了深厚的学术支撑，他们不以书法为职业，反而因自己的书法作品而名垂书史。他们高瞻远瞩，以承继传统的书法为己任，积极践行自己的书学观，在丰富书法艺术创作的同时，也为书法的发展做出了自己的贡献。在书法艺术发展的过程中，不同阶段的书法作品就承载了不同时期书法创作者们的书法艺术思想观念。总结其中的演变与发展规律，不难发现其根本原因就在于中华书法文化的"文脉"所在。在数千年的历史长河中，上至春秋战国，下至明清近现代，不论是战乱纷繁还是太平盛世，书法"文脉"一直绵延，亘古未断。

　　在历史长河中，整体看，古今中国作家与书法文化确实结下了深缘。古代文人作家作为中国书法文化创造的主力军，其超越性的书法实践与自我实现的快乐是不言而喻的，但很多人也曾为练习书法吃过很多苦，为了科举应试而苦练"馆阁体"书法更是苦上加苦，狭隘的功利和书体要求限制了很多作家的个性发展。到了现当代，书法文化作为传统文化也一再陷入危机之中，作家与书法文化的关系也趋于更加复杂化。尽管如此，一些现当代作家仍然对书法历史及其命运给予了很大的关切，也有相当一部分作家与书法文化有着非常密切的关系，在多方面都作出了重要的贡献。而在众多的现代作家中，笔者特别提出三位作家文人：从近代过渡到现代的梁启超，从民国过渡到共和国的沈从文，从现代到当代的汪曾祺。三位在时空上有其承续、互补或呼应，且都是非常典型的贯通古今的"书写能手"，其书写行为本身也都达到了精致的程度，与人们所说的"专业书法家"也可以媲美。

第四章　贯通古今：从梁启超、沈从文到汪曾祺

第一节　梁启超的书法美学及其教育实践

梁启超堪称中国现当代文化史上名副其实的文化巨人。其成就体现在很多方面，在文艺领域也叱咤风云、开天辟地，从理论思潮的提倡，到创作实践的尝试，进而格外重视媒介传播与教育实践，都亲力亲为，导引前路，令人感佩不已。人们向来有"康梁"并称的习惯，那是在一个时期的政治论域中颇为适用的称谓。其实在文化领域，梁启超能够与时俱进，更具有现代气息。因此，从主导方面看，他的激扬文字更具有"现代性"。他曾在名文《少年中国说》中写道："红日初升，其道大光。河出伏流，一泻汪洋。潜龙腾渊，鳞爪飞扬。乳虎啸谷，百兽震惶。鹰隼试翼，风尘吸张……纵有千古，横有八荒。前途似海，来日方长。美哉，我少年中国，与天不老。壮哉，我少年中国，与国无疆。"① 其文辞酣畅淋漓、激情洋溢，动人心魄。尽管鲁迅当年曾说梁启超和他本人都还不配获取诺贝尔文学奖，但梁启超和鲁迅都是中国现当代文学的奠基人和文化巨匠则毋庸置疑。我们知道，学者中研究梁启超文学的很多，研究其书法的也较多，但对其美育思想与书法教育实践相关性进行专题研究的却少见，可以说这方面的研究至今还很薄弱。有鉴于此，笔者勉力进行一些初步的相关探讨。

一

在中国现当代历史上，"启蒙思想家"是一种"群发"现象，但梁启超无疑是其中的佼佼者和先锋者，他对"五四"一代包括鲁迅等人的影响，向来为人乐于称道。他的美学思想、美育观念也于此密切相关。也就是说，梁启超的启蒙学说以"新民说"为代表，而其美育观念便将审美教育与启蒙民众联通起来，意在通过趣味、情感、境界等的提升，加深体验人生的审美价值，排拒假恶丑的侵蚀，努力进入真善美的境界，为人为文，都力求振作、进取和升华，从而有力地推动社会变化，并进行积极的切实的文化创造。由此体现出"思想者"梁启超的思维活跃、正面价值及其美学美育思想的丰富，很值得我们继续予以关注和研究。

---

① 梁启超：《少年中国说》，载陈书良编《梁启超文集》，北京燕山出版社2009年版，第56页。

在笔者看来，梁启超是一位中国现当代历史上最像先贤苏东坡的文化名人，既开启风潮，又受时代牵引，才华横溢，激情四射，充盈活力，有着多方面的文化创造能力，在文化史、美学史上也有着显赫地位。可以说，较之于古人苏轼，梁启超对文化传播规律、美育教育作用等无疑更加关注也更为自觉，其以"新民说"为核心的美学美育思想有着强烈的使命感和功利性，但他也格外能够顾及文艺的娱乐消闲功能，非常注重审美趣味。特别是在面对书法艺术的时候，对把玩和收藏书法碑帖、挥毫及鉴赏书法作品、讲习与示范书法技巧等都深有体会，且能通过言传身教，在中国现当代书法教育实践上做出了积极的努力并产生了较大影响。他既有严整的专题书论，更有大量的碑帖题跋以及书作传世，还有他积极参与的书法活动及文人雅集、书法交流等，也都渗透着他的美育思想，体现了他对包含书法教育在内的书法文化传播的关切。此外，梁启超美育思想与书法教育也都体现出了弃玄秘、求务实的思维特征，迄今仍有重要的启示意义。自中国进入"新时期"以来，原来被打入"另册"的梁启超愈来愈受到学术界的关注。对其美学美育思想的研究也逐渐深入细致，于是也能够发现其中蕴含的动人之处和矛盾之处。比如，有的学者较早对梁启超的曲折而又多变的人生和文学道路进行了相当全面的考察，提出了许多体察入微的看法；[1] 有的美学专题研究也明显取得了突破，能够从梁启超美学思想的逻辑脉络、主要范畴、重要命题、价值启迪等方面着手，对梁启超美学思想的时代背景、文化渊源、理论内涵、理论特质、美学学术史地位及当代文化价值启思等问题进行相当系统而又深入的研讨。[2] 事实上，对梁启超美学美育思想的探讨，不少学者已经给予了相当充分的探讨，取得了丰硕的研究成果。而来自现实生活及文化教育的需要，也会不断启示人们提出新的命题，进行一些相应的与时俱进的探讨。

近些年来，伴随着中国文化走向世界的步伐，人们对中国传统优秀文化的继承和发展给予了更多的关切。由此，也从"文化特色"角度，看到了中国书法文化的巨大存在及其别具洞天的文化景观。前辈学人梁启超、林语堂、宗白华、丰子恺、邓以蛰、熊秉明等都曾不同程度地表达过一个意思：中国书法最堪代表中国文化。这虽然从主观性的审美文化层面看不错，但也不免略嫌夸张。然而传统文化的魅力，文化转型时期的激荡

---

[1] 参见夏晓虹《觉世与传世——梁启超的文学道路》，上海人民出版社 1991 年版。
[2] 参见金雅《梁启超美学思想研究》，商务印书馆 2005 年版。

包括"晚清的魅力"① 都可以通过"笔墨文化"或书法文化折射出来。事实上,近代或晚清民初的文人基本和古代作家一样与文言和书法相伴,能书者在近代作家队伍中可谓依然比比皆是。即使提倡"诗界革命""文界革命"的梁启超、黄遵宪、夏曾佑等也都精于书法,康有为、梁启超更是世间公认的弘扬碑学的书法名家(图16)。在晚清或近代,乃至人们通常所说的现代(1919—1949),实际都有较多的文人及作家在书艺上孜孜以求且颇有造诣,并有较多的书法作品传世且得到了公众较为普遍的认可,还通过对书法的欣赏和收藏等,与书法文化建立了广泛而又深切的联系。如果从绝对数据上看,古代的人口少,文人更少;现代的人口多,文人成群,而且出现了与市场相伴的职业书法家群体。能够舞文弄墨者在数量上看即使超不了古代的某个朝代,但肯定也是相当可观的。特别是从文化实物保存、保护的现状来看,现当代文人、作家各种作品的手稿真迹存世很多,在这方面,古代作家则很难相比。从文化传承和再造的角度看,现当代作家(也经常具有多重身份)与书法文化②的关联无疑很值得我们关注和研究,在文学与书法交融的实践中也显示了古今交错的文化特征,

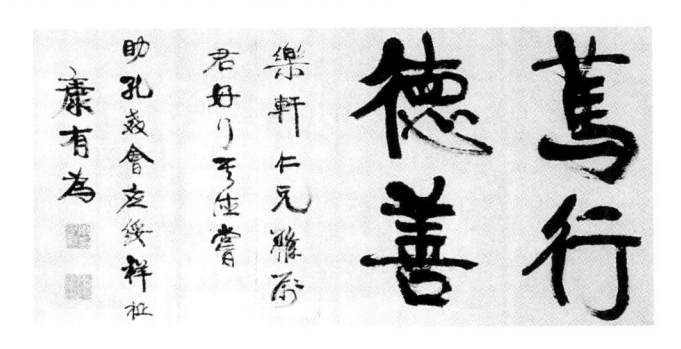

图16 康有为书法

---

① 参见夏晓虹《晚清的魅力》,百花文艺出版社2001年版。
② 关于"书法文化"概念的界定和使用,与"文化"概念一样在理解上存在许多不同的意见,但总体上都包含书法及其衍生的相关文化现象这个基本意涵。本文的具体使用即是如此。近些年来学术界普遍使用这个概念,还成立了一些相关研究机构,出版了一些相关著作,如《中国书法文化大观》(金开诚、王岳川主编)、《书法与中国文化》(欧阳中石)、《中国书法文化精神》(王岳川)、《中国书法文化》(秦梦娜、李争平)、《书法文化之旅》(戴一光)等,以此为题目或关键词的相关文章更为多见。近年出版的《笔走龙蛇——书法文化二十讲》(崔树强,北京大学出版社2009年版),就将书法与周易哲学、气化哲学、儒家哲学、老子哲学、庄子哲学、禅宗哲学、色彩哲学、人生境界、诗文、绘画、印章、音乐、舞蹈、建筑、汉字、碑帖、兵法、武术、中医、风水等文化现象进行了考察,显示了宏阔的书法文化视野。如今还可以考察书法与教育、旅游、市场、外交以及性别等文化现象之间的关联。

而现当代文人、作家的这种文化实践也对当代（1950年至今）文人、作家及书法仍具有重要影响。自然，在"大历史"的宏观视野中，文人、作家主体和书法文化亦为历史文化的"中间物"，现当代文人、作家参与创造的书法文化也具有多方面的文化功能。由此进入相关的微观视域，即可细察现当代文人、作家与书法文化的融合，并具体解析书法文化活动作为现当代文人、作家文化创造行为所具有的文化载体、文化实用、文化传承、文化交际、文化纪念和文化消遣等若干主要文化功能。笔者曾论及这种文化血脉的传承，也曾特别关注和介绍了这样的史实：热爱中国书法艺术，注重书法收藏，在中国传统文化的传承上，中国现当代作家的努力可谓功不可没。最有代表性的是由近代进入现代的梁启超，他将收藏碑刻拓本作为重要的书法活动，一生共收藏历代金石拓本1284件，其中各朝代的几乎都有，书体和碑刻的种类也相当齐全。1984年由香港书谱出版社与广东人民出版社联合出版的《中国书法大辞典》，其中收录的碑刻（包括摩崖、石刻）、墓志的辞目约3000条，而梁启超一人所藏竟差不多占据其半。由此可见，梁启超收藏碑刻拓本"工程"之浩大，所耗费时间和精力之多。[1] 而作为文化载体的书法艺术，与文学艺术一样，"大概以美或不美为其概括的评价。美者非止悦耳悦目，怡神解忧而已。美之为美，十百其不同，要因创作家出其生命所蕴蓄者以刺激感染乎众人，众人不期而为其所动也。人的感情大有深浅、厚薄、高低、雅俗之不等，固未可一例看待。但要言之，莫非作家与其观众之间藉作品若有一种精神上的交通"。文学艺术有此作用，书法作为一种艺术，以书写优美悦目的字体，又配以含意深刻的名言，或意境不凡的诗句，自然同样可以在书写者与观赏者之间起着"一种精神上的交通"作用，从而使双方都能"从倾注外物回到自家感情流行上来"，具体地说就是"感召高尚深微的心情，彻达乎人类生命深处，提高了人们的精神品德"。这样的文化体认在现当代文人、作家那里，基本可以说是一种"共识"。[2]

"梁启超与鲁迅"是个可比性很强的话题，其寿长相仿，其书法永生，都有一种令人言说不尽、喟叹不已的感觉。梁启超是中国近现代史上著名的思想家、宣传家和教育家，也是一位虽曾被遮蔽但终会发光出彩的书法家。他的一生，虽然不能说完美无缺，但与"美"结缘极深，与审

---

[1] 李继凯：《书法文化与中国现代作家》，《中国社会科学》2010年第4期。
[2] 参见梁漱溟《人心与人生》，第十六章"略谈文学艺术之属"，上海人民出版社2011年版。

美和教育同行，其所达至的人生之境界令人向往不已。他非常重视教育，于家于国皆是如此，并视教育改革为政治改革的重要途径。他将教育目的与开启民智的"新民"理想联系起来，认为变法维新，使民族自强于今日，当以开民智为第一义。他还认为国家要自立于世界之林，其国民在道德法律、风俗习惯、文学、美术等方面必有一种独立精神。在此基础上，梁启超形成了自己的美育思想。认定美是人类生活不可或缺的要素，与此相应，他对于美的分析和研究也从社会生活需要出发，这也是其美育思想的一个鲜明特点。"我确信'美'是人类生活一要素，或者还是各种要素中之最要者，倘若在生活全内容中把'美'的成分抽出，恐怕便活得不自在甚至活不成。"① 他的相关论述，近乎非常质朴的表达，但却抓住了要害。他在生活中在翰墨中对美的体验，也时刻留心，每每构成佳话。

二

细节可见精神，细节可品意味。梁启超对书法文化蕴含的审美元素非常关切，细心体味，堪称无微不至。他不仅对书法史上的名家名作多所涉猎、鉴赏，对自己创作的书法作品以及手稿也很珍惜，而且对书法所关联的笔墨纸砚等物品，也体现出具有"专业化""个性化"的神往和追求，从中也能体现出他的审美品位和文化品位。据报道，梁启超对墨品就颇为讲究。上海古墨收藏家王毅曾相继向天津梁启超纪念馆捐赠三锭梁启超自制的专用墨品。一为1896年"新会梁氏珍藏"的"任公临池墨"，由"徽州休城胡开文制"；二为1921年4月"曹素功督造"的"饮冰室用墨"；三为1922年7月由梁启超为济南灵岩寺千佛殿宋罗汉造像题的"海内第一名塑墨"。这些难得墨锭，反映了梁启超的书法意趣和对艺术生活的精致化追求。梁启超的"墨缘"贯穿一生。对墨的精致及其"观赏性"追求，已超出了对墨之实用性的需求，达到了更高的审美层面。由此推论，其书法收藏更与审美享受密切相关。梁启超对碑帖收藏的目的明显不是牟利而是审美，不是炫耀而是对文化的珍摄及审美兴趣的尊重。他的书法碑帖收藏兴趣，即源于有清以来金石学勃兴的历史氛围影响，也与乾嘉以降书坛上碑学阵营的强势影响有关。因为喜爱也因为理解，其间也必然蕴含着收藏的欢乐。1925年的梁启超曾喜得《李璧墓志》拓片，

---

① 梁启超：《美术与生活》，1922年8月13日上海美术专门学校讲演稿。原刊《时事新报·学灯》1922年8月15日。

所题跋语中便透露了他"欢喜累日"的情状。可以说,这"欢喜累日"的审美体验及其不断的重复出现,就是梁启超醉心于碑帖收藏和喜爱书法文化的内在原因。

喜欢什么往往也需要细节的诱惑:梁启超13岁时曾在广州越秀山三君祠见到陶濬宣用魏体楷书写的一副楹联,赏心悦目,由此对书法产生浓厚兴趣,之后便常以书法临池为日课,专心学习书法;梁启超18岁时曾深受康有为先生的诱发,拜师求学,心仪手追,在书学书法方面也受其影响至深;1898年梁启超避难于日本,书法对逃难者的心灵带来的是无尽的慰藉:出逃时他仍不忘带上心仪的碑帖,身居异国他乡,习写书法成为乐事……

于是,梁启超在书法艺术上取得突出的业绩便不奇怪了。据胡适估计,梁氏留下的书法遗墨近3万件,且绝无苟且落墨者。尽管有人因审美眼光的差异贬低或不那么欣赏梁氏书法,但恰恰因为审美差异的原因,世间也肯定会有很多人喜欢梁氏书法及其相关的一切书法文化遗产。梁氏与书法的结缘以及所取得的书法成就,在已出版的学术专著《梁启超与中国书法》和作品集《中国书法全集·近现代编(康有为、梁启超、罗振玉、郑孝胥卷)》《梁启超题跋墨迹书法集》等文献中,就可以得到证明,从中无疑可以大致领略到梁启超与中国书法的深缘及其书法水平(图17)。仍借细节言说:据广州嘉德2010广州夏拍业绩报道,"楹联书法专场"成交前五名中,梁启超排名第一,居然排在赫赫有名的书法家于右任之前,拍品为对联,成交价为79.52万元,而于右任的对联成交价仅为45.92万元。尽管市场不能表明一切,或许也存在某种偶然因素,但由此也多少可说明梁启超书法绝非一般水平。精于书法的沈从文曾认为,康有为的书法也比不上梁任公,"能谨守一家法度,不失古人步骤,转而耐看"。也或者如热衷收藏学者文人书法的许宏泉所评说的那样:梁启超的书法具有"劲健俊朗的儒雅气息,加以他的极具理性的个性色彩,梁任公固然不失为文人书法的

图17 梁启超书
《砥德蒙祜联》

杰出者"。①

从审美角度而言，笔者认为梁氏书法成就及其美学倾向主要体现三个方面：

其一，崇尚线条之美、光与力之美、表现个性之美。

梁启超对书法艺术的线条美非常敏感，不仅要求线条本身要具有美感，而且要求用墨用纸和腕力的运用等，都能促进美的创造。更高的要求则要体现书家面目，情感个性也要在笔墨中有所体现。于梁启超而言，在当时作为致力于思想启蒙的社会活动家，其对美和艺术的思考以对社会问题的密切关注为前提也就在所难免了。他在北大讲演中将在一般人眼中看来不过是普普通通的写字称之为"美术"，这在当时颇有些抬举的意味，就像他竭力抬举小说文体那样。他在著名的《书法指导》中这样说道："写字与旁的美术不同，而仍可以称为美术的原因，约有四点"，即：一、线的美；二、光的美；三、力的美；四、个性的表现。对这四点的具体阐释，都能见出梁氏的卓识高见，特别是对书法艺术个性的强调，几乎达到了无以复加的地步："美术一种要素，是在发挥个性，而发挥个性最真确的，莫如写字。如果说能够表现个性，就是最高美术，那么各种美术，以写字为最高。"② 他进而强调说：

> 写字有线的美，光的美，力的美，表现个性的美，在美术上，价值很大，或者因为我喜欢写字，有这种偏好，所以说各种美术之中，以写字为最高。旁的所没有的优点，写字有之，旁的所不能表现的，写字能表现出来。

梁氏的所谓"写字"，当时所指即是用毛笔写字，也就是人们普遍认为的书法。也许他把书法当成是最高级别的美术有些牵强，俗话说文无第一、武无第二，文艺类别似乎很难分出高低。但用艺术个性的眼光看待书法，这种眼光确实具有现代意味。有学者认为，梁启超的这一书法美学思想，无疑是当时人本主义思想的反映。不管他当时是否意识到，"这一思想把千百年来以临古为目的，以临摹成为理想的书法观，改变为将临古、

---

① 许宏泉：《管领风骚三百年：近三百年学人翰墨·初集》，黄山书社 2009 年版，第 133 页。
② 梁启超：《书法指导》，见《中国现代美学名家文丛·梁启超卷》，浙江大学出版社 2009 年版。此文又被选入《梁启超题跋墨迹书法集》（冀亚平、贾双喜编，荣宝斋出版社 1995 年版）、《民国书论精选》（郑一增编，西泠印社 2011 年版）及梁启超文集、全集等多种选本，广为传播，影响深远。

习今统摄于抒发主体情性、创造有个性的书法的总目标之下。梁启超这一美学思想是有极大现实意义的"。① 据此也可以说，梁启超在从事书法创作时，理论上的觉悟使他获得了一种艺术自觉，遂能转益多师，独出机杼，有意识地融唐楷及汉隶笔意入魏碑，端肃庄严却也高雅秀美。其笔迹笔法亦堪称练达而又精湛，书作内容与形式常有巧妙的契合，能够体现出深厚的学养及书功。其在书法上取得的成就，早在1939年丁文隽在所著《书法精论》中就得到了肯定："其结字之谨严，笔力之险劲，风格之高古，远出邓石如、赵之谦诸家之上。"② 此外，在梁启超的书法世界中，不仅能够将他所倡导的"线""光""力""个性"四种美有机地结合起来，于自然之中加以表现，同时，尚有一种独特的韵味不时流露于笔墨之间，那就是他屡屡强调的"趣味主义"或"趣味之美"。

其二，体现包容之美：多方融会、碑帖结合、多体兼能。

尽管梁启超的书法美学思想曾深受康有为的影响，但实际上他已突破了康氏"尊魏卑唐""尊碑卑帖"的局限，努力做到尊碑但不卑帖、尊魏但不卑唐，走碑帖结合、兼包并蓄的书学之路。事实上，梁启超兴趣非常广泛，兼容意识相当突出。他在论述书法史上的南派与北派、帖派与碑派等现象时，并不单纯肯定某一单一方面，陷入简单的二元对立思维方式，这点确实难能可贵。如他在《中国地理大势论》中有一段契合"书法地理学"的科学论断："书派之分，南北尤显：北以碑著，南以帖名；南帖为圆笔之宗，北碑为方笔之祖。遒健雄浑，峻峭方整，北派之所长也，《龙门二十品》《龙颜碑》《吊比干文》等为其代表；秀逸摇曳，含蓄潇洒，南派之所长也，《兰亭》《洛神》《淳化阁帖》等为其代表。盖虽雕虫小技，而与其社会之人物风气，皆一一相肖，有如此者，不亦奇哉！大抵自唐以前，南北之界最甚；唐后则渐微。盖'文学地理'，常随'政治地理'为转移。自纵流之运河既通，两流域之形势，日相接近，天下益日趋统一。"由此可见，梁启超对于南北书派论的态度是非常包容的。并没有像许多人认定的那样，成为崇碑贬帖或扬碑抑帖的标志性人物。他的书学，基本上走上了兼容并包之路，与其广博的书法收藏及其跋语一样，显示出博大宏阔的文化胸襟。尽管从其个人的理论追求和创作实践上，书法仅仅是其人生的一个侧面，或仅仅是其凸圆形人生蓝图中一块宝岛，但

---

① 陈方既、雷志雄：《书法美学思想史》，河南美术出版社1994年版，第686页。
② 丁文隽：《书法精论》，京城印书局1939年版，第186页。人们往往更看重梁氏楷书，其实，其行书及行草也很为雅致、流丽，参见许俊雅编注《梁启超与林献堂往来书札》，台湾万卷楼图书公司2007年版。

人生的包容以及书法的包容，总能给人留下深刻的印象。而梁氏对书法形式的多样尝试，尤其是对北碑书法艺术和隶书艺术创作的潜心追求，也体现了他的多方融会、追求丰富的书法美学思想。显然，梁启超的书法已经具有自家面目，并没有亦步亦趋地效法乃师康有为，他尊北碑又不抑帖学，重圆润而不弃方正，于是能够广泛地吸纳古人的各种书体之美，从而形成自己卓尔不群的书法风格。陈永正教授曾对梁氏书法做出比较客观准确的评价："梁氏一生，遵循传统书法中的'古法'，努力探索新路，以其清隽平和的韵致，恂恂儒雅的气度，给以'阳刚'为主体的碑学书法带来'阴柔'之美，丰富了中国书法的文化意蕴。"换言之，也可以说是"金石意蕴，文人情怀"，刚柔相济，大家气象。在彰显个人书法美学风格的同时，还昭示了书法综合创新的发展之路。

其三，创化之美：食古能化、尊重传统、守正求变。

中国近现代的文化演变，离不开一代代文化先驱者的探路和创造。他们也大致要通过"文化习语"才能走向"文化创语"，继承前人，食古能化，守正求变，由此才能避免漂浮及胡为，在书法实践上才能体现创化之美。历史证明，梁启超是近现代中国文人中特别渴望有新的文化创造的杰出代表，在文化实践层面可谓费尽心机，殚精竭虑，具有一颗宝贵的"创造性心灵"。这也就是说，尽管他一生的文化创造在不同领域的成就有所区别，也难以避免存在某种历史局限，但他绝对拥有自己的新的文化创造（包括文学文化、书法文化的创造）则是无疑的——即使文化保守主义的与古为邻，有时也确实可以"与古为新"，并与文化激进主义一起发挥各自的文化功能（比如相反相成）而共同创造了中国现代文化或新文化。众所周知，梁启超曾竭力主张"诗界革命"，阐扬以黄遵宪为主将的"新诗派"的优点，希望通过推陈出新，将把持诗界的顽冥不化的"鹦鹉名士"逐出文坛，所以他尊黄遵宪及其同道蒋智由、夏曾佑为"近世诗界三杰"；又因为能"以民间流行最俗最不经之语入诗"，而称诗人丘逢甲是"诗界革命一巨子"。[①] 梁启超还竭力鼓动大胆地创新，希望能有一种勇猛的作风，从旧诗坛中产生发现新大陆的探险者。但整体看却仍然遵循着"旧瓶装新酒"的路径："欲为诗界之哥伦布、玛赛郎，不可不备三长：第一要新意境，第二要新语句，而又须以古人之风格入之，然后

---

① 梁启超：《饮冰室诗话》，《中国历代文论选》第 4 册，上海文艺出版社 2001 年版，第 135 页。

为诗。……若三者具备，则可为 20 世纪之诗王矣。"① 也许并非巧合，梁氏的这种诗歌创新主张与其书法艺术创新的路数可谓相通相交，人们如果特别关注一下梁启超的书法内容以及他留下的大量手稿手迹（具有复合特征的"第三文本"），即可叹服其内容与形式的古今交错和有机融合。一千多年前，东晋王羲之曾邀集 40 多位文人雅士聚集在会稽的兰亭，举行了盛大的修禊集会，并书写了有天下第一行书美誉的《兰亭序》。而在 1913 年，即王羲之举行修禊活动之后的第 26 个甲子年，时任中华民国司法总长的梁启超也忽发雅兴，邀请了 40 多位名流，在北京的万牲园举行了修禊活动。同样饮酒吟诗，同样相互唱答，把中国传统文化的氛围营造得浓烈典雅。集会上梁启超挥毫写就了归国两年多来的第一部诗作，这项活动也被他认为是归国以来的"第一乐事"。由此可见"诗书"结合对中国文人的巨大魅力。梁启超从中确实可以进入审美佳境。梁实秋曾回忆说，他看到梁启超在清华的演讲稿，"整整齐齐地写在宽大的宣纸制的稿纸上面，他的书法很是秀丽，用浓墨写在宣纸上，十分美观"。并介绍梁氏演讲"状极愉快"的情形，且情不自禁地赞叹："有学问，有文采，有热心肠的学者，求之当世能有几人？"② 人生境界，由此有了不同。

三

梁启超是一位具有使命感的志士，也是一位善于书写、善于言说的文人，还是一位敬业守职、乐于教化的老师。可以说，他和他的老师康有为一样，也是一位名副其实且很有影响力的教育家。从政治变法到艺术变法再到书法教育，梁启超都与乃师有些类似，并对后世都产生了重大影响。从他的趋于通达之境的书法文化观及其书法教育实践来看，他也确实当得起"世纪的精神导师"或"国学大师"这样的称谓。要而言之，大致体现在三个方面。

1. 言传身教的名家"范儿"，颇具影响力。

梁启超作为清华四大导师之一的"名师"风范有口皆碑。他也许并不是那种恪守教学规范、以课内课时饱满著称的名师，但他却可以通过自己的创作、评论以及演讲等形式来尽到引导他人的作用。比如，他的一些演讲就能够十足体现出所谓的名家"范儿"，既启人思，又增人感。他在谈论"美术与生活"这样的话题时，开篇云：

---

① 转引自冯光廉主编《中国近百年文学体式流变史》，人民文学出版社 1999 年版，第 346 页。
② 陈引驰编：《自述与印象：梁启超》，上海三联书店 1997 年版，第 199—201 页。

诸君！我是不懂美术的人，本来不配在此讲演。但我虽然不懂美术，却十分感觉美术之必要。好在今日在座诸君，和我同一样的门外汉谅也不少。我并不是和懂美术的人讲美术，我是专要和不懂美术的人讲美术。因为人类固然不能个个都做供给美术的"美术家"，然而不可不个个都做享用美术的"美术人"。"美术人"这三个字是我杜撰的，谅来诸君听着很不顺耳。但我确信"美"是人类生活一要素或者还是各种要素中之最要者，倘若在生活全内容中把"美"的成分抽出，恐怕便活得不自在甚至活不成……①

由此，梁氏还进而大力提倡人们要努力做一个"美术人"，要讲求美术人生，要能够"生活于趣味"之中，为此，教育界也责无旁贷，要将美育进行到底。梁启超的讲演和他的文章，都体现出一种自信自得的口吻，也许并不是非常严谨非常充分，但总有打动人的地方，总有益于身心的善意。进而便成就了他的"趣味主义"的审美观。表现在书法方面，他也便格外讲求书法的趣味了，于是就有了"写字虽不是第一项的娱乐，然不失为第一等的娱乐"。② 这样的名言，确能给书法爱好者以莫大的鼓舞。

2. 书法理论的丰富思想，申论到位的理性魅力。

梁启超作为世纪之交的一位思想巨人、文化巨子，他同样对书法有着自身独特的见解。梁启超最为人称道的《书法指导》，虽是根据他于1926年应邀为清华教职员书法研究会的讲演记录而成，确也是他长期修养、思考的系统言说，是一次集中的提炼和升华。他首先在讲演中表明"书法是最优美最便利的娱乐工具"，从书法人生的角度，介绍了写字的种种乐趣及好处。没有玄学色彩，确有现实理性。平易之中见深刻，体验之语见真知。其实，梁启超关注书法及其文化现象是长期的和自觉的行为，许多相关的观点或以讲稿的形式娓娓道来，或以萦绕于怀的随机言说散见于众多题跋、书信之中，有时也会隐含在他的学术论著及散文中。诸如《中国地理大势论》（1902年）、论书诗《若海自称其书已脱古公役属要我承为独立国作诗嘲之》（1909年）、《稷山论书诗序》（1923年）、《题〈海粟近作〉》（1926年）、《王国维墓前悼词》（1927年）等，都涉论了书法

---

① 梁启超：《美术与生活》，1922年8月13日上海美术专门学校讲演稿。原刊《时事新报·学灯》1922年8月15日。
② 梁启超：《书法指导》，《梁启超全集》第四卷，北京出版社1999年版，第4949页。

文化，称扬了书法艺术。而在《论书法》① 中，更是以清明的历史理性，提出了"以史明书"的重要性，分别以《春秋》《英雄传》《罗马史》《史记》等喻评书法，"从中既可折射出梁启超的史学观对书学研究的影响，又可窥测出梁启超独特的书法品评标准"。② 梁启超的书法美学思想是丰富的，他对书法历史、书法流派、书法地理、书法人文、书法技巧、书法传播、书法心理、书法意象、书法消费等等多少都有所涉论。笔者至今思来，还非常感动于他对中国书法持有的"捍卫"姿态，以及这种姿态的确立所依托的"中西文化比较"带来的理性精神和判断："吾闻之百里，今西方审美家言，最尊线美，吾国楷法，线美之极轨也。又曰，字为心画，美术之表见作者性格，绝无假借者，惟书为最。然则书道之不能磨灭于天地间，又岂俟论哉？"如果与散文家余秋雨哀悼书法衰亡的名文《笔墨祭》加以比较，读者的这种感动也许更加深刻。

3. 讲习与示范书法技巧，作为导师的身份体现。

有学者指出："梁启超还是一位著名的教育家，他是清华大学研究院的著名国学导师，一些学养深厚的学者曾就学其门下。而在书法方面，他那宽博厚重、碑帖兼容的字迹，他在通览中国文化史中对中国书法所作的要言不烦的论说以及在碑帖题跋中所阐发的见解，都给人许多启发。所以梁启超也是一位风格鲜明的书法家和书法理论家，绝非那些斤斤于点画，仅以书法张扬招摇的'书家'所能比。"③ 这里的评价确实相当客观。学高为师，身正为范，中国文化中的"师范"情结在梁启超身上也确实有相当充分的体现。他的学生中不乏兼具创造激情与书法爱好的人，如潘光旦就是当年梁启超颇为欣赏的学生，作为著名社会学家，也对书法相当喜爱，他的书法也受过相当的训练，临摹过不少碑帖，功力较为深厚，其传世书法儒雅有味，具有较高的艺术性。还有，人们多赞美梁氏家教成功，9个子女多位才俊。他写给儿女的信札本身就是美妙的书法，加上言辞亲切有趣，对儿女多有启发。其间也曾要求子女练好书法，如他在1913年2月5日《致娴儿》信中说："思成字大进，今尚写郑文（碑）耶？写50本后了改写张猛龙（碑）"（图18）；又如1927年1月27日《致孩子们》

---

① 梁启超：《论书法》，《梁启超全集》第二卷《新民说》，北京出版社1999年版。此文还收入上海书画出版社编辑出版的《20世纪书法研究丛书·文化精神篇》（2000年版），并列为首篇。
② 金玉甫：《梁启超与中国书法》，河南美术出版社2010年版，第37页。
③ 参见金玉甫《梁启超与中国书法》一书《序言》（刘守安），河南美术出版社2010年版，第1页。

信中对思永说:"思永的字真难认识","你将来回国后跟着我,非逼你写一年九宫格不可"。当然,梁启超无论对家人还是对学生,都没有专司书法教师,书法之于人生,可以只是"烂漫向荣"的一种体现,不必遏制其他兴趣而专务书法。这种非专业化的书法教育思想,其实对社会上从事其他行业的人们来说,当更具有普遍的意义。

图 18　张猛龙碑文

梁启超"弃玄秘、求务实"的美育思想与书法教育实践,在近现代历史上产生了巨大影响。鲁迅、曹聚仁、郭沫若以及后来的很多学者都从整体上强调过梁启超的影响,这种影响在美育及实践方面也必然会有相应的体现,迄今也没有失去其现实意义。本书通过对梁启超的书法美学观念及其书法教育实践的考察,就提供了有力的佐证。世纪嬗变,岁月不居,进入近现代的历史空间,我们还是能够感受到历史老人对泱泱中华的眷顾,给我们送来了灿若群星的才子才女、名流名人,杰出的文学艺术家也层出不穷。但如前文所说,在笔者看来,近现代以来在中国文化史上,比较而言,庶几最能接近苏东坡的,则是梁启超,也就是说,梁启超是最像苏东坡的中国近现代文化名人。在书法上,梁启超也是大家。特别是在书法教育方面，较之于苏东坡无疑更加自觉，并有一些著述留诸后世。也许称梁启超是"中国近代书法美学第一人"还值得探讨，但康梁一代人对中国书法美学的建构或重构之功却意义重大，既意味着古典书法美学的终结，又意味着现代书法美学的兴起，而这种建构或重构之于梁启超，则意味着更加注意吸纳古今中外的多方面文化元素，对碑帖书法、南北流派、刚柔之气、中西结合、虚实相生等具有更加包容兼容的意识，并由此臻于通达、圆融的境界。这种美学取向包括书法美学美育的理念，对后世的影响无疑是深远的，也是耐人寻味的。

第二节　沈从文与书法文化的深缘及成就

沈从文来自湘西边城，十多岁即加入军队，没有所谓中等教育和高等教育的经历。但他却能够胸怀大志，坚持走自学成才的道路。尽管非常艰辛，却为他提供了非常丰富的人生体验。他在年轻的时候，酷爱书法文化，习字练字成为他的一大爱好，也为他赢得了自豪的资本和他人的尊重，并为他后来走上"弃武从文"的道路奠定了基础。

自古以来，文人对书法的依恋，可谓是文人的一个挥之不去的文化情结，书法艺术已成为文人抒情冶性的一种不可或缺的精神需要。作家沈从文堪称文人书家中的一个典范。在现当代"杰出作家"中是平民化及自学色彩最突出的一位。对出身和学历低微的青少年极具有"人生励志"的意味。总体看，沈从文的从文历程和书写人生跌宕起伏而又丰富多彩，他的书法作品、书学思想等，是"沈从文文化"的重要组成部分。显然，沈从文的书法实践及书学观，对当今艺术素养不高的作家文人来说，具有重要的启示作用。为此，孙晓涛、李继凯曾在《沈从文与书法文化》[①]中对沈氏的书学实践之路、书法艺术价值论及书法作品的艺术风格特点进行了初论。这里拟重点对沈从文与书法文化的关联，从某些新的层面进行更为深入的探讨。

一

传统文化对中国文人的影响极其深远，儒家和道家所主张的"入世"与"出世"的思想体现在文人的身上，可谓"穷则独善其身，达则兼济

[①] 孙晓涛、李继凯：《沈从文与书法文化》，《中华文化画报》2012年第12期。

天下",这体现了文人追求的人生境界与政治目标。"文章千古事,仕途一时荣。"行伍出身的沈从文,经历了军中复杂的政治斗争,于政治已不抱幻想,他希望自己能在文学上有所作为。面对惨淡的现实生活,沈从文以坚韧的意志去追寻属于他自己的文学天地。"苦心人,天不负",沈从文以非凡的生活阅历和卓越的智慧,形成了沈氏独具特色的个人魅力和文化品格,创造了现代文学史上一个不可复制的传奇。沈从文用小说营造了一个优美、健康、自然而又充满人性的"湘西世界",这不仅为沈氏赢得了巨大的国际声誉,同时,也奠定了他在中国现代文学史上的重要地位。纵观沈从文的"从文"一生,不难发现其须臾没有离开毛笔的书写。在现代转型的历史时期,人们注意到了文学的多方面的功能,却在很多情况下,忽视了书法的巨大功能。对于沈从文来说,早期的书法属于实用范畴。在工作中,沈氏自觉追求美观的书写,而使他比周围人有更多机会脱颖而出。书法给沈从文的生活带来了转机的同时,也更是他生命情感的寄托,书法艺术实践伴随他一生。李继凯于20世纪90年代中期写过一篇短文《写字与机遇:沈从文与少年书法》[①],其中开篇即谓:

> 俗话说:"字是人的门面。""门面"如何,自然对其人生"经营"的效益关系甚大。一般说来,"门面"好的,既易为人注意,其效益自然会大于"门面"坏的,"发"的机遇也就自然会大于"门面"差的。很多的事例表明,在童少年时期注意练字而此后亦能坚持的人,因其"门面"之佳,多能给自己的人生发展带来好的甚至是千载难逢的机遇。而这机遇的获得,对其一生的成就也必然会产生重要的影响作用。
>
> 作为中国现代著名作家和学者的沈从文,可以说就是非常明显的一例。

短文介绍了沈从文学书的大概经历后,特别强调了他的书法技能对其人生发展的重要作用。尤其是在他进入部队、进入社会之后,与书法结缘成全了他诸多的人生之梦:

> 勤奋的练字使他在兵营中脱颖而出,不仅使他没有像许多士兵那样趋于堕落,而且使他获得了被重用的宝贵机遇:在他16岁时即被

[①] 原刊于《少年书法报》(内刊)1995年1月1日,曾被《青少年书法》选载。

提升为司书，从副兵连调到了司令部的秘书处。因为他字写得好，总是与文字打交道也提升了他的文化修养，许多人便称他为"小师爷"。这时的他自然更加勤于练字，每天除了伏案抄写公文外，他还坚持认真临帖，特别是虞世南的工笔小楷，有时临写达到入迷的程度，一写就是半天。眼看着沈从文从一般习字进入了书法的境界，他的书法水平也被很多人所欣赏，请他写书法的人也越来越多了。当部队开到芷江时，当地有他两位显赫的亲戚，一位是他的五舅，是当地的警察所所长；另一位是他的七姨夫，是担任过民国政府总理的熊希龄的七弟熊捷三。这两位长辈喜欢聚在一起吟诗，诗歌既成，即让沈从文抄写，有时是小楷，有时为行书，有时为横幅，有时为条幅，形式也渐趋多样。在熊府偌大的屋舍院落中，多有书画作品和各种书籍，为沈从文提供了丰富的精神营养，也使他的书法有了长足的进步。正是在逐渐跨向青年时期的这段岁月里，他的楷书写得更加工稳漂亮，并且还学会了行书、草书和篆刻，有时亦可效法前辈自吟律诗来书写一番，张之于壁，在自我欣赏中颇有几分得意，自信心也得到了增强。在他的房间里，贴满了自己的书作，其中有自拟"胜过钟王，压倒曾李"之语，借以自励。意谓自己在书法上要不断追求，争取胜过古代著名的书法家钟繇、王羲之和当时还在世的著名书法家曾农髯、李梅庵。由此可见出沈从文当年的少年气盛及高远志向。

尽管后来沈从文并不以书法著称于世，但这实是因为他的文名远远盖过了他的书名。他的兴趣后来显然有了明显的转移，更加集中于文学。为此他在20岁时辗转闯入了北京，走上了"从文"的"文化个体户"的艰难道路，也由此踏上了从"边城"走向世界的坎坷历程。此后，也恰是借助于写字的好"门面"，以及表达能力的提升和友人的帮助，使他的稿件渐被编辑们所注意，甚至是喜欢，赢得了越来越多的发表机遇，随着佳作《神巫之爱》、《边城》、《丈夫》、《长河》的陆续问世，为他在文坛上赢得了越来越大的声誉，只是因为偶然的原因，才与诺贝尔文学奖擦肩而过。

总之，只须稍加细览，就会发现沈从文能够成为中国现代文学史上的著名作家，成为具有一定世界影响的文化名人，与他童少年即爱写字这一史实确有相当密切的关系。由此也可发现，书法对迷它爱它的人们来说，并不单纯是线条本身的美或狭隘的自娱，而且能够激发其求知欲、创造欲，造就其人生的机遇，收获其累累的成功硕果！

很显然，沈从文所创造的书法文化如同他的文学作品一样灿烂，沈从文的书法造诣深厚，擅长小楷、行草书，尤以章草享盛名。楷书学习，沈从文从临习王羲之的小楷《曹娥碑》起始，之后取法虞世南的《夫子庙堂碑》；行书则用功临习李邕的《云麾碑》、《怀仁集王羲之圣教序》及《兰亭序》。对于其所喜爱的章草书法，沈从文更是投入了很大的精力临摹学习。沈氏的章草以史游的《急就章》为范本，借鉴了元代的康里子山、明代的宋克章草笔法，晚年还向《东吴彭卢地券》《北齐韩裔墓志》等新出土的文献资料学习。沈从文曾采用"集字学习"的方法研习章草，沈氏在复朋友马国权的信札中对此进行了描述，"曾试就古文与章草相近字，集有百十字（系卅年前），此稿惜早已散失。"[①] 集字学习书法，自古有之。北宋书法四大家的杰出代表之一米芾就不讳言自己的书法作品是"集古字"，时人以为笑柄，清代王文治则赋诗赞美"天姿辕轹未须夸，集古终能自立家"。沈从文以自己渊博的学识作养分，在传统章草上下了很大功夫，对古代章草大师的书法用笔、章法及气韵都有深刻的领悟，逐渐形成了具有独特个人面目的章草书风。沈从文存世的墨迹中，不乏精彩临作，从中可窥其宗法传统的深厚功力。在20世纪专精章草的屈指可数的书家中，沈从文足可以与王世镗、王蘧常、高二适等书家并列。此外，沈从文还撰写了《叙章草进展》一文，对章草的发展演变提出了诸多真知灼见，他通过最新考古出土的文献资料驳斥了"章出于隶"的观点，他认为"分隶成熟于东汉末，比章草晚得多"，沈从文还对此作了深入论述："章草部分草法出于篆体，近年出土新材料日多，木石砖漆均证据可得。且早于分隶，亦有材料可证。又西汉不定形之隶书，体多宽博，少飘撇作态处。出土零星材料亦甚多。因此得一新的启发，即东汉定型之分隶，重撇勾挑处反近于受章草用笔影响而来。"[②] 沈从文结合新出土的文献资料来对书法史上的书法现象进行研究分析后，得出了与一些权威专家不同的书学史观。沈从文不人云亦云，敢于挑战权威，这种严谨的学术观是值得当前从事书学相关研究与创作的学者及书家借鉴参考的。

二

沈从文不仅在书法作品的艺术层面上有造诣，在相关的书法文化领域

---

① 《沈从文全集》（第22卷·书信），北岳文艺出版社2002年版，第459页。
② 《沈从文全集》（第31卷·物质文化史），北岳文艺出版社2002年版，第459页。

也有更多的创造和奉献，这体现在他的书学观上。学养深厚的沈从文，于书法研究孜孜以求之，是同时期诸多作家兼书家所无法企及的，其所持的书学观点高屋建瓴、精辟犀利，放至当下，亦不落伍。沈从文在与朋友的往来信札及早年所撰写的《谈写字一》（1937年）、《谈写字二》（1948年）与晚年所撰写的《文字书法发展》《叙书法进展》等有关书法研究的文章中，记载了沈氏一生对书法所进行的思考与探究，形成了沈氏一套完整的书学理论体系。

沈从文的书学思想包罗书法的方方面面，以下分别从"书法学习观"、"'书法名家'和'名家书法'观"、"书法鉴赏"及"笔墨纸砚研究"等方面进行阐述。

（一）书法学习观

书法在沈从文的工作生活中占据了很重要的位置，沈从文的一生对书法极其关注，投入了相当多的精力，因此，沈氏极其重视文字的书写，这种偏爱在他日常工作中得以淋漓尽致地体现。沈从文在给朋友秦晋的信中谈到了陈姓女士文章中的字体不易辨认的事，他说："陈小姐文章已读过，译笔还好，惟字体草得不大容易认识，付排时也必然会令排字、校对相当费事也。"① 沈从文强调书法的实用性，看重写字的日常行为，多次通过工作上的事例来论证把字写得美观的重要性。沈从文在从事编辑工作时，多次对投稿作者的书写水平差而给予批评，他在给当时还在上海同济大学中文系读书的张香还同学的信中说："大作拜读，极好。只是字太难认识。以编者写草字能力说，认识尊文犹十分费力，排字人和校对吃力可知。"②

如何学习书法、写好字，精研书法的沈从文有着自己的观点。沈从文曾在与马国权的通信中讨论了楷书、隶书和行草书的学习③。沈从文认为楷书学习可以依"大小欧作底子较挺拔，以颜书则搞标题有分量"。隶书学习，沈从文认为"近人所谓美术隶，多太俗。似宜就《石门》及隋静琬书《石经》取法，体宽博而大派，又易学"。沈从文认为行书学习李北海的"《麓山》《云麾》碑易掌握，写大字报标语易归行，好看"。沈从文从应用出发指导他的儿子龙朱和侄女朝慧学习书法，让他们以楷书练习为主，沈氏认为"楷书写写即有用，用处不在目前。若再用赵帖米帖写两月行书，打个底子，……再学下去，将来用处还多"。④ 沈从文在给朋

---

① 《沈从文全集》（第18卷·书信），北岳文艺出版社2002年版，第450页。
② 同上书，第475页。
③ 《沈从文全集》（第22卷·书信），北岳文艺出版社2002年版，第437页。
④ 《沈从文全集》（第21卷·书信），北岳文艺出版社2002年版，第138页。

友王际真的信中探讨了草书的学习,建议草书学习《书谱》。沈氏虽认为《书谱》很通俗,但"写草字或认草字,书谱是可以有小小帮助的"。① 此外,行草书的练习,沈从文主张师法学习"怀素《四十二章经》和《书道大观》",沈从文认为"如果每天能用旧报纸,写寸来大行草半张,练笔到一年后,会可望得到'自得其乐'!"②(图19)

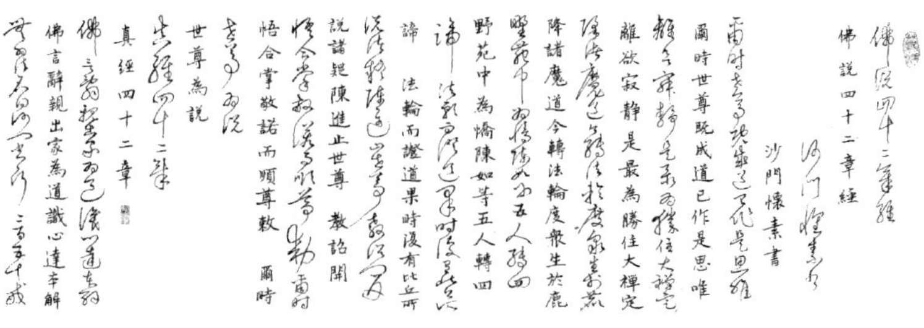

图19 怀素《四十二章经》

此外,对于书法学习,沈从文还有以下主张和建议。首先,书法学习态度很重要。沈从文认为"学什么都必须踏实","写字得和写文章一样,必需认真十年廿年努力,当成一件事情来作,……"③,唯其如此,才能学好书法。其次,沈从文认为书法教师的造诣水平很重要,老师的水平低会误人子弟,沈氏在《博物馆日记片段》一文中对此进行了思考,他担心"办艺术教育的误人子弟。什么都不好好的学,怎么教?"④ 因此,沈从文在回复沈云麓的信札中主张"先得鼓励那些教员,自己能创作,也会教出好学生的。地方虽小,希望实大。……还是要学,一切重新学"⑤。对于学校教育和个人成才的问题,沈从文认为"学校教育固然极重要,但是真的学习深入,却总是自己对所学的态度,要有一点'大志'和'雄心',才能推动生命向更高处跃进"⑥。书法学习,诚如沈从文所云当择名师指导为要。然而放眼当下,好为人师者众,书法家的称号亦满天飞,然真正能够名副其实者寡。若择师不善而从之,花费精力财力事小,误入书学歧途则尤为可怕。书法一艺,并没有那么多玄之又玄的东西,简

---

① 《沈从文全集》(第18卷·书信),北岳文艺出版社2002年版,第44页。
② 《沈从文全集》(第23卷·书信),北岳文艺出版社2002年版,第336页。
③ 《沈从文全集》(第21卷·书信),北岳文艺出版社2002年版,第257页。
④ 《沈从文全集》(第19卷·书信),北岳文艺出版社2002年版,第98页。
⑤ 《沈从文全集》(第20卷·书信),北岳文艺出版社2002年版,第194页。
⑥ 《沈从文全集》(第21卷·书信),北岳文艺出版社2002年版,第137页。

言之，勤于临帖、临池不辍，外加巧学、多悟，即可渐入佳境。即使遇到名师，若学习者不能充分发挥自己的主观能动性，也是学不好书法的。书法家的孩子未必都善书写就是个很好的例证。

最后，沈从文主张向传统的书法经典学习。书法学习，沈从文认为"要善于学习吸收优秀伟大传统各方面，工作才会更扎实。越会学，肯学，虚心学，就可以越加明白许多不明白的好东西，并且把这些古人长处丰富自己工作。极可惜，许多许多人总是在学的方面抓得不紧，停顿到一知半解上，不易深入，也因此不善于把古人长处或当前人长处丰富自己工作"。[①] 沈从文在给兄长沈云麓的信中说"正如写字，不讲究传统，不利用传统好处的结果，必然带来一种'无一定标准'的情况。许多字我们都不认识，好坏自然更不好说了，学校中'美术字'一来，更不必谈好坏了。不过过些日子也许会要提倡提倡，写得让人容易写、容易认识、也相当大方好看的行书体，如李北海等字体的"。[②] 朋友子英学习刻印，沈从文送其"一部汉印谱"，让子英师法临摹，可见沈从文对继承传统的重视。

(二) "书法名家" 和 "名家书法" 观

书法名家，顾名思义，是指经过书法基本功的训练，以书法作品所具有的艺术性而为大众所熟知的书家。而名家书法，是指没有经过书法基本功的训练，没有认真临习过碑帖，能用毛笔写字，所写的作品虽没有艺术性，但因书写者是社会名流，具有一定的社会地位和政治声望，故其作品有一定的受众，故被冠以"名家书法"。早在 20 世纪 30 年代，沈从文在《谈写字（一）》[③] 中就对"书法名家"和"名家书法"有深刻的见解。

沈从文在《谈写字（一）》中认为"几年来'艺术'两个字在社会上走了点运，被人常常提起，便正好仰赖到一群艺术欣赏者的糊涂势利精神，那点对于艺术隔膜，批评不苛刻，对于名公巨卿又特容易油然发生景仰情绪作成的嗜好"。写字的便捷刚好迎合了一些位高权贵者附庸风雅的爱好，"上有所好，下必效之"，这些人的参与利于传统的书法艺术得以在更大的范围内得到传播。然而，"糟的倒是另外一种过分重视它而又莫明其妙的欣赏者。这种人对于字本身的美恶照例毫无理解，正因为其无理解，便把字附上另外人事的媒介，间接给它一种价值观。把字当成一种人格的象征，一种权力的符咒；换言之，欣赏它，只为的是崇拜它"（《谈

[①] 《沈从文全集》（第 19 卷·书信），北岳文艺出版社 2002 年版，第 421 页。
[②] 《沈从文全集》（第 20 卷·书信），北岳文艺出版社 2002 年版，第 436 页。
[③] 《沈从文全集》（第 31 卷·物质文化史），北岳文艺出版社 2002 年版，第 124—127 页。

第四章　贯通古今：从梁启超、沈从文到汪曾祺　93

写字（一）》）。沈从文客观的对这些社会怪现状进行了无情的揭示，并举现实中的事例来予以说明：

　　　山东督办张宗昌虽不识字，某艺术杂志上还刊载过他一笔写成的虎字！多数人这么爱好艺术，无形中自然就奖励到庸俗与平凡。标准越低，充行家也越多。书画并列，尤其是写字，仿佛更容易玩票，无怪乎游山玩水时，每到一处名胜地方，当眼处总碰到一些名人题壁刻石。若无世俗人对这些名人的盲目崇拜，这些人一定羞于题壁刻石，把上好的一都墙壁一块石头脏毁，来虐待游人的眼目了。①

　　沈从文认为世俗大众的"盲目崇拜"是造成这些怪现状的根源。沈从文提倡写字成为专业，使写字"成为一种特殊的艺术，玩票的无从插手"，并建议把写字"看成一种卑贱的行业，让各种字体同工匠书记发生密切关系，以至于玩票的不屑于从事此道"（《谈写字（一）》）。沈从文认为，若这样的话，从装饰和应用方面，都会出现好的效果，会出现更多"点线悦目的字"和"悦目流动的字"。

　　沈从文在文章中所谈及的"几个比较风雅稍明绘事抹两下的朝野要人，把鬻画作画当成副业收入居然十分可观"的现象，在当前的社会现实生活中依然存在并上演着，可谓"有过之而无不及"。对书法艺术中所存在的"官本位"现状，沈从文很鄙视，他在给妻弟张宗和的信中说，"写字在历史上从来多是在当时，谁官最大，谁就写得最好。"② 对于一些名流大官所作的行草或大草，沈从文认为"多不免如前人称鲜于伯机笔下见'河朔气'，其实则近代名家中能如鲜于伯机之河朔气亦不多也"③。在特殊的年代里，沈从文认为自己于书法不"在行"，这显然是沈从文明哲保身的托词，他不愿自己喜爱的书法像小说创作那样给自己带来麻烦。因此，沈从文反复向自己求字的朋友解释说"由于社会新，要求严，除主席外，作家中死去的有鲁迅先生，活着的有郭沫若院长，可称'并世无敌，人间双绝'，代表书法最新最高成就"④。沈从文认为名家书法"不特当前的名人需要，当前几个画家同样需要"，他认为"画家欢喜写美术字，这种字给人视觉上的痛苦，是大家都知道的"。沈从文以画家林风眠

---

①　《沈从文全集》（第 31 卷·物质文化史），北岳文艺出版社 2002 年版，第 126 页。
②　《沈从文全集》（第 24 卷·书信），北岳文艺出版社 2002 年版，第 497 页。
③　《沈从文全集》（第 26 卷·书信），北岳文艺出版社 2002 年版，第 427 页。
④　《沈从文全集》（第 24 卷·书信），北岳文艺出版社 2002 年版，第 315 页。

先生为例，认为林风眠"是近代中国画家态度诚实用力勤苦的一个模范，他那有创造性的中国画，虽近于一种试验，成就尚有待他的努力，至少他的试验我们得承认它是一条可能的新路。不幸他还想把那点创造性转用在题画的文字上，因此一来，一幅好画也弄成不三不四了。记得他那绘画展览时，还有个批评家，特别称赞他题在画上的字，以为一部分用水冲淡，能给人一种新的印象。很显然，这种称赞是荒谬可笑的。林先生所写的字，所用的冲淡方法，都因为他对于写字并不当行"（《谈写字（一）》）。因此，沈从文建议"林先生若还有一个诤友，就应当劝他把那些画上的文字尽可能的去掉"。

　　画家应加强书法的练习。沈从文认为写字比画画难，他在给大哥沈云麓的信中曾有论及："你说写字，也可以说是小小悲剧，永远在写，其实字永远写不好，不知何故？可能是懂得多，即不容易写好，如能同样用三十年精力学绘画，一定是个极好画家，真正有创造性的画家……"① 我们知道，沈从文一直喜欢画画，年轻时曾用心学习过画画。沈从文"常到叔华家看画"，他还不时把所画的画随信寄给朋友王际真，"今天又画了一张，也附到信里来"。他还在信中向王际真抱怨，"我的字可退步了，画好像长进了不少，过一阵我当寄一张大画来"。② 因为对画画的喜爱，沈从文还让友人王际真从国外给他寄些画报看，沈从文不会外语，他甚至在信中说"顶好是纯粹的不要文字的，因为我们只能看画而不能认字。我倒并不忘记廿年后成画家的希望，我若在廿年后能为自己画像，作书封面，就大满意了"。③ 沈从文虽没有当成画家，但他早年打下的绘画基础为其日后从事文物研究、临摹文物样稿，带来了诸多便利。

　　沈从文经常关注画家书法。沈从文在给朋友的书信中多次谈及自己对画家写字的看法，"最近还看到一个画家，在北京展出作品，字写得极坏，还有好些艺术家在国家报刊上大声道好"④；"画家之题字，有时似乎灵感过多，旁边如不加注音字母，即不易明白。加之搞简笔字的专家兴趣以来，真使人有'招架不住'感"⑤；"特别是三五当代名画家，亦极乐意每画必题诗一二首，绝不轻易放过表演机会。似乎对于'书画同源'

---

① 《沈从文全集》（第20卷·书信），北岳文艺出版社2002年版，第412页。
② 《沈从文全集》（第18卷·书信），北岳文艺出版社2002年版，第60页。
③ 同上书，第41页。
④ 《沈从文全集》（第21卷·书信），北岳文艺出版社2002年版，第257页。
⑤ 《沈从文全集》（第25卷·书信），北岳文艺出版社2002年版，第445页。

说深有体会，因之作画必题诗，已成定局。事实上字多俗气逼人。"①

（三）书法鉴赏

沈从文于书画鉴赏颇为在行，尤其体现在他对历代书法的赏鉴。沈从文就"文房四宝"各自历史和文字发展历史，及彼此相互关系，从文化史的角度，用了3870个字并结合甲骨文、竹木简等新出土文献资料与笔墨纸砚等发展的史学知识及"文字学"和"书法学"的常识，概括成五言长诗《文字书法发展——社会影响和工艺、艺术相互关系试探》② 一首，描述了中国文字体例的变化和书法艺术发展的概况。沈从文写作的最初目的是期望在文史博物馆工作的说明员或陈列分段的同志能够根据该文所提，至多"费二天或六小时左右，即可得一比较明确印象"③。长诗《文字书法发展》是在无资料书可参考的情形下，沈从文全凭回忆写成的，是沈氏晚年书法研究的呕心沥血之作。沈从文从接触到的实物知识和通史陈列所得常识出发，得出了和专家的专门知识不尽相同的观点，其书学见解新颖，对历代书法评价较为公允，让行家里手很折服（以下行文中除特别注释外，所引用的五言诗句皆引自该诗）。

沈从文在长诗《文字书法发展》中对书法史上的一些著名碑帖进行了点评。沈氏认为《散氏盘》《毛公鼎》《石鼓文》等大篆的书写笔法没有什么差别，只是结构布置的差异。简帛书法，因"笔毫长而细，表现活泼增"。沈从文认为秦朝同一后所出现的"书同文"，并不是什么创新，"只是加概括，而总其大成"。从实用出发，字体变化发展为"分隶"和"章草"。沈从文认为"章草多古意，笔法潦绕新。飘撇取纵逸，姿态活泼增，乍看近潦草，结构实谨严。……秦代传'爰历'，或已具初形。《急就》成西汉，简棱具遗文。……转折严法度，真伪易判明"。沈从文认为隶书"已属正统尊"，他认为"东汉中叶后，隶法多翻新，或因摩崖书，取势失均衡；或因著风格，书丹见性情；或因工具异，笔法更多端。遗墨千百种，各有千秋存。'华山'与'张迁'，规模较整严，蔡邕书石经，体法多遵循。……千七百年后，残石零星存"。沈从文认为钟繇的《宣示表》字体"尚存分隶音"；曹植的《鹎雀赋》"伪托出唐人"；陆机的章草《平复帖》"古意犹盎然，笔枯失从容，真伪肯定难"；敦煌索靖的书法"笔法具锋棱，结体如雕塑，形简而意深"。沈从文感叹贺知章的

---

① 《沈从文全集》（第26卷·书信），北岳文艺出版社2002年版，第426页。
② 《沈从文全集》（第15卷·诗歌），北岳文艺出版社2002年版，第373—393页。
③ 《沈从文全集》（第22卷·书信），北岳文艺出版社2002年版，第425页。

草书《孝经》"可惜知者少,谈书罕著闻";杨凝式的"《韭花》笔妩媚(图20),草书俗可憎","实徒有虚名"。

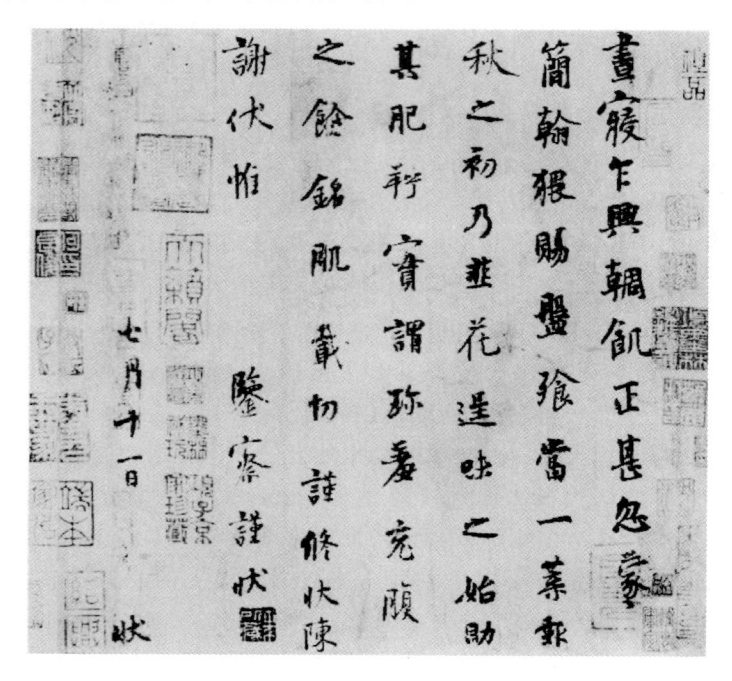

图20 杨凝式《韭花》局部

对于二王书法,沈从文认为"内容"有待"区分","部分作章草,犹有古意存"。沈氏认为《快雪》与《兰亭》帖,"出处极为可疑";对于《中秋》和《奉橘》两帖,则认为"更似伪作真"。沈从文还认为"楷书已成熟,时代有后先。……《曹娥》多隶法,《遗教》遗后贤。《黄庭》实道经,宜从社会分,杨羲、陶弘景,约略有渊源,成于齐梁间,比较非空谈。……后人谈楷法,影响实较深,隋唐小墓志,笔法多继承"。对于人们评价甚高的僧人怀仁集《王羲之字圣教序》碑,沈从文站在不同的角度给予了评价,认为"可疑同《兰亭》,一箭射双雕,谄佛而媚君,若与智永比,此僧心计深"。沈氏虽有贬辞的评价,但不失公允,怀仁僧的确有"谄佛"和"媚君"的嫌疑。沈从文认为王羲之之所以影响大,是因为帝王的偏好所至。对于后代影响大的,要数唐代的"欧虞褚颜柳,真书传千年",沈氏还进一步对各家的笔法特点作了阐释,"挺秀称独出,大小欧相因。温雅失秀媚,笔传虞永兴。河南体疏荡,由于用笔轻。颜书端严整,见字如见人。柳文清而峭,书体适相称"。并阐述宋代的刻书受欧颜的影响很深,认为"刻工尚整齐,还具宋渊源"。

沈从文认为篆书在唐代没有多大发展,虽由李阳冰继承而得以传承,但"已无补世用,只供题墓铭"。沈从文认为张旭草书在唐代受到人们的重视,但"遗墨无多存"。僧人书家怀素学习非常用功,沈从文认为怀素的《苦笋帖》较好,其《千字文》"千载尚流行",而《自叙帖》近乎自我宣传且"笔意失卑弱,空称笔如椽"。沈从文认为孙过庭"临池心得深,使转严法度,顿挫得意新。屈指述师传,常谈近老生。只因文章好,影响亦千年";其纸张比一般唐代写经纸张都好。对于世传孙过庭深得"二王"法,沈从文除持不同观点外,他还进一步评价了孙过庭的《书谱》的书法艺术,他认为"或正如老米所说,传世王书,有不少系孙有意为之。孙书部分似受《圣教序》拘谨影响,殊少飘逸之致。此点前人亦曾道及,惟不提《圣教序》。又孙对'枯润相济'相当注意,有时且近有意为之,后来老米有会于心"。①

沈从文在《谈写字(二)》一文中认为"宋人虽不长于认真写字,可是后世人作园林别墅匾对,用宋人字体写来,却还不俗气,照例可保留一种潇洒散逸情趣,容易与自然景物相衬。即作商店铺户横竖招牌,有时也比较傻仿颜柳字体少市侩气,呆仿六朝碑少做作气。就中尤以米苏字体,在卷轴上作一寸以内题识时,如吴琚与吴宽,笔墨尽管极力求脱俗,结果或者反而难免八分俗气。若把字体放大到一尺以后,不多不少来个三五字,又却雅韵欲流,面目一新。然放大米书容易,放大苏书似不容易。因此能作大字米黄体的有人,作苏书的世多不见"。② 沈从文还认为"宋人作草字,山谷称独能。故作苍老态,转失自然情。行书著苏米,传世各有因。米书多做作,苏平易近人。诸书得启示,赵佶传'瘦金'"。

对于元代书法,沈从文对书家康里子山与方方壶评价甚高,沈氏认为"元人作章草,突破赵家法门者,一康里子山,较后则数方方壶。康书体制偏于瘦长,从《评书帖》得启示,作长条易取势见巧,横卷因结构少变化,即不大佳。方用墨如作画,浓淡相应生姿,又善于飘撇落笔,潇洒从容,较康近雅"。③ 沈从文认为鲜于枢"盛名过实",他认为鲜于枢"不仅字无体法,诗也不佳,当时著名一时,与其身份地位大有关系。对明代张弼、王铎等俗恶书有影响。……大字无法度。赞之过分,反映作者

---

① 《沈从文全集》(第22卷·书信),北岳文艺出版社2002年版,第479页。
② 《沈从文全集》(第31卷·物质文化史),北岳文艺出版社2002年版,第129页。
③ 《沈从文全集》(第23卷·书信),北岳文艺出版社2002年版,第299页。

虽善书，论书则不能称当行"。① 沈从文对明代的书法艺术评价甚高，他认为"明代多高手，壮妙各有称，沈度与陈璧，明初负盛名。解缙张东海，邢侗徐青藤，各师怀素草，疏荡各竞新。苏州二名士，唐寅祝允明。雅宜特秀发，文氏用功勤"。沈从文还认为"明代的字还是较有性格的。写草字即或不甚合法，也多新意"。② 清代书法"在近300年的发展历史上，经历了一场艰难的蜕变，它突破了宋、元、明以来帖学的樊笼，开创了碑学"③。沈从文主张文人的书写，故他对清代碑派书法的发展是持不同的意见。因而，沈从文在长诗《文字书法发展》中没有涉及对清代书法的赏评。可见，不予点评，也正是沈氏睿智过人之处。

（四）笔墨纸砚研究

沈从文一生痴爱书画艺术，对有"文房四宝"之称的书写工具"笔、墨、纸、砚"倍加留意。历史上的不同时期，笔墨纸砚所指之物皆都有所变化。沈从文在文博部门工作后，因业务关系，经常能看到文物，他留心于所能见到的一些"笔墨纸砚"的文物，克服资料匮乏等诸多困难而进行研究。沈从文排除了研究中的诸多困难，在笔、墨、纸、砚的探究上取得了不俗的成果。

沈从文认同马国权的"篆隶与工具有关系"的观点，他在回信中自谦因"所见只长沙战国笔，一居延笔"④，故对毛笔研究较少。即便如此，沈从文还是在信中谈了自己对居延笔的研究，沈氏认为：

> 居延笔作鸡距状，笔管较粗，笔筒则镂空相套。抗战前，记得琉璃厂笔铺曾有仿作，用紫毫，十分得用，约四元一支。……故宫藏清初笔展出时，尚有此式可印证，得知此式必传自汉代，而一脉相承。还依稀记得此汉笔在原竹木简册中系插于中心，是否到南北朝时，因纸张过薄，即转成卷子中轴，已不得而知。但战国长豪笔出土，则似与竹简分离。鸡距笔能聚墨而锋利有劲力，传世《鹡鸰颂》与冯承素摹《兰亭》，或即由此等笔书写而成，整体不见渴墨处，如长锋，即不辨此。⑤

---

① 《沈从文全集》（第31卷·物质文化史），北岳文艺出版社2002年版，第138页。
② 《沈从文全集》（第21卷·书信），北岳文艺出版社2002年版，第193页。
③ 桑任新编著：《中外美术史》，辽宁美术出版社2011年版，第112页。
④ 《沈从文全集》（第22卷·书信），北岳文艺出版社2002年版，第450页。
⑤ 同上。

第四章　贯通古今：从梁启超、沈从文到汪曾祺　99

沈从文虽然对毛笔有精深研究，但他一生所用的毛笔都很廉价，在不同时期曾分别使用过 3 分、5 分、7 分、8 分、9 分、1 毛、1 毛 3 分、1 毛 7 分、3 毛 5 分等价格不等的廉价毛笔。沈从文就是用这些普通的学生习字笔，书写了丰富精彩的书法文化。沈从文在长诗《文字书法发展》中对墨和砚进行了阐述："墨称'奉一丸'，实物征信难。望都画中物，形象犹可参。砚形如满月，三足相支撑，上即着丸墨，物证为新添。兼有实物出，上盖九龙蟠。负重承三熊，殷朱色灿然。古砚出土多，互证知识新。汉代多陶石，青瓷晋通行。特制品宗多，方页实多端。唐砚如风字，实即撮箕形。佳石传'龙尾'，紫端始著闻。绿石产姚河，宋人为奇珍。"① 此外，沈从文还对制墨名家和墨谱进行了相当精到的论述："墨著李廷珪，价重兼黄金。明代佳品多，图谱传方程，歙中集名工，范刻艺术精。画师亦高手，丁氏独称能。御制墨五色，牛舌重半斤。妙品罗小华，黑如点漆淳。"②

沈从文对纸有专门研究，他认为纸是劳动人民的伟大发明之一，在科学文化传播上起了巨大作用的同时，因特种加工，又产生了许多精美的纸张，在艺术史的进展上作出了特别的贡献。沈从文在《赠马国权旧纸附言》③ 中论及了一些"旧纸"，并描述了自己的鉴定方法，即通过不同时代的墨迹比较来对纸张进行鉴别。沈从文曾撰写学术文章《谈金花笺》④，对"金花笺"纸张的内容、工艺特征及泥金银技术在工艺上的发展，作了细致的论述。沈从文认为泥金银花笺在制作技术上和绘画艺术上，反映了"十八世纪前后制纸工人技术和民间画师艺术的结合"，应给予应有的重视。沈从文在长诗《文字书法发展》中用了诸多文字论及了历朝各代较为著名的纸张：沈氏认为蔡伦创制的"蔡侯纸"，"于世贡献深"；汉代出土的纸张"尺幅尚难明"；东晋的"茧纸"，"五色为时珍"；唐代的纸尚"硬黄"，"砑光宜写经"；唐代官诰用的"白麻"，"纸质厚韧闻"，"鱼子笺""云蓝"及十色"薛涛笺"较为著名，元费著《蜀笺谱》中记载"彩蜡兼金银"；五代的"澄心堂"纸"匀白如玉莹"；宋代重视的"碧笺"，以高丽"沿袭茧纸法"，制作得较为精致，"细如女儿肤"；宋代的写经用纸，"品色亦多般，各著朱墨印，柔腻色沉檀"；明代的纸崇尚"白鹿"，"书画俱相称"；明代的蜡笺"重宣德，五色饰金银"，清初

---

① 《沈从文全集》（第 15 卷·诗歌），北岳文艺出版社 2002 年版，第 390 页。
② 同上书，第 392 页。
③ 《沈从文全集》（第 23 卷·书信），北岳文艺出版社 2002 年版，第 188 页。
④ 《沈从文全集》（第 31 卷·物质文化史），北岳文艺出版社 2002 年版，第 80—86 页。

虽有拟作，但"厚薄易区分"。

特殊年代里，沈从文曾把自己苦心"收集的旧纸数百种分赠故宫、历博"①，沈氏认为"公家保存比较好"②，他只是担心"此后大致也就不会再有人肯用心来搞这个工艺上的空白点了"。后来，随着年岁的增大，沈从文就不常出门了，因此，"纸也不再收了，有熟人倒收了上千种旧信笺，有极好的。以五色罗纹砑蜡蜀笺，极精彩少见"。③ 朋友知道沈从文喜爱用好纸书写作品，就经常送给他好纸以求书法作品，他在给臧克家的信中致谢说，"多承厚意盛情，带纸来嘱书点小玩意，留个纪念。"④

三

综上论述，可以看出沈从文围绕书法艺术及与书法相关联的文化领域所展开的思考和探究，创造了丰富多彩的书法文化。书法是中国文化的"根"，也是沈从文与传统文化之间剪不断的"根"。对书法艺术的热爱，为沈从文提供了一个新的视角来审视中国传统文化，沈从文留心平时所见到的文物和历史知识，得出了一些与众不同的结论。"'书法文化'是超越了'书法艺术'的文化范畴和概念，是包含技术性的书艺却并非局限于此的文化体系。"⑤ 沈从文创造的书法文化如同他的文学作品一样灿烂。从书法文化角度看沈从文，就会看到他不仅在书法艺术层面上有造诣，而且可以看出对中国传统文化的倾心。

沈从文重视对传统书法经典的学习，他是书法文脉的传承者。沈从文一直在践行对书法的认知，透过沈从文书法作品的表面，我们可以看到以他为代表的中国文人所传承的传统书法的精髓所在。沈从文认为自己写了半世纪的字，总还不脱离"司书生"体，拿笔也不合规矩，只是重在应用上便利，从不妄想作"书法家"也。沈从文虽无意以书家名世，但在书法文化创造方面却有着极为重要的贡献。沈从文在文字书写和书法创作之间，在书法创作和文学创作之间，最终形成的墨迹文本实际上是许多文化信息（包括社会信息、情感信息）的"载体"，也具有历史文献价值。

---

① 《沈从文全集》（第22卷·书信），北岳文艺出版社2002年版，第425页。
② 同上书，第410页。
③ 《沈从文全集》（第21卷·书信），北岳文艺出版社2002年版，第458页。
④ 《沈从文全集》（第24卷·书信），北岳文艺出版社2002年版，第318页。
⑤ 李继凯：《郭沫若：现代中国书法文化的创造者》，《陕西师范大学学报》（哲学社会科学版）2007年第3期。

第四章　贯通古今：从梁启超、沈从文到汪曾祺　101

沈从文的"文学文本与书法文本合成'第三种文本'，并成为'中国创造'的艺术文化可持续发展的一股重要力量与一种活力资源"[①]。沈从文的日常书写（包括书法性的书写），提升了他自己，促进了他对儒家文化的理解与化用。当下，沈氏的书法墨迹已成文物而为后人所珍秘与赏鉴。沈从文的书稿、信札及书法作品，绝大部分可以视为书法作品，尽管艺术价值有高下之分。作为文人书法的代表人物，人们可以在沈从文的书法作品里寻求许多珍贵的东西，如文物价值、历史感，文学文本的原生态或文献价值，媒介或符号作用。沈从文的作品包括书法作品是通过文化传播渠道来实现的，日常的书法交流也是一种文化传播。从艺术与人文的视野来看沈从文书法，也应注重他与友人间的翰墨情缘，其作品的"人文"意味，常为后人激赏不已。沈从文与书法的深切结缘，由最初的生活所需到后来自觉的砥砺追求，充实自己人生的同时，又在更大程度上丰富了他人。

沈从文早期的司书工作及大量的文稿、信札，乃至赠书题签和日用便条，用毛笔书写完成。这些笔迹或手稿所具有的文化载体功能无疑是巨大的。事实上，文学与书法都是艺术，都是作者思想境界、人格品性，以及时代精神的真实写照，两者在很大程度上具有互通性。作家可以把艺术灵感、意象带入文学文本，也可以带入书法艺术世界；而书法审美经验也可以化为文学写作的营养。沈从文的书法在某种意义上也可以解读为"文学与书法"，这是因为在文化创造领域或艺术文化领域存在着交叉共生、相互启迪的密切关系。沈从文意识到文化对塑造人生具有潜移默化的影响，特别注重加强对孩子的文化素养的教育，这能给我们以有益的启示。沈从文在给沈龙朱、沈虎雏、沈朝慧的信件中，时常提醒他们练字之外，还应多读点有用的文学书，全方面提高综合文化素养。

沈从文所追求的是文人书法，即书法中所承载的"文人气息"。沈从文的书法与其个性一样沉稳、圆润，自然古雅，结体内敛而不张扬，线条含蓄而有风致，即便是略长篇的书稿尺牍，也照样是首尾一致，形神不散。因此，赏读沈从文的书法作品，在你自觉不自觉的时候，洋溢于字里行间的书卷气息已扑面而来。"腹有诗书气自华"，书法作品的书卷气是书家深厚的文化和艺术的综合修养在其作品中的展现，是书家个人精神气质的体现。沈从文没有把书法作为自己的职业，在工作应用的同时，

---

① 李继凯：《书法文化与中国现代作家》，《中国社会科学》2010 年第 4 期。

沈氏把书法当作一种休息，他在书赠施蛰存的信札中说："惟解除工作疲劳，似乎还只有涂涂抹抹为省事！"沈从文六十岁以后还能写小字，可见他深厚的学养与娴熟的笔墨技巧已融为一体（图21）。

沈从文的艺术兴趣相当广泛。除读书写作、金石书画外，沈氏于木刻版画、工艺美术等方面都有所涉猎。因政治原因，沈从文被迫放弃了文学事业。在人生极为困难的日子里，沈从文竭力避免文人生命的陷落，而努力寻求超越之路。书法与书写趋于一体的快慰，使他的精神得以升华，至少化解了一些环境的压力和生活的沉重，在黑暗中通过审美化的书写而造出维系生命的氧气。涅槃之后的沈从文毅然决然地放弃了写作，把自己的精力与才华投身于我国的文物研究中。沈从文以作家的敏感和善于发现，除在书法研究上取得硕果外，在文物研究上硕果累累，并在瓷器、陶器、玻璃、镜子、服饰、锦、绣、服饰等方面皆有所成就，为我国文博事业的发展作出了贡献。其中，《中国古代服饰研究》就是沈从文殚精竭虑、呕心沥血的一部影响深远的学术巨著，更为我国的古代服饰研究作出了卓越的贡献。与此同时，沈从文丰厚的文化学养积淀与广览博涉，更提升了其书法作品的书卷气。

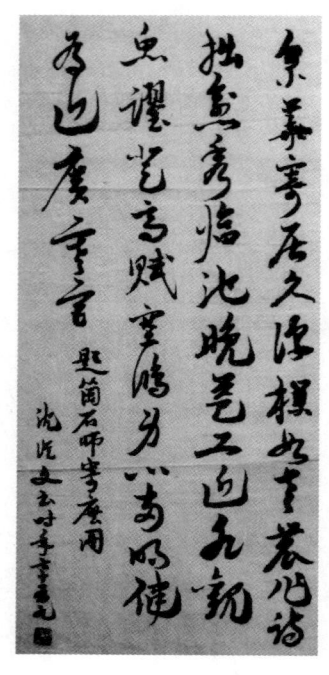

图21　沈从文书法

四

沈从文曾认为写字"不过是中国绅士们一养性息心消遣而已，并无多大益处"，但"在小时就非常爱写字（可怜得很，我也只有机会成天写点字！）如今是觉得明白了这不是自己相宜的一种娱乐，所以写也是歪字，从不求它好的"。① 即便如此，沈从文仍然在写字上花费了很多心思，"每天为他们同学写字糟蹋纸张，也不问数目，不知他们拿去有什么用"。② 哪怕是生病时，沈从文依然坚持临帖不辍，他在给友人王际真的回信中

---

① 《沈从文全集》（第18卷·书信），北岳文艺出版社2002年版，第45页。
② 同上书，第41页。

第四章　贯通古今：从梁启超、沈从文到汪曾祺　103

说，"今天牙齿痛，只临帖数十张，字则越写帖越坏，可笑之至。"① 对于书法，沈从文有自己的眼光，有自己择帖的标准。沈从文一直坚持认为自己"此道本不当行，过去虽欢喜涂涂抹抹，主要目的，还是求便于实用，以抄点文件时既迅速又不感疲倦为得计"。② 他还认为"如能始终用个'玩票态度'，写写草字或隶书，或许还是一种有保健作用的方式，一成习惯到'欲罢不能'时，大致就在精神上会起到真正休息作用，体力转好亦意中事！"③ 沈从文在外地若需要什么字帖，就由其夫人寄去或托人带去，张兆和就曾经托朋友杨小姐给沈从文带去"一部楷帖"。可见，沈从文在书法上所花的时间与精力相当多，研习书法艺术并非他生活中的余事，而是重要组成部分。

沈从文日日习书不辍，但不愿"附庸风雅"，他甚至不愿意自己的书法作品拿出去"展出"，他认为有些展览所展出的作品"和真正的艺术关系不多"。沈从文认为能在展览会上"作一平常观众，就真足庆幸！在挤挤挨挨中走出展览会大门时，买一支五分钱冰棒解解渴，小心谨慎奔过马路挤上无轨电车时不至于压断手脚，安全回到住处，就真是天大幸运！"④ 对于展览会上出现的一些书法怪现象，他常在回复友人程应镠的信札中述说自己心中对这种现象不满亦无奈的感受："看当代名人法书，或送出国去展览的当代名流法书，倒也觉得极有趣味。因为许多字都写得不大好看，可是都成了第一流大书家，经常在报上有人从'美学'上加以赞美。"⑤

沈从文不以书法家自居，对书法一直自谦"外行"，自视自己的书法作品为"文书体""司书体"。沈从文认为自己学习书法"先一时主要也只是抄书快，解放后则作记录赶得及，一切重在实用。因此一来，虽近于不得不破戒，不到一年，就又为熟人友好涂抹了上百计的大大小小字条，还只是玩玩性质……"⑥。沈从文经常在回复朋友的求字信札说："你要的字恐怕写不好，我的字在信纸上有时看得，挂上墙，简直不成样了"。⑦ 沈从文还希望向他索字的朋友，不要去装裱作品，沈氏在给朋友

---

① 《沈从文全集》（第 18 卷・书信），北岳文艺出版社 2002 年版，第 71 页。
② 《沈从文全集》（第 25 卷・书信），北岳文艺出版社 2002 年版，第 72 页。
③ 《沈从文全集》（第 24 卷・书信），北岳文艺出版社 2002 年版，第 498 页。
④ 《沈从文全集》（第 25 卷・书信），北岳文艺出版社 2002 年版，第 95 页。
⑤ 《沈从文全集》（第 21 卷・书信），北岳文艺出版社 2002 年版，第 257 页。
⑥ 《沈从文全集》（第 24 卷・书信），北岳文艺出版社 2002 年版，第 497 页。
⑦ 《沈从文全集》（第 17 卷・文论），北岳文艺出版社 2002 年版，第 422 页。

彭荆风的回信中说："附来一张日常习字，无体无法，见意而已，万万不要费钱装裱，只找块三夹板或硬纸板，剪裁得比原件大些，用浆糊贴上就够了。"① 即便如此，对于朋友的索字，沈从文还是尽力去完成书写任务。因朋友所嘱书件，字形太简，不易布置，沈从文写来写去，总不像样。只好全部寄给朋友供其选择，希望朋友能挑选一个比较符合需要的。若统统不合适时，沈从文就建议朋友另请人写些比较好看的作品。当沈从文朋友的朋友托沈氏给文集题签时，沈氏甚至在回信中告诉求字的朋友，他所写的题签怎样制作才会更好看，他在给朋友王兰馨的信中说："嘱为广田兄文集题签，试出数纸，请拣选较合用的，如制版时能印得较浓重，效果或好些。"② 写字多了，容易成为一种负担。受索字之累，沈从文平时也不愿意随便为人写字。实在推辞不掉，写了书法作品，沈从文常担心写不好，他在给朋友弘征的信中直言不讳地述说了自己的这种心情："嘱书印谱签，试书四五纸，通不合格，因任何点题交卷，总看成一种苦差事，易失去写字乐趣，起无可奈何感也。虽已交差，不合用时仍以不用为好。"③

众所周知，20世纪中国文化的裂变对中国书法文化传统的影响是非常巨大的。当前的书法"土壤"和书法赖以生存的"环境"仍在发生变化，书法艺术的市场化或商品化日趋加剧，正因如此，当下"在从事书法活动的所有人群中提倡加强传统文化（包括汉文字以及文字书写）的修养"④ 尤为重要的，增益和优化书法品质并努力继承书法的技术传统和文化精神我们责无旁贷。如何处理好继承和创新，提高书法作品中的艺术含量及书卷气息，不仅是当代书家所要面临和解决的难题，也是作家书法群体所要面临和解决的难题之一。如何才能创作出更多具有法度的书法艺术作品，为丰富书法文化做贡献，这是矢志书法文化事业的当代作家、学者及书法家都应该为之积极思考和致力解决的问题。因此，重温作家沈从文的书法实践及其书学观念，对推动当下的书法学习与创作来说具有非常重要的现实意义。

---

① 《沈从文全集》（第26卷·书信），北岳文艺出版社2002年版，第280页。
② 同上书，第358页。
③ 同上书，第443页。
④ 吴振锋：《书法发言》，陕西出版集团、太白文艺出版社2010年版，第54页。

第三节　汪曾祺的书法修养对其小说、散文的影响

书法的传承得以体现文化的传承。书法的"文脉"在体现书写者的思想和智慧层面的同时，又通过书写者的具体书法作品形式表达出来。书法不同形态的传承一方面是对"传统"规范的"接着讲"，而另一方面是对"传统"意义上的生发生成，也即"创新"。正是这样，书法"文脉"才得以薪火相传。被学界誉为"中国最后一个士大夫"的作家汪曾祺的书法作品所承载的书法文化精神正体现了书法"文脉"的这种生生不息的延续与发展。

一

汪曾祺的故乡江苏高邮，烟波浩渺、人杰地灵，历史文化名人秦观、王念孙父子就是喝高邮湖水长大的。汪曾祺出生于一个旧式的地主家庭，家庭文化氛围浓厚，其祖父汪嘉勋是清朝末年的拔贡，喜爱收藏古董字画，汪氏从小就受到中国传统书画艺术的熏陶。对中国传统书画的感知，深刻地影响了汪曾祺的艺术气质和审美趋向。汪曾祺的父亲汪菊生是一个非常聪明的、多才多艺的才子，温文尔雅的儒生，琴棋书画无所不通，而且是擅长单杠的体操运动员。汪曾祺喜欢观看他父亲画画，这对他来说既是一种精神享受，也是性灵的陶冶。汪氏把父亲画画作为美感对象去感受、体察，变为自己的艺术库存，从而为他以后从事国画创作打下了良好的基础。童年时，汪氏就显示其过人的天赋，仅凭着对艺术的悟性，在小学时就有画名。汪曾祺认为这是他从父亲那里接受到好的遗传因子的缘故。而事实上，汪曾祺身上的确传承了他父亲的诸多优良品行，在气质、修养和情趣上与其父渐趋于一致。

汪曾祺走出高邮之后便在昆明度过了七年。在西南联大中文系生活的四年里，影响他最大的人是沈从文先生。汪曾祺与沈从文的交谊很深，沈的言传身教对他影响很大。沈从文非凡的生活经历和思想，创造了现代文学史上一个不可复制的传奇。沈从文有形与无形的人格魅力，影响了汪曾祺立身处世的态度。汪曾祺认真听沈从文授课，得沈真传，受益匪浅。汪曾祺认为自己从沈先生那里学到很多东西，"比读了几十本文艺理论书还有用"，并认为"沈先生对学生的影响，课外比课堂上要大得多"（《沈从文先生在西南联大》）。沈从文很早就对历史文物有很大兴趣，在小楷和

章草书法艺术上也有独到的造诣。汪曾祺经常带着文稿到沈先生家请教，同时则可趁机观看沈收藏的文物、工艺品等。汪氏还常陪沈从文老师去昆明遛街，看市招、赏鉴古董、欣赏字画。汪氏在与老师沈从文的接触中，不仅学其写作的方法，还跟他学习了包括书法艺术在内的诸多文物知识。

汪曾祺早年踏入社会时，曾因生活困顿而写信给沈从文闹自杀，遭到了沈从文的当头棒喝，沈教训汪曾祺："你手里有一支笔，怕什么……。"使得汪氏顿悟，此后无论他遭遇到怎样的坎坷人生，依然能"随遇而安"，继而成就了汪氏非凡的艺术人生。

二

大凡有志于书法者，必以前人为师，以古法为宗，从临习经典书法碑帖开始，这是研习书法的基本途径。汪曾祺认真地临习过一个时期的字帖，有书法童子功。十多岁的时候，大字临习过裴休的《圭峰碑》，小字写过赵孟𫖯的《闲邪公家传》。因为汪曾祺写字用功，得到祖父奖励的一块圆形的猪肝紫的端砚和十几本初拓的字帖，其中有颜真卿的小字《麻姑仙坛》、虞世南的《夫子庙堂碑》、褚遂良的《圣教序》等。后来，汪曾祺师从一个擅长书写魏碑的韦子廉先生学习桐城派古文，并下临习颜真卿的清秀一路的楷书《多宝塔》。为了能够使字有骨力，汪曾祺便遵父命临习《张猛龙碑》。汪曾祺用他父亲选购来的用稻草做的质地较粗的厚纸练习魏碑。在这种纸上写字"用笔须沉着，不能浮滑"，汪氏每天要写满一张二尺高、尺半宽的纸张。此后，汪曾祺写了相当长时期的《张猛龙碑》，这使他终身受益，他的字的间架用笔还能看出师法该碑痕迹。

汪曾祺的小楷曾用心临习过王羲之的《黄庭经》和《乐毅论》，但时间较短，他自谦未窥二王书法门径，但他还能够用晋人笔意"凝神静气地写了几十出曲谱"，而汪氏却说他的晋人笔意不是靠临摹，而是靠"看"，看来的。有一个时期，汪氏曾效法倪云林、石涛的小楷。早年，汪曾祺很喜欢用蝇头小楷写家信。汪氏还用蝇头小楷在玻璃纸上一丝不苟地写出了上万字的《王昭君》剧本演出的全套字幕，稍不注意便会前功尽弃。可见，汪曾祺小楷功力深厚。

汪曾祺受其父亲年轻镌刻图章的影响，他小时候也曾学刻图章，汪氏第一块刻的是一块肉红色的长方形图章"珠湖人"。汪曾祺还能用篆书创作书法作品，并多次在画作上用篆书题款。汪曾祺认为"汉碑的好处全在筋骨开张，意态从容"，他临习过一遍《张迁碑》。汪曾祺喜欢看《石门铭》《西狭颂》等碑,而不大喜欢"过于整饬"的《曹全碑》。汪曾祺也能用汉碑写书法作品。

汪曾祺认为"临帖是很舒服的,可以使人得到平静"。汪曾祺认为写字,除了临帖外,还需"读帖"。汪曾祺很看重读帖,他认为读帖首选"真迹",可以看出纸、墨、笔之间的关系,尤其是"运墨";在真迹不易得见的情况下,则可看看珂罗版影印的原迹;再次,就是最好看看旧拓石刻的初拓本。汪曾祺比较喜欢《张黑女》字,认为"《张黑女》属北书而有南意,并以为是从魏碑到二王之间的过渡",此非虚言。汪曾祺没有临习过该碑,只是反反复复"读"了好多遍。汪曾祺看《兴福寺碑》,认为"赵子昂的用笔也是很硬的,不像坊刻应酬尺牍那样柔媚"。汪曾祺读影印的颜真卿的《祭侄文稿》后,才知道颜真卿的书法流畅潇洒,用笔并不都像《麻姑仙坛记》那样见棱见角的"方笔",并对颜书从二王来之说很信服。汪曾祺喜读宋四家的书法。他认为"宋人字是书法的一大解放,宋人字的特点是少拘束,有个性",并同意学界的"米字不可多看,多看则终身摆脱不开,想要升入晋唐,就不可能了"的观点。汪曾祺的书法中有米字的趣味,加之《圭峰碑》、《多宝塔》和《张猛龙》的书法功底和其他书家作品的影响,最终形成了具有自家风范的一种行楷字体。汪氏曾自评所写的字,认为"书字解规矩,少逞意作姿态,当得少存韵致不至枯拙如老径生否耶"。[①] 确为的评。

三

历代书画家与酒的渊源也极其深厚,汪曾祺也不例外。中国酒文化博大精深,因酒与道家、儒家文化密切相关,故中国的酒文化,又被称为"酒神文化"。在酒的助兴与滋润下,书画家的豪情在乘兴挥洒中得以宣泄和表现,尤其是草书家,如唐代的怀素的"醉来得意两三行,醒后却书书不得"。宋代大文豪苏东坡也喜饮酒,说要"酒气拂拂从指间出",才能写好字。苏东坡往往是"醉时吐出胸中墨","枯肠得酒芒角出"。东坡《答钱穆父诗》书后自题是"醉书"。书法艺术与酒关系密切,相传被誉为"天下第一行书"的《兰亭集序》就是王羲之与朋友在兰亭雅集饮酒作诗后的微醉状态下写的佳作珍品。王羲之酒醒后,又重新书写数百本,但终不及此。可见,酒是王羲之创作灵感的一个重要因素。酒对中国国画家创作灵感的激发,也功不可没。画家酒后的激情挥洒,以及由酒精

[①] 1986年12月17日,汪曾祺于初雪黄昏挥毫,书毕朱文公句,在落款后又另行自评己书。

作用所催生的高涨情绪，促使画家把自己平日所积聚的笔墨技巧超常发挥，郁于心中的情感借酒劲宣泄出来，画面中往往会出现意料不到的效果。近代国画家傅抱石有方"往往醉后"印，平日素喜一边饮酒一边画画，可见酒能助其作画。

汪曾祺喜欢微借着点酒劲儿，在半醉半醒、半人半仙的状态中挥洒书画。他认为"书家往往于酒后写字，就是因为酒后精神松弛，没有负担，较易放得开"。汪曾祺喜欢喝酒，在身体生病时，偶尔也会喝点。他曾对家人说过，如果让他戒了酒，就是破坏了他的生态平衡。"那样活得再长，有什么意思！"汪曾祺一生与酒为伴，酒"使他聪明，使他快活，使他的生命色彩斑斓"。在酒的激发和催化下，汪曾祺心中的块垒得以用笔墨淋漓尽致地宣泄出来。汪曾祺曾在大理酒后写了一副对子"苍山负雪，洱海流云"，字大径尺。因字少，汪曾祺用的是隶篆字体混杂的"破体书法"形式进行创作。汪曾祺认为写此幅书法作品时喝了点酒，字写得"飞扬霸悍"，亦是人生一大快事（图22）。

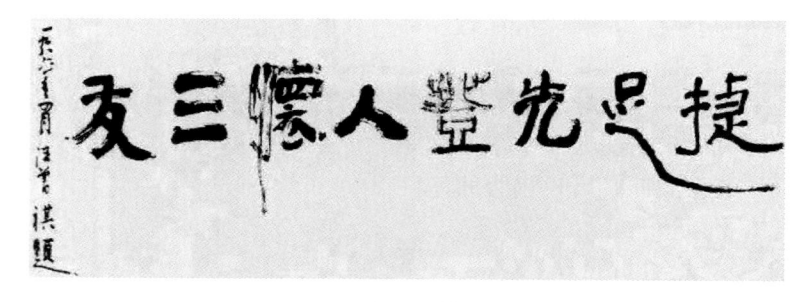

图22 汪曾祺"破体书法"

汪曾祺的书法作品和国画题字中较多采用了"破体"书法形式创作。相较于"篆隶楷行草"五体书法的定体书法而言，破体书法是一个具有艺术创新魅力的关键词。不破不立，书法创作尤其如此。书法学者彭砺志认为"破体主要是以书体观念形成后，对相关定体及与这些定体直接联系的书家风格所进行的变革"。破体是古今书法创新的动力性特征，破体书法可以使"不同时期相关书体的特质作为变量，会通损益，济成厥美"。破体创新，可使得书法作品创作永葆艺术活力。汪曾祺的破体书法创作，运用娴熟。汪曾祺曾为高邮市文联主席姜文定题书斋名"半心居"，楷篆杂糅，心为篆字书写，"半""居"为楷。题赠金实秋"大道唯实、小圆有秋"联，楷、篆、隶杂糅，落款为小行楷，很有特色。此外，"有酒学仙无酒学佛，刚日读经柔日读史"八言联，也采用了"篆隶行楷"四体杂糅的创作手段,此幅作品足可成为汪曾祺"破体"书法创作的代表作。1987年4月,汪曾祺的画作《李长吉》的款识"李长吉","李""长"用的是篆书繁体形体,"吉"用楷书,款识日期用的是行楷书题写,题画书法与画面抽象的线条相得益彰,并增加了线条的厚重感。

四

中国传统书法非常讲究书家的人品、道德及其学识修养与作品相一致的问题,书法因人而重也。汪曾祺认为从"人品和书品的关系"上来评价蔡京、赵子昂、董其昌等书家的书法艺术,太简单化,有失公允。汪曾祺认为写字能放得开并不容易,蔡京"字的好处是放得开,《与节夫书帖》《与宫使书帖》作品即可为证"。汪曾祺认为"自古以来很多文人的字是写得很好的",他说也有文人的字写得不好,汪氏见过司马光的作品,"字不好。……但他的字有味,是大学问家的字。大学问家写得不好的还有不少,如龚定庵。他一生没当过翰林,就是因为书法不行。他的字虽然不好,但很有味。这种文人书法的'味',常常是职业书法家所难达到的"(《文人与书法》)。可见,艺术修养深厚的汪曾祺对文人的字自有审美标准,他点评古今书法名家,也很到位,他认为"苏轼的字太俗,黄山谷字做作"。汪曾祺认为启功的字书生气重,不适宜放大,放大易单薄。陈叔亮字功力深厚,虽枯实腴,但其用笔少瘦,喜作行草,但于招牌不甚相宜。

汪曾祺认为招牌字写得美观很重要,若写得"愤愤不平的大字,也许会使顾客望而却步"。汪曾祺欣赏"清雅无火气"的字,他认为看"招牌上骨力强劲而并不霸悍的大字",是一种享受,能让人觉得北京是一座"文化"城,而今已然不同。汪曾祺认为从北京街上的招牌字上,就能看出"北京人的一种浮躁的文化心理",并希望"北京的字少一点,写得好一点,使人有安全感,从容感"。并认为这个问题的重要性不下于加强绿化。汪曾祺在《字的灾难》一文中,对当红书家刘炳森、李铎的招牌字提出了自己的看法,直言呼吁刘炳森和李铎"应该意识到自己的社会责任"和"市民的审美心理",而不仅仅只是照顾老板、经理的商业心理。

五

除写字外,汪曾祺还擅长画画。汪曾祺画画没有真正的师承,主要受其父亲画写意花卉影响,而领会到绘画的用墨,用水,用色等方法,还学会了画花头、定枝梗、布叶、钩筋、收拾、题款、盖印等技巧。汪曾祺喜欢徐渭、陈淳、李鱓的花鸟画，但临摹的不多，故受他们的影响不大，汪氏的花鸟画多"以意为之"，并信奉齐白石的"太似则媚俗，不似则欺世"。汪氏认为不是自己有意求其"不似"，而"实因功夫不到，不能似耳"的缘故。汪氏希望自己的画能"似"的。他认为当代"文人画"多有烟云满纸、力求怪诞者，若以齐白石的话来作为衡量标准，则为"欺世"。

汪曾祺认为自己的画不中不西，不今不古，真正是"写意"，带有很大的随意性。汪曾祺认为"中国画本来都是印象派"，他常有意识地把后期印象派方法融入国画。汪曾祺曾画了一幅紫藤，满纸淋漓，水汽很足，几乎不辨花形。汪曾祺给这幅画起名"骤雨初晴"。他的朋友说画得很有意思，"能看出彩墨之间的一些小块空白，是阳光"。

汪曾祺认为"画国画还有一种乐趣，是可以在画上题诗，可寄一时意兴，抒感慨，也可以发一点牢骚"。题画是中国特有的东西，西方画没有题字的。汪曾祺认为题画应有三要：一要内容好。内容要有寄托，有情趣。二要位置得宜。题画虽无一定格局，但总要字画相得，掩映成趣，不能互相侵夺。三，最重要的是，字要写得好看一些。字要有法，有体。汪氏很有天分，作书作画，不守旧法，而变化多端。他除了童子功临习过书法字帖外，以后很少临摹古人的作品，但他勤读字帖，从观摩中去心领神会古人的笔意，追求我用我法的独创精神，故汪氏能变通，化古为我。诗、书、画在汪曾祺身上融为一体，随手拈来的诗词、书法、绘画佳作，灵动别致，"书无意于佳乃佳"，彰显了受中国传统文化影响的文人雅士的艺术魅力。汪曾祺的书画题跋，一改平时书法创作的字字独立的安排，字与字之间的牵丝引带，题字与画面的和谐统一，字体圆润生姿，非常值得玩味。

书画创作，实际上也是一种表达，和文学表达应是一样的东西，也是创造一种格局。汪曾祺的书画艺术修养，在丰富其小说创作的同时，也得以让他在落难的暗淡时期里享受到了几分悠闲的快活时光——下放农科所的时候，汪曾祺因擅长美术能独自画马铃薯的标本，而免于下地干活。绘画性思维在汪曾祺的文章中表现得很典型，如汪氏在《天山行色·天山》一文中，运用了中国山水画的术语皴擦等绘画技法名词进行了描述，"天山大气磅礴，大刀阔斧。一个国画家到新疆来画天山，可以说是毫无办法。所有一切皴法，大小斧劈、披麻、解索、牛毛、豆瓣，统统用不上。天山风化层很厚，石骨深藏在砂砾泥土之中，表面平平浑浑，不见棱角。一个大山头，只有阴阳明暗几个面，没有任何琐碎的笔触。天山无奇峰，无陡壁悬崖，无流泉瀑布，无亭台楼阁，而且没有一棵树——树都在

'山里'……"。

　　汪曾祺不仅擅长国画,还熟谙中国传统画论,他将"留白"这一绘画术语引入到他的文论中,说:"中国画讲究'留白','计白当黑',小说也要'留白',不能写得太满。"(《思想·语言·结构》)"留白"是中国传统绘画艺术中的术语,意即在画面上有意留出一些空白,但这些空白处并非真正的无,而是虚中有实,以实生虚,计白当黑,无画处皆成妙境。汪曾祺谈到的小说"留白"艺术,与绘画艺术的留白一样,符合人们所崇尚的"虚"与"实"的辩证统一。汪曾祺的文学创作深得绘画艺术之神韵,对绘画技巧的借鉴和融通,拓展了他文学创作的表现空间,如汪氏在《岁寒三友》中对平民画匠靳彝甫的描述;《鉴赏家》里对果贩叶三和大画家季陶民的描写,因较强的可视可感性,增强了文学艺术魅力的同时,使读者从中领略到了文学与绘画艺术交叉融合而获得的相得益彰的效果。

　　汪曾祺除了画一些水墨国画外,还喜欢在水墨画面中运用用极艳丽的颜色点缀画面。犹如他在小说创作中,喜欢运用一些色彩鲜亮的词,使小说充满了热腾腾的生活气息和强烈的生活质感,向读者呈现出亮丽的暖色调画面,给"人间送一点点小小的温暖"。因为须臾不离书画创作,汪曾祺对颜色的体悟极其敏感,在他去世前一年,还写了一篇二百多字的散文《颜色的世界》,全文只写颜色。

　　在深厚的中国传统文化熏陶下的汪曾祺,把儒家的"入世"、道家的"出世"与释家的"境界"一并纳入自己的艺术思想的文化体系中,构成其精神内核,实现了儒道释的和谐统一、圆融无碍。汪曾祺一直把画画、习字当成"遣兴自娱"的文章余事,但其文学创作与传统书画美学相互生发,构建了一片令时人难以企及的文学艺术天空,而这片天空已随着汪氏的逝去而逐渐黯淡。当今是一个人文精神式微的时代,各行业分工愈加精细,琴棋书画则已成了专门家才独擅的技能。我们在慨叹唏嘘的同时,不禁激起了幽然的怀古之情。

六

　　大量的书法实践,使汪曾祺在书学见解上有一些真知灼见。汪氏所具有的深厚的书法修养,对其小说和散文创作产生了深远的影响。

　　汪曾祺用书法创作的样式来比喻小小说的创作,汪氏认为"小小说是斗方、册页、扇面儿"。[①] 汪曾祺认为,研究小说的语言,"首先应从字

[①] 《汪曾祺全集4·散文卷·小小说是什么》,北京师范大学出版社1998年版,第44页。

句入手，遣词造句，更重要的是研究字与字之间的关系，句与句之间的关系，段与段之间的关系。好的语言是不能拆开的。拆开了它就没有生命了。好的书法家写字，不是一个一个的写出来的，不是像小学生临帖，也不像一般不高明的书法家写字，一个一个地写出来。他是一行一行地写出来，一篇一篇地写出来的。中国人写字讲究行气，'字怕挂'，因为它没有行气。王献之写字是一笔书，不是说真的是一笔，而是指一篇字一气贯穿，所以他的字可以形成一种'气'。气就是内在的运动。写文章就要讲究'文气'"。① 汪曾祺还在文章中多次运用书法元素来谈文学创作中的语言问题，他说：

> 语言的美不在一句一句的话，而在话与话之间的关系。包世臣论王羲之的字，说单看一个一个的字，并不怎么好看，但是字的各部分，字与字之间"如老翁携带幼孙，顾盼有情，痛痒相关"。中国人写字讲究"行气"。语言是处处相通，有内在的联系的。语言像树，枝干树叶，汁液流转，一枝动，百枝摇；它是"活"的。②
>
> 写作品好比写字，你不能一句一句去写，而要通篇想想，找到这篇作品的语言基调。写字，书法，不是一个字一个字写，一个横幅也好，一个单条也好。它不只是一个一个字摆在那儿，它有个内在的联系，内在的运动。除了讲究间架结构之外，还讲究"建行"、讲行气、要"谋篇"，整篇是一个什么气势，这一点很重要。写作品一定要找到这篇作品的语言基调。③

针对"写小说的只管写小说，写诗的只管写诗，搞理论的只管搞理论，对一般的文化知识兴趣不大"④，汪曾祺认为自古以来很多文人的字西都写得很好，知识分子的文化修养应该提高。汪曾祺建议作家多看杂书，汪氏认为从古代书论中，能够悟出一些写小说、写散文的道理，汪曾祺说：

---

① 《汪曾祺全集5·散文卷·小说的思想和语言》，北京师范大学出版社1998年版，第50—51页。
② 《汪曾祺全集4·散文卷·中国文学的语言问题》，北京师范大学出版社1998年版，第222页。
③ 《汪曾祺全集4·散文卷·文学语言杂谈》，北京师范大学出版社1998年版，第230—231页。
④ 《汪曾祺全集4·散文卷·知识分子的知识化》，北京师范大学出版社1998年版，第463页。

包世臣《艺舟双楫》云："吴兴书笔，专用平顺，一点一画，一字一行，排次顶接而成。古帖字体，大小颇有相径庭者，如老翁携幼孙行，长短参差，而情意真挚，痛痒相关。吴兴书如士人入隘巷，色贯徐行，而争先竞后之色，人人见面，安能使上下左右空白有字哉！"他讲的是写字，写小说、散文不也正当如此吗？小说、散文的各部分，应该"情意真挚，痛痒相关"，这样才能做到"形散而神不散"。[1]

文学与书法都是中国文化中的精髓，书法是线条的艺术，文学创作是语言的艺术。文学创作与书法创作一样，也是一种表达，也是在创造一种格局。汪曾祺的书法艺术修养，极大地丰富了其小说创作。

七

汪曾祺的小说《鲍团长》里的鲍崇岳，是一位颇有声望和前途的国民革命军营长。但他厌倦军队生活，为清静当了地方保卫团团长。作为一团之长却沉浸在学书法、下围棋、与文人雅士交往上，显示出一个独特军人功成身退、寻求宁静的道家精神。"每逢这几家有喜丧寿庆，他是必到的。事前也必送一个幛子或一副对子，幛子、对联上是他自己写的《石门体》的大字。一个武人，能写这样的大字，使人惊奇。杨宜之说：'据我看，全县写《石门铭》的，除了王荫之，要数你，什么时候王大太爷回来，你把你的字送给他看看'。"[2] 鲍崇岳是杨宜之的棋友。当杨宜之去打牌时，鲍崇岳就一个人摆《桃花谱》，或是翻看杨宜之所藏的碑帖[3]。大书法家王荫之是商会会长王荫之的长兄，合县人称之为大太爷。汪曾祺写道：

他写汉碑，专攻《石门铭》，他把《石门铭》和草书化在一起，创作一种"王荫之体"，书名满江南江北。鲍崇岳见过不少他的字，既道劲，也妩媚，潇洒流畅，顾盼生姿，很佩服。[4]

鲍崇岳拿出自己写的一本卷子，托王蕴之转给大太爷（王荫之）看看，请大太爷指点指点。如果有缘识荆，亲聆教诲，尤为平生幸

---

[1] 《汪曾祺全集 4·散文卷·谈谈读书》，北京师范大学出版社 1998 年版，第 33 页。
[2] 《汪曾祺全集 2·小说卷·鲍团长》，北京师范大学出版社 1998 年版，第 347 页。
[3] 同上书，第 348 页。
[4] 同上书，第 349 页。

事。过了一个月，王荫之回无锡去了，把鲍崇岳的一卷字留给了王蕴之。鲍崇岳拆开一看，并无一字题识。鲍崇岳心里明白：王荫之看不起他的字①。

小说《鲍团长》的结尾，主人公鲍崇岳给大太爷王荫之写了一封请辞保卫团长的信。汪曾祺安排了鲍崇岳酒足饭饱之后，就"铺开一张六尺宣纸，写了一个大横幅，溶《石门铭》入行草，一笔到底，不少踟蹰，书体略似王荫之"。②此时，小说的主人公鲍崇岳亦是借助于书法书写来宣泄心中郁闷。汪曾祺的小说情节的设计非常合乎情理（图23）。

图23 《石门铭》

小说《子孙万代》中的主人公傅玉涛不仅会写字，还喜欢收藏印章：

傅玉涛是"写字"的。"写字"就是给剧场写海报，给戏班抄本子。他有个癖好，爱收藏小文物。他有一面葡萄海马镜，一个"长乐未央"瓦当，一块藕粉地鸡血石章，一块"都灵坑"田黄，一对赵子玉的蛐蛐罐，十几把扇子。齐白石、陈衡恪、姚茫父、王梦白、金北楼、王雪涛。最名贵的是一把吴昌硕画的，画的是枇杷，题句是"鸟疑金弹不敢啄"。他不养花，不养鸟，没事就是反反复复地欣赏他的藏品。这些小文物大都是花不多的钱从打小鼓的小赵手里买的。③

---

① 《汪曾祺全集2·小说卷·鲍团长》，北京师范大学出版社1998年版，第350页。
② 同上。
③ 《汪曾祺全集2·小说卷·子孙万代》，北京师范大学出版社1998年版，第389页。

第四章　贯通古今：从梁启超、沈从文到汪曾祺　115

汪曾祺在小说《名士和狐仙》中关于书法的描写：

> 杨渔隐很少出来，有时到南纸店去买一点纸墨笔砚，顺便去街上闲走一会儿①，日长无事，杨渔隐就教小莲子写字（她原来跟杨夫人认了不少字），小字写《洛神赋》，教她读唐诗，还教她作诗。小莲子非常聪明，一学就会。杨渔隐把小莲子的窗课拿给作诗的朋友看，他们都大为惊异，连说："诗很像那么回事，小楷也很娟秀，真是有夙慧！夙慧！"②

> 杨渔隐有时挽着小莲子之手，到文游台凭栏远眺。时人目为《儒林外史》里头的杜少卿。杨渔隐死后，小莲子整天坐在杨渔隐的书房里，整理大爷的遗物：藏书法帖、古玩字画、蕉叶白端砚、田黄鸡血图章，特别是杨渔隐的诗稿，全部装订得整整齐齐，一首不缺。③

> 他（张汉轩）把小莲子写的泥金扇拿在手里翻来覆去地看，一边摇头晃脑，说："好诗！好字！"……小莲子学作诗，学写字时间都不长，怎么能得如此境界？诗有点女郎诗的味道，她读过不少秦少游的诗，本也无阻奇怪。字，是至玉版十三行，我们具能写这种字体的小楷的，没人！④

《金冬心》是汪曾祺撰写的一篇历史小说，讲的是"扬州八怪"之首金农（字冬心）在扬州大盐商程雪门宴请两淮盐务道铁保珊的酒席上替程解围的故事。金冬心是清代著名的书画家，以卖书画为生。汪曾祺在小说中描写了与书画艺术相关的"文房四宝"中的"砚台"艺术元素，"去年秋后，来求冬心先生写字画画的不多，他又买了两块大砚台，一块红丝碧端，一块蕉叶白，手头就有些紧"。⑤除了砚台的描写外，汪曾祺还在小说中描写了金农与袁子才的交游，诗书画等艺术文化元素。如此有文化艺术内涵的小说，实在难得。也只有像汪曾祺这样具有深厚书画艺术修养的名士才写得出。

此外，汪曾祺的小说中的场景描写涉及书法元素的有：《落魄》中的小饭馆的墙上贴有成亲王体的字，"就是足球队员，跳高选手来，看了墙

---

① 《汪曾祺全集2·小说卷·名士和狐仙》，北京师范大学出版社1998年版，第501页。
② 同上书，第502—503页。
③ 同上书，第504页。
④ 同上。
⑤ 《汪曾祺全集2·小说卷·金冬心》，北京师范大学出版社1998年版，第137页。

上菜单上那一笔成亲王体的字，也不便太嚣张放肆了"①；《王四海的黄昏》中描述的客栈门口两侧贴着扁宋体的红字，"一侧写道：'招商客栈'。一侧是'近悦远来'"②；《故乡人·钓鱼的医生》中的王淡人的家里面有一块漆地乌亮的新匾，内容与医术无关，写的是"急公好义"，匾字发光，字是颜体③，王淡人的医室里还挂着一副郑板桥写的（木板刻印的）对子："一庭春雨瓢儿菜，满架秋风扁豆花"④；《八千岁》一文中描述八千岁的米店柜台里面有一块白底子的竖匾，"上漆四个黑字，道是：'食为民天。'竖匾两侧，贴着两个字条，是八千岁的手笔。年深日久，字条的毛边纸已经发黄，墨色分外浓黑。一边写的是'僧道无缘'，一边是'概不作保'"⑤；《日规》中"有个治古文字的学者在南纸店挂笔单为人治印。有的教授开书法展览会卖钱"⑥；《收字纸的老人》中的篓子外糊白纸，"正面竖贴着一条二寸来宽的红纸，写着四个正楷的黑字'敬惜字纸'"⑦；《当代野人系列三篇》之一的《三列马》"找一间屋子，门外贴出一条浓墨大字"⑧。

　　汪曾祺还把他书法上的修养，赋予他小说中的人物多才多艺也擅长书写：《异秉》中的"崔老夫子会写魏碑书法，王二太爷会写《石门颂》"⑨；《晚饭后的故事》中的郭庆春有个舅舅会"写字"⑩；《故里杂记·鱼》中庞家三兄弟的老三"会写字，写刘石庵体的行书"⑪；《小姨娘》中的二舅妈能临写《灵飞经》⑫；《合锦》中的魏小坡能临写《九成宫醴泉铭》⑬；《徙》中的高北溟教书之外能靠笔耕生活，历史教员居老师"是个律师，学问还不如高尔础。他讲唐代的艺术一节，教科书上说唐代

---

① 《汪曾祺全集1·小说卷》，北京师范大学出版社1998年版，第97页。
② 《汪曾祺全集2·小说卷》，北京师范大学出版社1998年版，第18页。
③ 《汪曾祺全集1·小说卷·故乡人·钓鱼的医生》，北京师范大学出版社1998年版，第512页。
④ 同上。
⑤ 《汪曾祺全集2·小说卷·八千岁》，北京师范大学出版社1998年版，第36页。
⑥ 《汪曾祺全集2·小说卷·日规》，北京师范大学出版社1998年版，第153页。
⑦ 《汪曾祺全集2·小说卷·收字纸的老人》，北京师范大学出版社1998年版，第164页。
⑧ 《汪曾祺全集2·小说卷·当代野人系列三篇之一·三列马》，北京师范大学出版社1998年版，第492页。
⑨ 《汪曾祺全集1·小说卷·异秉》，北京师范大学出版社1998年版，第203页。
⑩ 《汪曾祺全集1·小说卷·晚饭后的故事》，北京师范大学出版社1998年版，第395页。
⑪ 《汪曾祺全集1·小说卷·寂寞和温暖》，北京师范大学出版社1998年版，第476页。
⑫ 《汪曾祺全集2·小说卷·小姨娘》，北京师范大学出版社1998年版，第361页。
⑬ 《汪曾祺全集2·小说卷·合锦》，北京师范大学出版社1998年版，第472页。

的书法分'方笔'和'圆笔',他竟然望文生义,说方笔的笔杆是方的,圆笔的笔杆是圆的"[1],汪厚基能用"多宝塔体写了十六幅寿屏,字径二寸,笔力饱满。张挂起来,满座宾客,无不诧为神童"。[2]

汪曾祺学过篆刻,具有金石篆刻方面的艺术修养,他的小说中也涉及了篆刻的描写:《鸡鸭名家》中的"我"爱看父亲用他的手做洗鸭掌、鸭肫等之类的事,就像"我爱看他画画刻图章一样"[3];《异秉》中的王二想有个图章钤在往来账务的收条发单上,就请认识刻图章的陈老三刻了图章[4];《羊舍一夕》中的小吕用"一个牙刷把子,截断了,一头磨平,刻了一个小手章:吕志国"[5];《昙花、鹤和鬼火》一文中的善因寺的和尚石桥会写《石鼓文》[6],李小龙上初一的时候就在家跟父亲学刻图章,教图画手工的张先生知道小龙懂得一点篆书的笔意,就把"惜花春起早,爱月夜眠迟"这副对子交给小龙刻。

汪曾祺在小说中对书法场景不厌其烦地进行了描写,同时,还赋予了小说主人公或擅于书法书写或喜欢收藏字画、印章等。汪曾祺把书画艺术元素大量地运用到小说创作中,丰富了他的小说创作。除小说创作中进行了大量的书法描写外,在汪曾祺大量的散文中,关于书法的描写也很多,汪曾祺在散文中真实地呈现了他对书法艺术的见解与认知。

八

汪曾祺在散文《读廉价书·旧书摊》中,认为万有文库汤显祖评本《董解元西厢记》中,汤显祖的字写得极其精彩,汪氏认为汤显祖的字"似欧阳率更《张翰帖》,秀逸处似陈老莲,极可爱"[7]。《读廉价书·鸡蛋书》中,汪曾祺对一本极便宜的"百本张"的鼓曲段子书进行了详细的描写:"这是用毛边纸手抄的,折叠式、不装订,书面写出曲段名,背后有一方长方形的墨印'百本张'的印记(大小如豆腐干)。里面的字颇

---

[1] 《汪曾祺全集1·小说卷·徙》,北京师范大学出版社1998年版,第489页。
[2] 同上书,第498页。
[3] 《汪曾祺全集1·小说卷》,北京师范大学出版社1998年版,第76页。
[4] 《汪曾祺全集1·小说卷·异秉》,北京师范大学出版社1998年版,第203页。
[5] 《汪曾祺全集1·小说卷·羊舍一夕》,北京师范大学出版社1998年版,第210页。
[6] 《汪曾祺全集2·小说卷·八千岁》,北京师范大学出版社1998年版,第132页。
[7] 《汪曾祺全集4·散文卷·〈谈廉价书·旧书摊〉》,北京师范大学出版社1998年版,第37页。

大，是蹩脚的馆阁体楷书，而皆微扁。"①《泰山片石·泰山石刻》中，汪曾祺写道："'经石峪'是泰山不可分离的一部分，泰山即使没有别的东西，没有碧霞元君祠，没有南天门，只有一个经石峪，也还是值得来看看的。汪曾祺对经石峪的位置及书法风貌的详细情况进行了细致描述："在半山的巘岩间忽然有一片巨大的石坂，石色微黄，是一整块，极平，略有倾斜，上面刻了一部金刚经，字大径斗，笔势雄浑厚重，大巧若拙，字体微扁，非隶非魏。郭沫若断为齐梁人所书，有人有不同意见。经石峪成为中国书法里的独特的字体。龚定底谓：南书无过瘗鹤铭，北书无过金刚经。瘗鹤铭在镇江焦山，金刚经即指泰山经石峪。"②汪曾祺认为"……经石峪保存较多隶书笔意，但无蚕头雁尾，笔圆而体稍扁，可以上接石门铭，但不似石门铭的放肆"③。汪曾祺对韩复榘在山东待了那么久，没有到泰山留下一点字迹，很是欣赏。"韩复榘在他的任内曾大修过泰山一次，竣工后，电令泰山各处：'嗣后除奉令准刊外，无论何人不准题字、题诗。'我准备投他一票。随便刻字，实在是糟蹋了泰山。"④

对《爨宝子》《爨龙颜》碑中的"爨"字，汪曾祺在《米线和饵块》中，认为云南"因有二爨碑，很多人能认识这个字，外省人多不识"⑤；《昆明的吃食·米线饵块》中，汪曾祺由"爨肉米线"，再次想到云南有《爨宝子》《爨龙颜》两块名碑⑥。汪曾祺参观漳州八宝印泥厂后，在《初访福建》一文中，谈了印泥制作的一些情况，"印泥是朱砂和蓖麻油调制的（加了少量金箔、朱粉、冰片），而其底料则为艾绒。漳州出艾纸。浙江、上海等地的印泥厂每年都要到漳州采买艾绒。漳州出印泥，跟出艾绒有关"⑦。汪曾祺还认为《杜甫草堂·三苏祠·升庵祠》中陈列的字"宜选用唐人写经、褚遂良、薛稷、欧阳询、怀素诸人体"⑧。汪曾祺

---

① 《汪曾祺全集4·散文卷·〈谈廉价书·鸡蛋书〉》，北京师范大学出版社1998年版，第40页。
② 《汪曾祺全集4·散文卷·〈泰山拾零·经石峪〉》，北京师范大学出版社1998年版，第167页。
③ 《汪曾祺全集5·散文卷·〈泰山片石·泰山石刻〉》，北京师范大学出版社1998年版，第198页。
④ 同上书，第200页。
⑤ 《汪曾祺全集5·散文卷·米线和饵块》，北京师范大学出版社1998年版，第86页。
⑥ 《汪曾祺全集5·散文卷·〈昆明的吃食·米线饵块〉》，北京师范大学出版社1998年版，第485页。
⑦ 《汪曾祺全集4·散文卷·初访福建》，北京师范大学出版社1998年版，第444—445页。
⑧ 《汪曾祺全集4·散文卷·〈杜甫草堂·三苏祠·升庵祠〉》，北京师范大学出版社1998年版，第163页。

第四章　贯通古今：从梁启超、沈从文到汪曾祺　119

很喜欢五代杨凝式的字，尤其是《韭花帖》。在散文《韭菜花》中，汪氏认为"韭花见于法帖，此为第一次，也许是唯一的一次。此帖即以'韭花'名，且文字完整，全篇可读，读之如今人语，至为亲切。我读书少，觉韭花见之于'文学作品'，这也是头一回。韭菜花这样的虽说极平常，但极有味的东西，是应该出现在文学作品里的"。[1]

汪曾祺在其系列的散文写作中，对身边所能见到书法墨迹进行了大量的描写。《〈晚翠文谈〉自序》中描述了胡小石在昆明云南大学的教授宿舍区有一处月亮门的石额上刻着三个字"晚翠园"，很苍劲[2]；《钓鱼台》描述了钓鱼台的照壁上"为人民服务"的金字"笔势飞动"[3]，钓鱼台石额上的"钓鱼台"是馆阁体的楷书[4]；《初识楠溪江》一文中对陶弘景的文学、诗人、药物学家身份外，还是书法家，擅长草隶行书[5]；《城隍·土地·灶王爷》中，汪曾祺描述了所见过郑板桥撰过一篇《城隍庙碑记》的拓本，认为"字写得很好，虽仍有'六分半书'笔意，但是是楷书，很工整，不似'乱石铺阶'那样狂气十足"[6]；《四川杂忆·乐山》中，描写了司马光写给修《资治通鉴》的局中同人的信，"字方方的，笔画颇细瘦。他的大字我还没有见过，字大约七寸，健劲近似颜体"[7]；《祈难老》中，描述了山西太原晋祠中的一个亭子中有一块匾，题曰："永锡难老"，傅青主书，字写得极好[8]；《文游台》中，描写了盍簪堂的两壁刻着《秦邮帖》[9]；《露筋晓月》中，汪氏认为"秦邮八景"中，最不感兴趣的是"露筋晓月"，并认为这是对其故乡的侮辱，"……这故事起源颇早，米芾就写过《露筋祠碑》"[10]；《七载云烟·天地一瞬》中，汪曾祺逛裱画店，汪氏清楚记得"昆明几乎家家都有钱南园的写得四方四正的颜字对联"[11]，

---

[1]　《汪曾祺全集4·散文卷·韭菜花》，北京师范大学出版社1998年版，第373页。
[2]　《汪曾祺全集4·散文卷·〈晚翠文坛〉自序》，北京师范大学出版社1998年版，第48页。
[3]　《汪曾祺全集4·散文卷·钓鱼台》，北京师范大学出版社1998年版，第201页。
[4]　同上书，第202页。
[5]　《汪曾祺全集5·散文卷·初识楠溪江》，北京师范大学出版社1998年版，第228页。
[6]　《汪曾祺全集5·散文卷·〈城隍·土地·灶王爷〉》，北京师范大学出版社1998年版，第96页。
[7]　《汪曾祺全集5·散文卷·〈四川杂忆·乐山〉》，北京师范大学出版社1998年版，第323页。
[8]　《汪曾祺全集5·散文卷·祈难老》，北京师范大学出版社1998年版，第491页。
[9]　《汪曾祺全集6·散文卷·文游台》，北京师范大学出版社1998年版，第38—39页。
[10]　《汪曾祺全集6·散文卷·露筋晓月》，北京师范大学出版社1998年版，第42页。
[11]　《汪曾祺全集6·散文卷·〈七载云烟·天地一瞬〉》，北京师范大学出版社1998年版，第121页。

汪氏还清楚地记得华山西路有一家茶叶店的一壁挂了一副嵌在镜框里的米南宫体的小对联："静对古碑临黑女，闲吟绝句比红儿"①；《晚翠园曲会》中，记述了西南联大的同学陶光（字重华）会书法，"他是写二王的，临《圣教序》功力甚深"②，陶光善书法的文字史料鲜见，因汪曾祺的散文，博得了善书法的青名。

汪曾祺的散文继承了沈从文的特点，文风优美淡雅、朴素简练、清新自然，而少有世俗之气。汪曾祺的书法修养在其散文中信手拈来，运用娴熟，向我们展示了一位文人深厚的书法艺术素养。对书法元素的借鉴和融通，拓展了汪曾祺文学创作的表现空间，使汪氏的小说、散文创作增添了文学艺术魅力的同时，还增加了文章可视可感性的意境，使读者从中领略到了文学与书法艺术交叉融合而获得的相得益彰的效果。

书法艺术与文学艺术都是借文字来进行抒情的艺术，在审美追求、个性表达及艺术境界等诸多方面存在着共通的地方。书法学者陈志平博士认为："从理论上讲，一切文字典籍都可以成为'养书'的资粮，不过这也'存乎其人'，重要的是要具各智慧的眼光和化腐朽为神奇的能力。"③ 在中国传统文化熏陶下的汪曾祺，把儒家的"入世"、道家的"出世"与释家的"境界"一并纳入自己的艺术思想的文化体系中，构成汪氏精神内核，实现了儒道释的和谐统一、圆融无碍。汪曾祺一直把习字、画画当成是"遣兴自娱"的文章余事，渊博的书画知识涵养了汪氏的艺术情怀，汪曾祺熟练地把书法元素运用到他的小说、散文创作中去，使其文学创作与传统书画美学相互生发，构建了一片令时人难以企及的文学艺术天空，而这片天空已随着汪氏的逝去而逐渐黯淡。当今是一个人文精神式微的时代，探究汪曾祺的书法艺术元素对其小说、散文创作的影响，对当下书法家普遍炫"技"而轻"文"的情况，不无启示作用和借鉴意义。同时，对当下书法家或文学家"字外功"的提高也都会大有裨益的！

---

① 《汪曾祺全集6·散文卷·〈七载云烟·天地一瞬〉》，北京师范大学出版社1998年版，第122页。
② 《汪曾祺全集6·散文卷·玩翠园曲会》，北京师范大学出版社1998年版，第208—209页。
③ 陈志平：《笔中有诗——文学因素对黄庭坚书法的影响》，《文艺研究》2013年第11期。

第五章　笔耕墨种:"双坛"上的"鲁郭茅"

依笔者涉猎的情况看,在现代时空中,作为"双坛"(文坛和书坛)代表人物亦即"作家文人"和"文人书家"都很亮眼且在两方面实际影响都很大的作家群中,人们极为熟悉的三大家"鲁郭茅"(鲁迅、郭沫若、茅盾),不仅适用于"文坛",而且在笔者看来,也适用于"书坛",特别是在由文学和书法交并合成的"双坛"之上,卓然挺立的大家,"鲁郭茅"的称谓也当之无愧。换言之,鲁迅、郭沫若和茅盾同时是文学与书法两方面的翘楚,能够和他们相提并论的现代作家确实不多,因为不仅文学与书法"两手都要硬",而且,将文学文本和书法文本紧密结合的努力,使他们给后世留下了大量以手稿书法为代表且价值连城的"第三文本"。笔者在此斗胆给予命名:鲁迅、郭沫若和茅盾就是中国现代"双坛鲁郭茅"。他们三位不仅能够将"双坛"并立合成,且在"双坛"之上皆能熠熠生辉,构成了中国现代别具意味的"双坛鲁郭茅"现象。以下即根据各自的特点,或全面或有所侧重地逐一缕述。

第一节　鲁迅与中国书法文化

依恋书法,可谓是"五四"人的一个挥之不去的文化情结,鲁迅也不例外,且是其中颇具代表性的人物。在文化冲突与磨合的历史转型期,"五四"人的反传统主要体现在政治文化和伦理文化层面,对传统文化中的艺术文化特别是书画艺术,却有着至为深切的依恋,即使为了适应传媒需要或工作要求而穿插硬笔书法,但他们对毛笔书法的钟爱依然使他们对传统的书法形式依依不舍。这真切地表明了他们对传统文化的选择性继承与发展的愿望,对那种简单认定鲁迅与"五四"人是全面反传统的急先锋等观点,也是一个有力的反驳,对中国文化重建也有着重要的启示和意义。在世界现代"和谐文化"建构中,中国书画就像融入2008年奥运氛围那样焕发出了神奇的魅力。而就在这样的东方文化复兴或新国学升华的语境和气氛中，来考察与中国、日本乃至世界有着文化关联的鲁迅及其与书法文化的融合，可以说有着某种深长的意味。

诚然，鲁迅的"中间物"意识是非常强烈的。其间韵味深厚、隽永，思致繁复、多义，有哲理，也有悲情；有达观，也有忍耐；有历史感，也有现实性；是生命哲学，也是文化哲学。这在他的人生追求和文化创造活动中都有相当充分的体现。中国人围绕书法而展开的有关活动创造出了丰富多彩而又源远流长的中国书法文化。作为中国现代文化巨人的鲁迅与中国书法文化也有着至为密切的关系。所谓"书法文化"，是超越了"书法"或"书法艺术"的文化范畴，绝不局限于书法艺术本体。而所谓"鲁迅书法"，也仅仅体现了文化名人鲁迅的一个不可忽视的侧面，是其生命融合、创化的一种方式。从书法文化角度看鲁迅，是文化研究的一个尝试，却在一定意义上也具有文学研究科际整合的意味。可以说，中国书法乃至东方书法（主要以中国书法和日本书道为代表），恰是融入鲁迅文化生命中一种重要的文化元素。而鲁迅与书法文化的深度融合，不仅彰显着他与传统文化的深切联系，也非常恰切地体现了"中间物"的存在特征及深远意义（图24）。鲁迅曾说："一切事物，在转变中，是总有多少中间物的。……或者简直可以说，在进化的链子上，一切都是中间物。"[①] 其实，无论进化还是归化、优化还是转化，甚至退化或者腐化，都有中间物。"中间物"存在形态是客观的、必然的，但其"中介"功能则因性质和向度而有差异。作家主体和书法文化作为"中间物"，其文化功能无疑也是多方面的。本文则主要从"中间物"的视角，来观照鲁迅与书法文化的融合，解析书法文化活动作为鲁迅文化创造行为所具有的文化功能，亦即着力考察其从相关融合趋向功能呈现的若干主要方面。

其一，文化载体功能。中国文化具有精神文化、物质文化和制度文化等不同层面，书法文化关涉到这些不同层面，但更主要的是关涉精神文化。作为精神文化层面，书法作为载体也许不是最重要的，但在艺术以及技术层面，书法也具有像语言文字那样的超越功能。如果说鲁迅是中国文化的守夜人，[②] 自然他也是中国书法文化的传承者。显然，在文字书写和书法创作之间，在书法创作和文学创作之间，最终形成的手稿书法文本实

[①] 鲁迅：《写在〈坟〉后面》，《鲁迅全集》第1卷，人民文学出版社2005年版，第298页。
[②] 王富仁：《中国文化的守夜人——鲁迅》，人民文学出版社2002年版。

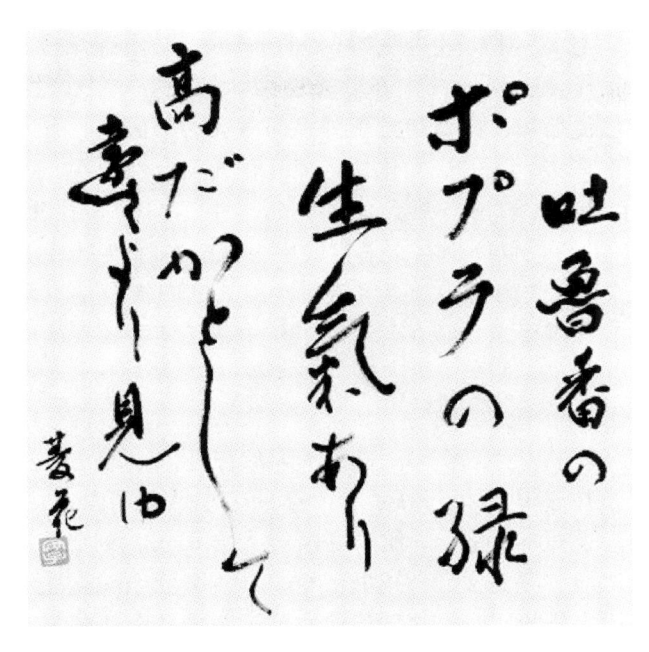

第五章　笔耕墨种:"双坛"上的"鲁郭茅"　123

图24　日本书道

际是许多文化信息包括社会信息、情感信息、审美信息的"载体"，也具有历史文化的文献价值。鲁迅著译及大量的辑校典籍、石刻的文字，乃至赠书题签和日用便条，用毛笔书写完成，从书体上看，有篆书、楷书、行书等。广而言之，也皆可视为书法作品。鲁迅一生实际书写的笔迹已经难以查考，但如今能够见到的各种书写的近千万字的墨迹（倘若将他使用硬笔书写的字数也算在内则更多），却造就或见证了一位文化巨人的诞生。这些笔迹或手稿具有的文化载体功能无疑也是巨大的。在这种意义上称《鲁迅全集》为20世纪百科全书式的文本，也就说明鲁迅的书写留给后人的是一份怎样宝贵的文化财富。即使仅仅从文学性书写的角度看，鲁迅手握毛笔"金不换"，在并不太长的创作岁月里，辛勤笔耕，创造了辉煌的业绩。正是由于鲁迅在民国史或现代史上的重要性，鲁迅的书法也格外受到关注，于是人们实际普遍以为这是"因人而宝之"，其实是先有这些书法笔迹才成就了一代文化巨人，而不是相反。由此也足可以看出，鲁迅书法承载着多么丰饶的文化信息，这才是人们宝爱鲁迅书法的主要原因，也是我们不能低估鲁迅书法价值的主要原因。即使是他的那些被视为纯粹的书法作品，即条幅、横幅、对联等，也在体现书法艺术形式美的同时，承载了相当丰富的文化信息。如其行草《万家墨面》，行书《答客诮》，对联《横眉冷对》《人生得一知己》等等①，都是令人普遍称赏、品味不尽的佳作。客观地说，鲁迅的这类"纯粹"的书法作品从量上看是不多的，但传播却很广，超过了许多同时代的书法家。有人以为这是政治文化现象，其实，从书法文化信息多元化或复合性来看，鲁迅书法的文化载体功能无疑也是相当强大的。当然，鲁迅向来很注重实用，他的"现实主义"并不仅仅体现在文学实践中。他曾在《准风月谈·禁用和自造》②中指出当局禁用铅笔、墨水笔而改用毛笔的指令是不合时宜的，从社会发展的实际需要来看，在学习和工作中，毛笔的效率确实难以和硬笔相比。鲁迅在这里强调的显然是实用而非艺术。事实上，在中国有强大的读书传统，也有一个强大的写字传统。在国人看来，写得一手好字，不仅有"门面"，而且是"符号"——读书人的符号，知识分子的标志，有品质有素养有公共意识的志士的标志性符号。鲁迅曾谈及：沈尹默给《北大歌谣周刊》题写的刊名，"他的字写得方方正正，刻出来好看"。又肯定沈尹默的诗词"是好的"，其书法也"不坏"。③在这里，鲁迅其实在肯定书法实用价值的同时，也已经注意到了艺术层面的东西。这在鲁迅自己的书法创作中也有较为充分的体现，如对书写内容与形式的统一、布局印章的讲究等等，也透露出了浓厚的中国文人气息——作为"文人书法"所承载的"文人气息"。正如有的学者所指出的那样："只要说起'文人书法'，稍懂一点的都知道，鲁迅是最具代表性的了。鲁迅的字笔力沉稳，自然古雅，结体内敛而不张扬，线条含蓄而有风致，即便是略长篇的书稿尺牍，也照样是首尾一致，形神不散。深厚的学养于不经意间，已洋溢在字里行间了。所以，赏读鲁迅书法，在你不知不觉的时候，书卷气已经扑面而来。就好比盐溶于水，虽有味而无形。"④这种内行看门道的评说可谓相当到位，而非盲目赞美。

其二，文化传承功能。中国书法文化在传承中华传统文化方面，有着巨大的作用。从鲁迅幼学或家学角度看，鲁迅在人杰地灵的绍兴故家所接受的文化熏陶颇丰，仅从书法文化传承角度看，也可以缕述书香之家、三味书屋、二王书法或兰亭书乡等所构成的书法生态环境对鲁迅的种种影响，包括鲁迅的那种与传统文化割不断、理而情的那份博雅的文化情怀，

---

① 详见上海鲁迅纪念馆编《鲁迅诗稿》（手迹，上海人民美术出版社1991年版）等书。
② 《鲁迅全集》第5卷，人民文学出版社2005年版，第333页。
③ 吴作桥等等：《再读鲁迅——鲁迅私下谈话录》，时代文艺出版社2005年版，第360页。
④ 管继平：《鲁迅：无情未必真豪杰》，载《民国文人书法性情》，汉语大词典出版社2006年版，第73页。

也与文化家园重建息息相关。如果说鲁迅的诗歌继承和发扬了中国诗学文化传统，那么这些诗作的手稿和有意为之的诗书同辉的书法作品，更是将中国传统文化中的"诗书"传统继承了下来，并纳入了"大现代文化"的格局中。鲁迅批判和反思传统文化全面而且深入，却在书法文化方面置评甚少、继承甚多，个中意味，耐人寻思。古人云"书如其人""以心主笔""书法传心"，都在强调书法与写者之间的同一性，其实，鉴于人的丰富复杂和具体情境的变化，鲁迅的书法性情与鲁迅杂文性情的主要取向显然是有差异的。如果说鲁迅的诗词继承和发扬了中国诗学文化传统，那么这些诗作的手稿和有意为之的诗书同辉的书法作品，更是将中国传统文化中的精华部分"诗书"传统继承了下来，并纳入了"大现代文化"的格局中。正是在这样的诗书同辉的文化景观中，我们领略着"无情未必真豪杰"（《答客诮》）、"岂有豪情似旧时"（《悼杨铨》）、"如磐夜气压重楼"（《悼丁君》）、"有弟偏教各别离"（《别诸弟》）、"我以我血荐轩辕"（《自题小像》）、"梦里依稀慈母泪"（《惯于长夜过春时》）、"十年携手共艰危"（《题〈芥子园画谱三集〉赠许广平》）、"运交华盖欲何求"（《自嘲》）等，鲁迅的这些诗书作品恰恰表征着他的"中国文人"身份，传统色彩相当浓厚。此外，鲁迅与书法文化的更多方面的关联，还可以给我们更多的启示。比如，鲁迅不仅是一位相当卓越的文人书法家，也是一位勤勉的书法文献主要是碑文的整理者。从一定意义上也可以说他是中国现代文化史上的一位杰出的学者型的艺术家和艺术家型的学者及文献收藏者。而他的学术文化包括书学文献整理成果，无疑也是对"新国学"的重要贡献。从"鲁迅文化"[①] 自身的传承来看，除了人们集中关注的作家研究之外，我们还要注意的是，现代书法与鲁迅话语的遇合。话不在多而在精，字不在大而在妙。从后世许多书法作品以鲁迅诗文隽语为内容这一事实来看，书法与格言警句或精妙绝伦的诗文相结合，在传播真理、道理、事理等方面，在激励人生、鼓舞人心、升华灵魂等方面，都往往可以起到意想不到的重要作用。在现代转型历史时期，人们注意到了文学的多方面功能，却在很多情况下，忽视了书法的巨大功能。将书法仅仅理解为一种技艺，或仅仅理解为一种点缀，似乎可有可无。这样的偏见确实存在。一方面是将其视为传统的精华部分或主要部分加以推崇，一方面又将其视为现实的次要部分甚至是技末杂术而加以贬低，这就构成了一种明显的矛盾。其实，书法文化在手书时代对古今中外文化的传承作用都是巨大

[①] 李继凯：《全人视境中的观照》，中国社会科学出版社2003年版，第2—3页。

的，鲁迅文化的传承也不例外。

其三，文化交际功能。鲁迅的作品包括书法也是要通过文化传播渠道来实现的，日常的书法交流也是一种文化传播。从艺术与人文的视野来看鲁迅书法，也应注重他与友人间的翰墨情缘，其作品的"人文"意味常为后人所激赏不已。鲁迅与书法的深切结缘其实也是对其人生的充实，而通过书法为中介的人际交往，又在更大程度上丰富了他人和自己的人生。鲁迅定居上海的十年里应友人之求或朋友之间诗联的唱和之作较多。鲁迅交往的朋友中，也多有通书画的朋友。鲁迅书写一生，书写尤其是艺术创造性质的书写成为其生命焕发的生动体现。我们看到，他给许多人尤其是亲朋好友题字相赠，也成为精神交流和增进友谊的重要手段。他有意识地将书法作为媒介，在书法交往中不断开拓人生。《赠瞿秋白·录何瓦琴句》《赠章茅尘孙斐君录司马相如〈大人赋〉》《赠许寿裳录唐李贺诗〈开愁歌〉》等，都是给好友甚至是终生知音的"赠礼"（图25）。鲁迅曾在日本购买了日文《书道大成》全27卷，几乎囊括了中国历代所有时期的重要碑帖。他曾请书法家乔大壮题写对联，还为好友题写诗歌、墓志等，为日本友人写诗词条幅、横幅等。据不完全统计，如今可以查考出根据的为日本友人或来宾书写的诗词作品（未含书信手稿等）就有近40幅。[①] 他平生最后的遗墨也是给内山完造先生的。书法可以愉悦性情，可以契合艺境，更可以交友交流。如果说鲁迅从日本文学经验中多采取了"拿来主义"的话，在书法艺术方面，

---

① 如：书《诗经·小雅·采薇·赠永持德一》1923年版；书《赠邬其山》1931年版、《送O.E君携兰归国·赠小原荣次郎》、《赠日本歌人·赠升屋治三郎》、《无题（大野多钩棘）·赠内山松藻》、《无题（大野多钩棘）·赠熊君碣》、《湘灵歌·赠松元三郎》、《无题（大江日夜向东流）·赠宫崎龙介》、《无题（雨花台边埋断戟）·赠柳原烨子》、《送赠田涉君归国》、《钱起归雁·赠长尾景和》、《老子虚用成象韬光篇·赠长尾景和》、《李白越中览古·赠松元三郎》、《欧阳炯南乡子·赠内山松藻》、《书旧作〈自题小像〉赠冈本繁》；书《无题（血沃中原肥劲草）1932年版·赠高良夫人》、《自嘲（运交华盖欲何求）·赠山本勇乘》、《所闻·赠内山美喜》、《答客诮·赠坪井方治》、《无题（惯于长夜过春时）·赠山本初枝》、《一二八战后作（战云暂潋残春在）·赠山本初枝》、《李白越中览古·赠山本勇乘》、《赠画师·赠望月玉城》1933年版、《题呐喊·赠山县初男》、《题三义塔·赠西村真琴》、《悼杨铨·赠樋口良平》、《赠人（秦女端容理玉筝）·赠山本》、《无题（一枝清采妥湘灵）·赠土屋文明》、《楚辞九歌礼魂·赠土屋文明》、《无题（万家墨面没蒿莱）·赠新居格》1934年版、《金刚经句·赠高岛畠眉》、《钱起归雁·赠中村亨》、《郑思肖锦钱余笑（二十四首之十九）·赠增田涉》1935年版、《郑思肖锦钱余笑（二十四首之二十二）·赠今村铁研》、《刘长卿听弹琴·赠增井劲夫》；《杜牧江南春·赠浅野要》1936年版；1933—1936年间，曾书《潇湘八景》赠儿岛亨，等等。

情形几乎相反，多采取的是"送去主义"。这是友好的赠与，深切的纪念，情谊的象征。鲁迅与日本友人的书法情缘，突出了跨国的书法交际功能，在此或可名之为"书法外交"——文化传播的一个古老却又年轻的交流方式。如1931年2月12日，小原荣次郎在中国购买兰花将要回日本，鲁迅赋诗并写成条幅相赠；1931年2月25日，为日本长尾景和写唐代钱起《归雁》一幅留念；1931年初春，作旧体诗《赠邬其山》并书写成条幅赠内山；1935年3月22日，为今村铁研（日本医生，增田涉的表舅）、增田涉等书写书法作品相赠。从这些行为看，鲁迅书赠友人书作较多的原因，也主要是从"实用"层面进行考量的。当然，鲁迅书赠的日本友人交谊深浅不同，但即使短期接触，也是印象好才会赠送书法作品。"秀才人情纸一张"，自古以来，除了书信，书画往来就成了文人交往中出现最多的一种形式（且常和赠诗赠言相结合）。到了现代，这种文化习惯依然存在，

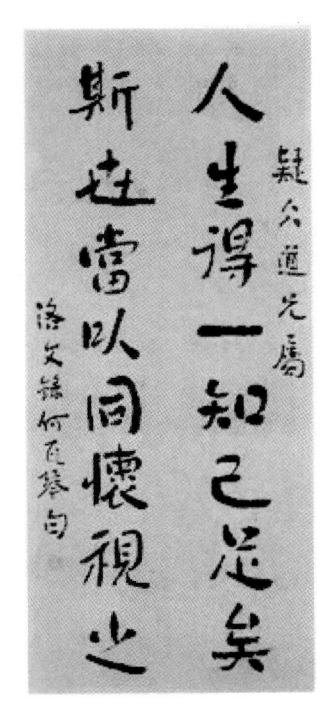

图25　鲁迅书《赠瞿秋白·录何瓦琴句》

只是增多了赠书籍、赠笔砚等更务实的行为。这些情形在鲁迅那里大抵都出现了。包括他与日本友人的交往，也生动体现了这样的特征。鲁迅定居上海的十年里应友人之求或朋友之间诗联的唱和之作较多。鲁迅并不看重自己的字，他对弘一法师、陈师曾和乔大壮等人的书法却颇为欣赏。他曾托日本好友内山君"乞得弘一上人书一纸"；他的第一本译著《域外小说集》，即请陈师曾为之封面题签；而北京"老虎尾巴"书房内的一副"望崦嵫而勿迫，恐鹈鴂之先鸣"的对联，则是请乔大壮书写的。他自己为朋友写字虽然认真，却相当低调，甚至自视"拙字"，且不善于写大字，"字愈大，就愈坏"。[①] 因此当友人求其对联书法，他就颇为犹豫。如1935年当他的晚辈朋友杨霁云求字时，他时隔半年多方回信写道："前嘱作书，顷始写就，拙劣如故，视之汗颜。但亦只能姑且寄奉，所谓塞责

[①]《鲁迅全集》第13卷，人民文学出版社2005年版，第466页。

焉耳。"① 在鲁迅交往的朋友中，陈师曾精于书法绘画、乔大壮精于书法篆刻，沈尹默、张宗祥精于书法及评鉴。而他的诸多"战友"中也多有能书者，如茅盾、瞿秋白等，也都有很深的书法功力。

其四，文化共生功能。"鲁迅与书法"在某种意义上也可以解读为"文学与书法"，这是因为在文化创造领域或艺术文化领域存在着交叉共生、相互启迪的密切关系。从鲁迅的文化实践中便透露出这方面的丰富信息。他虽无意以书法家名世，但在书法文化创造方面却有着重要的贡献。这说明，作家可以把艺术灵感、意象带入文学文本，也可以带入书法艺术世界；而书法审美经验和创作体验也可以化为文学写作的营养。如书法讲究的灵动、布局、意象、虚实、疏密、浓淡、直曲、节奏以及优美、豪放、龙飞凤舞等等，其实也为作家所追求。所以林语堂曾说："如果不懂得中国书法及其艺术灵感，就无法谈论中国的艺术。""通过书法，中国的学者训练了自己对各种美质的欣赏力，如线条上的刚劲、流畅、蕴蓄、精傲、迅捷、优雅、雄壮、谨严与洒脱，在形式上的和谐、匀称、对比、平衡、长短、紧密，有时甚至是懒懒散散或参差不齐的美。这样，书法艺术给美学欣赏提供了一整套术语，我们可以把这些术语所代表的观念看作中华民族美学观念的基础。"② 他还说："我觉得中国人不会放弃他们传统的书写方式，因为这与中国文化和书法韵味深厚的美感联系在一起，书法作为一门艺术可以与绘画相媲美并与绘画唇齿相依。"③ 人们称练习书法可以健身、养气，可以恢扩才情、酝酿学问，这本身就在追求文与体、技与艺的交叉融合。而这种艺术与心灵上的相互启迪和融合恰恰是作家容易形成的人生优势，所以，会出现作家比一些单纯的习书者更能深刻地把握书法的美学意韵的现象。这也给习书者以有益的启示，更加明白学养气质的重要。所谓"汝果要学诗，功夫在诗外"揭示的就正是这样的学习规律、创作原理，对作家与书法家的成长、对文学和书法的共同发展也都具有适用性。身为文学巨匠的鲁迅，其实他的知识谱系本身就体现出了"交叉共生"的特征。其艺术兴趣相当广泛。除读书写作外，他于金石书画、汉画像石、古钱币、古砖砚、木刻版画等方面的收藏和研究也都有兴趣。尤其是在金石碑拓的研究和收藏上，鲁迅更是舍得投入时间、金钱和精力。他早年曾从章太炎学习文字学，在北京教育部做金事期间时间宽

---

① 《鲁迅全集》第 13 卷，人民文学出版社 2005 年版，第 602 页。
② 林语堂：《吾国与吾民》，陕西师范大学出版社 2006 年版。
③ 林语堂：《中国人的生活智慧》，陕西师范大学出版社 2005 年版，第 61—62 页。

裕,遂大量抄写古碑,搜寻碑帖拓片,不断地描摹整理。从1913年一直到1936年8月临终的两个月,仅据《鲁迅日记》中所列历年"书账"作粗略统计,他持续所搜集的金石拓本(包括汉画像石拓片等)总数已近6000张。所以,鲁迅对书法、美术有着极高的鉴赏力,对篆、隶、章草等各种书体,均可熟练掌握。难怪他曾对友人表示"字不好",但"写出来的字没什么毛病",显示出他在文字学上的自信。所以他的笔迹时有篆隶笔意的映现,在书体上体现出某种程度的交叉融合。从很大程度上讲,鲁迅的书法活动本身也是其严肃工作的补充。这也就是说,鲁迅书法既具有生活性或审美性等文化功能,也具有实用性或战斗性等作用。

  文学与书法都是艺术,都是作家思想境界、人格品性,以及时代精神的真实写照,因此两者在很大程度上有互通性。鲁迅的手稿,绝大部分可以视为书法作品,尽管其艺术价值有高下之分。鲁迅的书法与旧体诗词、联语等有深切的结合,当人们在"新国学"视野中重新估价旧体文学艺术在文艺史、文化史上的地位的时候,确实应该避免简单的线性判断,给出更为全面和恰当的评价与分析。鲁迅的旧体诗词虽然未能正式入史,但也经常作为材料进入文学史书写。这倒是个突出现象。书法与书写趋于一体的快慰,使他的精神得以升华,将古意盎然的墨迹和现代气息的内涵浑融一体,由此遣怀,至少可以化解一些环境的压力和生活的沉重,在黑暗中通过审美化的书写而造出维系生命的氧气。现代作家徐訏在《鲁迅先生的墨宝与良言》[①]中,便将鲁迅书法和良言结合起来谈论,看到了鲁迅通过书法和良言的结合"有用于世"。而鲁迅自己日常其时很少谈及书法,在他不多的涉及书法的文章中,也主要是在为硬笔书写进行辩护,体现着明显的西化思维特征:工具性的快而好效果,成为选择硬笔还是毛笔的主要根据。比较论说的基点也在于此。他在谈话中说到沈尹默,赞其字好在实用美观,也就表明了他对书法的基本理解和认识。鲁迅手中的"金不换"有时可以化作匕首、投枪,笔锋犀利,傲骨铮铮,但有时也会化为丝帕和绒刷,为人拭汗和去污,体现出他的温和与宽厚。也许不少人会认为鲁迅手迹何以如此绵软、随和,与概念中的"硬骨头精神"颇不吻合,其实,恰恰是这样的笔墨所蕴含的意趣,才给人以丰富多彩、隽永美妙的印象。实用和审美的交叉也为鲁迅所重视。在他看来,钢笔之所以会取代毛笔,其主要原因应该是它提高了效率,节约了时间。对此,深谙个中滋味的他最有发言权,他指出:"洋笔墨的用不用,要看我们的闲不

[①] 徐訏:《场边文学》,上海印书馆1968年版,第225页。

闲。我自己是先在私塾里用毛笔,后在学校里用钢笔,后来回到乡下又用毛笔的人,却以为假如我们能够悠悠然,洋洋焉,拂砚伸纸,磨墨挥毫的话,那么,羊毫和松烟当然也很不坏。不过事情要做得快字要写得多,可就不成功了,这就是说,它敌不过钢笔和墨水。譬如在学校里抄讲义罢,即使改用墨盒省去临时磨墨之烦,但不久,墨汁也会把毛笔胶住写不开了,你还得带洗笔的水池,终于弄到在小小的桌子上,摆开'文房四宝'。况且毛笔尖触纸的多少就是字的粗细,是全靠手腕作主的,因此也容易疲劳,越写越慢。闲人不要紧,一忙,就觉得无论如何总是墨水和钢笔便当了。"① 鲁迅关于毛笔、钢笔之争的议论显然隐含着一个书写工具现代化的问题。扩大一点看,西方文化对中国传统文化的影响与改造,总是通过器物层面入手,然后才触及人们的观念领域。余秋雨在其《笔墨祭》中已有相关思考。在他看来:"一切精神文化都是需要物态载体的。五四新文化运动就遇到过一场载体的转换,即以白话文代替文言文;这场转换还有一种更本源性的物质基础,即以'钢笔文化'代替'毛笔文化'。五四斗士们自己也使用毛笔,但他们是用毛笔在呼唤着钢笔文化。毛笔与钢笔之所以可以称之为文化,是因为它们各自都牵连着一个完整的世界。"② 鲁迅从实用层面为钢笔文化辩护,却也习惯于毛笔文化。这是过渡形态的"中间物"行为和言论。而在当时,鲁迅显然还没有所谓"硬笔书法"这样的概念,也没有倡导旨在颠覆传统书法样态的所谓"现代书法"。

其五,文化纪念功能。在纪念鲁迅、创化艺术的过程中,中国人也进行了多方面的尝试。早在鲁迅五十大寿和逝世后的周年之内,书法与联语的结合便成为祝福和纪念的主要方式之一。在中华人民共和国成立后,最早表现的名家书法即是 1951 年发行的纪念邮票《鲁迅逝世十五周年》,主图上选有鲁迅手书诗句"横眉冷对千夫指,俯首甘为孺子牛"(这是中华人民共和国成立后首枚以书法艺术为主图的邮票),同样的手书后来还用在题为《文化革命先驱鲁迅》的邮票图稿上。1961 年,为纪念鲁迅先生诞辰 80 周年而出版了《鲁迅诗稿》(影印本),等等。直至今日,纪念鲁迅的各类行为颇多,其中也有印刷鲁迅手迹包括给日本友人的书信手迹等。鲁迅手迹的文物价值包括旅游文化价值等也都可以由此而来。鲁迅文

---

① 鲁迅:《论毛笔之类》,载《鲁迅全集》第六卷,人民文学出版社 2005 年版,第 406—407 页。

② 余秋雨:《笔墨祭》,载《文化苦旅》,东方出版中心 1992 年版,第 266 页。

化的再生功能也在书法文化创造中体现了出来。如不少人喜欢以鲁迅及作品为书法材料或对象，即旨在追求文化创造的文化选择行为，其间也蕴含着"活的中国"与"活的鲁迅"这样的文化纪念意味。著名女书法家周慧珺在"文化大革命"中书《鲁迅诗抄》，印刷多达 300 万册，影响很大；[1] 毛泽东生前练习书法或进行书法创作，就"很爱写鲁迅的诗"，并说："书写鲁迅的诗句，既可以进一步理解诗的内容，又可以进一步了解鲁迅。"[2] 他还曾书鲁迅《无题》诗一首赠日本外宾以表达对鲁迅共同的怀念。后世有人书写鲁迅诗句或言语赠日本友人的事情也逶迤不绝。而在日本，以书法为媒介的纪念也有一些，如增田涉也曾就鲁迅书法风格发表了比较中肯的看法[3]；内山先生曾发起组织了鲁迅先生书简手迹搜集委员会，动员藏有鲁迅书简手迹的日本友人予以透露或公布；[4] 内山完造的弟弟内山嘉吉也曾以日文书法纪念鲁迅诞辰百周年，在东京内山书店二楼也挂有鲁迅的诗联；在仙台，人们则可以看到更多的纪念鲁迅的景观和墨迹。[5] 臧克家有诗云："有的人活着，已经死了；有的人死了，却还活着。"鲁迅的书法文化作为再生性的鲁迅文化中的一个有机组成部分，也无疑是极具魅力的"活的文化"。2008 年春，在第二十四届中国兰亭书法节举办之际，北京鲁迅博物馆、上海鲁迅纪念馆和绍兴鲁迅纪念馆联手在鲁迅故里——绍兴举办"鲁迅手迹珍品展"，就是这"活文化"的生动体现。在此之前，北京鲁迅博物馆、中国鲁迅研究会于 2007 年秋还曾在"华夏笔都"江西省进贤县举行了"鲁迅与书法"学术研讨会。来自各方的研究专家、书法家、学者分别对鲁迅书法艺术的特色、鲁迅书法艺术与传统文化的关系、鲁迅书法艺术的评价等问题进行了研讨。鲁迅博物馆举行的《鲁迅友人墨宝展》等也寄托了怀念的意味。如果说在现代作家这里，仍然有古韵悠然、古调重弹的书法文化重建的自觉追求，那么鲁迅显然堪称是一个当之无愧的典范。有人总以为鲁迅是传统文化的彻底反叛者，是割裂中华文化传统的罪人，仅仅从书法文化的继承和创化来看，事实也并非如此。鲁迅手迹的传世，不仅昭示了他的书法世界及其对传统文化的继承，同时也表达了后人的拈香思念之意。而鲁迅及其书法文化精神影响后

---

[1] 王岳川主编：《中外书法名家讲演录》（上），北京大学出版社 2008 年版，第 44 页。
[2] 易严：《毛泽东与鲁迅》，河北人民出版社 1998 年版，第 233 页。江泽民也曾题写鲁迅诗句纪念鲁迅，在访仙台时还书写了自作诗歌纪念鲁迅，并馈赠日本友人。
[3] 鲁迅博物馆等编：《鲁迅回忆录·专著》下册，北京出版社 1999 年版，第 1367 页。
[4] 陈梦熊：《〈鲁迅全集〉中的人和事》，上海社会科学院出版社 2004 年版，第 380 页。
[5] 参见黄中海《鲁迅与日本》，远方出版社 2002 年版，第 101、129—139、147 页。

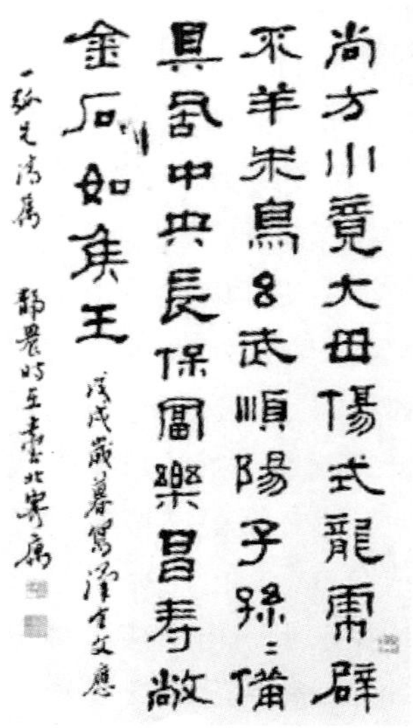

图26　台静农书条幅

人的现象自然也引人注目，如深受鲁迅影响的作家台静农，在书法绘画上也有较深的造诣，晚年在台湾影响较大（图26）；以"景迅"为号的著名书法家和学者卫俊秀，更是以鲁迅精神为人生支柱，亦爱其书法，也成就了自己坚强而充实的一生。

如果仅仅从书法艺术性角度看鲁迅书法，实事求是地说，不适宜给予过高评价。如公开发表的著述中认为鲁迅书法"远逾宋唐"或是"民国第一行书"等广为人知的观点，还有人说鲁迅是"20世纪自成一格的卓越的大书法家之一"或"鲁迅书法在20世纪书坛自成一体、品位很高，完全应当跻身十大书家之列"。以及称鲁迅是"我国硬笔书法较早的倡导人之一"，等等，笔者以为确有过誉之嫌。对广为人知且经常引用的郭沫若的著名评论"鲁迅先生亦无心作书家，所遗手迹，自成风格。熔冶篆隶于一炉，听任心腕之交应，朴质而不拘挛，洒脱而有法度。远逾宋唐，直攀魏晋。世人宝之，非因人而贵也"也当给予仔细辨析，将合理的明断与模糊的夸张作一区分。还有那些将鲁迅书风描述为"宽博、遒厚、豪放、古雅的书风"①，也有不够贴切的地方。但也不能无视鲁迅书法的成就，随意贬低鲁迅书法。

虽然鲁迅书法未必能够在书坛以"宽博、遒厚、豪放"之风为人称道，但鲁迅的书风却在作家书法中完全可以概括为：柔韧、古朴、典雅、圆融，内蕴着和谐的意象。确实有自家的独特风貌。又如在《近现代百家书法赏析》（1996年版）及"20世纪已故著名书法家遗作展"（1998年）中居然也无鲁迅书法作品，就堪称是咄咄怪事。即使仅仅从书法艺术角度着眼也不应出现如此疏漏。尽管从书法艺术性角度看，大多情况下，鲁迅书法或现代作家书法的表里相济或意象经营不够，笔酣墨饱或笔墨意趣不足，结构布局或艺术构思也欠佳等等，使他们很难以专业化的"书法家"名世，但作为文人书法的代表人物，人们却可以从这里寻求许多珍贵的东西，如文物价值，历史感，文学文本的原生态或文献

---

① 李建森：《远逾宋唐，直攀魏晋——鲁迅的书法》，《小说评论》2006年第4期。

价值，媒介或符号作用。如果从书法文化功能和价值的角度而非纯粹的书法艺术上看，则可以说鲁迅确实达到了一流水平。最重要的事实是，鲁迅书法业已成为标志性的文化符号，有着相当广泛的共识。各行各业几乎都有曾经或正在使用鲁迅书法符号（往往通过集字方式）的现象。可以说，鲁迅的字颇得后人喜爱。许多大学校名题字、报头题字、书名集字以鲁迅字为之，其影响力是巨大的，流行也是很广的。这自然是与鲁迅作为文化名人的综合文化价值密切相关的。从社会心理讲，民众"爱屋及乌"和从众心理都会在接受层面发挥作用。笔者曾指出：如果说民族文化定有其文化基因或文化原型的话，那么中国人创造的汉字或象形文字，就自然蕴含着炎黄子孙的心灵和艺术的奥秘，并结晶为名冠全球的"中国书法"。因此，在我们今日的国民性里，也依然深深地渗透了因汉字书写而生成的文化心理基因。不管时代如何变迁，"中国书法热"似乎总能成为汉语言或华文文化圈独特的人文景观，并携其鲜明特色走向世界，吸引更多眼球来欣赏这神奇的毛颖之舞。尽管随着电脑时代的轻捷步伐，书法的实用功能日见萎缩，但书法艺术创造的无限空间仍存留于人们心中……。笔者坚信，无论消费性大众艺术怎样大行其道，艺术工具怎样更新，"换笔"运动怎样快捷，但中国书法文化不会被消灭。著名学者刘绍铭快人快语，在随笔《有关文化的联想》中直接表达了这样的观点："没有强势经济和政治，就没有强势文化。"[①] 要中国书法在世界上有更大的影响，民族的不断强盛，当是不二的选择。随着社会文化的发展和信息数字化程度的提高，鲁迅文化遗产包括鲁迅字的数字化或建立完备的数据库，当有利于鲁迅文化包括书法文化的传播和应用。有人认为"将鲁迅字也输入电脑，那可真成悲剧一桩了"，则明显言之过分了。反对滥用名人手迹是对的，但在电脑上其实也可以领略"文人书法"的书卷气或文人个性。此外，书卷气也可间接传递下去。如在某些现代作家的书房或客厅以及作家和文学爱好者经常光顾的书店、图书馆等公共场所中，仍然可以看到复制的鲁迅书法作品或以鲁迅作品、言语为内容的书法作品，这种家居文化、公共空间中的鲁迅元素，还包含了励志和公益的成分。书家应品高、多见、学富，即除了临池也格外重视"字外功夫"。不少喜欢文人书法的人由此便找到了最基本的理由。

　　鲁迅笔耕墨种、孜孜矻矻，像老黄牛一样奋斗了一生。然而他仅仅将

[①] 刘绍铭：《情到浓时》，上海三联书店2000年版，第6页。

自己视为一个必将逝去的"中间物"。也许他的某些文章意义可以因时过境迁而失效,但他的墨迹却可以继续成为文物宝物而为后人所珍惜和使用。即使仅从其书法与日本的关联中,也可以看出文化交流的重要,并昭示着"和则多谐,离则两伤"的真理。中日关系如此,书法因缘也如此。而作为文化象征性人物,鲁迅不仅代表着"新文化的方向",而且也代表着"弘扬优秀传统文化的方向"。

第二节　郭沫若对现代书法文化的创造

郭沫若是现代中国书法文化的杰出创造者之一,在"20世纪中国作家、学者与书法文化"的课题研究视野中,当是一个典型的个案。他的书法、书论及书法文化活动,都是其文化创造行为的具体体现,并构成"沫若文化"现象中美不胜收的一道景观。在新诗及历史剧甚至在治学方面,郭沫若均曾出现了"江淹现象",但他在现代书法文化追求和创造上却有长足进展,并与其旧体诗词、联语的创作交相辉映。当人们在"新国学"视野中重新估价旧体文艺价值与地位的时候,确有重估郭沫若的必要。

笔者坚持认为,在世界文化版图中,中国书法戛戛独造,是无可争议的一个亮点。时至20世纪,除了专业书法家或主要以书法名世的人们之外,中国作家、学者对中国书法文化的传承与创造也做出了非常重要的贡献。无论从文人书法、学者书法还是名人书法的角度看,20世纪知名作家、学者中善书者很多,堪称阵容庞大,佳作纷呈。其中,郭沫若是当之无愧的佼佼者,他作为现代中国书法文化的杰出创造者之一,在20世纪中国作家、学者与书法文化的课题研究视野中,也无疑是一个非常典型的个案。本节拟从文化研究及"新国学"的视角来重点考察郭沫若对中国书法文化的多方面创造性贡献,同时尽力对相关的复杂情形给出客观的分析和评价。

"书法文化"是超越了"书法艺术"的文化范畴和概念,其相应的研究对象除了书法作品,还有书法理论与批评、装裱与传播以及书法与其他文化(汉字文化、文学艺术、政治经济、性别文化、建筑文化、旅游文化、宗教文化以及历史学、教育学、心理学、体育学、外交学或交际学等)交叉生成的边缘文化。中国人围绕书法艺术而展开的有关活动创造出了丰富多彩而又源远流长的中国书法文化。既然书法文化绝不局限于书法艺术本体,① 那么从书法文化角度看郭沫若,就会看到他不仅在书法艺术层面颇有造诣,而且在相关的书法文化领域多有创造和奉献。这主要体现在以下几个方面。

一是汉字文化及书法研究的重镇。中国书法的基础是汉字文化。郭沫若在汉字文化探源、整理和研究方面做出了杰出的贡献,也对书法历史与理论的某些难点问题提出了自己的看法。郭沫若从小就与汉字文化包括书法文化结下了不解之缘。家人的熏陶,私塾的教化,虽然有许多东西为他所排斥,但在书法的传承方面却受益匪浅。从把笔学字的幼年到挥毫不止的晚年,他在书法艺术上探索与实践历时70余年,收获之丰硕为世人瞩目,也使他终成20世纪中国书坛名家。也正由于积累深厚,才有可能于20年代末旅居日本时,由甲骨文金文入手,考论结合,以字辨史,借史鉴今,充分占有相关资料,仔细梳理祖国文字和书体的演进轨迹,创立了中国古文字研究的新模式,对现代中国书学理论的发展也起到了积极的创建性作用;即使到了晚年,也时或结合考古新成果,对古代文字的起源及演变给出新的论证。此外,在60年代的"兰亭大论辩"中,郭沫若的积极参与和影响至今仍使人难以忘记。事实上,郭沫若不仅是一位相当卓越的书法家,也是一位勤勉的书法研究者。在中国书法史上,文字体式与书法体式的演变是非常值得注意的文化现象,郭沫若对此给予的关注和深入的研究,他的《甲骨文字研究》《殷周青铜器铭文研究》《卜辞通纂》《殷契萃编》及主编的《甲骨文合集》等,使他在古文字研究领域占有着重要的地位。唐兰先生所说"夫甲骨之学,前有罗王,后有郭董",今人视他为古文字研究的一代宗师,自然都有一定的事实根据。而郭沫若对文字学的精通,显然也为他的书法艺术和书法鉴赏奠定了非常坚实的基础。甲骨文的文化学和历史学意义是郭沫若所关注的,但其书学或书体意义也为他所注意。而且,自然形态的甲骨文也在他的审美和摹写(亲笔用毛笔书写的相关著作很多)中,获得了现代生命。他对王羲之的《兰亭集序》给予的关注和考证,至今看来亦属于一家之言。他在1965年发表的《〈兰亭序〉与老庄思想》《〈兰亭序〉并非铁案》《西安碑林·序》等文,除了表明他对史实的兴趣,也相当充分地表达着他对书法本体的重视。其对原始刻划符号和甲骨文艺术特点的论述及《兰亭集序》之真伪问题的论辩,震动了书坛,推动了书学理论的研究,带来了书法事业在"文化

---

① 参见金开诚、王岳川主编《中国书法文化大观》,北京大学出版社1995年版;欧阳中石主编《书法与中国文化》,人民出版社2000年版。

大革命"时期的艰难潜行。这些成就，尤其是后期有关"兰亭论辩"的数篇论文，较为充分地反映了他深厚的学养，且已有了比较自觉的文化研究眼光，如特别强调从道家文化思想角度研究《兰亭》即为显著的例证。郭沫若在生前一直在骨子里关切汉字文化的命运，对汉字书写有一种执着的信念；还在书法技巧方面，进行了一些积极的思考和探索；又曾在书法作品中论述书法（如《论书轴》）。而郭沫若曾论及鲁迅的书法能够"熔治篆隶，心腕交应，朴质而不拘挛，洒脱而不法度，远遂宋唐，直攀魏晋"。也可见出其书法评论的要言不烦。伴随着书法活动不断进行考察与思考，在郭沫若几乎成了一种"职业"习惯，从一定意义上说他是学者型的艺术家和艺术家型的学者，的确是有相当道理的。而他的学术文化包括现代书学成果，无疑也是对"新国学"的重要贡献。

二是中国现代文人书法艺术的翘楚。中国书法艺术是中华文化中的瑰宝，是典型的"国粹"，郭沫若在书法艺术层面也有其重要的创造性贡献。如果说他的文学作品是"献给现实的蟠桃"，那么他的书法作品则是"献给人生的橄榄枝"。其书法生涯甚至长于文学生涯。郭沫若多才多艺，即使淡化了"旗手"的色彩，也仍拥有着大文人的气象，所以在一些人看来仿佛"东坡"再生。如"我书意造本无法"的东坡先生一样，郭沫若在书法方面也有很高造诣，他熟悉各体书法，其中"最为出色的是其将北碑笔法与行、草体势杂糅为一体的成功尝试"。[①] 其追求尚意和变形的书法，在现当代书法史上占有相当突出的地位。他著作等身，其各类手稿文本也多具有一定的书法价值。当然，若从书法家类型看，郭沫若可归入文人型（学者型）或"名人"型书家。"文人书法"为其骨，"名人书法"为其肉，相得益彰而流通于世。在他的书法作品中，处处透射出一种"文"的气息，集万端于胸中，幻化出千种思绪，从笔端涓涓流出，化为与其学问修养相融合的境界，以书法艺术形式展现给读者。在"五四"前后，郭沫若的手书墨迹就显现出了自己的个性。在历史学与文字学交织的创造性研究的界面上，他的书法艺术更获得了坚实的学术根基和文人书法的深厚素养。其学者风范、书家功力与政治家气魄的相对完美结合，构成了郭沫若书法艺术的鲜明特色，在这种意义上，有人称之为"郭体"，自有一定道理。从历史上看是有"郭体"之誉；从艺术上看，书法风格或个性的存在也证明有"郭体"之实。仅仅从郭沫若与书法的角度，有心人也完全可以以其书法活动为谱事，编出厚重的《郭沫若书

[①] 刘正成主编：《中国书法鉴赏大辞典》，大地出版社1989年版，第1461页。

谱》，也可以紧跟时代需求用"郭字"设立电脑用字字库（近期崔俊生编的《郭沫若书法字汇》为此奠定了基础）。他的书法作品，如草书《百粤千山联》、《致子易诗书轴》、《咏武则天》、《录庄子逍遥游句》、《国民七言联》，行草《水牛赞》（图27）、《江汉丘陵七言联》、《书杜甫草堂联》、《沁园春·雪》、《顿觉》以及楷书录文天祥《正气歌》扇面、用李白《蜀道难》韵反其意而作的行书手卷《蜀道奇》等等①，包括他的某些题字，如题碑名"黄帝陵"；题匾名"故宫博物院"；题祠名"武侯祠"；题斋名"荣宝斋"；题书名"奴隶制时代"；题画"题徐悲鸿画奔马"；题银行名"中国银行"等等，都如沧海生波，神完气足，潇洒飘逸，顿挫有力，线条伸缩中充盈着艺术张力，缠绕飞扬，俯仰有姿，奇崛多变，尤有美感。其特色独具，面目清晰，确能够给人留下难忘而又深刻的印象，在接受美学的意义上也极易于被辨识和传播。正所谓："着绝艺于纨素，垂百代之殊观。"有些书作大气磅礴，令人感到震撼。毋庸置疑，即使在价值多元的时代里，郭沫若的那些书法精品也是足可以传世的，并多为世人欣赏和收藏。从形神兼备、内容与形式统一的角度看，他

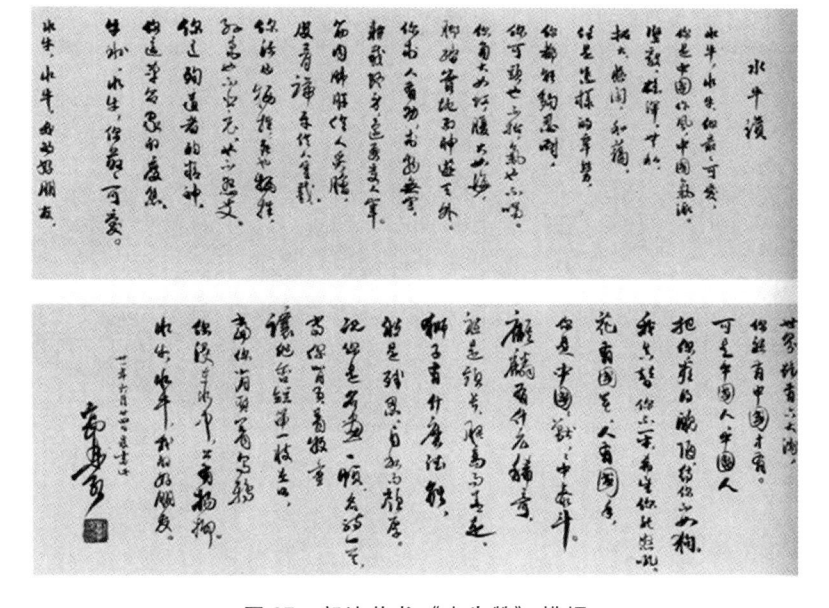

图 27　郭沫若书《水牛赞》横幅

---

① 参见《郭沫若遗墨》（河北人民出版社1980年版）、《中国书法家全集·郭沫若》（河北教育出版社2002年版）以及《二十世纪书法经典·郭沫若卷》《郭沫若书法集》等专书。

的书法作品也多书写自己创作的诗词或语句，与时代生活息息相关，特别是他为文化创新的事业、为革命和抗战以及为中华人民共和国建设而进行的大量书写，使书法走向人间社会走向名胜古迹，同时创造出了具有亲和力和时代性的现代书风。

郭沫若书法能够有独特面貌也当是融会贯通的结果。首先，需要认真向前人学习。如他从古文字到历代书帖多所涉猎（如他多习北碑，20世纪60年代还临《兰亭集序》等等），尤其是早年曾学过颜字，且用功颇深。从他的作品中，尤其是少数字作品，仍依稀可见颜鲁公的浑厚雄健的风貌，比如线条的朴茂、敦厚、结体的宽博，总体看书风雄强豪迈，具阳刚之气，很有时代特色和男性书法特征[①]。这也与他喜读孙过庭《书谱》、包世臣《艺舟双楫》等大量书籍和书帖，潜心领悟运笔之法相关。其次，必须注重磨炼书法技巧。所谓书法必是有法之书，郭沫若曾说："笔法的要领，我看不外是'回锋转向，逆入平出'八个字。"[②] 因此可以说这八个字也体现了郭沫若运笔的基本功和基本特点。再次，必须融会创造，随情化用，自成一家。郭沫若学习书法，不亦步亦趋地跟在前人后面而难有自家面目，而是从一开始便有着强烈的自我表现的个性色彩，非以自身作为先人奴隶，而是化他人为己用，独具风骨。郭沫若的书法虽也有楷书扇面《文天祥〈正气歌〉》那样的精致"小品"，但大多则是尚意随性、信笔挥洒的"大作"。既有传统根基，更注意自我发挥，无论用笔、结体还是布局，都不拘泥成规，显示了融会贯通、自然浑成的个性特色。这也就是说，从主导方面看，郭沫若习书作书，似乎并不乐意循规蹈矩，而是善于从个性张扬入手，努力体现自我个性或浪漫色彩。

三是书法人生交往及文化活动的"主角"。文人与书法的结缘其实也是对自我人生的充实，而通过书法为中介的人际交往，又在更大程度上丰富了他人和自己的人生。郭沫若书写一生，书写尤其是艺术创造性质的书写成为其生命焕发的生动体现，他的活跃和主动精神则使他成了书法人生交往及文化活动中的"主角"。一方面是文艺来源于生活，另一方面是生活也来源于文艺。这样的互动频繁的人必然会拥有丰富多彩的人生。我们看到，临池的时光固然构成了郭沫若生命中一道亮丽的风景线；作为并不多见的夫妻书法家，郭沫若与夫人于立群那仙侣般的夫妻书法与情感的交汇也令人称羡；而他给许多人尤其是亲朋好友题字相赠，也成为精神交流

---

① 参见李继凯《略说性差与中国书法》，《书法研究》1996年第3期。
② 《郭沫若论创作》，上海文艺出版社1983年版，第628页。

和增进友谊的重要手段。他慷慨地为全国各地名胜古迹、工矿学校以及社会各界、海内外友人和亲人留下了难以计数的辞章墨宝（自然并非都是精品）。其书法作品数量之多，质量之高，影响之广，现代名人书家还很少有人可以和他比肩。但在他的生前，几乎没有搞过个人书法展。在 1941 年文化界为他祝贺五十寿辰时，曾在他获得如椽大笔的同时举行了"郭沫若创作生活 25 周年展览会"，方才展示了部分书法作品。① 即使在生活非常困难的时候，他也没有走上卖字为生的道路。由于他没有现代书法的"市场"意识，甚至也没有传统的"润笔"要求，更没有专门为他开拓"市场"的经纪人，所以他不可能像如今的某些人那样"一字千金"，因书法而暴富，但他却有意识地将书法作为媒介，在书法交往中不断开拓人生：既有助于工作的展开，更丰富了自己和他人的人生，仅从这个角度看，郭沫若也达到了相当高的人生境界。郭沫若书法与旅游文化、科学教育、文学艺术等的紧密结合，在很大程度上讲是丰富充实了现代中国书法文化宝库。书法文化是包含技术性的书艺却并非局限于此的文化体系。郭沫若的书法作品很多，其中在内容与形式上真正结合好的佳作多被人们视为珍品，享有人间的特殊礼遇。即使那些存在一定问题的书作，也并非"文化垃圾"，也具有历史文化的资料价值，较如今许多当红之"星"的稍纵即逝似乎还要有着更为久远的生命。比如，郭沫若对科学教育事业的关切是终生的，不仅担任过科学院院长及大学校长，还曾为各类科研机构及学校题词或题写校名，多被勒石刻碑挂牌，意欲借书法符号彰显科学教育文化，与他用诗一般的语言呼唤"科学的春天"相应对，表达着一代知识分子的心声。因此，从很大程度上讲，郭沫若的书法活动本身也是一种严肃的工作。这也就是说，郭沫若书法既具有生活性或审美性等文化功能，也具有更加突出的宣传性或广告性等作用。但从艺术与人文的视野来看郭沫若书法，则更应注重他与友人间的翰墨情缘，其作品的"人文"意味常为后人怀念不已。在许多回忆文章和有关年谱中，便记载着郭沫若从事书法活动的大量事迹。而在中国文化环境中，书法名家乃至各类名流都容易与书法文化结缘，且善书者很容易背上沉重的书法任务。很长时间里，欲求郭沫若墨宝者众多，所积"字债"常不堪重负。但他经常"突击"性地从事书写以还"字债"。但即使是这种并非自由的书写，有时也能为他带来创造的快乐。如他题写"荣宝斋""黄帝陵"等时，笔迹中也仿佛洋溢着他的得意。像这样的例子还有很多。特别是中华人民共和国成

---

① 龚继民等：《郭沫若年谱》，天津人民出版社 1992 年版，第 484 页。

立后的几十年间，他参观过许多名胜古迹，题诗、题字是家常便饭，即使在他的耄耋之年，来自个人和单位的求字者仍很多，郭沫若仍坚持用颤抖之手握管，努力满足着请求者的心愿。从颤抖的笔迹中固然可以看出其生命的挣扎和顽强，更可以看出他对他人和书法的尊重和喜爱。他对书法的讲究也值得注意。如他经常为他人和自己的书籍题字，经常并非一挥而就，而是写了再写，他在给日本友人的一封信中写道："……原有里封面题字俗得不能忍耐，另书一纸奉上，务请更换为祷。"① 郭沫若的书法艺术同样享有国际性的盛誉，他的墨宝在日本尤其受到欢迎，多处立有他的诗碑。他赠送外国友人或使者的许多书作，对传播、弘扬中国文化，增进国际文化交流也起到了积极作用，同时从自我精神需求来看，书法文化的滋润也为郭氏人生添加了许多光彩。

四是将文学与书法进行融合创造的成功者。郭沫若大量的手稿，其中有些既是文学作品，同时也可以视为书法作品，二者有意无意地融合创造出了双重艺术价值。观其书作也多有强烈的抒情性，透露着诗人的浪漫气质和激情。这与他心摹手追故乡前贤苏东坡有关。他在《咏东坡楼》中云："苏子楼临大佛寺，壁间犹列东坡字。洗砚池中草离离，墨鱼仍自传珍异。……"对苏子的崇敬和对苏字的关注溢于言表。如前所说，在某种意义上郭沫若俨然就是苏子在现代的复活。郭沫若作为苏轼以后四川又一大文人，其书法成就也许可以追攀东坡。东坡书法为宋代尚意书风的代表，这对郭沫若书法颇有启发，其用笔、结体皆有宋代书法意味，但又更为注重自由发挥和情意表达，个性突出，风神洒落，透出阳刚之气。在神韵上，郭沫若书法继承和发展了东坡书法，所以现代作家和大书法家沈尹默曾有诗评曰："郭公余事书千纸，虎卧龙腾自有神。意造妙掺无法法，东坡元是解书人。"诗中所说真是精当精彩，令人拍案惊奇！只是"余事书千纸"，也许不逊于"正事千万言"。亦恰如深谙中国书法奥妙的蒋彝先生所说："书法家的目标不纯粹是清晰可辨和写一页看上去舒服的字……而是将思想、个性与构思等诸方面表达出来。对我们来说，它并不是一门纯装饰艺术。只有具备明显个性的学者，特别是具备诗词、文学和音乐修养的学者，才能完成一幅令人满意的作品。"② 综合看来，郭沫若的情形正是如此，作为作家与书家的紧密结合当是非常成功的范例。其书法创作始终以发显个性气质和浪漫精神为范式，其点画的飞动

---

① 《郭沫若书信集》（上），中国社会科学出版社1992年版，第372页。
② ［美］蒋彝：《中国书法》，上海书画出版社1986年版，第113页。

与结体的奇变，也与他的人格和文艺思想相吻合。透过书法形迹的表象，我们不难发现他那颗文采洋溢的诗心是多么敏感、骚动和富于变化。在他的诗歌内容和风格上，也表现了其鲜明的浪漫主义艺术特色。在诗歌形式上，他曾追求"绝端的自由"，从而创作出想象力丰富多样而又奇丽壮观的诗篇，开一代新的诗风。从郭沫若的新诗集《女神》到历史剧《屈原》再到他大量的旧体诗词，都贯穿着一种遮蔽不住的浪漫，但这种浪漫里，既有西方文化的感召性影响，也有中国传统文化中浪漫余脉的传承性影响，这促使郭沫若不但性情冲动，乐于内心激情的喷发，而且在艺术观上也追慕天才式的灵感，极力表达一种自由与浪漫的时代精神。郭沫若在文学上的成就使他酷爱浪漫与自由，转换成书法作品时，即有了"意"的挥洒与"狂飙"的天成。典型的"郭书"风格也可以概括为"奔放恣肆，雄奇变化"。书写中经常信笔张歙，随意发挥，点画或拙或巧，或藏或露，墨迹亦浓亦淡，亦润亦枯，笔随意转，态由心生，常能一气呵成，笔墨间洋溢着浪漫主义的气息。这也就是说，郭沫若书法具有表现上的自由感与随机性，展现了大胆的创造精神和鲜活的时代特色，正与其文学风格上的浪漫主义精神相一致。总之，书法终归是书家的个人心性和文化习性这"两性"的综合表达。郭沫若书法在书法本体价值与包孕的人文意义方面可以说是诗人与学者气息的融合与张扬。

　　通常作家写字留下的手稿不如书史上的碑帖那样规整，但因了其独在的个性，深藏的情味，也别有一番意趣，是一种更特殊的书法，其趣味的盎然深郁，不在书法家之下。郭沫若是作家，也是书家，既有严整之作，更有意趣之作。一生屡经风浪的郭沫若，在其书法里，充分表现出其学者和文豪的风范风姿，其作品无论鸿篇巨制，抑或短笺小札，用笔大都十分爽快果断，很少犹豫与迟疑。书写内容多为自作诗词，无论旧体新体，大多富有时代气息。郭沫若早年的自我表现是惊世的《女神》等，而晚年的郭沫若，其有限的自我表现却是在写作之余的赋诗填词，并伴之以泼墨书写，看上去只是作为消遣消闲，但却更富于文人雅趣。笔墨常是老辣浑实，奇诡峻峭，古意盎然，格调儒雅。如某日郭沫若以剧名书成一副对联，上联为"虎符孔雀胆"，下联为"龙种凤凰城"。这样的文学（联语等）与书法紧密结合的创造和生存方式，是中国文人的一个宝贵传统，弃之可惜，即使在电脑写作普及的时代，也应在维系和发展文学艺术传统的层面上，努力将其发扬光大。值得注意的是，在中国现代文学史上，作家手稿具有书法艺术价值的较多，但有些名家也未必能臻于书法艺术之境，如陈思和在谈到巴金手稿时就曾说过，巴金不是书法家，他的手稿不像鲁迅、郭沫若的手稿，给人在阅读手稿的同时还享受书法艺术的熏陶，巴金的《随想录》等手稿不可能像《子夜》《四世同堂》的手稿那样，一手干干净净的毛笔字，让人赏心悦目。[①] 固然巴金手稿也有自身的价值，但却毕竟在兼具书法艺术特性方面难以与鲁迅、郭沫若、茅盾甚至沈从文等作家相比。20世纪中国作家与书法关系的不同，也可以分为不同类型。每一类中也会有不同的情况。如同为书法家型的作家，其书法艺术成就的大小不等就是很明显的事实。郭沫若的书法艺术成就较之沈从文、钱锺书等著名作家的书法艺术成就恐怕还要大些。而他的自白"有笔在手，有话在口。以手写口，龙蛇乱走。心无汉唐，目无钟王。老当益壮，兴到如狂"也可以视为他的文学与书法交合生涯及自由精神的生动写照。此外，郭沫若的书法总的看毕竟是其文化创造的重要方面，较多的书法精品（尤其是行草精品）构成了一种"沫若文化"现象中美不胜收的风景。在诗歌及历史剧甚至在治学方面也许可以说郭沫若后期有衰退倾向，像不少跨时代作家和学者那样出现了"江淹现象"，有许多问题和教训值得注意和思考。但中老年郭沫若的书法却有长足进展，旧体诗词、联语也每有佳作，当人们在"新国学"视野中重新估价旧体文学艺术在文艺史、文化史上的地位的时候，确实应该避免简单的线性判断，给出更为全面和恰当的评价与分析。

　　在20世纪中国作家、学者与书法文化的课题研究视野中来考察郭沫若，就会发现这一典型的个案蕴含着许多可供思考的问题。这里仅从文化研究的角度，对相关的复杂情形给出几点客观的分析和评价。

　　第一，苦难人生中的书写及精神补偿。即使在人生极为困难的日子里，郭沫若也在竭力避免文人生命的陷落，而努力寻求超越之路，书法与书写趋于一体的快慰，使他的精神得以升华，至少可以化解一些环境的压力和生活的沉重，在黑暗中通过审美化的书写而造出维系生命的氧气。比如在重庆时期，风云多变，困难重重，郭沫若除了自己勤于书写之外，还团结了一大批文学美术书法界人士，在艰难时世仍为繁荣文艺事业作出了贡献。为此文化界也给他以很高的评价。就在他五十寿辰之际，他为了感谢文化界的祝寿，真诚地表达了这样的心迹："……金石何缘能寿世？文章自恨未成家。只余耿耿精诚在，一瓣心香敬国华。"精诚所至，金石为开。郭沫若的金石之缘、文章名世绝非偶然。即使在"文化大革命"中，

[①] 参见陈思和《牛后文录》，大象出版社2000年版，第91页。

郭沫若也没有终止他将书法与书写整合为一体的追求。甚至可以说，在那个最为荒谬的年代，郭沫若能够做的最有意义的事情，便是以书法文化为中心展开的书写与研究活动。中华人民共和国成立的最初年代，毛泽东、郭沫若、沈尹默和舒同成了书法艺术这门"旧文化"的倡导者和传薪者，他们的书法不仅各领风骚，对传统作了综合性的继承，而且在传统文化低落的年代，对书法家和民众也是一种重要的文化引导。我们以为，沈、郭、毛、舒或可谓为建国书坛"四杰"。只要尊重历史，就不能忽视郭沫若在书法文化建设上的多方面贡献。即使在其一生最"无所作为"的十年"文化大革命"中，郭沫若也没有放下他的毛笔，并创作了一些具有划沙折股的笔意和艺术感染力的书法作品，为灾难岁月中寂寞的自己和人们，带来些微的欢悦，在文化心理上则构成了一种精神补偿机制，对书法家本人至少也有养生的功效。

第二，与时俱进的书写也会出现"笔误"。文人的二重性自古皆然，在书法文化的视域中来看也是如此。文人心态的复杂与书法面貌的多样往往有着非常内在的对应关系。刘熙载在《艺概》中说道："书，如也，如其学，如其才，如其志，总之如其人也。"[1] 文化人格复杂的文人其书作也有其隐在的密码，人格或多或少有损的文人，无论是得意者还是失意者，往往可以在书法世界中找到"墨舞"的快乐和精神补偿。[2] 就郭沫若而言，他是既向雅、尚美，也趋俗、趋时。如"文化大革命"期间，他写下了许多古体诗，其内容有许多不敢恭维，但其书法艺术却可以相对独立地存在。郭沫若就曾多次以1966年自己写的诗《颂大寨》书为条幅以应友人的求字。内容显然是当时流行的标语口号，但其作为书法作品却可以成为博物馆或艺术馆争相收藏的对象（即使作为"文化大革命"文物也有收藏价值）。另外，郭虽是饱学之士，但他在评论毛泽东诗词和书法时对毛泽东笔下出现的错别字、笔误多"将错就错"，还有所发挥，就不免牵强而又媚俗。沈从文曾批评郭沫若的创作，说"他不会节制。他的笔奔放到不能节制。""……不缺少线条刚劲的美。不缺少力。但他不能把那笔用到恰当一件事上。"[3] 这样的分析用来对郭沫若的某些书法作品

---

[1] 刘熙载：《艺概》，载刘立人等点校《刘熙载集》，华东师范大学出版社1993年版，第184页。

[2] 参见李继凯《书法与文人》，载《中国书法文化大观》，北京大学出版社1995年版，第407—417页。

[3] 沈从文：《论郭沫若》，载王训诏等编《郭沫若研究资料》（中），中国社会科学出版社1986年版，第78页。

来说，也是相当适用的。但在书法史上亦有以拙、丑为美的传统，讲求艺术变形，反对精致、巧滑与妩媚。傅山曾提出著名的"丑书宣言"，曰"宁拙毋巧，宁丑毋媚，宁支离毋轻滑，宁真率毋安排"。这种极端意味很浓的话语表现了一种反潮流反俗众精神，其要旨在于提倡自然自由的书风，从而抒发真情实感，体现自由意志，以真率真诚的"心画"超越字表之媚，追求艺术本质的美。郭沫若某些看上去较为粗糙的书法，实却拥有磅礴的气势和酣畅淋漓的效果，尤其是他的那些遒劲飞动的行草，确能给人以爽与酷的感觉。但到了郭沫若的生命晚期，虽然仍以发抖的手题字，却常失去韵致和形体，那种力不从心的感觉和病态老人的形象，真是"跃然纸上"，令人感慨不已。倘从大处着眼，也可以从郭沫若的书法活动中，看出汉民族文化心理结构的悲剧在郭沫若身上也有相当刺目的体现——他的相当一部分书法作品潜蕴着传统士子的功利意识和忠君意识。分析文人书法家的文化心理，可以从儒家、道家等角度分析。郭沫若的书法如果全部集结起来，按年代编出，亦可以看出20世纪中国的面影，一方面体现着儒家文化塑造的积极入世、书以载道的精神特征，但另一方面也显现出某种被儒家文化覆盖遮蔽的"无我"状态，不少歌颂或应景的书法作品实乃顺势应世媚俗的结果，其中也显现着某种人格的扭曲、个性的泯灭，而这又与儒家文化忽视个人权利不尊重个性的心理积淀大有关系。因此可以说，从郭沫若书法活动体现出来的某种悲剧性，并不仅仅是其个人悲剧，也体现着民族文化传统的悲剧。

第三，"全人"的观照及"慎评"。笔者曾主张从全人视境来观照现代文化名人，这对郭沫若自然也很适用。从人才观来看，郭沫若可谓是"另类"人才，很难接受传统的旧式教育和家训族规；他也是尝试殊多、事业多成的"球形"人才，很难用单一的命名来评估他多方面的成就。人们从不同侧面称他是作家（诗人、剧作家、散文家等）、历史学家、社会活动家、考古学家、文字学家、书法家和翻译家等等，综合来看，作为"创造社"领袖的他则是20世纪中国一位有着众多建树的文化名人，有着旺盛而又持久活力的文化创造者。尽管有人常借若干失误而蔑视郭沫若，但认真审视其"全人"的学术取向仍应成为主导方面。对郭沫若的书法名家身份，有很多人予以确认，并给予很高评价，其中最典型的有"郭体"之誉；但也有人大加鄙薄，其中最典型的是"滥俗"之说。前者多见于中国内地正式出版的书刊，"主流"特征明显；后者多闻于海内外学人的议论，"民间"色彩突出。而在笔者看来，郭沫若的书法世界，可以说是功底深厚，书风浪漫；应用广多，

第五章　笔耕墨种："双坛"上的"鲁郭茅"　　145

佳作时见；书文互彰，超群卓然；世人赞誉，亦有遗憾。诚然，郭沫若在身后为我们留下了巨大的精神财富，也留下了巨大的反思空间。事实上，郭沫若的书法与其"文学创造""文化创造"浑融相通，体现了一种"永远的文化创造精神"，这也是值得我们珍视的精神文化遗产（图28）。笔者曾指出：如果说民族文化定有其文化基因或文化原型的话，那么中国人创造的汉字或象形文字，就自然蕴含着炎黄子孙的心灵和艺术的奥秘，并结晶为名冠全球的"中国书法"。因此，在我们今日的国民性里，也依然深深地渗透了因汉字书写而生成的文化心理基因。不管时代如何变迁，"中国书法热"似乎总能成为汉语言或华文文化圈独特的人文景观，并携其鲜明特色走向世界，吸引更多眼球来欣赏这神奇的毛颖之舞。尽管随着电脑时代的轻捷步伐，书法的实用功能日见萎缩，但书法艺术创造的无限空间仍存留于人们心中……①。笔者坚信，无论消费性大众艺术怎样大行其道，艺术工具怎样更新，"换笔"运动怎样快捷，但伴随文化国力的提升和汉语热的不断升温，中国书法文化绝不会被消灭。因之，"哲人其萎，墨宝长存"，物以稀为贵，艺以精为显，能大雅亦复大俗的复杂的郭沫若，其人与书的丰富性也依然会具有恒久的魅力，其传世的真迹也仍会为世人所珍视，在山水之间，在庙堂之上。

图28　郭沫若书"百家争鸣　百花齐放"

---

① 参见李继凯等《西部书坛的"学院派"》，《中国书法》2004年第5期。

第三节　茅盾对书法文化的不懈追求

现代作家除创作了一批经典的文学文本外，亦创作了相当数量的书法精品，茅盾即是其中的佼佼者。作为一个集多种文化"身份"于一身的文化复合体，茅盾自幼便深受书法文化熏陶，毕生都有着广泛的书法实践与书法交往，这凸显了他的"书家"身份，也显示了整理作家书法文献的重要性。作为"双坛四子"之一亦即作家书法的突出代表，茅盾书法修养极深而颇具文学性和情感性，臻于书法化境，对于中国文化传统特别是文学和书法传统的继承和转化、传播和深化发展，都起到了非常重要的作用。虽然目前"文化市场"对茅盾及茅盾书法不乏非议和伪造，但笔者认为，茅盾与中国书法文化的密切联系是显明的，其书法艺术造诣和对书法文化的贡献是不可磨灭的。

无心做书家，书艺传万代。古代作家文人多如此，现代某些作家实际亦如此。尽管他们的人生之路比古人更宽广，选择职业的机会、兼干的事情更多，交流及交往更加快捷，因之这更多的"身份"或社会角色往往使他们比古代作家更"复杂"，但都喜欢文学和书法则是古今贯通的"习惯"。如鲁迅、茅盾、沈从文、郭沫若、老舍、李叔同（弘一法师）、徐志摩、赵树理、闻一多、臧克家、赵清阁等，莫不如此。诚所谓"无心插柳柳成荫，有意翰墨书如海"。有心者集中加以审视，确实会感到蔚为大观！"可以说，由于中国现代作家是中国古今文学和文化之变的桥梁式人物，自小又受过书法文化的熏染和教育，之后又没有放弃毛笔书写，故而，他们并没有割断与书法文化的血脉关联，他们的书法手迹也是一笔相当宝贵的文化遗产。"① 其实，从宏观书法文化史角度看，即使采用西式硬笔书写中文乃至外文，也可以臻于书法的艺术境界。至少验之于茅盾，此言是成立的。

在中国现代文学史上，向来有"鲁、郭、茅、巴、老、曹"之说。这六大家中，固然书法技艺确有高下之分，但喜爱书法且有很多书法艺术形式的墨宝传世则是相似的。简而言之，他们都与中国书法文化有着非常密切的关系，都将文学与书法进行了成功的结合，并且都将"在墨迹中永生"。这就是"墨迹"的难以磨灭的力量，使他们获得远远超过个体自

---

① 参见李继凯《书法文化与中国现代作家》，《中国社会科学》2010 年第 4 期。

然生命的长久的文化生命！而这生命的获得，往往是文学与书法以及人格的"合力"使然。他们的"书写"行为终止了，但他们的"墨迹"却流芳百世。而在中国现当代作家浩大的群体中，茅盾自然是非常杰出的一位；即使在中国书法文化传承创新方面，他也为我们做出了示范，发挥了典范的"师者"作用。《茅盾手迹》①的问世，即为后人提供了范本。他的大量手稿，堪称文学与书法相结合的典范文本，美不胜收，价值甚高，无论从量上看，还是从质上看，都达到了中国现代作家的顶级水准。用书品定格的话，当视为"第三文本"之极品。

一

还是在五四时期，有一天毛泽东在《小说月报》上看到了好友孙俍工的小说，遂高兴地与之交流。其间孙俍工取出一封信来说："你看，沈先生已为此事写了信来，又约我写下一篇小说了。"毛泽东一看那十行纸信笺上书写得端秀遒劲的字迹，内容是介绍孙之小说《看禾》发表以后，受到了鲁迅先生的高度评价。那信尾的署名是"沈雁冰"三字。由此留下了深切的印象，为后来的交往、共事及书信往来埋下了伏笔。

这"沈雁冰"自然就是后来的茅盾。在文化界、文学界，茅盾的书法确以"端秀遒劲""骨骼清奇""清隽雅致"而闻名。大致而言，茅盾书法是其"常态"书写行为的结晶，很少"刻意"为之，自然而又潇洒，顿挫而有力度，清爽却也飘逸，特别是他的手稿书法，堪称登堂入室，臻于墨香秀雅、斯文酣畅的艺术世界。他的《子夜》手稿，可谓是20世纪30年代文化艺术界收获的硕果。那清爽、遒劲、博雅的硬笔行书，叙事长篇与书法长卷的复合似有一泻千里之势，足可以令人流连忘返（即使在初稿书名"夕阳"旁边书写的英文，也和他的其他手稿一样飘逸，具有美感）。著名书画大师刘海粟曾说："1956年偶见茅盾先生所书《子夜》手稿，近乎工楷，一丝不苟，劲秀中见风采，堪称典范。"② 我们还看到，诗书画的相通往往成为诗人、书家和画家共同的追求。如茅盾曾为高莽画自己的肖像题诗，云："风雷岁月催人老，峻坂盐车未易攀。多谢高郎妙化笔，一泓水墨破衰颜。"③ 这一合作产生的视觉艺术，实在可以令人期待这样的境界：诗中要有画的意境，最美的诗却要用最美的书法形

---

① 《茅盾手迹》，西泠印社2003年版。
② 刘海粟题词，见黄若舟《硬笔书法》，上海人民美术出版社1990年版。
③ 高莽：《文人剪影》，武汉出版社2001年版，第1页。

式来表达；画中也往往可以书上美妙的题画诗，这样，将诗书画在空间、时间及境界、韵味上有机地融为一体，便化合、交融出一种"中国创造"的复合型艺术。这也充分体现在其行书自作诗《题白杨图》条幅中。该条幅堪称诗书画在艺术化境中的结合：白杨图原是茅盾名文的精神创化，由文字的审美想象空间生衍出由线条构筑的视觉艺术，如今成为茅公歌咏的对象，而这诗歌又被茅公挥毫成为精彩的条幅，这样的连环式的审美创造，确实具有触动人心灵的艺术魅力！

茅盾是乐于同他人合作的文化名人，人脉很好，求字者很多。从他和友人交往信札中，还可以看到一些书法交往方面的信息。有人已经指出："在茅盾与朋友的通信集中，可以发现有不少朋友在与茅盾的鱼雁往还过程中，在问候、请益、探讨之余，几乎无一例外都有一个请求，以获得茅公的一幅墨宝为幸。其中不乏像巴金、施蛰存、姚雪垠、周而复、戈宝权、赵清阁这样的大名家。由此可见，茅盾的文人书法在文人圈子中确实有其不俗的魅力。"① 这样的文人书法交往，珍藏和传扬了传统的书法文化，同时也是茅盾书法墨迹传播非常广泛的一个原因。此外，茅盾作为现实主义作家文人，对书法的文化建设作用自然是重视的，也是自觉身体力行的。比如，除了写稿、写信，中华人民共和国成立后茅盾的题字题词很多，如《新文学史料》《文学报》《鲁迅研究年刊》《上海孤岛文学回忆录》《小说月报》《小说选刊》《啄木鸟》《湘江文艺》上海书店、乌镇电影院以及为许多友人、学校、图书馆的题字题词等等，几乎成为其生前一件相当重要的工作了。而他的这些题字题词等，和相关的文化现象结合为一体，也成为当代期刊装帧、教育文化等的一个有机组成部分。再有，他曾为西子湖畔的"曲院风荷"景点题写了"曲院风荷"四个字，挺拔秀颀，与西湖之景交融衬托，本身也成为景中之景。他认真题写的"瞿秋白同志故居""厦门园林植物园""栖霞楼"等，不乏引人入胜之处，与旅游文化融为一体，在另一个文化领域有了新的创化。而他最为常写的，也许还是应邀或自愿题写书名，如《唐诗行楷字帖》《中国新文学作品选》《鲁迅书信新集》《在法国的日子里》《郭小川诗选》《赵树理小说选》《陈复礼摄影集》《绿叶赞》《杨虎城传》《外国名作家传》《故国》《蚀》《子夜》《腐蚀》《锻炼》《我走过的道路》等等，经茅公妙手所题，多有点睛之效，令人领略了图书文化的风雅趣味。

从书法文化范畴而言，作家书法可以说是"文人书法"的主体部分，

---

① 管继平：《民国文人书法性情》，汉语大词典出版社2006年版，第164页。

能够充分体现"文人书法"的特征。作家以构想文学世界为本职，对于艺术与美是异常敏感的，总是能够发现美，构想美，表现美。美有多种，形有多变，但始终如一的是对于艺术和美的执着追逐。而作家赖以追逐美、表现美的工具自然是文字。相较于其他群体，作家文人对文字总是有异乎寻常的敏感。不论是在文学文本中，还是在书法文本中，作家文人除了着意发掘文字的能指与所指蕴含的文化意义，同样会倾力表现文字及文字组合的造型之美。在电子书写还远未普及的历史场景和现实状况下，亲笔手书成为作家当然的选择。因为现代作家已经成为集多种身份于一身的"复合型文化体"，所以，除了文学文本手稿，作家文人还留下了大量的书信等手迹。

这样说来，从书法文化研究角度，像茅盾这样的作家，整理其书信、传记或回忆录等与书法相关的文献，也将是非常繁重的工作，当予以高度重视。而个别出版社已经出版的茅盾手书古诗文集，毕竟只是其浩瀚书稿中的很小的部分。茅盾的手迹，历经劫难而保存下来的，尚有创作的手稿、笔记、摘抄、古诗文注释、书信、日记以及题签等，计300余万字。其中广为人知的是他的作品手稿。这些手稿卷面整洁，字体隽秀、飘逸，深受书刊编辑们的喜爱，也被文艺界人士视为艺术珍品。

1996年，为纪念茅盾诞辰一百周年，中国青年出版社便出版了《〈子夜〉手迹本》的精印本，并作为出版社的"典藏"珍本。华宝斋书社出版了一套更完整的精选线装本《茅盾手迹》，其"综合篇"包括茅盾各个时期的不同墨迹，一函五册；正版手工宣纸线装茅盾手迹"《子夜》篇"，一函三册。主编为茅盾儿子韦韬先生，足见货真价实，全为可信的真迹留影。这些手迹被出版界命名为"文学书法"，而笔者则名之为"第三文本"。真迹诚为宝贵，经历了颠沛流离的岁月而被保存下来，这里面又有多少文史掌故呢？这般精致的印刷品，即使在世人眼中也堪称是难得的"宝贝"了。这弥足珍贵的"第三文本"，蕴含着丰富的文化信息，堪称"文化宝库"。我侪当尽力而为，探究这宝库的"秘密"，使其活跃起来，不再只是有待发掘的"第一文本"，更应通过"第二文本"的发现，走向"第三文本"的多样创化。茅公书法艺术的精深造诣，其文本本身的审美品格和文化蕴涵及其背后的堪称传奇的掌故，足以支撑起茅公书法的文化创造。

二

在书法界及公众舆论中，向来有人诟病文人书法特别是现代作家书法的"功底"不足。且看茅盾书法,却功底十足,独具风姿,文学和书法同辉,文化名人的巨大效应和功底非凡的书法手迹,令人几乎叹为观止。

茅盾早年深受家学影响,其祖父虽然科场失意,书法却声名乡里,在乌青二镇经常为人题写匾额、店号、楼名及文书等。其父母也喜欢文墨,能书对联。上学过程中,茅盾也常能得到高人指点,学习书画和篆刻成为人生的一个乐趣所在。在进入北京大学学习时,还曾受到沈尹默、沈兼士等人的直接影响,更为深入地接触了书法文化。他在颜柳楷书的临习方面下过不少功夫,对书法史上的名家行草法帖也多所借鉴。由此,茅盾书法功底之扎实,可见一斑。

如今,即使是其早年在故乡学习时留下的作文本,也被发掘出来,成为其文章和书法方面的重要文献。桐乡市茅盾纪念馆编的《茅盾文课墨迹》(1—2册,2001年3月华宝斋书社出版),就为人们留下了极为深切的印象。有人认为其字其文水平高,13岁时,茅盾书法"写出了相当于现在省级书协会员的水平。章法严谨,笔法稳重,浓淡适宜,在灵动的结体中显现着宋唐书风,从圆润的笔划转折中,体现出颜筋柳骨"。[①] 还有重要的一点,可以见出茅盾对中国书法文化的修养之深:他喜爱篆刻,且技能不俗,早年曾在中学同学影响下,认真学习篆刻。1910年的暑假全力习刻印章,刻工大进,对剖石章及拓印法等技巧也能掌握。[②] 虽然后来不再自刻印章,但这方面的修养却是具备了,有助于增进他对书法文化的系统把握和深入了解。如他晚年曾说,"钱君匋篆刻,善矣而未尽善也。这玩意儿,功夫深浅大有讲究,不容易尽善尽美。我在中学时玩过这东西。当时中学里有这门功课,五四后就不玩了。"[③] 任课者为邓石如,乃为江南书法、篆刻大家。"不玩了"未免辜负师教,但幸运的是,茅盾于中学时自刻的印章,至今仍有多枚留存于世。如:1910年茅盾在湖州自刻的"仲方"阳文印、"沈大"石章以及"德鸿"与"斌"双面印等,尽管皆为习作,却也水平颇高,皆被茅盾故乡纪念馆视为一级文物而妥为珍藏。

值得注意的是,作家书法具有文人书法的一般特点,却也是文人群体中最具有"文学性"和"情感性"的人。作家们不仅在文学文本中体现出作为作家文人的本色,而且也会在书法文本及书法思考中体现出这样的

---

① 盛羽、盛欣夫:《茅盾书法小考》,《中国书法》2005年第10期。
② 茅盾:《我走过的道路》(上),人民文学出版社1981年版,第72—73页。
③ 《茅盾全集》第38卷,人民文学出版社1997年版,第15页。

本色。作家文人往往更率性，更情感化，更具有诗性及自创性。他们的"双书"（文学书写与书法书写）特征也更加鲜明，从存量看也远多于其他群体。他们有意无意的"双书"性实践，对中国文化传统特别是文学和书法传统的继承和转化，都起到了非常重要的作用。比较而言，在作家书法群体或"双坛"中，茅盾书法的"文学性"是非常强的，其大量的手稿具有书法美的光辉，其大量书法作品具有诗文的品质，即使那些题词题字题匾，也隐约可见其清癯端肃、雅意盎然的作家形象及书法个性。

茅盾的书法个性和鲁迅、郭沫若一样鲜明，具有自家特异的书法面貌。唐代大诗人杜甫曾说过"书贵瘦硬方通神"，借此形容茅盾先生的书法确是比较贴切的。在文人书法中的"瘦硬"者，茅盾应该算非常典型的一家。作为著名文学家又是新中国第一任文化部部长的茅盾，当年给各种报刊书籍题名的自然很多。虽然非常繁忙，但茅盾又是一位极认真的人。每逢题写，便用心创作。因而，能够留下不少书法精品。他的"瘦硬"和"清秀"居然可以结合到如此完美的境界常常令人艳羡不已。他的这种清癯端肃、雅意盎然的书法个性，主要是自己个体生命律动的外化，但也会有书法文发潜移默化的影响。尽管茅盾很少标榜自己师承名家，但偶尔也会透露自己读帖、临碑的经历。他在1979年1月22日《致施蛰存》中（署名沈雁冰，载文化艺术出版社版《茅盾书信集》），就曾谈到自己的书法：认为"不成什么体，瘦金看过，未学，少年时曾临《董美人》碑，后来乱写。近来嘱写书名、刊名者甚多，推托不掉，大胆书写，都不名一格，《新文学史料》五字，自己看看不像样。现在写字手抖，又目力衰弱（右目 0.3 视力，左目失明）。写字如腾云，殊可笑也"。并答应老友的请求："写唐诗，容过了春节再写。"[①] 除了习惯的客气及谦虚，明显道出了"看过"瘦金体书法、临写过"董美人碑"[②] 等重要信息。所谓"大胆书写"云云，恰恰是积累到相当程度，便可以信手任情挥洒，却不失自家面目，已然近于再创造（图29）。

诚然，茅盾是"五四"以来中国作家中的佼佼者，在很多方面取得了重要的成就。书法文化的传扬和创作并非他的主要从业内容，甚至可以说，在没有意识到"书写"行为往往既与文学创作相关，也与书法文化

---

① 唐金海、刘长鼎主编：《茅盾年谱》下册，山西高校联合出版社1996年版，第1521页。
② 该碑全称为《美人董氏墓志铭》，刻于隋开皇十七年（公元597年）。清嘉庆年间出土于陕西兴平县，其特点端庄坚挺，清妍明快，深受茅盾喜爱，临习认真，颇得其神韵。

生产相关的情况下，茅盾还将书法当作"业余"的爱好了。尽管如此，茅盾在客观上还是通过不断的书写，为后世留下了很多精彩的书法作品。在作家群体中，他和鲁迅、老舍、郭沫若、沈从文等一样，也是属于文学与书法都可以列入"上品"乃至"上上品"的方阵的。

茅盾的书法，其最有特点的就是线条及结构。他的书法大都将字的中宫收得较紧，所以结构严整美观，线条舒展雅致，虽入笔轻而线条细，但却细而不弱，线条非常秀挺而富有弹力，神韵十足。尽管有人以为：唯一不足或可说写得过于光滑流畅，似乎美妍有余而韵味不足。当然，这也只是某些人的一种审美结果，主观局限是明显的。显然，茅盾的这种书法风格原本就不是以书法史上的"四宁四毋"为旨归的，而是既有南方文人及其"二王"的流韵，又有北国"白杨"的挺拔，是南北、刚柔、古今、人我高度"化合"的产物。茅盾书法，实际已经卓然成家，我们应当为拥有像茅盾这样的杰出文人书法家而感到骄傲。每当我们看到他写在彩色信笺上的书法小品（如书《林和靖旅馆写怀》以赠黄裳，书旧作《西江月·几度芳菲》赠唐弢等），写在宣纸上的条幅和横幅（如写给蔡元培先生的条幅、写给臧克家的条幅、写给赵清阁的横幅长卷等），以及写给曹靖华的中堂等等，尽管只是在展览中或图片中观赏，也能深切感受到其中蕴含的来自书法也来自文学以及情谊的美好及妙味。

笔墨当随时代，在茅盾笔下得到了很充分的体现。书法个性或风格的鲜明，在现代作家笔下也真的是历历在目。如果说小说、散文的个性风格辨识起来存在一定困难的话，笔迹风格面貌却相对容易辨认。茅盾的书法在现代作家群中风格独具，有董美人和瘦金体的遗风，也有写经体的功夫。茅盾幼年从酷爱书法的祖父那里也受到了很大的影响。1988年内地出版且影响很大的《中国当代书法大观》中，茅盾书写的行书《一剪梅·

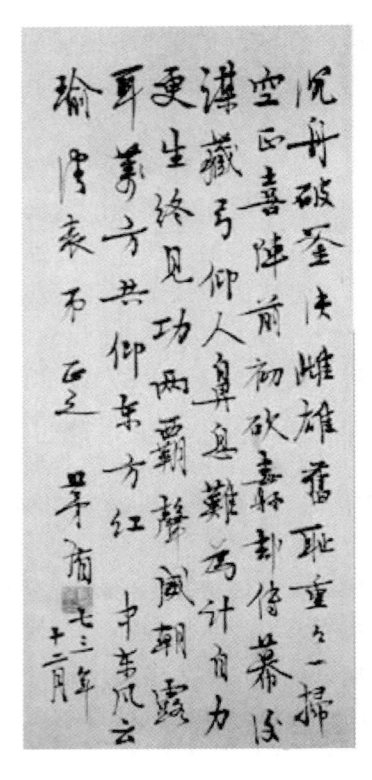

图29 茅盾书《沉舟》诗轴

第五章　笔耕墨种："双坛"上的"鲁郭茅"　153

六十年前》即被收入①。这幅书法作品"用笔细劲坚挺，结字工稳偏长，布局大方得体。书写时爽然快捷，纵横自如，书卷之气扑面而来"。② 这从一个小小的侧面也显示着现代"老作家"与当代"书写者"的贯通。现代作家对当代作家的文学影响是那样明显，人们给予的关注也是那样集中，使人们似乎很容易忽视在其他方面包括书法文化的联系。茅盾1980年2月书一首诗《题红楼梦画页》赠送学者万树玉，认真地谋篇布局，一气呵成，神完气足，是茅盾书法中的精品。茅盾也曾给西北大学教授单演义等学者书写横幅或竖幅书作相赠，他对学者的热情由此可见一斑。而书法界也有不少人对茅盾有着浓厚兴趣，赠书法，赠印章，在其身后，也仍然热情不减。如《茅盾笔名印集》的出版，即为一例。《茅盾笔名印集》由中国书法家协会浙江分会、浙江省桐乡县文化局编著，浙江人民出版社1984年出版。该书共收录根据茅盾曾经使用过的笔名篆刻成的作品125方。该印集源自浙江省书法家协会组织本省部分篆刻家在茅盾故乡乌镇举行的"茅盾笔名印集"创作活动，把收集到的茅盾笔名资料，按编年顺序进行创作而成。这些印章形式多样，风格各异，有较高的艺术价值，也有珍贵的文化资料价值。而以茅盾诗文为内容的书法或纪念茅盾的以及与茅盾相关书法，更是不胜枚举了。而这样一个命题，即茅盾文学奖获得者与书法文化就是一个很有意趣的课题。迄今为止，茅盾文学奖已经评出了8届，很有意味的是，每一届都有钟情于书法文化（或精于书写，或热爱收藏，或乐于鉴赏，或兼而有之）的作家进入获奖名单，如第一届中的姚雪垠，第二届中的李準，第三届中的刘白羽，第四届中的陈忠实，第五届中的王旭烽，第六届中的熊召政，第七届中的贾平凹，第八届中的莫言，都与书法文化有较为深切的关联。女作家王旭烽将茶文化与书法文化进行了结合，留下了一段佳话。至于最近三届的熊召政、贾平凹和莫言，都是精通书法文化的杰出作家，书法造诣相当精深，其书法创作的成就和影响力也非同小可。虽然不能说这是对茅盾那一代作家的自觉师法和传承，但也不能说毫无因缘关系。中国文人的文化生活中，书法文化的创造和消遣是重要的一种方式，这是一条文化河流，很幸运，通过茅盾文学奖串联起来的作家中，就有延续这条文化河流的优秀作家不断涌现出来，这并非偶然，而是民族文化的传承使命得到了自然而然的显现。

　　世间珍视茅盾书法及手迹者极多，可以说是真正意义上的"墨宝"

---

① 阎正主编：《中国当代书法大观》，文化艺术出版社1988年版，第60页。
② 斯舜威：《学者书法》，中国美术学院出版社2002年版，第124页。

乃至"国宝"了，民间收藏已经非常罕见，拍卖行中的作品时或有之，却未必都是真迹。在宝岛台湾，有一位作家叫李黎，其家居客厅壁上有一幅字："西江月/茅盾题"，底下一方钤印"茅盾"，挂了许多年，被他视为珍宝，也令其友人惊奇、赞叹。①现居香港的著名老作家董桥也很欣赏茅盾的诗书合璧的作品，曾寻寻觅觅许多年。他曾介绍道："他的诗我读的其实并不多，读到的竟然都写得很好。茅盾文字里的气度始终清华疏旷。1965 年我在新加坡静叔家里看到茅盾写的一幅立轴，清癯入骨，秀气里藏不住傲气，实在儒雅。静叔要送给我，我没敢要，寻寻觅觅几十年竟然再也碰不到那样惬意的一幅。茅盾晚年致施蛰存信上说他的字不成什么体，瘦金看过，未学，少年时代临过董美人碑，后来乱写，老了手抖，目力又衰弱，'写字如腾云，殊可笑也'！老先生也许真是那么谦卑。上星期这封信在上海拍卖，我没买着，朋友倒替我弄来一幅茅盾写给荒芜的一纸诗笺，录《读稼轩集有感》一律。""茅盾拿荣宝斋薄心畲画的笺纸写的这幅小字倒是见树见林了。我喜欢这样纤秀的'小文玩'，书法艺术如今是残山剩水了，老前辈遗墨难得流传下来，有缘邂逅我总是尽量捡来保存。"②

用书法来进行交友，是现代文人之间特别风雅的事情，对现代文人作家来说，不是附庸风雅，而是文学交流、文化会通及书艺切磋。其友曹靖华就曾获得茅盾的书法作品，其内容是他访问海南岛时写的一首古体诗《椰园即兴》："六鳌钓罢海无波，斜雨乘风几度过。安不忘危常警觉，军歌声里跳秧歌。"形式上是严格意义上的中堂，结构相对宽博舒朗，墨迹显得粗壮有力，意象上与历史兴叹相契合，堪称是茅盾书法的代表作之一。曹靖华珍爱有加，精心装裱后悬挂于房中，两边配上著名画家陈半丁老人绘的梅、菊图。"来访的友人都会对这幅墨宝驻足观赏、赞叹。"同时也表现出曹靖华对茅盾诗文和书法的敬重、欣赏："敬重茅公，也仰慕他清新、隽永的诗和他自谦'约约乎'的飘逸、俊秀、自成一体的书法。不然，他生前为何独独将这帧墨宝悬于室中，时时作'壁上观'。"③为老朋友黄源所书的立轴，也为黄源亲友所爱，观赏者常为茅盾的书法美所折服。而他赠送女作家赵清阁的《清谷行》长卷，更是稀罕之物，茅公逝世后，年龄也近 85 岁的赵清阁将此件珍宝题字说明，郑重捐赠给了茅盾故乡的纪念馆珍藏。这样的结果也许茅公生前是无法想到的，更想不到可

---

① 李黎：《茅盾的字》，《新民晚报》2011 年 11 月 30 日。
② 董桥：《故事》，作家出版社 2007 年版，第 106—107 页。
③ 彭龄、章谊：《斜风乘雨几度过——父亲曹靖华与茅盾的友谊》，《传记文学》2006 年第 1 期。

以用书法进入市场换取大的价钱。他给赵清阁的信中说:"嘱为写小幅,敢不遵命。但书法恶劣,聊供一粲,并以存念。"① 他把自己的书法作品定位在交友层面,抛却了世俗功利杂念的缠扰,显然的确是一种清洌纯净的文人襟怀。其文格与人格在在令人敬佩,其书法作品更加令人神往。

三

由前述相关情况,我们可以对茅盾书法艺术之源产生进一步的认识,即茅盾书法艺术得益于古代书法文化的启示,鉴赏书法的潜移默化、临摹碑帖的艺术操练以及受前人启发的自由书写等等,是他能够成为优秀文人书法家的重要原因。这是天养加自修的自然结果。即使从茅盾自述中,也可以进行这样狭义的理解:虽然不能说瘦金体对茅盾书法毫无影响,但更主要的影响源却是他自我介绍的《董美人碑》。该碑是隋代楷书中的精妙之作,其书布局缜密严谨,笔法精劲含蓄,秀逸疏朗,淳雅婉丽。茅盾之书从中便吸取了其华美坚挺的笔致,果然给人有一种清朗爽劲之感。茅盾既从传统书法文化中受益,也为传扬书法文化付出了自己的劳动。他勤于书写流下的书法及手迹,固然是对书法文化的奉献,而从他这里却也衍生出书法文化,比如他的诗文会被他人书写,他的书法被置换和化用,甚至他的笔名、作品名等也会被书法篆刻家当成再创作的对象。这已然属于茅盾书法的文化创造。比如《茅盾笔名印集》②,就是一例。该书共收录作品 125 方,主要根据茅盾曾经使用过的笔名篆刻而成。这些印章形式多样,于小小印石之中,展现出风格各异的线条及艺术变形,有较高的艺术价值,同时也有较为珍贵的文化资料价值。

当然,也有对茅盾书法持一些异议的文人。1944 年第 7 期《万象》上曾刊登徐调孚化名"贾兆明"的书信体散文,题为《闲话作家书法》,文中先曾说到茅盾的稿子颇受排字人的欢迎,但后面又说:"茅盾的原稿虽则清楚,但字却写得并不好,而且笔画常有不到家处,以致极易被排字人认错,我们校对人实在不欢迎他的稿子。他的字瘦削琐小,极像他的人体。"这里的自相矛盾是非常明显的,且仅仅有实用的判断而没有书法艺术的判断,写信人的书法修养及"校对"能力也令人怀疑。又如胡风,也曾说:"《新文学史料》适夷给我带来一本……那个刊物名称的题字就

---

① 《茅盾全集》第 38 卷,人民文学出版社 1997 年版,第 10 页。
② 中国书法家协会浙江分会、浙江省桐乡县文化局编著:《茅盾笔名印集》,浙江人民出版社 1984 年版。

是我觉得滑稽，好像现在没有这位大人物的题字，刊物就不能取得合法的形式。"① 这里的不满似乎并非针对茅盾书法技艺本身，而是针对茅盾的"大人物"形象和题写刊名的行为。因二人后半生不和，所以其中的情绪化倾向是相当明显的。如今，人们对茅盾的书法赞佩有加毕竟是主要的。甚至由于其手迹有"市场"价值，近些年来还有民间性质的"假冒伪劣"之物粉墨登场。在著名的孔夫子旧书网上就赫然挂着两页八行笺信纸的茅盾1979年10月30日写给赵清阁的《沁园春·祝文艺春天》手迹②，明眼人一看，就知道与茅盾的笔迹相去甚远。

　　无论褒贬，茅盾与中国书法文化的密切关系则是基本史实，这关系涉及许多方面，不仅是接受影响，而且也有创作和传播；不仅是自己挥毫书写书法自娱，而且在印章、文房四宝、书法交际、题字题签等方面都有介入，进入了"书法文化"扩展、拓展及广泛应用的领域。而其墨迹的传世，也就有了更多的价值意义。茅公之子韦韬先生曾于2011年11月为《茅盾墨迹》一书③撰写序言，其中虽然也有仅仅认可毛笔书法为"书法"、为"墨迹"的局限，对茅公书法的源流、特点及价值等也没有展开论述，但却以茅公身边人的亲历亲见，告诉世人许多重要的相关信息。这篇题为《父亲的书法》的序言不长，且节录于此——

　　　　父亲茅盾以中国现代作家、文学评论家名世，是五四新文化运动先驱者之一，曾出任新中国第一任文化部部长达15年之久，他勤于著述，始终保持着使用毛笔书写的习惯。

　　　　20世纪二三十年代，洋纸、洋笔凭借其使用方便的优势，在北京、上海等大都市文化人中逐步推广，父亲也随着开始使用钢笔。那个时期他所创作的《蚀》、《虹》、《子夜》等小说都是用钢笔写的。1937年抗战开始，大后方物资十分匮乏，洋纸已很难见到，用的都是毛边纸或土纸，不适宜钢笔书写，于是父亲恢复了使用毛笔的习惯，并从此保持到晚年，无论是办公室。还是家中书房，毛笔、砚台都是他的案头长物。

　　　　父亲写了一生毛笔字，但从来不认为自己是书法家，他写字是为实用，并不当作是艺术创作，对纸、笔、墨一向不考究，有什么用什

---

① 胡风：《致牛汉》，《胡风全集》第9卷，湖北人民出版社1999年版，第454页。
② http://book.kongfz.com/item_pic_8575_203502016/.
③ 《茅盾墨迹》，西泠印社2011年版。

么。后来有一位求字的老画家指点我们，建议去荣宝斋和戴月轩为父亲挑选一些合适的宣纸和湖笔，这时我们才知道，为父亲准备笔、墨和宣纸也是大有学问的。父亲用的毛笔，狼毫、羊毫都有，但以狼毫为主。"文化大革命"结束后，许多中断音讯十多年的朋友又开始与父亲书信往来，其中不少人向父亲求取"墨宝"，父亲总是有求必应，不过在回信中一再声明"字殊拙劣，聊以为纪念，请勿示人。"但求字的人还是愈来愈多。

  1978年之后，各地文化设施陆续恢复或重建，复刊和新出版的报纸、书刊如雨后春笋，向父亲求字的信件中增加了要求题写刊名书名、校名，以及为名胜古迹书写楹联等内容，后来到了应接不暇的地步，但父亲仍是有求必应。……喜欢父亲字的人却不少，他们常用隽秀、飘逸来评价父亲的书法。我们认为父亲的字别具一格，是纯粹的学者之书，这恐怕除了天赋、学养，还与他缜密细心、一丝不苟的性格有关。

  我们的家乡——桐乡，是个重视文化，尊重知识的经济发达之地。改革开放以来，在文化建设上取得了很多受人称颂的成绩。继获得"全国文化模范市"等多项殊荣后，2008年再被评定为"中国书法之乡"。在编印出版2010年《茅盾档案》又被国家列入第三批中国档案文献目录。在编印出版《丰子恺墨迹》《毛谈虎墨迹》《钱君匋墨迹》等桐乡籍名家墨迹丛书后，现在又要编印《茅盾墨迹》，我是十分赞成和非常感谢的。……

  难得有这样的后人，不将茅公的手稿、书法等遗物据为私有，不以金钱当头，而注重传承和弘扬茅公的文化事业。我辈从事茅盾研究者，也当积极努力，为茅盾研究包括他与艺术文化涉及书法文化的关联性研究，贡献自己的力量。

第六章　战地墨香：以延安文人为中心的考察

20世纪中国的上半叶，战争连绵，战火纷飞，所谓"战地黄花分外香"也许对如今和平年代的人们来说已经是"明日黄花"，近乎失忆且难以理解了。但对于稍有历史感的国人来讲，提起赫赫有名的延安，提起延安的"枪杆子"和"笔杆子"，都会油然而生某种神往之情和探究之意。尤其是在民族战争和政治斗争极为残酷的历史时期，延安文人的书写行为本身，就与大历史、大文学以及书法文化是联系在一起的，且在许多方面具有重要的启示作用。

不过，在延安文艺研究中，学术界普遍重视政治、军事、生产等方面的研究，即使关注文艺、关注美术也还是忽视了书法的实存及其作用，对延安文人与书法文化的广泛而又深切的联系明显缺乏深入的探讨。笔者在此从尊重历史出发，注重相关史实的发掘，力求从书法文化视野对延安时期文人在书法文化生产、文学书写与书法书写复合生成的"第三文本"以及两大类型文人书法等方面，进行较为深入的论述，从一个新的视角对延安文艺研究进行了拓展，揭示了延安文人与书法文化的历史关联和文化特征，并在强调其文化价值及不足的同时，从文化建设的角度提出了相应的建议。

第一节　烽火连天中诞生的文化奇迹

延安时期是一个非常特殊的时期，一个连纸张和笔墨都非常稀缺的时期，然而就在这个艰苦卓绝的历史时期却产生了很多文化奇迹。其中，延安文人（文化人）包括作家参与创造的书法文化，堪称一个绚烂的文化奇迹。颇为遗憾的是，学术界对延安时期书法文化①的关注却很少见，相关的整体性深入探讨更是几近空白，现代文学史、艺术史置若罔闻，多本中国现代书法史或民国书法史也不涉延安书法文化。过去，人们集中研究延安文艺，也极少有人涉论书法，仿佛"延安文艺"概念中就根本没有书法这种样式。但事实上，延安人特别是延安文人与书法文化包括书法艺术还是建立了相当普遍而又密切的关系，他们将文武之道②与翰墨书写紧密结合，于艰苦奋斗中开辟了胜利道路和文化家园。

从地理上讲延安有广义的延安和狭义的延安，从文化及艺术角度看则更是如此。"文化延安"或"延安文化"可以包含跨时空的能够体现延安精神、延安范式的精神文化及文学艺术。于是延安文艺研究不仅需要狭义的延安文艺本体方面的研究，也需要超越时空局限的"广延安文艺"的研究和鉴赏③，更需要以宽阔而又超越的学术眼光进行拓展性的相关文化研究。其间既要有革命文化研究的维度，也要有传统文化研究的维度，更要有古今中外汇通融合的文化视域和相应的深入研究。为此，我们既要秉承尊重历史事实、尊重人民立场的学术传统，也要葆有宽广通达、兼顾兼容的"经权并存"意识。当年延安人尤其是延安文人既有经久性规律性层面的文化追求，也有权宜之计的工具性的文化操作，体现在书法实践上，延安文人也采取了"经权并存"的应对策略。这里实际存在着文化策略上的考量，兼顾经权，顾及久暂，随顺大局，则书为要事，亦为乐事。特别是在认真考量延安文人的书法实践时，尤其需要这样的观念。也

---

① "书法文化"是指书法（包括毛笔书法与硬笔书法等）及其衍生的文化现象。近些年来学术界普遍使用这个概念，出版了一些相关著作，如《中国书法文化大观》（金开诚、王岳川主编）、《书法与中国文化》（欧阳中石）、《中国书法文化精神》（王岳川）、《中国书法文化》（秦梦娜、李争平）、《书法文化之旅》（戴一光）等，以此为题目或关键词的相关文章更为多见。李继凯也有《书法文化与中国现代作家》（《中国社会科学》2010年第4期）等多篇相关论文发表。而2009年北京大学出版社出版的《笔走龙蛇——书法文化二十讲》（崔树强），就将书法文化与周易哲学、气化哲学、儒家哲学、老子哲学、庄子哲学、禅宗哲学、色彩哲学、人生境界、诗文、绘画、印章、音乐、舞蹈、建筑、汉字、碑帖、兵法、武术、中医、风水等文化现象联系起来进行了考察，显示了宏阔的书法文化视野。笔者认为，如今还可以考察书法文化与报刊、教育、旅游、市场、网络、外交、政治以及性别等文化现象之间的关联，研究延安文人与书法文化也理应不断拓展文化视野。但本文仅为初探，涉猎面及具体研究还难以如此宽广和细化。
② 毛泽东在1936年11月22日在中国文艺协会成立时就强调"我们要文武双全"。（见《毛泽东论文艺》，人民文学出版社1992年版，第3—4页）。
③ 参见王志武主编《延安文艺精华鉴赏》，陕西人民教育出版社1992年版。延安时期的延安是一个尽力消除人们之间等级概念、职别差异的文化空间。人们的各种界限消融于特殊的历史环境，但相对意义上的"文化人"却比较受欢迎也相对活跃和突出。

就是说，我们很有必要从广义的"文人"、"书法文化"及"文武之道"等概念出发，通达而又认真地审视延安时期的文人多样性及其书法文化的丰富性。

延安是一座有传统文化和革命文化积淀的古城。彰显书法文化的传统在战争年代也没有中断。延安旧城墙各门如安定门、安澜门等的题名就皆用书法样式书写，陕北或陕西本地文人李鼎铭、魏野畴等人亦善书法，陕北革命先驱者创办的《陕北新声》《共进》等期刊皆用隶书题写刊名，陕北读书人和志士刘志丹、谢子长、李子洲等人也通于国学及书法，陕北延安的贴春联、刷标语、树招牌、立碑铭等也多用毛笔书法，这些都显示着对国粹文化的自然继承。笔者曾指出："作为中国文化骄子的书法是完全彻底的'国粹'，中国人围绕书法艺术而展开的有关活动创造了丰富多彩而又源远流长的中国书法文化。"[1] 这种书法文化的传播在当年的陕北或陕甘宁也是具有覆盖性的，与包括文学在内的其他文艺样式、文化形态都有着或显或隐或多或少的联系，即使在战争年代的延安也维系甚至加强了这种联系（图30）。

图30 延安旧城墙"安澜门"

透过历史烟云，我们看到了武器与纺车的同在，看到了领袖和群众的

---

[1] 李继凯等：《20世纪中国文学的文化创造》，中国社会科学出版社2009年版，第127页。

和谐,同时我们也看到了剑锋与笔锋的合力,看到了在刀光剑影中领袖、文人、工农兵群众积极参与瀚海弄潮的文化奇观,也看到了人民成为"历史主体"的革命理想和"与时运相济"的文艺方向。在历史上那个令人难以忘怀的延安时期,能够濡翰挥毫的人们都在那个也是极为艰苦的岁月里,惜纸如银,惜墨如金,用鲜血生命和精神意志书写了灿烂不朽的篇章。尽管当时情势困窘异常,物质条件极为缺乏,他们还是拼力地书写着,用毛笔、钢笔等写出了来自心中的诗文、真言、誓语以及他们认可的各类文句,为延安文化或革命文化做出了难以磨灭的贡献。即使在不少心存偏见的人看来,也往往会疑问频生,很难相信在那样一种环境中,竟然会产生那么多不朽的篇章和难以磨灭的墨迹及文武兼备的人才。笔者以为,从某种意义上也许可以这样命名:"延安书法:武人世界中的文人气象"。从这奇特而非纯粹的文人气象中,我们固然可以领略到文人的"武化"(如"鲁艺"的文人们普遍成为文武兼备的战士,即使比较难得的女性文艺工作者如丁玲、莫耶们也由"昨天文小姐"大变为"今日武将军"了),但同时也可以领略到武人的"文化"(如彭德怀挥毫力荐赵树理小说、"红军书法家"舒同、"军内一支笔"的郭化若以及军人习字学文化所形成的风潮)。因此可以说,文人的"武化"、军人的"文化"以及工农兵学习"文化"的延安现象,是中国乃至世界历史上罕见的文化现象,内含着"变则通"的文化哲学逻辑,也印证着延安道路其实正是一条文武兼备、聚力发力之路!而从延安文人创造的翰墨世界中,我们也可以看出奋斗的神圣与艰辛,武人或战士的革命激情及其雄浑之气,尽管似乎少有某些人概念中的儒雅、秀逸甚至温馨,但却自有别样的凝重、热烈甚至沉雄,字里行间透出某种令人感叹不已的英雄气概。

我们知道,文人书法,自古即有,却在一个原本处于边缘地带的"边区"或被封锁的根据地展示了某种现代的风姿,个体性与革命性的结合显示了有为的延安文人书法面貌。蓦然回首,就在那个非常特殊的年代,亦即政治和军事为主导的时期,毛泽东却充分意识到了文化战线的存在和文化文艺的伟力,由衷而来的善待文人的话语及行为激发了很多文人的创造潜力,不仅出色完成了他们承担的各种文化任务,而且通过书写活动,创造了很多具有艺术意味和纪念意义的"墨宝"。虽然岁月无情,战火酷烈,泯灭了许多有价值的文稿和墨迹,令人感到延安文人墨宝的珍稀,然而经过多方努力,仍有一些延安文人书法的真迹存世并被保存和传播开来。这本身就堪称奇迹。当今天的人们怀着不同的心情走进延安革命纪念馆,就会将各种书迹之象与革命奇迹联系起来,因为那是无法泯灭的历史事实。在中国文化传统中,文字书写、书法书写都强调实用,甚至常与经国大业联系起来,追求立象以不朽,将书写视为"立人""立国"的一种重要体现方式。由此,文人的翰墨生涯实际就是其生命存在的重要方式之一。而延安文人遗墨尤其是作家手稿,无疑也以实用见长,同时也是他们生命的留存和见证,不仅是他们文化生命书写的"真迹",而且是非常宝贵的"第三文本",由此也可以从许多方面包括书法文化方面进行解读。中国现代书法史不能无视、忽视延安,忽视延安文人的整体性贡献。

笔者近期又走进了延安革命纪念馆(新装修且重新布展的新馆,仍然使用郭沫若题写的馆名),循序参观,即可看到:这里是枪炮世界,也是文字世界,书写文字成为延安人奋斗的重要内容及日常行为。这些主要运用于革命事业的毛笔或钢笔书写的文字,墨迹斑斑,浓淡不等,情理交融,却也线条舞动,美不胜收,甚至具有指导教化、决策决定、总结汇报、沟通传达及宣传动员等许多作用,延安书法的实用价值在艰苦环境中恰恰得到了极为充分的体现。但延安书法的普遍运用,包括有的诗文剧本的手稿或特意为之的书法作品,大多也具有或隐微或突出的审美作用。尽管延安时期的"鲁艺"没有书法专业,尽管以延安为中心的解放区各类展览中也没有独立的书法展览,① 但在"文协""文抗"的文人群体及"鲁艺""抗大"等学校的教员、学员中却不乏善书者,醒目的标语、流行的墙报、街头宣传栏和各类展览题名、作品题名等便多以书法出之。如何其芳、周立波等作家就曾将作品认真抄出发表于墙报《同人》上,在"鲁艺"每年校庆期间举行的创作展览会上,也会展出作家们的一些手稿。② 开辟了"赵树理方向"的赵树理,其书法颇有功底,也比较潇洒;荣获国际文学奖的丁玲,其手迹能够令人感到比较"大气"③,1948年她在送给陈明《太阳照在桑干河上》的扉页上题词,竖行,流畅,颇为可观。④ 纪念馆展览图片中的《中国共产党抗战宣言》也以书法为之,壮观

---

① 解放区举办过56个文艺主题的展览会,美术方面有木刻、石刻、漫画、摄影、彩画、布画、雕塑、写生画、连环画、剪纸、贴画及图案设计等,没有书法方面的专题展览,也没有书画联展(见张明胜等主编《延安文艺与先进文化建设研究》,陕西人民出版社2003年版,第355—358页)。其实,书法专业化与书法专题展览成为突出的文化现象是在20世纪80年代才开始的。
② 王培元:《抗战时期的延安鲁艺》,广西师范大学出版社1999年版,第55—56页。
③ 张泽贤:《现代作家手迹经眼录》,上海远东出版社2007年版,第3页。
④ 陈明:《我与丁玲五十年》,中国大百科全书出版社2010年版,第112页。

第六章 战地墨香：以延安文人为中心的考察

雄奇，堪称书法精品，惜未注明何时何人所书。尤其引人注目的是，该馆中有许多放大了的毛泽东手迹，赫然醒目，如"我说陕北是两点，一个落脚点，一个出发点。……陕北已成为我们一切工作的试验区""发展抗战文艺，振奋军民，争取最后胜利"等等，就成为每一个展览区的独特的前言，都能够给人留下深刻印象。由此也可以说：中国传统的书法文化如何为革命事业服务，如何转化为延安文人的书法文化创造，陕北、延安或解放区就是特殊的试验区，对促进延安文艺发展、抗战文艺发展也有重要的作用。在纪念馆中，参观者还可以看到朱总司令在手写命令或书信上常会加盖自己的印章，茅盾在鲁艺讲课的板书也依然清雅秀挺，周立波的讲课和其手迹一样精彩漂亮，以及《王贵与李香香》的书法题名、李季《回延安》的手稿、何其芳《陕北民歌选》的手稿、保小礼堂的石牌、保育院的题词、陕甘宁边区参议会的题名，等等，墨迹连连，烽火滚滚，甚至充盈着血与泪的书写，总能带领人们走向历史和文化的深处！延安文人的书法总体看也许有些简陋，纸笔简陋，即使毛泽东的《沁园春·雪》也是用简陋的毛笔砚台和普通八行笺在小小的炕桌上写的。有人回忆，当地农民曾用古砖为毛泽东做了一方砚台。可见当时的工作条件之一斑。正是置放在纪念馆小炕桌上的毛泽东这幅《沁园春·雪》手稿，吸引了无数人驻足观赏，有不少家长还现场教育孩子，其感染教育的作用不言而喻。

由于有能写善书的大小文人的积极参与，延安形成了比较浓厚的书法文化氛围，毛笔书法作为一种书写工具及方式也得到了相当广泛的运用。如陕甘宁边区政府各单位、部队以及县区各单位名称，还有各种旗帜也多用毛笔书法题写，在各类证件（如红军家属证、个人证件等）、账本（分地分粮等）的书写中也多用毛笔书法为之，乃至招牌、通知、讣告、悼词、挽联等也多用毛笔书法为之。政府布告、集体宣言、战友赠言、口号标语、总结小结、题词题名、聘书奖状、墓志碑铭、印章篆刻、寿幛祝文、袖章臂章、家书情书、学习笔记乃至各种书信、任命书、纪念证、通行证、座右铭以及捷报、电文稿等等也多用书法为之。常见的油印宣传单、各种教本的题名等也多用书法。各种印章，包括集体的个人的，亦体现了延安篆刻的水准。可见延安书法文化的实践用途非常广泛，且天天为之，却正由于习以为常、司空见惯，所以在延安并不把书法视为需要刻意为之的"艺术"了，但却由此形成了比较浓厚的书法文化氛围。

第二节　无心插柳柳成荫的文人书法

　　这里说的"柳"不是"柳体"或"柳公权"，也不是自然之柳树或象征别离之柳枝，而是想用此柳代表飘动不已、意味悠长的书法线条；这里说的"无心"，是指当年延安文人无意于要成为"专业书法家"，他们的书写行为可能是学习行为、生产行为的一环，也可能是政治行为、军事行为的一环，但他们于非常时期的书写确实给后人留下了一大片"书荫"。

　　在当年延安那个时代环境中，大小文人大抵都有用武之地，虽然人才济济，但与迅速发展的形势需求相比却也相对缺乏。文人们也往往较早成为能文能武能说能写能做的多面手。成仿吾、丁玲、柯仲平、周扬、沙汀、徐懋庸等等都是如此。从赵树理到丁玲，从艾青到田间，从柯仲平到欧阳山尊，从周扬到陈涌等等，小说、诗歌、戏剧及评论等领域中的文人们都在热衷于文学文章书写的同时，也在有意无意地从事着书法书写，也就在他们舞文弄墨之间，实际上自觉或不自觉地将二者结合了起来。包括外来的比较洋气的文人如何其芳、陈学昭等，也在延安时期乐于书写和创作，留下了业余化的却也值得珍视的墨迹。我们不仅应努力"进入特定的历史情境"去"追寻延安文人的心迹"[①]，而且应努力去追寻延安文人的墨迹，并将这二者结合起来。甚至可以在延安文人的墨迹和心迹之间，发现延安文人的个性世界。无心插柳柳成荫，无意书法墨如海。这也许可以作为延安文人与书法文化的一个诗意的写照。而延安文人创办的各类报刊，也多用书法题写刊名，如《文艺突击》《文艺战线》《中国文化》《中国文艺》《大众文艺》《新诗歌》《文艺月报》《草叶》《谷雨》《诗刊》《部队文艺》《山脉文学》《中国青年》《中国妇女》《中国工人》《解放》《共产党人》《团结》《学习》等，有些文学作品也用书法作为题名，其醒目提示的作用之外，还有书法美感的传递与题字者个性的彰显，同时由此也可看出延安文人们对书法文化的喜爱和运用。

　　从历史实际情况出发，也为了行文方便，笔者将延安文人大致分为两个大类，即"以文为主"的文人群和"以文为辅"的文人群。这两大文人群都与书法文化有着相当密切的关系。这样的划分自然是相对而言的。

---

　　① 袁盛勇：《历史的召唤：延安文学的复杂形成》，中国戏剧出版社2007年版，第131页。

因为在当年的延安，即使是"以文为主"的文艺工作者也很难说是纯粹的文人，至少可以说延安文人的主体恰恰是复合形态的文人亦即广义的文人（文化人）。因此，提起延安文人而无视那些能文能武、政文兼通的风云人物，甚至将他们与"延安文人"这一概念对立起来，便不免有些书生气、简单化，甚至会走向某种偏狭和偏激。

就"以文为主"文人群而言，据有的学者探讨，参加延安文艺座谈会的文人近百人，在延安，外来的左翼作家有百人以上。① 其实，文人标准不同，统计便会有异。而给人的深刻印象却是，当年延安无疑是群英荟萃、文人如云的。尤其是赫赫有名的"鲁艺"，集中了一大批不寻常的文人。师生中皆不乏影响卓著者。"师者"如吴玉章、周扬、张庚、吕骥、江丰、蔡若虹、何其芳、陈荒煤、舒群、茅盾、冼星海、齐燕铭、周立波、艾青、王朝闻、严文井、王大化、袁文殊、华君武、李焕之、孙犁、严辰等等；"生者"如于蓝、丁毅、海默、马可、时乐蒙、刘炽、黄准、古元、罗工柳、孔厥、康濯、黄钢、柯蓝、陆地、贺敬之、冯牧、陈涌、杨公骥、秦兆阳、华山、葛洛、丁毅、钟惦棐、朱寨、胡征等等。加上其他群体文人，难以计数。这里主要从书法文化角度撷取若干代表人物略加评析如次。

在延安文人中，著名诗人和剧作家贺敬之就是酷爱毛笔书法的一位代表性人物。这位用一颗诗心"搂定宝塔山"的诗人，作为外来的"移民"，他对书法的爱好众所周知。他于1924年出生于山东峄县（今江苏邳州市燕子埠镇）。15岁参加抗日救国运动。16岁到延安，入鲁迅艺术学院文学系学习。1945年，他和丁毅执笔集体创作我国第一部新歌剧《白毛女》，生动地表现出"旧社会把人逼成鬼，新社会把鬼变成人"这一深刻主题。后来又写了《回延安》《放声歌唱》等有名的诗篇。然而人们在普遍关注其文学成就的同时，却很容易忽视他对书法的热爱及其所取得的成就。他是一位典型的由延安"养大"的文人，他的书法，亦可谓是典型的文人书法，诗人气质极为显著。他的很多诗文用书法形式表现出来，即使是其简单的题词，也多是龙飞凤舞，随意挥毫，潇洒不羁的。

又如1938年来到延安的周而复，也堪称是中国文坛的一颗璀璨之星。他不仅是著名的文学家、外交家，也是令人喜爱的书法家。他在近70年的文艺生涯中，创作数以千万字的文艺作品，产生了广泛而深远的影响。

---

① 刘增杰：《从左翼文艺到工农兵文艺》，《中国现代文学研究丛刊》2006年第5期。

同时也留下了大量的手稿和合乎书法艺术体式的作品。在文学创作方面，他的《白求恩大夫》成为爱国主义教育的红色经典，许多人通过他的作品，知晓了白求恩大夫这位国际主义战士；其长篇小说《上海的早晨》被翻译成英、法、日、朝鲜、意大利等多种文字，介绍给全世界，成为风靡海内外的作品，而作为一代文坛能手，他的书法文化实践也很值得关注。周而复的书法作品，除在国内外书画作品展览会展出外，还被一些博物馆、图书馆、纪念馆收藏。其书法作品有《周而复书琵琶行》《周而复书法作品选》等，奠定了他在作家文人书法史上的地位。正是鉴于他的书法成就和声望，在中华人民共和国成立后的专业团体中，也曾出任中国书法协会副主席之要职。

还有艾青，其诗名远扬，书名也颇为人所知。有友人这样回忆："多年来，我记不清从什么时候起读到艾青那充满对土地、人民与祖国真挚深沉的爱，朴素、单纯和浑厚，激人奋进、感人肺腑的诗了，却清楚地记得什么时候见到艾青同样显得别有风骨的墨迹——也就是他的书法……"① 艾青书法，有时写得工整清秀，显示了一种难得的雅致和情韵；有时则写得挥洒不羁，仿佛他笔下的自由体诗。难得的是，他特别乐于通过诗歌及书法与他人进行心灵的沟通，他的不少书法作品被友人和一些纪念馆、图书馆及文学馆所珍藏。由此可见，著名诗人艾青的书法也有着不同寻常的艺术魅力（图31）。

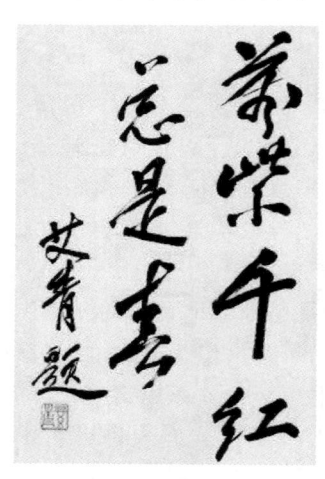

图31 艾青书法

在延安文人中，喜爱书法而且有其书法真迹传世至今并为人们珍藏的作家，还可以举出许多来。如方纪，即使到了晚年，他的右半个身子不能动了，也仍然坚持用左手写毛笔字，书法还是那样苍劲有力，写完字后，落款上还要规范地写上"方纪左手"几个字。甚至也有这样的"发烧友"表示，不仅喜欢读萧军先生的书，而且还喜欢他的书法，不惜高价购买萧军字迹酣畅淋漓的书法……。抗战时期的延安文坛，可谓一派火热，处处洋溢着乐观、健康、热烈、向上的气息，在创作上取得了丰硕的成果。如何其芳、丁玲、吴伯箫、孙犁、峻青、艾青、田间、李季、草明、齐燕

---

① 董宝瑞：《怀念艾青》，《秦皇岛晚报》1996年7月9日第8版。

铭、萧三、邵子南、杨朔、周立波、马加、冯牧等人,不仅在文学创作方面收获颇丰,而且在书写留下的真迹墨迹方面已经相当珍稀,辄有发现,莫不令人感到弥足珍贵。这也是如今书画市场传达出的真实信息。

就"以文为辅"文人群而言,他们在延安时期往往有其显赫的政治身份,这与"文人一面:现代政要的一个侧影"现象颇为吻合。从历史事实看,在延安文人用鲜血生命书写建构的书法文化世界中,最引人注意的也许并非"以文为主"文人的书法,而是"以文为辅"文人的书法。即如毛泽东的诸多书法题词及《沁园春·雪》手迹、朱德1942年的《悼念左权同志》诗稿、陈毅诗稿《题七大影集》、吴玉章等作《南泥杂咏》诗稿之类的翰墨,便是延安书法文化的瑰宝。而"延安五老"(吴玉章、林伯渠、董必武、徐特立、谢觉哉)[①]以及李鼎铭、罗烽、胡乔木、舒同等莫不兼善诗书,都以名人雅集或个人创作的方式对书法文化有所贡献。如果我们从广义的文人角度进入延安书法文化视域,看到的文化现象则是具有文人气质的领袖和军人,在纵横政坛或沙场的同时,也每每发挥其诗文书法之才,留下了不朽的"第三文本",其酣畅淋漓的书法和诗文结合而成的手迹也非常引人瞩目。如毛泽东的诗文书法就是如此。他将《沁园春·雪》抄赠柳亚子,引起了政坛和文坛的轰动,也让世人领略到了"毛体"书法的风采;他将《临江仙》词抄赠丁玲,也被传为文坛佳话,其笔墨飞动宜人,飘洒不群,横排书写,颇为别致。丁玲在"文化大革命"后复出,在友人为其作的画像上题上了"依然故我"四字,也颇耐人寻味。[②]

延安时期的毛泽东,在一定意义上讲,其复合性形象中无疑也有文人的一面,大抵也可以归为"以文为辅"文人或兼顾型文人。[③]毛泽东的诗词人生即伴随着书法人生。据统计,毛泽东在延安时期书写了102篇文章,占《毛泽东选集》(1—4卷)的70%[④],其中有许多政论体散文,依照中国传统文论观点来看,也是经世致用的正宗文学。众所周知,毛泽东在延安生活工作了13年,在这里,他的主要工作是看书、思考、筹划、指挥及开会,但期间贯穿始终且经常持续的却是书写、书写再书写,他甚

---

① 另有"延安十老"一说,包括朱德、董必武、林伯渠、徐特立、谢觉哉、吴玉章、钱来苏、续范亭、李木庵、熊瑾玎等人,曾积极参与延安时期的怀安诗社,以雅集形式写诗作书(见朱德等《十老诗选》,中国青年出版社1979年版)。
② 高莽:《文人剪影》,武汉出版社2001年版,第222—223页。
③ 参见陈晋《文人毛泽东》,上海人民出版社2005年版。
④ 阎伟东:《解读延安》,中国文化出版社2004年版,第56页。

至诙谐地说过要用文房四宝打败国民党的四大家族。① 诚然，他的书写成就了一批名文名诗杰作佳构，但同时也成就了一位享誉中外的伟人和书法艺术家，他的私有遗产几乎为零，但他却给国家和人民留下了一批意义非凡的文物和遗墨。延安时期，当是毛泽东书法形成自己独特书风的关键时期。这一时期他的代表书作很多，如为延安出版的《中国妇女》杂志题词；为中共中央党校题词；悼念谢子长系列手稿；写给郭沫若、茅盾、范长江的信札；致傅斯年信及手书唐诗；为抗大二期毕业证的题词；手书《沁园春·雪》等等，真是不胜枚举。尤其是毛泽东抄赠柳亚子先生的词稿《沁园春·雪》，这是毛泽东亲笔写过多遍的流传极广的杰作，既是杰出的文学文本，也是杰出的书法经典！② 其复合形态的"第三文本"即手稿原件乃为无价之宝。而毛泽东在《中国文化》创刊号头条推出的宏文《新民主主义的政治与新民主主义的文化》，也有学者认为"毛泽东手书的标题，令人有大气磅礴之感"。③ 但台湾却有学者以为，毛泽东仅是一位喜欢糊涂乱抹的书写者，其蓄意诋毁的措辞相当低劣且明显存在某种偏见。因为在笔者看来，那种貌似坚持书法艺术标准的背后其实也是某种政治意识在作怪，并且有恪守前人窠臼之嫌。客观而言，毛泽东的书法尽管并非每一笔、每一幅都是成功的，但总的来看确是有根基、有创意的，尤其是他的行草书法，以其恢宏博大的气势和出神入化的笔意，超出百家而自成一体。其书法字体飘逸通达，宛若行云流水，且书风豪放雄逸，体现了其在书法艺术上的精深造诣。"毛体"之说大抵不谬。倘从大文化大文学视野来看，也许可以说毛泽东是别致的作家和书法家。事实上，在书法艺术领域，毛泽东的艺术成就可以说是具有自己鲜明个性和特色的。毛泽东本人一生对书法艺术并没有加以系统研究和理论阐述，但以其天才的创造性实践，使他的墨迹成了后世书法研究的重要研究对象。作为历史上最为独特的书法家和政治家，毛泽东的书法影响显然是非常巨大的。毛泽东的笔迹在延安时期具有强烈的政治鼓动作用，极大地介入具体政治事务和事件当中，同时也带动和影响到了周围人的书写习惯和书法审美情趣，甚至深刻影响到了其身后。无论从实用层面还是艺术层面看，关于毛泽东与书法文化都有许多可以言说的价值和意趣。由此也可以说，毛泽东与书法文化的广泛联系，应该成为学术界研究的一个重要课题。笔者以为，在毛

---

① 杨则：《毛泽东要用文房四宝打败"四大家族"》，《世纪桥》2005年第12期。
② 汤应武：《中国共产党重大史实考证》，中国档案出版社2001年版，第952页。
③ 杨义等：《中国新文学图志》，人民文学出版社1996年版，第619页。

笔书信基本告别国人的新世纪，重温毛泽东当年在延安频繁给他人尤其是文人写信的情形，便会感到别具一种温暖的情调和雅致的妙味，同时也要承认这些书札在延安人包括文人之间的交往过程中，经常起到了很好的沟通作用。比如众多作家都曾接到毛泽东、周恩来等的书札，他们既关注其内容，也常会叹赏其书法，而这些与延安文人相关的手迹一旦收集起来也必然非常可观；又如，据丁玲回忆，她原来曾和毛泽东多次交谈，毛泽东写过不少古人诗词和自己的诗词作品送给她，这样的故事在毛泽东秘书及交往密切者的回忆录里也时或可见。[①] 难忘的记忆便透露了当年的感受深切。

在延安时期留下不朽墨迹的还有张闻天、周恩来、朱德、刘少奇、董必武、秦邦宪、任弼时、陈毅、王明、王若飞等很多军政领袖的书法诗文，大都堪称墨海中的瑰宝。比如周恩来1943年题写的"上下五千年，英雄万万千，人民的英雄，要数刘志丹"。以及著名的"千古奇冤，江南一叶。同室操戈，相煎何急？"题词，还有他亲笔写的《后方工作计划》等文件、《东征胜利与我们》等文章、《致李文楷、杨立三》等书信，都能见出他的书法功底极为深厚，面貌肃然，精到精彩，着实值得专门研究。还有被毛泽东赞许的舒同，军政工作之余，特别喜爱书法，并在延安时期将"舒体"发展到成熟阶段，与"毛体"书法并辉于延安文化界。尤其在他按照毛泽东指示题写了"中国抗日军政大学"校牌及"团结、紧张、严肃、活泼"八字校训之后，其书名就更加响亮。还有郭化若，也是一位毛泽东欣赏的书坛高手，甚至可以为毛泽东代笔题词。限于篇幅，对这些时代英杰的文人一面及其笔墨不再赘述了。总之，尽管他们的学历、经历不同，但有从文资质和诗书传世则是相似的，都是文武兼备、书法可观的"老延安"。

第三节　创造现代红色的书法文化

在延安时期，延安人包括延安文人不仅将政治文化引向新的境界，而且也将书法文化引向了一个新的境界。其中，文武双全的人们成为延安骄子，包括比较纯粹的作家文人在内，他们的文化追求、文化创造对延安文艺及书法文化的贡献堪称巨大，其所创造的红色的书法文化具有多方面的

---

① 参见艾克恩《延安文艺回忆录》，中国社会科学出版社1992年版。

启示和意义。

其一，延安书法文化是抗击苦难、济民救国的红色书法文化。红色书法文化作为延安革命文化的重要组成部分，有着绝对不可忽视的历史作用和地位。毛泽东强调要文武双全以拯救民族，要用笔墨纸砚打败四大家族，要通过积极的书写即为工农兵服务的文艺创作来确立革命文艺的价值，迄今也具有积极的文化建设的价值意义。以此也证明，延安革命文化并非"破坏"文化的同义词。在前述的"以文为主"和"以文为辅"两类文人的推动下，以工农兵为主体的"人民本位"的延安文艺开始勃兴，群众性的习字活动逐渐演变为群众书法活动，期待中的学习氛围开始形成，墨海也在延安出现，连翻身后的证件、支前的民众团队队旗等，也往往是群众的书写，这为中国的群众书法开辟了前进的方向。中国书法文化，作为传统文化中具有活力、再生力的一个部分，也拥有着与语言文字一样的伟力和文化救赎的功能。延安人包括延安文人对此可谓心有灵犀，抓住书法运用书法，充分发挥书法文化的实用功能和审美作用，对革命事业的促进作用无疑是不可忽视的。著名学者刘梦溪说："在中国文化的传承当中，书法的作用非常之大，有笔有工具，带有一定的工具理性成分在里面。往往，中国文化的精神在书法里面表现得最为集中，最为突出，好像中国文化的东西都装到书法里面了。"[①] 书法文化涉及面广泛，功能和风格也多样，有的是狂欢的，有的是静雅的，有的是战斗的，有的是游戏的，有的是工稳的，有的是率意的，等等，不一而足，各有其妙，不可简单地否定和肯定。但在延安时期及各根据地，书法和其他文化艺术形式一样，主要是革命工作的武器，是参与战斗的。置身那个崇尚斗争也必须奋斗的大时代，阶级斗争、民族战争以及思想纷争交织着、纠结着，无法回避也不应回避，对此必须以历史的公正的态度来面对，出之以历史的同情和理解。对延安文人书法的内容和形式也应如此看待。不能因"时代特征"及时代局限而加以简单的否定，不能总用和平岁月的价值观审美观去反思和批判。倘如此，也许会蜕化为别一种隔靴搔痒式的"异元"的"错位"批评。

其二，延安书法文化拥有延续、延宕、延展的"影因"力量，在"后延安"时代仍具有传承创新的价值。延安文人与书法文化的关联体现在很多方面，而延安精神文化的持续影响在书法文化上也有体现，如以延安精神为主题的书画活动、以毛泽东延安时期诗词为内容的书法创作、延

---

① 刘梦溪：《文化创造的原动力》，《解放日报》2011年12月30日。

安作家对书法文化传统的继承发扬、"大延安"的文人书法现象以及"后延安"作家文人对热爱书法文化与对继承延安精神的结合等等,都值得我们继续关注和研究。也就是说,在延安书法文化实践中也生动而又真切地体现了延安精神。即使在"后延安"时期的延安文人,仍然会以书法作为弘扬延安精神的一种文化方式。贺敬之、田间、艾青、丁玲、齐燕铭等延安作家的许多题词手迹就是如此。即如晚年的欧阳山尊也依然怀念延安时期的峥嵘岁月,挥毫书写了自作诗,曰:"当年日寇侵疆土,慷慨悲歌赴战场。……如今世界不平静,烽火岁月不应忘。"其书作充盈沧桑之气,结体独特,人书俱老,沉雄老辣,颇为可观。还有延安时期习武习字的儿童团长王益三,后来通过持续努力成长为红色书法家。而在边远的密山北大荒书法碑石长廊中,也有具有"延安作家"身份的丁玲、艾青等书法作品。[①]那位继承了传统文人爱好和延安文人传统的田家英,"爱书爱字不爱名",也在书法创作和收藏方面留下了珍贵的遗产。尤其是文人作家的自然生命往往跨代而来,能够超越"朝代"或特定的时空局限。延安文人作家自然也不例外。即使在战火连绵之时,人文的追求、文化的力量仍然会创造出精神文明的果实,在延安,所留下的翰墨文本,特别是文人作家的文学性手稿,必将成为"第三文本"的宝贵案例。且延安文人遗墨大多具有复合性的文化价值,如中国现代文学馆及有关图书馆、档案馆中珍藏的延安作家手稿,汇集起来必将是集文学、书法和文物等价值于一体的文化宝库;又如毛泽东书赠丁玲的《临江仙》手稿真迹,就是毛泽东诗词与书法结合的佳作,是诗、书及文物三合一的旷世珍品。即使是整人整风的干将、文人政治家康生,坦直敢言、抵触政治的悲情文人王实味等特别人物的墨迹遗存,也具有耐人寻味的历史价值和文化价值,不能毁弃灭绝,而应加以搜集整理和研究。

其三,为了切实弘扬延安精神和延安文人书法文化,有关方面应该进行一些策划,做好一些新的事情。正所谓峥嵘岁月久,盛世重晚晴,为了纪念延安的峥嵘岁月和弘扬延安精神,有心人创作的书画经常充当了重要角色。从而给观众留下了难忘的印象,且会同延安文人的诗文、悲喜与墨迹,一并充实着、装饰着历史的记忆。笔者曾预言,鲁迅会在"墨迹中永生",延安文人大抵也会如此。即使政治会发展,时代及环境会变化,

---

[①] 该长廊始建于1985年,距密山市区10公里,由碑林、碑廊和坐落在山间的石碑(2000余块石碑、石刻)组建而成,集我国近现代作家、书法家丁玲、艾青、启功、肖克等佳作之大成,文化底蕴深厚,是我国碑林瑰宝。

但墨迹铸造的历史文物却是不朽的,都应该加以珍视和研究。而笔者以为,目前,我们无论在信仰信念层面还是知识建构层面,都要运用更多的方式包括书法文化活动,继承传扬延安精神、延安文化的优良传统。笔者郑重建议:①广泛收集、整理延安革命时期与书法文化相关的作品、物品,从老延安人特别是延安文人处抢救相关文物,除了将这些作品、物品作为文物珍藏之外,应积极开展专题研究,并在此基础上花大力气搞好相应的专题展览;②在条件比较成熟的时候建立以延安为中心的中国解放区书法文化博物馆,也应借鉴"西安碑林""川陕苏区将帅碑林"等来精心策划并建立相当规模的"延安碑林",内容当以延安革命时期的书法、延安文人书法及弘扬延安精神的书法为主体,以此也可为先进文化建设、红色旅游文化建设做贡献;③党政有关部门应立项支持上述提议的项目,且应组织相关人员在进行更为深入、系统研究的同时,高度重视宣传和交流工作,使延安精神、延安书法文化在国内外产生更为广泛的影响。

其四,对延安两类文人与书法文化的关联,都要实事求是地进行辩证分析。我们知道,中国象形文字起源及发展史,与书法发展史有着惊人的契合,其早期的刻字画符及其突出的实用特征,并未遮蔽其审美特性,尤其是后人在接受过程中,却将之视为上古书法,以为难能可贵,以为传播甚少更觉珍稀无价,尽管相关文献及实证材料有限却也不惜笔墨给予大书特书。窃以为,与此相仿佛,我们对延安时期的文人书法,也应特别顾及其时空环境,对其文化创造的具体条件和创作心境要有充分的了解。但如果从比较纯粹的书法艺术史角度看,也应该承认当年延安文人的书法自觉意识还明显不足,"书法的生存环境问题"确为书法史论者所重视,[①] 在延安文人书法文化研究中也不能忽视这方面的因素;传承和运用书法文化较为充分,但在创新生发方面还存在不足,相应的艺术性书法展及书法专栏也很少见到,专门研讨书法的会议和文章更是付之阙如。所以整体而言,在书法文化传承和实践方面,延安人尤其是延安文人在做出重大贡献的同时,在书法艺术的自觉追求和水平提升方面毕竟还是留下了一些遗憾。

第四节 "白羽书法"对红色书法的继承

延安是摇篮,对国家、对个人包括许多现当代作家而言,这个摇篮的

---

① 陈振濂:《中国现代书法史》,人民美术出版社2009年版,第56页。

第六章 战地墨香：以延安文人为中心的考察 173

主人是人民，这个摇篮的传承需要心通人民的文人群。这个文人群中有许多辉映现代文坛、书坛的作家身影。而刘白羽只是其中比较杰出、比较有代表性的一位。

刘白羽是从延安走向新中国、走向世界的著名作家，书法是从遥远的古代延续下来的国粹文化，二者的遇合与创化，构成了一种颇有意味的革命性和传统性相结合的文化现象。也许可以说，这是别一种"红与黑"的文化现象，说明文人的革命精神和翰墨性情也可以结合生成具有生命力的人文硕果（图32）。

刘白羽于1936年开始发表文学作品，1938年奔赴革命圣地延安，从此矢志不渝地投身到改变民族和祖国命运的斗争中。在漫长的峥嵘岁月里，他参加了抗日战争、解放战争和抗美援朝战争以及中华人民共和国的建立，战火的锻炼使其成为中国军事文艺创作的一个领军人物。文学创作中鲜明的军旅特色，浓郁的抒情气息和诗一般的语言，构成了他

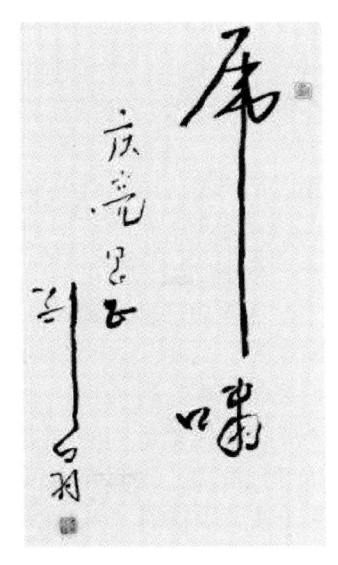

图32 刘白羽书法

独树一帜的艺术风格。其激情充沛、魅力独特的优秀作品，深受广大人民群众和部队官兵喜爱，对几代人都产生了巨大影响，使他成为在国内外享有盛誉的著名作家。与此相应，学界对刘白羽及其作品的研究，也主要集中在他的文学创作上，并达到了比较深广的程度。但是，从宽阔视域或文化角度涉论刘白羽与书法文化的文章至今未见一篇，在学者梳理其"创作年表"时也没有将其"书法创作"纳入，这不免令人感到深深的遗憾，尤其是作为与延安文艺有着千丝万缕联系的中国现当代作家，刘白羽与书法文化的关联确实也有个案研究的价值。

刘白羽兴趣很广，对我国优秀的传统文化有很深的修养。尤其是对文学艺术各门类，如音乐、戏曲、书画等等，无不喜爱，并具有较高的鉴赏水平，尤其对书画，很是痴迷。从家学渊源上探究，刘白羽虽然不是出身于书香世家，但是他上学却很早。以商起家的大伯父为了让下一代走"学而优则商"的道路，在家设私塾，请老秀才授课，教他们写字。在传授传统文化的同时，使刘白羽习得了书法基本技巧，并养成了对书法文化包括文房四宝的爱好，还使他接受了汉字文化以及古典文学的熏陶。刘白

羽 5 岁时就喜爱写字和念诗，这种爱好贯穿了他的一生。即使在他前往太行山当兵时，随身携带的也必有他心爱的笔和张炎的《山中白云词》；即使晚年病中，他还坚持用清秀的小楷编选抄写了 1323 首诗，名曰《唐诗风貌》。虽然刘白羽并非著名书家，但起笔落笔之间自有一种源自灵魂深处的本真表达，于返璞归真中透现出一种简约、质朴之风。他曾说："文学家要懂美术，要懂音乐……个人的艺术欣赏水平是一个作家艺术家的欣赏水平，与他创作水平的比例是成正比的。"这表明刘白羽对书法等艺术样式的喜爱还有来自文学水平及作家修养方面的考量。

在作家群体中，刘白羽从来不以书法家自居，但却乐于贴近书法并经常进行书法形式的书写。在这些书法形式的书写中，有时也能体现出他在文学创作中的美学追求——既有金戈铁马的粗犷豪迈，又有杏花春雨的细腻柔美。这也反映在刘白羽的手稿和书法作品中，他的字或曰书法，也时而豪迈不羁，时而细小柔丽。例如他为太行纪念馆题词"太行是永远唱不完的英雄之歌"宛如太行山般雄强豪迈；而他给巴金的书信手稿却字体纤细婉丽。大致而言，刘白羽的书法不似某家某派却别具一格，奇巧且多有变化，为世人欣赏，曾参加中国各界名人书画大展等相关展览。但他的乐趣却不在于混迹书坛，而在于从书法文化交流或传播中增益文化、丰富人生。比如，他很喜欢用书画装饰书房，他的书房墙壁上常年会挂着傅抱石、黄宾虹、吴作人、关山月等人的国画和书法作品。他对岭南派似乎最为倾心，关山月赠给他的巨幅墨梅，一直悬挂客厅醒目位置；对岭南派开山老祖高剑父的对联"海啸长河远，天包大地圆"更是赞不绝口，还经常邀请文友共同欣赏。在书法文化交往中，他很乐意接受友人的书画馈赠，甚至在得到"左手将军"叶选宁的赠字"到门不敢题凡鸟"之时快乐有加。但更多的时候，还是喜欢写字馈赠亲友。有人说，写书法有几个阶段，即"唐宋元明清"，唐，谐音搪，意谓送字会被人"搪塞"；宋，谐音送，意谓送字有人要了；元，意味时或可得酬劳；清，则表明进入正常交易而钱物两清阶段了。在当年，老延安们肯定没有经营头脑，像刘白羽就是凡有求字者就要做到有求必应，从不摆大作家的架子。他曾送给唐栋书作"夜涉流急频跃马，晨行霜冷苦吟诗"，一直挂在这位年轻军旅作家的书房里。有时他会主动献字。如冰心九十大寿，他挥墨写下"曾就明窗细品诗"为冰心贺寿；1988 年在美国纽约访问海伦·斯诺夫人，刘白羽赠送了认真签名的《大海》一书。由于衷心喜爱翰墨，外表温文尔雅、内心热情似火的刘白羽，经常会趁兴挥毫泼墨，乐于为一些期刊赠字。他曾为《地火》、《小说连播》、《人民文学》的函授月刊《〈人民文学〉之友》等杂志题词。更值得一提的是，1991年，刘白羽为创作《心灵的历程》，到黑龙江寻梦。到了45年前曾住过的马迭尔宾馆，回想起当年旧事而欣然泼墨，写下"我来寻旧梦，今日胜当年"的赞美之词；在参观萧红故居时，刘白羽回忆与萧红的短暂交往，念及萧红的善良和命运的凄凉，怆然写下"萧红的一生是抗争的一生，正因如此，萧红是不死的，她的灵魂永远燃烧在她的作品中，为后代人埋下火种，唤起希望。萧红八十诞辰来访故居书此纪念"。还为萧乡诗社题词："呼兰河上全是诗"；为县文联题词："萧红是呼兰河的灵魂"；为县里一张小报题词："呼兰的风是芬芳的风"。由此可见，刘白羽的书法交际和相关的书法文化活动还是相当活跃的。而从刘白羽一生留下的数量可观的信札墨迹中，不仅可以领略其文人交往的实情，而且也可以从中品味到书法形态的墨香意趣。

刘白羽与书法文化的结缘，除了学习书法、创作书法，还在于他热衷于收藏书法。笔者曾在《书法文化与中国现代作家》等文中指出：热爱中国书法艺术，注重书法收藏，在中国传统文化的传承上，中国现代作家的努力可谓功不可没。不要小觑中国现代作家的书法收藏，也许可以说，正由于他们的努力，中国书法这条长河才不致干涸枯竭。在这方面，刘白羽也做出了相当可观的贡献。

1996年10月19日，刘白羽将首批珍贵文学艺术档案——部分著作、手稿、奖状、奖章、奖杯、名家字画、剪报等共180余件，亲手交给家乡北京通县（今通州区）档案馆。2005年刘白羽逝世前两年就立下遗嘱，要把现存全部手稿、字画赠给中国现代文学馆。他亲笔书写的遗嘱本身就是一篇"上品"的散文和手稿。他写道："我的遗物是永恒不死的，我将我的手稿，我写的书，我编的书，我写作的桌椅及文具，我获得的奖章、奖状，我保存的各种艺术品、字、画。我所有的照片，以及我最爱的书，都全部集中交给国家——中国现代文学馆。""人死了，心灵会继续活下来，活在他的创造与事业之中。"年逾八旬的他仍具有这样的激情和哲思，确实令人为之动容，从中我们不仅可以"睹物思人"，也可以领略到他为人间留下的难以泯灭的心迹与墨迹。这也会使我们想起人民作家或"老延安"文人们的精神追求和书写历史：他们在延安时期积极地从事书写和创作，留下了许多值得珍视的墨迹，后人可以在延安文人的墨迹和心迹之间，发现延安文人林林总总的个性世界。无心插柳柳成荫，无意书法墨如海。这也许可以作为延安文人与书法文化的一个诗意的写照。这里边自然也有刘白羽的奉献。缘此，笔者曾在《论延安文人与书法文化》中郑重建议，可以创建"延安碑林"……

事实上，作为一位令人尊敬的老延安作家，刘白羽捐赠给国家的宝贵实物中，书画是其中非常珍贵的一部分。其中的名人字画尤其令人歆羡不已。按照中国传统美学观念，书画同源，书画常常同体并美，看画读字思人，其中自有真意妙味。由于刘白羽终生从事文化艺术工作，在中华人民共和国成立以后担任一些要职，与文化名人的文墨交往颇多。这使他有机会收藏了傅抱石的国画《湘夫人》、黄宾虹的山水画、关山月的国画《墨梅》、吴作人的国画《金鱼》、黄永玉的画作《梅花》等佳作。特别是，他所捐赠的书法作品也有很高的品位，其中就有吴大澂（清代著名书法家）、吴昌硕（近代著名书画家）以及郭沫若、老舍、高剑父、赖少其、关山月、黎雄才等大家的书法作品。这些作品多为艺术家们的盛年之作，气象非凡，多属精品，富含丰饶的文化信息。当然，在捐赠的实物中，刘白羽的手稿也非常珍贵，包括《莫斯科访问记》《东北诗草》《对和平宣誓》《火光在前》等在内的149份手稿，都是历经周折保存下来的珍贵文物，其中《唐诗风貌》《风雷小集十首》等更是用毛笔书写的文稿。这些手稿墨迹不仅是刘白羽一生文化生活、文学生产等诸多方面的印记和实证，而且也可以作为文学和书法相结合的"第三文本"，成为人们欣赏的独特的审美对象。为了更好地保存和传承刘白羽捐赠的书画及手稿，中国现代文学馆还将其中的一部分编入了一些相关的文献书籍之中，在更大的范围传播并产生了良好的影响。

第七章　墨海拾贝:南方作家的书法实践

面对大海一样的现代文人作家留下的浩瀚墨迹,笔者想起早年曾读过秦牧的《艺海拾贝》,觉得在此不妨东施效颦一下,来一次"墨海拾贝",即使仅仅拾得若干枚随着海浪漂来的海贝,也可以"一叶知秋"似的"一贝知海",其间尽管有许多不得不舍弃的遗憾,但也一定会有来自"墨海拾贝"的乐趣,对丰富我们对文人与书法文化的认识也会有所助益。

中国的南方靠近大海,雨水也较为丰沛,南方文人似乎天生与水墨世界容易"水乳交融"在一起。这个传统到了现当代也仍然在延续着。这里拟选择几位南方现代作家,从某些特定角度进行较为深入的个案分析,从他们所致力的书法实践中,汲取有益的文化营养和宝贵的文化启示。

第一节　越文化背景及鲁迅的"送去主义"

鲁迅的书写、书学之路是从越地绍兴起步的,从外部社会文化到家庭教育以及书法之乡的浸润、教育和习染,越地绍兴都可谓是从多方面影响鲁迅修习书法的生成性场域。越文化的精神内涵从多方面给予鲁迅书法以滋养。越文化作为海洋文化的开放性特质对于鲁迅书法多元多向吸收产生有益影响;越文化的务实精神,坚韧顽强精神和勤奋之风对于鲁迅书法也产生积极影响;复杂深厚的越文化促成了鲁迅书法的书写内容"硬""韧"特质与书艺"和静""古雅"韵味组合共生这一奇特现象;以鲁迅墨迹为元素化成的牌匾、联语、中堂、条幅及碑石等,也已经成为当今越地文化特别是绍兴城市文化的有机组成部分。

细致研究鲁迅与区域文化,可以促进鲁迅研究的细化和深入。而文化传统在区域文化中的实存及影响,对一位诞生和成长于某一区域中的文化名人而言，无疑具有感性积淀和认知升华的价值意义。从书法文化视域观照鲁迅与越文化，也会从一种"特色"文化的绵延中，真切体察到鲁迅"在墨迹中永生"的隽永意味。①

一 书写一生的鲁迅与书法文化有着深广的联系

以思想贡献和文学创作名世，并确立其世界性文化巨人的身份，因此，在一般读者意识中，对于鲁迅的认知即为思想家与文学家，更关注其批判国民性、反封建的思想和他的小说、杂文等创作，而对于鲁迅的书法生涯则了解不多，更不用说视鲁迅为书法大家了。即使就鲁迅研究的专业领域讲，大多数学者和研究者对于鲁迅书法层面的写字生涯也是关注甚少、了解有限且缺乏高度认同的。

至于鲁迅究竟算不算一位书法家，这个问题一直存有争议，亦无终结性结论。在汤大民、江平、笔者、张瑞田、李建森、凌士欣等人的相关文章中，可见到这些研究者是在视鲁迅为书法家甚至了不起的书法家这一前提下展开对鲁迅书法的阐释，并分析鲁迅书法的审美价值和文化价值。在这些研究中，有的论者直言今日研究界对于鲁迅书法研究的漠视是不正常的，忽视鲁迅的书法价值和地位也是不妥当的②。笔者认为，鲁迅虽未明确获得书法家的称号并以之名世，但就鲁迅的书写实践活动和业绩而言，他确实是20世纪中国一位独具面貌、不可忽视的书法家，此一点是本文阐述与立论的基础与前提。诚如汤大民所言，在研究思想鲁迅、文学鲁迅的同时，亦应"聚焦于书法鲁迅"③（图33）。

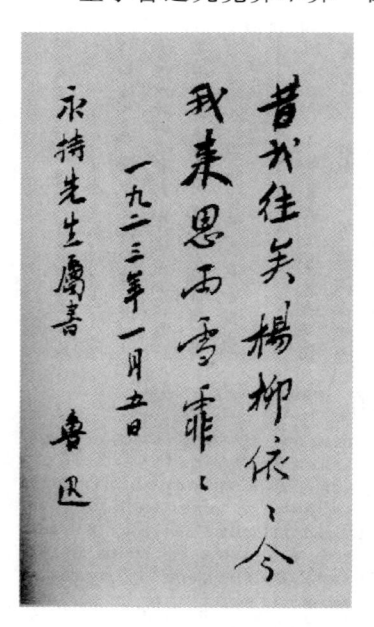

图33 鲁迅书《诗经·采薇》

---

① 李继凯：《鲁迅：在墨迹中永生》，《文艺报》2011 年 9 月 16 日第 7 版；《论鲁迅与中国书法文化》，《华中师范大学学报》2010 年第 3 期。
② 汤大民：《鲁迅书法的特质和渊源》，《南京艺术学院学报》（美术及设计版）2001 年第 3 期。江平：《作为书法大家的鲁迅》，《鲁迅研究月刊》2003 年第 6 期。
③ 汤大民：《鲁迅书法的特质和渊源》，《南京艺术学院学报》（美术及设计版）2001 年第 3 期。

第七章 墨海拾贝:南方作家的书法实践

鲁迅未曾想要做一个书法家,但却有其大成。而在书法实践层面,鲁迅堪称书法大家。鲁迅从实用便捷角度曾论及钢笔的优点与长处,在新式学堂和留日学习期间都曾用过钢笔,但其主要书写工具则是绍兴百年老牌子笔庄卜鹤汀所售的"金不换"毛笔。鲁迅使用毛笔手书的时间漫长,从其幼年开蒙起直至去世,前后约有 50 年之久,而且他用毛笔书写的文字存世的就有七百多万字,数量之巨蔚为可观。鲁迅的墨迹主要存于他的日记、书信、文稿、诗和题赠等手稿中,以及三百余万字的辑校古籍、石刻手稿、金石资料和金文手稿中。鲁迅虽不标榜自己的书法,但对书写一事却是深有自信的。1927 年 1 月 15 日离开厦门的时候,鲁迅抄写了司马相如《大人赋》中的一段,还在送给川岛的时候说:"不要因为我写的字不怎么好看就说字不好,因为我看过许多碑帖,写出来的字没有什么毛病。"鲁迅自幼即习书,中年时期在抄古碑方面又用力甚巨,使得他在书法艺术方面的鉴赏眼光和品评标准自然是高的。当他说自己的字"没有什么毛病"时,显示了他对自身书法的明确自信。从书法艺术本身讲,鲁迅的书法水平也是很高的。与鲁迅同时代的郭沫若,是文学家,也是 20 世纪中国有定评的知名书法家,他在为《鲁迅诗稿》写的序中对鲁迅书法就曾有过这样的论述:"鲁迅先生亦无心作书家,所遗手迹,自成风格,熔冶篆隶于一炉,听任心腕之交应,朴质而不拘挛,洒脱而有法度。远逾宋唐,直攀魏晋。世人宝之,非因人而贵也。"[①] 这可谓书法家郭沫若对于书法家鲁迅的中肯评价。

鲁迅未能享高寿,但其书写生涯是比较长久的,从接触毛笔书法,经年累月写字,历书风变化至书艺成熟这一道路中,是有越文化的影响在其中的。这也就是说,书写一生的鲁迅与书法文化确有深广的关联。包括从地域文化角度来看也是如此。因为地域文化与生于斯长于斯的人及其社会文化实践原本是有着深层联系的。鲁迅出生在绍兴城,此地乃越文化的中心区,一度是江南一个典型的政治、经济中心,文化发达,教育兴盛,多出才俊。毛泽东也曾说绍兴是"名士乡"。越文化作为江南文化中的代表性文化之一,有很多优秀面,诸如好勇轻死的尚武精神,民性刚烈坚毅,多"硬""韧"气质,理性务实,开拓进取等,同时也有奔放飘逸、明慧文巧、沉静空灵的一面。鲁迅在《〈越铎〉出世辞》中写道:"于越故称无敌于天下,海岳津液,善生俊异,后先络绎,展其殊才;其民复存大禹

---

① 转引自江平《作为书法大家的鲁迅》,《鲁迅研究月刊》2003 年第 6 期。

卓苦勤劳之风，同勾践坚确慷慨之志，力作治生，绰然足以自理。"① 这里明显见出鲁迅身为越人的荣耀之心和对越地文化精神及先贤的由衷认同。鲁迅有身为越人的自觉，其精神气质、文化个性有明显的越文化印迹。在他晚年，在给黄苹荪信中还说："'会稽乃报仇雪耻之乡'，身为越人，未忘斯义"。越地、越文化给予鲁迅的是成长的母文化滋养，其烙印是深刻的。鲁迅在东京弘文学院学习时，同学们都笑称鲁迅"斯诚越人也，有卧薪尝胆之遗风"。② 考察鲁迅的思想、文学创作和书法都不能忽略其孕生且成长于越地，浸润于越文化这一现实，这也就是说，越地及越文化与鲁迅书法的发生发展是有具体渊源关系的。

二 绍兴是鲁迅书法生涯起步发展的生成性文化场域

由个体家庭到外部大社会文化所共同建构的绍兴是文教发达、书学兴盛的越地主要文化场域，对于鲁迅的修习书法、奠定书功确是起到了积极正面作用的。

首先，从外部社会整体环境角度看，19世纪末20世纪初的绍兴文化资源较为丰富，文化气息浓厚，魏晋家族文化遗风仍有余存，一般书香、官宦之家是很注重子弟教育的。当然这教育以国学传统教育为主，但又处在向新教育转换的历史途中。对于一般子弟的教育，于诵读修习四书五经等儒家典籍之外，书法教育是很重要的一方面内容，书法的好坏也是考核读书成绩的重要项目，所以除家学示范之外，大多数家塾、私塾授课教师的书法基本是颇有水准的，即便算不得书法家，但也当得起儿童开蒙时期书法教习的任务。这一整体的地方文化教育观念和气氛对于入塾读书孩子的习书练字来讲是很有利的。鲁迅早年的书法学习也是在这样的社会空气中开始的。1887年至1891年，鲁迅在远方堂叔周玉田先生处就学。周玉田精通楷法，从"描红"入手教鲁迅习字。鲁迅则一丝不苟地描摹大楷书帖，受到了极为严格、正规的书法训练。1892年鲁迅入三味书屋，跟随寿镜吾先生读书，寿镜吾能作诗、工于书法。寿先生的书学兼学颜真卿、柳公权、苏轼、米芾等笔法，"用笔顿挫有力，方而见骨，结体方正丰满，章法茂密"。他对学生的习字作业判阅严格，看到写得好的字，就画一个红圈，而鲁迅"总是一笔一划、一个字一个字认认真真写下去"，

---

① 鲁迅：《集外集拾遗补编·〈越铎〉出世辞》，见《鲁迅全集》第8卷，人民文学出版社2005年版，第41页。
② 沈瓞民：《回忆鲁迅早年在弘文学院的片段》，载《鲁迅回忆录（散篇）》（上），北京出版社1999年版，第46页。

从不敷衍了事，在同班同学中以鲁迅写得最好。有学者认为这一时期的鲁迅应该是以颜真卿、柳公权楷书为日课，兼习唐宋行书以作笔记抄录之用。对于这段经历，鲁迅在《朝花夕拾》中有记述，"我就只读书，正午习字，晚上对课"。

其次，从内部家庭环境看，鲁迅（周树人）早年习书条件良好，起点也高。绍兴重文化、重教育的观念与氛围自然影响及于周家，周家某种程度上可视其为绍兴文教发育丰赡的一个样本。鲁家乃书香、官宦之家，家中文化气息浓郁，文化资源较丰富，注重子弟教育，书法方面家学渊源亦深厚。鲁家有家藏的名碑法帖，厅堂悬挂有许多字画，便于子弟观摩学习，鲁迅的父亲周伯宜是个秀才，善于翰墨，他的祖父周福清更是一位精于行草的高手，其书宗法王羲之，兼掺米芾笔法，善于用笔，书体潇洒，气韵畅达，深得帖学神理。在这样一个家庭中，天然地日日接受浓郁的书法文化气息的熏陶，鲁迅的习书并热爱习书就是很自然的了。此外，这个家庭在败落之前，经济是宽裕的，也有一定的开明度，对于小孩子的零用钱花销的控制并不特别严格，对于子弟修习正统经学书籍之外的课外阅读和爱好也并不粗暴干涉，这为鲁迅的文化精神发育奠定了比较好的基础。在多种课业外的活动中，看画、临画和作画对于鲁迅的练字习书是很有益的。鲁迅自幼爱画，无论是家中所藏还是购得的绘画类书籍，他基本都临摹过，具体如《花镜》《点石斋丛画》《诗画舫》《海仙画谱》《山海经》等。此外，还临摹过绣像小说《荡寇志》《西游》等。中国古代艺术观念中是强调书学与绘画两门艺术间的深层联系的，有所谓"书画同源"之说。鲁迅的赏画、描摹、画图是出于真正的兴趣和爱好，强大且持久。在绍兴与画的结缘促成鲁迅深厚的美术修养，这一修养使他对于书法的线条质地、结构造型、章法布局等都有超越于一般人的领悟性，他在绘画方面的模仿力与理解力对于书法学习和创作是大有益处的，有功于鲁迅的无心为书但却有其大成的书法之路。

再次，从书法文化方面看，绍兴作为有名的"书法之乡"对于鲁迅书法具有不可忽略的浸润性作用和示范性影响。绍兴是吴越文化的发祥地，在中国书法艺术史上占有重要地位。绍兴书法有漫长的发展历史。古越先贤于春秋时期即有意识地将文字视为艺术品，推动文字书法向艺术层面发展，并创写"鸟虫书"。魏晋时期，王羲之、谢安、孙绰等大批文人南下定居绍兴，逐渐促使书法艺术的重心由中原洛阳转移到江南。而文人云集绍兴，便促成了绍兴一时法之大盛，其影响绵延至今不绝。晋时，绍兴出现过诸多书法大家，如王旷、谢安、王羲之、王献之等。其中成就最高者是"二王",尤其是王羲之的书法,在当时就被赞誉为"飘若浮云,矫若游龙",他在山阴参与兰亭修禊集会时,写下《兰亭集序》,被誉为"天下第一行书"。由于光辉灿烂的书法文化,从东晋时起,书乡成了绍兴的代名词,绍兴从此成了书法圣地。绍兴多出杰出名士,亦多有书法名家,东晋之后,有孔琳之、贺道力、智永、虞世南、辩才、贺知章、钱公辅、陆游、陈宗亮、徐渭、倪之璐、陈洪绶、王守仁、徐生翁、马一浮等。[①] 而且近现代许多出自绍兴的杰出人士,虽不以书法家身份名世,但书法水平较高,如蔡元培、章太炎、秋瑾等。作为书法之乡,绍兴的书法艺术故迹是相当多的,如兰亭、戒珠寺、题扇桥、躲婆弄、金庭观、曹娥庙、会稽山、山阴道、沈园、青藤书屋等,有很多名碑传世,如"兰亭三绝"的"父子碑""君民碑""祖孙碑",蔡邕书写的"曹娥碑",贺知章的《龙瑞宫记》摩崖题记等等。在绍兴的街头巷尾,城市乡村,处处可见楹联、碑刻等各类书品。综而言之,绍兴的书法文化可谓是浓郁深厚至极。鲁迅生长在这样一个书法厚土之地,浸润于书法文化的空气中,一者自然受到潜移默化的滋养和影响,这是难以量化但却深刻的影响。二者当他主动习书时,学书资源无疑很是丰富,且观瞻便利,他曾多次随身携带拓碑工具到绍兴周边如会稽山等古迹地搜集古代碑版,也购买很多铭文砖和画像砖,这些活动对于鲁迅书法的修习是很有助益的,为鲁迅书法富于"金石气"奠定了最初的根基。三者鲁迅很是敬重"乡先贤",这些越地的优秀分子从书学角度对鲁迅是有示范性激励作用的,而在具体习书时可资借鉴的书家多且鲜活,如王羲之,绍兴是王羲之定居生活之地,存世遗迹很多,其居住地与周家台门并不远;再如章太炎,曾是鲁迅授业老师。可以说真切感知书家的学书比单纯的碑帖学习要生动鲜活得多,给予学习者的影响也是比较直接强烈的,就此点而言,鲁迅习书的条件显然是得天独厚的。

三 越文化精神是鲁迅书法的重要精神文化资源之一

其一,越文化作为海洋文化的开放性特质对于鲁迅书法多元多向吸收产生有益影响。越文化是不同于内陆型游牧—农耕文明的海洋性文化,王晓初认为,"长江文明,特别是它的下游最有代表性的越文化却是一种海洋型文明。"[②] 面海多水作为越地的天然地理条件,使得越人在对自身文

---

① 参见胡源《越中书法史》,中国社会科学出版社 2011 年版。
② 王晓初:《"面海的中国"与中国想现代化》(下),《绍兴文理学院学报》2011 年第 2 期。

化充分自信的同时,发展起善于开拓、勇于开放、不断创新进取的海洋型文化精神。这一文化精神对于鲁迅是深有影响的,鲁迅在人生进取发展的各个层面和领域都取开放的姿态与精神,标举"拿来主义"思想,在书法方面也是这样。鲁迅学书,采取兼收并蓄的态度。他虽无意做书家,但在书法资源吸收方面,却是广采百家,可谓"操百曲""观千剑",观摩、体味、吸纳是至广至博的。他的书法取法过唐宋、魏晋楷行,学过二王行书,掺有章草、篆隶之法,也时或掺入了时人笔意。鲁迅曾有丰富的拓碑经历,早年即爱金石类书籍,中年阶段,更是广购各种拓片,藏有从先秦至民国各种拓片470余种1100余张。他还大量购买金石类书籍,如《金石萃编》《金石萃编校字记》《艺风堂考藏金石目》《山右石刻丛编》等近百种,这些购买收藏,是鲁迅读碑、录碑、校碑的基础。我们基本可以认为,鲁迅观览揣摩过中国书学自古至民国各家各派的书法作品。此外,鲁迅还与同时代一些书家有交往,如陈师曾、乔大壮等,也很欣赏弘一大师后期的书作。而且,鲁迅与同时代的很多知识分子有书信往来,这些书信也多用毛笔写成,书写风格多样,品位不低,这对于鲁迅而言,其实也多了品鉴时人书法的直接机会。可以说,这样广博的艺术视野对鲁迅修习书法自然大有裨益,从中更见出其源于越文化的可贵的开放文化心态和吸收借鉴意识。

其二,越文化的务实精神对于鲁迅书法的影响。越地先民在非常困难的自然环境中求生存,求发展,铸就越文化务实、理性、不虚浮的精神品格,这对于鲁迅的精神气质也有直接影响,形成了鲁迅的务实品格和理性精神。这务实品格与理性精神进而直接影响及于鲁迅的书法实践。具体而言,大致体现在三个方面:一是书写工具和书桌布置尚简重实用。鲁迅于书写工具及书房用品方面向来不讲排场,全无浮华之风,以简素便利为上。他多年主要用卜鹤汀笔庄所售的"金不换"毛笔,价格便宜,离开绍兴后还曾多次托人购买此笔。萧红《回忆鲁迅先生》一文中描述鲁迅的书桌:"鲁迅先生的写字桌,铺了一张蓝格子的油漆布,四角都用图钉按着。桌子上有小砚台一方,墨一块,毛笔站在笔架上,笔架是烧瓷的,在我看来不很细致,是一个龟,龟背上带着好几个洞,笔就插在那洞里。鲁迅先生多半是用毛笔的,钢笔也不是没有,是放在抽屉里。桌上有一个方大的白瓷的烟灰盒,还有一个茶杯,杯子上戴着盖。"[①] 二是书写观念重实用,强调字要写清楚,让人不费力就认得。鲁迅很反感别人写字不清

---

① 萧红:《回忆鲁迅先生》,《鲁迅回忆录(散篇)》(中),北京出版社1999年版,第723页。

楚，令人难以辨认。这一点萧红也有记述，"青年人写信，写得太草率，鲁迅先生是深恶痛绝之的。'字不一定要写得好，但必须得使人一看了就认识，青年人现在都太忙了……他自己赶快胡乱写完了事，别人看了三遍五遍看不明白，这费了多少工夫，他不管。反正这费的工夫不是他的。这存心是不太好的。'"① 鲁迅自己是字不拘各体，一向写得清楚易认。三是鲁迅书学实践绝大多数为实用性书写，具日常性，无表演性，也不为艺术表现。他的写字是针对著述和抄录工作，所以书写既要求速度也求便利，同时要求清楚也求美观，从具体书写讲，鲁迅多写小楷，字偏规整，结体清晰，大小差异不多，他多采用圆转、简练、雅洁、朴拙、洒脱等表现手法，长期实用性书写实践促使鲁迅的书体朝着这一方向演变、完善，日益纯熟精进并显出其书法朴素、清雅的个性，这显示了务实精神和实用追求对于鲁迅书法风貌的铸造。

其三，越文化的坚韧顽强精神和勤奋之风对于鲁迅书法的影响。越族多有坚韧顽强精神、卓苦勤劳之风，这一越文化传统历史悠久，从大禹治水到勾践复国，绵延不息。越人多出才俊名士，是因为他们处事富于认真、执着、勤苦的精神，在学业、事业上有"韧"劲和毅力。鲁迅对此有论，"其民复存大禹卓苦勤劳之风"。审视鲁迅自身，堪称是突出体现越人坚韧勤苦文化精神的优秀典范，在世50多载，鲁迅在文学创作，思想拓展及其他各种事务中的认真执着，坚毅刻苦少有人能比，而论及书写一事，鲁迅写字的勤奋与数量之巨也是少有人企及的。鲁迅自幼习字时便极为认真，一丝不苟，先后受到老师周玉田、寿镜吾的嘉许，赞其在同学中总是写得最好的一个，这"最好的"即能说明他的用心认真、用功踏实。他年少时即喜爱金石，勤于收集相关书籍，并经常到绍兴多处古迹采集拓片。鲁迅为了记住《尔雅》中的繁难字，就从《康熙字典》中将与这些字有关的部分抄录下来并装订成册。年少的鲁迅还抄录过《唐诗叩弹集》《花镜》《茶经》《二酉堂丛书》等。鲁迅做这些事是出于自身喜欢，但没有毅力，不下功夫也是完成不了的。除文学创作中的书写外，鲁迅的抄碑几乎是世无匹敌的。在读碑、校碑的过程中不断抄写，为了保证抄碑的质量，他还抄了大量有关碑刻的古籍和资料，如《汉石存目》《汉碑释文》《罗氏群书目录》等等。中年阶段是鲁迅读碑、录碑最勤苦，接触历代各种书体最多的一个时期，他所抄录现今存世的有近千种、近万页、300余万字的辑校古籍手稿、辑校石刻手稿、金石资料、手摹《秦汉

---

① 萧红：《回忆鲁迅先生》，《鲁迅回忆录（散篇）》（中），北京出版社1999年版，第712页。

瓦当文字》和金文手稿，这些数量是惊人的，背后的劳动更是难以想象，非有艰苦卓绝之精神不能完成（图34）。诚如周作人《题豫才手书〈游仙窟〉》所言，"豫才勤于抄书，其刻苦非寻常人所及，观此册可见一斑。"① 康有为说："临碑旬月，遍临百碑，自能酿成一体，不期然而自然者。"② 何况鲁迅几乎是经年累月地写字抄碑，字量巨，抄碑勤，这于其书艺的进益和纯熟自然大有帮助，亦使其书法透出明显的"功夫气"和"金石气"。

图34　秦汉瓦当文字

其四，就美学特征讲，越文化成就鲁迅书法一个奇特现象——书写内容的"硬""韧"特质与书艺的"和静""古雅"韵味的组合共生。中国书学一般讲"字如其人"，可乍一看，鲁迅书法呈现的风貌是质朴宽厚、舒展但不狂放，韵味古雅，与一般印象中鲁迅为人为文的深刻犀利很不相似。这个现象很有意味，值得思考。越文化历史悠久，文化积淀深厚，文化内涵也很复杂多元。越文化有理性务实、硬气和韧性突出，刚烈尚武、坚毅勤奋的一面，但作为面海文明，它又有水性十足的一面，体现为沉静含蓄、灵动柔美的人文情愫和风骨。越文化有其矛盾性特质，即刚、硬、野与柔、细、雅的统一共生，有胆剑之气，又有琴曲之韵。越文化的矛盾

---

① 周作人：《题豫才手书〈游仙窟〉》，《关于鲁迅》，新疆人民出版社1998年版，第553页。
② 转引自夏晓静《鲁迅的书法艺术与碑拓收藏》，《鲁迅研究月刊》2008年第1期。

性特质对于越人精神的铸造自然是多元多向的，所以越地杰出人士的心灵面貌往往深邃复杂、丰富立体，难见单一和单薄。周作人就曾说自己的灵魂里面住着一个"流氓鬼"，还住着一个"绅士鬼"。鲁迅写过"怒向刀丛觅小诗"，但也写过"怜子如何不丈夫"。鲁迅心灵的丰厚、深邃与复杂远过一般人，甚至有一些矛盾性的人格要素和精神特质共存在他的心灵中，并显现在他文学创作的艺术个性中，比如狂放与沉静、犀利尖刻与柔和温情、峻烈阴郁和柔美诗化等。考察鲁迅的写作，清晰可见其书写内容与思想精神的"硬""韧"特质与书艺的"和静""古雅"的共生共在，可以说，前者与越文化刚性一面契合，张力大，战斗性突出，后者与越文化水性一面契合，张力小，书卷气浓，和静气息凸显，而这二者间的组合共生又是高度统一的，铸就独异的文学鲁迅和书法鲁迅。这也意味着，鲁迅的艺术个性其实是复杂的复合的，刚毅冷峻精练而又兼有柔美幽深隽永。相对而言，鲁迅杂文乃至整体文学，侧重于接受越地刀笔吏的文脉；鲁迅书法及其绘图，却侧重于接受越地二王柔美的墨香。抑或可以说，在书写的内容、思想面貌上鲁迅是近于越文化中大禹、勾践所代表的刚性精神，在书写形式美学精神上更接近他所爱好的越文化中二王所代表的沉静、中和气质。因为直面中国的现实和浓重黑暗，鲁迅的思想表达和文学写作是痛苦的，也多阴郁、锐利和沉重，而且鲁迅的写作时间久，量多，几乎每日皆有，那么激愤、强烈的写作情绪需要舒缓和平衡，思想、情感的艺术表现放出去亦要收得回来，使文学的表达、表现在一个最合适的度上，于是，富有和静气息、古雅韵味的宽厚舒展的文字书写就平衡了激愤、强烈的情绪，适时收住了热烈奔放的艺术表达。这样，写作的心灵不致过于脱控而消耗到虚脱，艺术的表现也不失却必要的冷静和节制，实现动与静的有机结合。此外，从实用性书写角度讲，凸显太过强烈的个性、很张扬的书法不易持久书写，难以以这样的书写做长久大量的写字工作，而和静圆融舒展之笔方能一日复一日地笔耕不辍。

此外，我们还应该强调越文化的"现代重构"以及鲁迅的贡献。因为地域文化并不是一成不变的，在不断发展变化中需要标志性文化名人持续的实际贡献。笔者曾以参会者和旅游者的身份多次到过绍兴，便明显感受到绍兴文化景观及"旅游文化"的变化。打开越文化的"文化地图"或走进现实中的绍兴，总能看到墨迹斑斑和鲁迅的"文化身影"。其中，以鲁迅墨迹为元素化成的牌匾、联语、中堂、条幅及碑石等，也已经成为当今越地文化特别是绍兴城市文化的有机组成部分。比如在绍兴多见鲁迅书法及墨迹，且与文教、旅游等都有密切的关系。可以说，鲁迅墨迹成了绍兴不少单位和景点的重要的文化符号,与王羲之墨迹的诸多景观形成了耐人寻味的文化呼应与联通,为建构中的"现代越文化"的发展都做出了切实的贡献。同时,事实也一再证明,"文化鲁迅"在书法文化方面,也可以成为具有"再生性"的文化资源之一。在绍兴诞生一处集大成且蔚为大观的"鲁迅碑林",那便是当下笔者的一个小小的愿望和建议。当然,鲁迅的思想、文学和他的墨迹是一体的,书法鲁迅是文化鲁迅一个不可割裂的组成部分,也是我们深入认识鲁迅及"鲁迅文化"的路径之一。当我们审视现代文人书法家鲁迅时,凝神看到的是:越文化的血液和精气是鲜活流动于鲁迅的书法人生中的,因此在较大程度上可以说,鲁迅及其书法都是越文化这棵长青"历史之树"上结出的硕大果实。

四 鲁迅是积极推进书法世界化的"送去主义"者

南方文人在水天一色玉空明的文化环境中成长,多受海洋文化的潜移默化和外来文化的影响,常常可以得风气之先,眼界开阔,思想解放,不仅喜欢"拿来主义",而且崇尚"送去主义",在"文化贸易"或"文化交流"方面,有着高度的自觉和强烈的责任意识。其中,作为擅长书写的鲁迅,就是一位杰出的代表。

可以说,鲁迅既是"拿来主义"的倡导者,也是"送去主义"的实践者,在跨国文化交流方面做了很多工作。其中,他与日本友人结缘过程中留下了许多手稿,包括他为日本友人书写的数十幅书法作品,整体看即体现出了这两种"主义"的双向互动,从一个侧面印证着作为文化使者的鲁迅所承担的重要使命。本节主要从文化传播(包括书法文化传播、文学文化传播等)层面,考察一下他与日本的"书法外交"情况,并从中获取有益的启示。

日本书道与中国书法的关系非常密切。日本书道是日本文化中的有机组成部分,尽管这一部分的"中国元素"(包括唐风书法、汉字笔画等)很为显著,但仍然具有日本文化的属性。每个国家或民族的文化都是不断建构的、兼容发展的,静止和僵化了,即意味着趋于死亡。书法文化亦然。书法在中国、日本等地域的传扬,长期的交流互动,使其衍化为东方文化一个重要的符号世界。以鲁迅为代表的现代中国文人,也通过对书法文化的关注、创造和交流,为东方文化的赓续和发展,做出了自己应有的贡献。对此理应给予深入的探讨。中国鲁迅研究会曾和高校合作,于"五四"90周年之际(2009年5月4日)在西安开了一次"鲁迅与五四新文化运动学术研讨会",会议论文集即名为《言说不尽的鲁迅与五四》,事实上,某些关于鲁迅的具体话题,也可以说是"言说不尽"的。著名学者孙郁在《日本记忆里的鲁迅》中说:"鲁迅和日本的关系,至今还是未完的话题。"① 诚哉斯言!其中,鲁迅书法与日本的结缘,显然就是这"未完的话题"中的一个久被忽视的子题,一个很值得仔细梳理和探究的命题。囿于个人见闻,本节只是一次初探,倘能抛砖引玉,则幸甚矣。

(1) 相关的史实

中国与日本有着非常密切而又复杂的关系,从文化上看也是如此,即使仅就鲁迅与日本的关系来看,也显示着某种"剪不断、理还乱"的情状。但比较而言,日本的书道和中国的书法却有着非常显豁而又相当明确的关系。"汉字俑"(包括其特有的笔画或线条)影响下的书写活动,伴随着无数学子和文人,形成了东方世界相当浓厚的书法文化氛围。我们迄今从鲁迅申请入仙台医专学习的申请书(用小楷写成)②,当年鲁迅在日本留学时所作的笔记③,《自题小像》诗稿手迹(存世的为晚年重写),仙台东北大学校园里鲁迅塑像上的"鲁迅"(鲁迅自书体),以及塑像附近树旁所立之碑上的楷书,相关博物馆、纪念馆里的书迹,藤野先生在送给鲁迅的照片背后题写的"惜别"④ 等等,都能够感受到书法文化的实存,这些手迹或书法,也能给书法爱好者留下深切的印象。这也就是说,即使仅仅从直观层面,我们也可以在书法文化视域中看到鲁迅与日本的某些关联,其翰墨情缘的种种留痕或吉光片羽,也颇值得后人鉴赏、回味和整理。

日本也是书法文化的温床和传播之地。鲁迅留日时,曾从章太炎学习段玉裁《说文解字注》,1929 年曾后又曾计划编著《中国字体变迁史》;他与日本结下的书缘也包括他和同学的交流,如鲁迅与留日同学陈师曾的

---

① 郑欣淼等主编:《鲁迅研究年鉴(2006 年卷)》,河南文艺出版社 2007 年版,第 38 页。
② 黄中海:《鲁迅与日本》,远方出版社 2002 年版,第 15—16 页。
③ 参见《鲁迅与藤野先生》出版委员会编、解泽春译《鲁迅与藤野先生》,中国华侨出版社 2008 年版。该书收有鲁迅在日本学习期间写下的"解剖学笔记"影印件的若干照片,以及福田诚等人的相关介绍文章。其中,福田在《"文"人鲁迅》开篇即说:"鲁迅的字写得很漂亮。我刚开始参加'解剖学笔记'的解读和翻印,就有这样的印象。尤其是誊写的笔记,无论是汉字还是假名,都是一个造型很美的世界。写字本身像是一种享受,透过字里行间,鲁迅的形象深深地吸引着我。"(该书第 104 页)
④ 为纪念藤野先生,日本在福井足羽山上建立了"惜别"碑。这使人总会想起藤野先生赠鲁迅的那张照片,其背后是藤野先生亲自用毛笔写的"惜别——藤野—谨呈周君",端庄自然,耐人寻味。

关系最密切，而陈的书画修养极其深厚，对鲁迅的影响也相当深切，甚至可以说在书法文化方面，不亚于其老师章太炎的影响。显然，日本文化利于书法文化的滋生和发展，促使鲁迅不间断地从事具有审美意味的书写。总体看，鲁迅一生留下的墨迹大致可以分为两类。一类是鲁迅以"正规"或比较规范的书法形式留下来的墨迹。通常要符合书法条幅、横幅、扇面及印章等方面的形式要求。传世的这类墨迹在鲁迅留存手迹中较少，比较而言，鲁迅晚年留下的此类墨迹相对多一些，且大多是应友人之邀或赠答朋友之作，依据这类墨迹的尺幅、书写样式，应该算是鲁迅有意识以书法形式书写的作品。后一类系鲁迅的各种文稿，包括小说、散文、书信、日记、论著等方面的手稿，相关墨迹的数量极多，北京文物出版社、中国电影出版社等多家出版社出版过鲁迅的这类墨迹影印本。这类墨迹的书写非以表现文字的书法美为意旨，但由于鲁迅整体的文化素养，其墨迹总能映现出作者的气质禀赋及人格精神。这两类墨迹大抵都属于书法文化，即使艺术性有差异，但其文化价值却毋庸置疑。其中，就有一些书法作品包括手稿等与日本（人）有关。

诚然，书法文化具有重要的交际功能。鲁迅的书法作品包括书法也是要通过文化传播管道来实现的，日常的书法交流也是一种文化传播。从艺术与人文的视野来看鲁迅书法，也应注重他与友人间的翰墨情缘，其作品的"人文"意味常为后人所激赏不已。鲁迅与外国人特别是好友的翰墨情缘值得关注，其中，鲁迅书法生涯与日本的关联，则不仅体现在他赠送给日本朋友的书法作品，而且要看到他在日本期间实际从事的书法活动或行为。鲁迅书写一生，书写尤其是艺术创造性质的书写成为其生命焕发的生动体现，最后的绝笔也是用毛笔写给内山先生的便条。我们看到，他给许多人尤其是亲朋好友题字相赠，也成为精神交流和增进友谊的重要手段。他有意识地将书法作为媒介，在书法交往中不断开拓人生。这也体现在他和日本友人的书法交往上。鲁迅曾托内山先生在日本陆续购买了《书道大成》全27卷，几乎囊括了中国历代所有时期的重要碑帖；他还曾托内山"乞得弘一上人书一纸"，但更多的情况却是为日本友人写诗词条幅、横幅等。据不完全统计，如今可以查考出根据的为日本友人或来宾书写的诗词作品（包括自作和他人的，未含书信手稿等）就有近40幅。据《鲁迅诗稿》、陈新年《鲁迅书法编年考略》[①]以及多种有关鲁迅的年谱、传记和回忆录等资料，书赠日本友人的主要有以下书法赠品：

---

① 见《鲁迅世界》2008年第1、2期。

1923 年，书《诗经小雅采薇·赠永持德一》；1931 年，书《赠邬其山》①《送 O.E 君携兰归国·赠小原荣次郎》《赠日本歌人·赠升屋治三郎》《无题（大野多钩棘）·赠内山松藻》《无题（大野多钩棘）·赠熊君旋》《湘灵歌·赠松元三郎》《无题（大江日夜向东流）·赠宫崎龙介》《无题（雨花台边埋断戟）·赠柳原烨子》《送赠田涉君归国》《钱起归雁·赠长尾景和》《老子虚用成象韬光篇·赠长尾景和》《李白越中览古·赠松元三郎》《欧阳炯南乡子·赠内山松藻》《书旧作〈自题小像〉赠冈本繁》；1932 年，书《无题（血沃中原肥劲草）·赠高良夫人》《自嘲（运交华盖欲何求）·赠山本勇乘》《所闻·赠内山美喜》《答客诮·赠坪井方治》②《无题（惯于长夜过春时）·赠山本初枝》③《一二八战后作（战云暂敛残春在）·赠山本初枝》《李白越中览古·赠山本勇乘》；1933 年，《赠画师·赠望月玉城》《题呐喊·赠山县初男》《题三义塔·赠西村真琴》《悼杨铨·赠樋口良平》《赠人（秦女端容理玉筝）·赠山本》《无题（一枝清采妥湘灵）·赠土屋文明》《楚辞九歌礼魂·赠土屋文明》；1934 年，《无题（万家墨面没蒿莱）·赠新居格》《金刚经句·赠高岛皀眉》《钱起归雁·赠中村亨》；1935 年，《郑思肖锦钱余笑（二十四首之十九）·赠增田涉》《郑思肖锦钱余笑（二十四首之二十二）·赠今村铁研》《刘长卿听弹琴·赠增井经夫》；1936 年，《杜牧江南春·赠浅野要》；1933—1936 年间，曾书《潇湘八景》赠儿岛亨，等等。

上述诗歌书法，都是诗书一体的"第三文本"，非常耐人寻味。其中，某些可以被视为鲁迅名句名诗的书法文本，则可以成为复合美的模板，如《题三义塔·赠西村真琴》中的最后两句："度尽劫波兄弟在，相逢一笑泯恩仇"，《无题（惯于长夜过春时）·赠山本初枝》最初两句："惯于长夜过春时，挈妇将雏鬓有丝"，《自嘲（运交华盖欲何求）·赠山本勇乘》中的名句："横眉冷对千夫指，俯首甘为孺子牛"等等，就都有其丰富的启示意义。

书法可以愉悦性情，可以契合艺境，更可以与友交流。"鲁迅与书法"在某种意义上也可以解读为"文学与书法"，这是因为在文化创造领

---

① 有学者认为，这幅书作"书文合一，大气磅礴，是一件难得的佳构"。参见黎向群《不朽文章不朽书》，《鲁迅世界》2005 年第 3 期。

② 一说书于 1931 年冬。坪井是日本医生，曾为海婴治过病。

③ 山本初枝擅长写作短歌，曾在 1931 年赠鲁迅一首短歌，鲁迅为她书写诗幅两次，她则长期创作关于鲁迅的诗歌，多达数十首，与鲁迅有着知音般的友谊。参见季樟桂《山本夫人留诗一枚》，《鲁迅研究月刊》2009 年第 5 期。

域或艺术文化领域存在着交叉共生、相互启迪的密切关系。从鲁迅的文化实践中便透露出这方面的丰富信息。他虽无意以书法家名世，但在书法文化创造方面却有着重要的奉献。鲁迅给日本友人的书法，与文学特别是诗歌的关系就极为密切！在日本，也曾长期这样的传统："以汉诗为中心的文人趣味，是一直包围着书法艺术的。书家必须作为汉学者或汉诗人也得到人们承认，才能得其大成，取得支配潮流发展的权威地位。"正是拥有这样的文化心理积淀，日本友人才会理解鲁迅并喜爱其诗书结合的艺术样式。① 如果说鲁迅从日本文学经验中多采取了"拿来主义"的话，在书法艺术方面，情形几乎相反，多采取的是"送去主义"。这是友好的赠与，深切的纪念，情谊的象征。鲁迅与日本友人的书法情缘，突出了跨国的书法交际功能，在此或可名之为"书法外交"——文化传播的一个古老却又年轻的交流方式。如1931年2月12日，小原荣次郎在中国购买兰花将要回日本，鲁迅赋诗并写成条幅相赠；1931年2月25日，为日本长尾景和写唐代钱起《归雁》一幅留念；1931年初春，作旧体诗《赠邬其山》并书写成条幅赠内山先生；1935年3月22日，为今村铁研（日本医生，增田涉的表舅）、增田涉等书写书法作品相赠。从这些行为看，鲁迅书赠友人书作较多的原因，也主要是从"实用"层面进行考虑的。当然，鲁迅书赠的日本友人交谊深浅不同，但即使短期接触，也是印象好才会赠送书法作品。"秀才人情纸一张"，自古以来，除了书信，书画往来就成了文人交往中出现最多的一种形式（且常和赠诗赠言相结合）。到了现代，这种文化习惯依然存在，只是增多了赠书籍、赠笔砚等更务实的行为。这些情形在鲁迅那里大抵都出现了。包括他与日本友人的交往，也生动体现了这样的特征。他曾托日本好友内山君"乞得弘一上人书一纸"。他在日本期间的第一本译著《域外小说集》，即请陈师曾为之封面题签。陈亦曾赴日留学，初入宏文学院，与鲁迅朝夕相处，相交颇为契合，多切磋书画艺术。

值得一提的是，鲁迅于1931年初春书写的条幅《赠邬其山》（"邬其"乃日语"内"的读音，即书赠日本内山书店东主内山完造），多有意趣。鲁迅在这幅书法作品上的题款是"辛未初春，书请邬其山仁兄教正"，② 俨然肃然，但诗歌文本却幽默、调侃，甚至还有讽刺政客及黑暗

---

① ［日］榊莫山：《日本书法史》，陈振濂译，上海书画出版社1985年版，第97页。
② 此诗被收入《鲁迅全集》第7卷《集外集·集外集拾遗》，人民文学出版社2005年版，第451页。

现实的意味。当时的鲁迅有感于内山完造向他谈及生活在中国20年的见闻感想，遂诱发了诸多感慨。于是，鲁迅把胸中积郁的情愫化为诗意和书法，相得益彰，妙不可言，兴之所至，挥洒自如，结语的"南无阿弥陀"五字，自在放达，情趣盎然。听说当时鲁迅忘了钤印，后以手指蘸上印泥代章于落款处，由是成就了一则逸闻逸事。而鲁迅最为人知的诗句"横眉冷对千夫指，俯首甘为孺子牛"，本人多次书写，传播极广，他人也常以此为书法素材，创作出了难以胜数的书法佳作。如果将鲁迅的书法作品及其"衍生"的相关书法作品进行大收集并搞一个大型展览，那情形必然是蔚为大观、美不胜收的。不仅毛泽东、陈毅、郭沫若、茅盾、周慧珺等人要书写鲁迅的名句名诗，即使日本友人也常常如此。据报道，近年来日本著名书家高桥静豪就曾创作了许多与鲁迅有关的书法作品，并将其捐赠给绍兴鲁迅纪念馆，产生了较大的影响。

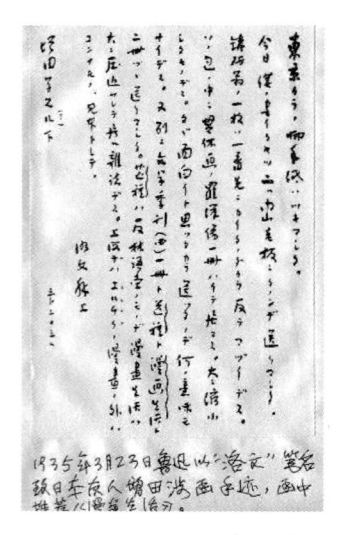

图35 《鲁迅致增田涉书信手稿》

作为交往见证的书信墨迹，也构成了鲁迅生命中一道绵长而亮丽的风景线。鲁迅书信有1500余封保存了下来，其中有手札真迹存世者已弥足珍贵。包括与日本友人的信札手迹，如《鲁迅致增田涉书信手稿》，不仅有文史文献价值，也有手札书法的诸多妙处和叹赏不已的趣味（图35）。当鲁迅非常娴熟地书写日本假名书法时，我们也会感到他对日本文化的谙熟甚至是认同。仅从鲁迅与日本友人的可以看到的书信手迹而言，也可以看出鲁迅的书法造诣确实不俗：含蓄内敛、温润浑厚而又雅趣盎然！

而日本友人对鲁迅书法的珍藏和捐赠，也每每传为佳话，令人心生感慨。如2008年，日本友人古西旸子女士向上海鲁迅纪念馆捐赠了一幅鲁迅书法真迹（鲁迅录写唐代诗人刘长卿的五言绝句《听弹琴》赠给增井经夫的条幅）；又如，高良留美子在2010年向日本东北大学捐赠了鲁迅写给其母高良富的亲笔诗。来而不往非礼也。日本友人也曾将自己创作的书法赠送给中国，如日本知名书法家、日本书道院副会长高桥静豪就曾将自己书写鲁迅语录和诗句的50余幅作品全部捐给了绍兴鲁迅纪念馆，以此表达对鲁迅的敬意。他还说：鲁迅是伟大的文学家，也是伟大的书法家，因此能将自己的作

第七章　墨海拾贝：南方作家的书法实践　193

品捐给鲁迅纪念馆是其一大心愿。此种翰墨情缘就像宣纸上水墨的洇润，总会给人留下美好的印象。

（2）历史的记忆

鲁迅作为一位书写者，留下了大量的著述，也留下了大量的手迹，特别是他为日本友人写下的书法作品，给向来认真心细的日本朋友们，留下了难以忘怀的历史记忆。这里撷取若干，并稍加说明或点评，从曲径通幽处，接近一下这位 20 世纪 30 年代即告辞世的历史名人。

内山完造先生是鲁迅最要好的日本朋友。内山先生在《忆鲁迅先生》[①]中介绍说：1936 年 10 月 18 日早上 6 点钟左右，许夫人带来了"一封如今已经可悲地成了绝笔的先生的信"。这封绝笔信依然用毛笔写成，痛苦和急切渗透到字里行间，内山先生见状，颇觉诧异："时常总是写得齐齐整整的信，今天，笔却凌乱起来了。"他立即意识到问题严重，随即打电话找医生。幸运的是，鲁迅的这封绝笔信，他一生"最后的手札"被保存了下来，自然可以作为一件独特的书法文本，见证了深挚的友谊，也见证着笔墨线条与生命挣扎的结合及其悲苦无奈的情状。内山先生的回忆还涉及：鲁迅先生本人的诗并不多，但到了晚年却喜爱将诗词与书法进行传统化整合、创新，作为文人作家无上的礼品赠送他人。内山先生多年后还记得：鲁迅曾给他及妻子都题写过诗歌，对其诗歌内容等也记忆犹新……[②]供职于内山书店的廉田寿在《鲁迅和我》[③]中介绍说，内山书店编印的介绍新书的刊物《文交》，鲁迅题写了刊名；他曾请求蔡元培为廉田寿写了一幅字，让其感动终生；鲁迅还曾请鲁迅为其去世的弟弟廉田诚一撰写了碑文，日本新闻界还曾积极予以报道。鲁迅之所以能够为一位早逝的日本青年撰写碑文，主要是基于他和内山书店的因缘和廉田诚一的优良品性。从书法的笔意可以看出，楷书和隶书的结合，藏锋和露锋的照应，端肃与自然的浑融，使这一碑文书法成为鲁迅书法世界的精品之一。高良富子《会见鲁迅的前前后后》记载：内山曾经给她送来鲁迅先生的照片和诗歌条幅，这对她来说是很大的安慰："我不止一次地想到，不管会见了什么人，都不如见到了鲁迅先生有意义。"鲁迅送她的诗幅内容是"血沃中原肥劲草……"，而她则回赠了鲁迅一套《唐宋元名画大观》，鲁迅收到后还专门写了回信表示感谢。[④] 近期有报道说，高良富子的后人将这幅字捐

---

① ［日］内山完造：《忆鲁迅先生》，《作家》1936 年第 2 卷第 2 期。
② 见鲁迅博物馆等编《鲁迅回忆录》（散篇下册），北京出版社 1999 年版，第 1500 页。
③ 同上书，第 1559 页。
④ 参见武德运编《外国友人忆鲁迅》，北京图书馆出版社 1998 年版，第 200—201 页。

献给了地处日本的东北大学，这引起了广泛关注，但有的记者将内容进行了曲解。内山完造的弟弟内山嘉吉及其夫人和鲁迅一家也有密切的往来。鲁迅还给内山嘉吉夫人写过两帧条幅。后来裱好的原件赠给了中国，只保留了复制品。撰写过《鲁迅世界》的日本学者山田敬三认为：鲁迅在晚年将喜欢旧体诗和书法紧密结合，为日本友人一再书写他创作的旧体诗，借此也表达了对现实的感受。①

其他日本朋友，也对鲁迅赠字看成一件值得记忆和感念的事情。如长尾景和《在上海"花园庄"我认识了鲁迅》②："记得仿佛是二月中旬，先生为我写了一首义山的诗，说：'在花园庄什么也没带来，这幅写得不好，将来有机会再用鲁迅的名字写幅好一些的。'……我想，这一定是先生偷偷回到家里为我写的，使我深为感动。"当时尚在避难中的鲁迅，用周豫山的名义为一位刚刚邂逅的日本年轻人书写古诗以为纪念，还承诺将来会以"鲁迅"的名义为其再写一幅好一些的书法作品，这样的为人和话语怎能不感动人呢！至于鲁迅当时是否冒险潜回自己原来家中写的这幅字，也许只是长尾君的揣测。长尾出于这份感动和珍惜，很快请人装裱了，还送呈鲁迅自赏。当鲁迅继续自谦时，长尾则说："您的字写得丝毫没有矫揉造作之气，所以我很喜欢，我将永远带着它。"山上正义《谈鲁迅》，提及他对鲁迅用毛笔写楷书从事小说翻译的深切印象。翻译是一种独特的文化创造行为，其复合形态的文本加上书法形态，也是非常值得关注的文本世界。③儿岛亨《未被了解的鲁迅》④，对鲁迅"写便条也用毛笔"的情况进行了较为详细的介绍，还介绍说：鲁迅"还用毛笔特意给我写了他爱吟的《潇湘八景》这首汉诗。如今我把他写的这首汉诗裱在轴纸上，珍贵地保存起来了"。这幅字"笔迹清秀，一共写成三行……时常挂起来看，足能追怀出先生生前的面影来"。儿岛亨先生还由此大发感慨："除书法家之外，我们同用毛笔写字的生活渐渐地疏远了。那时候，先生不仅在原稿纸上，就连写给书店的便条之类几乎全用毛笔写，而且写得很工整……世上有写字好的和写不好的人。有书法家，有外行及知名人士，但在日本，重其名而不重其字的现象则屡见不鲜。中国却相反，人虽无名，但字写得好也能得到很高的评价。几年前听说北京鲁迅博物馆在征集先生的遗墨。我想象我们这些曾和先生最接近的人，哪怕把那些笔

---

① 参见武德运编《外国友人忆鲁迅》，北京图书馆出版社1998年版，第216—217页。
② ［日］长尾景和:《在上海"花园庄"我认识了鲁迅》，《文艺报》1956年第19号。
③ 参见鲁迅博物馆等编《鲁迅回忆录》（散篇下册），北京出版社1999年版，第1551页。
④ 同上书，第1573页。

记和便条献出来也好，可是手头上却一份也没有了。我们那时要先生的字，随时都能给我们写的，认为何必那样着急？想来真是后悔，就连当时的一张便条都没有保存下来。现在只好把这首《潇湘八景》视为至宝珍藏起来了。"

日本友人也曾泼墨濡翰，书写了关于鲁迅的书法作品，如佐藤春夫在鲁迅逝世后曾撰写了一副对联："有名著，有群众，有青年，先生未死；不做官，不爱钱，不变节，是我良师。"坦诚直白而又情真意切，既是对历史记忆中鲁迅形象的生动概括，也是对日中两国作家心灵相通、书艺呼应的一个历史见证。

（3）有益的启示

鲁迅与日本友人的关系，特别是文化关联，当是中日两国人民友好往来和文化交流的一个象征，这是一种基于文化亲缘和心灵需求而生成的文化现象，鲁迅与日本的翰墨情缘，则可以视为这一文化现象的缩影。从书法文化视域观照鲁迅和日本，可以看到和想到许多文化问题及建设思路，也就是说，从书法文化视域接触和考察鲁迅与日本友人的跨国结缘，以及鲁迅和日本友人在书法方面的"外交"实践，可以获得一些有益的启示：

其一，在当今东方文化复兴的语境中，在世界和谐文化的建构中，以"和谐、自然"为旨归的中国书法文化必将焕发出更加神奇的魅力。著名学者伊藤虎丸在其名著《鲁迅与日本人——亚洲的近代与"个"的思想》中曾指出："鲁迅直到死都对日本及日本人始终抱有某种信赖和爱心，但同时，他又对眼前的日中关系几乎感到绝望。"[1] 我们要千方百计超越种种障碍（包括政治、经济的对抗以及仇恨、猜疑等）并有效化解这种"绝望"。为此，我们要充分开发和利用文化的化解功能，不断加深两国人民的友谊和文化认同。书法文化作为一种语言文化和艺术文化，在文化传播及影响世道人心方面，具有不可忽视的作用，在这方面，朝野各方应有积极的策划，努力开展一些相关交流与合作的活动，扩大东方文化的影响力。鲁迅的跨国书法情缘包括跨语言的书写手札等，既可以给我们带来历史文化的熏陶，也会带来现实性的有益启示。当年鲁迅通过书法与日本建立起一种文化纽带，他的那些与日本有关联的书法作品，如今如果汇集起来进行展出，将是一道非常耀目的风景线；而他的"书法外交"作为独特的文化传播形式，也将启发我们如何将书法文化与国际汉语教育结合

---

[1] ［日］伊藤虎丸：《鲁迅与日本人——亚洲的近代与"个"的思想》，李冬木译，河北教育出版社2000年版，第3页。

起来。无疑,在全世界范围内,努力将汉语教育与书法文化紧密结合起来,必然会提升汉语教育的文化含量和魅力。因此笔者建议:中日两国可以紧密合作,充分收集相关书法作品,搞一个"鲁迅与中日(或日中)书法文化"专题展览,包括鲁迅书法、他人书写鲁迅诗文的优秀作品等,都可择优参展;国际汉语教育教师(尤其是孔子学院、汉学院或国际文化交流学院专任教师)可以在教学中采用鲁迅或文化名人手迹作为示范,因其知名度高,容易吸引眼球和加深记忆,必然会取得较好的提示效果,提高教学效率。

其二,鲁迅一生中的日本缘及其相关的翰墨缘,也可以引发我们更多地思考中日文化艺术交流及其存在的诸多具体问题。比如,前述的文化交流如何超越种种障碍乃至心理的障碍,就是一个重要的问题。还比如,身为文学巨匠的鲁迅,其实他的知识谱系本身就体现出了"交叉共生"的特征。其艺术兴趣相当广泛。除读书写作外,他于金石书画、汉画像石、古钱币、古砖砚、木刻版画等方面的收藏和研究也都有浓厚的兴趣。这说明,以作家名世者当需要丰富的文化素养。又如,日本科学家木村重的《在上海的鲁迅》一文介绍说:他在上海担任自然科学研究所生物学部长期间,编辑出版了《自然》同人杂志,请鲁迅题字,鲁迅很爽快地答应了,并立即在内山书店为其题了字。他当时只赠过鲁迅一册创刊号新杂志以为纪念,并没有提供礼物或润格。[①] 鲁迅为他人书写书法作品,从来不是为了"创收",与当今某些文化名人或知名作家的行为大相径庭。此外,还要继续探讨一些疑难问题,如:鲁迅收藏日本书法作品方面的具体情况究竟如何?鲁迅对日本书道有过哪些具体接触和评论?是否有必要尽快开展对鲁迅与日本友人翰墨情缘的始末及其书法本事的文献整理和分析?鲁迅的"假名书法"水平到底如何?他的中文书法与假名书法的关系如何?等等,随着相关问题探讨的逐步深入,相信也会带来更多新的认识。

其三,鲁迅拥有"心随东棹忆华年"的深切情结,从日本留学到长期不断借鉴,他的收获可谓非常丰富。诚然,没有哪个国家能像日本这样对他的人生和精神产生如此具体而微的影响,但他在传统文化修养方面却有意无意地表现出了某种自信,特别是在书法文化方面。一个值得注意的现象是,他非常热爱收藏,却很少收藏日本现代书法方面的东西,包括日本书法家的作品,相反,他倒经常写书法作品送给日本友人。他是力主

[①] 参见武德运编《外国友人忆鲁迅》,北京图书馆出版社1998年版,第196—197页。

"拿来主义"的先驱,在书法方面,居然也可以说是"送去主义"的现代先锋。从"拿来主义"走向"送去主义",这是一种过程,也是一种境界。在特定意义上也可以说,通过这样的送去行为,"鲁迅"送去了一个审美的带着情谊的"鲁迅"。同时,这也启示我们应从"中国制造"尽快走向"中国创造"的道路,在文化创造的追求方面,永不满足,既谦虚"拿来",又自信"送去",为母国和东方的文化复兴或崛起,奉献一份才智和心力,就像当年鲁迅所做的那样。

第二节 苏州文人叶圣陶的儒雅与庄重

文人与书有缘,似乎就是他们的"宿命"。读书、编书、写书,甚至擅长教书,嗜书如命。然而这里所说的"书"却是特指"书法"及其衍生的"书法文化"。

如众所知,在中国历史上,南方多出文人。尤其是江南"才子"才艺非凡,名满天下。如果缺少了江南文人,中国书法史也一定会黯淡许多,江南核心区域的苏州,就是镶嵌在中国书法文化天空中最璀璨的一颗明珠。唐宋以来,苏州走出了张旭、祝允明、文徵明等一系列影响着中国书法流风气韵的书家。19世纪末叶,叶圣陶出生于江南古镇——苏州甪直,浓郁的江南人文气息和书法文化氛围陶冶着他,使其一生对书法产生了不尽的热爱。与此同时,作为现代教育模式转轨前的一代,叶圣陶接受的旧式教育中,书法既是旧式教育的本体内容,也是必由路径。因此,江南书法文化和旧式教育共同作用,使得叶圣陶与书法文化结下了深缘,留下了形式各异的书法作品,也为书法传播与教育做出了应有的贡献。

叶圣陶做过小学、中学、大学各个层次的教育工作,直至国家教育部副部长;他也供职于商务印书馆、开明书店,以及《小说月报》《开明少年》等期刊,做过多年的编辑,及至国家新闻出版署副署长;在失业苦闷的日子里,他开始了文学创作,以《潘先生在难中》《倪焕之》《稻草人》等诸多文学名篇传世,是文学史中绕不过去的著名作家。教师、编辑、作家,这些经历都无法与其所经受的书法文化熏陶割裂开来。中国传统教育离不开书法;期刊的版式设计、手稿阅读隐含着编辑家对书法文化的接受与运用;文学创作中,留下了不计其数的堪称"第三文本"的书法手稿。应该说,叶圣陶与中国现代书法文化具有颇富思考的价值与意义。

艺术史学者白谦慎认为,书法是一种"非再现性"的艺术。笔者以为，中国书法不只是“非再现性”，更是一种“模式化”为起点的艺术。“临摹”即是“模式化”的过程，由楷书到行书的研习，对王羲之、“欧颜柳赵”、“苏黄米蔡”等大师的临摹是书法传承修研的主要渠道，这一传承方式中包含着对传统的尊敬。叶圣陶也不例外，在其书法创作中，有对传统的中规中矩的临摹接受，体现出鲜明的古典传统资源。目前所见叶圣陶所留书法墨迹，以楷、行、篆三体居多。三体中，楷书、行书是书法研习的必由之路，也是文人书家最易上手的书体。篆书属于高古一路，既要耐心、恒心，也需要一种对古典书法及其文化传统的敬仰，一般书家相对来说较为疏远。这显示了叶圣陶的古典文化修养及其书法风格上的自成趣味，或许与其年轻时对篆刻的喜好有着内在的关联。及至晚年，叶圣陶对自己最满意的书体还是篆书，其楷书中也隐约可见篆书的笔意，堪称一种融合中的创新。叶圣陶书法作品形式多样，除常见文学手稿、往来手札外，有对联、扇面、立轴等多种形式（图 36）。书写内容则大不相同，以自撰诗词为多。艺术形式上的丰富与内容上的多样，反映了作为教育家、编辑家、文学家的叶圣陶在书法艺术上的成熟，以及书法家身份的可能。

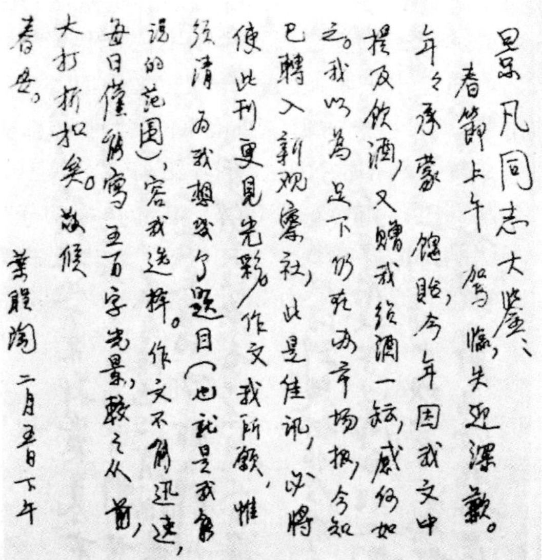
景凡同志大鉴：
春节上午驾临，失迎深歉。年年承蒙馈赠，今年因我文中提及饮酒，又赠我绍酒一坛，感何如之。我以为足下仍在为市场报，今知已转入新观察社，此是佳讯，必将使此刊更见光彩。作文我所欲，惟须请为我想几个题目（也就是我熟悉的范围），容我选择。作文不能迅速，每日仅能写五百字光景，较之从前，大打折扣矣。敬候
春安。
叶圣陶 二月五日下午

图 36　叶圣陶硬笔手稿

除常见书法墨迹外，叶圣陶的日记显示，他也钟情于书法篆刻。年轻时，他常为朋友篆刻各种文字，深受大家好评和钟爱。不过，与西南联大时期开始“挂牌制印”的闻一多不同，成年后，叶圣陶逐渐疏远了篆刻。

晚年看到朋友收藏其早年印章篆刻时，他也由衷地高兴。作为书法文化中的重要艺术门类，篆刻对书法创作起着积极的影响，这也表明叶圣陶对篆书的喜爱与其篆刻有着某种关联。可以说，篆刻提高了叶圣陶笔墨之间对线条的独特敏感度，形成了叶圣陶书法创作的独特趣味。

书如其人，儒雅、庄重的叶圣陶，其书法气象相当端庄严整。有人指出："拙厚、纯朴、磊落、大方、工稳、谨严，既是他的人格品范，亦是他的笔墨旨归。他的书法在颜鲁公、邓石如、弘一诸家用功尤甚"（李建森《圣者襟怀，学人法书——读叶圣陶及其书法》）。若不以书法家来苛求，他的书法可以说走出了属于文人书法家之外的独特路径，既恪守传统，也融合了楷篆笔法，形成了独特的韵味。当然，深究起来，过分拘泥"传统""模式化"使他未能走得很远，"在古法承接和个境拓化上都存在缺憾，具体的表现是他的字在博取古法上未臻高古宏远之路，字构中的传统质素略显单一，行笔缺乏丰富的提按、使转，细节处也少见精微的技术处理"。虽笔笔不苟，却乏变化，少情彩。大而化之，也可以说是中国文人学士书法通病所在。

书法创作达到何种境界，属于书法艺术本体的范畴，作为"文化范畴"的中国书法，与传播、交往、教育等息息相关。有明一代，书法艺术交往渐成风气，江南一带更为兴盛，及至近现代，书法依然成为江南文人交往的重心。作为书法研修有为的教育家、编辑家、文学家，叶圣陶的书法交往延续时间较长，交往范围甚广、文化影响颇大。在《辛亥革命前后日记摘抄》中，尚读中学、不满 20 岁的叶圣陶记下了为朋友刻印共同欣赏祝枝山书卷、赵子昂字帖，书写文字赠与友人的诸多事项。20 世纪 50、70 年代，其日记中仍随时可见与朋友互赠送书法作品、同赏书家墨迹的记录。尤其是 20 世纪 70 年代末，随着改革开放，文化思想领域日益活跃，晚年叶圣陶的书法交往逐渐增多，书法活动家的地位逐渐凸显。其日记中，时常可以读到为姚雪垠、陈从周、吕叔湘、吕剑等诸多老友新朋写字的记录，甚至可见相隔数日便为多人写字。除了为朋友写字，在交流书法作品时，叶圣陶还对自己及朋友的书法做了评点。

1977 年是叶圣陶书法交往中值得铭记的一年，是年，经好友介绍，叶圣陶开始与厦门书法、篆刻家张人希交往。他们书信往来，共同探讨书法篆刻艺术创作技法，一起交流书法文化的迹象、源流，尤其是一致推崇弘一法师的书法、篆刻，成为书法文化交往历史中的一段佳话。叶圣陶去世前，在近乎失明的情况下，还给张写去了一封字里行间有着诸多空白的信。这种交往充实了叶圣陶的晚年生活，显示了叶圣陶在书法艺术上的精深造诣，也显示出书法在中国学人、作家文化生活与交往中的重要地位。

由于书法艺术形式与书家个人精神层面的某种契合，叶圣陶由衷地喜爱弘一法师的书法墨迹，其与张人希的交往也源于张曾在厦门入弘一法师门下研习书艺。自1927年叶圣陶与弘一法师见面，到1977年结识张人希，相距半个世纪，叶圣陶始终难以忘怀弘一法师的书法。其晚年与张人希持续不断的书信往来，始终以书法、篆刻为核心话题，实际是叶圣陶以一种默默而赤诚的精神交流向弘一法师致敬，这不仅是叶圣陶对弘一法师书法的崇敬，也表明了中国书法艺术在中国文人精神层面穿越时间的永恒，以及甚为重要的文化传媒作用。

由衷喜爱弘一法师的书法，叶圣陶有着独特的理由。在《弘一法师的书法》中，叶圣陶对弘一法师书法做了独到的评点："就全幅看，好比一个温良谦恭的君子人。不亢不卑，和颜悦色，在那里从容论道。就一个字看，疏处不嫌其疏，密处不嫌其密，只觉得每一笔都落在最适当的位置上，移动一丝一毫不得。再就一笔一画看，无不使人起充实之感，立体之感，有时候有点儿像小孩子所写那样天真。但是一面是原始的，一面是成熟的，那分别显然可见。总结以上的话，就是所谓蕴藉，毫不矜才使气。功夫在笔墨之外，所以越看越有味。"在《全面调和》中，叶圣陶又指出"全面调和"是弘一法师始终信持的美术观点。叶圣陶评价弘一法师的篆刻，"印章之布局，无不实践其艺术观点。而其奏刀，无论朱文白文，咸有厚味。此盖艺事臻于纯熟之境之表现，而非临时用心用力所能做到"。这些论述既是论者自身与被论述对象的精神契合，也是论者叶圣陶书法文化修为所形成的精到读解。尽管弘一法师书法独特的书体意识尚未被书法学界所体认，这也许是现代书法艺术尚未得到有效的沉淀，也或者是现代社会的浮躁无法提供一种对书家独到的书体创造确认的文化环境，但叶圣陶的论述将在时间的长河中得到确证。

现当代职业书法家多局限于书法创作，现代作家喜爱并投身于书法，也多逸笔草草。作为接受了中国旧式教育的叶圣陶，既有传统书法教育熏陶出来的深厚文化积淀，更有其在后来作为中小学教师、杂志编辑等职业训练形成的宽阔深厚的文化素养，这就使得叶圣陶不只限于书法创作、交往与评论，也表现在对书法传播、书法教育等多方面的关注和身体力行。

1977年，叶、张书法交往的起点便是张人希将香港《书谱》杂志寄给叶圣陶。其后叶圣陶积极鼓励张为《书谱》撰写有关弘一法师篆刻的文章。叶圣陶曾在商务印书馆和开明书店任编辑，又曾主管过新闻出版署的工作，积累了丰富的图书编辑与出版经验。书信交往中，他诚恳地为《书谱》杂志提意见。他认为《书谱》"取材颇好，而校对殊随便，误字时而有。又稿件之文字加工亦草率"（陈天助《叶圣陶晚年的精神世界》）。当在香港负责商务印书馆与中华书局工作的王纪元先生休假回京，叶圣陶还给《书谱》提了许多意见，请王先生转告。叶圣陶还对《书谱》与上海书画出版社主办的《书法》做了比较。他觉得《书法》办得一般，但作为普及工作的一种也无可厚非。作为著名编辑，叶圣陶对书法文化的传播殷切之情可见之一斑，也可见叶圣陶广阔的文化视野对书法文化传播的深厚影响。

书法教育是中国文化传承的重要渠道，中国古代书法研修与教育是一体的，也可以说，书法研修是中国传统教育的本体构成之一。传统意义上，只要进入私塾、学堂学习，首先开始的便是"永字八法""欧颜柳赵"等按部就班的描红、临摹等书法教育。可以说，书法教育与人文养成是一体的，通过书法"横平竖直"的笔画勾勒传递了中国传统文化。对于1912年开始任职小学教员的叶圣陶而言，在其教育生涯中，书法显然是必须要传授的课程。1912是一个充满了不安与兴奋的年头，做了小学教员的叶圣陶，在文化与思想的激荡中，以一管细软的毛笔开始了中小学语文教育先锋性变革的征途。他在课程内容、课余生活等诸多方面上做了先锋性的改革，同时还积极参与社会文化运动，但这些教育先锋变革与文化思想运动始终又与毛笔传递的思想文化息息相关。这一管毛笔既传授学生知识，也书写豪情万丈的文章，在叶圣陶从事的教育与思想变革中，书法承担了一种隐性的文化动力。

或者可以说，叶圣陶一生与书法文化的关联有着源于教育家的身份认同，旧式传统教育形成的"书法无意识"影响了叶圣陶一生对书法篆刻的喜爱，其后的大、中、小学教师生涯又无形中强化了叶圣陶的"书法无意识"，这也使得叶圣陶与其他作家对书法文化的热爱有着鲜明的区别。笔者以为，这隐约有着一种书法为"教育本体"的内在动力在推动着叶圣陶对书法的喜好、爱恋。这样来看，叶圣陶为上海书画出版社出版的《中学生字帖》题写书名有一种充分而又必要的理由。当我们摩挲《中学生字帖》时，叶圣陶教育家、编辑家、文学家、书法家的形象便浮现于脑海。

在当下经济中心及信息社会，消费文化思潮汹涌澎湃，不仅纸上书写、阅读逐渐减少，而且随着社会分工细化、书法职业化的影响，传统的书法艺术仅存于兴趣班、书法专业等少数人生活中。叶圣陶这一代人在书法艺术中浸润的文化修为渐渐被社会所遗忘,中国中小学所开设的书法课程也只是课程表上的符号,毛笔书法更是被各种考试压力所取代,包含着丰厚的中国文化、哲学的书法艺术也许会沦为少数人的游戏或奢侈品,叶圣陶及其前后无数代人在书法文化中所研修传承的中华文化也面临着电脑、快餐等为表征的现代西方文化的威胁。不过,叶圣陶能够有所欣慰的是,今天,以他名字命名的苏州叶圣陶实验小学开始重视了书法教育,他们开展了书法展示赛等形式多样的书法教育活动。同时,国家教育部也正着手在中小学中开设书法课程,这或可看作是对文学家、教育家叶圣陶先生一生热爱书法、研修书法的最好祭奠吧。

第三节　南国文人朱自清的质朴书写

朱自清先生的气节很有名,1949年8月,毛泽东主席在名文《别了,司徒雷登》[①]中,称颂其宁可饿死不领美国救济粮的骨气,说他"表现了我们民族的英雄气概",号召人们向他学习,提倡书写"朱自清颂";朱自清的散文很有名,其盛名几乎遮蔽了他作为五四诗人及《中国新文学大系·诗集》编者的光辉,诸多散文名篇广播人口,与语文教育结合至为密切,对青少年的语文和审美能力多有启迪作用。然而与此明显不同,朱自清的书法则很没名,即使文学艺术圈子里的人,无论是书写者还是评论者都很少注意到他的书法,即使偶然见到朱氏的书法,也多视之为拙劣的墨迹,即使宝爱其传世的手稿,也很少从书法文化遗产及书法艺术的角度去审视、理解其文化价值和艺术价值。

迄今,这种情形仍在延续:亲近走近朱自清的文章多,分析品鉴其散文的文章更多,但极少见到有从宽阔视域或文化角度涉论朱氏与书法文化的文章。这多少是一件令人遗憾的事情。因为,很多人对朱氏与书法文化建立的多种关系并不怎样深入了解。我们知道,在世界文化版图中,中国书法是一个关乎国家形象的亮点和极为鲜明的民族文化符号。时至20世纪,除了专业书法家或主要以书法名世的人士之外,中国作家、学者对中国书法文化的传承与创造也做出了非常重要的贡献。无论从文人书法、学者书法还是名人书法的角度看,20世纪知名作家、学者中善书者仍然很多,堪称阵容庞大,佳作纷呈。然而,即使在20世纪那些并不以书名彰

[①] 《毛泽东选集》第四卷,人民出版社1991年版。

第七章 墨海拾贝：南方作家的书法实践 203

显于世的大批作家中，其实也多与书法文化有着千丝万缕的关系，并做出过自己的点滴贡献。即使仅仅在这个意义上，朱自清也堪称是一个相当典型的个案，有其特殊的研究价值（图37）。在此，笔者简要介绍和强调以下几点。

其一，朱自清对书法的习练和了解已经达到了较高的层次。作为一个接受过旧学或传统中国私塾教育的学人，特别是与当今很多作家比较，他在书法方面的修养可以说还是相当充分的。① 除了早年学堂练习，其故乡扬州也属于文人墨客荟萃之地，书法文化氛围颇浓。如朱自清故居中堂即挂有一副对联："开张天岸马，奇逸人中龙"，乃晚清康有为所书墨迹；他曾借住扬州梅花岭下的史公祠，对祠中的书法楹联"生有自来文信国，死而后已武乡侯""数点梅花亡国泪，二分明月故臣心"等铭记于心。这种书法文化环境不仅可以熏陶其思想情操，而且也培植了他对书法文化的兴趣。显然，朱自清从骨子里对中国传统的优秀文化有着相当深切的认同，这大概也是他对齐白石的女弟子、喜爱书画的陈竹隐能够产生感情的一个原因，他的这位续弦夫人对其书写生涯多所帮助是无疑的。有的书法研究者在细细研究之后，认定朱自清的字功力可圈可点，并非没有根据。如《现代作家手迹经眼录》② 的作者张泽贤在介绍朱自清《致陶亢德》书信内容及相关掌故之后，便转而品味其字，认为"朱自清的字写得颇见功力，这也许与他的学习背景有关……此信虽则寥寥数语，但字字可圈可点，而且字迹的功力与文学的底蕴似乎极其相吻。在世上，这类字既写得漂亮，文章又写得入味的人极少，不是'天才'，也应该是'大家'，绝非常人所能企及也"。尽管话语间不免略有过誉之处，但从细节处透察朱自清笔墨有一定功力，则属于真知灼见。北京大学教授、书法文化中心副主任王岳川在谈及北大书法传统

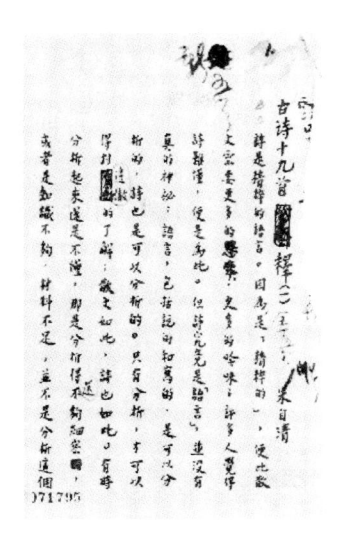

图37 朱自清手稿

---

① 朱自清4岁时即由父母为之发蒙，在书房里安置好笔墨纸砚的桌前开始学习认字写字，次岁父母仍将他送到有过功名的私塾先生那里学习四书五经及古文诗词。尽管后来朱自清投考了新式学校，并又以优异的成绩考入北大，但他少年的一段家学及私塾经历则对他的文化心理产生了极为深切的影响，并为其书法和文学修养打下了较为扎实的基础。

② 张泽贤：《现代作家手迹经眼录》，上海远东出版社2007年版。

时，认定有一批老一辈教授的书法作品"功力深厚而目击道存"，所列第三人即为朱自清先生。早在 1944 年初，著名作家、编辑徐调孚先生在《闲话作家书法》① 一文中就简略介绍过对朱自清书法的印象："他的字拘谨朴素，一如其人。《忆》后之跋，也是他亲笔手稿。他写格子字，偏侧在格的半边，和郑振铎之铺出格外正相反。"在众多作家中能够被有识者关注，这本身就意味着一种水平或境界，也意味着必须注重相关修养且要持之以恒。即使在贫病交加的朱自清晚年，朴素的他仍然经常在晚上还坚持练习书法。真是生命不息，书写不止。晚年的朱自清，喜欢近人吴兆江将唐人李商隐的诗"夕阳无限好，只是近黄昏"改为"但得夕阳无限好，何须调怅近黄昏"，遂将这两句新改的诗句抄下压在书案的玻璃板下以自策，还曾对学生说："这两句诗只是表示积极，乐观，执着于现实的意思"。尤其是，长期的从文生涯使他养成了喜欢使用毛笔书写及喜观字画的习惯。从其早年的习作，到半百病逝之前，其主要书写工具即为毛笔。甚至可以说，在 20 世纪中国文化转型期，朱自清是一位既热衷于新文化创造又执着于用毛笔书写的重要文人。是的，他对于毛笔书写很习惯很喜欢也很执着，这是难能可贵的。他由此留下的手稿多用毛笔书写，包括其日记、信札和赠书签名等。固然，硬笔书写也可以成为书法，但毛笔书写更便于表现笔墨的丰富性，更容易被视为书法则是基本的事实。进而也可以说，朱自清持之以恒的毛笔书写，作为人生的一种存在方式，也体现为一种行为文化。对于维系和发展中国书法文化而言，创作、创新书法文化是贡献，收藏、评论书法也是贡献，敢于书写、坚持书写甚至甘愿作为书法文化"群众基础"也是值得言说的贡献。只有更多的作家自觉自愿地拿起毛笔进行有利于身心的书法练习和创作，才能在我国形成浓厚的书法文化氛围。有鉴于此，那种动辄嘲笑作家书法的言论及行为，倒是应该加以反思的。而那些还喜欢书法文化并喜欢朱自清的作家及文学青年，也应该自觉地向朱自清先生学习，敢于濡翰纵笔，努力进入书法领域。诚望有更多的作家能够拿起毛笔来，即使偶尔练习一下书法，体会一下传统书写的快感，也能领略一下中国文人本应享受的纸上的舞蹈，这确实是一件很有诱惑力的事情啊！

其二，朱自清留下了一些可观的书法作品及比较丰富的手稿。毕其一生，朱自清都不曾以书法家自诩，也自以为"字不行"② 且无意于以书法

---

① 《闲话作家书法》，载《万象》1944 年第七期（署名贾兆明）。
② 朱自清：《怀魏握青君》，载《朱自清散文选集》，百花文艺出版社 1986 年版，第 116 页。

家名世，但其自觉的毛笔书写方式却使他无意间留下了一些堪称书法的作品。从书法史角度看，可观的书法未必是直观上秀美妩媚的书法，但一定是具有特点和韵味的书法作品。事实上，朱自清也给人们留下了足以传神、意味可品的书法墨迹。如在清华大学近春园荷塘月色亭内即有朱自清手迹①，挺拔清雅，朴素清新，简洁而又自然，可使人想起其人其文所具有的"清芬正气"，对此手迹，无论是清华校方的有关介绍还是游人鉴赏，都给予了赞美。总体看，这种书法风味也体现在他的其他墨迹中。如他的《敝帚集》部分诗稿，行书文稿册（又称朱自清早年诗文稿），《古诗十九首释》手稿②，《山谷诗抄》手稿，《国文教学》序手稿，《沉默》《白水漈》《论意义》《论做作》《诗言志》等散文手迹，赠奚帆同学的横幅楷书"天行健君子以自强不息"，赠骏骥同学的中堂楷书"早岁那知世事艰……"以及赠王慰慈同学的题词等等，都表达了他对文学与教育事业的不懈追求和对后学的关切及勉励。1937年7月7日夜，朱自清还曾挥笔疾书"壮志饥餐胡虏肉，笑谈渴饮匈奴血"，署名旁边还加有"时远处有炮声"字样，抒发了心中的悲愤；还有朱自清故居中展出的朱氏诸多书法等等，也都显示了朱自清先生的高尚情操，并较为充分地显示了他的书法面貌。朱自清书札如致陈梦家信、致柳无忌信、致陶亢德信、致王瑶信以及给女友陈竹隐的情书等等，大抵以行草出之，或以行书为主，草意时见，亦如行云流水，并不怎样拘谨。固然，对不少人而言，朱自清的字拙似乎是易于形成的第一印象。其实，在书法发展史上，无论是创造书法之初还是迄今，在书坛上都存在多样化的书学观念。人不可貌相，书法亦如此。比如清初著名书法家傅山，就曾提出著名的"丑书宣言"，其要点在于四宁四毋："宁拙毋巧，宁丑毋媚，宁支离毋轻滑，宁真率毋安排，足以回临池既倒之狂澜也。"③ 这种带有二元对立意味的话语在当年却表现了一种反潮流、反俗众精神，其要旨在于提倡自然自由的书风，从而抒发真情实感，体现自由意志，以真率真诚的"心画"超越字表之媚，追求艺术本质的美。事实上，在浩瀚的书法艺术世界中，人们追求和讲求的东西很多很多，注重妍美畅达只是一种深受"二王"规范的审美风格。朱自清注重的则是诚实朴拙、质直情真、简洁自然的笔墨意态。书法文化史也告诉我们，从文人书法的角度看，书卷气、性情化及自我个性或特

---

① 清华师生为了纪念朱自清建"荷塘月色亭"以资纪念。亭内悬挂的"荷塘月色"四字是来自朱自清文章手稿中集下的手迹。
② 朱自清：《古诗十九首释》，浙江古籍出版社2008年版。
③ 傅山：《霜红龛集》卷四《作字示儿孙》。

色，是文人书法的价值所在。其局限性固然明显，但确实难以用常规的书法范式来硬性要求作家书法、文人书法。朱自清的书法，易于令人想起古人的某些书法，也易于想起现代周作人的书法和今人贾平凹的书法，以及谢无量、端木蕻良、臧克家、冯骥才等文人书法，都是初看不美、细看还有点味道的那种书法。这也就是说，在看顺眼、懂其心和视野宽的情况下，朱自清的书法还是值得我们珍视的。

其三，朱自清客观上也在将文学与书法进行融合创造。他的手稿，其中很多既是文学作品，同时也有一部分可以视为书法作品，二者有意无意的融合，创造出了双重艺术价值，体现了文学文本与书法文本相复合的"第三文本"特征。[1] 通常情况下，中国现代作家创作时留下的手稿也许不如书史上的碑帖那样规整，但因朱自清总是认真书写，追求清晰严整，倒也体现了朱氏墨迹的独特个性，其深藏的情味，别有一番意趣，也可谓是一种特殊的书法。如他的书赠景超等人的斗方《中年便易伤哀乐》，《敝帚集》部分诗稿，为俞平伯《忆》所撰跋语手稿，以及《沉默》《白水漈》等散文手稿，便是这种独特的"第三文本"，在他的这些将诗歌与书法、散文与书法进行整合的墨迹中，皆有些许欧体笔意及柳体构架，布局亦和谐舒展，楷体功力几可接近其好友俞平伯、叶圣陶，朱自清还曾将《中年便易伤哀乐》一诗抄示叶圣陶以征询意见，[2] 亦曾认真抄录自己的一首绝句赠散文名家、版本目录学者黄裳先生，以期在诗艺书艺上都能得到教益。书法艺术讲求情入笔端，要能从笔墨线条中体会到书家的心性及情绪。书法界竭力推崇王羲之《兰亭集序》为天下第一行书，推崇颜真卿《祭侄文稿》为第二行书，就是因为从两位书法名家的笔墨中，可以领受情感与墨像的惊人的契合。在这个意义上，我们也不妨推崇一下朱自清写给恋人的数十篇情书书法，其情感的浓情蜜意和真诚真挚，与书法的清新朴素、精妙简练达成了浑然一体的契合。不仅当年的受者（齐白石女弟子陈竹隐）为之感动，珍藏一生且时或私下凝眸阅览，即使今日的我们在阅读和鉴赏这些情书书法时，对其满纸的行草手札体小字，也不免爱不释手、感念不已。不过，总体看在那些名气较大的现代作家文人中，朱自清确应归入不太擅长书法艺术的一类，他对自己的书法艺术也明显缺

---

[1] 详参李继凯《书法文化与中国现代作家》，《中国社会科学》2010 年第 4 期。
[2] 该诗还被收入钱理群等选编和注评的《二十世纪诗词注评》（广西师范大学出版社 2005 年版，第 204 页），影响广泛。

少足够的自信。即便和他的好友如叶圣陶、俞平伯①相比，也还是有所逊色。或许正是由于不擅书法的缘故，致使朱自清的墨迹在文学与书法的结合上还没有达到非常圆融完美的地步。

其四，从人生发展的角度看，朱自清也曾成为书法人生交际及文化活动的"主角"。文人与书法的结缘其实也是对自我人生的一种充实，而通过书法为中介的人际交往，又在更大程度上丰富了他人和自己的人生。比如，苦难人生中的书写及精神补偿。即使在人生极为困难的日子里，朱自清也在竭力避免文人生命的陷落，而努力寻求超越之路，书法与书写趋于一体的快慰，使他的精神得以升华，至少可以化解一些环境的压力和生活的沉重，在黑暗中通过审美化的书写而造出维系生命的氧气。朱自清在跨国性的"书法外交"方面似乎无所作为，但在"书法内交"方面，却可以如数家珍。如1926年，朱自清喜得王国维书赠自己的近作《萝园二绝句》："酒为春寒激艳斟，昔时宾客昔园林。马行灯火寻常事，触怜东坡感旧心。清欢一夕付东流，投老谁能遣百忧。记得前年披画读，风灯过眼雪盈头。"该诗墨迹后题款："佩弦仁兄展书"，并有"静安"及"王国维"联珠小印。此外，他还喜得弘一法师书赠《大方广佛华严经偈》，还曾陆续获得陈三立等其他名家书赠的墨宝。朱氏此类翰墨情缘和收藏之功，其实也值得大书一笔。他作为清华当

---

① 这里补充介绍一下俞平伯的书法。在笔者看来，他的手稿包括他的书法大都洋溢着唯美的气息，作为作家学者中的佼佼者，不仅很"典型"，而且特"个性"，值得关注和研究。道德文章播千秋，翰墨艺术传四海。作为新文学先驱者之一的俞平伯，却对传统的诗书画或曰"古典美"情有独钟，其诗文乃至学术都是唯美的，其书法手稿也是如此。他精心创作的书法作品几乎每件都很美，譬如在浙江湖州德清县俞平伯纪念馆中展示的诸多手稿就都是很美的；他的《重圆花烛歌》手稿、《红楼梦辨》手稿，以及他的表妹亦即他的发妻许宝驯的书法也都是很美的。即使在多次经历的动荡和清苦的日子里，他也以清雅优美来定义自己的书写行为。这不仅非常难能可贵，还可以说是很感人的。俞平伯特别擅长小楷书法，有时候也会顺手写出二三个行草字，使其作品更加灵动自然，和谐优雅。他的书法手稿，多见的是字不盈寸的楷书诗稿和尺牍，用纸用墨很讲究。从书法风格上看，俞平伯的书法与其好友叶圣陶书法颇为相近，用笔严谨而又细腻，文质彬彬，儒雅从容，平淡见奇，清爽可喜。他平生特别喜欢用温婉的笔调来赋诗作词，也喜欢用温婉舒徐的笔墨来从事书法。诗书交会化合，笔墨间渗透着闲雅淡定的诗情画意。如他自作的《鹧鸪天》"良友花笺不复存，与谁重话劫灰痕。……"；《南柯子·和清真》："小扇团团雪，轻犁剪剪冰。偶循阑曲听蛩声……"既有接续传统文人抒情笔墨的努力，也有对"花笺"和"小扇"书写的欣喜和珍爱。即使在他书写宋人观灯绝句"纷纷铁马小回旋……"，以及白石道人词句"笠泽茫茫雁影微……"时，也能看出作为书写者与原创作者的会意和认同，看出他对选取花笺作书的由衷喜爱和趣味。俞平伯存世的手稿较多。但遗憾的是迄今仍未得到系统的整理出版和认真研究，一叹。

年中文学科领军人物，有这样的翰墨情缘倒也并不奇怪。除此之外，我们还应关注的是其书缘的广泛性。如 20 世纪初叶，在温州工作的朱自清与当地好友马孟容有过一段诗文书画交往。并留有题画诗为证："文采风流照四筵，每思玄度意悠然。也应有恨天难补，却与名山结善缘。"即被传为佳话。而朱自清的"客倦藏蜗角"诗手迹，则是一段师生之情谊的见证：1946 年 8 月，他曾给他的学生南克敬书赠了条幅（五律诗一首）。南克敬始终珍藏着，墨迹昭示的启迪和鞭策成为他人生奋斗的一个力量之源。他的学生张骏骥甚至曾到他家中求赐墨宝，朱先生当即提笔为其书写陆游诗一首："早岁那知世事艰，中原北望气如山。楼船夜雪瓜洲渡，铁马秋风大散关。塞上长城空自许，镜中衰鬓已先斑。出师一表真名世，千载谁堪伯仲间。"写毕还盖了名章。这幅遗墨被张家视为传家之宝，其一笔不苟、风格古朴的品相，也足可以视为朱自清书法的代表作。平时，对同事和朋友的书法及相关活动，朱自清多是赞赏的，积极支持的，如当年闻一多在西南联大时曾因困难而治印外卖，朱自清等多名文人联名发布《闻一多教授金石润例》[①]，在困难境地能为朋友书艺刻工进行宣传，也算是拔刀相助吧。笔者还注意到，他在 1933 年 3 月 12 日的日记中记有"了字债三件"一事，也表明朱自清曾集中为他人题写书法，既表明有人向他求字了，也表明他已将书法作品作为人情礼物。1945 年 6 月 22 日，朱自清就曾手书《始终如一的茅盾先生》，以祝"茅盾兄文艺工作二十五年纪念暨五十双庆"，堪称独特的寿礼。这一墨迹也已成为文人相敬而为知音的有力见证。此外，在 20 世纪上半叶，手书信札还是人们交际的重要手段，朱自清也是勤于书信写作者，同时也有一些信札墨迹依然存世，字里行间，不仅可以领略其文人交往的实情，而且也可以品味到书法形态的墨香意趣。

其五，朱自清与书法文化有着较为广泛的关联。众所周知，"书法文化"是超越了"书法艺术"的文化范畴和概念，是包含技术性的书艺却并非局限于此的文化体系。其相应的研究对象除了书法作品，还应有书家主体和接受主体、书法理论与批评、装裱装帧与传播以及书法与其他文化（汉字文化、文学艺术、政治经济、性别文化、建筑文化、旅游文化、宗教文化以及历史学、教育学、心理学、体育学、外交学或交际学等）交叉生成的边缘文化。中国人特别是文人围绕书法而展开的有关活动，心手交应，创造出了丰富多彩而又源远流长的中国书法文化。倘从如此开阔的

---

① 此件在云南师范大学校园中的西南联大纪念馆中展出，内容在书画界传播甚广。

书法文化视野考察朱自清与书法文化的关联,自然还会注意到更多的方面。尤其是因他而衍生的书法文化现象。比如,由朱自清本体的"文化创造成果"为文化源文本而衍生的书法文化现象,也便值得我们格外关注。现象之一,恰是由于他的杰出,使家乡人民为他建起了纪念馆。而他的一位世交、杰出的扬州老乡江泽民同志,在该馆便留下了引人注目的题名和题词。其情形颇类似于当年江总书记在参观日本仙台鲁迅纪念场所留下的题诗,令人真切感受到了文化的某种魅力。参观者当会注意到,在朱自清故居客厅的朱先生塑像上方,悬挂着江泽民1992年10月题写的"朱自清故居"牌匾,客厅两侧悬挂着几位名人的条幅字画,其中有毛泽东主席的相关手稿和江泽民主席为纪念朱自清逝世40周年的题诗,其意味深长之处,确实值得细细解读。毛泽东主席提倡写朱自清颂的史实尽人皆知了,而江泽民主席的这首诗则韵味深长地描述了朱自清"清芬正气"的文风和人品。诗云:"背影名文四海闻,少年波老更情亲。清芬正气传当世,选释诗篇激后昆"。[①] 天津市书法家协会副主席、书法名家毕开文就曾将自己精心创作的《忆朱自清先生在叙永》诗并书的作品捐赠给朱自清故居,终于圆了自己的一个梦。文化部原部长王蒙也曾题写"朱自清旧居"匾额,故居门柱的两副对联均是摘抄朱自清的句章,其中一楹联由马孟容先生之孙马亦钊书写,挂悬于此意义深远,可谓是世交缘分再续。享有书法盛名的马亦钊还曾书朱氏绝句"文采风流照四筵……"等,对书写朱氏诗文表现出了极大的热情。而更为普遍的现象,则是其他一些书法家及书法爱好者也都喜欢书写朱自清的名文名句;在一些先后开发的景点,书写其名文片段的巨大碑石也构成了让人流连忘返的景观;还有书法家将他的名文写成长篇书法并印成字帖,对文化教育起到了积极的作用。在此也不妨提及,如今的经济社会也将朱自清遗墨推向市场了,其中就不免混有"高仿"的赝品,虽价格不菲,却令人心生感慨,如在某拍卖市场上出现的形式非常严整笔法也非常专业的行书四条屏,尽管落款赫然为朱自清并加有印章,也还是让人心生疑窦!生前穷困的朱自清先生无论如何也无法在生前预知,其书法居然可以在市场上成为高价的交易品!不过,这也能说明,朱自清的书法遗墨本身,在当今文化市场上,确实具

---

① 这首诗是为了纪念朱自清诞辰90周年而作的。10年后,即1998年11月11日下午,江泽民在中南海亲切接见了朱自清的家属和清华校领导。此前,他还为纪念朱自清诞辰100周年亲笔题诗:"晨鸣共北门,谈校少时情。背影秦淮ömış,荷塘月色明。高风凝铁骨,正气养德行。清淡传香远,文章百代名。"国家领导人如此赋诗赞美一位作家文人颇为罕见,这也是一种值得关注的独特的诗情墨缘。

有了不菲的价值（图38）。

图38　王蒙书"朱自清旧居"

其六，朱自清关于书法文化的论述仍具有当代意义。中国书法的基础是汉字文化，相关研究也被视为书法文化研究的一个重要组成部分。朱自清不仅曾简明扼要地评介《说文解字》，将文字学和字体衍变的精义揭示出来，而且旗帜鲜明地站在文字及书写变革的立场上，认为："大概正书不免于拘，草书不免于放，行书介乎两者之间，最为适用。但现在还通用着正书，而辅以行、草。一方面却提倡民间的'简笔字'，将正书、行书再行简化；这也还是求应用便利的缘故。"[①] 他从民众使用文字的角度，很是看重汉字文化特别是书写体式的变革，其间体现的是清醒理性的学者之思，至今依然颇有启发性。比如，他亦曾表达过更为明确的意见："毛笔应该保存，让少数的书画家去保存就够了，勉强大家都来用，是行不通的。""至于现在学生写的字不好，那是没有认真训练的原故，跟不用毛笔无关。学生的字，清楚整齐就算好，用水笔和毛笔都一样。""他们的功课多，事情忙，不能够领略书法的艺术，甚至连写字的作用都忽略了，只图快，写得不清不楚的叫人认不真。古文古书因为文字难，不好懂，他们也觉着不值得费那么多功夫去读。根本上还是由于他们已经不重视历史和旧文化。这也是必经的过程，我们无须惊叹。"

[①] 朱自清：《经典常谈·说文解字第一》，上海古籍出版社2014年版。

"不过我们得让青年人写字做到清楚整齐的地步,满足写字的基本作用,一方面得努力好好的编出些言文对照详细注解的古书,让青年人读。历史和旧文化,我们应该批判的接受,作为创造新文化的素材的一部,一笔抹煞是不对的。其实青年人也并非真的一笔抹煞古文古书,只看《古文观止》已经有了八种言文对照本,《唐诗三百首》已经有了三种(虽然只各有一种比较好),就知道这种书的需要还是很大——而买主大概还是青年人多。所以我们应该知道努力的方向。至于书法的艺术和古文古书的专门研究,留给有兴趣的少数人好了,这种人大学或独立学院里是应该培养的。"[1] 他的这些清醒而又智慧的见解及意见,对我们如今处理书法的专业化与普及化等矛盾问题,无疑也具有参考的作用。朱自清的书法观也体现在某种"折中"的态度上:某日,他参加了一位朋友的晚宴,席间12人热烈讨论"中国字"是否是艺术的问题。绝大多数人认为艺术是有个性的,中国字有个性,所以是艺术,郑振铎和冯友兰则持相反意见。当郑振铎问朱自清的意见时,他郑重地说道:"我算是半个赞成吧。说起来,字的确不应该成为美术。不过,中国的书法,也有它长久的传统历史。所以,我只赞成一半。"[2] 他在1933年4月29日的日记中也记有此事:"晚赴梁宗岱宴,振铎谓傅东华来信……振铎在席上力说书法非艺术,众皆不谓然。"这"众皆不谓然"一语显然也再次表明了自己的态度。由此可见,朱自清的理智与情感是比较清澈的,不很复杂和沉重,也拒绝轻浮急躁,在对待中国文字和书法方面明显也是如此。如前所说,"书法文化"是超越了"书法艺术"的文化范畴和概念,是包含技术性的书艺却并非局限于此的文化体系。书法文化主要包括作为其书法艺术基础的文字以及实用为主的一般性书写、笔墨纸砚等,但更包括艺术性的书法创作及其文献整理与研究等。朱自清认定的是后者可以视为艺术文化,否定的是前者,故而这种"赞成一半"的说法是审慎的、明智的。此外,朱自清对出土唐墓志及历朝碑刻拓片等也很关注,并时有鉴赏及点评。

其七,探讨朱自清与书法文化的命题对建构"新国学"也有积极作用。新国学是现代中国人对旧国学的继承和发展,不仅包括对古代中国学术文化的继承和发展,而且也包括对这种继承与发展情况本身的研究,以及对古今中外文化的融合创新。朱自清先生事实上已经这样去努力了。即

---

[1] 朱自清:《文物·旧书·毛笔》,见《朱自清散文全集》(上),人民文学出版社2004年版。
[2] 陈孝全:《朱自清传》,北京十月文艺出版社1991年版。

如上述，作为一位在书法文化创作方面并不如何自觉和突出的现代作家，朱自清居然还是和书法文化建立了难以隔开的关联，并实际做出了一些实实在在的贡献。何况那些自觉地从事文学与书法紧密结合的作家，所作出的建设性贡献无疑更大了。所以，这对"作家书法研究"的课题研讨是有所增益的，进而对整个"新国学"的建构也是有促进作用的。朱自清的文化实践表明：不是恪守旧国学，而是"守正求变"，才能真正弘扬传统，进行新的文化创造。我们还应特别注意，朱自清不仅是一位作家，更是一位著名的教师。他用很多方式包括书法交流方式进行人文教育，发挥了很好的育人作用，这也是建构新国学的一种努力。他用毛笔为学生的题词常被学生视为座右铭，在精神层面产生了深切的影响。他的学生中，也有在某些方面"青出于蓝"的传人，如中国著名书法家黄绮（黄庭坚三十二世孙），早年师从朱自清即受益终生，且在书法上达到了相当高的境界，在弘扬老传统和新传统的国学（包括书学）方面做出了突出的贡献。他的学生王瑶、季镇淮等也在弘扬传统文化、彰显新文化方面不遗余力，取得了有口皆碑的学术成就。格外令人感动且具有建设意义的一件事，便是朱自清对闻一多手稿的整理和评介，这为我们后人树立了典范：闻一多遇刺后，留下了许多手稿。闻先生的手稿如同他本人一样严谨不苟。朱自清曾在《闻一多全集》"编后记"中写道："我敬佩闻一多先生的学问，也爱好他的手稿。……闻先生的稿子却总是百分之九十九的工楷，差不多一笔不苟，无论整篇整段，或一句两句。不说别的，看了先就悦目。"作为"整理闻一多先生遗著委员会"的召集人，朱自清付出了很多心血，成为他去世前两年内最操心的一件大事。须知朱自清长期身体不好，晚期病况更加严重，可以说他是在自己生命垂危时，仍在精心整理和审阅朋友留下的著作及珍贵手稿，免其沦丧，其情形恰与鲁迅残年整理瞿秋白遗稿一样，总是令人感喟不已。如今条件好多了，我们在整理文人作家手稿方面更要完备和主动一些才是。正如中国现代文学馆许建辉研究员指出的那样：作家手稿具有6个基本属性，即整体性、原始性、文物性、鉴赏性、孤本性及历史性，因此价值很大，"惟其如此，能亲接亲见这些浸染着心血与汗水的手稿并将其编纂成书，才是一种不可多得的骄傲与光荣"。[①]当年的朱自清先生玩命一样做过的事情，肯定是具有重大价值意义的大事，我们对待朱先生本人的所有遗著和手稿（约400万字），是否尽了相

[①] 许建辉：《〈中国现代文学馆馆藏珍品大系·手稿卷〉后记》，文化艺术出版社2010年版。

应的心力？① 面对近现代以来作家文人的集纳多种信息、多种价值的"第三种文本"（手稿），我们亟待要做好的一件巨大工程就是：既要千方百计保存好这些手稿真迹，又要细加整理、精美印刷并制作光盘等，使之益于当代且泽被后世。如此则恰如作家柯蓝所书条幅"匆匆而去，背影长留"了，由此也可以更好地彰显我国意涵丰富的书法文化的魅力！

第四节 "金大侠"创化的"武术书法"

中国书法文化源远流长，而书法文化与作家金庸的精神家园也有着深切的血脉渊源，他的书法创作颇有"侠气、剑气、仙气"兼具的"武术书法"韵味。金庸有"金大侠"的美誉，其武侠小说中别具新意的"书法武术"成为展现武者精神境界的重要方式，对丰富小说文本和弘扬书法文化都具有明显的作用。金庸的文人书法、武侠小说与生命体验之间大致呈现出了三位一体的契合关系，书与武相通，武与书相融，并最终达至"文心雕龙、墨舞传神"的人文新境界，由此也体现了金庸对武侠精神和文侠气质的复合性追求。

一 与书法文化的结缘

中国传统文化以长期耳濡目染的浸润和习以为常的实践，逐渐沉淀为中国人尤其是知识分子的集体无意识，并对其精神世界产生了深远的影响。以文学创作为己任的作家作为中国文人文化基因遗传链条上的一分子，其精神世界自然难以摆脱具有强大渗透力的传统文化的影响，在其文化生活、文学生产等诸多方面均留下了传统文化的印记。这一文化定律不仅对中国古代作家有效，而且也同样作用于现当代作家。可以说，现代文明的自觉追求与灵魂深处对传统文化难以割舍的依赖所形成的巨大张力贯穿于现当代作家创作生命的始终，以一种亦张亦弛的矛盾形式存在于作家的精神内面，这不仅提供给作家文学创作以全新的原初动力，而且对其生命存在亦产生或表或里或深或浅的影响。

---

① 1998年11月，清华大学曾举办"朱自清先生百年诞辰纪念展览"，将朱自清生前遗物23件、手稿35种、著作14种、讲义11种、书信12封、友人题赠25种和近百幅图片等首次集中公开展出。其中朱自清的《中国文学史讲稿提要》《选诗杂记》等手稿，王国维、弘一法师、陈三立等人的题赠，具有较高的历史价值和学术价值。如今当在全世界范围内收集朱自清先生手稿等遗墨遗物，并加大整理和研究的力度。

金庸是香港著名作家，八面来风的文化环境对他产生了多方面的影响。但作为中国知识分子群体构成中的一员，其精神世界里来自中国传统文化的影响也不言自明。不仅如此，源于渊博家学以及个人文化喜好的影响，金庸似乎比同时代的其他作家表现出更为浓厚的中国文化情怀。这方面的史实在很多传记及金庸自述中很常见，如金庸自己曾说："我认为中国传统文化有许多好东西，……我对传统文化是正面肯定的，不会感到虚无绝望。"[1] 金庸的武侠小说"涉及儒、释、道、墨、诸子百家，涉及千百年来中华民族众多的文史科技典籍，涉及传统文学艺术的各个门类如诗、词、曲、赋、绘画、音乐、雕塑、书法、棋艺等等"。[2] "堪称中国传统文化的'小百科全书'。"[3] 他将对传统文化的挚爱巧妙地融入文学创作当中，使他的武侠小说呈现出不同以往的崭新面貌。严家炎说："我们还从来不曾看到过有哪种通俗文学能像金庸小说那样蕴藏着如此丰富的传统文化内容，具有如此高超的文化学术品位。"[4] 的确，传统雅文化元素的融入使金庸的武侠小说在思想、观念、技巧、品位等诸多方面显现出对旧派武侠小说的超越，成就了亦俗亦雅、雅俗共赏的高品位新武侠小说。金庸的新武侠小说能够摆脱粗俗与低级趣味而达到武侠小说创作的巅峰，成为武侠小说这一传统文类中迄今为止最成功、最伟大的作品，中国传统优秀文化的介入确实功不可没（与"女金庸"郑丰相比即可看出金庸这方面的相对优势）。也许可以说，由此也体现了金庸对武侠精神和文侠气质的复合性追求，在别一种意义上，显示了金庸对"文武兼备"人生境界或生命哲学的依归。大哉金庸，纵情舞剑挥毫，融通文武之道，兼具雅俗之妙，从而"极大地拓展了武侠题材的表现空间"，[5] 确立了其在中国文学史上的重要地位。

书法是中国传统文化中极为重要的一种文化形式。这种以汉字为基础、以毛笔为书写工具的似诗、似画、似舞、似乐的四维审美艺术形式，既是中国文化所崇尚的天地和谐、阴阳相合、中庸匀齐之美的基本体现，更是创作个体精神境界与气质修养的真实反映。因此，在"琴棋书画"

---

[1] 严家炎：《金庸答问录》，载严家炎《金庸小说论稿》（增订版），北京大学出版社 2007 年版，第 175 页。
[2] 同上书，第 172 页。
[3] 陈墨：《金庸小说与中国文化》，百花洲文艺出版社 1999 年版，第 3 页。
[4] 严家炎：《一场静悄悄的文学革命》，载严家炎《金庸小说论稿》（增订版），北京大学出版社 2007 年版，第 172 页。
[5] 刘再复：《人文十三步》，中信出版社 2010 年版，第 50 页。

这四项代表传统文人基本文化素质的修身技能中,"书"有着不可替代的标志性地位。而在号称中国四大国粹的武术、中医、书法、京剧中,书法也同样占有极为重要的一席,由此也生成了重要的书法文化现象。文人修身四大文化技能与四大国粹的交合凸显出书法、书法文化在中国传统文化中的重要地位,使其成为中国知识分子重要的文化标签之一。中国书法从来不是一种孤立的艺术形式,它与知识分子的精神世界有着难以割舍的血脉联系。书者文化精神的浸润使书法创作充满了"文人性",成为中国知识分子感情、思想、个性、操守、品格的表现形式。"书法不是后来变成和文人有关,而是在源头上本来就是文人的。书家本来就是文章之士。写文章的人,不仅擅长使用文字,且能把一般的实用文字组合变成具有文学美的文章。一个字本来也是实用的,但是把字写成具有构形的美感的艺术品时,它跟文学是具有同质性的。从这个角度来说,书法从本源上就跟文学,跟文人、文章之士是同在一块的,它是文人的基本能力。"[①] 的确,书法与文学在本源上具有同质性,是展现创作个体生命存在的两种形殊质同的文艺形式,因此,自古以来诸多文人雅士具文学家与书法家的双重身份,例如王羲之、苏轼、黄庭坚、郑板桥、龚自珍、鲁迅、李叔同、沈尹默、郭沫若等,都在文学与书法两个领域有不俗表现。除此而外,对众多中国文人和作家来说,书法更准确地说应该是一种最基本的素养修为,是一种和其日常文化生活、文学创作紧密黏着而无法泾渭分明的文化形态。即使在钢笔书写早已代替了毛笔书写、钢笔书写又面临被键盘书写替代的当代文坛,仍有不少作家痴迷中国书法,甚至将书法文化融入文学创作之中。书法与文人、书法与文学的紧密关联使书法可能成为介入作家及其创作研究的重要元素。笔者认为,中国现当代文学及作家研究迄今在多方面取得了较大进展,但仍存在被忽视的学术视域,"书法文化"与"中国现当代文学"的关系就是其一。在文化传承和文化建设的意义上,现当代作家与书法文化的关联无疑是很值得关注和研究的,不仅可以提供新的学术增长点,而且可以提示很多开放性的学术话题,昭示着相当深广的拓展空间。从文化学或"大文学"的视野来观照中国现当代作家,即可发现仍有较多的现当代作家有意无意地将书法书写与文学书写结合了起来,二者可谓相得益彰;有些现当代作家在书艺、书学上亦颇有造诣,并在书画收藏、书法装帧等方面也颇为热衷,从而与书法文化建立了密切而又复杂

---

① 王岳川、龚鹏程:《文化书法与文人书法——关于当代书法症候的生态文化对话》,《文艺争鸣》2010年第4期。

的关系，并对文化建设、新进作家及书法仍具有重要影响。由此也表明，现当代作家不仅代表着"新文化的方向"，而且也代表着"弘扬优秀传统文化的方向"。从宏观角度看，作家主体和书法文本亦为历史文化的"中间物"，文学文本与书法文本化合为"第三种文本"，并成为"中国创造"的艺术文化可持续发展的一股重要力量与一种活力资源；微观细察，亦可领略现当代作家与书法文化的融合，体现着文学介入书法、书法传播文学的文化特征以及多种文化功能。[①]

金庸挚爱中国文化，在传统文化的浸润中也包含着来自书法文化的熏陶。因此，金庸既是著名的武侠小说家，同时又是一位谙熟书法的优秀书写者，他虽然并非著名书家，但起笔落笔之间自有一种源自灵魂深处的本真表达，质朴俊逸，人字合一。作为中国书法文化的传承者，他深悟中国书法文化之真谛，并将书法文化之基本精神融入自己的文学创作甚至是生命体验之中，从而使之成为贯穿其文学创作始终并最终与其生命哲学相融相通的文化元素。在当代文坛，能将书法的文化功能发挥得如此淋漓尽致并且在文学创作中将书法文化演绎为一种基本的文学手段，金庸当属具有典范性的一位文化名人。探讨金庸与书法文化的关联，可以涉论很多方面，如金庸书法创作及特色、金庸手稿收集和研究、金庸书法与诗文、金庸书法文化观、金庸书法交际与传播、金庸与书法养生、金庸与书法装裱、金庸书法与书籍装帧、金庸书法与文房四宝、金庸与印章篆刻、金庸书法与市场营销等等，都值得关注和研究（图39）。本节仅从若干方面包括结合武侠小说对金庸与书法文化这一命题进行初步的探讨。

图39　金庸书"真诚笃行"

[①] 参见李继凯《书法文化与中国现代作家》，《中国社会科学》2010年第4期。

二 金庸书法的魅力与功用

在名人题字文化风尚的影响下，本应属于金庸个人修身养性之书法创作开始进入公众视野并逐渐成为金庸及其小说研究的新切入点。除了金庸自书心境的书法创作外，目前公众可见的金庸书法作品多为题赠性作品。这类赠字内容相当广泛，赠友人、艺人、媒体栏目、商业店铺、文化活动、体育比赛、名山大川、旅游景区、赈灾义卖……在大众商业文化的新语境中，可以说金庸几乎从不吝惜笔墨，他以书法题字的形式一方面提高了被赠与者的知名度，同时也使书法题字成为金庸武侠小说最重要的宣传手段之一，从而使其书法创作的文化功能得到了最大限度的发挥。

（一）以书法题字为武侠代言

纵观金庸书法创作，笔者发现首先有相当一部分题字与其文学创作的武侠世界相关。例如金庸墨宝中广为人知的"飞雪连天射白鹿，笑书神侠倚碧鸳"一联便是由其十四部武侠小说的首字构成，可谓是其书法题字的统领之作。除此而外，凡关涉中华武术以及武侠文化的场所、文化活动大多会邀请金庸先生题字留念，而这些场所与文化活动也多与金庸武侠小说存在着某种渊源。例如，在陕西电视台策划的"华山论剑"文化活动中，金庸应邀题于华山北峰的"华山论剑"四字即源于小说《射雕英雄传》中著名的"华山论剑"情节；题于浙江舟山桃花岛的"桃花岛"三字也似乎意图化虚为实，为东邪黄药师坐实在现实中的安身之所；香港艺人刘德华因在《神雕侠侣》中扮演杨过一角而获得金庸"神雕大侠"题字；香港国泰航空公司将其头等舱所用波尔多新酒命名为"周伯通"，也源自《射雕英雄传》人物周伯通而请其著者金庸亲自题写酒名；金庸先生题于河南嵩山少林寺的"少林秘籍，国之瑰宝"以及赠与湖北武当山的"武当山头松柏长，武当武术、中华瑰宝"题字也皆因武当、少林是金庸小说构成中不可或缺的场域元素和武侠符码；在北京百工坊展出的铸胎珐琅工艺品"佛宝天龙八部"由金庸题名，不难使人联想到金庸小说《天龙八部》的故事种种；题于广东东莞袁崇焕纪念园的"崇焕故园"四字也易使观者与金庸作品《碧血剑》以及《袁崇焕评传》发生切实可触的感性关联。除了上述与小说中武侠世界直接关联的题字外，金庸还有部分和中华武术相关的书法题字。例如赠与中央电视台《武林大会》栏目的"武林大会"题字，赠与全国第五届崆峒武术比赛的"天下英豪、各显身手""崆峒武术、威峙西陲"题字以及赠与北大武侠协会的题字"北大武侠"等。这些栏目、活动、社团对中华武术精髓、江湖武侠精神的传承、弘扬与金庸小说武侠世界紧密契合，因而获得了金庸以书法题字形式给予的肯定和褒奖。

综上所述，被尊以"金大侠"称号的金庸，其身份在新的文化场域中已由一名武侠小说作家转化为中国武术与武侠文化的代言人。而上述书法题字，正是金庸的武侠代言人功效得以充分发挥的一个佐证。金庸以书法创作的具体形式为武侠代言的种种努力，在客观上增强了这些地域、文化活动及栏目品牌的知名度，同时也充分传承和弘扬了中国武术和武侠文化，是一种可贵的书法文化实践。更为重要的是，通过书法题字的方式，金庸为他的武侠小说以及小说中建构起来的武侠文化进行了最有效的宣传。他以化虚为实的技法为小说中虚幻的武侠世界寻找现实存在的依据，使读者在华山、武当、少林、天山、桃花岛等这些现实处所中产生主人公们似曾来过并在此演绎过一场场江湖恩怨的幻觉。换言之，金庸的书法题字使小说中的故事、情节、人物获得了曾经存在的时空感，并进而在读者的潜心阅读和莅临现场的结合中获得历史感和现场感。这样，金庸的小说就有了一种由传说而走进历史、由虚幻而走进真实的趋向，金庸武侠小说中的诸多故事、情节、人物也就有可能从小说之中而小说之外成为超越小说的独立存在，并进一步沉淀为经典，融会到民族文化工程的建构之中，成为了解中华民族无法绕过的文化符号。

（二）以武侠想象为笔墨增韵

清代书法家包世臣在其著作《艺舟双楫疏证》中说"学书如学拳"，证明了书法与武术的相似性与相通性。书与拳的相互贯通使借助书法通内气而出外劲、在书法挥洒中尽显武术之理成为可能。历史和现代生活中武学与书学皆通，借武学成就书学之名者不乏其人。东晋王羲之能够成就一代"书圣"的美名，与其在武术方面的深厚造诣也有着某种内在的关系；唐代书法大家颜真卿的沙场戎马经历也是使其书法"如荆卿按剑，樊哙拥盾，金刚瞋目，力士挥拳"的重要因素。当代有"武功书法创始人"之称的王世清先生以及号称"武功书法第一人"的大师王厚堂先生更是通过自身习武的深厚体悟将武术的搏击技艺和武学之道直接运用于书法创作之中，创造出了别具新意的"武功书法"（笔者以为命名为"武术书法"更为恰切，体现了"术"与"法"的契合）。

金庸并无实际的习武经历，但他在小说中的武术描写却极为丰满有趣，降龙十八掌、独孤九剑、黯然销魂掌、一阳指、乾坤大挪移、打狗棒法等等不胜枚举，俨然形成一个严整缜密的"金氏武学"系统。"在金庸的小说中，从道家的武术中可以看到'易'，看到恬淡和超然；从佛家的武功中看到'禅',看到仁和善;从邪恶者的武功中看到恶,看到妖邪和自私;从情人的武打中可以看到情,看到缠绵……金庸的武功设计不只是满足感官的刺激,不只是简单招式的拼凑,而是囊万物于胸臆,熔天地于一炉。"[1] 可见,小说中凭借文学想象创造出的无数绝世武功不仅仅是金庸在对中华武学理论理解下的艺术创造,更包含着金庸在文学想象中对人生、人性的深透参悟。小说中武功招数的创作虽然是虚假的,但缔造武功的文化心理历程却是真实可感的。从这个角度而言,金庸虽非以身习武,但恰似以心习武,是一个精神的习武者,他在文学创作中所获得的对武理武道的深切领悟,通过武功创造传达出的对历史文化的独到见解以及对人生哲理的参悟,加之他能够将武学与书学相互融通,从而使金庸书法同样尽显武学之神、武侠之道,具有了与"武术书法"相似的独特神韵。

  金庸的书法用三个词比拟最为恰当:侠气、剑气、仙气。欣赏金庸的墨宝,常常觉得很像江湖大侠在剑舞身动之际用剑锋在苍石上刻画的印痕,力道雄浑、苍劲刚毅,颇有铮铮骨感,如同小说中的郭靖、乔峰一般,内功朴拙深厚但却并不张扬,既有豪气云涌、侠肝义胆的气韵,又有"侠之大者"忠孝仁义、为国为民的根本所持。然而金庸的笔墨并不拘泥呆板,豪健浑厚而外又兼具些许放恣之态,其中似乎隐藏着一套高妙的剑法,每一笔似横空而出的长剑、劈空而斩的刀戟。腾挪跌宕之中充满飘逸剑气。似小说中的令狐冲一般,有着笑傲江湖、自由洒脱的性灵追求。除此而外,金庸的笔墨还颇具仙气,笔力瘦劲,像武当山上的张三丰、华山思过崖上的风清扬一样有一种老当益壮的遒健,在江湖山水的隐匿中,有着阅历人生之后终超然于外的仙风道骨。经历了无数的江湖恩仇,"大吵大闹一番后悄然归隐",经历了年少时郭靖们的朴拙忠义与令狐冲们的自由洒脱之后,在老年终于获得了了然于心的豁然开朗,获得了来自生命悟彻后的返璞归真和化有为无、化实为空的通达。

  由此可见,金庸的书法创作既充满江湖武侠之气,同时又兼具儒、释、道的中国文化精神。铮铮刚毅中有着儒学为国为民、兼济天下的基本坚守;飘逸放恣中又有道家恬然虚静、独善其身的性灵追求,遒健风骨中又见佛家参禅悟道、清净明觉的人生意境。在书法创作中将儒、释、道基本精神合三为一,尽显中国传统文化之内蕴。另外,"书学在中国传统哲学的影响下,以自身独特的理论样式和结构完善了我国古代的审美思想体

---

[1] 贾耘田:《破译金庸》,农村读物出版社2004年版,第101页。

系，为中国哲学找到了一种客观、形象的表现形式"。① 如果说书写是一种哲学表现形式的话，那么金庸的书法创作也正是其参悟人生之后以传统文化为根基的生命哲学的表现。

（三） 以书法题名为小说装帧

文学作品的外在装帧并不是游离于作品之外的独立存在，它与作品的内容以及作家通过作品而实现的自我精神表达具有相通性和统一性。因此，文学作品的艺术装帧除了必要的审美功能呈现外，还应该具有追求与作品内容以及作者文化气质浑然天成的和谐一致的目的。唯其如此，文学作品的装帧才能成为呈现作品内涵与作家精神世界的窗口，并成为多种审美要素合一的装帧艺术。正是因为文学作品的装帧追求需要与作者精神世界和谐一致，故而让有能力的作家亲自参与其中便是实现这种一致性的可靠途径。

书法在文学装帧中的应用由来已久，以书法题写书名形式应用于书籍封面装帧便是其中之一。因为书法既是文字，又是图形，所以在书籍装帧中具有表意和写神的双重功效。如前所述，金庸的书法创作中有着与其文学世界相一致的武功味儿和武侠气。充满侠气、剑气、仙气的书法作品中包含着对武侠精神的精准演绎以及对自我精神内面的深刻表达。这使得金庸以书法创作的方式介入文学作品装帧不但可能，而且有效，其个性化的书名书法与机械的美术字（包括字库书法）书名效果明显有高下之分。自 1975 年起由香港明河社、生活·读书·新知三联书店、广东花城出版社、台湾远景出版社陆续出版的修订本《金庸作品集》，可谓金庸小说版本中流传最广的几种，这几个版本的封面设计均由金庸亲自题写书名，以明河社《金庸作品集》为例，作者金庸以颇具碑意、亦收亦放的行书亲自题写书名，再在封面、封底配以水墨国画背景，在扉页附以书家印章，浑然天成一种行走江湖间、来去无影踪、抚剑独行游、豪气冲云天的中国大侠气象。金庸通过书法题名的方式将其所题书名演变为一种有姿态的视觉语言，以书法的形态之美把小说的韵味气息传递出来，从而充分实现了作品装帧的艺术韵味与作品内涵以及作家精神气质的高度和谐，使小说外在的书法装帧和内在的武侠世界有了互文性的融通。

三 金庸小说中的书法文化元素

武功和书法在中国文化中均是一种显内于外、累技成道的技艺。内与

---

① 张瑞田：《文人书法与文人情怀》，《美术报》2009 年 2 月 14 日。

外、技与艺、力与美的结合以及由内而外、由技而艺、由力而美的转换最终成就由技而道的悟彻。书法与武功的同源同理性使它们的修习有一种豁然贯通的异曲同工之妙,并且有可能由相通而走向相融,成为中国文化中相得益彰的两个方面。金庸曾说过,"中国的艺术大约都是互通的。有很多国画大师喜欢去看京剧,他们能从舞蹈之中捉摸作画的灵感,那也许是一根线条,或者一个笼统的轮廓,但是美的印象是鲜明而且流通的。在我创作的过程当中有时也有类似的体悟,就拿武功来说,当它臻于化境,便自然成为一种艺术了,所以我曾用书画之道解释一些招式,也是不足为奇的事"①。

金庸不仅在书法创作层面上对书法艺术情有独钟,难能可贵的是,在小说创作中他也将书法文化元素巧妙地融入其中,使小说充满盎然的雅文化意趣。特别是在小说中借助文学想象将书法文化艺术演绎为一种基本的文学表达手段可谓前无古人、后无来者。金庸小说基于文学想象的武功创造,他将对书学之悟移挪至对武学之悟,以书法之道诠释和设计武功招数,从而创造出了充满文化气息与哲理韵味的书法武术,并以书法武术的形式"寓文化于技击,使武功打斗学养化、艺术化"。②

(一) 书法武术的缔造

所谓书法武术,即以书法为武术,书法的书写过程即为武功招数的一一展现过程。据传盛唐"草圣"张旭因偶观唐宫第一舞人公孙大娘"霍如羿射九日落,矫如群帝骖龙翔。来如雷霆收震怒,罢如江海凝清光"的西河剑器之舞,茅塞顿开,由剑意而悟书意,终得草书之神,成就了奔放豪逸、洒脱恣意、落笔龙蛇的绝世书法。金庸在小说中则充分发挥文学想象,反其道而行之,改"因武生书"而成"因书生武",书法与武术在理论与审美层面的相通之处助其将书法艺术融入武功招数之中,由一幅幅书法作品及其特点、内涵演绎出一套套书法武术,增加了小说的审美性与文化内涵。

小说《笑傲江湖》中,以一杆笔头缚着一撮羊毛的判官笔为武器的秃笔翁就既是武者亦是书者。他以笔为剑,以书当武,有着较高的书法造诣。他凭借对所使用作品《裴将军诗》书意的领悟与令狐冲过招,诗文中"大君制六合,猛将清九垓。战马若龙虎,腾凌何壮哉……"所描述

---

① 张大春:《金庸谈艺录》,载杜南发等《诸子百家看金庸》(伍),明窗出版社有限公司1997年版,第139页。

② 严家炎:《金庸小说论稿》(增订版),北京大学出版社2007年版,第31页。

的万军丛中将军的豪放慷慨与将军舞剑潇洒俊逸的张弛之美皆由书者演绎为书法作品中激越与静止变换的灵动书意。而武者秃笔翁，亦将领悟到的书意转化为剑意，并借手中"笔剑"来礼赞裴将军慷慨豪壮的生命存在、释放豪洒奔放的胸中剑意。

《神雕侠侣》中，有"天南第一书法名家"之誉的朱子柳亦兼武者与书者的双重身份。在大散关的英雄大会上，他以一杆竹管羊毫毛笔为武器，将大理神技一阳指的点穴手法和书法融为一体，在与霍都王子的打斗中，以笔代指，分别使出褚遂良楷书《房玄龄碑》、"草圣"张旭之狂草作品《自言帖》、隶书《褒斜道石刻》以及大篆等四种书体。书楷书则法度严谨、一丝不苟，书狂草则如狂如癫、指走龙蛇，书魏碑则运笔迟缓、瘦硬通神，书石鼓文则银钩铁画、刀刻剑划，完全将对书学的深刻领悟挪移至武功招数之中，直"写"得霍都王子有招架之功而无还手之力。无论是书法还是一阳指法皆功力深厚，无论是书学还是武学皆学养超群，达到了很高的艺术境界。

《倚天屠龙记》中武当三侠俞岱岩为奸人所害，全身瘫痪，武功全废。身为师父的张三丰眼见徒儿遭此大劫，悲愤难抑，深夜在庭中凭空临写王羲之《丧乱帖》，将满腔悲愤赋予指端（图40）。张三丰以与当年王羲之"以遭丧乱而悲愤，以遇荼毒而拂郁"相契合的悲愤心境将"丧乱""荼毒""追惟酷甚"等拂郁悲愤的开阖书意移植于武功创作之中，达到了人、书、武的最佳结合。而后张三丰情之所至，将"武林至尊，宝刀屠龙。号令天下，莫敢不从。倚天不出，谁与争锋？"二十四个字演绎为一套极高明的"倚天屠龙"武功。丧乱的悲愤使王羲之创造出行书书法的新体式，也同样助张三丰在书剑结合、物我两忘的境界中创造出一套缩也凝重、纵也险劲、雄浑刚健、俊逸飘洒的绝世书法武术。

（二）书法武术的艺术之美

陈墨有云："金庸的武功、技击，是'借武而立艺'。借写武功而创造出一种奇妙的艺术天地与境界。"[1] 此言不谬，金庸小说中书法武术的展现的确如此。书法艺术之美首先在于汉字字型的匀齐和谐，其次在于书者运笔力道与心境情绪的完美结合。它的"点画线条，有起有伏，有收有放，有高潮有低潮，力度上有强有弱，有刚有柔，速度上有急有缓，有

---

[1] 陈墨：《金庸小说之武学》，百花洲文艺出版社1999年版，第4页。

第七章　墨海拾贝：南方作家的书法实践　　223

图40　王羲之《丧乱帖》

断有续；感情上有紧张有松弛"。① 唯有如此，才能用笔抑扬顿挫、用墨淋漓生动。源自书学的书法武术之美似与之同。作为一种表现性艺术，武者刀剑行走间"手、眼、身、法、步"的协调以及"精、神、气、力、功"的表现都使书法武术有着源自书法艺术的形态美、力量美、节奏美、韵律美以及雅趣之美。

《倚天屠龙记》中，张三丰创作出"倚天屠龙"的书法武术后，他的弟子张翠山在王屋山上再次演绎这套绝世武功时就武得煞是好看，小说中如是写道：只见他"身形纵起丈余，跟着使出'梯云纵'绝技，右脚在山壁一撑，一借力，又纵起两丈，手中判官笔看准石面，嗤嗤嗤几声，已写了一个'武'字……他左手挥出，银钩在握，倏地一翻，钩住了石壁的缝隙，支住身子的重量，右手跟着又写了个'林'字……越写越快，但见石屑纷纷而下，或如灵蛇盘腾，或如猛兽屹立，须臾间二十四字一齐写毕。这一番石壁刻书，当真如李白诗云：'飘风骤雨惊飒飒，落花飞雪何茫茫。起来向壁不停手，一行数字大如斗。恍恍如闻鬼神惊，时时只见龙蛇走。左盘右蹙如惊雷，状同楚汉相攻战。'"② 充满了武者笔舞形动时时而舒缓、时而疾驰、时而飞动、时而顿挫的艺术美感。

《神雕侠侣》中朱子柳以书法武术与霍都打斗时更像一个行为艺

---

① 沃兴华：《中国书法》，上海古籍出版社1995年版，第8页。
② 金庸：《倚天屠龙记》，广东出版社、花城出版社2002年版，第174页。

家。当他使出张旭狂草《自言帖》时，就仿佛"草圣"之精灵魂魄附于其身，"突然除下头顶帽子，往地下一掷，长袖飞舞，狂奔疾走，出招全然不依章法。但见他如疯如癫、如酒醉、如中邪，笔意淋漓，指走龙蛇"①。完全是一场兴之所至的现场书法创作，连一旁观战的黄蓉也忍不住斟三杯酒给他助兴，充满盎然的文化趣味。

（三）书法武术的三重境界

金庸在小说中不仅仅将书法当作缔造武功的一种基本手段，而且还运用书法武术来描写人，将不同人书法武术的表演和他们各种的个性、趣味甚至境界联系在一起，这样，书法武术在小说中就不仅仅外在于形，而且充满了人生哲学的意味。领悟书法与剑法的同理性、追求书学、武学的结合、书意与剑意的相通是金庸小说中书法武术的真谛所在。不但如此，只有当书法作品的韵味内涵与武者所需之情绪、心境相契合，并用武术招数将其再现出来，通过由技而法、由法而道的逐步领悟，最终达到人、书、剑的完全融通，从而在情之所至的创作中物我两忘，才能达到书法武术的最高境界。而书法武术的最高境界又何尝不是人生的最高境界？

以此而论，《笑傲江湖》中秃笔翁的书法武术就是一则失败的例子。秃笔翁虽然号称写秃毛笔无数，对自己以书法为武功的创意极为自负，但是在将书学融入武学的领悟层次上却显得生硬呆板。虽然写秃毛笔无数，也许书法技艺甚高，但他的"以书当武"仍停留在临帖描摹的初级阶段。他的书与武在技艺表象上虽然相合，但是在内质精神上却是分离的。这使得他的书法武术沦为观赏性强但实用功效差的花架子。虽有技但不得法，因此，当他以有招之技应付令狐冲的无招之道时，便出现了两不搭界的尴尬。令狐冲不懂书法，便以简驭繁，只见笔动便攻其虚隙，逼得秃笔翁满肚笔意，无法施展，"只觉丹田中一阵气血翻涌，说不出的难受"。② 最后只好借丹青生的酒在白墙上大笔书写那《裴将军诗》的二十三字，方才痛快淋漓，抒尽胸中块垒。可以说，秃笔翁的书法武术是单维的，只具其形并无其质。因而以最初书武相合只求却终得书武相离之果，成为一个人的孤独表演。

《神雕侠侣》中的朱子柳较之秃笔翁因境高一界，所以其书法武术也技高一筹。朱子柳本是大理国状元、大学士，是一个文化修养很高的文人。因此，他的书学以及书法武术的创作颇受其文化修养的影响，有着较

---

① 金庸：《神雕侠侣》，广东出版社、花城出版社2004年版，第418页。
② 金庸：《笑傲江湖》，广东出版社、花城出版社2002年版，第690页。

高的修习层次，不是刻板的一味模仿或者花式展示，而是真正懂得书法与指法的结合，能够突破他人窠臼，融自我领悟于其中。并能做到临场发挥，活学巧用，灵活多变，形成了自己的特点，使书法武术真正能够为我所用。例如在与霍都的过招中，他能以取胜为目的，根据现场状况不断变化书体笔法，时而中规中矩、干净利落，时而长袖飞舞、飞奔疾走，时而又银钩铁划、劲峭凌厉，不拘泥于任何书体形式，只求神韵相通，使得对手难以琢磨，方寸大乱。朱子柳的书法武术修习实现了由技而法的转变。达到了书法武术修习的第二层境界，因而能够在高手过招中发挥其长，克敌制胜。

将书法武术演绎得臻于佳境，实现修习书法武术的最高境界者莫过于《倚天屠龙记》中的百岁老人、武当派开山始祖、武林泰斗张三丰。史载张三丰是一位善书画、工诗词、艺术修养极高的道者。金庸在《倚天屠龙记》中放大其长，将其擅长之书法与武术完美结合。他在极其悲愤的心境中借助书法创造出绝世武功，他的书法武术与上述二者相比较是三维的，不但具性、具质，而且寄情，将个体阅历人生的深透感悟融入其中，达到了书、武、人的最佳结合。从悲愤而书《丧乱帖》到情之所至的"倚天屠龙"书法武术创作，个体的生命体验在其中起着不可忽视的作用。他的书法武术，已经超越了搏击技艺的层面，而渗透着生命个体无限的人生参悟，从而使之上升到生命哲学的层面。

四　书法文化与金庸的生命哲学

西汉文学家扬雄有云："字，心画也。"即以为书法创作是一种描绘书者德行、品性、情感、心境的艺术形式。人与字之间存在一种鱼水相融的和谐一致，因而书法创作具有觇人气象的文化功能。即所谓"字如其人"。宋朝苏轼《答张文潜书》又云："其为人深不愿人知之，其文如其为人。"将作家文学创作的内容、风格与其性格、追求、处世哲学等紧密关联，从而使文学创作成为解密作家精神世界的钥匙。即所谓"文如其人"。"字如其人"与"文如其人"的相似比拟使得"文"与"字"之间具有了基于同构相通的互文可能，文学气韵与书之神气、文学体验与书法感兴、文学之"言"与书法之"线"的同构性使文学与书法都成为关乎人的心灵境界、表现心灵情韵的艺术形式，也使书法、文学与人之间呈现出三位一体的关系。[①] 由此可见，无论是金庸的书法创作还是他的小说创

---

① 参见王岳川《中国书法文化精神》第九章，新星出版社2002年版。

作其实最终均指向其精神世界，都是其生命哲学的外化形式。因此，他的书法创作中所展现的书理、小说创作中所展现的武理都与其人生境界的最终获得有着殊途同归的一致性。

（一）千古文人侠客梦

自古以来，中国文人对"侠"有着毋庸置疑的热忱和挚爱。可以说，每一个文人内心深处都有一个侠客之梦。侠客们独立洒脱、无拘无束、豪放仗义的生命激情和人生境界使"侠"成为"一种富有魅力的精神风度及行为方式"。[①] 文弱书生因力所不能及而心向往之，从而形成了文人内心深处关于侠客之梦的历史记忆和精神追求。这种侠客梦的实质则是文侠与武侠的生命复合所完形化的"神话人生"，是别一种现代传奇和文化创造。

金庸的书法创作有着力道雄厚的侠气基骨。这种艺术特征可以说是金庸精神意识深处"文人侠客之梦"文化信息的外化与再现。书法创作中侠气的存在表现了儒家忠义厚德、积极入世、为国为民的根本所持。在传统儒家文化的熏陶下，这种对"侠之大者"境界的追求从一开始就存在于金庸的意识之中，并伴随着他的人生阅历逐渐沉淀于精神深处，从而成为其人生哲学的根基所在。

金庸书法艺术中的侠气，准确地说是一种与剑气相结合的剑侠之气。剑素有"百兵之君"之誉，在传统兵器中具有至高无上的地位，剑在兵器中的至尊地位使其成为"武"的代名词，并与侠文化结合，被赋予正义、责任、慷慨、风度等文化含义，从而成为武侠世界的精神代号。文人喜欢佩剑，愿将家国情怀以及侠客之梦寄予三尺长剑。剑之于文人，是一种情结。一剑在手便觉扬眉吐气，豪气干云。自古文人多追求琴心剑胆的精神境界，既有对艺术的细腻颖悟，又有对英雄精神的向往。陈平原先生也说："龚自珍的诗句'一箫一剑平生意，负尽狂名十五年（《漫感》）'可以说相当准确地表达了中国古代文人理想的人生境界。对于文人来说，'箫'易得而'剑'难求，于是诗文中充斥着剑的意象。"[②] 由此可见，剑对于中国文人而言具有特别的文化内涵，它象征着文人精神世界里对英雄主义的追求。剑器在文化发展中逐渐被赋予的风雅气度和浪漫诗意使之成为千古文人侠客梦的一个文化符码，表征忠贞、信义的内心坚守和潇洒恣意的性灵追求。金庸作为中国文人的一员，其书法创作飘洒、俊逸、放恣的艺术韵味颇具"剑气"，如同文人诗文一样充斥着剑的意象，表征着

---

① 陈平原：《千古文人侠客梦》，人民文学出版社1992年版，第6页。
② 同上书，第12页。

个体生命内心落寞的剑侠情结和家国情怀。

金庸的书法创作除剑侠之气外还颇具仙气，有着道法自然的古拙之意。似乎展现着一种经历沧桑人生之后的某种老年心态。但并非垂老暮气，而是一种饱经磨难和上下求索之后的豁然开朗及宁静明澈。这种意蕴的融入使金庸在书法创作中所展现的侠客梦显现出更多的文人气质和较高的精神境界。

由此可知，金庸作为中国文人，其灵魂深处侠客之梦的向往和追求在他的书法创作中有着充分的表现。而书法作品中侠气、剑气、仙气兼具的艺术韵味也说明了金庸所崇尚的"侠客"之梦是以侠为其底、剑为其形、仙为其神，三者共聚而成的剑侠精神，是以"儒"为根基，在"道"与"佛"的观照中有着生命参悟的侠客之梦。

（二）书法、武侠与人生境界

金庸的书法创作既有侠气，又有剑气，更有仙气。从而形成一种别致的武侠气息。这种气息不单单是书法作品的气息，同时更是书者人生境界的一种展示。金庸在他的书法创作中展现的是一种阅历人生喧嚣之后而到达的虚静境界，这种虚静既是艺术的也是人生的。

金庸的小说中，行走江湖的几类英雄侠客与其书法世界里的意境层次显现出一定的对应性。在早期创作中，陈家洛、袁承志、郭靖们具有最典型的"侠气"标志。他们有入世的积极寻求，有强烈的正义感、使命感、责任感。他们全身心投入家国抱负当中，渴望一场轰轰烈烈的事业，有着儒家的根本精神和"侠之大者"的可贵追求。而后继而来的杨过、令狐冲、张无忌们，他们自前辈继承而来的正义、使命和责任已经消融、隐匿，成为一种不再凸显、张扬的人生背景，而在人生的前景舞台上，他们表演的则更多是追求自我价值、自由性灵的独立精神。他们的人生，在"侠气"之外更具飘逸洒脱的"剑气"。而在小说中，能够达到武功与人生的至高境界者，常常是有着非凡的人生阅历，兼具侠气、剑气和仙气的独孤求败、风清扬和张三丰等。他们在年少时分走过了郭靖们的仁义厚德、家国理想，走过令狐冲们自然率真、不拘礼法，在老年获得了武功和人生的至高境界。不但武功达到无招胜有招的境界，人生也同样达到了化有无为的清澄虚静。

金庸的人生历程也有着与其书法灵韵相通的、和作品中人物相同的人生轨迹。1941年，17岁的少年查良镛因一篇影射性的文章惹怒学校的训导主任，被浙江省立联合高中开除；抗战后期，怀着外交官的梦想，却因"行侠仗义"打抱不平而被中央政治学校勒令退学；1949年，青年查良镛为了圆自己的外交官之梦北上外交部求职，寻求建功立业的远大抱负；1958年，写成《射雕英雄传》，以三十四岁的年龄奠定了新派武侠小说的宗师地位。1959年，35岁的中年查良镛自立门户创建《明报》，并以此为起点，逐步形成以《明报》为中心的报业托拉斯；1993年，年近古稀的查良镛宣布退休，辞去明报企业董事局主席一职；如今，"'淡出江湖'的金庸过着平平淡淡、自由自在、无牵无挂的生活。除了周游列国、游山玩水，更多的时候，是在家里读书、研经、下棋、听音乐……"①金庸说："我最佩服的便是范蠡和张良，功成身退，飘然而去。我所写武侠小说中的男主角，陈家洛、袁承志、杨过、张无忌、令狐冲、韦小宝，都是大吵大闹一番后悄然归隐。"②金庸自己的人生也正是如此，从少年轻狂到名贯香江再到功成名就后的大隐于市，有过血气方刚、有过踌躇满志、有过轰轰烈烈，最后归于闲云野鹤般的逍遥，以此而论，金庸的人生不可谓不精彩。他的人生何尝不是由侠而剑、由剑而仙的逐步演进？有作家曾这样描述金庸，"偶尔，他亦会张口大笑，笑得前倾后仰，眼睛眯成一线，笑声挥洒出孩童般的纯真无邪，而脸上也隐隐约约地散发出一种佛光……"③，阅历人生飞扬之后终获平淡冲和的心境更显可贵。金庸的人生在经历喧嚣飞扬之后已经渐入佳境，平淡冲和、清静无为、致虚守静、明觉知心（图41）。

综上可知，书法文化是中国传统文化当中极为重要的文化形式。作为中国文人显著的文化标示之一，它与中国文人作家的精神家园也有着割舍不断的血脉渊源，因而书法文化可能成为作家及其创作研究的一个新切入点。对新武侠小说宗师金庸而言，书法与书者精神世界的紧密结合使他的书法创作充满了"侠气、剑气、仙气"兼具的"武术书法"的韵味，从而既彰显其意识深处对于侠客之梦或文武兼备生命境界的追寻，又成功地在文学创作的实践层面，实现了将武侠精神和文侠特质的结合性体现，在叙述学意义上实现了新的突破，使人世间的文武之道能够在文学世界呈现出互为镜像、互为表里的融合关系。同时，书法与文学创作的结合又使他在武侠小说中创造出了别具新意的"书法武术"，不仅增加了小说的审美性和文化意蕴，更使其成为展现武者精神境界和文侠审美意趣的重要方式。总之，金庸的文人书法、武侠小说与生命体验之间大致呈现出了三位

---

① 冷夏、辛磊：《金庸传》，湖北人民出版社2008年版，第195页。
② 费勇、钟晓毅：《金庸传奇》，广东人民出版社1996年版，第80页。
③ 冷夏、辛磊：《金庸传》，湖北人民出版社2008年版，第1页。

一体的契合关系，书与武相通，武与书相融，并最终指向其精神内面，展现其以儒为底，在佛与道的观照中致虚守静、明觉知心的艺术境界与人生境界，也由此臻于"文心雕龙、墨舞传神"的人文新境界，从中体现了金庸对武侠精神和文侠气质的复合性追求。

图 41　《明报》

第八章 砚边揽翠:北方作家的书法探索

俗话说,南方出文人,北方出皇上。这话自然有些历史根据。验之于西安,也确实相当契合。但进入近现代以来,情形大变,北方也多出作家文人,与南方已经没有太明显的区别了。特别是,当北方的延安、北京作为"红都"和"首都"而存在的时期,会有很多国内外的文人汇聚到这里,充分发挥他们的才学和书写能力。既从事文学、文化方面的活动,也参与现实政治甚至是军事斗争。恰是现实的多种需要可以塑造人的丰富性,大凡现代文化史上的名人,往往都有"复合"的或"多重"的身份。前述的"双坛鲁郭茅"以及南方文人梁启超、沈从文、叶圣陶、金庸等都是如此。"书法"之于他们似乎仅仅是"余事"或"工具"。但事实上,他们的书写行为所带来的书法业绩却非同寻常,既承载了所有的文字信息,还含蕴着无限的艺术美感及文化意味。如果能够从"复合"身份的角度来看待具有"作家文人"侧面的名人,那么也就会发现出身于北方的像于右任这样的"民国元老"所具有的"书文情结";如果能够从区域书法文化现象角度看取北方现当代作家书法,那么,以"西安碑林"名世的古都西安作家群乃至整个"陕军",都足可以被视为北方现当代作家群从事书法文化创造的一个代表。既然不可能面面俱到和翔实罗列,我们这里便不妨选择几个有代表性的个案进行介绍和分析,看看北方作家对书法文化有着怎样的追求和探索。

第一节 从于右任的书文情结谈起

从某种意义上讲,特别是在书法文化创造方面,于右任先生绝对是中国人尤其是陕西人的骄傲。

于右任先生的成就是多方面的,言革命,于右任先生早年就反对帝制、倡言革命,在清廷密旨拿办之时,幸得有惊无险,亡命上海,嗣赴日本，后追随孙中山先生推翻封建统治，创立民国，为开国元勋；言新闻，于右任先生先后创办神州、民呼、民吁和民立诸报，维护新闻自由，恪守新闻道德，呼吁独立、提倡民主、坚持自立，为元老记者；言兴学，于右任先生先后创办或参与创办复旦公学、中国公学、上海大学和西北农林专科学校等高等学校，创办民治小学、渭北中学、女子中学、新三中学等初级学校，为教育大家；言诗文，于右任先生的文虽不多，但在其办报期间便以文名世，于右任先生的诗词继承诗经、楚辞和乐府的优秀传统，笔力雄健、激情奔放、爱国忧民，为著名爱国诗人；言书法，于右任先生笔走龙蛇，汲取汉魏晋唐诸家之长，融章草今草狂草于一体，风格独特，自成一家，被誉为当今草圣，尤其是先生的诗歌和书法可以说是"双峰并峙"。

早在1930年春，《右任诗存》刊行的时候，柳亚子先生以"三十年家国兴亡恨，付与先生一卷诗"两句论定了它的时代内容和"诗史"价值。时隔七十多年，《于右任诗词曲全集》刊行，周明先生如是说："（于先生的诗歌）是一部凝结中华近代史的史诗，它再现了先生那颗炽热的爱国、爱民之心，坚贞不渝的救国救民之志，刚直不阿的高尚品格。"① 是的，于先生是一位博览群书、拥有六十多年诗歌创作经验的诗人，他探求诗歌发展的轨迹，总结自己的创作实践，从诗歌与时代、诗歌与大众的血肉联系中，阐述了诗歌必须创新的理论，并为旧体诗形式方面的革新提出了具体的设想，很值得我们参考。② 于右任先生诗歌的这些成就，终获台湾"教育部"文艺奖中的诗歌奖。于右任先生的诗歌如此，书法更甚，尤其中年以后，诗名逐渐为书名所掩，他的行楷书笔力雄健，笔法多样，熔篆、隶、草、楷笔法于一炉；他的草书雄浑、冲淡、中锋活笔，简净险绝，豪放潇洒；③ 于右任先生的书法艺术精神体现为执着追求，锐意创新，无私奉献，可谓处处体现着人文主义关怀和时代精神；于右任先生的最大成就《标准草书》泽被后世，日本朋友对于右任先生即有"旷代草圣"之誉。

于右任先生的文学和书法艺术成就，学人颇多研究且多有建树，本文不再赘言。笔者最为关切的是于右任先生对文学与书法的融合与拓展，是

---

① 周明：《于右任诗词曲全集前言》，载于媛《于右任诗词曲全集》，世界图书西安出版公司2006年版，第2页。
② 霍松林：《〈于右任诗词曲全集〉序·论于右任诗的创新精神》，载于媛《于右任诗词曲全集》，世界图书西安出版公司2006年版，第9页。
③ 钟明善：《于右任书法艺术管窥》，西安交通大学出版社2007年版，第66、93—95页。

其生命对文学文化与书法文化的兼容和创化。

　　文学和书法都是中华民族优秀的传统文化。文学是语言的艺术，书法是汉字的艺术，文学和书法在本源上就具有同质性，书法所表现的主要内容之一就是文学，因为文学，书法更具有了耐人寻味的意蕴，有了更深刻的文化内涵，因此，文学家与书法家的关系也源远流长。另外，文学与其他艺术的比较研究是跨学科比较文学研究的一个重要内容。通过两者的比较，有助于我们更全面、更深刻地认识文学的本质特征，同时了解文学与其他艺术之间的联系和影响，以便在艺术实践中自觉地扬长避短，充分发挥文学艺术的特长和优势，或者取长补短，吸收和融合其他艺术的特长，以丰富和发展语言艺术。[①] 本节仅以于右任先生诗文及其书法的关系为主要视角，通过对于右任先生诗文和书法创作的概述及总结，从文化传承和文化建设的意义方面，来探讨于右任先生诗文与中国书法文化的关联及其相互作用，试图挖掘出于右任先生"爱国诗人""书法大师"盛名背后所承载的更重要的文化内涵，从而观照当下文学与书法发展更好的出路。这是一个文学、艺术式微的年代，作家也好，文学也好，靠边站是很自然的，作家张贤亮先生在接受《南方人物周刊》采访时说过，这年头，现实比小说精彩离奇得多，现在最好看的不是小说，是新闻。书法家程大钊先生认为，中国当今没有书法，表面上看轰轰烈烈，实则不然。[②] 基于此，希望莫言先生诺贝尔文学奖的获得、中国书法申请世界非物质文化遗产的成功，会带给中国文学和艺术更多的鼓舞。与于右任书法文化有关的诗文类型；与诗文有关的于右任书法文化类型；于右任书文形式相互拓展、内涵相互丰富、风格相互彰显、文本合二为一、书刊样式相互渗透，这种关系使得诗文、书法和艺术家（书家、作家）的关系呈现出三位一体的必然趋势，即重视书文的内在联系，丰富书文的文化内涵，提升艺术家的综合修养。这对当下文学与书法拓展更好的出路，包括作家、书家在内的艺术家具有重要的启示作用。

　　不仅如此，笔者认为，中国现当代文学及作家研究迄今在多方面取得了较大进展，但仍存在被忽视的视域，"书法文化"与"中国现当代文学"的关系研究还几乎是一个空白。现当代作家与书法文化的关联无疑是很值得关注和研究的，不仅可以提供新的学术增长点，而且可以提示很

[①] 叶绪民、朱宝荣、王锡明：《比较文学理论与实践》，武汉大学出版社 2004 年版，第 414 页。

[②] 程大钊：《书法的人文精神和书法家的人文修养》，载王岳川《中外书法名家讲演录》（下），北京大学出版社 2008 年版，第 407 页。

多开放性的学术话题，昭示着相当深广的拓展空间。从书法文化或"大文学"的视野来观照中国现当代作家，即可发现确有较多的现当代作家有意无意地将书法书写与文学书写结合了起来，有些现当代作家在书艺、书学上亦颇有造诣，并在书画收藏、书法装帧等方面也颇为热衷，从而与书法文化建立了密切而又复杂的关系，由此表明，现当代作家不仅代表着"新文化的方向"，而且也代表着"弘扬优秀传统文化的方向"，二者可谓相得益彰，这对社会文明、当代作家及书法艺术具有持久的影响。从宏观角度看，作家主体和书法文本亦为历史文化的"中间物"，文学文本与书法文本化合为"第三种文本"，并成为"中国创造"的艺术文化可持续发展的一股重要力量与一种活力资源；微观细察，亦可领略现当代作家与书法文化的融合，体现着文学介入书法、书法传播文学的文化特征以及多种文化功能，如引申到对于古今、中西文化的思考，在较大的意义上，也可以有助于建构健康合理的新世纪中国文学。①

于右任先生可以说是民国时期最值得研究的人物之一，众多学者对其进行了深入细致的研究，但主要停留在单一的某个方面，如于右任的书法（钟明善《于右任书法艺术管窥》）、于右任的诗词（霍松林《论于右任诗的创新精神》）、于右任与文物（李虎《于右任与文物》）、于右任与中国共产党（朱凯《于右任与国共合作》）等。其次，文学与书法的研究尚未具体到个人，从书法文化或者说文化大背景去研究文化名人刚刚起步，而以此为着眼点的于右任研究则基本还是空白，从"大文学"视域观照于右任，探讨其诗文与书法的关联等，学术界还需加倍努力。共同受到海峡两岸人民尊敬与爱戴的人，于右任先生当之无愧，这恐怕是"爱国诗人"和"书法大师"这一盛名所难以承载的。本节借鉴前人的研究，力求在文学与书法的关系的基础上，通过对于右任先生诗文和书法活动的概括和总结，研究于右任先生对这一关系的理解和运用，探求文学与书法的本质，寻求当下中国文学与书法发展更好的出路。

一　于右任的书文情结

中国传统文化以其世代相传的强大渗透力、耳濡目染的无形浸润和习以为常的不断实践，潜移默化地影响着每一位中国人，使其日常的生活在无意识中打上了传统文化的烙印，并对其精神世界产生了深远的影响。中国知识分子自然也不例外，传统文化深深地融入他们的艺术创作中，并且

---

① 李继凯：《书法文化与中国现代作家》，《中国社会科学》2010年第4期。

相互交融、相得益彰。文学和书法便是其中重要的两种文化形式。

在古代文论中，"诗文"是很寻常的提法，沿用至今也较为常见，借鉴这种提法，并紧密结合于右任先生的文艺实践，笔者提出了"书文"这个概念。一是与诗文相较，书文的关系更为密切，诗文只是并列，而书文则为一体，书中有文，文以书显；二是这个复合性质的概念（即书法加文学）对于右任这位文化名人而言，是颇为契合的：首先他在书法文化方面的创造是世所公认的，其次还有他的文学成就或爱国诗人所留下的诗歌遗产。这个看上去很简约的概念，却蕴含着于右任先生在漫长岁月中坚持不懈的一种文化追求，即将书法与文学紧密结合起来进行文化创造，于是诞生了复合形态的"书文"（书法文学或文学书法），产生了书法加文学却大于单一的书法或文学的审美效果。关于这方面的具体追求及体现，本文将在第四章进行细述，这里且从以下三个方面谈起。

于右任先生作为清末士子，当时关中几个著名书院浓厚的文化氛围、长辈的谆谆教导以及个人的文化喜好，成就了先生一生的书法和文学情结，并且相对于同时代以来的诸多现当代艺术家而言，于右任先生似乎更清醒、更深刻地认识到了文学和书法之间的密切关系，虽未有明确的理论阐明，但确实运用于了实践，使其文学与书法相得益彰、日月争辉。

于右任先生十一岁在其乡里入毛氏私塾，在那里读书九年，学习了经书、诗文及书法，这对先生日后在艺术上的发展是极为重要的启蒙。为了学习作诗，他读了《唐诗三百首》、《古诗源》和《诗选》等学诗的范本，总觉得不大对劲，起初对作诗不感兴趣，甚至直言科举之诟病。直到在毛先生的书架上发现文天祥和谢枋得的两册诗集残本，试读之后，只觉得"声调激越，意气高昂，满纸的家国兴亡之感"，他不仅诗兴大发，从此领悟了作诗的门径，一发而不可收拾。1898年，于右任先生凭借"宏道大学堂考卷"受到学台大人叶尔恺的激赏，被誉为"西北奇才"。后来入朱佛光门下，同时受毛俊臣、刘古愚等人指点，此时，于右任先生前期诗作由友人集印成册，题名为《半哭半笑楼诗草》，并因此诗集讥讽朝政，大呼"太平思想何由见？革命才能不自囚！"，受到清廷通缉，亡命上海。先生虽身为要犯志却不失，以笔代言，大声疾呼，到民国时期《右任诗存》的刊行，先生仍是革命的倡导者、先行者，并从中汲取力量，反过来又为其服务。此前的诗，最能体现出先生在思想上的革命精神，在诗歌艺术上的创新精神。直到中晚年，诗词仍然继承了诗经、楚辞和乐府的优秀传统，笔力雄健，激情奔放，爱国忧民，怀人思乡。在诗歌的题材上，羁旅行役、忧国伤时、咏物写景、思乡怀人等皆入笔下，其中更是有大量的书法文化题材的诗文,这在文学史上是不多见的;在诗的体制上,大部分为绝句和律诗,属于旧体诗。实际上,先生还写过白话诗《论政治家与抗战》等,这也符合当时浩浩荡荡的"文学革命",只是数量很少,鲜为人知罢了。于右任先生好文,并且倡导创新,是自觉的,是有理论的。因其多发表于晚年,又未集成册,再加上政治等诸多因素,只能在很小的范围流传,故不为人所知。其实,先生的有关诗的理论亦有许多精辟的见解,如"诗是大众的言志工具"、诗的变化是"一种革命运动"、效法李杜"应效法他们的革命精神"等。

入同盟会后,于右任先生致力于办报宣传革命,《神州日报》之"神州",于右任先生当时就说:"顾名可以思义,就是以祖宗缔造之艰难和历史遗产之丰富,唤起中华民族之祖国思想。"①《神州日报》废除清廷年号,改用公元和干支纪年,表明了与清王朝势不两立(图42)。《民呼日报》"以为民请命为宗旨,大声疾呼,故曰"。创办《民呼日报》,于右任

图 42 《神州日报》

---

① 潘志新:《于右任的办报生涯》,载中国人民政治协商会议陕西省委员会等《于右任先生》,陕西人民出版社1991年版,第36页。

先生沉痛地向人解释："民呼报被停刊等于人民的两个眼睛被挖，但我们还有嘴巴，我们还要呼，还要奋斗。"① 在《民立报》创刊号上，于右任先生亲自撰文，其文词隽美，意境深远，富于哲理，读之感人："有独立之民族，始有独立之国家；有独立之国家，始能发生独立之言论。再推而言之，有独立之言论，始产生独立之民权，有独立之民权，始能卫其独立之国家。言论也，民权也，国家也，相依为命，此伤则彼亏，彼倾则此不能独立者也。"② 期间，是先生文章写作最为集中的时期，并以此名世，其主要的政论文论据充足，说理透彻，文笔晓畅，气势如虹，有《于右任文集》行世。其胆识和文笔受到梁启超的敬佩，曾致函邀请，设宴款待。在《民立报》众多的读者中，青年时的毛泽东便是其中之一，他曾说："曾在长沙我第一次看到报纸《民立报》，这是一种民族革命的日报。登载着广州反清的起义和七十二烈士的殉难。这件事是一个叫黄兴的湖南人领导发动的。我被这件事深深地感动了，觉得《民立报》充满了富于刺激性的材料，这报是于右任主编的。"③ 及至国共时期，于右任先生在《东方杂志》上发表了《国民党与社会党》一文，宣传国共合作，提出了"合则两益，离则两损"的著名论断。④

于右任先生十一岁在其乡里入毛氏私塾，在那里从太夫子毛汉诗学习草书，练习王羲之的鹅字帖，乃习书之始。时值清末，读书人书法要求端正，以符合写考卷，故毛氏私塾教学生习字以赵体楷书为主，赵体形态平稳、工整，结构搭配匀称、端正，章法形式整齐、清朗，是理想的书法教材。于右任自然也不例外，以习楷书为主，草书则视为"业余"。民国初年，于右任因创办图书公司，经常与一些学者名流相往来，从一些收藏家和书贾那儿，见到了名目繁多的北朝碑帖，被那种遒劲峻拔、庄重茂密的北魏体所吸引，于是，他不遗余力地开始研究北魏书法，书法风格也为之一变，从欧颜柳赵四大家的墨迹中跨了出来，专攻魏体，为此不惜代价，多方搜求魏墓志、造像记等，甚至高价收买，因其中有夫妇成双的墓志七对，所以他的居室名曰："鸳鸯七志斋"，这些藏石名曰："鸳鸯七志斋藏石"。后来其大量的藏石都捐赠与西安碑

---

① 潘志新：《于右任的办报生涯》，载中国人民政治协商会议陕西省委员会等《于右任先生》，陕西人民出版社 1991 年版，第 42 页。
② 同上书，第 44 页。
③ 同上书，第 47 页。
④ 屈武：《于右任和国共合作》，载中国人民政治协商会议陕西省委员会等《于右任先生》，陕西人民出版社 1991 年版，第 11 页。

林，以飨世人。中年以后的于右任先生在一览北碑精华后，逐渐步入草书时期。他的初期草书仍然沿袭了写魏书的那种磅礴之气，用笔险劲峭拔，大刀阔斧，随着年岁渐高，渐入佳境，随意挥洒，心旷意远，信手拈来，皆成佳构，出于篆、隶、北碑却博采众家、陶铸万象，雍容大雅、变化雄奇。从先生留世的作品来看，确也"多体并用"而无瑕疵之嫌，充分体现了先生"不可拘泥"的书学思想。

如果说于右任先生此前的书法活动是其个人爱好，而后来的书法创新则多为他人着想，他认为"文字乃人类表现思想、发展生活之工具。其结构之巧拙，使用之难易，关于民族之前途者至切！"他感到汉字难认难写，为了"以求制作之便利，尽文化之功能，节省全体国民之时间，发扬全族传统之利器"，乃取百家之长，创立了"标准草书"，这对我国草书的普及、草书的发展，具有以启山林的作用。同样，于右任先生的书法文化活动也是自觉的，是有理论的，是很精辟的，只不过未成专著，散见于日常言论中罢了。如"写字是一种运动，也是一种乐趣""起笔不停止，落笔不作势，纯任自然""学书法不可不取法古人，亦不可拘泥于古人，就其爱好者习之，只要心摹手追，习之有恒，得其妙谛，即可任意变化，就不难自成一家"等。

文学和书法不但是中国传统文化中两种重要的形式，而且它们之间的渊源颇深。文学和书法从本源上就是在一块儿的，写文章的人不仅擅长使用文字，且能把一般的实用文字组合变成具有文学美的文章。一个文字本来也是实用的，但是把字写成具有构形的美感的艺术品时，它跟文学是具有同质性的。[①] 文学自书法之始便是其重要的表现内容之一，因为文学，书法的表情达意得以淋漓尽致；书法自诞生之始便是知识分子的文化标签之一，因为书法，文学的文化内涵更加深刻厚重。于右任先生挚爱中国传统文化，特别是文学文化和书法文化。这些使得闻名于世的书法家和著名的爱国诗人集于先生一身，书与文在他的作品中自然是难分难舍了。

对于书文之间的关系，于右任先生虽然没有明确的言论，但从其书法、文学的活动实践来看，他不但深明此理，而且深谙此道。从先生的书法作品来看，固然有许多的引诗择文，但自己创作的诗词名文，为数也确实不少，其中亦不乏传世佳作。从先生的书文作品内涵来看，文学和书法互为内容，作品的文化含量进一步丰富。先生的诗词就是一部自己的书法

---

① 王岳川、龚鹏程：《文化书法与文人书法——关于当代书法症候的生态文化对话》，《文艺争鸣》2010年第4期。

文化活动史，承载着他对中国书法文化深深的思考。先生的书法就是一部警世名言，寄托着他对中国传统文化坚定的信念。于右任先生认为，写字也是读书。[①] 先生的字或被悬于客厅，或挂于书室，或凿于名胜，或刻于古迹，既然要给很多人看，故动笔之前，要深思熟虑。写的是字，行的是文，抒的是情，故引用诗文先要查书，写诗要选诗，作文要择文，撰联要查《楹联丛话》等；自撰诗文更要斟酌字句，还要与主人的要求、身份和气质相宜，有的以赠诗句为好，有的以书格言为当，因人而异，不能雷同。写字也是读书，其实便强调了书法的"书卷气"，由此也恰当地处理了作品的表现内容和表现形式之间的关系，即文学和书法的关系。另外，对于艺术的大众化、艺术的创新，于右任先生在书文的实践中那是显而易见的。

二 与书法相关的文学类型

中国的文学史是一部漫长而又辉煌的历史，上下五千年文明古国的盛衰兴亡在其中舒卷，古今无数仁人志士的喜怒哀乐在其中歌诉，是中华文明值得自豪的瑰宝之一。最初由于社会生产活动过程中的需要，产生了口头流传的神话和歌谣，这些口头流传的神话和歌谣便是中国文学源泉之一，直到中国文字的产生，这种口头文学才发展成为书面文学，从此，在神话和歌谣的基础上，在中国文字的演变中，中国文学便以各种形式蔓延开来。从诗歌脱离乐舞到楚辞的出现，从先秦诸子散文到乐府汉赋、宋词元曲、明清小说，仅散文一类便包括政论、史论、传记、游记、书信、日记、奏疏、表、序等，近代以来，又出现新闻通讯、报告文学、随笔、杂文等，随着文学的发展，许多文体又自立门户，如新闻通讯、报告文学等，真可谓"百家争鸣、百花齐放"。这就是文学以其不同的形式表现人的内心情感和再现一定的社会生活。本节即以于右任书法文化为话题依据出发探讨与其有关的文学的主要类型。这里所涉及的于右任先生的诗文超出了纯诗文的文学范畴，是从"大文学"视野去观照其与书法文化的关联，包括于右任先生的楹联、名文、诗词、墓志、书论等。而所谓书法文化，是超越了书法或书法艺术的文化范畴，其相应的研究对象除了书法作品，还有书法理论与评论，装帧与传播以及书法与其他文化（汉字文化、文学艺术、政治经济、性别文化、建筑文化、旅游文化、宗教文化以及历史学、教育学、心理学、外交学或交际学等）交叉生成的边缘文化。总

---

① 许有成：《于右任传》，百花文艺出版社2007年版，第209页。

之,书法文化尤其是中国书法文化绝不局限于书法艺术本体。①

以诗文作者为依据,与于右任书法文化有关的文学分为两大类。第一类为引用类,即引用历史上的名言名诗名文。如于右任先生书《史记儒林列传申公传》《廉颇蔺相如列传》《般若波罗蜜多心经》《满江红》《正气歌》等;集句联如"以战则胜以守则固,大成若缺大盈若冲(老子《道德经》)""大道今无外,长生讵有涯"(唐·王维)、"弄竹试新月,披襟任好风"(宋·郑刚中)、"形静神不役(唐·皎然),功高剑有成"(唐·张蠙);条幅如"为天地立心,为生民立命,为往圣继绝学,为万世开太平"(宋·张载)、"冬天来了,春天还会远吗?"(英·雪莱)等。第二类为原创类,即于右任先生所创作的诗文。于右任先生作为著名爱国诗人,一生所创诗文颇多,与其书法文化有关的创作也为数不少,后文将选择列举,本节所探讨的书文之关系即以先生原创诗文为主。

以文学体裁为依据,与于右任书法文化有关的文学主要分为五大类。

第一,楹联类。

楹联,是人们熟知的独特的一种文学形式,因其多书写在楹柱之上,故名,也叫对联,自古有之,流传至今。楹联是由律诗的对偶句发展而来的,它保留着律诗的某些特点,要求对仗工整,平仄协调,仄起平收,但又不同于诗,较诗更为精练,句式灵活自由。楹联无论是言志抒情,还是写景咏物,都要求有较高的文字语言驾驭能力,才能以寥寥数语,做到文情并茂,神采兼备,给人以思想和艺术的美的感受。楹联以书法为表现形式,多为单行,也可换行,但必须由外侧向内侧换行书写,称之为"龙门对"。有的只注重内容,也可按中堂、条幅的形式书写。楹联的书体不受限制。楹联除了用于喜庆、祝福、颂赞等场合以外,还可以用于悼念逝者,以凝练的句式,概括亡者的事迹,寄托人们的哀思,这种楹联又叫挽联,通常采用两条的形式,并以悼念者亲自书写为敬。

于右任先生作为一代书法大师,书法作品不计其数,其中先生自作的楹联在他的作品里也为数不少。如于右任先生贺其恩师马相伯寿近期颐联"当全民族抗战之时,遥祝百龄,与将士同呼万岁。自新教育发萌而后,宏开复旦,论精神独有千秋";为其弟子姜树楷题联:"清修开世运,大业建书城";郑自毅的母亲因儿入狱遂信仰佛法,为子解脱,去世后,于右任先生寄来挽联"生天称佛母,报国有佳儿",后来又为郑自毅写草书一联:"一统山河壮,中兴岁月新";悼吴昌硕先生的挽联"诗书画而外,

---

① 李继凯:《论郭沫若与中国书法文化》,《现代中国文化与文学》2005年第2期。

复作印人,绝艺飞行全世界;元明清以来,及至民国,风流占尽百名家";悼郭英夫先生挽联"三事望中央,遗言无一语及私;一生为革命,难忘半载守乾州"等。其他撰联如"山川生韵事,金石志奇功""高松云气古,奇石浪纹斜"等。

第二,诗词类。

据统计,于右任先生一生,写的诗、词、曲近千首,民主主义革命时期,许多重大的历史问题与社会问题,在他的诗词里,得到了直接或间接的反映,而且题材非常广泛,羁旅行役、忧国伤时、咏物写景、思乡怀人、咏史怀古、赠友送别等无不收入先生笔下,其中,关联到书法文化的诗词也占了相当的比例,这在诗歌发展史上也是很少见到的。而且书法文化不仅仅是先生诗词的一个题材,记载了他一生的书法文化活动,更是凝结了先生对中国书法文化深深的感触与思考,从而大大地彰显了其诗歌的文化含量。

按其与书法文化的关系主要分为四类:①述志类。这一类诗词主要记述于右任先生有关书法文化的活动和感慨,如:"朝临《石门铭》,暮写《二十品》,辛苦集为文,夜夜泪湿枕。"① 其他的有《寻碑》《纪〈广武将军碑〉》《广武将军碑复出土歌》《刘家湾寻碑有感》《回思旧事增惆怅》等。②题赠类。这一类诗词主要是于右任先生书文的交际功能的体现,如《题〈岁寒三友图〉》其二:"松奇梅古竹潇洒,经酒陈诗廖哭声;润色江山一支笔,无聊来写此时情。"其他的如《题冯焕章训词手册》《题李啸风劫余剩稿》《书赠严文郁先生诗》等。③论书类。诗词论书,自古有之,作为诗人的于右任先生在此方面亦有佳作,并且其书论在书法史上也占有重要的地位,尤其是草书研究。如《写字歌》《题〈标准草书〉》等。④载体类。于右任先生绝大部分的诗文手稿是以毛笔书写而成,手稿是书法,书法是诗词的载体。如《民治学校园纪事诗》《追忆陕西靖国军及围城之役诸事》《闻日本投降作十首》《望大陆》等。

第三,名文类。

于右任先生一生所著的各类文章、著述及信函、尺牍难以计数,办报期间,便以文名世,及至后来,文名为诗名,尤其为书名所掩罢了。于右任先生的很多文章不但笔底生花,而且笔走龙蛇,如《颐渊诗集序》《先伯母房太夫人行述》《给南石嵩先生函》《审计部大楼重建记》等。其中,不乏珍贵手稿遗世,如诗歌《望大陆》,名文《于右任"宏道大学堂考

---

① 又作:"朝写《石门铭》,暮临《二十品》。竟夜集诗联,不知泪湿枕。"

卷"真迹》《清贤手札》等。

第四，墓志类。

墓志铭是古代一种悼念性的文体，一般由志和铭两部分组成，"志"多用散文撰写，叙述逝者的世系、姓名、籍贯、生平事略等，"铭"则用韵文概括全篇，精短活泼，或用骚体，或类五言、七言诗歌，或似佛家倡语，或同警世格言，妙语珠玑而不浮华，蕴藏哲理而不晦涩，主要是表示对逝者的悼念和赞颂。墓表，竖在墓前或墓道内，表彰逝者，故称。墓志铭、墓表都以书法、石刻为其表现形式，一般而言，书体不限。

于右任先生少年起练习书法，中年时曾精研北碑墓志、墓表，又兼其报人生涯、诗文功底，对写墓志可以说是一挥而就，晚年，就主要在写字、为人作序、墓志中度过。于右任先生为人墓志，并不局限于逝者的生平，还突出他们的贡献，有何特长，以及与他的交情。如在写丁维汾墓志铭时，并没有把他写成是一位单纯的政治活动家、国民党元老，还将其一生研究语言学的造诣，用聊聊百余字，概括无遗："先生幼承家学，邃于古韵，中年以后与章太炎刘申叔黄季刚往复商讨于古韵部类之析合，音准之辨正益精，而创获益多。一生精力，萃于毛诗、尔雅、方言三书，皆有著作。而其著作之柄要则在声音，即音求意，由意证音，取资方言，穷其流变，当其合处，爽露豁畅，不烦转释。前人诂经，重书证，先生则赠创重口证，于旧涂之外，别辟新涂，厥功伟矣。著述已整理成书者，曰毛诗解放、毛诗韵聿、尔雅释名、尔雅古韵表、方言译、俚语证古六种，五十余万言。"其他的如为其继母撰并书《富平仲贞刘先生墓志铭》，此铭为楷书，字迹遒劲，深得赵孟頫清遒奇逸风格之妙；撰并书《胡励生墓志铭》，此铭为楷书魏体，沉着端丽，为先生书法艺术之精品；撰并书《周君石笙墓铭》，此铭为行草书；撰并书《三原李雨田墓表》《先君新三公墓表》《无明英烈纪念碑》《王陆一墓志铭》等，皆为标准草书，都是精心之作（图43）。

第五，书论类。

中国书论源远流长，据目前所能看到的资料，书论最早出现在汉代，西汉大学者、文学家扬雄在他的《法言·问神》中提出的著名论说："书，心画也。"尤其是大书家蔡邕的《笔论》和《九势》在书论史上占有重要的地位。汉代以降，孙过庭的《书谱》、黄庭坚的《论书》、姜夔的《续书谱》、刘熙载的《艺概·书概》等都对中国书法的发展产生了深远的影响。于右任先生作为一代书法大师，不仅书法艺术炉火纯青，在书论方面，虽然著作不多，但从其一生书法文化活动中的只言片语来看，先

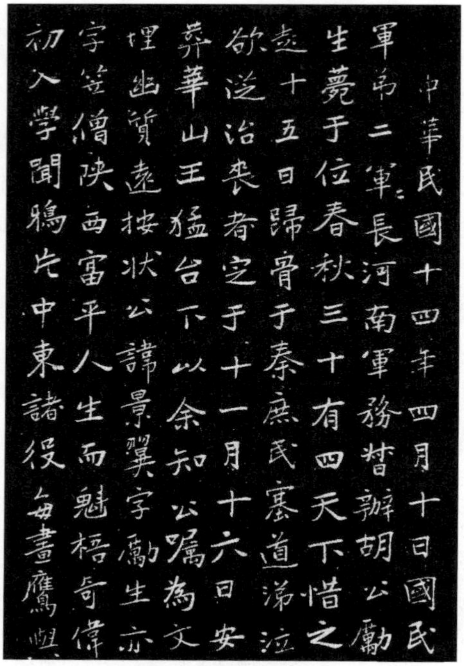
中華民國十四年四月十日國民
軍第二軍〻長河南軍務督辦胡公勵
生薨于位春秋三十有四天下惜之
越十五日歸骨于秦庶民塞道涕泣
欲從治喪者定于十一月十六日安
葬華山王猛台下以余知公囑為文
埋幽質遠按狀公諱景翼字勵生亦
字笠僧陝西富平人生而魁梧奇偉
初入學聞鴉片中東諸役每畫鷹與

图 43　于右任撰《胡励生墓志铭》

生的书法理论还是自觉的，并且见解颇深，影响极大，世所共知，除此而外，其书论亦具有极强的文学性，现从五个方面概括。

其一，对书法本质与功能的论述。

对于书法的本质，于右任先生认为，写字是一种运动，也是一种乐趣。他曾说："我喜欢写字，我觉得写字时有一种说不出的乐趣。我感到每个字都有它的神妙处，但是，这种神妙，只有在写草书时才有，若是其他字体，便失去了那种豪迈、奔放的逸趣。"① 无独有偶，他在回答陆铿时也说："写字是最好的运动，也是快乐的工作。"② 于右任先生 20 世纪 50 年代就为书法爱好者题词：写字为最快乐的事。

谈到书法的功能，于右任先生说："文字乃人类表现思想、发展生活之工具。其结构之巧拙，使用之难易，关于民族之前途者至切！现代各国印刷用楷，书写用草，已成通例；革命后之强国，更于文字之改进，不遗

---

① 许有成：《于右任传》，百花文艺出版社 2007 年版，第 209 页。

② 陆铿：《"于草"行两岸，书艺慰国魂》，载中国人民政治协商会议陕西省委员会等《于右任先生》，陕西人民出版社 1991 年版，第 169 页。

余力。传云：'工欲善其事，必先利其器。'此事虽细，可以喻大。且今之所谓器者，乃挟之与各国各族竞其优劣，观夫古今民族之强弱，国家之存亡，天演公例，良可畏也！然则广草书于天下，以求制作之便利，尽文化之功能，节省全体国民之时间，发扬全族传统之利器，岂非当今急务欤！"他认为"没有优良简便之文字，以为人类文化进展的工具，便不能立足于大地之上"，所以，现行各种草书应"以求制作之便利，尽文化之功能，节省全体国民之时间，发扬全族传统之利器，岂非当今急务欤！"[①]故创立"标准草书"。于右任先生还有这样一个论点支持他勤于作书，那便是：写字也是读书。

其二，对书法途径与方法的论述。

于右任先生给郑自毅讲书法的道理："书法是一种高尚的美术，要从篆隶楷书入手，然后入行草用笔，才有神韵。"[②] 在谈到学书心得时有文曰：余中年学书，每日仅记一字（即每日一个字写无数次），两三年间，可以执笔。此非妄言，实含至理；有志竟成，功在不舍，后之学人，当更易易……[③]对于书法的苦研精练，于氏直到逝世前还在日记中写道：我写不好，是什么原因？想来是不用心。[④]

于先生认为写字的要领是："顺乎自然。"他说："我写字没有任何禁忌，执笔、展纸、坐法，一切顺乎自然。平时我虽也时时留意别人的字，如何写就会好看，但是，在动笔的时候，我决不因为迁就美观而违反自然，因为自然本身就是一种美。你看，窗外的花、鸟、虫、草，无一不是顺乎自然而生，而无一不美。一个人的字，只要自然与熟练，不去故求美观，也就会自然美观的。"[⑤]他还说："行乎不得不行，止乎不得不止，因为自然之波澜以为波澜，乃为致文。泥古非也，拟古亦非也。无古人之气息，非也，画古人之面貌亦非也。以浩浩感慨之致，卷舒其间，是古是我，即古即我，乃为得之。"[⑥]亦有《写字歌》诗云：

  起笔不停止，落笔不作势，纯任自然。

---

① 于右任：《标准草书千字文自序》，载于右任《标准草书千字文》，巴蜀书社1986年版，第1页。
② 郑自毅：《于右任先生给我的启发教育》，载中国人民政治协商会议陕西省委员会等《于右任先生》，陕西人民出版社1991年版，第238页。
③ 屈新儒：《于右任别传》，人民文学出版社2002年版，第294页。
④ 许有成：《于右任传》，百花文艺出版社2007年版，第195页。
⑤ 同上书，第209页。
⑥ 安今尧：《千古草圣于右任》，北京文物出版社2010年版，第1页。

自迅速,自轻快,自美丽。吾有志焉而未逮。

其三,对书法气韵与神采的论述。

谈及各种字体的气韵与神采,史上的书法评论都有其精彩的比喻,于右任先生也对各种字体有一妙喻:楷书如步行,行书如乘轮船,草书如乘飞机。

其四,对书法继承与创新的论述。

关于书法,于右任先生反对模拟,认为那样是学不好的。他对有的人学他的草书只顾形似而不求神似,告诫道:"照猫画虎是不行的。"并说:"学我不能先摩我,要临我学的那些碑帖,这样才能学好。"① 对于书法艺术的继承与创新,于右任先生还曾对郑自毅说:"学书法不可不取法古人,亦不可拘泥于古人,就其爱好者习之,只要心摹手追,习之有恒,得其妙谛,即可任意变化,就不难自成一家。"②

其五,对书法品评与鉴赏的论述。

如于右任先生在完成"标准草书"时认为,"二王"草书虽美,但在草书的组织结构上,有些字当时以及后来的书法家,都有更进一步的写法。他说"章草"有"三长":利用符号,一长也;字字独立,二长也;一字万同,三长也。再如他说"今草":重形联,去波磔,符号之用加多,使转之运益敏,大令所谓穷伪略之理,极草纵之致者,最为得之。又如他说"狂草":草书中之美术品也。其为法,重词联,师自然,以诡异鸣高,以博变为能。"太和馆本急就章"书写方法太落后,许多字是"死"字,与先生之"活"的要义相悖。

三 与文学有关的书法类型

书法也是中国传统文化中重要的形式之一,无论是文人修身养性的"琴、棋、书、画",还是号称四大国粹的"武术、中医、书法、京剧",书法都占据了极其重要的一席,书法以其极具重要的文化形式,渗透到了老百姓生活中的几乎各个方面,形成了蔚为壮观的包括了技术性层面的书艺在内却并非局限于此的书法文化体系。如书法文化与汉字文化、书法文化与中国文学、书法文化与中国画、书法文化与篆刻、书法文化与景观文

---

① 李楚材:《回忆于右任先生二三事》,载中国人民政治协商会议陕西省委员会等《于右任先生》,陕西人民出版社1991年版,第162页。

② 郑自毅:《于右任先生给我的启发教育》,载中国人民政治协商会议陕西省委员会等《于右任先生》,陕西人民出版社1991年版,第238页。

化、书法文化与中国建筑、书法文化与宗教文化、书法文化与饮食文化等。在此拟以于右任诗文为主要着眼点总结其书法文化活动,概括其书法文化的主要类型,而这里所涉及的于右任诗文亦超出了纯诗文的文学范畴,是从"大文学"视野去观照其与书法文化的关联性的。

国画类:题画书法是于右任的一个选项。

书法与国画的联系,非常密切,有所谓的"书画本来同源"之说,可资为证。即使发展到今天的中国画也离不开书法,在中国书画历史上,既是书法家又是画家的不乏其人。于右任先生虽非画家,但其书法活动也与中国画有关联。比如,1928 年,于右任与何香凝、经亨颐、陈树人发起组织"寒之友"社,该社名旗帜鲜明,寓意深长,松竹经冬而不凋,梅花斗寒而竞放。是时,何香凝、经亨颐、陈树人合作,于尺幅之间,经画修竹,陈绘奇松,何描古梅,组成一幅"岁寒三友图",于右任不长丹青,但书法闻名,遂作诗题款,当仁不让,题诗如下:

一

　　紫金山上中山墓,扫墓来时岁已寒;万物昭苏雷启蛰,画图留给后人看。

二

　　松奇梅古竹潇洒,经酒陈诗廖哭声;润色江山一支笔,无聊来写此时情。

30 年后,于右任先生因缘得此图中堂一帧,欣赏之余发现诗的最后一句遗漏一"时"字,因而补书,并系之以诗:

一

　　三十余年补一字,完成题画岁寒诗。于今回念寒三友,泉下经陈知不知?

二

　　破碎河山容再造,凋零师友记同游。中山陵树年年老,扫墓于郎已白头。

诗成之后,内外盛传。何香凝等人有步原韵的和诗数首。其他的如《题张大千绘赠黄君璧白云堂图》,送爱女《题白龙山人青云直上图》,参观敦煌后有《敦煌纪事八首》,国立敦煌艺术研究所成立后,于右任先生当场吟诗两首,之后又作《万佛峡纪行诗》四首等。

刻印类:书家离不开用印,于右任也不例外。

于右任先生一生用过很多印章,这些印章多为名家所刻,不仅构图古朴,而且写意深邃,耐人寻味。如金石家赵古泥先生所制"关中于氏""大风"等,赵古泥作古后,于右任先生专为其题诗两首:

> 石作剥残神亦到,字求平正法仍严。缶翁门下提刀者,四顾何人似赵髯?
>
> 尚父湖波荡夕阳,扁舟载酒意难忘。回思十七年来事,惆怅江南又陨霜。

书画家、篆刻家吴昌硕先生所刻"右任""半哭半笑楼主""啼血乾坤一杜鹃、关中于氏"对章等,吴昌硕先生辞世后,于右任书写挽联:"诗书画而外,复作印人,绝艺飞行全世界;元明清以来,及至民国,风流占尽百名家。"其他的还有"太平老人""鸳鸯七志斋""我生无田食破砚"等,皆有深意。于右任为人所撰所书墓志、墓表而形成的石刻,更是不少,前文已有部分提及。

景观类:书法家与景观的关联不仅是赏景,其题字书联也会添景。

于右任百忙之余,尤其是政治上不如意之时,总喜欢寄情于灵山秀水,抒怀于古刹名楼。如他为南京灵谷寺题联:"古寺名灵谷,高僧有志公";为南京明孝陵题词:"与钟山不朽,为民族争光";为留侯庙题石刻对联:"辞汉万户,送秦一椎",木刻对联:"不从赤松子,安报黄石公";至开封龙亭,则题:"七代迹陈帝王梦破,中原天晓民众登坛";游灌县青城山的黄帝祠,题写的楹联:"启草昧而兴,有四百兆儿孙,飞腾世界;问龙跃何道,是五千年文化,翊卫神州。"

建筑类:各种建筑也常有书家的生命留痕,或研究其文字遗迹,或题写匾额等。建筑之上,于右任也留下了他的墨迹。

于右任为了研究魏碑,保护古代碑刻,曾呕心沥血,不惜代价,多方搜求魏墓志、造像记等。经过二十年的搜索,耗资十余万银元,陆续收到汉熹平石经一块,北魏及各朝墓志三百余方。因其中有夫妇成双的墓志七对,所以他的居室名曰:"鸳鸯七志斋",这些藏石名之曰:"鸳鸯七志斋藏石"。于右任还为汉中古汉台题写"园林无情"匾额,为洋县蔡伦墓题写"蔡侯之墓"。当年,为了团结各界人士抗战,应人要求,多书写市招和校牌名,在重庆的闹市都邮街、夫子池、小十字、邹容路和民生路一带，于右任所写的市招，一眼望去，比比皆是。

教育类：于右任致力于文教之事多矣，书迹可资为证。

提及教育，于右任先生先后创办或参与创办复旦公学、中国公学、上海大学和西北农林专科学校等高等学校，创办民治小学、渭北中学、女子中学、新三中学等初级学校，为教育大家。这些学校大部分的校名及校训都由先生亲笔书写。如：校名"国立复旦大学"，复旦校训"博学而笃志，切问而近思"；为台湾同学会（校友会）题词："复旦精神，勇往迈进"；为西北农林专科学校题写："西北农林"校名和"农专"建筑用砖；在其故里亲书"民治小学校"校牌等。当年，为了团结各界人士抗战，应人要求，多书写市招和校牌名，学校请他题写的校牌，也数以百计。民国十六年四月三日，于右任先生还亲书陕西革命教育宗旨："陕西以培养国民革命实际斗争人才，实现民族、民权、民生主义，达到世界革命为宗旨。"复旦校友黄季陆去台后，掌管教育，一次特地拜访于右任先生，请他书赠数语："怎样才能搞好教育？"作为座右铭，于右任先生挥笔题写"将中国道德文化从根救起，把西洋科学文明迎头赶上"相赠。台湾明新技术学校创办人李鸿超因办学之事向先生请教，先生听完李的汇报后，沉思片刻，提笔书写"以三省思过，以百忍容人，以万夫不当之勇创业"条幅相赠。

宗教类：宗教与文艺有密切关系，与民生也有关联，从于先生的书法中，也可以了解其通达的宗教观。

如前所述，书法以其极具重要的文化形式，渗透到了老百姓生活中的几乎各个方面，宗教也不例外，于右任先生曾手书《般若波罗蜜多心经》，西安存天阁曾展出其书品："圣经中的古希伯来诗并不和我们的诗一样是用韵和调平仄的，希伯来诗的根本是词句并行，或是二者皆并行，或是思想并行。"据此，先生得出心得："圣经味淡，百读不厌"。于右任先生还应基督教教友之邀题："绝对的诚实绝对的无私，绝对的纯洁绝对的仁爱。"

外交类："书法外交"在于先生这里已经用至佳境。

于右任先生身为党国领导人，接待、宴请国外来访者无数，其中有诗文或书法相赠的也为数不少。如赠菲律宾忠义堂回国祝寿观光团团长陈炎水先生"风雨一杯酒，江山万里心"楹联；为美国哥伦比亚大学新闻学院题写"世界春秋"条幅；为其日本弟子金泽子卿新屋落成书"宝于草堂"匾额等等。这样的书法外交既经济实惠，也高雅别致。

四 于右任书文的相互关系

　　文体是作家表情达意的一种形式，而它本身就是在实际中日趋复杂，诗由四言而五言六言七言；乐府、古风而格律诗而长短句而自由体；诗而赋而散文而小说、戏剧，然后有以小说为基础的电影、电视连续剧等等。不同的文体恰如其分地表达了不同的内容，影响文体的因素很多，书法文化便是其中重要的一个。因其书法的介入，于右任先生的诗文也就不仅仅局限于案头的纯文学写作，而使其创作领域更加开阔，诗文的文体类型大大拓展，须从"大文学"的视野去考究。同样，因其诗文的介入，于右任先生书法作品的表现内容大大拓展，以此为标准的书法作品类型也不拘一格，一生所撰并书的楹联、诗词、名文、墓志、书论无数。文学作品的类型就是在实际应用中不断丰富起来的，而作为整个社会生活，文学与书法是不可或缺的，那么，他们在是实际的应用中无形地拓展了文学作品的类型，那也是自然的了。

　　于右任先生的诗文，以旧体诗词为主，然而难能可贵的是，于右任先生在旧体诗词内容、形式方面的革新提出了许多具体的设想，并付诸实践，其中，题材的拓展是很重要的一方面。于右任先生诗文的题材多种多样，羁旅行役、忧国伤时、咏物写景、思乡怀人、咏史怀古、赠友送别等无不收入先生笔下，而往往被大家所忽略的就是他以书法文化为题材的诗文。自古以来，诗文论书，书写诗文，司空见惯，不胜枚举，然而以书法文化为题材的文学创作，并不多见，像于右任先生这样，在他的诗文里大量书写其书法文化活动，则少之又少。纵观于右任先生此类诗文，那是先生一生书法文化活动的真实写照。

　　于右任先生从小就与书法结下了不解之缘，他的师塾老师毛汉师、毛班香父子对其影响很大，他后来回忆毛汉师先生写王羲之的"十七鹅"时写道：

　　　　太夫子喜为人作草书，其所写的王羲之的"十七鹅"，每一个鹅字，飞、行、坐、卧、偃、仰、正、侧，各个不同，字中有画，画中有字，皆宛然形似，不知原本从何而来，当时我也能学写一两个……

　　此为先生习行书、草书之始，后因科举应试，以习楷书为主。民国初年，开始潜心钻研魏碑，他经常反复临写《石门铭》《龙门十二品》，其中的苦乐，曾经在诗中写道（图44）：

朝临《石门铭》，暮写《二十品》，辛苦集为文，夜夜泪湿枕。

图44　《龙门十二品》

由于研习书法，先生倾其所有收藏碑石，使国家珍贵文物得以保存，功不可没，且看《纪〈广武将军碑〉》：

广武碑何处？彭衙认藓痕。地当苍圣庙，石在史官村。部大官难考，夫蒙城尚存。军中偏有暇，稽古送黄昏。

再看《寻碑》：

杖寻碑去，城南日往还！水沉千福寺，云掩五台山；洗涤摩崖上，徘徊造像间。愁来且乘兴，得失两开颜。

其他的如《广武将军碑复出土歌》《刘家湾寻碑有感》《回思旧事增惆怅》等，也都为保存书法文化遗产做出了贡献。

先生不仅保护碑石，更爱惜书法人才，在后来先生广为征集草书法帖时，因缘际会，得以发现一位埋没穷山的章草书法奇才王世镗先生。此人后经先生电邀至南京，竟令先生觉得相见恨晚，先生尽出其所藏以飨此人，并予以检察院参事名义，可惜，此人来京仅两年即不幸逝世，先生悲其客死金陵，赠墓地葬于南京牛首山，与清末民初大书法家李梅庵之墓为邻，并题诗四首以为吊唁：

一

虞公臂痛兴犹酣，白首埋名亦自甘。《稿诀》歌成前数定，汉南不死死江南。

二

三百年来笔一支，不为索靖即张芝；流沙万简难全见，遗恨茫茫绝命词！

三

多君大度迈群伦，得毁翻欣赏鉴真。一段离奇章草案，都因爱古薄今人。

四

牛首晴云掩上京，玉梅庵外万花迎。青山又伴王章武，一代书家两主盟。

于先生并没有以能写自成一体的魏书而故步自封，在吸取北碑精华后，步入写草书时期。在这一过程中，他感到汉字的草书太难认难写，为了便利之故，乃取百家草书之长，创立标准草书，先生亲自作了《标准草书自序》：

文字乃人类表现思想、发展生活之工具。其结构之巧拙，使用之难易，关于民族之前途者至切！现代各国印刷用楷，书写用草，已成通例；革命后之强国，更于文字之改进，不遗余力。传云："工欲善其事，必先利其器。"此事虽细，可以喻大。且今之所谓器者，乃挟之与各国各族竞其优劣，观夫古今民族之强弱，国家之存亡，天演公例，良可畏也！然则广草书于天下，以求制作之便利，尽文化之功能，节省全体国民之时间，发扬全族传统之利器，岂非当今急务欤！

隋唐以来，学书者率从千文习起，因之草书名家多有千文传世，故草书社选标准之字，不能不求之于历来草圣，更不能不先之于草圣千文。一因名作聚会，人献其长，选者利益，增多比较；一因习用之字，大半已俱，章法既立，触类易通。斯旨定后，乃立原则：曰易识，曰易写，曰准确，曰美丽，依此四则，以为取舍。字无论其为章为今为狂，人无论其为随为显，物无论其为纸帛、为砖石、为竹木简，唯期以众人之所欣赏者，救灾供众人之用；并期经此整理，习之者由苦而乐，用之者由分立而统一，此则作者唯一之希望也。

除此以外，还赋词《题〈标准草书〉》一首：

草书文学，是中华民族自强工具。甲骨而还增篆隶，各有悬针垂露。汉简流沙，唐经石窟，演进尤无数。章今狂在，沉埋久矣谁顾！
试问世界人民，寸阴能惜，急急缘何故？同此时间同此手，效率谁臻高度？符号神奇，髯翁发见，秘诀思传付。敬招同志，来为学术开路。

于右任书文在实际应用中类型相互拓展，密切了文学与书法的关联，使不同的艺术之间相互融合，彼此相长。

同时，我们也要看到于右任的书文内涵确实相当丰富。一部优秀的文学作品，究其原因是多方面的，其中它所彰显出来的文化内涵是很重要的，正是因此而增加了文学作品的厚重性，虽其具体形式因人而异，但其本质却始终如一。自古以来，中国优秀的文学作品无不是在浓厚的民族情感、深切的人文关怀、沉甸甸的文化意识中得以生生不息，那种不能为个人和社会提供反思的作品是没有价值的，是经不起历史的考验的，相比而言，当下红透了的部分（网络）文学很大的因素是以方便快捷的手段和生动刺激的情节取胜，缺乏的恰恰是这沉甸甸的文化内涵。于右任先生的诗文不仅仅因书法文化而题材大大拓展，书写了他几乎各方面的书法文化活动，其内涵也进一步丰富，将中国悠久的文化特别是书法文化内涵恰如其分地赋予其中，不仅展现了中国传统书法文化的魅力，表达了对中国传统文化的热爱，更体现了其对中国传统书法文化的反思和深深的忧患意识。

《石门铭》全称《泰山羊祉开复石门铭》，是为纪念北魏羊祉重修陕西汉中褒斜道而作，王远丹书，著名石匠武阿仁精刻，乃魏碑之精品。《二十品》即北魏龙门造像记二十种，其内容大多为王侯将相歌功颂德或祈福消灾之文，是魏碑书法的代表之作；"辛苦集为文，夜夜泪湿枕。"于右任先生不仅仅是为练字的辛苦和为文的不易而流泪，更是"心忧天下"而流泪。再如《敦煌纪事八首》其六：

斯氏伯氏去多时，东窟西窟亦可悲！敦煌学已名天下，中国学人知不知？

敦煌学无用多言，斯氏伯氏即英国的斯坦因和法国的伯希和，两人都以考古为名，窜入敦煌盗取了不少文物。此诗不仅表达了于右任先生急切希望重视敦煌艺术宝库的保护与研究的心情，更是对西方列强之强盗行径及国人面对历史遗留的优秀文化之愚昧落后的痛心疾首。先生返回后立即向当局提出"设立敦煌艺术学院以期保存东方各民族文化而资发扬事"之建议案，此事不再赘述。于右任先生此类诗词从艺术上来看，并无多少创新，但从其所蕴含的文化来看，作为史诗，并无过誉之嫌，书法文化的蕴含量是相当可观的。

一幅有代表性的书法作品，其成功究其原因也是多方面的，但就单纯从书法作品本身而论，无非是由作品的表现内容、章法，书写技艺，印鉴之妙和装裱之美所决定的。其中，表现内容极为重要，它可以说是书法作品的灵魂。在书法创作的过程中，书家首先考虑的就是书写的内容，内容决定形式，尤其是思想内容，它是书法创作的源泉，书家只有确立了鲜明的思想内容，才能选择更好的表现形式，文词所表现出来的内容只有和富有特性的书写形式相结合，才能起到事半功倍的艺术效果。金开诚先生就认为，写无意义的单字群，非常不智；又因不合欣赏的传统与习惯，会严重削弱审美效果。[1] 启功先生也说过，书法不能脱离文辞而独立存在，即使只写一个字，那一个字也必有它的意义。[2] 因此，书法的表现内容以内涵丰富的诗文为主已然成形，从几个字的成语俗语、名言警句，到诗词歌赋，以及楹联、散文、传记、游记、文献等等，凡属于文学方面的内容，都在书法的表现之列。例如老子、孔子、孟子、庄子等诸子百家的语录名言；诗经、楚辞、汉赋、乐府、唐诗、宋词、元曲等历代诗歌均属书法的表现范围，近年来，还有人把书法所表现的内容延伸至小说、名著（不少书法爱好者，花上几年时间，抄写古代文学名著《红楼梦》《三国演义》等），甚至党的文献（例如党的十八大文献）。书法在彰显一种技艺的同时，还在传播着一种文化，并且不局限于单个的汉字文化，而是包括了书写的内涵、书写的境界等，而这一内涵的承载，又非诗文不可。进一

---

[1] 金开诚：《中国书法艺术与传统文化》，载王岳川《中外书法名家讲演录》（下），北京大学出版社 2008 年版，第 306 页。

[2] 启功：《谈诗书画的关系》，载沈培方选编《启功论艺》，上海书画出版社 2010 年版，第 258 页。

步说，诗文不仅仅是书法家最重要的表现内容，而且将丰富的情感内容外传到书法的情感线条中，使得以线表情的书法成为中华民族深层心理的艺术范式，并禀有了独特的文化意蕴。① 从现在的欣赏者角度来说，早已不是单一的作品欣赏，更重要的是为了获得更多的知识，更多的美感，多方位地陶冶自己的情操，这就需要书家从作品的内容等方面进行创新，换言之，需要书家不断提高自己的文学修养，不仅会书写历代名言绝唱，而且会撰写出符合此情此景的名文佳作。流传至今的经典佳作大都是书法之美和文辞之美的相互融合，相互彰显。能被誉为"三大行书"，书法之技艺自不必说，这些杰出作品的不可重复性，还表现在书作表达作品内容的特殊性。②《兰亭集序》对人之生死、修短随化的感叹，其文清新优美；《祭侄文稿》悲愤之情倾于笔端，一气呵成；《寒食帖》的人生之叹，苍凉多情，这些都是作者真实的情感写照，充分体现了其深厚的文学素养和高超的艺术造诣。为此，北大提出了"文化书法"的概念，其实质无非就是在强调书法的表现内容，即文化内涵，有学者还认为，文化是书法的核心，虽有争议，但也足见诗文作为文化载体的重要性。

纵观于右任先生的书文作品，在书文这种关系的结合上，一般作家、书家确难以望其项背。其书文作品处处透露着浓厚的历史文化气息，其文词内容的表达与书法美的追求水乳交融、合而为一。于右任先生书法作品的表现内容，很大一部分为自作诗文，如于右任先生为南洋侨胞供奉的关帝庙题联：

忠义二字团结了中华儿女；春秋一书代表着民族精神。

于右任先生考虑到侨胞已移民数代，大多数人不谙古汉语，因此写的是白话对联。侨胞又因远离祖国和亲人，平时有赖互助互济，故对桃园三结义的关羽，颇为尊重，视为"关帝"，礼拜甚勤。而关帝庙中的关羽塑像，正手持《春秋》夜读。于右任先生据此撰书这副对联，古为今用，赋予新意，寥寥数语承载了无尽的内涵，得到了当地侨胞的好评。1929年于右任先生曾为南京灵谷寺题写一联："圣地开灵谷，高僧有志公。"后有游客评头论足，先生得知后，恐有败笔遗留后人，特命人取回改为："古寺名灵谷，高僧有志公。"那位游客再次看到此联时，为之折服。其

---

① 王岳川：《书法文化精神》，北京大学出版社2008年版，第107页。
② 《沈鹏书画谈》，人民美术出版社1997年版，第79页。

他的如"有灵为我促杨虎,多难思君吊木兰""著作有千秋,此去震惊世界;精神昭百代,再来造福人群"等。于右任先生写字,选诗择文也是如此,非常注重作品的内涵,往往写好后,又把它撕掉,原因并不是字写得不好,而是发现所选的诗文不好,或者思想内容失去了时代气息。稍微留意一下汇编成册的于右任先生的书法作品,我们不难发现,它是一部具有积极进取精神的人生哲理的汇编,由此可见,先生给人写的条幅、对联、中堂、斗方,乃至扇面,并不是为了炫耀自己的书法,而是为了鼓励别人爱国、敬业、好学、进取。他写的书品,无论是古人的、今人的,还是自撰的,都含有教育、勉励、启示、慰藉的成分,其用心良苦是不言而喻的。先生一生写得最多的条幅,是"为万世开太平"六个字,约两千幅。其他的如"清平天下望;博大圣人心""出为天下利;入读圣人书""与人乐其乐;为世平不平""心积和平气;手成天地功""吃尽苦中苦;不为人上人""无私乃天道;不役是人伦"等。

  总之,于右任先生的书文互为内容,文因书而绚烂,书以文更恢宏,这是一种自然的升华。

  再看于右任的书文风格。内容决定形式,形式影响内容,作为书法表现内容的诗文风格和书法的艺术风格自然也不例外。从书文所表现出来的整体特征来看,律诗与绝句好像楷书,在乎形式,讲究工整;词与赋如同行书,长短不一,汪洋恣肆;自由体的诗恰似草书,豪迈奔放而又严谨细腻(图45)。从书法的表现内容(诗文)来看,它表现的喜悦、悲伤、缠绵、雄壮等不同情感,也有着不同的风格,决定了书法不同的艺术风格,甚至书体,以便书写的内容与书写的形式相映成趣,增强作品的艺术感染力。岳飞的《满江红》是一气呵成、豪放悲壮,不宜用篆书、楷书等书写,而要用草书,且笔笔相连为佳;同为王羲之行书,《丧乱帖》与《兰亭序》又不一样,前者为悲郁之作,笔触轻重缓急极富变化,字体先行后草大小不一,而后者为欣悦之作,行云流水,遒媚劲健。由此可见,书文风格,关系密切,处理得当,交相辉映。再从人、文、书整体来看,太白作书,新鲜秀活,出尘脱俗,飘飘乎有仙气;杜牧行草,气格雄健,与其文章相表里;周作人、汪曾祺的字秀淡闲雅,一如其文,更似其人;老舍、叶绍钧

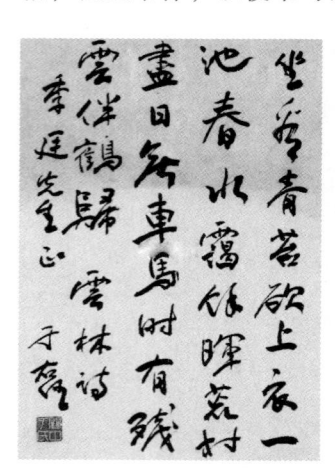

图45 于右任书法

周正严谨,最擅楷书。这就表明,在文学艺术与书法文化的思维方式和艺术面貌等方面,确实存在着某些契合之处。

于右任先生的很多诗文和书品,无论单个论之,还是结合而看,透露出极富个性的风格。自少时学诗起,先生便觉得所谓学诗的"范本"不大对劲,起初对作诗不感兴趣,直到在毛先生的书架上发现文天祥和谢枋得的两册诗集残本,试读之后,只觉得"声调激越,意气高昂,满纸的家国兴亡之感",加上当代进步学者朱佛光等人的熏陶,民族意识从此在先生的心理扎了根,又当内忧外患之际,他不仅诗兴大发,从此领悟了作诗的门径,一发而不可收拾。于右任先生的诗多感时忧世之痛,民生疾苦之呼,疾恶如仇之愤,故国河山之恋,绝无风花雪月、无病呻吟之作,而其逸趣豪情,始终却以爱国为中心,先生对爱国诗人陆游特别推崇,曾有诗句云:"近来进步毫无趣,诗意凭陵陆剑南。"吴宓教授半个世纪前论及先生的诗曾说:于诗"苍凉悲壮,劲直雄浑,而回肠荡气,感人至深,在今自成一格,可比昔之辛稼轩、陆放翁"。在台湾的老学人胡秋原则说:"先生之诗,沉郁豪放,其锤炼杜陆而来乎?痛生民之多艰,而无一语自伤,而喜道从军之乐,犹似放翁。'持节求民瘼,寻诗访战场。'此二语殆先生全部精神之写照。"[①] 以诗为证,可见一斑:

和朱佛光先生步施州狂客原韵
愿力推开老亚洲,梦中歌哭未曾休。人权公对文明敌,世事私怀破坏忧。
偶尔题诗思问世,时闻落叶可惊秋。太平思想何由见?革命才能不自囚。

灞桥
吾戴吾头竟入关,杜鹃声里一开颜。灞桥两岸青青柳,曾见亡人几个还?

谒成陵
兴隆山畔高歌,曾瞻无敌金戈。遗诏焚香读过,大王问我:"几时收复山河?"

《和朱佛光先生步施州狂客原韵》明确提出,只有革命才能求得民族解放,才能天下太平,诗歌视域开阔,气势非凡;《灞桥》表明了先生不

---

① 许有成:《于右任传》,百花文艺出版社2007年版,第174页。

怕牺牲的革命英雄气概；《谒成陵》更是将先生之雄心壮志和豪放气概一展无余。同时，因为中国当时水深火热的社会现实和于右任先生壮志难酬的抑郁情怀，先生的诗在豪情壮志之外，又平添了几许悲壮。

于右任先生在诗文上的豪放气概在书法作品上的表现依然。于右任先生书法的技艺从赵孟頫入手，以魏碑为基础，大体可分为两个阶段，一是行楷书，中宫紧凑，结构多变，随便的不经意间有一种奇绝、从容、大气效果；二是标准草书，笔笔中锋，墨酣力足，给人一种饱满雄浑的感觉。如《胡励生墓志铭》，此铭为楷书魏体，沉着端丽，为先生书法艺术之精品；《三原李雨田墓表》《先君新三公墓表》《无明英烈纪念碑》《王陆一墓志铭》等，皆为标准草书。于右任先生书品的表现内容如前文所述，非常注重其内涵（如他书写的《正气歌》《满江红》《茅屋为秋风所破歌》，条幅"为万世开太平""出为天下利；入读圣人书""与人乐其乐；为世平不平"等)，而无论是选诗择文，还是自撰诗文，其内容都会表现出一种豪放之气。在于右任先生的书法作品里，多有反映他反帝反封建、爱国反军阀、抗暴反独裁的内容，使其书法作品既有思想性，又有艺术性。站在先生的书法作品面前，隐隐会感觉到一种逼人的磅礴气势，一种强悍奇绝的性格，不仅获得书法艺术的美的享受，更受到了正气精神的感染。于右任先生的字具有了"达其性情、形其哀乐"，进入写意、抒情的高度艺术境界，欣赏他的书法，就像吟诵文天祥《正气歌》、岳飞《满江红》、苏东坡《赤壁怀古》，也像聆听《十面埋伏》，自有一种豪气。[①] 先生也曾说："我喜欢写字，我觉得写字时有一种说不出的乐趣。我感到每个字都有它的神妙处，但是，这种神妙，只有在写草书时才有，若是其他字体，便失去了那种豪迈、奔放的逸趣。"[②] 这虽是谈书法，笔者以为，诗文也一样，作品的风格都是作家心性的外在表现，于右任先生对这种豪迈风格的追求已经成为一种自然。书文风格相互影响，相互彰显，正所谓"写《乐毅》则情多怫郁；书《画赞》则意涉瑰奇；《黄庭经》则怡怿虚无；《太史箴》又纵横争折；暨乎《兰亭》兴集，思逸神超，私门诫誓，情拘志惨"。[③] 文学内容所表现的种种情感波澜在书法的"点画线条上，有起有伏，有收有放，有高潮有低潮；力度上有强有弱，有刚有柔；速度上有急有缓，有断有续；感情上有紧张有松弛"。[④]

[①] 钟明善：《于右任书法艺术管窥》，西安交通大学出版社2007年版，第97页。
[②] 许有成：《于右任传》，百花文艺出版社2007年版，第209页。
[③] 孙过庭：《书谱序》，上海书店出版社2012年版，第34页。
[④] 沃兴华：《中国书法》，上海古籍出版社1995年版，第8页。

于右任先生在字里行间处处透露着家乡黄土塬的壮大辽阔；家乡秦腔的粗犷豪迈；西北人特有的大道雄强、磅礴无极。

还应特别注意其书文作品合二为一的现象。书法作为文学的载体，文学作为书法的表现内容，再加上艺术的互通性，作家的文稿、书札、家信等，既是文学作品，又是书法作品。书家的书法精品往往是书法美与文学美的统一，都具有了复合特征的"第三种文本"。历史上的《兰亭集序》《祭侄文稿》《丧乱帖》等，其文文采流动，其书韵趣盎然，文学内容所蕴含的精神和书法的形式契合无间，成为经典。及至现代，作家书法的总体优势或最大优势和特色其实就在于手稿书法、书札艺术，而非一般书家所精通的中堂、对联、条幅、斗方、横幅等特别讲究的书法艺术形式。从宏观角度看，这"第三种文本"扩展了现代文学的存在方式，并成为"中国制造"的艺术文化可持续发展的一股重要力量与一种活力资源；微观细察，亦可领路现代作家与书法文化的融合，体现着文学介入书法、书法传播文学的文化特征以及多种文化功能。[①]于右任先生从小接触书法，到后来研习书法，再到后来成为书法大师，毛笔可以说是与他结下了深厚的感情，同时，于右任先生又是一位爱国诗人，写字作文陪伴了先生一生，其手迹文稿从文学与书法关系的角度看绝大多数不仅互为内容、互为载体，更是文学与书法的"复合体"。

从于右任先生一生写字作文，甚至是日记、家书的习惯来看，先生绝大部分的诗文以毛笔书写而成，可惜现存手稿极少，但从现存于右任先生书法作品来看，自作诗文也为数不少，如《民治学校园纪事诗》《中吕醉高歌·追忆陕西靖国军及围城之役诸事》《中吕醉高歌·闻日本投降作十首》等近百首，诗词内容感人至深，诗歌艺术以旧创新，书写笔走龙蛇、不拘一格。如《闻日本乞降（十首）》（第十首）：

自由成长如何？大战方收战果。中华民族争相贺，王道干城是我。

抗战胜利，诗人无比激动，夜不能寐，寄情于诗。从文学方面来看，这首诗从抗战以前中华儿女为自由而浴血奋战写起，直到取得胜利，中华儿女争相祝贺，庆祝为争取民族大同、民族平等的胜利。"王道干城"化用孙中山先生语可谓画龙点睛。此诗先生采用了曲牌《中吕·醉高歌》，依曲填词，自然贴切。其用韵舍旧而采新，即"现代的国语"，这是于右

---

① 李继凯：《书法文化与中国现代作家》，《中国社会科学》2010年第4期。

任先生主张诗歌"时代化""大众化"的具体实践,他曾说:"对于今人写旧体诗应用现代韵,……死抱《佩文诗韵》不放,……这至少是一种迂执的偏见。"① 从书法方面来看,该诗以标准草书为之,可谓字字标准,笔笔皆活,形断意连,一笔三折,时纵时敛,起伏跌宕,变化无穷,加之心情激动,点线之中自有激越之情,诗情墨趣,交相辉映,至精至妙之品也。

1956年夏,先生为李仪祉全集出版作序,序长近千字,先叙述而后议论、抒情,除称颂李仪祉功德外,着眼于劝人为学,并以青年时代未能学一专长悔恨自责,读之感人至深:

泾阳味经书院为西北开风气之最早者,蒲城李仪祉三原茹怀西与余同肄业其中,一日步行偕往三原,其时天旱连年,途中怀西曰要人工造雨,仪祉曰兴水利可也。此后余主持商州中学,约仪祉为之助。嗣仪祉被选送入北京大学,及余在上海办报,仪祉赴德国留学,习水利以救国,其志不移。在德国每函余说明德国学校之情形,并劝余及时求学,谓中国之前途,非有真实学问不能负荷,要富强中国,先要充实自己云云。及仪祉毕业归国,从事教育,成就甚大,所设计八惠工程,泾渭两渠先成,关中灌溉受其益者十余县。对黄河长江淮河计划初步完成,而仪祉病,其时抗战军兴,余报国无术,始悟故人当时殷殷规劝之厚意。某年余归里,行经泾惠渠上,亲见父老子弟歌颂功德,视若神明,距当日茹李二公言志之地,不数里也。仪祉今已成为现代之水利大师,而余白首无成,对祖国之建设,一筹莫展,学不负人,人自误之,每一回忆,有余哀矣。

现代学术公开,交通亦便,人之知门径也甚易;旧日求学之困难,或有志而无其时,有时而无其地,有地而无其师,有师而无其资。如仪祉者,其困难重重突破,实自力为之。……仪祉治学之专,用思之精,而更富爱国救世之勇往精神,使天假之年,则其对新中国之建设,必更伟大之贡献也。执笔至此,为之惘然!②

序文书写更是满纸龙飞凤舞,系就章式草书,凡此种种都是无意为

---

① 弘征:《于右任的诗论》,载中国人民政治协商会议陕西省委员会等《于右任先生》,陕西人民出版社1991年版,第117页。
② 许有成:《于右任传》,百花文艺出版社2007年版,第256—257页。

书,却书名满天下。于先生的题词,书法艺术自不在话下,书法内容,除了引经据典之外,其自撰诗文亦流光溢彩。1929 年,于右任还乡救灾,赠言其外甥扇面:

记得场南折杏花,西郊枣熟射林鸦;天荒地变孤儿老,雪涕归来省外家。

愁里残阳更乱蝉,遗山南寺感当年;颓垣荒草神农庙,过我书堂一泫然。

于右任先生的墓志墓表,不仅内容周详、文采飞扬,书法更是其代表作。如撰并书《胡励生墓志铭》,此铭为楷书魏体,沉着端丽,为先生书法艺术之精品;撰并书《三原李雨田墓表》《先君新三公墓表》《无明英烈纪念碑》《王陆一墓志铭》等,皆为标准草书,都是精心之作。如先生的《宋教仁石像题语》:

先生之死,天下惜之,先生之行,天下知之。吾又何记?为直笔乎?直笔人戮,为曲笔乎?曲笔天诛。于虖!九原之泪,天下之血,老友之笔,贼人之铁!勒之空山,期之良史,铭诸心肝,质诸天地。

目睹了中国革命先行者、自己挚友被害,先生悲从中起,一气呵成,笔墨含泪,满纸滴血,其文取古而四言为之,整齐划一,铿锵有力;其书取草而笔断意连,张弛有度,已臻化境。读之,令人不禁想起颜真卿之《祭侄文稿》,斯文、斯书,当与之同耀书史也!吾评过耶?吾谓非也!无广阔之襟怀,无高深之修养,无非凡之阅历,无至厚之功力,何以为此文?何以为此书?[①] 其文学与书法的高度统一、完美结合,那种气势更是洋溢于字里行间的。

于右任的书法为书刊设计提供了资源。历史进入现代,印刷业非常发达,各种书刊的装帧也因此而美不胜收,然而文学与书法对各自书刊的参与也是不可忽略的一块,中国现代文学的许多书名、作者、刊名就用毛笔题写而成,许多书法集锦、书论著作也有诗文题词,以至到后来的签名,可以说它在一定程度上丰富了现代书刊的出版样式,拓展了现代书刊的宣

---

① 王澄:《于右任书法评传》,载刘正成《中国书法全集》第 82 卷,荣宝斋出版社 1998 年版,第 12 页。

传方式。不仅如此，这种参与对于彰显作品的意涵和审美取向作用相当明显，因为书法比印刷体或美术字更能表达某种编辑意向，也更加别致美观和富于意趣变化。值得注意的是，有的是由作家自题，这就很契合作者本人的心绪，也容易与作品的风格和美学意蕴合拍。① 于右任先生的许多作品，包括文学方面、书法方面，或多或少地有了上述的某些功能。于先生青年时期的诗百余首被编印成册，先生便亲自为这本诗集题名为《半哭半笑楼诗草》，诗集一出，风行一时，洛阳纸贵。1942 年，《标准草书》第五次修订本在重庆出版，付印前，先生将全文手临一过，以为读者示范，并亲自作了《标准草书自序》。其手书《千字文》亦由说文社同时印行（图46）。凡此种种，诗文和书法在书刊方面的相互渗透，使得其作品不再孤立、单一，从而充分实现了作品装帧的艺术、揭示的内涵以及作家的气质的高度和谐，使作品的外在、作品的内在和作品的宣传有了艺术的融通。

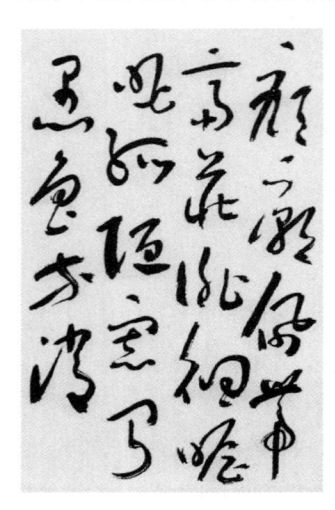

图 46 于右任书《千字文》

五 于右任书文的当代意义

中国的艺术大约都是互通的。文学和书法都是艺术，都是作家思想境界、人格品性以及时代精神的真实写照，因此两者在很大程度上有互通性。古有张旭观公孙大娘舞剑器而有悟于书法，今有金庸以书画之道解释武术便是最好的佐证。这种互通性使得它们有异曲同工之妙，进而由互通走向相融，成为中国文化中相得益彰的两个方面。从史的角度来看，文学与书法的兴衰又是不断交会的，这种交会集中地表现为文学家与书法家常常是集于一身的，从中我们也不难领略书文之间的密切关系。

于右任先生一生爱国忧民，喜文好书，自是笔不虚动，下必有由，自抒胸臆，心境不同，作品的境界自然不同。无论是文学也好，书法也罢，都是艺术外在的形式，其作者的思想境界才是作品的心灵之花。于右任先生少时即流露出不凡的气度和胸襟。三原于右任先生纪念馆有一本《于

---

① 李继凯：《书法文化与中国现代作家》，《中国社会科学》2010 年第 4 期。

右任"宏道大学堂考卷"真迹》，这是于右任少年时候的一篇考卷策论，至今诵读仍能令人动容击节。他将中国的节财思想与西方财政管理相比较，阐述国家是国人之国，非君主一人之家，国家财产是民之膏血，应用于养民，而非让君主一人一家独占滥用。这种民主思想在当时是非常进步的，而把这种思想通过文章表达出来，在当时是需要一定的气魄与胆量的。后来先生在革命实践中更写出了《谒成陵》：

  兴隆山下高歌，曾瞻无敌金戈。遗诏焚香读过，大王问我："几时收复山河？"

此等胸怀，得到毛泽东主席赞赏："（数风流人物，还看今朝）若何'大王问我：几时收复山河？'启发人之深也。"① 至晚年，于右任先生更是以一首血泪涌注、情激山河的千古绝唱令中华儿女裂腹恸心：

  葬我于高山之上兮，望我故乡；故乡不可见兮，永不能忘。葬我于高山之上兮，望我大陆；大陆不可见兮，只有痛哭。天苍苍，野茫茫，山之上，国有殇。②

温家宝总理在中外记者招待会上称其为"震撼中华民族的词句"。关心祖国命运，体察民生疾苦，自古起便是爱国诗人的优良传统。于右任先生身居高官，心系民情，热衷公益，曾数次赴往灾区，筹款筹物，在其长子婚礼上致答谢词时也不忘陕西灾情："我本拟早日回陕看视灾情，因足疾未能成行，并非欲留沪待儿完婚。余久抱与家乡父老生同生、死同死的宗旨，今各位送来之贺礼，权作赈款送回陕西，感谢各位送礼为陕西助赈的热情。"③ 先生此时此地仍然想着家乡赈灾之事，实属时时刻刻都在关怀家乡人民。在庐山，目睹轿夫之劳苦，耳闻轿夫之叹息，深表同情，写下了《闻庐山舆夫叹息声》一诗：

---

① 许有成：《于右任传》，百花文艺出版社2007年版，第190页。
② 此为硬笔真迹，毛笔真迹作：葬我于高山之上兮，望我大陆。大陆不可见兮，只有痛哭！葬我于高山之上兮，望我故乡。故乡不可见兮，永不能忘。天苍苍，野茫茫，山之上，有国殇！
③ 张文生：《于右任先生的为人处事》，中国人民政治协商会议陕西省委员会等《于右任先生》，陕西人民出版社1991年版，第192页。

上山不易下山难，劳苦舆夫莫怨天；为问人间最廉者：一身汗值几文钱？

路过黄河，看见渔翁立在奔腾咆哮的黄河浅水中，赤手空拳捕捉黄河鲤鱼，以满足达官富贵的所谓"手捕者味始佳"的嗜好，因成诗《黄河北岸见渔翁立洪流中》一诗：

劳者无名逸有功，便宜毕竟属英雄。世人都道河鱼美，不见渔翁骇浪中。

纵观于右任一生，先生绝非单纯地追求书文艺术，而是寓溢凝结了其爱国忧民高尚情操。先生把书法的审美理念和振奋民族精神结合起来，书体选择具有"尚武"精神的魏碑更能释怀，书法的具体表现内容因其具体思想内涵的变化而变化。大革命时期，先生愤书《靖国军·醉高歌》、《民治校园诗》、"打倒帝国主义"、"铲除卖国军阀"等；抗日战争时期，怒书《正气歌》《满江红》等，诗情书意与革命生涯，脉通息连，诗情书意与思想境界，是为表里。

中国传统文化中，儒家讲积极入世，道家讲天人合一，佛家讲超脱自我，浸透了儒道佛思想的中国书法理论和文学理论，有一个共同的特征，即对作品人格化评价宏观的把握与精神的领悟重于局部的分析。[1] 古人云："诗言志"，主要是讲诗歌的创作是作者心中欲说之言。宋朝文学家、书法家苏轼在《答张文潜书》中也云："其为人深不愿人知之，其文如其为人。"[2] 将文学创作也视为作者为人的表现。这便是所谓的"文如其人"。西汉文学家扬雄在《法言》中有云："言，心声也；书，心画也；声画形，君子小人见矣。"[3] 即为文立言是作者心声的表明，书法是作者心胸与学识的表现。当代书法家程大钊先生也认为："书道即人道。"[4] 这便是所谓"字如其人"。诗言志，文如其人，字如其人，这三者实际上是从不同的角度而谈到的共同问题，中国文化实际上是人格文化，格的高低跟人的境界心胸有关系。这也就是我们现在所说的"作家主体论"。于右

---

[1] 任平：《中国书法》，北京师范大学出版社2012年版，第17页。
[2] 孔凡礼点校：《苏轼文集》第四册，中华书局1986年版，第1427页。
[3] 扬雄：《法言》，董治安、张忠纲编注，山东友谊出版社2001年版，第78页。
[4] 程大钊：《书法的人文精神和书法家的人文修养》，载王岳川《中外书法名家讲演录》（下），北京大学出版社2008年版，第403页。

任先生的书法、诗歌能达到如此高度,还应当从书法外、诗文外考究。先生之所以是清代以后最伟大的书法家,其书法的动人艺术风采是最基本的原因,重要的是它能通过自己的书法展示内心世界,表现出人格的力量,书与人融为一体。并且这种人格魅力的表现在对其书法欣赏的过程中如盐着水,使人感受而不着迹象。[1] 1941 年,在抗战形势紧张的情况下,于右任先生与全国文艺界抗敌协会的成员,共同发起以端午节为诗人节,以纪念爱国诗人屈原,他在开幕式赋诗《诗人节》一首,说明其深远的意义:

民族诗人节,诗人更不忘。乃知崇纪念,用以懔危亡。宗国千年痛,幽兰万古香;于今朝作者,无畏吐光芒。

十几年后,他在台湾回忆起定端午节为诗人节的意义时,再三告诫诗人们要有高尚的人格,要做到:学人忧国,死生以之。于右任先生身为书法大师,一生书品无数,除了先生素为不齿的某些权贵外,从政坛显要、名流时贤、外宾侨胞、后学僚属,乃至平民百姓,"贩夫走卒",不问其身份地位,每有所求,几乎来者不拒,如送给蒋经国先生的是"计利当计天下利;求名应求万世名";给张大千先生的是"富可敌国,贫无立锥";给西安王曲军校下级官兵题写并装裱的一百幅字屏;给美国哥伦比亚大学新闻学院题写并挑选的"世界春秋"以及《正气歌》、"树德兰在畹,立节柏有心"、"黄花香晚节,苍松盘老枝"等。然而,当杨杏佛拿着宋子文的一把名贵的绢面扇请先生题词时,先生置之不理,杨再三敦请,先生竟令杨将扇拿走,说:"我不伺候这些新权贵。"[2] 写了如此之多的书品,除民国初年因二次革命失败,经济窘迫,曾卖字糊口,几乎从不收取润笔之资,文如其人、字如其人,笔下放得开,收得住,爽朗洒脱中表现出一种强悍奇崛的性格,大气磅礴,沉着痛快。[3]

艺术的时代精神实际上是指,每个时代都赋予了艺术不同的内容和精神状态,我们所说的"文以载道"在很大程度上就是这个意思。文学界的唐诗、宋词、元曲、明清小说,书法界的晋人尚韵、唐人尚法、宋人尚意等都有着明显的时代内容和精神特征。"一代之书,无有不肖乎一代之人与文者"。[4] 真正的思想者的文化思考是与时代紧密相关的,

---

[1] 李刚田:《读于右任书法之所思》,《书法》2012 年第 1 期。
[2] 许有成:《于右任传》,百花文艺出版社 2007 年版,第 173 页。
[3] 钟明善:《于右任书法艺术管窥》,西安交通大学出版社 2007 年版,第 66—74 页。
[4] 刘熙载:《艺概》,上海古籍出版社 1978 年版,第 159 页。

甚至是超越时代的。这是原创性思想家与挪用思想者的根本区别。① 于右任生活的少年时代，中华民族处于水深火热之中，他对毛先生推荐的那些《唐诗三百首》、《古诗源》和《诗选》等诗学的"范本"，读起来觉得不大对劲，因此不感兴趣，直至在毛先生的书架上发现了文天祥和谢枋得的两册诗集残本，试读之后，只觉得"声调激越，意气高昂，满纸的家国兴亡之感"。他不仅诗兴大发，从此领悟了作诗的门径。日后于右任先生成为著名的爱国诗人，对那些一味歌颂太平盛世的诗篇没有兴趣，其诗多以家国兴亡、民间疾苦为主题，少儿女私情，这也是时势使然。正如前文所说，于右任先生的诗歌是一部凝结中华近代史的史诗：

《杂感》之一
　　柳下爱祖国，仲连耻帝秦。子房报国难，椎秦气无伦。报仇侠儿志，
　　报国烈士身。寰宇独立史，读之泪盈巾。逝者如斯夫，哀此亡国民。

辛亥革命前，八国联军侵华，慈禧太后逃至西安，于右任先生写信给陕西巡抚岑春煊，要他趁机杀了西太后，拥护光绪帝实行新政，后被同学理智地阻止了。

这首诗洋溢着爱国主义激情，抒发了作者反对外国侵略、争取祖国独立的豪情壮志，赞扬了爱国义士们的反暴精神。

雨花台
　　铁血旗翻扫虏尘，神州如晦一时新。雨花台下添新泪，白骨青磷旧党人。

这首诗写于辛亥革命成功后，既表达了神州光复后的喜悦心情，又不忘为革命而牺牲的烈士。二次革命告败，于右任先生与友人过天安门：

---

① 王岳川：《中外书法名家讲演录后记》，载王岳川《中外书法名家讲演录》，北京大学出版社2008年版，第563页。

我亦徘徊不忍行，黄尘清水若为情。天安门外花凄艳，肠断词人认马缨。

《与友人过天安门》

"二十一条"最后的通牒时间公布，先生以诗纪念国耻：

痛定才闻说怨恫，血书张遍古坛中。名花委地惊离泪，老木参天战烈风。

揖让征诛成鹿梦，玄黄水火有渔翁。最伤心是西颓日，返射宫墙分外红。

《社稷坛"五七"国耻纪念大会》

靖国军时期，有《民治学校园纪事诗》共二十首、《追忆陕西靖国军及围城之役诸事》等；第一次国共合作期间，有《东朝鲜湾歌》《红场歌》《克里姆林宫歌》等，且多系长诗；抗日战争时期，有《战场的孤儿四首》《闻日本投降作十首》等。于右任先生诗歌对近代以来重大历史事实的记载，充分地体现了他的抱负。书品方面更是书写宣传标语"打倒帝国主义""铲除卖国军阀"等对联，贴在五原镇上、西安城下。日本帝国主义发动侵华战争后，在追悼百灵庙阵亡将士时，题"梦回东四省；血归大青山"等。

诚然，于右任的书文也受到不少的非议。如诗歌的篇幅太少，无系统的理论等，尤其是书法，有代笔之嫌，又有僵死之殇（图47）。"南社"盟主柳亚子说"于诗篇幅太少"，主要指前期而言，从现存的于右任诗词曲来看，数量近千首，其见诸报端之文和政论文章更甚，可谓是"多产作家"，更何况，文学的成就并不以数量取胜，史上就有"孤篇盖全唐"的典型例子。至于文学理论，确无成书的系统言说，但散见的观点，为数不少，亦为精辟。于右任先生的书品，有无伪作，尚无定论，关于"标准草书"过于死板之说，其实是有些人不懂书法，更不理解先生的初衷。"标准草书"既具有"以求制作之便利，尽文化之功能，节省全体国民之时间，发扬全族传统之利器"的实用标准，又具有"美丽"①的艺术标准，既可以供初学者借鉴，又可以作为艺

---

① 于右任：《标准草书千字文自序》，载于右任《标准草书千字文》，巴蜀书社1986年版，第1页。

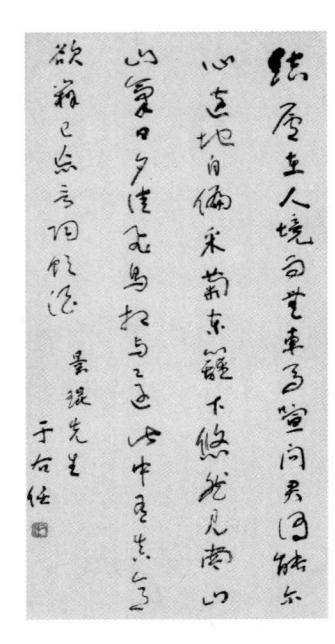

图47 于右任《饮酒诗》

术欣赏,更何况,先生的一生的书法文化活动都在实践着"创新"这一艺术的本质,从楷书而行书而草书,从二王而魏碑而"于体",以经典为蓝本而有所突破,青出于蓝而胜于蓝,我们不能把于右任的标准草书和于右任的草书艺术等同起来,对于于右任先生应该有一个客观的评价,人无完人,不能瑕以掩瑜。

我们自然应当格外关注于右任及其书文的当下意义。特别是在缺乏信仰,物欲横流,人心浮躁,道德沦丧的当下,谈及于右任及其书文是非常有意义的。

于右任先生的信仰是坚定的,自青年时代起,向往民主共和,反清爱国,后追随孙中山先生进行民主革命,数十年如一日,为推翻清廷的封建腐朽统治,建立中华民国,打倒祸国殃民的北洋军阀,反对帝国主义列强的侵略,维护祖国团结统一,奔波于神州大地,不辞劳苦,不计名利,甚至置性命于不顾,一生都在为建立一个真正的民主共和国家而奋斗,至死不渝。因此,在两次国共合作面前,在团结还是分裂面前,先生都站在了正确的一方,虽时势使然,阴差阳错,但其信仰始终不变。

于右任先生一生官高名显,却一身正气,两袖清风,布衣粗食,生活节俭,廉政典范,当之无愧。1930年先生回陕救灾,以祖遗族地三百余亩,购地一千余亩,创设"斗口村农事试验场",以"改良农业、增加生产、利益民众"为目的,并镌石留言:"余为改良农业,增加生产起见,因设斗口村农事试验场,所有田地,除祖遗外皆用公平价钱购进。我去世后,本场不论有利无利,即行奉归公家,国有省有,临时定之。庶能发展为地方永远利益以后,于氏子孙有愿归耕者,每家给予水地六亩、旱地十四亩,不自耕者,勿与。"厂里老工人回忆说:"于先生真是个爱国爱民的伟大人物,他办农场自己不图一分一文,还把每年生产的小麦,给学校(民治)几百石做经费。你看,老人家那样大的官,布鞋布袜,穿着简朴,对人不摆架子,看得起咱们穷人。每次回来,都是老远下车,步行到场,一路不时和乡亲们打招呼。对我们工人,也是频频点头。于先生一笔好字,人求必应,特别对一般乡里乡亲、工人、学生,从未叫求字的人失望。"① 先生在台北逝世后，人们为了寻找遗嘱，打开他的自用保险箱。不料展现在人们眼前的，既没有金银珠宝，也没有股票证券，而多是生前日记和书札，以及为其三公子出国留学所出具之借款单的底稿，还有平日借用副官数万元的账单，再有就是夫人亲手缝制的布鞋布袜。在场诸人，无不凄然。"三十功名风两袖，一生珍藏纸几张。"这是台湾报刊在于右任先生逝世后的报道中，赞誉其高风亮节清廉洁贫的诗句。于右任先生一生简朴，却热心于公益事业。举凡大中小教育学校的创办，数次募款救灾的亲赴，泾惠渠水利工程的修建，文物古迹等文化事业的开发，先生奔走呼吁，全力以赴，成就斐然，两岸人民尤其是陕西人民历来推崇备至。在书法艺术的追求中也是这样，除"二次革命"失败，经济窘迫，曾卖字为生，几乎从未收取润笔之资。相比而言，现当代的艺术表面上作为一个事业很热闹，很红火，实际上过于功利化，当然，我们不否认其价值，不排除其活动，但是功利这些东西实际上对我们有巨大的诱惑力，非常干扰艺术的状态，艺术不是以繁荣与否来衡量它的高度，艺术应该远离功利，② 艺术家应该保持独立的人格。

于右任先生对待亲朋好友，当敬则敬，反对任人唯亲。于右任先生身为国民政府检察院检察长，在国内外声名卓著，但先生对他没有文化的跛子舅舅仍十分孝敬。在政客云集的饭局上，总是把他的舅舅让在上席首位，并且介绍说："这位老人是我的舅父"。③ 其尊敬长辈之心可见一斑。于右任先生和其启蒙恩师毛班香之孙毛焕明谈到工作时，则严肃地说："不给你工作，第一、二届高等文官考试，陕籍学生无一人录取，你准备参加明年（1935）3月举行的第三届高等文官考试吧！"④ 待到毛焕明被录取后，先生非常高兴，慰勉他不断进步，正直为人。对待同行，一反文人相轻之低俗观念，对穷困潦倒、埋没乡间的书法家王世镗先生的提拔任用，对假冒其字者的晓之以理、动之以情、鼓励自立等，做到了文人相敬、与人为善。

在先生无数的文章和书品中，修身、齐家、治国、平天下是最多的内

---

① 马志勤：《于右任先生创办斗口村农事试验场始末》，载中国人民政治协商会议陕西省委员会等《于右任先生》，陕西人民出版社1991年版，第85、86页。
② 程大钊：《书法的人文精神和书法家的人文修养》，载王岳川《中外书法名家讲演录》（下），北京大学出版社2008年版，第409页。
③ 张文生：《于右任先生的为人处事》，载中国人民政治协商会议陕西省委员会等《于右任先生》，陕西人民出版社1991年版，第192页。
④ 毛焕明：《于右任先生和我家》，载中国人民政治协商会议陕西省委员会等《于右任先生》，陕西人民出版社1991年版，第182页。

容，古为今鉴，重读先生，对于巩固扩大爱国统一战线，促进海峡两岸积极交往，实现第三次国共合作和祖国统一；对于恃权而腐败者、为富而不仁义者、得理而不饶人者；对于"一心只写圣贤书"而又盛气凌人的文人们，毫无疑义，将是十分有益的。

文人爱书，书家尚文，是中国的文化传统。这一传统典型的体现是，书法家与文学家常常集于一身，历史上这样的大家数不胜数。时至现代，文学大家多为书法名家，仍是文化史的一道亮丽风景。鲁迅书法的古朴典雅、雄秀内敛；郭沫若行草的汪洋恣肆、奔放浪漫；茅盾书法的骨骼清奇、峻峭挺拔；老舍书法的内柔外刚、沉稳厚朴等，都自有神采、各有千秋。而且，在书法理论方面，现代作家也有不俗的表现。郭沫若的古文字及书法研究、林语堂的书法文化评述、宗白华的书法美学等，大都可圈可点。可惜，文墨并重、文墨兼善的优良传统在当代出现了问题，当代书法缺少了自由、开放、宽博的艺术精神和文化土壤。①文学和书法创造辉煌、作家和书家人才辈出的同时，作家能书善书者寥若晨星，书家能文善文者屈指可数，以致出现文学家的作品缺乏内涵、失去时代感，字拿不出手，书法家随身装有"墨家必携"，甚至用错字、写错字的现象。例如，现今书文结合最好、应用最广的对联，可谓"面目全非"。凡此种种，对中国传统文化的传承与发扬，对中国新兴文化的合成与创新，危害是不言而喻的。从"书法文化"与中国现代文学的关系来看，抛弃"书法"和"书法文化"在一定意义上也就意味着与中国传统文化割断了血脉联系，书法文化的长河就会断流，而包蕴着书法文化基因的文学创作也就成为不可能，其中最直接的后果是具有书法意义的作家"手稿"就也会成为绝响。另一方面，书法的精、气、神以及它的宁静、超然、平淡，也就难以对作家起作用。②于右任不少的文学作品，如前所述，与书法文化有关，涉及了先生书法文化活动的各个方面，这对增强文学作品的内涵，对中国传统的与书法有关的文化的保留与弘扬意义是非常重大的。文学作品的创作，很大一部分以毛笔来完成，其手稿又是集文学与书法于一体的复合作品，其价值又远远超出了作为文学或书法的单一的作品价值。从书法艺术的角度来看，书画家如果没有文学根底，谈不到高度，对诗词歌赋及散文的阅读应是书法家的必修课，很多诗词里的境界充满艺术辩证法，跟书法有异曲同

---

① 朱中原：《当代书法最缺什么》，《书法》2012 年第 2 期。
② 李继凯：《书法文化与中国现代作家》，《中国社会科学》2010 年第 4 期。

工之处。① 小处着眼、书写优美而有内涵的文学作品也能够增加书法作品浓郁的艺术氛围，使其更具有品位，更具有观赏性。要提升作品的内涵，唯有读书。于右任先生有"写字也是读书"的著名论断，前文已有所述。于右任先生一生喜爱读书，直到因病住院还在牵挂读书一事，一九六三年一月五日在日记中写道："因眼疾，不能多读书，故泰州学案仅看一段。阅书因眼疾未能增加，歉甚。"还有警语数句："不看书者，真为愚人，并为文明时代之愚人，可耻！"② 无论是政坛、文坛还是书坛，先生皆为举足轻重的人物，尚好学如此，其谦虚胸怀，由此可见。所以说，一个一流的书家，除了在艺术上必须有良好的造诣外，还必须在文学上有所积累与建树。他可以不是政治家、经济家或画家，但却必须是诗人、文学家。倘缺乏后一个条件，他就很难在历史上占有地位。③ 面对当下的这些问题，结合目前提出的"文化强国"，作为现在的中国文人来说，根本的措施在于夯实文化根基、弘扬人文精神，正如古人所说，"学书须要胸中有道义，又广之以圣哲之学，书乃可贵"。④ 书法如果远离文化，远离人文精神，便失落了自身，失去了本质。⑤

诚然，我们不要求文学家都是书法家，书法家都当文学家，但至少文学家应当懂书法，写好字；书法家应当懂文学，写好意。于右任先生之所以能借古吟今，书写古代名家的诗词绝唱，自撰内容，创作出书法佳作，能即事抒怀，创作出极有风格、感人颇深，具有时代气息的诗文精品，能成就为书文"双峰并峙"的大师，除一生笔耕不息、临池不辍之外，最重要的因素便是其渊博的学识、不断的修养。

于右任先生一生久居政府要职，地位显赫，却以一身正气、两袖清风闻名于世，以忧国爱民、热心公益美名远扬，以爱国诗人、书法大师彪炳史册。立功、立德、立言为三不朽，人生得一，已属不易，先生则一身兼之，世所难能，道德情操，何其高尚！

文学与书法作为中国优秀的传统文化，特别是其中透漏出来的人文精神，正在慢慢地衰落，部分文学抛却经典，以荒诞离奇取胜，好些书

---

① 程大钊：《书法的人文精神和书法家的人文修养》，载王岳川《中外书法名家讲演录》（下），北京大学出版社 2008 年版，第 413 页。
② 许有成：《于右任传》，百花文艺出版社 2007 年版，第 302 页。
③ 陈振濂：《书法美学》，山东人民出版社 2006 年版，第 278 页。
④ 徐利明：《黄庭坚书论》，凤凰出版集团、江苏美术出版社 2009 年版，第 209 页。
⑤ 沈鹏：《传统与"一画"》，载王冬龄《中国"现代书法"论文选》，中国美术学院出版社 2004 年版，第 12 页。

法毫无内涵，以粗俗谬误行市，很多的艺术摒弃联系，以特立独行自彰，相信这是于右任先生不愿意看到的，也是我们不能够接受的现实。值得庆幸的是，学界的一些同人已经意识到了这一问题，只不过"书法文化"与"中国现当代文学"的关系研究还几乎是一个空白，文学与书法的关系还值得进一步的研究，本节即在前人研究的基础上，将文学与书法的关系研究具体到现当代作家个人，试图挖掘其背后深一层次的关系。细细品味于右任先生的诗文与书法，之所以能够各树一帜，不仅仅缘于一生笔耕不辍、临池不废，更是因为先生一生每日三省，学无止境，深谙诗文与中国书法文化的形式相互拓展、内涵相互丰富、形质相互融合、书刊样式相互渗透的关联，才成为骨子里的诗人和有风骨的书家。这种关系也使得书法、诗文和艺术家（书家、作家）的关系呈现出三位一体的必然。

作为深受中国传统文化熏陶的中国人，尤其是知识分子，我们更应该了解文学与书法这两种古老的文化发展历程，继承和弘扬其背后的文化精神，并以此作为自己的一种文化信仰，才不会在信仰缺乏、人心浮躁、物欲横流、道德沦丧的当下迷失自己，才会创作出经典的作品，才会实现自己的人生价值。于右任先生以自己创作的实际行动在向我们诠释着怎样做一个高尚的人，一个纯粹的人，一个有道德的人，一个脱离了低级趣味的人，一个有益于人民的人；作诗要有高尚的人格，诗贵创新，诗是人民大众的诗；写字也是读书，要有内涵。

在本节中，笔者多处流露出对当下文学与书法的悲观情绪，不是否认其已经取得的成果，而是借此引起大家对存在问题的重视，以期日后更好地发展。书家没有文学修养，谈不上高度，文学家没有艺术滋养，达不到深度，艺术家境界底下，作品的品位不可能高。于右任与书文结缘一生的文化实践，便反复验证了这样近乎质朴的"文艺原理"。

第二节 当代西安作家与书法文化

在北方，西安是一个很有历史文化底蕴的古都，也是北中国很有代表性的现代都市。西安是陕西省会，其知名度甚至在世界范围内超过了陕西。西安也是名副其实的书法圣地，赫赫有名的西安碑林可以说是中国书法文化的圣殿。而西安文化作为一种地域文化，其巨大的历史存在曾以"长安文化"的威名传播遐迩，更有作家称"长安是中国的心"①。在世界古都中,西安也具有得天独厚的优势。它不仅在古代的周、秦、汉、唐时期有着丰富的文化底蕴,即便在近现代文学史、书法文化史上也占有一席之地。这对西安文学、西安书法的外部研究及内部研究都产生过积极的作用。它对后世文坛和书坛都有潜移默化的影响。而书法文化作为一种独特性的艺术存在方式,在西安本土文化语境下,有其独特的发展。研究书法艺术引入文学及文化研究的眼光与方法,比较容易有所突破。书法作为人类普遍的共有的文化艺术形式之一,具有不可替代的作用。书法文化在西安的历史发展进程中逐步形成了一种文化趋向,其中被后人津津乐道的唐代的四大书法家,以及二王书法、苏东坡、米芾等,这对当代陕西书法文化的发展仍有意义。

一 西安文化与书法文化

谈及西安文化时,首先要提及"长安文化",因为,长安文化是西安文化的过去时。"长安"一词是西安的古称。长安文化更多的是对西安在中国和世界历史上确立的地位。它的文化历史优势从它的地理位置、十三朝古都、文化根源上来看,都有着得天独厚的优势。其政治、经济、文化在我国乃至世界上的地位,从古至今,被世人称道的便属"文化"了。长安文化奠定了其在中国古代文化中的思想观念、价值观念、道德观念、人伦观念、宗教观念等人文观念的基础。而长安文化也就成为世界非物质文化遗产的源头,其文化地位在世界文化格局中占有一席之地。

西安的地理位置在中国之中心,贯通了东西和南北。西安地处中国的西部,关中平原的中部,位于东经107°40′—109°49′和北纬33°39′—34°44′之间,平均海拔424米,地势东南高西北低,南依秦岭山脉,北临渭河平原与黄土高原。西安又是中国中西经济地域的接合部,是重要的交通枢纽,优越的地理位置和深远的历史文化渊源,使西安成为中国北方西部最大的商品流通中心与物资等的集散地。这一系列的因素促使西安成为中国文化艺术交流的一个中心点。

西安具有浓厚的文化气息,不仅体现在文学创作、舞蹈艺术、器乐演奏方面,而且在书法艺术、传统戏剧、文物收藏等方面也颇具影响力。古城西安依托曲江旅游度假区、大雁塔、曲江池遗址、钟鼓楼等文化古迹,集文化、娱乐、观光、度假、商务等为一体的发展目标。在2011年3月,

---

① 朱鸿:《长安是中国的心》,生活·读书·新知三联书店2013年版。

《三秦都市报》发布关于将西安定位为国际化文化大都市的提议。驻陕全国政协委员、省委统战部部长周一波谈得最多的话题就是文化。在全国政协十一届四次会议上,他极力建议将西安定位为国际化文化大都市,使其在融合周秦汉唐文化的基础上,进一步营建我们这个时代独有的文化特色,在世界文化领域中处于领先地位。同期,西安"世界园艺博览会"于 2011 年 4 月 28 日盛大开园,可见西安在中国的地位及其国际影响力。西安地铁已投入使用,浐灞河生态区的建成和阎良航空科技基地的建设等等一系列推动发展的举措在充分提高西安旅游文化品位的同时,为古城西安增添了一道亮丽的风景线,彰显着人文西安、科技西安、现代西安的神韵与风采。

在这样一个富含文化底蕴与现代都市气息的古城西安,其书法作为文化艺术的一个元素,势必与西安的发展相互促进、相互影响。书法历经千百年的传承,发展至今,其书体发展、艺术风格等已逐步成熟。书法是具有中国神韵的传统艺术之一,其地位在世界艺术史上是没有能与之匹敌的。

书法作为一种独特的艺术形式,在中国延续了有千百年的历史。因书法而形成的文化现象是历史发展的必然,绝非偶然。在中国的古代的历史文化进程中,书法作为一种文化艺术形式之一,很早就受到人们的关注。早在"六艺"之中,书法就名列其一。而二王书法,唐代四大书法家,苏东坡、米芾等人的书法作品备受世人的推崇。在中国进入 21 世纪以来,中国的书法在中西文化的融合下,因其丰富灵动的线条美,备受现代西方艺术家们的关注。因为,文化艺术,不论是诗歌、绘画、书法、建筑、舞蹈,抑或音乐,都是人类普遍的共有的文化艺术形式。它是人类生产生活过程中的产物。中国的书法在千百年之间,在传承与创新的过程中,创造出了千姿百态而又富有深远意味的书法艺术文化。"所谓'书法文化',是超越了'书法'或'书法艺术'的文化范畴,绝不局限于书法艺术本体。"[1]

书法艺术的发展过程,不仅受艺术自身发展的影响,还受到社会文化的影响。文字的产生之初,便是书法艺术的萌芽之时。书法因文字的产生而产生,因文字的发展而逐步发展演变。中国书法的艺术表现形式经由甲骨文、金文、篆书、隶书、楷书、行书、草书发展演变而来,必然受到书

---

[1] 李继凯:《中间物:鲁迅与书法文化的融合》,载《"鲁迅与五四新文化运动学术研讨会"论文集》,2009 年,第 145 页。

第八章 砚边揽翠:北方作家的书法探索　273

法艺术内在规律的约束（图48）。文化艺术的发展不可能停留在同一阶段，它会以一种全新的、更便捷的、更具有艺术美感的形式展现。文学形式的发展演变便是如此。例如，文学艺术是从较早的《诗经》开始，历经多个阶段，从唐诗、宋词、元曲、明清小说，到现代文学史上的白话文文体等等，开风气之先，从而引领文学的发展。文学如此，书法也无例外。此外，社会文化的因素也是影响书法艺术的另一个重要原因。每个时代的政治、经济、宗教、思想等因素，影响着书法发展的每个过程。其中，在秦始皇的"书同文"之后，小篆成为全国统一文字，对书法演变产生积极的作用。但是，我们不能割裂书法与社会文化的关系而单纯地谈书法的艺术，对"纯书法"大谈特谈，因为，书法是存乎于社会这个大的文化语境下，没有社会文化的依托，书法也就不复存在。正如，文学发展的规律。当然，文学有着自身发展的规律和方向，但是它必然要受到社会政治文化等的影响。所谓"纯文学"，也只是摒除社会文化因素而对文学自身规律的单方向讨论。研究书法文化，则不能从书法艺术本体的演变单向探讨，而是要结合书法的社会文化语境予以分析。书法承载着文字信息的同时，亦是中国古代优秀文学作品的集中体现。书如其人，优秀的文学作品必然有着不凡的书法造诣。王羲之的《兰亭集序》，便是很好的例证。从文学的角度上看，《兰亭集序》以优美的语言描述兰亭的环境，字里行间暗含着对人生的眷恋和热爱，充溢着浓郁的人生意识和宇宙情调；从书法角度而言，《兰亭集序》被世人尊称为"天下第一行书"，全文结构浑然一体，用笔流畅自如、韵自天成，字体结构变化无常，且成为后人临摹的蓝本，难以超越。

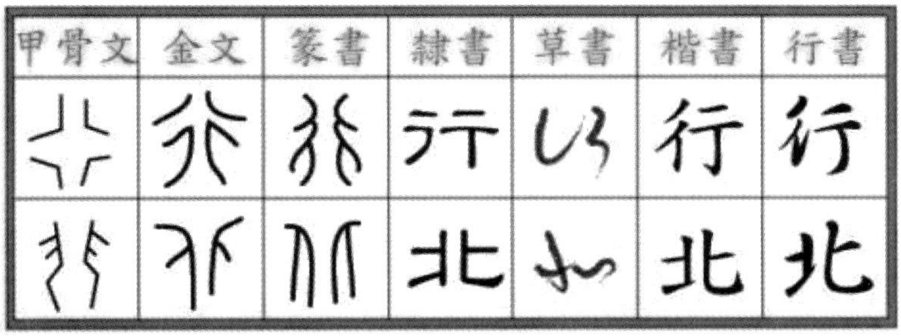

图48　汉字书法演变

可见，书法艺术在受到自身内部发展规律影响的同时，还依赖于所生存的外部社会文化氛围。书法作为一种艺术形式，也可以与其他艺术相结合。如书法与诗文、书法与绘画的有机结合，便成为古代文人追求的一种审美目的和趣向。

西安文化，作为长安文化的延伸，是长安文化的延续。西安文化作为一种地域的本土文化也是在长安文化发展的基础上为适应现代化社会而形成的一种创新型文化。纵观长安文化，我们可知长安本是中国悠久历史文化的发祥地，它绝不仅仅是一个固定区域内的地域文化、本土文化。它是中国古代文化的中心，即辐射点。长安文化作为中国古代文化中一个特殊的文化符号，有着非比寻常的意义。长安文化在不同的历史时期其政治、经济、意识形态、文化观念等诸多方面呈现出让其他地域文化不可比拟的优越性。就在长安文化的这个大视野下，文学与艺术诸多方面呈现出了百花齐放、百家争鸣的大好势头。其文化、思想、艺术等的多元性特征也都不言而喻。故长安文化辐射了整个九州中华大地。古丝绸之路，便是长安通往外域的一个桥梁，它沟通了中外文化、经济等多方面的联系，因此，长安也成为世界古都之一。

溯古论今，长安留给我们后世的优越文化不可胜数，对我们今天立足的同一地域——西安来说，发展前景可观。今天的"西安"，虽然不见昔日的帝王气息，但是西安浓郁的文化气息、民俗气息交织着现代都市气息，共同构成了西安所特有"气质"。当长安离我们远去以后，翻过历史的这一页，留给我们的是历史文化的沉淀。因此，西安在原有的文化积淀的肥沃土壤上，求新求变，不乏文化名人的涌现。虽不能与强势的京津文化，海派文化等相提并论，但是，谈及西安，世人无不充满向往，无不对文化古都名城顶礼膜拜。

西安作为历史文化的"名城""古都"，大多集中在旅游文化印象中。对西安现代化的都市的建设却置若罔闻。也许，"古都西安"留给世人的印象太过深刻，以致对已经具有"现代气息"的西安无从关注。近年，西安市委提出一系列改造城市的方式，在充分认识文化在城市发展中的重要地位的基础上，继续提高西安市民对文化的认知与自觉意识，努力实现西安由历史文化古城和现代文化名城的转变。故抓住城市的文化建设，城市发展才具特色，才能增强西安的文化软实力，扩大影响力。具体而言，发挥西安历史文化资源的优势的同时，充分利用现代文化和具有浓郁特色的地域文化、民俗文化、革命文化、宗教文化等优势，实现西安国际大都市的文化转变。

在现代社会中的西安，是中华民族所共有的精神家园，是中外文化交流的一个平台。重建西安文化，不仅是提升西安文化软实力的需要，更是适应全球化语境的一种文化交流的需要。

书法艺术在地域文化的基础上有其自身的发展规律。书法文化在中国传统文化的整体发展过程中则受到社会区域文化的深刻影响。而中国文化思想呈现出多元化的结构，多元思想相互争斗，相互交融。中国书法直接受文化思想的影响。所以，书法文化亦呈现出一种多元的文化格局。那么，书法是什么？"'书法'即指那种不同于'文字'所传达的故事、道理、诗的特殊意义。这种特殊的内容是和'字'本身的形状（形式）分不开，所以书法作为艺术言，它的'内容'并不是'字'所'说'的那些故事、道理；书法艺术的'内容'在'字里行间'，不在'所说'（所谓、所指）的'事'、'理'之中"。[1]

传统书法有着自身发展的规律，但是作为艺术品的书法不仅是纯实用的工具，还是供人欣赏、领悟、体验的一种机制，所以书法达到了实用性与艺术性的统一。书法艺术在历史的发展演变时期都是在实用书法的基础上进化而来。出于实际的需要，书法才随之发生变化。正如书法从楷书、行书到草书的字体变化，就是出于实用性的目的。古人为了快速记录而发挥自己的想象力。书法家则对这一实用书法作了进一步的艺术想象与加工，使之成为具有审美价值的书法艺术品。现代书法则将书法的艺术性提升到顶峰，其实用性功能已经退居其次，但具有审美艺术性的书法对人们的视觉产生强烈的冲击。

书法是中国文化中独特的艺术文化，又是"汉字文化圈"的文化精神活动，代表着中国艺术的文化精神形象。如果看过2008年北京奥运会开幕式的人一定会发现，开幕式晚会简直就是一场视觉盛宴。它涵盖了中国所特有的文化元素。奥运会的总导演张艺谋借奥运这个机会，将中国传统文化元素隆重地展示出来，其中有书法、国画、太极、京剧、茶文化、四大发明等等。我们又会发现，"书法"元素贯穿始终，是开幕式晚会中运用最多而最庞杂的一个文化元素，因为整个开幕式以中国书画为轴，铺陈开来变换着内容，以此展现了中国的文化魅力。2008年北京奥运会，是让世界了解中国的一个窗口。此次奥运，将中国传统文化隆重推向世界，为中国传统文化的推广做出了极大的贡献。尤其是，"书法"元素的使用，唤醒人们的书法意识。即便是不懂书法的人，看了此情此景都会发出由衷的赞美。

---

[1] 叶秀山：《"有人在思"——谈中国书法艺术的意义》，载《二十世纪书法研究丛书·文化精神篇》，上海书画出版社2008年版，第181页。

中国文化热在西方世界不断的升温，这是有目共睹的。不仅是孔子学院的成立，中国的书法艺术也受到西方国家的喜爱。书法不仅是一种承载信息的工具，还是一种艺术表达的方式。屠新时[①]先生介绍在国外开设的书法课程备受外国学生的喜爱，几十个名额一天就报满了。他在介绍中国的书法艺术史时，指出了中西文化互动、互补的例证。中国当代（也即现代）书法很多都借鉴了西方抽象表现主义艺术和视觉艺术的理论。这种借鉴是有必要的，我们主张书法的创新，即吸收西方艺术中的元素为我所用，使书法艺术达到一个创新的目的。但并非消解中国文字，中国的文字是不能被消解的，文字是书法的本体，任何新鲜元素都是对文字的烘托与装饰。

文学的产生，与文化有着很大的关联。而书法艺术，则是组成文化的其中一部分。故西安文化与书法文化有着密切的关系。本节在回顾西安在中国历史变迁的基础上，阐述了西安作为古代长安的文化形成，和书法艺术在其发展变迁中所表现的文化形态，以及在西安文化环境下的书法文化的形成及其特点。在中国多元化的文化语境下进行文艺本色的深入探讨，西安文化形成了引人注目的地域文化的同时，书法作为一种文化艺术形式，并未引起世人足够的重视而仍旧处于文化艺术的边缘。

书法的载体是文字，文字承载着文化与文明。文字之始也即书法之始，因为中国的书法艺术是随着文字的产生而发生发展的。书法艺术的历史意义，不仅是在于它的艺术形式的创新与发展，而且还在于它与城市文化、地域文化发展的共进退。黄河流域是远古先民们生活的地方。陕西位于黄河的中游地段，是中华民族的发源地之一。从秦以来历经汉唐，其间出现的著名书法家，至今被我们记忆的，不在少数。汉《张迁碑》，唐代四大书法家，都从长安走出。

在中国文字发明之始，若文字只是用来记录的话，汉字恐怕也发展不到书法艺术的行列。孔子传授学生"六艺"，即礼、乐、书、数、射、御。可见，书法已经成为个科目而被学习。中国书论中描述书法的理论研究不在少数，其中"东汉蔡邕在《笔论》中描述：'若坐若行，若飞若动，若强弓硬矢，若水火，若云雾，若日月。纵横有可象者，方得谓

[①] 屠新时，1950 年生于苏州，任《中美邮报》社长、总编辑，中国炎黄文化研究会理事，落基山中国书法研究会会长，美国丹佛孔子学院院长，北京大学书法艺术研究所海外客座研究员。1998 年在北京中国美术馆举办"屠新时旅美十年书法展"。

之书矣。'"① 故中国书法在笔墨间道出了对抽象形式的精神感染力。

文字的产生,以及书写文字的工具如笔、墨、纸、砚的产生,才促使书法向前发展。书法艺术是线条的组合,但不是单纯意义上的组合。书法艺术是经过书法家的想象与加工而形成的艺术性的具有审美功能的毛笔写成的字体。从我国文字的发展演变可知,中国文字的构造是从象形、指事、会意、形声、转注、假借六个角度而形成,始为"六书"。从字体形态上看,书法艺术本身就具有图画美、建筑美和形态美的功能。因为,汉字本身就以象形文字为主,就是一种图案,图案本身就具备"美"的一些特征。图案是由线条、颜色、形状搭配而来并进行构图,这种抽象的美学符号就是古代先民们在生产劳动的过程中积累下来的。这种抽象的美学内涵促使文字的发展,进而促进书法艺术的发展。

西安文化作为一种城市文化,从现代社会发展的进程来看,它是以现代工业化、商业化的都市文化为主导的城市文化。现代媒体行业以迅雷不及掩耳之势发展传播,与丰富的城市生活水乳交融,形成了西安在当代城市中独特的文化韵律。从现代城市的文化语境看,陕西作为一个文化大省,聚集着众多文化名人,有作家、书法家、音乐家等众多著名的艺术家,共同构建了西安的现代文化。

1984年3月,"西安市书法家协会"成立,其现有会员超过七百人。它的成立对西安市的精神文明建设做出了贡献,同时以此促进全市书法艺术的繁荣和蓬勃发展,取得了较好的社会效益。但是,西安市书协着重举办书法的展览会、评选优秀书法少年等一些方面,并不能从根本上提升书法对本省市的地位与影响力。"陕西书法网"则是陕西第一个书法专业的网站,其目的则是倾力打造陕西书法的名片。陕西在创造和发展中国书法艺术上,有着无比辉煌的历史。西安碑林、宝鸡青铜、汉中石门、陈仓石鼓、榆林摩崖等都是富含着浓郁的书法气息和书法生命。不论是秦砖汉瓦、玺印封泥,抑或秦篆、汉隶、唐楷,还是王羲之的《兰亭集序》,颜真卿的《祭侄文稿》等等,都与古代长安的风土人情息息相关。这里的每一寸土地都散发着古老而又浓郁的汉字文明与神奇的书法传奇。长安有"书法之乡"的美称,它是全国各地书法家和书法爱好者魂牵梦萦的地方。西安还有"陕西省于右任书法学会""陕西青年书法家协会"等一些书法社团和协会,致力于陕西书法的发展研

---

① 转引自刘骁纯《书写·书法·书象》,选自《二十世纪书法研究丛书·文化精神篇》,上海书画出版社2008年版,第133页。

究。此外，书法艺术相关的指导性刊物的编辑与出版，以及西安市常年举办的各类书法学习班，无不在促进书法艺术在西安这座集古都文化与现代都市的艺术繁荣。

当我们在西安南门的城墙内看到"書院門"这一牌匾的时候，放眼望去，目之所及的是古色古香的古代建筑群，以及陈列着的众多书法、绘画作品和玉石、古董、刺绣、文房四宝等（图49）。走进书院门，这种浓郁的文化艺术氛围让我们感觉穿越了历史，回到了古代的长安，这种景观在其他地方是寻不到的。每年来西安旅游观光的游客不计其数，除了兵马俑、钟鼓楼、秦岭、大雁塔、曲江等以外，一定要来西安的书院门、碑林博物馆走一走，感受历史的古迹、文艺的传承才不虚此行。

图49　西安书院门

"书院门"古文化一条街，汇聚了陕西地方各色书法作品，分列着各式各样、纷繁复杂的书法大作（图50）。其中绝大多数是本省书法家也包括陈忠实、贾平凹等著名作家的墨宝，少数属于外来书法家的书法作品。当我们走进书院门，经过书法大师于右任的故居，古朴的古式木门庄严肃穆。大门上方正中是于右任亲笔题写的"源遠流長"（源远流长）的牌匾，这让人不禁联想起于右任曾在这里居住的身影以及研习书法字帖的情

第八章　砚边揽翠:北方作家的书法探索　279

图50　西安书院门街景

景。路过"關中書院"(关中书院)[①],其"尚德""崇文"的牌匾让我们肃然起敬,书院建筑宏大,皆为古式建筑群落,院内建有池塘假山、亭台楼阁、石桥门洞,古树环绕环境宜人。径直走向步行街时,墨香、檀香、花香等一起涌来,给人舒适畅快之感。让我们感触颇深的是:西安城墙之外四处林立着高楼大厦;钢筋混凝土的现代建筑在西安这座拥挤的大城市中央拔地而起。但是,西安的城墙外面不管改造得如何现代化,书院门内浓郁的书画气息不曾受到太多的影响。这里的人们,没有仓促,没有奔命之感,只有年轻有为的青年书法家和年逾古稀的老年书法家,他们出手不凡,书法作品各具魅力。游走在书院门的人,悠闲自得,自娱自乐,做着自己喜欢的事。兴之所至便写几幅字,平日便和来观赏的人一起谈论起书法来。西安当代的书法作品多集中在书院门,书法文化的气息增色不少。但是,商业气息似有沾染,这里仍有靠出售书法作品而维持生计的一部分人,书家也是普通人,他们也需要生存,通过出售书法作品换得些钱财,也无不可,我们似乎应予理解。

　　书法作为一种文化存在,与它所依托的地域环境分不开。社会经济、政治、哲学思想、文化传统等都影响着书法的走向,但无论如何变换,书

---

① 关中书院,位于西安南城门内宝庆寺东,书院门古文化街中段,今西安文理学院所在地。明神宗万历年间(1573—1620年),工部尚书、著名学者冯从吾因与阉党斗争失败,辞官归里,回长安讲学。先在宝庆寺聚徒讲授,后因徒众日广,地方狭小,于万历三十七年(1609),由当时陕西布政使汪可受、按察使李天麟等将寺东建成书院供冯讲学,谓之关中书院,为明代官办的地方性学术机构,明清以来享有盛名的学府。

法最终汇入传统文化的潮流中。西安汇聚了古代书法大师的灵感，影响着一代又一代的人。陕西作为文化大省，由此可见一斑。

西安是被世人尊称为"古都"的文化名城。其浓郁的文化气息不言而喻。在这样一个文化大省，书法艺术虽然时现生机，但是，书法艺术仍然被主流话语边缘化。在西安这一地域文化的语境下，书法文化面临着地位的缺失，并非书法艺术不复存在，而是用来烘托书法艺术的社会气氛及人文趋向的环境的缺失，使书法艺术逐渐边缘化，进而成为少数人的艺术（图51）。

图 51　西安书院门一角

虽然在西安市内，书法作品的各式展览会层出不穷，争先涌现，每年中的每个月都会有形形色色的书法展览，供社会名流、书法爱好者或完全不懂书法者前来参观。这些书法作品走进展览大厅，仅仅是供少数人来欣赏、品评的，抑或被社会名流以高昂的价格纳入私室成为日常家居生活和办公室中的装饰品。也许，我们在进入主人家的客厅时总会被大厅正中悬挂的一幅书法作品吸引。倘若这家主人是一位书法家抑或书法爱好者，厅中悬挂书法、绘画作品可以说是为了审美享受和艺术的熏陶。那么，对书法从来没有接触过，又丝毫不懂书法艺术，家中客厅中悬挂着一幅书法作品，却有"附庸风雅"的嫌疑。当家中悬挂书法作品成为一种地域文化风尚，积淀深久，也会成为自然而然的事情，反过来会影响到书法文化的社会性形成。西安，由于历史和现实的书法氛围较为浓厚，这里的书法文化土壤确实也非常深厚，较之于全国任何省区，这里的书坛故事很多，这里的民间书法也很发达,这里的文人书法更是名播遐迩,涌现出了一大批热爱书法、喜好挥毫的作家文人,连从事评论的学者和从政的官员也多有受到影响者。

二 文人作家的书法世界

陕西是文学大省,也是书法大省,其中也有作家文人对书法文化创造的积极参与。20世纪90年代主办过"西安作家、书家自作诗词书法展览",近年来组织过全国性的文人书画展、陕西作家书画展、陕西作家书画手稿展等大型展览活动,① 一批秦地作家文人(包括文学评论家),如贾平凹、陈忠实、肖云儒、叶广芩、高建群、赵熙、吴克敬、方英文、雷涛、霍松林、孙见喜、晓雷、和谷、邢小利、费秉勋、程海、笔者等等,都对书法文化多有涉猎,在文学和书法的结合部进行了辛勤的耕耘,丰富了自己的人生,也创造了弥足珍贵的兼有文学和书法之美的"第三文本"(作品手稿或诗文书法)。这些作家文人或评论家,对书法文化也常有自己的心得体会。有记者曾撰文报道,曰《陕西作家正在"舞文弄墨"》②。该报道开篇介绍说:《天涯论坛》上有个著名的板块叫作"舞文弄墨",不少网络写手发迹于此。然而近年来,陕西作家也开始了"舞文弄墨",不是说他们都走上了天涯论坛,当上了网络写手,而是真正地进行书法创作。虽然大多数时候他们依然被认为是专业作家,可书界业内人士却评论,不少作家的书法作品也已经达到了一定的高度,甚至和专业的书法家相媲美。该报道认定"陕西文坛有一群文友兼书友",并特别提及贾平凹和孙见喜。该报道借孙见喜介绍说:陕西文坛有一群文友兼书友,大家都是作家,却也都爱好书法。据他了解,陕西作家圈中陈忠实、贾平凹、高建群、肖云儒、赵熙、晓雷、雷涛、和谷、邢小利、方英文、费秉勋等不

---

① 据西部网文化讯(记者 高敏)2012年12月26日上午,今日长安美术馆在西安盛大开馆。陕西省委宣传部副部长、省文联党组书记刘斌,陕西省作家协会党组书记、常务副主席雷涛等为开馆仪式揭牌。开馆仪式后,由陕西作家协会、陕西文学基金会、陕西日报主办,鑫华府集团承办的"陕西作家书画展"剪彩仪式举行,本次书画展览展出近百位陕西作家及著名书法家的300多幅作品。陕西省委宣传部副部长、省文联党组书记刘斌,陕西省文化厅副厅长刘宽忍,陕西省作家协会主席贾平凹,著名文化学者肖云儒等悉数参展。本次展览从2012年12月26日开展,持续到2013年1月10日。有网民赞曰:"凤舞龙飞穿纸背,自成一家竞风流。关中自古人杰地,今朝长安墨宝香。"《三秦都市报》记者在2012年8月18日即报道:文坛陕军不仅举起了文学的旗帜,也将举起书画创作的旗帜。

② 张静等:《陕西作家正在"舞文弄墨"》,《西安晚报》2010年7月26日。

少人都写得一手好字，可以说在陕西作家圈暗流涌动的是书法，而作家们经常也就书法技艺交流切磋。该报道还重点介绍了著名文学评论家肖云儒与书法的结缘："其实最早我写书法，并没有太多想法，因为自己长期伏案工作，腰椎间盘突出，而写毛笔字是站着写，就把它当成一种锻炼的方式。"不过渐渐地，肖云儒发现写书法不仅是锻炼身体的方式，更可以排除杂念，涵养内心，"如果说书法是心灵的散步，那文学创作则是一种心灵的跑步，所以我喜欢上了书法"。肖云儒说在进行书法创作的同时，他发现了与文学的相通之处，且不说书法能让人心无杂念，更重要的是线条的飞动其实也是一种创造，无形之中调动了自己的形象创造能力，"所以我说书法能够养生、养心、养灵"。至于养家，肖云儒也坦言，当书法有了市场后，书法作品能带来经济效益。"当然文学作品也能带来经济效益，但远不如书法作品来得快。而且文学是个苦差事，呕心沥血、费尽心思写出来的文学作品未必能直接换成经济上的收益，相比之下，用书法养家也就更容易一些。不过我也承认，目前书法回报有泡沫，再加上书协会员、顾问等等名号，作品的价格也水涨船高，价格和价值究竟是否相符，这也是个无解的问题。而且导致人们一窝蜂追名逐利，从而丧失了书法本来的出世超脱的精神。"这种情况其实在高校中也存在着。但从主导方面看，从事文学研究、诗文创作和书法活动的一些学者，也意识到了书法文化的多种功能，并不拒绝进入多向度的文化追求，即使在书法市场化面前，也没有坚拒的姿态，但并没有沦落到任人摆布的随波逐流、同流合污的地步。比如长居高校学院的霍松林，是陕西师范大学文学院的老教授，他作为教育界、诗词界、文艺界的跨界人物，其书法造诣已经受到比较广泛的赞誉。霍先生出生书香门第，幼承家训，终获不菲的成就。霍松林先生的书法得益于他的文学修养与理论建树。在《书法教育报》上，霍先生作了一首长篇《论书诗》，"诗中较系统地阐述了书法的产生和发展、书法艺术的美学特征、书法欣赏与创作的基本规律、学习书法的正确途径，以及如何克服当前书坛流弊等一系列重要问题，言约旨深，堪称诗体书论"。[①] 他写到书法的形态艺术时这样说道："文字本工具，诗文载以出；书写传情意，字随情起伏；情变字亦变，万变宜可读。……"他的这种书法观源于中华传统文化的书法观，先生的言行、态度、作风、精

[①] 引自陕西书法网 www.snshufa.com，赵刚，《诗文书法皆余事耳　然余事亦须卓然自立——访陕师大教授、著名唐宋诗词研究专家霍松林先生》，2009 年。访谈时间 2007 年 9 月 22 日。

神、胸襟、学识都值得年轻学子认真去研读。而西北大学的费秉勋先生，情形与霍先生类似，也能将学识和书法、诗文趣味和书法创作紧密结合，达到了相当高的人生境界和艺术境界。如果从跨界的文化视野进行审视，在书画界也有大量兼能诗文的书画家，恰是他们的辛勤努力，将书法文化和文学文化进行了深度融合，延宕弘扬了中华的文脉以及汉字文化的辉煌。在这方面的细致探索还有待来日。

面对全球化时代的多种文化征候和书法文化处境，我们需要重申中国书法的文化内涵。书法的本体依据是文化，也是文化的审美呈现。北大的王岳川先生根据书法的艺术形式将书法分为内法和外法，内法是笔法、字法、墨法、章法等，外法则为生命之法、境界之法与精神之法。当代的文人学士业已成为书法文化创造的一支生力军，尽管不少人总将他们排除在书法界之外，但文人作家作为名副其实的文化人，他们中的部分有心人已经将传承和创新书法文化当作一种责任，他们所创造的书法世界业已构成一种引人注目的文化现象。

在陕西当代作家文人圈子里，能够将文学和书法紧密结合且都有广泛影响的代表人物，自然应首推贾平凹。也许可以说，贾平凹首先是一位文化人，其次，他才是一名作家。他对陕西这片热土可以说是爱得深切。贾平凹也是让陕西走向世界的文化名片。他的名字已经成为一种文化符号，象征着西安的文化形象。他是当今文坛难得的文学艺术家，他的书法如同他的小说一样受到世人的关注。但是，他的书法作品一如他的文学作品《废都》一样，曾遭到人们的百般刁难。但终于因为渗入了浓厚的文人生命气息而虚名至今，且越来越为世人所理解所接受。贾平凹曾经说过"书法作品缘于天性，又以博学为基础，一经开发，犹如沃野上的树，见风便长"。[①] 贾平凹书法的书写内容与所书写的形式透出浓厚的中国文人气息，即作为文人书法所承载的文人的文化气息（关于贾平凹书法后面再详述）。

书法的文人气息为中国文学的民族化和走向世界作出了巨大贡献。中国古人早有"文如其人"的说法，而"书如其人"也是我们古人的一种信念。苏轼的《论书》："言有变讷，而君子小人之气，不可欺也。书有工拙，而君子小人之心，不可乱也。"[②] 在苏轼看来，书法艺术的本质与人自身的品格相一致，就是我们今天所说的"书如其人""字如

---

① 转引自冯肖华《贾平凹作品生态学主题研究》，陕西人民出版社2009年版，第202页。
② 引自苏轼的《论书》。

其人"。事实上，这一评价尺度有失偏颇，并不是客观的，但有可取之处。因此，书如其人，也不尽然。秦桧、宋徽宗的书法丝毫不差。但秦桧的人品是遭到世人唾骂的。而宋徽宗作为南宋皇帝，在政治上昏庸无道，但是他的书法却颇受后人喜爱。由他独创的"瘦金体"书法字体，成为后人学习的楷模。可见，书法作品所表现的并非与人品完全等同的。但是，在一定程度上，书法作品确实能体现出书法家的某些性格特点。

在这里还想特别另一位西安市代表作家，即获得鲁迅文学奖的西安市作家协会主席吴克敬（其前任是贾平凹），在文学创作和书法书写及研究方面都取得了相当可观的业绩。特别是，他能够坚持用文学形式来传扬书法文化精神，讲述古今书法大家的人生故事。在这方面出版了多本著作，如《书法的故事》《碑刻的故事》及书法评论集《纸上风流》等，体现了实力派作家介入书法文化创造的很大优势，也体现了文学与书法彼此"滋养"、相得益彰的亲缘关系。有关文献资料显示，吴克敬从小就敬重传统文化，与书法文化渊源颇深。他自幼随父习字，初学虞世南；青年时期进入县文化馆工作，对钟鼎铭文长期心摹手追；后在媒体任职的近20年间，利用工作外出之便，寻访天南海北民间碑刻，得其精神坚质；随着年龄增长，他逐渐深入书法根本——以书养心，抒发心声。他亦期望能走一条碑帖相融之路，追求"舞蹈般华美，剑戈般森然"的书法风貌。在西安作家群乃至全国作家中，能够像他这样精研书法文化者确实罕见。比如他的60多万字的《碑刻的故事》，从陆机《平复帖》到近代于右任，对中国书法碑刻文化进行系统梳理，既有文学性，也有学术性，确实难能可贵。由于精研书法文化历史及书家书写经验，这对他自己的书法实践也有很大的促进作用，并启发他矢志追求自己的书法个性特点。而他的某些见解对文人书法或作家书法尤其具有"引导"的意义：他认为，技进于道，书法能于盈尺之间，构建国人精神家园；今人书法多抄袭古人而少有自己，作品缺乏文化的本体依据，如盲人骑瞎马，其行不远；真正的书家，是不会死去的，他的性命和他的书法作品，会永远根植在历史的血管里，不断刺激历史的脉动；书写是读书人最基本的技能，不会捉笔写字，还能称得上读书人吗？像笔者案头置放的《中国传世书法》三卷，随便翻来，没有一件作品是写他人的句子；手临是方法，心摹是本质，把传统优质的书家技能临习到手的时候，是还要把人家的文思和情感认真心摩在胸，壮大自己的知识积累、思想积累和性情积累，吐出自己的真言，写出自己的真字，或许才是最重要的；我是把书法当作"宗教"来信仰的，我练习书法,是希望安静自己,让自己进入无我的世界里去。①

　　书法艺术是关于人生修为的一种艺术。欣赏书法作品会让人感觉到生命的伟大、世界的和谐。在全球出现的精神危机问题,包括生态的破坏,大气环境的污染等,不完全是因为科学技术导致的,而是由于东方思想在全世界范围内的缺席。因为书法等的东方艺术思想在世界范围内声音微弱,以及过度的文化边缘化造成的。中国人口占世界人口总数的五分之一,在全球范围内地位突出,影响范围也广泛。书法艺术是代表东方文化的身份,书法在现代社会环境下继承传统,又不断创造新的书法形式,代表了中国书法的未来发展方向。中国书法是注重"和"的精神文化。

　　文学与地域的关系是社会文化的重要环节,早期的德国批评家 J. G. 赫尔德用自然的历史主义的方法将作品看作是社会环境的组成,将气候、种族、地理、习俗、历史事件以及政治等作为影响文学的因素,且文学的发展依赖于社会生活条件之和。生活倾向、生命气质的不同形成文学气质的差异性。时代则是影响文学的一个外在因素,也是一种既定的推动力。时代的走向也制约着某种文学才能和风格的发挥。这种制约是通过时代精神或特定时代的民族心理而产生作用的。地域不仅塑造了人的体质,还塑造了人们的性情。自然环境塑造了人的性情并且决定了人们适应环境和社会文化与经济的方式。而人们的性情和语言文化交流方式是影响文艺风格的决定性因素。

　　正如京津文化之于老舍,上海文化与海派文学,三秦文化与秦地文学,都表明了地理要素对文学的重要性。作家生活的地理环境是文学想象的源泉,是真正塑造文学地域风格差异的无形之手。不同的地域环境赋予了文学以独特性的地方色彩。文学具有民族性,是历史的客观事实。"民族的生活、民族的习俗、民族的语言、民族的思维和民族的审美等,都会像血液一样流淌在文学的河床之中。然而民族性的形成和延展都与一个至关重要的因素相联系,这就是'地域'。"② 陕西文人书法,也与三秦文化有着密切的关系,包括与秦地当代经济社会的现实联系,也相当紧密,并在视觉文化层面有所体现。

　　我们知道,书法在千百年的历史进程中,一直备受世人重视,然而我们在进入现代社会后,开始使用钢笔、圆珠笔、签字笔之后,书法似乎离

---

①　吴克敬:《纸上风流・跋文》,《百花洲》2010年第1期。
②　李继凯:《20世纪中国文学的文化创造》,中国社会科学出版社2009年版,第350—351页。

我们的日常生活越来越远。在当代社会中，书法艺术的实用性不及古代，但书法的艺术性及其审美内涵却在不断升温。书法作为我国古代的书写形式之一，有其不可估量的重要价值。我们今天倡导书法，是因为书法对城市文化的发展建设具有多重意义。进入新时代，读图成为这个时代审美的主旋律。书法艺术的视觉文化的效应往往能带来强烈的冲击力，给人们留下深刻的印象。此外，书法艺术需要一代又一代的人来传承下去。我国的国粹绝不能在我们这一代丢失。因此要在教育界大力提倡书法，让青少年一代重拾书法，使书法从真正意义上达到重视并普及。

书法作为文字的载体，也是一种视觉艺术。它承载的不仅仅是语言信息，而且还包含了图形的象征意义。书法本身就是笔画、线条组成的文字符号，具有图像的审美功能。因此，世界语言文字中，汉字常被人称为最美的图画。文字经过书法艺术的想象和加工，使书法作品成为一种艺术形象，具有强烈的视觉感染力。所谓"视觉文化是指文化脱离了以语言为中心的理性主义形态，日益转向以形象为中心，特别是以影像为中心的感性主义形态"。[①] 视觉文化从人们的生活与消费状态直至思维方式等都有新的变化。狭义的视觉文化则是指，以书法、绘画等为代表的视觉产品及其载体所形成的社会文化的一种现象。本文多采用狭义的视觉文化定义。

文字发明之始即为书法艺术形成之时。而在文字发明之前，人类是靠口头传播信息。文字发明之后，人类就进入了书写的时代，书法也随之产生。以文字为传播媒介在人类文化史上曾占有重要的地位。书法作为文字的载体与书写传播时代有着极为密切的关联。千百年来，同图像、声音等符号相比，承载文字信息的书法是一种极为重要的符号工具。书法构成了社会文化的基本资料。史料的记载，国家大事的记录等皆通过文字来完成。几千年的书写历程使书法艺术步入了正轨。而那些掌握文字的群体则成为当时社会文化权利的掌控者。在现代的视觉符号系统中，影像占据了核心地位。人类的视觉也因此而前所未有的丰富起来。"读图时代"命名了这个时代文化信息的传送与接收。书法艺术虽然主要是在白色宣纸上书写的黑色墨迹，且材料普通易得，也无法跟影视、音乐、戏曲、绘画等相比，但是它的艺术效果却非同凡响。中国现代著名的作家沈尹默曾在《书法论丛》中说过，书法能显示惊人奇迹，无色但具有图画的灿烂，无声却有音乐的和谐，引人欣赏，心畅神怡。可见，沈尹默对书法欣赏的感受是真实的。他肯定了书法艺术的视觉效果与审美感知。书法艺术的审美

[①] 张国良、黄芝晓：《中国传播学：反思与前瞻》，复旦大学出版社2002年版，第282页。

第八章　砚边揽翠:北方作家的书法探索　287

即为"人的本质力量的对象化"的结果。对书法艺术的欣赏则是从视觉表象到审美想象的过程。通过对书法的艺术想象,才能真正实现对书法的审美。

书法艺术在西安文化的形成过程中,冲击着西安以及西安的文艺界。在 20 世纪 90 年代以来,书法的视觉冲击力以及它的艺术张力,富含了干预生活的思想内涵。因此在西安经济文化腾飞的同时,书法迎来了它的一个高峰状态。从而吸引了一批爱好书法艺术的青年人。近二十年来,全国各地每年都会举行各式各样大型或小型的书法展览会。而西安也不例外,书法展览会时有举行。但展览会的举行并不能引起市民足够的重视。相反,日常生活中看到的书法艺术却受到市民关注,给市民留下深刻印象(图52、图53)。

图 52　电影《羊肉泡馍麻辣烫》
宣传海报

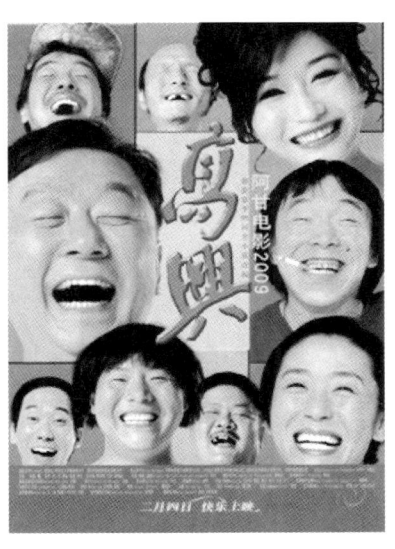

图 53　电影《高兴》
宣传海报

书法艺术具有广告形象的视觉效应,被越来越多的运用到产品的推介中去。在当下,产品的包装备受商家与市民的双重重视。包装的效果直接影响着产品的销售情况。在包装的过程中,将书法艺术运用到广告中去,使书法实现了消费引导的作用,以此来吸引市民眼球,达到其商业目的。从普通的生活日用品到高档电器等等,书法的视觉效应被广泛使用。市民也越来越依赖自己的视觉感官,引起消费欲望。在西安,特色产品、特色小吃充斥在市民的生活中。如下三图均属于西安特色文化的表现(图54、

图 55、图 56）。

图 54 "西凤酒"宣传包装　　图 55 "银桥"包装

图 56 西安小吃街景观

　　视觉文化的研究热潮，促使人们对文化转变的思考。而视觉文化是探讨与"看"相关的种种问题。书法作为这样一种视觉文化艺术，受到市民的青睐，也是建立在"看"的基础上。在当今视觉时代的背景下，城市展示给我们的是令人眼花缭乱、目不暇接的视觉感受。城市市民已经极为适应这种快节奏的生活，扑面而来的视觉感受勾起人们的欲望。在这种视觉引导下，城市市民的审美趣味发生转向。当代城市文化的现状促使大众接受这种改变。古城西安保存比较完整的城墙，早已失去了"城墙"本身应有的意义，而今只剩下作为城市旅游资源的文化意义。然而，书法视觉艺术的发展给市民新的视觉想象效果。它如同电影、电视般冲击着人们的视觉感官。而书法艺术可以是静态的，也可以是动态的艺术表现。静态的书法艺术是我们常见的，动态书法则是一种表现的艺术。正如2008年北京奥运会开幕式上的书法艺术，就是以一种动态书法呈现的方式将书法艺术表现得淋漓尽致。

可见，视觉文化的接受对象是以市民的形式存在的。而书法的潜在受众存在于视觉观众中，因而书法倘若试图继续保持其影响力，则必须从视觉上争取市民的喜爱。

此外，我们也应注意书法教育对西安文化品位提升的功用。

在很多人看来，书法不易学成。若想成为一名书法家岂是一朝一夕能练就的？研习书法不仅要靠充裕的时间来临摹练习基本功，还要有坚定的意志力，能忍耐寂寞。书法习之愈久，便愈能感受其中乐趣，陶冶性情，对人的身心发展亦有诸多益处。在古代，书法作为当时选拔人才的条件，对文人知识分子的生活产生极大的影响，从而推动了书法教育的向前发展。

在近现代文学史上，书法仍有着举足轻重的地位。曾在1918年，蔡元培在北京大学出任校长之际，成立了"书法研究会"，当时担任书法研究会会长的是沈尹默，这是现代大学教育体制里算得上最早也是最高学府的书法研究者。这一举动也是中国现当代文化文学史上，首次将书法组织与高等教育结合了起来，由此书法也发展至比较高层次的研究阶段。在进入21世纪之后，后继者成立了"北大书法艺术研究所"，艺术学科开始受到重视，这是一个教学理念的转型。王岳川担任重要职务，他认为书法艺术是"中国文化中的明珠"。"书法精简为黑的线条和白的纸面，黑白二色穷极了线条的变化和章法的变化，暗合中国哲学的最高精神'万物归一'、'一为道也'。同时，中国书法所展现出的中国文化的玄妙恰好是世界各国所缺乏的。……将书法与文化、哲学、传统思想、西方的最新思想融合，使中国书法同西方文化的前沿思想对话。"[①]

北京作为中国政治经济的中心，社会文化的先驱，总是率先进行大胆的尝试。西安作为中国的另一重镇，虽然地处内陆，但是仍然试图进入中国文化的中心地带，并与国际接轨。近些年，很多大学开设了书法专业课程，不仅是师范类院校，综合性大学也相继开设这门课程。书法

---

① 王岳川：《书法身份》，北京大学出版社2008年版，第240页。

教育并不集中在中小学教育的初始阶段，现已转入高等教育体系。同时还展开了书法不同学位的授予，包括学士、硕士、博士学位。中国书画等级考试委员会的成立，使书法成为继大学英语四、六级，计算机一到三级之后的新的一种中国教育体制下的等级考试制度。就书法等级而言，分为一到十级。这一举措的出台，对书法的传承有一定的意义。

在教育方面，西安不仅在文化上有较高的地位，而且还是高等院校集中的一个城市。书法也随之进入了西安高校的课堂。然而，中国书法教育并不能只集中在高校教育之中。中小学书法教育尤为重要。倘若从小就能培养学生热爱书法，受中国传统书法的熏陶，那书法自然也会影响着个人的一生。虽然，学习书法并不能立刻产生较高的社会效益，但是如果中小学语文教学对本应持久开展的书法教育无故抛弃，则会留下无可避免的阴影。书法在中国历史长河中的演变，无不体现出我们先祖丰富的想象力与创造力。在中国书法历经千年演变发展，证实书法与社会其他文化的紧密联系，先秦诸子的微言大义，文化史学的深邃，诗词歌赋的情景与共等等，书法都能将其融为一体。因此，书法发展史即为人类社会的文化史。故书法教育，是提高民族素质的途径之一。我们将学生学习书法艺术与优秀的传统文化结合起来，也是一种爱国主义的教育。书法的视觉效应能够培养学生的美感。进行书法教育，有利于使学生开阔视野，增长见识，陶冶情操，还有利于学生吸收中国传统文化的精髓。学生通过对书法笔画、结构、章法等的构成，通过审美想象力领悟书法的风格、气韵、情感等，最终使学生从真正意义上达到德、智、体、美、劳全面发展的目的。

书法教育利用书法的普遍性、形象性等诸多特点，使学生在视觉美的引导下和陶冶下，产生共鸣，从而达到教育的目的。因而，在中小学的基础教育之中，通过书法教育培育学生的方式是可行的。这一方式为学生今后的发展打下扎实的民族文化底色。西安是一个注重教育的城市，在发展政治经济的同时，在教育方面也不可松懈，因为培育好下一代就会对西安城市的建设产生积极的作用。西安的书法文化较为别的城市繁荣，故西安市民接受的书法艺术熏陶多于其他城市。

在西安这一国际化城市的大环境下，文人学士脱胎于现代教育制度，在现代社会生活节奏逐渐加快的城市里，很难像古人一样从悠然自足的观照态度中获得相应的精神慰藉。

三 西安书法文化的未来

书法文化本是中华民族所共有的，但西安书法更贴近和秉承了中国书法文化的传统。这里拟针对西安当下的书法文化的生存和发展空间做出一些分析。通过书法艺术在现代文化语境下的生存境遇做出探究，使书法文化在西安这一地域文化的背景下，在传统书法的基础上与西安现代化的都市文化相互交融。此外，还要通过对传统书法艺术观念的转变，重新审视书法的研究视角。我们不能把书法放在一个"纯艺术"以及传统书法固有的环境中去寻找出路，而是要调整视角，发挥书法所特有的视觉效应，并在社会文化的背景下将书法艺术注重书法技巧，转向注重书法的文化内涵。最终使书法艺术脱离困境，再获新生。

可以说，"现代性"是当今世界文艺领域十分关注的话题。"现代"一词在文艺领域的运用最先见于西方艺术流派的"现代派"，由此而衍生出现代主义、后现代主义等。此处的"现代性"是书法艺术所具备的"现实的""当下的"特性，与之相对应的是"过去的""历史的"传统性。从书法文化的一个侧面可见：书法文化的艺术生命力，是取决于书法的时代性、社会性、艺术性和人民性。

"现代书法"的提出，一方面是指时间上的现代，另一方面是指书法的评判标准。"1985年，才有了'现代书法'这一称呼，同时也涌现了这方面的思潮。1988年，在桂林举办的'首届中国新书法大展'，成为中国书法现代化追求的一个新的起点……无论是'现代'，还是'新'，都意味着它将与传统或古典不同。直到今天，这一现代化追求仍然在继续着。"[1]

现代中国书法的定位是"全球化中的中国现代书法"，即直面书法的"现代性"问题。正在发生的全球化，在经济全球化、技术一体化、交往跨国化等的特点外，最为明显的特点就是文化差异化和边缘化。传统的文化创造、传承、解读皆遇到重大的挑战。正是在全球化蔓延的时代，电子传播文化正在以一种势如破竹的形势取代纸质的书本文化。电子书式的阅读方式在文学的领域内逐渐普及，引起了阅读消费方式的一场变革。而网络文化的出现正在走向文化研究的出版合法性。这些变化在现代性的社会现状下愈演愈烈。促使艺术文化的生产与消费模式受到前所未有的挑战。这对中国传统的书法艺术文化的存在方式构成强大的冲击。"中国书法已

---

[1] 刘墨：《书法的"现代"观念及其反思》，选自王岳川编著《中外书法名家讲演录》（上），北京大学出版社2008年版，第294页。

经不是简单的传统书法,而是包含了传统书法,现代书法、后现代书法,以及学院派书法、行为书法、文化书法的多种意象。"① 书法能引起社会的广泛关注确实是一件好事,但是书法脱离了书法性,必将离书法这种特殊的艺术形式越来越远。现代书法与后现代书法无疑受到西方理论文化的影响,使中国的书法艺术从一个极端走向另一个极端。但是,后现代书法已经远离了"汉字",它是一种非汉字书法,是一种行为主义书法。一味地将西方理论融入书法艺术,为了让西方人更容易欣赏,这种观念有悖于中国书法艺术精神,也不能达到让西方人真正接受中国的艺术的目的。

在这个新新时代,现代书法的发展呈现出双向展开。一边瓦解着千年构建的传统书法,一边仓促地糅合西方艺术理论来建设着现代书法理论。这种错综复杂的书学理论在 21 世纪的中国形成一道蔚为壮观的图景。

在现代化过程中,书法的文化内涵与艺术追求被逐渐弱化。现代书法的出现是对传统书法的一种创新。但这种创新形式却超越了书法所能承载的范围。早期的现代书法将中国传统的书法艺术本质几乎全盘抛弃。美术学院的书法,注重形式的夸张、想象、变化。现代书法、后现代书法、行为书法等均出现在美术学院。师范院校的书法,特点是端庄、准确、传统。他们认为书院派的字不具有世界性和现代性。师范院校则认为美术学院继承的并非中国传统,不能代表书法发展的正确方向。美术学院注重书法的美术性特点,综合性大学的书法特点则是文化性的。最终在多方的争辩下提出了书法的文化性。"所谓书法,起码包括以下几个方面:首先是书法的技法,这是我们一上课,教授就会给我们讲的;然后是书法学,即书法理论;接下来是书法史,是书法的历史;再下来是书论史,即论述书法的理论著作。"② 从王岳川的见解中我们得知:美术学院倡导的现代派书法失去了书法艺术的本源。而学院派书法在现代文明的城市下,一成不变,没有创新,也是不可取。

在现代书法之中,有人将绘画与书法结合起来,使书法更像是抽象的绘画,这一方式显然违背了书法发展的要义。当然,书法与绘画本来就同属于一类艺术范畴,在绘画作品中加入书法创作的内容,有画龙点睛之效。但是,用绘画的笔触来创作书法就无法称之为是书法艺术了。这一行为完全抹杀了书法性特征。如同文学失去了文学性,何以称之为文学?书法没有了书法性,也就不再是书法艺术。书法性特征是整合了民间书法、

---

① 王岳川:《书法身份》,北京大学出版社 2008 年版,第 5 页。
② 王岳川编著:《中外书法名家讲演录》(上),北京大学出版社 2008 年版,第 231 页。

碑刻书法等的一种新的传统创新。书法本身就具有视觉的审美性特点。我们在书法的现代性融合中不能抹杀传统书法，而是要对传统书法加以创新。并坚持书法的线条美、结构美，以达到长期的、人文的、经典的文化美。书法艺术在出版、展览、学术研讨、专业团体活动等的现代化的推动方式下，催生了一批具有现代色彩的书学理论。

因此，中国书法艺术不需过分自我贬低，而迎合西方人的趣味。倘若能从整体上展现出中国书法艺术的魅力所在，具有中国浓郁的东方色彩，必将受到西方人的青睐。此外，在书法艺术的大力变革下，书法艺术与城市文化和城市精神文明相融合，是人们对文化生活的一种选择。显然，在现代文明的进程中，书法艺术的传统与现代的矛盾凸显出来。现代书法注重形式，张扬个性，被人们认为扭曲了书法，是反传统书法。其实，这种反对的声音恰恰有违书法文化精神的本质。反过来说，现代书法并非丝毫不可取，如果将西方的文艺理论运用得当，将中国书法发展为整合了传统文化中优良的因素，而又将后现代的理论创新结合起来，才是书法艺术发展的正途。

目前，书法艺术正处于传统书法与现代书法的转型期。传统书法已经不能适应当代文化精神的部分，且市民审美观念的转变也促使传统书法艺术的市场越来越窄。从交流方式来看，传统书法表现在以下三个方面：其一，书信往来。传统书法的实用性功能是第一位的。书信字体反映了个人的精神面貌。其二，建筑陈设。在古代建筑中，书法艺术作品普遍使用。如匾额、楹联、中堂条幅等。其三，文人雅士聚会，如王羲之的《兰亭集序》即为文人雅士聚会时的所创作的书法作品。而现代书法在交流方式上，差别于传统书法，表现在以下三个方面：其一，联合展览会或个人展览会。通常上百件书法艺术作品同时悬挂在展厅。传统书法没有这种数量庞大的书法作品的展示。其二，幅式的变化。现代书法的展览以扇面、斗方、对联为主。其三，字体的变化。在书法展览会中，书法作品包括了楷书、隶书、行书、篆书、草书五种字体，使展览的书法作品变化有序。而且，在同一字体的不同作品中，会演变出不同书法的风格面貌。因此，这种大型的展览会中会促使书法家们对展出的书法作品进行整体设计，激发了书法家的创作意识，由此而引发强烈的视觉效应。

此外，传统书法与现代书法的差异还表现在展示空间的变化。传统书法的艺术风格的变化取决于书法的展示空间，以此来带动书法艺术的审美观念。而现代书法是生存空间发生极大的变化。因为现代建筑不同于古代建筑，其风格变化大，促使现代书法不得不适应现代建筑的特点和风格。

　　由此可见，我们在书法的探索过程中，不必将希望寄托在西方，因为西方的审美方式不一定符合中国数千年传承下来的艺术审美精神。中国历史上书法艺术的发展，皆是在继承与创新的痛苦裂变中发展而来。因此，我们应该立足传统书法，并从传统中转换出来。涤除不符合书法艺术发展规律的方面，如不能把书法的载体——汉字从现代书法中割离出来，因为中国书法是以汉字为唯一表现对象的一门艺术。并尝试改变狭隘的或盲从的艺术心态，真正提高我们的书法审美眼光。最终将中国特色的书法艺术经整合、提炼的成果进行文化输出。

　　翻开中国历史，我们便可看出：中国历史是一部男性中心主义的历史。在中国社会历史发展的演变中，不仅是历史，即便是任意一部文学史、书法史皆是以男性为中心的活动史。在中国古代文学史上，我们能也只能看到如李清照这样的个别女性的出现。在中国的书法史上，王羲之师承卫夫人，因此在书法史上留下微不足道的痕迹。李清照作为著名的女词人也只是按照男性所固有的框架去书写，而不能创造出别的一种新格局。中国社会几千年的传统造就了男性的中心话语权。而女性，在中国历史上，却一直处于缺席的状态。

　　在陕西师范大学长安校区的博物馆内，展示了一种"女书"（图57）。这是中国古代民间流传的一种特殊的"书"，是专为女性之间的交流而创造的一种字体，只给女性看，而不给男性看，也只有女性才认识这种字体。由此可以看出，女性这种自创字体的行为，无疑是对男性中心主义权力的一种无声的反叛。在行为书法领域，书写者不以文字为书写载体，而是在女性身体上进行书写，把女性当作宣纸，是被书写的对象。

　　在20世纪八九十年代，"重写文学史""重写书法史"等口号一经提出，立刻引起学术界的反响。但是，中国女性自古都是被压抑的群体，在中国历史上很少予以重视，也无法进入历史。能进入历史的个别女性也只是在权力的暂时掌控下，争夺了话语权而名垂青史。我们现在所知道的大部分古代有才识的女性也只是从野史或他者叙述中得知。自古以来，女性仅仅是男性的附庸，是为衬托男性而存在的。因此在男性声音中才能看到女性的影子。在文学史、书法史的重新编撰中，将部分女性加入进来，使"史"更加热闹了起来。殊不知，中国两千多年的历史渊源，早已把女性排除在书史范围之外，且古代女子也得不到同男子一样的受教育权利，故女性缺席的根本原因是历史的原因，而非现代社会对女性的排斥。因为

第八章　砚边揽翠：北方作家的书法探索　295

图 57　女书《床前明月光》

在历史上几乎没有女性的声音，如今要将女性注入历史，也几乎是空谈罢了。

然而，19世纪以来，西方女性率先觉醒。易卜生的《玩偶之家》充分表明女性的自我意识的觉醒。中国在进入20世纪以后，女性才逐渐登上历史的舞台，开启男性之外的另一种叙述声音。中国现代文学史上最为称道的女性作家有冰心、丁玲、萧红、张爱玲等，她们在中国文坛享誉甚久。进入21世纪以来，女性视角不断地被书写，但是，女性的地位仍然与男性地位相差甚远。中国几千年的封建思想根深蒂固，岂是一朝一夕就能为之改变？在书法领域，女性爱好书法者绝非少数。但有几人能像男性书法家一样举办个人展览会？虽然，在西安作家中，女性作家有热爱书法者，但终究在男性话语之下无法形成女性视角的书法气候。

进入现代社会，文学已经成为男性与女性共同书写的领域，努力做到真正的百花齐放、百家争鸣。那么，书法艺术同样不是男性独霸的天地。要增加女性视角，使现代书法真正呈现出色彩斑斓、风格各异。

书法文化是以"文化"作为基石和生命的，倘若没有文化，单纯谈书法，那么书法也仅仅是结构、技法等的展现而失去了书法真正的生命力。文化书法，是超越技术后对文化内涵、文化修为、生命体验要求更高的一种书法。书法的社会意义决定了它的文化意义。中国的汉字和书法具有独特的深度和广度，这是其他一些国家的文字无法企及的。

从书法的传统与创新来看，传统是我们不可丢弃的一个话题，而创新则是我们永恒的主题。传统书法是对书法发展的一个潜在的提示和判断。但是我们并不能过于依恋传统，缺乏创造力和自信心，因为只注重传统书法的人很难成为当下的书法艺术家。生活在现代文明城市，我们有必要从整体上看待书法传统，将其作为一人文艺术学科，作为一种视觉文化艺术来研究。书法，看似单一的创作，实则是一个复杂的创作过程。它不仅是传统书法的笔法、章法、墨法，还涉及美术与文学相关，涉及人的生命历程以及书写者各方面的修养和素养。作为一种艺术形式的书法，有其自身的艺术规律以及独特的技术要求。书法家就必须在做好书法的本体工作以外，还要加之个人的修养和积累，才能创造出具有书法艺术生命的作品。

古人研究书法，最重"技术"。在中国两千年左右的书法演变历史过程中，书法的"技术"已经发展得炉火纯青，发挥到尽善尽美的程度。书法艺术已经达到了其艺术形式的顶峰。而今倘若书法艺术仍然按照传统书法的要求继续发展，书法这门艺术极有可能走向死胡同，把自己陷入泥沼不能自拔。正如唐诗宋词在中国文学史上已经发展到极致，后人无论如何模范也无法超越，唯有另辟蹊径，重新开创一片诗歌的新天地，反而更容易实现。如现代诗歌从萌芽到最终成熟起来，经历了一个世纪，形成各种诗学流派，各成一家之言。在中国现当代文学史上，现代诗歌在这一领域色彩斑斓，独领风骚。书法艺术也不例外，没有创新，书法也就没了出路。书法正经历着转型期的裂变与痛苦。

文化书法是从学者书法中演化而来的。它强调的是书法的文化内涵。古代留存下来的书法作品没有脱离了文化而存在的书法，但是，某件书法作品的文化含量和文化倾向不同。"学者书法"强调的是作者的社会身份，而非书法的审美本质的特点。

北京大学的王岳川先生提出"文化书法"，有其自身的考虑。文化书法是书法文化身份的体现。北大象征着思想启蒙的解放，学术前沿的探讨，对文化艺术的精神重塑等多个方面。在理论与实践方面颇有建树。北京作为中国的首都，是社会政治文化艺术汇聚的中心点。古城西安亦是文学艺术的另一个中心点、辐射点。西安逐步形成其独具魅力的特色城市，正在努力实现从历史文化古城向现代文化名城的转变。在文艺领域内，不甘落后，对书法艺术的创新发展势在必行。西安注重城市的建设，尤其重视文化软实力的建设研究。西安在继承传统书法的基础上，更要放眼于未来，使西安建设成为文化艺术繁荣的"现代文化名城"。

书法文化不仅有自身的跨文化的国际眼光，还有文化精神启蒙的书法问题意识。中国书法不能粗略地完全西化，抑或受西方后现代影响的狂躁的书法艺术才能吸引人们的眼球。书法文化应该在获得世界审美认同的前提下，以中国民族文化精神与东方文化魅力为支撑，撑起中国书法艺术的新天地。

笔者一直以为，无论是秦地文化还是其代表形态之一的长安文化，都是建构性的，有其不可忽视的动态的、发展的、变化的亦即不断建构的特征，兼容并蓄、博大精深、雄阔刚健且博雅大气，从"新国学"视野来看，尤其如此。比如，长安文化在历史上曾是无可争议的主流文化、官方文化，也是当时理想形态的都市文化、地域文化，长期在世界范围内特别是在东亚地区，长安文化都有着非常巨大的影响。作为中国历史上鼎盛时期极其辉煌的盛世文化，确实不仅泽被九州大地，而且惠及海外诸国。但由于政治经济军事方面的变故，长安文化也曾沦落尘埃，主要在民间日常生活中加以维系，在文化传承的意义上，长安文化则更多体现在精神文化认同或历史文化记忆方面，并经常通过文学艺术的形式呈现出来。迄今人们提及长安文化，脑海中便仍会很快想象出它的繁盛、开放、包容及大气磅礴、强劲有力，想起丝绸之路、西天取经等极富文化象征意味的事件。秦人或长安人的视野是世界性的，因此也衍生出"守正求变"的基本文化建设策略，渴望进入文化大融合的圆融境界，却也并不忽视变通，更不拒绝变化，这也是古今长安文化的魅力所在。甚至是吸引陕北陕南当代作家落户长安（西安）的一个文化之因。从大处着眼，历史上的长安文化对中国古代文学的风貌与古今文学的嬗变及文学思想的形成都产生了重要影响，而随着国际化大都市西安的崛起，长安文化的复兴和人文西安的兴盛也必将吸引更多的国内外文人，并给予更多的关注、研究和书写。

同时，西安也是一个令世界关注的城市。近些年来，西安被国家纳入建设"国际大都市"计划，由此，西安的文化界领导开始特别注重城市的文化建设，不断为西安的文化建设添砖加瓦。但比较而言，西安书法界确实还比较滞后。近些年，虽然在西安举办过多次书学方面的学术研讨会，且经常筹备各类书法作品展览，但笔者认为其效果差强人意。要想形成独特的地域书风，首先，应该有鲜明的主题或个性。西安书法特点应突出陕西特色的风土人情，从地域文化中发掘艺术资源。其次，书法艺术的发展依赖于地域经济以及对文化的传承。西安浓郁的文化气息是被外人所仰慕的，但是，我们不能丢掉这份可贵的荣耀，但也不能完全依赖它，否则，书法艺术就只能故步自封，停滞不前了。在经济方面，西安渐有起色，旅游业，工商业逐渐发达。这是推动西安书法文化的物质基础。再次，书法艺术的繁荣离不开创新。西安书法要融入时代社会生活中去，才能有艺术的鲜活性，才能被市民们喜闻乐见。此外，"群体成员的共同努力和对外宣传包装亦是形成地域流派的重要条件。任何一个流派的兴起都需要依托一些主将的影响和一个艺术家群体的形成，需要群体成员共同为着一个既定的或者共同认定的目标跟进，才能形成具有团体效应的'流派'，否则，如果缺乏具有引领作用的主将和一定中坚力量的队伍阵容是谈不上'流派'的"。① 在此过程中，还要加强书法队伍的建设，营造一个能推出书法名家包括著名作家书法的环境。在信息时代，通过各类传播媒体，传播西安书法艺术文化，深入民众，且逐步推向更为广阔的领域，加快书法文化国际化步伐，将重构的西安书法文化作为国际化大都市西安的一张闪耀灿烂辉光的文化名片。

  在西安文化的研究中，从保护西安民族的精神家园出发，开拓视野，使书法文化能够继续发展光大，更加贴近广大市民群众，激发出市民内心深处的民族文化意识，最终将西安书法艺术推向一个文化的新高度。在这样的文化追求过程中，陕西作家文人也要发挥越来越大的作用。

  西安文化研究及书法文化研究成为后人应予珍惜的思想文化资源。西安文化是中华民族独具特色的地域文化。书法文化则是中国两千多年传承下来的一门文化艺术。书法艺术在地域文化的基础上有其自身的发展规律。书法文化在中国传统文化的整体发展过程中受到社会区域文化的深刻影响。而中国文化思想呈现出多元化的结构，多元思想相互争斗，相互交融。中国书法直接受文化思想的影响。所以，书法文化亦呈现出一种多元的文化格局。在文化的全球化语境中，文学要坚守其地方性与本土化的特殊意义，书法也不例外。它至少要保证让市民看到风格各异的书法作品，而非千篇一律的格调抑或模式。保持书法的本土化特征，是书法发展的一种走向。在当代文化语境下，越来越多的文学、影视、书法等作品被涂改，传统文化遭到颠覆。随意涂改和戏说文化的现象屡见不鲜。影视作品《越光宝盒》，即对三国故事的肆意创改，它颠覆了传统的伦理道德。后现代书法，使书法艺术从传统书法中蜕变出来走向一个极端。

  当我们行走在城市的大街小巷，即可看到这样的一类人，他们其貌不扬，游荡在繁华城市的街口。他们能写出一手漂亮的钢笔字，他们是为过往的行人设计艺术签名。这种艺术字体的运用，无疑是从书法艺术之中演变而来。"书法的个性化发展"使书法艺术最终走向现代。故书法是能够使人终身受益的一门艺术。

---

① 王兴国：《多维视角下的当代书法批评》，安徽美术出版社2008年版，第206页。

第三节　秦地"双坛"群英掠影

"秦地"在陕西也被称为"三秦大地",主要指陕北、关中和陕南三大区域。这里是中国历史上周秦汉唐崛起的地方,也是红色圣地延安升华革命文化、创造新型国家的地方。于是对于进入20世纪和21世纪的秦地作家而言,便有了无限的自豪感,有传统的作家们是有福的,秦地由此在现当代依然诞生了很多优秀的作家。这些作家驻足在三秦大地上,观照着秦地文化的行旅和秦地纷纭的社会人生,通过勤奋书写创构着秦地的文学世界。正所谓"翘首西秦惹梦思,挥斥方遒会有时"。秦地作家常有大抱负,书写大文章,且颇多注重书法者。在现当代的陕西作家中,能写善书的作家可以列出长长的一大串名单。我们这里限于篇幅,且采取"砚边揽翠"方式,介绍和评点若干位秦地作家与书法文化的关联情况。这不仅对北方作家群体而言是挂一漏万,即使就秦地作家而言,也是如此。但借此可以管中窥豹,可以看到仍有一些作家以传承"文学·书法"合金文本、文脉为使命、为爱好,倒也是一个不错的选择。

如前所述,在当代陕西作家群体中,喜爱书法的作家较多。当我们将那些能够写一些思想随笔或学者散文的文学研究者,甚至将能够创作旧体诗词的知名学者也纳入视野的时候,就会看到有更多的文化人与书法文化建立了密切的关系。笔者曾在参加文化厅活动时与肖云儒先生交谈,就陕西作家书法了解了一些情况,并由此引起了一系列相关思考:作家协会应该与书法协会从组织层面加强互动,不是加剧二者的分离或对立,而是要千方百计地促进二者的结合,要从民间的、个体的作家与书法家或书法家与作家的程度不同的交叉及结合,发展到组织层面的协调和发展,在中国特色文化传统中,这样做的效果会相当显著;甚至作家和书法家也可以联袂为社会公益事业做一些事情,除了大灾大难中联手奉献"书法文学"(既是书法,也是文学的文本),还可以联手进行书法教育,相约到各类学校去讲授书法文学书法文化甚至书法技巧,加强书法与文学的"基础教育",这无疑对书法和文学命运的维系和发展都有重要的意义。心中存锦绣,笔下有乾坤。这不仅对文学家是如此,对书法家也相当重要;人说"工夫在诗外",道理相当明显,历史应该记取,却也应当反思,书法文化与时俱进的追求和拓展,也必然包含着适应性的转型和创变,包括要学会将书法文化与电脑技术结合起来,加快书法文化的创造和传播,这里存在大量的未知情况需要探讨，计算机书法的研究才刚刚起步，也需要文学家和书法家给予共同的关注……

近些年来，研究当代陕西文学的角度和方法更趋多样，其中从文学文化学或跨学科角度研究文学的潮流仍是方兴未艾。类似的课题如"陕西地域文化和文学关系研究""陕西历代重要作家作品和文学流派研究""陕西戏剧音乐舞蹈美术研究"等课题，都将文化与文学的关系、重要作家和美术等纳入了研究视野，由此即可见出文学研究的持续拓展和逐渐深入。的确，"文学现象"牵系着文化的方方面面，相应的研究成果也堪称丰富丰硕。其中有深入探讨现当代文学与传统文化的许多成果，也有一些将作家作品与音乐、绘画、书法等艺术形式进行相关性的个案研究，但从中却很难发现对当代陕西作家与书法文化（包括书法艺术但不限于此）进行整体研究的成果。国内学术界亦有个别学者（如王岳川等）对书法与文学、古代诗文与书法等话题给予过专题讨论，国外学术界（汉学）则基本不涉及现当代作家与书法文化这样的话题，即使像影响很大的汉学家夏志清、李欧梵、王德威及顾彬等人也都未涉及这一论域。即使随着学术视野的扩大，有的学者立意要对现当代文学进行跨学科研究，且其跨学科研究涉及了不少艺术样式，可惜也都忽视了现当代文学与书法文化的密切关系。因此可以说，国内外学术界迄今为止尚未对"当代陕西作家与书法文化"这一重要课题进行整体研究，现有相关文献的收集和整理也远未到位，所以亟待加强这一课题的整体研究。从这样的学术视野来考察陕西重要作家的研究迄今也很少见到。只有对个别作家如贾平凹有较多的评介（如论集《贾平凹书画艺术论》、木南编《贾平凹书画》等），但迄今尚无对陕西当代作家与书法文化的系统研究（图58）。对陕西作家群与书法文化的多种多样的关联明显注意不够。其中对老一代陕西作家与书法文化的关注十分缺乏，对贾平凹同辈作家如陈忠实、高建群、孙见喜等也关注不多。这说明在个案研究方面也存在着明显的不足。同时，对那些疏离书法文化的作家，其实也应进行相关研究，探讨其疏离书法文化的深层原因，显示社会发展带来的变化及存在的某种文化缺失。即使随着学术视野的扩大，有的学者立意要对现当代文学进行跨学科研究，且其跨学科研究涉及了不少艺术样式，可惜也都忽视了现当代文学与书法文化的密切关系。

总之，从目前研究现状来看，"当代陕西作家与书法文化"这个话题还确实是个很新颖的学术命题，尤其是就当代陕西作家与书法文化关系的整体研究而言，具有原创性和填补学术空白的性质，并且具有较为宽广的

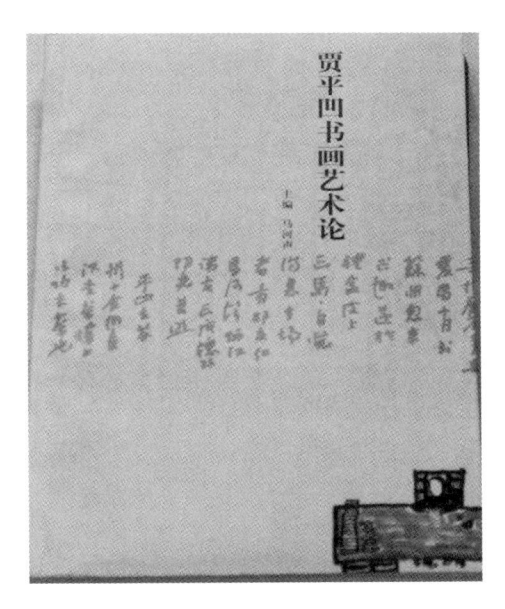

第八章 砚边揽翠：北方作家的书法探索 301

图58 《贾平凹书画艺术论》

论域和相当丰富的意义。要而言之，主要有这样一些重要的研究意义或社会效益：其一，在中国特色的文化传承和文化建设的意义上，当代陕西作家与书法文化的关联是很值得关注和研究的：作为文化现象，当代陕西作家与书法文化的关联相当密切也相当显豁，对"中国创造"的书法文化（基本同于书写文化）的传承和弘扬起到了重要作用，由此表明，现当代作家包括陕西作家不仅代表着"新文化的方向"，而且也代表着"弘扬优秀传统文化的方向"；其二，从文学文化学或"大文学"的视野来观照当代陕西作家，即可发现仍有一些陕西作家将书法书写与文学书写结合了起来，二者可谓相得益彰，尤其是书法文化对某些作家生命的滋养和创作生涯的辅助作用也可谓深切入微；其三，有些作家在书艺、书学上亦颇有造诣，对书法活动也介入较多，从而与书法文化建立了密切而又复杂的关系，并对社会文明、当代作家及书法仍具有重要影响，体现着文学介入书法、书法传播文学的文化特征以及多种文化功能；其四，从宏观的历史发展角度看，当代陕西作家主体和书法文本亦为历史文化的"中间物"，文学文本与书法文本化合为"第三种文本"，并成为"中国创造"的艺术文化可持续发展的一股重要力量与一种活力资源，这对启发后继作家及文学青年也有不可忽视的作用。

但是，要深入研究作家手稿确乎不易。即使仅仅考察陕西当代作家书法及手稿，难度也相当大。首先是陕西当代作家书法真迹散见于各种馆藏与民间，收集整理极为困难。陕西作为文学大省，在书法文化的贡献上世界闻名，在作家书法方面也有比较可观的成绩。在陕西作家网上就设有专栏"作家书画"，挂出来的作品虽然只是九牛一毛，却也已经具有一定的代表性。但要进行系统研究，资料确实存在不足，只能通过各种渠道尽量收集、积累和研究（实际涉猎将不少于数十位作家），还要努力辨其真伪。其次要从大历史、大艺术的角度进行考察，需要具备兼通文学和书法的知识结构及文化修养。再次是可以借鉴的相关研究成果很少，要努力开拓，才能有新的突破。复次是要仔细辨析已有的某些简单判断与误解。

但这里却并不能全面贯彻上面的研究思路，也不可能对有所造诣的所有陕西当代作家进行逐一研究，仅仅采取撷英的方式，在前述的基础上，再就五位陕西作家书法进行若干文化考察。

一 贾平凹与书法文化

在北中国，有几位著名作家的书法都颇为人知，如冯骥才擅长书画，且有关于文人书画的书文问世；张贤亮的书法和他经营的"西部电影城"一样，成为人们驻足观赏、赞叹有加的对象；莫言书法以"左书"见长，仿佛就是文人作家群体中的"费新我"，且特别喜欢书写自己的诗文……他们的书法就像他们的"脸面"一样各有"形色"，个性特征非常鲜明。

与这些书法家一样，贾平凹的书法个性也很鲜明。诚然，书法艺术是一种表现高度个性化的艺术形式，不同的书写者具备各自独特的书法艺术风格，在书法的艺术追求上也是有很大的差异，其书法风格表现出千姿百态、各领风骚的不同意味。即便是唐代著名的四大书法家，从现存的书法文献资料中可见，其书写风格迥然有异。贾平凹作为当今具有世界影响的著名作家，在书法创作方面也充满了创造活力。迄今已经有多部书画集问世，如《贾平凹书道德经》《当代名书画家精品集·贾平凹》《贾平凹千幅精品书法集》《贾平凹语画》《贾平凹书画》《贾平凹书画集》等。尽管平凹书法业已成为一种重要的文化现象，在如何看待和评价上颇有争议，然而笔者总以为平凹书法已经成为一种客观的显赫存在，注定是要进入中国当代书法史、陕西当代书法史的，需要我们认真对待。这里将其单列进行专题分析，也便是这种认真精神的体现。鉴于已经有了一些关于贾平凹书法的文章，我们在此仅仅结合真切的感受，强调一下贾氏与书法文化结缘所形成的几个值得关注的"节点"。

其一，饱含文化气息的书法。

面对全球化时代的多种文化征候和书法文化处境，我们重申中国书法的文化内涵。书法的本体依据是文化，也是文化的审美呈现。北大的王岳川先生根据书法的艺术形式将书法分为内法和外法，内法是笔法、字法、墨法、章法等，外法则为生命之法、境界之法与精神之法。文人学士成为书法界的一部分，而成为书法界之外的文化人，将书法艺术看作一种文化现象。

贾平凹首先是一位文化人，其次，他才是一名作家。他对陕西这片热土可以说是爱得深切。贾平凹也是让陕西走向世界的文化名片。他的名字已经成为一种文化符号，象征着西安的文化形象。他是当今文坛难得的文学艺术家，他的书法如同他的小说一样受到世人的关注。但是，他的书法作品一如他的文学作品《废都》一样，曾遭到人们的百般刁难。

贾平凹曾经说过"书法作品缘于天性，又以博学为基础，一经开发，犹如沃野上的树，见风便长"。[①] 贾平凹书法的书写内容与所书写的形式透漏出浓厚的中国文人气息，即作为文人书法所承载的文人的文化气息。

图 59　贾平凹书法作品《丹水》

书法的文人气息为中国文学的民族化和走向世界作出了巨大贡献。中国古人早有"文如其人"的说法，而"书如其人"也是我们古人的一种

[①] 转引自冯肖华《贾平凹作品生态学主题研究》，陕西人民出版社 2009 年版，第 202 页。

信念。苏轼的《论书》:"言有变讷,而君子小人之气,不可欺也。书有工拙,而君子小人之心,不可乱也。"① 在苏轼看来,书法艺术的本质与人自身的品格相一致,就是我们今天所说的"书如其人""字如其人"。事实上,这一评价尺度有失偏颇,并不是客观的,但有可取之处。因此,书如其人,也不尽然。秦桧、宋徽宗的书法丝毫不差。但秦桧的人品是遭到世人唾骂的。而宋徽宗作为南宋皇帝,在政治上昏庸无道,但是他的书法却颇受后人喜爱。由他独创的"瘦金体"书法字体,成为后人学习的楷模。可见,书法作品所表现的并非与人品完全等同的。但是,在一定程度上,书法作品确实能体现出书法家的某些性格特点。

贾平凹的字,西安市的街道上随处可见,不少景区、公司、学校、饭店、工厂和商店等处可以见到他的墨宝。人们对他的字也常会议论纷纷。有的人认为他的字是越写越好了,有特点,有个性,但严格意义上讲,还是属于名人字,人们买他的字,主要是买他的名气,其次才是书法。但也有的人对他的字不屑一顾,认为其书法丑陋不堪,笨拙且较少根基。其实,贾平凹对书法的追求从少年时代就开始了,且对书法理论修养也较为深厚。他在20世纪80年代曾受人所托写过很多书法评论的文章,多能切中肯綮,要言不烦。他在书法领域广泛涉猎,接触了不同的书法风格作品与书法理念。贾平凹曾经说过:"书法作品缘于天性,又以博学为基础,一经开发,犹如沃野上的树,见风便长。"② 这其实也是夫子自道。尤其难能可贵的是,贾平凹书法的书写内容与所书写的艺术形式透露出浓厚的中国文人气息,即作为文人书法所承载的文化气息。

其二,书法与文学的生态。

书法艺术是关于人生修为的一种艺术。欣赏书法作品会让人感觉到生命的伟大、世界的和谐。在全球出现的精神危机问题,包括生态的破坏,大气环境的污染等,不完全是因为科学技术导致的,而是由于东方思想在全世界范围内的缺席。因为书法等的东方艺术思想在世界范围内声音微弱,以及过度的文化边缘化造成的。中国人口占世界人口总数的五分之一,在全球范围内地位突出,影响范围也广泛。书法艺术是代表东方文化的身份,书法在现代社会环境下继承传统,又不断创造新的书法形式,代表了中国书法的未来发展方向。中国书法是注重"和"的精神文化。

文学与地域的关系是社会文化的重要环节,早期的德国批评家 J. G.

---

① 引自苏轼的《论书》。
② 转引自冯肖华《贾平凹作品生态学主题研究》,陕西人民出版社2009年版,第202页。

赫尔德用自然的历史主义的方法将作品看作是社会环境的组成,将气候、种族、地理、习俗、历史事件以及政治等作为影响文学的因素,且文学的发展依赖于社会生活条件之和。生活倾向、生命气质的不同形成文学气质的差异性。时代则是影响文学的一个外在因素,也是一种既定的推动力。时代的走向也制约着某种文学才能和风格的发挥。这种制约是通过时代精神或特定时代的民族心理而产生作用的。地域不仅塑造了人的体质,还塑造了人们的性情。自然环境塑造了人的性情并且决定了人们适应环境和社会文化与经济的方式。而人们的性情和语言文化交流方式是影响文艺风格的决定性因素。

正如京津文化之于京味小说,上海文化之于海派文学,三秦文化之于秦地文学,都表明了地理包括自然地理和人文地理的诸多要素对文学的重要性。作家生活的地理环境是文学想象的源泉,是真正塑造文学地域风格差异的无形之手。不同的地域环境赋予了文学以独特性的地方色彩。文学具有民族性,是历史的客观事实。"民族的生活、民族的习俗、民族的语言、民族的思维和民族的审美等,都会像血液一样流淌在文学的河床之中。然而民族性的形成和延展都与一个至关重要的因素相联系,这就是'地域'。"[①](图60)

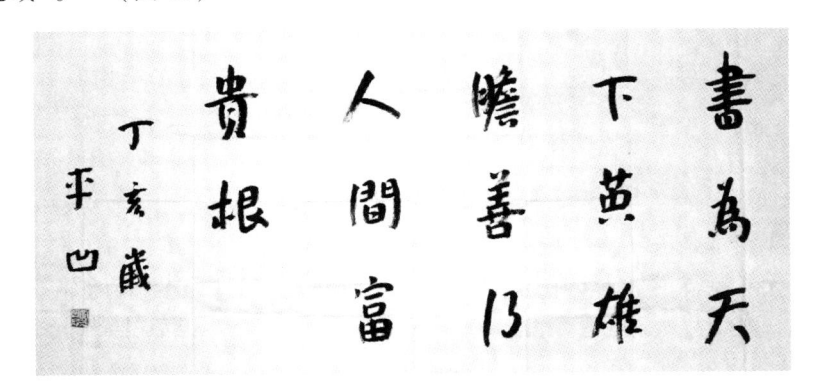

图60 贾平凹书法作品

三秦文化之于贾平凹,体现出了本土文化对贾平凹创作的深刻影响。从书法文化影响社会人生的角度讲,书法对文人人格的形成有很多好处,是生态文化的"化成天下"的一个缩影。这种书法文化不仅会影响到个

---

① 李继凯:《20世纪中国文学的文化创造》,中国社会科学出版社2009年版,第350—351页。

体修为，而且会影响到个体心理的平衡，这也体现出了书法文化的审美功能。在现代社会，人们情绪焦躁，精神崩溃，紧张且压力感强烈，就在于人的精神生活的空虚，内心受到各种压抑。而研习书法则能够平息内心的紧张压抑之感。因为书法是一门让人宁静、平和、和谐，陶冶心性的艺术书法不仅是中国的，也是世界的，它为世界艺术提供一个精神高度。因此可以说，中国书法是能够让全世界人民共同欣赏，并提升人们精神修养的一种文化生态方式，这也是贾平凹深深爱上书法的一个重要原因。

遵循人与自然、人与社会发展规律的平衡是中国古代"天人合一"的人文理想，亦是中国文人品格的组成。贾平凹在创作中自觉或不自觉地追寻这种"天人合一"的审美的生态思想。他对自然的原生态的美的描摹，是人的本质力量对象化的结果。贾平凹描摹自然生态美可以分为两类：一类是主体客体化（人的自然化），即将自己移入对象之中客观描写自然，展示对象的美，很少抒情；其二是客体主体化（自然的人化），即通过对客体结构形态的描摹抒发主体的诗思哲情。在客观上，他努力创作"天人合一"的艺术境界，表现生态的和谐与平衡发展关系。贾平凹的这一生态主题受他所生存的社会环境（古朴淳厚的商州）的影响。甚至，由此多少带有了"自然主义"的色彩（图61）。

图61 《危崖上的贾平凹》封面，"贾平凹"三字为贾氏手迹

贾平凹的文学作品中追求生态平衡的主题随处可见。尤其在他的小说文本中，他对现代社会的城镇化建设，始终怀有敌意。在他的小说《秦腔》《高老庄》《怀念狼》《土门》等一些作品中，可以看出他对乡村世界的无限眷恋。对城市这种破坏生态环境的行为表现出极大的不满。正如，他多次强调自己是一位农民，即使进入城市，也无法改变他农民的身份。由此也深切地影响到他的书法，朴拙之风来自山野，来自村舍，来自自然的随性勾画。我们看到，他的书法作品依托文学所表现的主题内容与乡村叙事相关，而他在书法作品中呈现的，也无不包含着自然生态化的文学主题。可以说，他的书法是在笔墨氤氲中追求"诗意的栖居"的一种农民化的文

人生存方式,表明他对生命意识与自然宇宙的感应也与笔墨线条形成了一种神魂默契,也使他的书法文化呈现出异于常人的精神面貌。

事实上,书法不仅是技巧,还包含了个体生命体验、审美哲思、文化精神。书法文化将成为人类审美经验和文化精神的重要组成部分。

贾平凹作为文人学者介入书法,使书法与文学的关系更加紧密。书法本是文学创作的书写工具,从其审美功能上看,文学为书法提供了广阔的艺术表现空间。书法所依托的文学作品自古以来便是书法创作的主要内容。贾平凹从文学创作进入书法创作,是知识储备的厚积薄发。

贾平凹并非当世一流的书法家,也许有人认为他连"大家"都称不上。但是,他曾说过:"从内心深处我觉得我是个书法家,但是我永远不参加任何书协活动啊,书协举办的一些展览啊,我觉得我不进入它那个行当。"① 虽然,贾平凹的书法作品在文艺界的排行靠前,其书法作品的价值逾万元或数万元。但是,他认为自己几乎天天都要写字,是以写字活人的人。他喜欢写字与他的文学创作和交流分不开。他在《贾平凹书画集》的自序中说道:"我用毛笔字在宣纸上写字,有了一种奇异的感觉,从此一发不能收拾……毛笔和宣纸使我有了自娱的快意,我开始读到了许多碑帖,已经大致能懂得古人的笔意,也大致能感应出古人书写时的心绪。"② 可见,他对书法的内在精神境界确有一定的真切体味。

书法本身就是一种个性化的文化艺术表现形式,很难跨越时空对其评论优劣。每幅书法作品,在表现书写者的人格魅力的同时,更多的也许恰是时代精神的体现。"所谓书法精神,不过是人文精神在书法上的体现。书法的生命力和感染力来自书写者的情怀和生命律动。如果一个书法家没有人文关怀、人文精神,他写的书法就是一个匠人的劳动。匠人的劳动,可能在技术上无可挑剔,但却没有笔墨内涵。"③ 中国书法是民族艺术精神与传统人文气象的集中体现。贾平凹秉承这一艺术精神。

作为书写行为的重要体现,贾平凹的书法并非是一种专业书法,而是一种文人书法。他的书法讲究的并非书法艺术形式的"内法",而更多是一种生命之法、境界之法与精神之法的"外法"。贾平凹并未自觉临摹过太多的碑帖,书法技巧算不得精湛纯熟。但是,书法的最高境界并非体现书法的技艺高超,而是从有技艺到无技巧。过于讲究技巧的作品,其格调

---

① 贾平凹、走走:《贾平凹谈人生》,上海社会科学院出版社2004年版,第181页。
② 同上。
③ 曾来德、王民德:《书法的立场——一场没有终结的对话》,北京大学出版社2008年版,第23页。

也不会太高。

贾平凹的书法作品多为即兴的书写，他的这种随意挥洒，却表现出了西北人的淳朴与厚重、稳重与大气的独特风格。因此，他的书法风格是一般的专业书法家所不能企及的。他写不出专业书法家的提按转折、导引顿挫的书法技巧。他只是下笔直书，其书法的笔法多用中锋，尽显其雄浑厚重的气势。其字无媚俗、讨好之意，而是犹如山野间经风吹过来的泥土味，又有大漠风尘中激荡的浩瀚之气，既有高堂庙宇的松柏味，又有参禅静虚的燃香之韵。

据有关消息，在陕西文坛，贾平凹的书画虽然已经成为作家书画的一面旗帜，其在市场上的商业价值几乎与陕西一流的书画家并驾齐驱，而他也曾在接受采访中戏称自己属于"以书画养文学"，他同时也谨慎表示，自己最看重、最"拿手"也最本职的身份依然是一个作家，创作文学作品依然是自己的终生使命。贾平凹对当下书风有过一段评论，他曾说："在我有了做'书法家'的意识，也可以说有了'书法家'的责任，我认真地了解了当今的书风。当今的书风，怎么说呢，逸气太重，好像从事着已不是生活人而是书法人了，象牙塔里个个以不食人间烟火的高人自尊，博大与厚重在愈去愈远。我既无夙命，能力又简陋，但我有我的崇高，便写'海风山骨'四字激励自己……"① 他称自己的书法缺乏基本训练，充其量属于顿悟式。"书法同别的艺术一样都透着时代的影子，现在的书法大多奇怪，这是显然的。但一个时代有一个时代所追求的东西，我们在生活中被浮躁和颓废所交织纠缠的情绪已骚乱得太久太久，渴望高尚和平和，而书艺上，也正需要一种清正之气。"② 这正是贾平凹在浮躁生活背后所追求的精神形态，抑或可以说是贾平凹的书法之梦。

中国书法是民族艺术精神与传统人文气象的集中体现。贾平凹秉承这一艺术精神。他的书法肇始于他的文学创作，他是一位不断追求美和创造美的文学艺术家，他用自己的如椽之笔为自己所生活的时代命名，也将自己的名字烙印在时代的纪念碑上。他从广阔的视野与角度感受着人生的况味与境界。

其三，从成长之路看其未来发展。

贾平凹在书法文化修养和创作道路上，也有其"成长史"。他是一个有根基的有追求的书写者，对书写的爱好，对书法的审美，起自少年，并

---

① 贾平凹、走走：《贾平凹谈人生》，上海社会科学院出版社2004年版，第181页。
② 贾平凹：《朋友》，重庆出版社2011年版，第153页。

非如某些人所说的那样，因为名气大了，忽然心血来潮，靠写字忽悠他人赚钱了。他曾回忆说自己从小就爱上了写字画画，虽然那时候学习条件有限，但那时上小学是有大字课的，他在印象里曾学过柳公权。而且也是通过"描红"等方式来打下书法基础。因为爱好，因为是循序渐进，更因为用了心力，所以写的字较之于很多人都要好一些，这样，也为此后的人生发展，提供了机遇（图62）。

果然，当他作为"回乡知青"回到乡间，就是靠写字，参与到书写大字报、搞宣传等重要的文字活动之中，由此得到"重用"。这种机遇使他这位出身不好的"可教子女"，有了被救赎的途径：一位民兵营长成了他的"伯乐"，曾对他说：你来了，你字写得好，你用这桶红漆到石崖上去写标语。就这样，让年轻的平凹有了发挥自己特长的机会，甚至还为自己能够被推荐上大学奠定了重要的基础。

图62 贾平凹为《当代》杂志题写作品"古炉"书名

进入大学，成为工农兵学员的平凹，更加用心学习，也更加勤奋书写，既包括写作红色文学，也包括苦练黑色书法。这样，一步一步，便有了投稿的成功，以及书法被人称赞的快乐体验，也便与文学编辑、文学创作和书法创作发生了越来越多的关联。后来的贾平凹曾认真回忆了自己的被人"求字"的过程，彼时有人求字便会欣然应命：

现在看那个时候的字难看得很，气贯不到笔尖，但那个时候也是大胆，有人给我我就写，一下能写几十张，当时也没觉得咱要写字，但那时一走哪儿别人就叫你写字，写作上毕竟还已经小有名气吧。最早写个匾是在（20世纪）80年代，给一个朋友办的西安市第一家民营书店写门匾，叫"天籁书屋"，这是我第一次写门匾，制好了，自己激动地连夜跑去看，现在看着难看得要命。那个时候没有一分钱报酬，就是经常到他那儿看书。后来（90年代初）有人要我写一个牌匾，送给我一双皮鞋，当时很激动啊，写字还能挣皮鞋了，兴趣大了。后来那人又说，你再给我写一幅大字，我送你一件皮大衣，新疆产的皮大衣，那个时候新疆产的皮大衣值钱得很。那会儿工资都低，想自己写字能挣皮大衣了，拿回家给老婆孩子穿。但最后没挣上，人家最后没兑现……从那以后开始有人买我的字了，500 块钱一张、800 块钱一张，是这样开始的。

于是乎水涨船高，写得多了，练的机会也便多了，良性循环，果然对他的书法进步有不小的促进作用，自然，因为各种原因，其市场价值也在不断攀升。这样也自然会引发羡慕嫉妒恨等情绪的产生，但最值得思考的还是一些与中国书法命运息息相关的问题：

1. 贾平凹是忽视书法传统的人物吗？他是书法文化的创造者还是破坏者？

平凹对书法有一种虔诚的信仰。他曾说过：对于写字，我觉得首先要有这个兴趣，就像信佛一样，必须要有慧根，你必须命里要对字有兴趣。当时写字的时候没觉得自己在写字，我看到好多书法家每天都在那儿临帖，虽然咱没有临过，但几乎所有帖我都看过，零星地看见那个字怎么写我就记下来了。觉得一个字好看了，原来这个字能这样写。后来自己慢慢地理解书法，我每天都用钢笔写字，比正经书法家每天临的字多得多，起码我对中国汉字的结构了解了，对字的间架结构理解。我认为书法是建立在实用基础上的一种艺术，就是象形的间架结构，把这些结构变得有趣味些，把感情加进去，再用毛笔写出来，就成了书法，我是这样理解的。我见一些孩子写字，一些朋友写字，我常说关键是掌握间架结构，为什么呢？先把字写得方方正正的了，再看看古人写的，哪点长了哪点短了，这儿粗了细了，这就是人家的审美在里头，审美趣味在里头了，我认为这样基本上就可以了。

仅仅从这些经验之谈中，我们也能够看出平凹对书法文化传统，包括深层的体味，都达到了相当精神的层面。尤其是，作为文人作家致力于书法文化创造的杰出代表，平凹能够注意将文学性体验渗透到书法之中，把对人生的思考、把生命的意义融入书法之中，这是他不同于某些仅仅注重书法技巧的当代书法家的独特的地方。

2. 贾平凹书法仅仅是一种文人书法风貌，并不阻碍其他专业书法家追求的书法道路。他的书法与其文学一样，也有一种艺术审美的自觉，他说：说起审美，在线条上我喜欢追求那种很苍茫的东西，或者是很厚实、很混沌，内部有力量，外部不张扬。做人是这样，包括收藏也是这样。太精细的东西我都不要。我收藏不在乎它的文物价值，我觉得怪的、有意思有味道的，看着很憨厚，但是里面有灵性的，我就喜欢。我的字一般都是收敛性的，用力重。人生活在北方，在北方看到大量的都是碑字，南方接触更多的是帖。但又有一个很奇怪的现象，沙孟海也是南方的，但沙孟海的字我喜欢。康有为的字我也喜欢。平凹在这里，真的是道出了自己坚守的书法美学，不是"二王"，不是米芾，不是黄庭坚和唐寅，甚至也不是苏轼，他真正喜欢的审美标准明显主要来源于碑派，来源于大汉文化的混沌大气。

3. 书法文化的"经营"与快乐人生相关联，这是书法拥有未来的一个主要原因。平凹曾坦陈：写字，我觉得是一种很愉快的东西，和文学创作一样，创作的整个过程是痛苦的，但是在每一个章节，每一段落每一句话的时候，越是接近那种忘我的状态越是愉快得很，书法其实也是这样。实际上反思自己也得益于这个时代。我拿我自己的体会，我的书法练习就在卖字过程之间，好像足球训练一样，一边训练着一边比赛着，一边比赛着一边训练着，书法也是，一边卖着一边练着，实际上每天都在练。越是心情不好的时候，心情越能沉下去，就越是爱画画爱写字，心情一好就胡想了。我的字也谈不上有多好，但起码我有自己的想法在里头。咱没受过专业系统的专门训练，比起古人来，确实很羡慕，但是做不到，后来也是按自己的一些办法，慢慢纠正，多少也发生了些变化，应该是慢慢提高，我估计也要比原来的好些。由此不难看出，平凹在追求书法方面，是严肃的，也是快乐的；是心仪传统的，积极求索的。唯此，已经很难得了。

4. 对书法的历史和现状要有反思才能汲取教训，才能明察秋毫，对书法文化有积极意义上的奉献。平凹曾说：原来的书法上也存在着假大空的东西，就是没有感情，又大又黑的东西，这也不对，所以才出现了有书卷气、有文气的、平静的东西。这么长时间后也出现了几个大家，之后全国就都来模仿这个东西了。我总觉得有些字里面的设计性太多，歪风是怪风的一种体现，目前不论是书法上、文学上、绘画上，这种风气是有缘由的，不是没原因的。中国社会的大势是消费、娱乐，到最后必然会形成一种大家都跟着流行跑的趋势。文学上出现啥情况了呢？文学上出现了好多文章，尤其是短小的文章，出现了不说正经话、调侃式的文章，好多人写文章是这种腔调。这种风气在书画里面也有。实际上好多历史上伟大的书画家，不是自己觉得自己伟大，而是在养家糊口的过程中不知不觉成了大家。每个人都有个功利心，咱也有啊。咱现在一心一意，做梦都想成大家，都想拿个什么奖……在北京中国美术馆搞个展览就算成功了？这就没把自己的生命和艺术融到一块儿。当然这些东西说起来容易，做起来也比较难啊。但我觉得咱首先要换一个思维方式。我有时晚上没事都是在楼上写字画画，来人聊天，我就写字画画。我的字画里就是要"文人性"或"文学性"。原来的书、画、音乐、文章这都是文人最基本的东西，琴棋书画嘛，这都是连在一起的，现在把它们全部都分开了。当然不是说这些就只是文人专有的东西，但反过来说吧，不论是搞什么的，必须以文学做基础。咱不能说我是作家，这是我的行当你不要来。

贾平凹在此强调的反思精神和"整合"趣味，对思考书法文化以及文学的未来，显然都是颇有裨益的。新的综合创新以及"复合之美"的诞生也渊源于此。

5. "文人书法"在陕西有深厚的土壤，贾平凹的"文人书法"是近年来陕西的一个书法现象，有不同看法也正常。在陕西，有一大批非专业书法家的文化人热衷于书法，并在社会上产生了一定的影响。他们也有"文人雅集"方面的组织，如西安太白书院、白鹿书院和陕西天人文学书画院等，这些书院中的"院士"加起来非常可观。在这个圈子里比较活跃的有贾平凹、陈忠实、肖云儒、高建群、孙见喜、费秉勋、匡燮、晓雷、京夫、吴克敬、方英文、邢小利、笔者等作家、评论家。这是一群人文知识分子，在主业之余从事书画艺术活动。作家京夫说："这是对体力的调节，对思绪的整理，情感的宣泄……"而就在这种近乎自我消遣的挥洒之中，却实实在在诞生了许多具有审美价值的作品。在著名的大唐芙蓉园中，就有多处贾平凹的题匾之作，在游人如织的审视中，产生了许多意味深长的品鉴和议论。即使就以平凹为代表的作家书法家进入市场而言，也有其耐人寻味之处，其间的文化魅力是有价值的，除了精神价值，在任何时代，也应具有物质价值。文人字、名人字都是字，市场选择是自由的，愿打愿挨，想违反市场规律的人，至少在当今之世，多少会不合时宜的。多元多样的社会，肯定会为文人作家书法留出通道，未来的路仍然遥远，仍需要作家们寻寻觅觅……

近期，笔者专门撰写短文《贾平凹手稿管窥》，可以作为这里专论贾平凹书法的一个小结：

> 2016年底，澳门大学颁授贾平凹荣誉博士，我躬逢其盛并在讨论会发言时面呈贾博士行书对联一副，云："江海万里水云阔，草木一溪文字香。"这也算是一种评论。贾先生当即慷慨表示要回赠我一幅书法。当时我笑曰："这就是真正的抛砖引玉啊！"众人欣然。而今我要在此管窥一下贾老师的手稿了，也真诚希望能够抛砖引玉，得

到大家的批评。

　　世人都很珍视贾平凹手稿，却对其书法多有争议。其实书法也是他的一种手稿手迹。即使是他的硬笔手稿也被一些喜爱者目为书法。笔者以为，多年来文坛和公众对贾平凹的文学书写、书法绘画都存在一些争议也是一种好现象，说明有各种各样的人对其进行跟踪关注和思考，并逐渐形成了各种各样且比较自信的"个人看法"，这本身也是对"贾平凹文化现象"的增益和丰富。从学理层面看，这很契合文化生产与传播的规律，也是人文艺术学科普遍存在的现象，仁者见仁智者见智，诗无达诂艺无第一，与理工自然科学所讲求的确定性、唯一性迥然不同。在热衷于人文艺术的笔者看来，平凹彻里彻外就是个文艺家，把"文"和"艺"彻底贯通了，同时还在"古今中外化成现代"的文化创造层面，成为当今中国文人作家中的佼佼者。他不仅是一位非常成功的文学书写者，也是一位注定与书法文化有深缘的人。尽管他屡屡谦称自己不是书法家，其实他原本就不是"职业"书法家而是"非专业"的书法家。他经过小学时的描红和青年时大量的标语书写、大学时勤奋的稿纸书写尤其是文学书写，进而对宣纸上的毛笔书写产生了兴趣并持之以恒地读帖和书写，心摹手追，潜移默化，遂对书法格式、用笔用章的各种讲究皆谙熟于心。近期笔者入"上书房"看他文房四宝之类的摆设和现场挥毫书写的流程，觉得都不亚于甚至远超一些职业书法家了。而从他的书法作品特别是大量手稿及其广泛影响来看，他的书写行为和业绩已经跻身于大家之列。他这个"大家"是由作家、名人、领导和书家等多重身份复合"集成"的，故其书法作品富含的信息量大，见字思人，字如其人，令人联想颇多。与某些职业书法家写来写去看重的仅是出自颜体或欧体或兰亭或魏碑等不同，他写来写去看重的不是苏字米字而是"贾字"本身。不是写着很像某某古人，而是永远都在书写自我，书写自己心中的汉字和意象，他的字就是他内在自我的外化和符号化，并由此形成了一望而知的古拙厚朴、沉雄有力的"贾字"风貌。

　　在古都或"废都"西安东南西北走走都会看到贾平凹的书法，仅他为各行各业包括餐馆、景点所题写的书法作品（包括匾额）就有很多，有关平凹书画的真假故事也在大街小巷中流传着。其实，这些只是"冰山一角"，他为公为私或为众多亲友及应亲友请求而写的书法作品已经难以计数，而他迄今一直坚持手写的书写习惯更是留下了大量手稿，且出版了一系列手稿本的文学作品和多本书画集（如手稿本《西路上》、《废都》、《白夜》、《土门》、《病相报告》、《高老庄》、《怀念狼》、《秦腔》、《高兴》等以及《贾平凹书道德经》、《当代名书画家精品集·贾平凹》、《贾平凹千幅精品书法集》、《贾平凹语画》、《贾平凹书画》、《贾平凹书画集》等)。这在当代作家文人或书家文人中都是极为罕见的,在新媒体中有关其书法和手稿的信息也极多。奇妙的是,在学术层面对健在作家书画进行研究并出版有专书的(如马河声主编的《贾平凹书画艺术论》),似乎也只有贾氏一人。假如将这些近在咫尺的丰富"史料"一一罗列出来,也足可以编成长长的《贾平凹书法年表》了,并可以由此撰写系统而又严整的《贾平凹与书法文化》之类的专著。

笔者近年来立意为文人作家书法鼓与呼,却也无意贬低专业书法家作品的精湛精美。我只是想说,文艺领域各有妙道各擅胜场原本极为正常,只有真正的百家争鸣百花齐放才会有美好的人文和自然生态。笔者曾以为大先生鲁迅是一位在墨迹中永生之人,而今依然健笔如飞的平凹先生则是一位在墨迹中快活的人,这是活力的见证,也是生命的升华。

二 方英文与书法文化

供职于西安报界的方英文,目前已发表各类作品约五百万字,现为中国作家协会会员、中国作家书画院院士、陕西省作家协会副主席。方英文与贾平凹的关系既是师生又是文友,同是商洛乡党,应该说,方英文走上文学之路与贾平凹是有不解之缘的。他们两人都是从西北大学中文系毕业的,而方英文又晚贾平凹几年,在大学时贾平凹就成了他的崇拜对象(图63)。方英文在他的老师冯有源(也是老乡,又是贾平凹的同学、处女作的合作者)的带领下,去拜访了贾平凹。尽管贾平凹没直接教过方英文写作,但或许在心目中,方英文早把贾平凹当成自己的老师和榜样了。后来,方英文出名,与贾平凹平起平坐时,贾平凹就曾打趣让方英文叫他老师,可方英文就是不叫,甚至不承认他当年叫过老师。在冯有源《平凹的佛手》一书中,曾记载方英文与贾平凹之间的"叫一句老师"的轶事,方英文称呼为"假(贾)老师,而不是真正的老师"[①]。即便如此,贾平凹在写作和书画创作上的经验及成就,还是对方英文有很大的影响。

---

① 冯有源:《平凹的佛手》,上海人民出版社1997年版,第97页。

图 63　方英文与贾平凹

　　方英文写作之余痴爱书法，写有《漫谈文人书法》《为什么用毛笔写字》等文章谈书法，出版有书法作品集《风月年少》。他的朋友薛保勤在给《风月年少》一书作序时赞美方英文的文字"诙谐、灵动、机智、敏捷，有神有气、有风有韵、特色独具、文风奇谲"，并对方英文进行了描述："从骨子里看，英文是一个正直、勤奋、认真、有着潜在责任意识和使命感的文化人，在他稀松的外表之下，常常看出他对生活的独特思考；在其大大咧咧的神态背后，常常有着人生的诚恳和作为作家的追求。"

　　方英文的书法有传统功力，工楷书、行书，且能书写大小行书。这在当代作家书法家中是不多见的。也正因为方英文有传统书法的临池功力，其在日常的书写中能够对毛笔自由使转。方英文的书法作品中，以手札居多，书写的形式不拘一格。他已把毛笔的书写融入了现实生活。其书写内容广泛，对联、诗词信手拈来，主要还是以小品文居多，亦有友人之间的往来书札。

　　对于书法，方英文有自己的追求。近年来他一直坚持用毛笔写文章，方英文多次在其博客中贴出文字，认为自己并不是想当书法家，而是面对电信传播的普及，文字一概成为浮云过眼、瞬间无痕了。而"用毛笔将文字记录下来，意在让思想与情感手工成'硬件'、安在于纸上，以便日后随时翻检、消度时光。在此前提下，希望能把字写好点，看上去悦目点，也自在情理之中，更符合人的爱美求美之天性啊"。于是，方英文"选购了一些古帖，尤其宋人帖，空闲时临习之"。方英文主张书写内容应讲究，他说书法史上"多半的书法，甚至全部的书法，都是由于书写内容的经典，值得传播而传世下来"。

方英文认为："古代的书家未必是书家，但书家一定能写出漂亮的诗文，苏东坡、王羲之便是其中最天才的代表。文章与书法的关系，恰如月亮与月光之关系、花朵与花香之关系，二者是血肉于一体的。"① 继而，方英文对书法下了定义，认为"所谓书法，乃文章之神采也。脱离文章而求美书法，犹如遮蔽月亮而营造月光、烫死花朵而嗅闻花香，均是断源求流之蠢行也。"② 方英文对王羲之及其被称作天下第一行书的《兰亭集序》推崇倍至，他甚至在文章中分析了王羲之为什么被称作书圣，《兰亭集序》为什么被称为中华第一帖？其理由如下：

首先，兰亭序本身，即是高格卓绝、品貌旖旎的美妙文章。其中的"群贤毕至，少长咸集"，"天朗气清，惠风和畅"，业已成为不朽的中华成语；至于"快然自足，不知老之将至"，更是中国人对于相对论的最早的理解，并且诗意地表达出来。人们在不断诵读兰亭时，发觉兰亭的字也照样是高格卓绝、品貌旖旎。就是说，《兰亭序》是一个史无前例的，内容与形式完美于一体的非凡瑰宝，并且，首先是在文学史上获得了崇高的地位。于是过去了几百年后，到了天才辈出的唐朝，书圣，这个书法行当里至高无上的技术职称，就归于王羲之了。假如王羲之，所写的内容不是他自己的创造，而是别人的，比如他书写的是屈原的《离骚》，或是曹植的《洛神赋》，他就是写得再怎么落英缤纷、流风回雪，哪怕在事实上真的达到了中国书法圣人的境界，书圣这一名号，大概也不会给他的。可见书法，历来不是孤立的艺术；孤立地写字，抓起笔就是"远上寒山石径斜"、"明月几时有"，或者一辈子主攻龙、虎、剑、寿、神、气等几个有限的汉字，可能写得非常好看，但还算不得真正意义上的书法家。③

方英文的见解是有一定道理的。被称为天下第二行书的颜真卿的《祭侄文稿》和天下第三行书的苏轼的《黄州寒食帖》，书写内容与书法艺术相统一，皆为上品。因此，被历代文人墨客所称颂。

方英文喜欢宋代书法的"柔态刚度，神妙止境"④，于宋代尚意一路

---

① 方英文：《风月年少》，西安出版社 2013 年版，第 112 页。
② 同上。
③ 方英文：《漫谈文人书法》，《美术报》2006 年 9 月 9 日。
④ 方英文：《风月年少》，西安出版社 2013 年版，第 149 页。

的手札书法小品则用心临习。因此，方英文的书法得益于宋人多。同时，亦自谦"腕笨手涩"，无法表现宋代书法的神韵。方英文尤其推崇宋代苏轼的书法，更喜读《东坡文钞》。方英文在《苏东坡》的札记中对苏轼赞誉有加，"四千年中华文明，自有苏东坡，便集他于一身。他有孔子的圣品、庄子的通慧、诸葛亮的忠诚、李太白的才华、张衡的博学、王羲之的俊雅、东方朔的淘气……如果由单个的人来标志中华文化的珠穆朗玛，非苏东坡莫属。"① 同时，他认为苏轼的字"扁、腴、斜，似倚仰榻上"，"极难化入我腕"，更何况苏轼练习书法有"堆墙败笔如山丘"的功夫。方英文对苏轼的字评价很高，他认为：

> 黄庭坚的字，米芾的字，欧阳询的字，甚至距离我们最近的于右任的字，或许还比苏轼要好些，至少在某些局部方面要好些。但是，尽管如此，他们都压根不能跟苏轼相提并论。立体的苏轼，令后世所有的作家、书家，以及绝对多数的文化人，无不心仪向往、高山仰止。因为没有哪个作家、书家、文化人有苏轼那样辽阔的境界、博大的修养、浩淼的趣味。更没有苏轼那样的经历。有一家史学观点认为，中国文化的真正高峰，在宋而不在唐，大概正与宋代出现了苏轼这样不可复制的文化伟人有关。就苏轼个人而言，他的荣辱沉浮，是与一个王朝的兴衰变迁紧密连在一起的，与他所同生时代的民众的欢乐与悲伤连在一起的。他简直是他那个时代的气象台。他提起毛笔，不是要赋诗填词写书法，而是要抒发他的情怀，表达他对人生与世界的看法。是的，人生就是表态，并在表态之后付诸实践。苏轼写过一首《石苍舒醉墨堂》诗，其中有这样的句子："君与此艺亦云至，堆墙败笔如山丘。兴来一挥百纸尽，骏马倐忽踏九州。我书意造本无法，点画信手烦推求。胡为议论独见假？只字片纸皆藏收。"这仅仅是探讨书艺么？当然不是。立体的苏轼，正如他自己描绘的庐山，"横看成岭侧成峰"。我们后人，不管做人还是吟诗为文，以及如何应对人生之顺逆，都能从苏轼身上获取极大的启示与营养。就算如此，我们所能得到的，也照例是苏轼的"只字片纸"——此目的甚至未必能够达到。对苏轼而言，作诗也罢，写字也好，不过是个"余事"。

方英文推崇王羲之和苏轼。在品味王、苏文采的同时，无形中会

---

① 方英文：《风月年少》，西安出版社2013年版，第45页。

心摹手追王、苏两家的书法（图64）。方英文根据自己学书体会和进程，决定放弃对王羲之书法的学习。他在手书的《兰亭晚秋》札记中言其"临兰亭两次，决定此生不再临之。盖因其乃天赐妙文、仙授神笔，非彼时、彼人、彼地不能也"。① 方英文以小说和散文创作而为人们所熟知。深厚的文学功底及对文字的敏感，使得方英文的书写内容，信手拈来，才情具显。"书，无意于佳，乃佳！"方英文深谙此道，故他能够运用毛笔书写各类文辞内容，把书法融入现实的生活书写中。方英文提倡书写自撰内容，从他的诸多手札墨迹中可见，他是力行的。

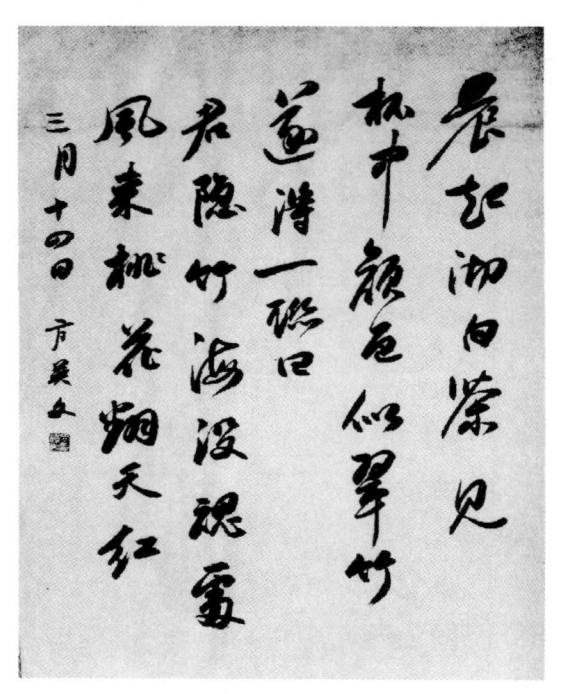

图64 方英文书写手札

方英文曾说，"近年来，痴迷写毛笔字。也不是追求高雅，也不是发现毛笔字比文章值钱，而是觉得写毛笔字很舒服，能让人安静与淡泊。"② 他在给书法家茹桂先生的信中说："每天早起都要临帖一到两小时，主要

---

① 方英文：《风月年少》，西安出版社2013年版，第43页。
② 同上书，第124页。

目的是静心健体", "晚上检视废纸再写"①, 足见其研习书法的用功, 以及对待书法艺术的良好心态。他在《为什么用毛笔写字》一文中, 详细归纳了练习毛笔字的好处:

一、身份本能。每天早起, 铺毡, 泡笔, 调墨, 选帖, 犹如农人早起磨刀、劈柴、翻粪, 乃是一种身份的本能动作, 一种自觉的"文化现象"。文化, 就是人的生存状态与行为规范。

二、健身娱手。临帖总是得站着。临手札小楷不算。不过我从未临过手札。见了好的, 读读, 目临即可。再说我如今写文章, 一律毛笔小楷, 业已身在此山中, 似不必效颦他山。总之站着写字, 手动而脚挪, 算是书案前的独舞, 健身之效果, 不亚于练瑜伽或踢踏舞。证据是手劲明显复活:六七年前, 俩核桃使劲一握, "嘎巴"碎了, 后来就不行了。但是这两年, "嘎巴"声又来。关于手, 这里啰嗦几句。手是人的第二大脑, 手是大脑的最核心的职能部门。所以但逢大脑发出"狠抓"指令, 手便迅速实施"落实"。于是手, 成了世界上最灵敏的机器。任何发明创造, 只能替代手的部分功能, 断然无法替代手的全部功能。想来永远如此。所以把手管好, 乃人生一大难题, 因为手的欲望贪得无厌、没完没了——想拿, 想捏, 想折, 想摸, 想挖想掏想抢想拽……于是我们发现, 辞书里以手为偏旁的汉字, 在偏旁结构的汉字中雄踞前四位, 如同张王李刘姓氏在百家姓中的地位。手有如此多的欲望, 手带给人如此多的麻烦, 因此极有必要精简手的欲望, 转移手的欲望。让手对毛笔发生兴趣, 有意识教唆手痴迷毛笔, 让手在抓笔涂鸦中获得奇妙与乐趣, 手惹麻烦的时间与可能便大大减少了, 这对于环保个人与和谐社会, 实在有非常之意义。所以我写毛笔字, 最重要的目的, 其实就是两个简单的字:娱手。

三、预警机制。如今是电脑生活、网络时代。每天涌上网络的文字, 所谓信息实则垃圾, 虽然需要以天文单位来计算, 但严格讲云山雾罩的, 算不得文化的。一旦病毒侵袭、网络战争爆发, 那么"网络文化"将瞬间化为乌有。学习键盘敲字的过程中, 几次丢字数万, 十分沮丧。思维随之反动起来:何不依旧"传统耕作方式"——先手写, 再录电子版呢?就算网络灾难了, 咱底稿还在嘛。文字是一种

---

① 方英文:《风月年少》, 西安出版社2013年版, 第130页。

精神产品，把字写在实在的纸上，而非敲在虚幻的电脑上，就等于文化物态化了。

四、精炼文风。网络文字由于生产方便，因而水分汹涌泡沫滔天；手稿，特别毛笔手稿，"干货"可能多些。古文何以凝练？因为古文并不是古人的口语说话。古人今人在口语说话上差别不大的。只是古人要记录他们的说话，由于记录工具记录方式（刻石、龟书、竹简）复杂，劳动量大劳动成本高，书写（含镌刻）前就必须反复审稿，能不要的字句肯定舍弃掉。凡录（刻）之字，皆非录不可也。手写文字，而非电脑敲字，毛笔写字而非网络复制粘贴，对于精炼文风之意义，是不言而喻的。友人说，你如此退步复旧，何以提高速度？多费光阴啊！我说我写的不是八股文，思维速度原本就不快，何必要那么快地书写！再说光阴就是生命，生命的最好状态恰是安静与缓慢。所以我特别反感四个字——加快发展。

五、经济效果。我写毛笔字的初衷，毫无易物换钱念头，但事实上陆续地物来钱至了，全是搂草打兔子——捎带来的收获。于是由原来每天临一小时帖，上升为每天临两小时三小时。道理很简单，既然顾客是上帝，那么产品就要万分精心。

六、聊充特权。逛西安书院门时如厕，见九个坑上蹲了八个书法家。那第九个呢？著名书法家啦。说明什么？说明古城西安书法家之多。当然夸张，因为我们毕竟是电脑时代的众生，写毛笔字者就总体人口而言，其实可以忽略不计的。因此不妨说，写毛笔字或拿毛笔写作，算是某种特权。既然咱们出行时不能享受专列的特权，开会时不能享受坐主席台的特权（但有认真记录、适时鼓掌的特权），那咱们就自个儿落实写毛笔字的特权吧——尽管这是一种所有识文断字之徒，但来兴趣即可品味的特权。[①]

方英文所归纳的写毛笔字的六条好处，应是他内心的真实想法。2009年初秋，他写了一首颇有陶诗韵致的《自述诗》："人生忽然已，写字堪忘忧。但求纸上醉，茶来月临楼。"可谓是对其自身心绪状态的抒情。方英文认为用毛笔写文章，然后录入电脑发往报刊社，"无异于接轨了农业文明与工业智慧，乐趣之大，妙不可言也"。[②]

[①] 方英文：《为什么用毛笔写字》，《西安晚报》2010年10月29日。
[②] 方英文：《风月年少》，西安出版社2013年版，第113页。

第八章 砚边揽翠:北方作家的书法探索 321

方英文的书法书风温润秀美,浑然天成。方英文除书写大量的手札外,还擅长书写自撰小品文。在书写小品文时用两或三个字的关键词点题,如他在书写《天纵奇才》书法小品文时,"郭白"二字就明显数倍大于其他文字。读者在阅读时,可知"郭白"指的就是"郭沫若和李白"。方英文喜欢用这样的书写章法点题,如他在书写《美言要得体》,就用"得体难"放大写凸显主题(图65)。

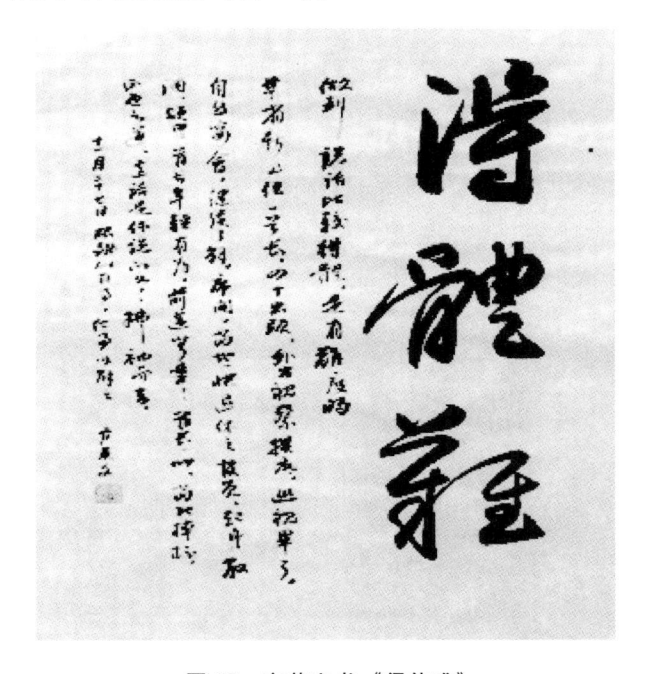

图65 方英文书《得体难》

方英文的书法源于对传统书法精华的淬沥和精临,从其大量的书写墨迹中可以窥其师法古法的痕迹。著名书家茹桂赞其书法"不经意却承传正脉,有体有貌,有灵有性,才情充盈于笔墨,听任心腕之交应,给人以天然纯素之美"。① 知名学者费秉勋对方英文的手札也认为"在陕已俨然一家"② 的,认为其字多变产生的根由是"师从古贤"的结果。方英文书写了大量章法不一的书法墨迹,有横幅、对联、条幅等,在这些书法作品中,可以发现有诸多取法苏东坡、董其昌等先贤经典书法的结字构形。在

---

① 方英文:《风月年少》,西安出版社2013年版,第153页。
② 同上书,第147页。

这类书法作品中，方英文繁简字混用。然而，方英文主张小说书名为"非古籍、书法之类"，最好要用简化字。他自己出的书，都是自署书签。方英文在给朋友的小说题签书名后，还劝告朋友，请勿将作者题名"出现于封面，版权页注明即可"。现在，"许多请人题签者不明白此理，让我扼腕叹息"。（图66、图67、图68）

图66　方英文书横幅

图67　方英文书对联　　**图68　方英文书条幅**

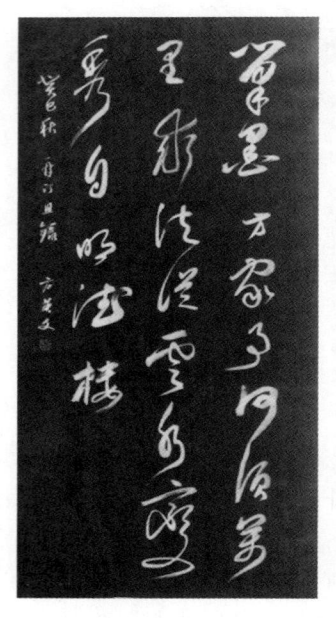

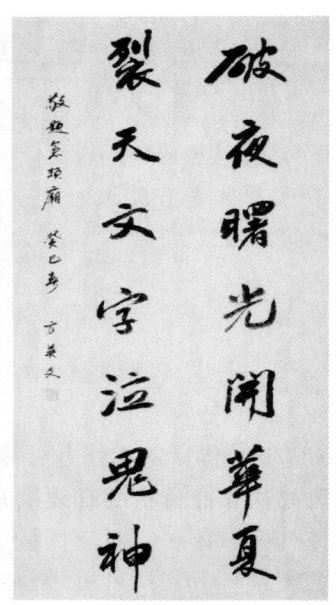

方英文经常让书友挑所写书法的毛病，然而每次友人都夸其字好。其中最为经典的莫过于他的朋友李建森说他字的缺点为"印泥有些弱！"这也被誉为西安文化界较为经典的"吹捧幽默"。学者张瑞田在《谈谈方英文书法》一文中这样描述他的书法，"方英文的书法疏朗、平实，富含文

气。凭直觉，便知方英文的书法是有童子功，笔法、字法均成方圆。"①并认为"方英文的书法超越了名人字的窠穴，以秉承前贤的笔法和自由心性，克制了文学名人的精神嚣张，真实而准确地复制了对中国书法的印象"。②

方英文坚持用毛笔书写，以其自身的砥砺践行，获得了人们的认可。2012 年，被授予了"中国新时代风雅名仕"的称号。无疑，方英文是痴爱书法的。近年来，他以书法为媒介参加了"心迹·墨痕：当代作家、学者手札展""祝贺莫言获诺奖书法展"等一些有关书法展览的活动。此外，他还加入了中国作家书画院。至于是否成为书法家，方英文坦言"真的偶尔幻想过两回"，但最终他还是清醒的认为自己"不可能成为书法家的"。但这并不能影响他书写的兴趣。他说："有条件自沉其爱，快乐正在过程本身也。不是很多人，明知此生不可能当上总理，不还是兴致盎然地从政嘛。"③ 当下，擅长书写，却又能够把书法看得如此超然的人不多，方英文就是其中的一个。不难想象，假以时日，方英文将会写出更多佳作墨迹来。

三 孙见喜与书法文化

作家方英文曾说："在我们商洛作家前面横立着一个伟大的小个子——贾平凹，使我们难以超越。"④ 贾平凹以"突破善变"的创作理念和卓尔不群的文学及书画成就而成为"商洛作家群"的领头雁。商洛地区的作家几乎都在内心中把贾平凹当作了自己的榜样和师法学习的对象，同时又有不少人更把贾平凹当作了奋斗的目标。作家孙见喜就是其中较为著名的一位。孙见喜以别人所无法取代的地域资源优势，获得了贾平凹的第一手资料，写了《贾平凹之谜》《鬼才贾平凹（一二部）》《贾平凹前传》《贾平凹传》等多部与贾平凹相关的一些书而声名大噪。近年来随着自己书法作品价格的直线飙升，贾平凹多次在访谈与小说的后记中谈及他因书画的润格而使得自己衣食无忧，从而不受出版社及外界等诸多因素的干扰，能够安心写作。孙见喜在与贾平凹的接触中，除写作受贾氏影响外，贾氏的书画艺术创作及所带来的经济收益也当会对他产

---

① 方英文：《风月年少》，西安出版社 2013 年版，第 158 页。
② 同上书，第 159 页。
③ 同上书，第 113 页。
④ 转引自邰科祥《贾平凹与"当代商洛作家群"的相互影响及其启示》，《商洛师范专科学校学报》2004 年第 3 期。

生深远影响。

孙见喜,陕西商州市张村乡人。曾从事过工人、助理工程师、出版社编辑等职业,业余创作小说。出版有各类文学著作十多部,曾获省市及报刊文学奖三十余次。作文之余,孙见喜亦爱挥毫书写。

孙见喜学书起步较早,他的书法受其爷爷影响很大,"六岁时,爷爷就教他写仿,那时用的是六裁纸、石头砚台、羊毛笔,最小的墨锭是八百元(即后来的8分钱)。爷爷一边给他磨墨,一边把巴掌大的椭圆形铁环(镇纸)压在纸上,一遍一遍叮咛说:'一笔成,二笔瞎,三笔改个墨疙瘩。'"① 孙见喜的爷爷能写一手漂亮的毛笔字,在《唐狄梁公碑》与《闲邪公家传》两种法帖的研习上有很深的造诣。《闲邪公家传》是元代书画家赵孟頫所书的小楷书,点画精美、结字匀称,备极楷则;《唐狄梁公碑》,属于行楷书的范畴,用笔清秀苍劲,多含楷书笔意,结字大小相近,体势奇宕多姿。可见,孙见喜在他爷爷的指导下,很小的时候就开始临摹赵孟頫的书法。后来,孙见喜转移学习对象,取法学习唐代欧阳询的楷书及孙过庭的草书(图69)。

孙见喜追求清正刚强、骨力内蕴的书风。历代先贤书法经典碑帖中,尤爱欧阳询书迹,并弃形师神。孙见喜的书法对联被中国画研究院和北京书画艺术研究院收藏,艺术成就载入《中国文艺家传集(第一卷)》,其传略被收入《古国丹青画卷》。孙见喜的行书孟浩然诗句"气蒸云梦泽,波撼岳阳城"被收入中国画研究院2006年出版的《中国传世书画鉴赏(第三卷)》。

图69 孙见喜书条幅

---

① 田冲:《钟鼎坐堂,正大光明——漫评孙见喜的书法》,http://news.artxun.com/shufa-1547-7730618.shtml。

明代项穆《书法雅言·辨体》中说:"夫人灵于万物,心主于百骸。故心之所发,蕴之为道德,显之为经纶,树之为勋猷,立之为节操,宣之为文章,运之为字迹。"书法创作不只是技法的表现,而是书写者内心情感在宣纸上的宣泄,书法线条是反映书写者心声最直接的体现。作为一名文艺评论家,孙见喜认为散文对作者语言能力的考验远甚于小说,他曾在散文写作中"反复提出写美文的追求,力主重铸散文的诗心文魂,认为优秀的书面语言不只是霓裳羽衣,而且对散文的质地具有支撑作用。他执著地实践着这一追求"。[①] 他的文学上的见解可以用于其书法书写的主张。观其书法,可知孙见喜在追求书法作品中的"韵"。有关"韵"的描述,明代诗人陆时雍《诗境总论》中说,"有韵则生,无韵则死;有韵则雅,无韵则俗;有韵则响,无韵则沉;有韵则远,无韵则局。"若以此标准来界定书法中的"韵",则书法墨迹中"韵"的地位极高。孙见喜并非专职书法家,书法的技法对他而言,更多的只是束缚。孙见喜以写作而为世人所知,而写作并非他的主业,更何况他的毛笔书写,可以想象用毛笔写字更是他工作之余的文人雅玩。当然并不排除他受他一直所关注的作家贾平凹成功范例的影响。

书法只是孙见喜业余遣兴的工具,而不是主业。因此在工作、写作之余,他用毛笔书写,更多的是借用毛笔在挥洒自己心中不能用文字所表达的激情。从而,也比较容易理解了他的诸多墨迹中已不见其师法学习某家经典的影子了。透过孙见喜的书法作品,我们从中体会更多的是他在挥洒自己的激情。姑且不论他的书写是否成功,至少通过他的墨迹让人们记住了属于孙见喜本人的书写线条。

纵观中国书法史,可知历代书法名家对于书法的传统的学习与借鉴,在书法传统的海洋中,善于取法者,随意取一瓢饮,或许都会生发出一个"我"来。然而,任何一个"我",能否入"流",皆须时间的验证和书写者的苦心追求。对于学养深厚的孙见喜来说,他应能体悟到书法创作的规律。孙见喜认为,"作为世界特有的汉字书法艺术,固然审美的直观对象是构成'字'的点划和线条,但每个字又都是有内涵的,且多个字组成的'字串群'又共同传达着书者的思想和信息,人们在表层的形式审美之后必然要审美内核,这个内核不是拿来别人、古人的现成,而必须是书家自己的发现和创作,这样的有'书'、有'法'才是一幅完整的艺术

[①] 转引自《孙见喜的散文追求》,《当代作家评论》1999 年第 1 期。

'创作'"①。

孙见喜与以写自己自作诗词、小品文为主的作家方英文所不同的是，他的书写更加自由与灵活，古今佳句皆在其书写的范畴。他经常在一些笔会上现场即兴创作，因地制宜地把书写内容与情境结合起来，而并不显生硬，其文字功底的深厚掩饰了技法上的不足之处，从而博得诸多观赏者的赞誉。

孙见喜擅长在扇面上书写。扇子本是古人扇风引凉的器具，而在扇面上习字作画俨然已成为古代书画特有的形式之一。文人之间往来应酬，互赠扇子及在扇面上合作书画，不啻为一种雅事。早期书画家主要使用圆形绢质的"纨扇"，明代"折扇"流行后，在折扇的纸面上写字绘画在当时已成为一种风尚。在上骨的扇面上进行书写，很难把字写好，因为纸面高低不平，行笔难度很大，因而就衍生出了扇面状式样的宣纸书法创作模式。由于扇面上宽下窄的形状，这种独特的样式，要求书写者在创作时，要根据书写的内容做出恰当的安排。孙见喜的扇面书法创作章法安排多样，略显不足的是扇面书法用印不宜过大，应与扇面上的书法相协调，否则，有喧宾夺主之感。此外，孙见喜还写了一些横幅、对联等形制的书法作品（图70）。

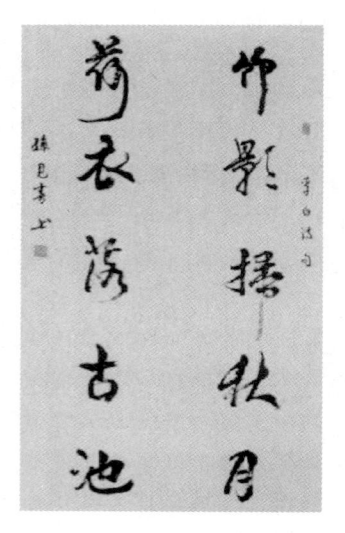

图70 孙见喜书对联书法

宗白华先生在《美学散步》一书中提出："中国的绘画、戏剧和中国另一特殊艺术——书法，具有共同的特点，这就是它们的里面都贯穿着舞蹈的精神，由舞蹈的动作显示虚灵的空间。"事实上，任何可以称之为艺术的东西或多或少都与书法艺术有着某些内在的联系。只是，有的比较明显，有的比较隐晦罢了。除绘画、音乐、舞蹈以外，还有篆刻、建筑、戏曲、文学、棋类等都与书法艺术颇有通理之处。这些不同门类的艺术之间既有区别，又有联系。相互之间互相影响，在联系与影响中互相促进，互相借鉴。亦因此，熊秉明先生把书法称之为"艺术中的艺术"，可见，从这个角度来看，书法是中国艺术中最高级的

---

① 田冲：《钟鼎坐堂，正大光明——漫评孙见喜的书法》，http://news.artxun.com/shufa-1547-7730618.shtml。

表现形式，一点也不过分。

  孙见喜颇具才情。学者费秉勋对孙见喜有较为细致的描写："从表面上看，以为孙见喜很粗，脸比较黑，而且黑得不光洁，像长时间没有洗过，落了一层灰。不大茂盛的络腮胡子，又加重了这种调子。当然，人们会喜爱这张脸，因为下部的嘴巴两角下抽，似乎想严肃，而上部的眼睛却严肃不起来，带着特有的灵动和狡狯；特别是当嘴巴受了眼睛的感染，一启齿行动，整个脸就活泛逗人起来，真正的'见喜'了。其实，孙见喜很细，很内秀，很有才情……"[①]。从描述中，我们可以看到一个较为立体的孙见喜的形象。孙见喜是个多才多艺的人，吹拉弹唱，样样在行，萨克斯、二胡、箫、笛、葫芦丝、古琴等，皆可是他的钟爱之物。艺术之间是相通的，而今对从容"游于艺"的作家孙见喜来说，若能在书法线条的表现力上再有所突破的话，其所创作的诸多书法作品将会更耐品味！

四　雷涛与书法文化

  位于古来上善之地的西北大学文学院，因培育了贾平凹、迟子建、冯积岐、雷涛、方英文等作家，而被人们誉为"作家摇篮"。作家雷涛曾任陕西省作协党组书记兼常务副主席，现为中国作协主席团成员，陕西省文史馆研究员，中国作家书画院副院长，陕西省文学基金会理事长。雷涛著有游记散文集《走近阿尔卑斯山》，纪实文学集《走称号向王国》《走出西影的女人们》，文论集《文心鳞爪》《困惑与催生》等。2010年，获俄罗斯"伟大卫国战争胜利65周年"纪念勋章和"契诃夫文学奖"。其中，"契诃夫文学奖"是俄罗斯联邦政府特设的政府文学大奖，是设奖以来第一次授予俄罗斯境外的文学工作者，也是中国作家首次获得该殊荣。

  雷涛从政作文之余，对书法也投入了精力，著有书法集《心迹墨痕》。他曾在接受采访时说自己书写的兴趣源自父亲的影响，其父在他小时候就经常教导他"肚子里要装墨水，墨水多了才能干事；字是门面，只有把字写好了，文章才耐看"。在父亲的言传身教下，雷涛读书练字，并尝试写作。也正因为会写文章，他才得以改变命运，被乡政府破格录用。从此，雷涛更加刻苦读书写字了。这种积淀，在某种意义上可以说意味着他今后的发展。西北大学中文系读书期间的大量阅读及写作，使其不

---

① 刘峰丽：《趣人孙见喜》，http：//www.slrbs.com/slr/news/2011－06－13/29742.html。

知不觉中离梦想越来越近。雷涛在从事工作，繁忙的工作之余，也没有放弃文学创作。雷涛回忆说："与书法结缘是1989年，当时任职省委宣传部办公室主任，吃住在机关，晚上在机关值班，我的同事就动员我说，要不你练书法吧，打发个心慌。"① 从此，雷涛又开始把多年来的书法爱好重新拾起，开始在废旧报纸上进行书法训练。

雷涛不是专门的职业书家，但对于书法，他有自己的清醒的认识："书法贵在一个'法'字，'书'谁都会做，只要认识汉字的人都会写毛笔字，但是毛笔字不等于书法。只有一般的毛笔字进入'法度'才是真正的质变，从而成为真正的书法。"② 雷涛简练地概况了书法与写字的区别。对于，书法的继承与创新问题，雷涛也有自己的真知灼见，"书法继承很重要，创新和突破更重要。需要执著的追求，锲而不舍乃至'忘我'境界的执著追求"。③ 刘熙载云："书贵入神，而神有我神他神之别。入他神者，我化为古也；入我神者，古化为我也。"雷涛认为书法学习，不能把任何单个的古人当作楷模。否则，只要你钻进去，往往就很难走出来了。在书法艺术的学习上，应该广泛阅读，吸取每个古人先贤的优点与长处，最后形成自己的书法风貌。

南朝王僧虔在《笔意赞》中曾说："书之妙道，神采为上，形质次之，兼之者方可绍于古人。"因此，书写者在掌握书法创作所必要的技术手段后，书写者本人气象及掌控笔墨的能力是决定一幅书法作品成败的关键因素。雷涛以其自身的豪迈情怀显然超越于此。对于雷涛的书法作品，龙塬在《形体、节奏的心像符号——雷涛书法作品欣赏》一文中对其书法作品特点进行了详细解读："雷涛先生追求书情、写意、明志通性。他的书法，入笔则现心中真情，洒墨则流胸中逸气。笔走宣纸，激情飞扬，意在笔先。墨洒咫尺，诗兴大发，气盖山河。他始于性情，止于笔墨，起止之间融进人间苦辣、荣辱沧桑。"④ 雷涛的书法作品"以于体为基础，吸纳了唐楷和二王的行草，形成了自己独有的精神风貌。他在字与字的组合中寻找一种整体和谐优美的结体。他在字与字的组合中表现一种行气的贯通、畅达、顺溜和整个作品的布局、造势、气象、风骨"。⑤ 细读雷涛

---

① 魏锋：《为陕西文学做更多的事——访陕西省作家协会党组书记、作家雷涛》，《中国职工教育》2013年第4期。
② 同上。
③ 同上。
④ 龙塬：《形体、节奏的心像符号——雷涛书法作品欣赏》，《法治与社会》2010年第10期。
⑤ 同上。

书法作品,龙塬认为总的印象是:率真、俊逸、流畅、潇洒、自然、风流、清新;天真烂漫处寓纵浪大化,隽逸自然中蕴吞吐八荒。幅幅看似随心所欲的作品,却"饱含着一股真气、清气、灵气、神气、豪气、大气、逸气、爽气的律动和节奏。字字笔巧墨妙,显示着不拘一格、顺其自然的机智、敏捷、浑然天成的韵致"。

  人的任何创造都不会是空穴来风,中国书法的传承更是渊源有自。同时,书法更是一门技术操作性极强的艺术。临帖写字,磨墨磨人。刘熙载在《艺概》中说:"书,如也,如其学,如其才,如其志,总之曰:如其人而已。"可见,书法作品在一定意义上可以说是书写者才情的展示,书法作品中蕴含了作者的精神。黄宾虹曾说:"古代书画之所以宝贵者,固非其为古董而宝贵,乃其精神存在,千古不磨。"因此,书法作品中所蕴含的精神气脉才是作品中的价值所在。观赏雷涛书法作品"黄河之水天上来"条幅,不难被其作品中所蕴含的激情所感染。雷涛以行草书见长,他书写的书法形式也很多,有扇面、斗方、横幅、对联、条屏等,从雷涛的这些书法作品中,可以明显看到他取法唐代颜真卿书风的痕迹,从而形成了自己厚重一路的雄强书法风貌(图71、图72、图73)。

图 71　雷涛斗方书法

  雷涛于书法孜孜以求之。近年来,他出书法集、办书法展览,虚心向书法同道求教。得到了社会各界普遍赞誉①。贾平凹评价其书法云:"雷涛的书法有功力,

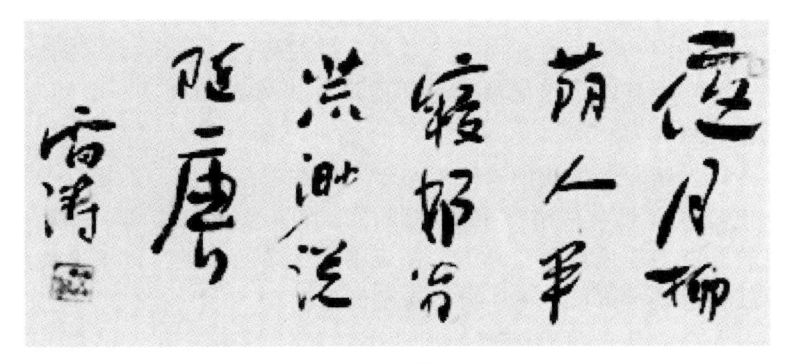

图 72　雷涛横幅书法

---

① 《名人评雷涛的书法》,http://news.artxun.com/kaishu-1644-8216392.shtml。

图73 雷涛对联书法

字很洒脱,章法也好。对书法而言,讲究个性。雷涛的字就有个性。我看过他最初写的'松涛'二字,'松'字的飞白,'涛'字的结构(间架)都很好。后来,多看他的创作,觉得字越来越潇洒、飘逸,个性显明,说明他悟性很高。这不是谁都能很快拿起笔来弄的。书法不单纯是写字,从字里能看出很多东西,雷涛的字中表现出一种很高的悟性与学养。""西安的书法一般讲究拙朴,书家在这方面很刻意,大概这跟秦文化的内质有关。雷涛的字有灵气,好像不是西安的线条,而是捕捉到了一种灵异,完全改变了西安的书风传统,尤其是自去年秋天至今,突飞猛进。西安人写字狼毫为主,喜用侧锋。雷涛基本用中锋,中锋兼侧锋运笔,在书法上是两个不同的级别,重量级和轻量级。打个比方就是第一世界和第三世界的关系,中锋需要正、大、厚、稳,运出一股灵气需要大功力和一种超越书法的综合能力。我感到雷涛的书法更贴近一种古代文人'灿烂其表、锦绣其心'的风范。看了雷涛这两年的书法创作,我'武功'全无只有'扶风'。"熊召政作如是评价。李国平认为:"雷涛结缘书法十多年,长?不长。但他认真临碑、临帖、读碑、读帖、悟碑、悟帖却下足了功夫。他甚至把用心悟碑,提升到了自己书法实践的一个高度。雷涛的启示,一个人不以功利为目标而寻求自我心性的传达的时候,往往会获得更高的收获。雷涛是站在当代社会生活前沿的思考者,也是一个阅历丰富、学修深厚、兴趣广泛的文化人。雷涛有多种笔墨,但始终以丰润、拙厚、刚劲、奔放为基调,雷涛的书法得益于自己的思想修养,也是自身人格境界的外化。"① 可见,雷涛的书法实践已得到了当下的认可。如何在当前所形成的既定书法风貌的基础上,锤炼书法线条的质量,以求书法的可持续性发展,这是雷涛接下来所要思考的问题。

从古到今,几乎没有纯粹的职业书法家。雷涛深谙于此。"读万卷书,行万里路。"作为文化官员,他阅历丰富,视野开阔,且忙里偷闲阅

---

① 《雷涛:朴拙厚美,潇洒飘逸》,http://www.ylrb.com/culture/2010/0920/article_434.html。

博览文史哲等,从中充分体会汉文字在中国文化发展中的地位和魅力。"文学往往需要我们沉下来,用很长时间去把内心的人生体验表现出来;而书法则讲究一个瞬间的爆发,在特定的心境、环境下,最真实的表现累积心中的生活体验。"① 雷涛是这样对自己的文学和书法定义的。他说:"追求书法艺术是我生活中一种极大的愉悦和快乐的人生享受"。雷涛认为,书法艺术充实了生活,调节了工作和生活中必然会出现的不良情绪,提升自我人格修养,对身体的调节也有好处。"笔墨精良,人生乐事;气质变化,学问深时。"假以时日,作家雷涛将会创作更多精彩的书法佳作。

五 赵熙与书法文化

赵熙,1940年生于陕西蒲城。蒲城悠久的书法历史文化资源无疑对赵熙的书法学习产生深远影响。蒲城历史悠久,北周、隋、唐等历代珍贵碑石文物达三百余通,这些碑刻资源除具有重要的文献价值外,还是重要的书法艺术学习资源。其中,被誉为"书中仙手"的唐代书法家李邕所书写的《云麾将军碑》开行书入碑刻之先河,书法纵横欹侧,用笔瘦劲、方圆兼备,驰誉海内外。而李邕在书法艺术上的创新精神,所告诫后学的"似我者俗,学我者死"的书学主张,对后世影响很大。作家赵熙亦是其中之一。

陕西师范大学生物系毕业的赵熙,从事过不同的职业,丰富的社会生活阅历为其提供文学创作素材的同时,亦练就了其干练人生。书法并不是赵熙的主业,仅是其写作之后的消遣自娱。20世纪60年代,赵熙开始从事文学创作,曾以《长城魂》《大漠风》《黄河西岸的群山》《春》等中、短篇小说在全国产生影响。此后,创作了《爱与梦》《女儿河》《绿血》《血原》《狼坝》《大戏楼》等多部长篇小说力作。赵熙以其丰硕的文学成就而得以享受国务院特殊贡献专家津贴。他曾任陕西省政协第七届、八届委员,中国作家协会全委会委员,陕西省作家协会党组副书记、副主席,太白县委副书记等职。繁忙的工作与创作,并没能阻止赵熙对于国粹书法艺术的热爱,或许书写能够给他提供有别于小说创作的另外一番精神享受。

明代书画家徐渭论品茗之境曰:"茶宜精舍,云林,竹灶,幽人雅

---

① 魏锋:《为陕西文学做更多的事——访陕西省作家协会党组书记、作家雷涛》,《中国职工教育》2013年第4期。

士，寒宵静坐，松月下，花鸟间，清白石，绿藓苍苔，素手汲泉，红妆扫雪，船头吹火，竹里飘烟"。此虽茶境，亦诗境也。这与中国艺术所追求的情境大体相同，书法创作当也追求这种艺术境界。唐代书家孙过庭《书谱序》中有"五乖""五合"之说，论述的是其他因素对书法创作的影响。欧阳修在《试笔》中曾说："学书为乐，苏子美尝言，笔砚纸墨，皆极精良，亦自是人生一乐。然能得此乐者甚稀，其不为外物移其好者，又特稀也。余晚知此趣，恨字体不工，不能到古人佳处，若以为乐，则自是有余。"可见，书法艺术是需要在书写的实践过程中才能得以体会到其中的乐趣。对于书法，赵熙认为"我之曰书，还是依了孔圣人那句话，书之者不如好之者，好之者不为乐之者。乐在其中，便知足矣"。

　　南宋姜夔《续书谱》中谈到了学书门径时说："唯初学书者，不得不摹，亦以节度其手，易于成就。""五四"以来，中国作家群体书家中是不乏功夫型书家的，如鲁迅、郭沫若、沈从文等等，他们根据自己所需从先贤经典碑帖中汲取书法营养，经过锤炼，从而形成了他们各自的书法风貌。这众多丰富多彩的书法形态，留下了一个时代的文化印记，我们观赏墨迹亦能感悟到这些作家们的聪明才情。纵览赵熙书法墨迹，在很大程度上能勾起我们对"文人书法"的记忆。在当前文化断裂的大环境下，不管时代对"文人书法"作何要求，身为读书作文之人不能降低对自己的要求，应从自身做起，加强书法临帖。赵熙的书法并不像时下沽名钓誉的名人，没有受过书法的训练，兴之所至的自由挥洒。赵熙自幼受严格家教，书法功底深厚。他的书法学习是沿着传统的书学之路进行的。他的楷书曾用心学习了唐代书法大家欧阳询、柳公权的书法，重视楷书结构的训练，楷书作品。赵熙的行书学习，则取法于元代的赵孟頫，继而上溯至王羲之一路的行书，书法得王字圆润妍美之风。从赵熙认真临习的《怀仁集王羲之〈圣教序〉》书法作品局部，可知他对书法临池的用心与严谨（图74）。

　　《怀仁集王羲之〈圣教序〉》是由唐太宗的序文、高宗李治的一篇记和玄奘本人所译的一首经三部分所组成，全文共一千九百零四字。怀仁经过了长达二十四年的收集与拼凑、苦心经营，终成此碑。《圣教序》乃王羲之书法之集大成也，此碑广采王书之众长，可见其用心之良苦。全碑将王羲之的楷书、行书、草书杂糅其间，大胆地搭配、组合、集成，动静结合，挥洒自如；结字平中见奇，开合有度，欹正相依，灵动多姿；尤其是重复的字、偏旁部首无不体现变化翻新。在王羲之书法不得多见的情况下，以字数多、变化多而为人们所推崇，被历代书法学习者奉为圭臬。

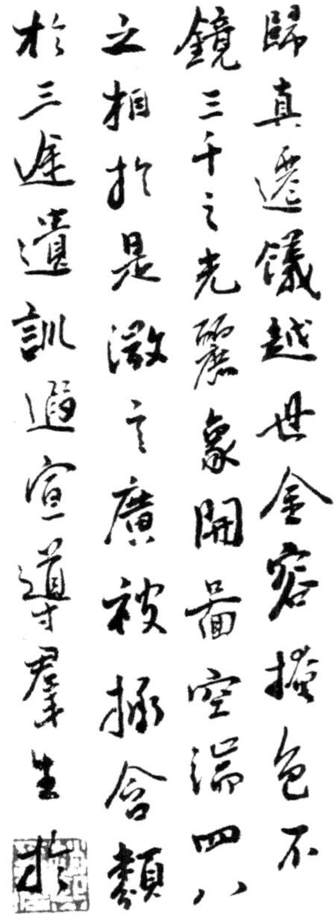

宋、元、明、清以来的历代书家对这一作品评价甚高，称之为"百代模楷。模仿羲之书，必自怀仁始"。清人蒋衡在《拙存堂题跋》中评价更高，认为，"沙门怀仁乃右军裔孙，得其家法，故《集字圣教序》一气挥洒，神采奕奕，与《兰亭序》并驱，为千古字学之祖"。的确，这一碑刻充分地表现出了王羲之书法艺术的精美典雅和灵动多姿，直至今日仍是我们学习书法不可多得的珍贵碑帖。古语云，"取法乎上，仅得其中；取法乎下，等而下之。"赵熙能够用心临习《怀仁集王羲之〈圣教序〉》，可见他取法很高。观其所临作品，与原拓相比，可以看出赵熙并不仅仅拘泥于形似，因为是墨迹书写，从而规避了碑刻集字行气不太贯通的弊病，线条更加流畅。

受过严格书法训练的作家赵熙，书法虽非其主业，他仍于读书作文之余，勤于临池，投入了大量的精力。大量的毛笔书写，使赵熙从书写中找到了自己精神的支柱。在中国的文化传统中，书法并非单独的存在，而是"文"与"艺"的双生子。赵熙的文学底蕴和个人品格修为使其书法作品中充满了清新秀气，因此被人们赞为"秀才之笔"。

图 74　赵熙临《怀仁集王羲之〈圣教序〉》

中国人历来将"技道两进""技进于道"。对于书法而言，书写技巧的用笔、结字，以及章法构成安排等，是使书写从技法层面上升为道的层面所必须掌握的技术诉求。而只有具备了书法诸要素，才能不会有孙过庭所批评过的"任笔为体，聚墨成形"的弊病。在当下"笔墨泛滥"的混乱时期，赵熙的书写无疑具有一定的现实意义。

对于书法学习，赵熙有着自己的见解。他不不赞成跳跃式变化，主张在古人法则中汲取源头活水，于日积月累中，蜕变出新。观赵熙书法行迹，可知他属于探索型书家。赵熙没有过早地把自己锁定于某一经典碑帖定势之下，而是在深入传统的基础上，循序渐进地调整自己的风格走向。为力戒飘柔浮滑，增加书写的苍厚之感，赵熙书法转向取法魏碑、汉隶。

赵熙书法创作的主打书体最终落于行草,他将数十年来扎实的笔墨储备付诸书写实践——行笔缓慢,收笔含蓄,追求内聚之力,看似紧收,实则舒放,平和自然却结构多变,静雅内敛中亦见浑厚迟涩,用笔细腻,文气蔚然,与作家本人的精神气质十分吻合。

　　书法的核心要素便是文学,留存中国书史熠熠闪光的书法作品,无一不得益于文学的辉映。赵熙书法多以自作诗词为主,书法艺术和文辞之美的聚合效应,充分体现出他作家身份的文化优势。赵熙的书写形制不拘,有对联、横幅,亦有条幅。赵熙的横幅书法创作,有秀美一路的,也有寓巧于拙一路的。赵熙所创作的条幅书法中,以浑厚朴拙一路的书法风貌更具有震撼力(图75、图76)。

图75　赵熙书《书诗博见》

图76　赵熙书《春华秋实》

　　赵熙的书法作品裹挟着一种缓缓而来的文化气息,虽无惊涛骇浪的声势,却如涓涓细流,从容不迫,绵延不竭。如今,赵熙已成为陕西"作家书法"的代表书家之一。其书法作品流传于美国、日本、印度、韩国及东南亚和以色列等国家,并被多家博物馆收藏;为太白山、白云山、香积寺、法门寺、华山、留侯祠、伊尹故里等名胜景点题词并勒石;曾参展"中国当代作家书画展"并获奖。

继承与创新，历来是书法发展的主题，赵熙认为，就作家群体的书法现状而言，"继承"应被置于急切且头等位置。他不主张作家将书法依附于著作影响之上，更反对糊涂乱抹的"行为书法"，他力倡作家临帖，在深入传统中掌握中国书法的技术要领，并与传统文化精神无限融通，让"文人书法"经得起历史考验。然而当代精英文化群体——作家群体的书法，因传统功力匮乏，作家书法大多气血不足。尽管作家能凭借自己的社会地位和文学成就，为一己书法谋得一席之地，但难以阻挡其由文人字沦为名人字，并彻底与传统书法断裂的危险。观赵熙书法及其言行，可知其对传统笔墨的理解和阐释，以及笔墨背后的历史经脉，他书法作品中的雅致品格应由是而来。

第九章 "大文学"与"广书法"的建构

书法与文学（尤其是传统的"大文学"）关系非常密切，二者的创作过程都以共同的载体"文字"来实现。当然，文学创作并不仅仅是语言的排列，书法也不单纯是线条的组合。但在作家与书法家的主观能动性的艺术创造下，二者超越了语言与线条这两种外在介质，都展现了创作主体的审美取向与价值追求，达到了更高的精神境界。书法与文学的交互为用，完美结合，迸发出了鲜活强劲的生命力。王羲之书写的不朽之作《兰亭集序》就是一篇优美的文学散文，褚遂良行书北周庾信的《枯树赋》，陆柬之行书晋陆机的《文赋》，苏轼楷书欧阳修的《醉翁亭记》，赵孟頫行书魏曹植的《洛神赋》，文徵明行书王勃的《滕王阁序》等等，都是书法艺术与文学作品相结合的典范，书法艺术提升了文学描写的效力，文章借书法而表情达意，书法亦因文章而日臻精妙，广为流布。随着社会的发展，书法从实用艺术转化为纯艺术，书法以其丰富的艺术创造力，展示着汉字艺术的无穷魅力。由于社会的分工，文人尤其是作家与书家的身份分离，一些作家以其深厚的艺术修养而使其文学创作相得益彰，使其文学创作和书法创作焕发了无穷的艺术魅力。下面从"大文学"（不局限于"纯文学"）和"广书法"（不局限于专业书法）分别对中国现当代的一些作家（不局限于专业作家）兼书家的书法作品进行若干专题探究。

第一节 晚清民初勤奋书写者的书法艺术

晚清民初，名家云集，新旧并存，文化杂陈。当时，无论新旧或复杂人物，志在有所作为的文人们有一个共同的文化身份：勤奋的书写者。这里仅选取与书法和文学都有深缘的具有标志性的三位文人，简要评述一下他们的书法艺术。

一　梁启超的书法艺术

被誉为"百科全书式的人物"梁启超，学识渊博，学贯中西。虽一生仅度过五十六个春秋，但其创造的思想文化，对中国社会的诸多方面都产生了重大影响，是影响中国历史进程的重要人物之一。梁启超1400多万字的著述中涉及的政治、经济、文化、哲学、文学、史学、经学、法学、伦理学、宗教学等领域，均成就卓著。书法史上中国古代很多书法家不是纯粹意义上的职业书法家，知识宏富的梁启超更是集各种身份于一身。这也掩盖了其在书法文化方面的贡献，与其史学等学术成就相比，梁启超在书法上没有留下系统的书学著作。梁启超有关书法的著述虽不多见，但却不容小觑。其对"书法"的独特见解，主要散见于他的著述、演讲和友朋往来书信，以及为各种书法碑帖所作的题跋中。

梁启超有关书法的文献资料，日本学者平野和彦著有《饮冰室论书考》[①] 专论，其列出的梁启超论书资料有：碑帖跋（收于《饮冰室文集》第44卷上），153则；书跋（收于《饮冰室文集》第44卷下），25则；中国图书大辞典（金石门）丛帖类初稿的[丛帖一]，帖刻本之属的[丛帖二]，帖考释之属（收于《饮冰室专集》第87卷《图书大辞典簿录之部》）；《书法指导》（收于《饮冰室专集》第102卷）。学者王伟林在《梁启超的书学观及其贡献》[②] 一文中指出，梁启超论书资料（含相关的）尚有以下诸种：《中国地理大势论》（1902年）；论书诗《若海自称其书已脱古公役属要我承为独立国作诗嘲之》（约1909年）；论书诗《自题所藏唐人写〈维摩诘经卷〉为敦煌石室物罗瘦公见赠者》（1910年）；《清代学术概论·十六》（1920年）；《中国文化史·纲目》（1922年后）；《樱山论书诗序》（1923年）；《国学入门书要目及其读法》（1923年）；《题〈海粟近作〉》（1926年）；《王国维墓前悼辞》（1927年）等著作中也都有关于书法的论述。

《书法指导》[③] 是梁启超唯一一篇专论书法的文章，这是1927年梁氏在清华园教职员工书法研究会上的一篇演讲稿，由其学生周传儒记录整理而成。一万字左右的关于书法学习的发言，彰显了梁启超对书法的痴爱和

---

① ［日］平野和彦：《饮冰室论书考》，陈定中译，见陈振濂主编《近现代书法研究——全国第二届近现代书法研讨会论文集》，安徽美术出版社1997年版，第393—394页。
② 王伟林：《梁启超的书学观及其贡献》，《苏州教育学院学报》2000年第4期。
③ 见梁启超《梁启超全集第9册》第十七卷之《古书真伪及其年代》，北京出版社1999年版，第4945—4953页。

独到的书学见解，也可以看出梁启超的书法教育思想明显受到其业师康有为的影响。《书法指导》主要由五个部分来组成，即：书法是最优美最便利的娱乐工具、书法在美术上的价值、模仿与创造、碑帖之选择、用笔要诀。在"书法是最优美最便利的娱乐工具"条目下，梁启超总结了学习书法的七种优美便利处，即"可以独乐；不择时，不择地；费钱不多；费时间不多；费精神不多；成功容易而有比较；收拾身心"。[1] 梁启超认为书法在美术上的价值表现在书法具有"线的美；光的美；力的美；个性的表现"等方面[2]。梁启超主张书法学习要"模仿"，他认为"模仿是必要的，由模仿可以到创造，无论单学一家，或多学几家都可以。但是最初的时候，不要走错了路。赵、董、柳、苏、李几家，最不可学。用为几十种模范中的一种，尚还可以，起初从他们入手，以后校正困难。订好是把他们放在一边，不学才对"。[3] 梁启超进一步阐释："模仿有两条路"，即"一、专学一家，要学得像。二、学许多家，兼包并蓄"。[4] 梁启超主张学习书法应心无旁骛，专心专意。模仿书法时，梁启超认为"分期临摹"更有效。梁启超认为"模仿若干种，分为若干时间，学这种时，不知那种，学那种时，不知这种，专心专意，不可参杂，参杂则不成功。从前人教人读书，有两句话，'读《易》时觉得无《尚书》，读《诗》时不知有《春秋》'。这是表示专一的意思。不专不读，读则专一。写字亦然，模仿一种，把结构用笔，全学会后，才换第二种。依我的经验，一种碑，临十遍，可知他的结构及用笔。譬如一千字的碑写到一万字，就把结构用笔，都得着了，得着后，换第二种"。[5] 选择碑帖时，梁启超建议要选择若干风格相反的碑帖练习，方笔圆笔的碑帖应交换着模仿，这样可以形成风格互补，易于成就个人的书法创作。

对于书坛的"碑帖之争"，梁启超认为"好帖难找，不如临碑。碑有六朝碑和唐碑两种"。有名的唐碑也不易找，且翻刻本较多，因此，梁启超建议学唐碑不如学六朝碑，并认为六朝碑"迹真字好；物美价廉"。尽管主张学习六朝碑，但梁启超"尊碑"但"不卑帖"，"尊魏"但"不卑唐"，也不否定唐代书法家的成就，说："书家如欧（欧阳询）、虞（世

---

[1] 梁启超：《书法导论》，《梁启超全集第9册》第十七卷《古书真伪及其年代》，北京出版社1999年版，第4946页。
[2] 同上书，第4946—4947页。
[3] 同上书，第4948页。
[4] 同上。
[5] 同上书，第4948—4949页。

南)、褚(遂良)、李(邕)、颜(真卿)、柳(公权)之徒,亦皆包北碑南帖之长,独开生面,盖调和南北之功,以唐为最矣。"① 可见,梁启超对碑帖持比较宽容的态度,走的是"碑帖互补,兼容并蓄"的路子。在书学实践上,梁启超一直没有间断过毛笔书写。作家沈从文认为梁启超的字"能谨守一家法度,不失古人步骤,转而耐看"②。

梁启超特别注重书法收藏,在中国传统文化的传承上,可谓功不可没。也许正是因为梁启超各种角色的交叉,他并无意于成为专业的书法家,但大量的书写与广博的收藏,以及有着深厚的"旧学"功底,"书无意于佳乃佳",从而使得梁启超的书写更具有文人气息。梁启超的书法活动主要体现在他对金石拓本的搜求和碑帖题跋上,以及他的书法临摹日课和书法创作上。梁启超有书法童子功,他曾在《我之为童子时》一文说:"我为童子时,未有学校也。我初认字,则我母教我,直至十岁,皆受学于我祖父、我父。"③ 梁启超在《书法指导》一文中记载曾说他在年轻的时候,想得翰林,也学过些时候的翰林字,因此,"总不脱大卷子的气味"④ 的梁启超的书法属于学者类型,他的书法学习,初从唐楷入手,后攻魏碑、汉隶及章草。

梁启超的楷书在欧阳询欧阳通父子楷书基础上,融入了魏碑书法(图77)。梁启超一生对《张猛龙碑》钟爱有加,在其流亡日本的十四年里,仍把《张猛龙碑》带在身边,临写不辍。被世人誉为"魏碑第一"的《张猛龙碑》,碑文书法用笔方圆并用,结字长方,笔画奇正互一让,变化自然合度,妍丽多姿,是公认的魏碑后期的佳作之一。清金石家杨守敬评曰"整炼方折,碑阳流宕奇特"。又云:"书法古淡,奇正相生,六代所以高出唐人者以此。"康有为《广艺舟双楫》将此碑列为"精品上",并曰:"如周公制礼,事事皆美善,为正体变态之宗。"梁启超在1911年9月间在《自临张猛龙碑》跋中说道:"遍临群碑,所作殆成一囊。今兹鸿头报白,竟言归矣。事务方殷,度不复有闲情暇日以从事雕虫小技,辄拨万冗,写成兹卷,其末四纸,则濒行前一夕醉

---

① 梁启超:《中国地理大势论》,《梁启超全集第2册》第四卷《新大陆游记》,北京出版社1999年版,第931页。
② 沈从文:《谈写字》,《沈从文全集》31卷,北岳文艺出版社2002年版,第129页。
③ 梁启超:《三十自述·附记:我之为童子时》,《梁启超全集第2册》第四卷《新大陆游记》,北京出版社1999年版,第959页。
④ 梁启超:《书法导论》,《梁启超全集第9册》第十七卷《古书真伪及其年代》,北京出版社1999年版,第4949页。

340　中国现当代作家与书法文化

后之作也。"[①]　梁启超逝世前四年丙寅（1926）年曾通临《张猛龙碑》，切实提高了自己的魏碑书法水平。

　　在梁启超的书法墨迹中，篆书作品的数量很少。梁启超有"旧学"功底，在平时著书立说、读碑写跋、临习碑帖中关注篆书的，他的篆书作品虽然传世不多，但从仅有的几幅迹中我们仍能看出梁启超的篆书功底。梁启超曾临习过汉碑篆额，他的篆书作品多见于一些碑帖的署款上，其篆书题《孔彪碑》碑额已然大气而又浑厚，足可称道了（图77、图78）。与其他书体相比较，梁启超用心最多的还是在汉碑隶书的临习与创作上。梁启超临习过的汉隶碑版很多，主要有《礼器碑》《张迁碑》《乙瑛碑》《曹全碑》《张寿碑》等。梁启超临习隶书的主要目的是汲取汉碑的营养，充实到他的楷行草书的创作，以丰富其书法线条的质感。《张迁碑》是汉碑中拙朴一路书风的代表，结构严整，端正朴茂，字形方正，结体独具特色，棱角分明，结构谨严，笔法凝练。初看似乎稚拙，细细品味才见精巧，章法、行气也见灵动之气，沉着有力，古妙异常，是拙与巧完美结合的代表，备受书法界的推崇。梁启超曾以不同的书法样式进行临习，他所临的《张迁碑》，没有被原碑的方折雄浑所笼罩，而是用笔内敛，着重强调了碑刻硬朗的一面，临作充满了文人的书卷气息和儒雅味道。

　　梁启超还临习过颜真卿的《祭侄文稿》，1899年梁启超《致犬养毅信札》行草书，就有颜真卿的《祭侄文稿》的书法神韵。梁启超还对欧阳询的行书《张瀚帖》《梦奠帖》等书迹勤加临习，梁启超草书赠刘海粟草书轴，就是梁启超学习欧阳询行书后的一件佳作。此外，行书诗

图77　梁启超楷书
《一晌无限联》

---

①　梁启超：《书跋》，《梁启超全集第9册》第十八卷《诗话、诗词集》，北京出版社1999年版，第5281页。

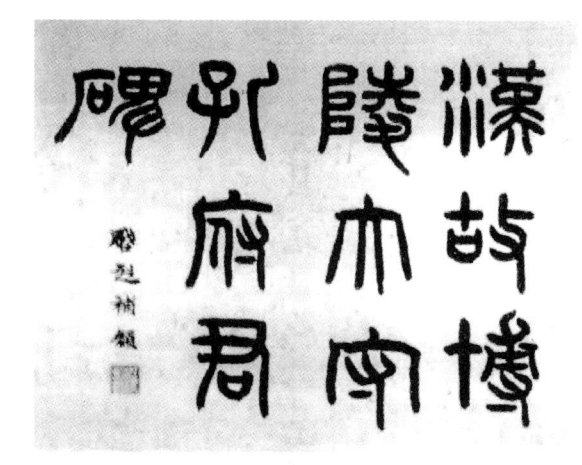

图 78　梁启超篆书题《孔彪碑》

页《半山绝句》则是梁启超的行书代表作（图 79），这件作品包括"金陵即事""乌塘""午枕""题画扇""清明"等五首七言绝句，整十六行，一百五十七字。1925 年以后，梁启超除临习王羲之《十七帖》外，还受挚友余绍宋的影响开始研究章草，余绍宋并把自己所珍藏的《急就章》《月仪帖》借给梁启超临习。梁启超曾用章草抄写了《千字文》，1927 年（丁卯）中秋前三日，梁启超用章草书写了范石湖诗赠给朋友仲文。

图 79　梁启超行书《半山绝句》

纵览梁启超的书法艺术，看似中规中矩，但却处处有古法，其书作是典型文人书法，温润、含蓄而又具刚健、遒劲的美感，蕴含着浓郁的书卷气息和儒雅之风。作为政治家、学者的梁启超，能在繁忙的政治与学术之余，凭着对书法的喜爱，而对书法孜孜以求，毫无懈怠。梁启超无意于做书家，但最终还是卓然成为书法大家，在书学理论与书法实践两方面都取得了巨大的成就，对后世书法的发展及书学的建构做出了不可磨灭的贡献。如今学界对梁启超的《书法指导》的学术地位给予了充分肯定，认为这是中国书法从传统书学走向现代书学过程中的标志性成果，开创了现代书法美学的先河。在当今书法产业化的发展与书法展厅繁荣的格局下，重温梁启超的书学见解及书法实践，对提高书法创作的艺术品位及书卷气息具有重要的启示与借鉴意义。

二 王国维的书法艺术

王国维（1877—1927），初名国祯，字静安，亦字伯隅；初号礼堂，晚号观堂，又号永观，谥忠悫；浙江海宁人。王国维学贯中西，学识博大精深，博通经史，在哲学、文学、美学、戏曲史、音韵学、甲骨文、汉晋木简、敦煌文献、西北地理、蒙元史等方面都有很高的造诣，是中国近代文化史上享誉国内外的重要学者之一。令人惋惜的是，王国维在五十岁大好年华时却自沉于北京颐和园的昆明湖。"心知去不归，留有后世名。"（陶潜《咏荆轲》）王国维生前著述62余种，批校古籍逾200种，他亲自编定《静安文集》《观堂集林》刊行于世，在其殁后，有《遗书》《全集》《书信集》等出版，更有今人整理出版之遗著、佚著多种，这对我国近代文化及学术事业作出了巨大贡献。近代有关王国维的研究都有涉及，然而世人却多关注其经世学问而忽视了他的书艺。事实上，王国维的书法艺术的水平并不逊色于同时期的专业书法家。

王国维生活在一个富庶的书香门第，自幼聪敏好学，曾中过秀才，精通日、英、法诸国文字。王国维不仅能写得一手好字，也兼善绘事。王国维对金石书画艺术的倾心，当受其父王乃誉酷爱金石书画的影响。王国维的父亲酷爱金石书画收藏，据他回忆："遍游吴越间，得尽窥江南北诸大家之收藏。自宋、元、明、国朝诸家之书画，以至零金残石，苟有所闻，虽其主素不识者，必叩门造访，摩挲竟日而去，由是技益大进。"[①] 王乃誉书画皆工，走的是一条文人书画之路，"书学褚河南、米襄阳，四十以

---

① 王国维:《先太学君行状》，见《王国维文集》，线装书局2009年版，第173页。

后专学董华亭",画"无所不师,卒其所归,亦与华亭、娄东为近"①。王乃誉的艺术爱好在无形中会对王国维产生深远影响。王国维十五岁时,王乃誉亲自教他写字。王乃誉在光绪十七年(1891年)不同时段的日记中,多有记载王国维学习书法的记录:"2月18日,'饬静(安)抄文学书,虽不惮烦,而启发迄不得其佳处,可知治学亦非愣然能进';2月20日,'初为静(安)指示作字之法。游衍随意,尚不足□(字迹不清)。盖久闲欲聚坐定,甚难。可知,懒惰害人,而人不自觉,犹马之脱辔,鹰之脱韝,一纵不可复收。少年宜自戒也';2月22日,'改静儿字';4月18日,'上楼,见静儿作书,竟无是处。稍示之,犹不见工整,况腴润端厚,何可得耶!……"② 从王乃誉的日记中不难看出,王乃誉对王国维的期望值很高,字里行间透露着对王国维"恨铁不成钢"的失望心情,他甚至在同年10月17日的日记中伤心地感慨道:"可恨静儿之不才,学既不进,(又)不肯下问于人。而作事言谈,从不见如此畏缩拖沓。少年毫无英锐不羁,将来安望有成……患吾身之后,子孙继起不如吾。……盖求才难,而欲子弟才过父为尤难。"③ 尽管如此,王乃誉依然对王国维关爱尤加,"夜为静儿话为人处世之方"。与民国时期的诸多文人一样,王国维并没有把文人写得一手好字看作是多么神圣的事,他的学术著作中也没有专门论述书法的学术文章,他只是把书法当作文人必备的修养。无意成书家的王国维,恰恰因为他书写在扇面的一首咏史诗,得到了罗振玉的赏识,才得以迎来人生的转机。

1913年4月,王国维同罗振玉与日本京都大学教授内原田雨山等人在日本京都南禅寺天授庵聚会,效王羲之三月三兰亭雅集,各以所藏王羲之兰亭帖佳本展示,会后王国维作《癸丑三月三京都兰亭会诗》记事,阐述自己在文字书体问题上的见解,并对中国书法史上的《兰亭集序》及王羲之书法作了阐述,对王羲之、颜真卿在书法上勇于变法的精神给予了高度评价。《癸丑三月三日京都兰亭会诗》中涉及书法方面的诗句:"……昔人论书以势名,古文篆隶各异型。千年四体相嬗代,唯尽其势体乃成。汉魏之间变古隶,体虽解散势犹未。波磔尚存八分法,茂密依稀两京制。《墓田》数帖意独殊,流传犹出山阴摹。永和变法创新意,世间始有真行书。由体生势势生笔,书成始觉体势一。相斯小篆中郎隶,后得右

---

① 王国维:《先太学君行状》,见《王国维文集》,线装书局2009年版,第173页。
② 转引自陈鸿祥《王国维年谱》,齐鲁书社1991年版,第20页。
③ 转引自窦忠如《王国维传》,百花文艺出版社2007年版,第17页。

军称三绝。小楷法度尽《黄庭》,行书斯帖具典刑。草书尺牍尚百数,何曾一一学伯英。后来鲁公知此意,平生盘礴多奇气。大书往往爱摩崖,小字《麻姑》但游戏。真行巨细无间然,先后变法王与颜。坐令千载嗟神妙,当日只自全其天。我论书法重感喟,今年此地开高会。文物千秋有废兴,江河万古仍滂沛。……"① 此诗可以看作是王国维的书论,从长诗所涉及的书法史的内容,能够看到他对书法史的谙熟。

在真、草、隶、篆诸体书法中,王国维最擅长的书体是楷书、行书和篆书。王国维曾参加过科举考试,能够写得一手端正规矩的小楷倒也不足奇,其小楷代表作《〈人间词话〉手稿》,用笔严谨,笔画取左低右高的态势,以欹侧取势,庄重朴茂,字形宽博,俨然大字气象。因是草稿一般并不示人,有修改增删处,即便如此,也写得井然有序,不失一件小楷佳作。值得一提的是他的小楷能够从清代馆阁体中跳出来,这或许是因为他研究汉晋木简、敦煌文献,视野开阔的缘故。1921 年,王国维为《秦公敦》作的三百多字的小楷题跋,书风与敦煌唐人写经相似,是其此类小楷的代表佳作。从王国维的楷书楹联(图 80)来看,王氏的楷书师法对象当为欧阳询和颜真卿。欧、颜都是唐代杰出的书法家,在楷书和行书方面都有很深的造诣。

图 80 王国维楷书楹联

行书是介于楷书与草书之间的一种书体,大约出现在西汉晚期和东汉

---

① 陈永正校注:《王国维诗词全编校注》,中山大学出版社 2000 年版,第 167—168 页。

初期，因书写流畅、生动而为世人所喜欢。王国维的行楷墨迹《书三境界赠内藤虎次郎》（图81），法备完善，字字独立，而点画亦能顾盼呼应。王氏的行书墨迹主要是用于书信中，信札一般具有私密性，一般来说书札更能反映出写信人的形象、学问、态度等，也能反映其书写水平。"特别是名家，作为政治、经济、文化、教育、科技、艺术等领域的代表和名流，他们的亲笔信对他们所处时代的时事、政治、人情世风及与友人间的诗文唱和、学问探讨等无不有所反映。又因其出自个人手笔，书写随意，字里行间给人以跳跃般的鲜活与畅快。"① 王国维的信札墨迹，书写速度较快，字与字之间增加了牵丝连带，与其楷书相比，更具有文人趣味，值得玩味。王国维的遗作，堪称是其行书手札的代表作，能在临死时把书法写得如此淡定、从容，可见其修养之高，书法功力深厚也自不待言。

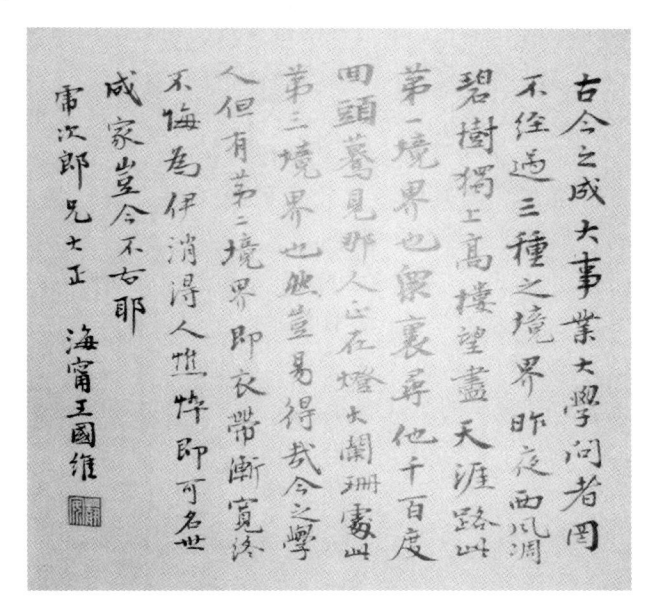

图81 王国维行楷《书三境界赠内藤虎次郎》

王国维精研文字学，是研究甲骨文的专家，他提出的"纸上之材料"与"地下之新材料"相结合的著名"二重证据法"来治学术，对学界影响深远。王国维在对《毛公鼎》《小盂鼎》《剌鼎》《姬鼎》《石鼓文》等

---

① 章用秀：《民国书法鉴赏录》，上海远东出版社2013年版，第34页。

青铜器物上的文字与甲骨文结合,做了相关考释工作,撰写了研究甲骨文的代表作《殷卜辞中所见先公先王考》《殷卜辞中所见地名考》等学术文章,同时,还集有甲骨文书法作品存世。清代篆书名家邓石如工真、草、隶、篆四体书法,尤擅长篆书,邓氏以秦李斯、唐李阳冰为宗,稍参隶意,开创了清人篆书的新境,为清代篆书的复兴作出了极大的贡献。王国维在《周之琦鹤塔铭手迹跋》中就肯定了邓石如的篆书艺术,认为:"书法一道,山阴、平原、范围百代,唐、宋以来,无或逾越。完白山人夺乎千载之下,真积力久,别张一军,安吴、荆溪,此喁彼于,遂成宗派。世人争重山人篆书,不知其行楷书尤有关于百年以来风气也。山人一派,安吴书迹遍天下,而荆溪书传世甚少。今观此卷,寓骏快于顿挫,出新意于旧规,与近日所出两晋、六朝墨迹,波澜莫二。盖精诚之至,与古冥合,亦如山人篆书,与新出《汉司徒袁敞碑》同一机杼也。"① 学术研究对书写实践无疑会产生重要影响。常与青铜铭器打交道的王国维,其篆书艺术也不容小觑,有着极深的造诣。王国维对《石鼓文》格外关注,不仅题跋、临写《石鼓文》书法,还有《与友人论石鼓文跋》存世。王国维所临《石鼓文》可能也受到篆书名家吴昌硕的影响,字形拉长,然而线条古雅朴茂,气息醇厚,与其临习比较工稳的《秦公敦》铭文书法相比,寓圆劲于流动之中,更加酣畅淋漓。

综上粗略叙述可知,王国维在书法研究和创作方面皆有独特的学术视角,对当时书坛所关注的碑学、帖学等诸多问题,有着自己的精辟见解,也形成了自己书法风貌。惜王氏书学成就为其学术成就所掩,不为人们所重视。但也正因为有深厚的学问涵养,其书法艺术才出手不凡。王国维在《人间词话》一书中针对治学上所提出的"成大学问大事业之三境界",脍炙人口,至今广为传诵。王国维所主张的"但有第二境界,即'衣带渐宽终不悔,为伊消得人憔悴',即可成家,岂今不古耶"②,当也适用于书学一道。

三 章炳麟的书法艺术

章炳麟(1869—1936),字枚叔,后改名绛,号太炎。浙江余杭人。为一代国学宗师,研究范围涉及小学、历史、哲学、政治等等,著述甚丰,在小学、史学、哲学、医学等多个领域都取得了重要的学术成就,所

---

① 王国维:《王国维先生全集·初编4》,台湾大通书局1976年版,第1410页。
② 见图81,王国维行楷《书三境界赠内藤虎次郎》。

著《新方言》《文始》《小学答问》等，颇多创见，后辑入《章太炎全集》。近现代学人中，能够称得上国学大师者寥若晨星，而章炳麟就是当之无愧的一位。近现代学术与章炳麟的渊源深矣，其弟子鲁迅、周作人、钱玄同、黄侃、汪旭初、马幼渔、曹聚仁等等，亦在近现代文化史册上熠熠闪光。胡适誉章氏为"清代学术史的押阵大将"；许寿裳在《章太炎传》中赞誉章氏："在清代三百年学术史中没有第二个人，所以称之为国学大师"。章炳麟并非职业书法家，不以书法名世，在他的诸多著述中也没有专门的文字来论及书法艺术。崔尔平选编的《历代书法论文选续编》（上海书画出版社1993年版）收录了章氏的《小学略说》《论碑版法帖》和《说单钩》等三篇文章，从中可以得窥章氏对书法的见解。章炳麟的道德学问皆一代风范，非等闲人士所能比拟，故其所书写的只言片语皆被世人所重。从书法的本体论上来说，章氏书学成就是不容小觑的。

　　章炳麟的书学观主要体现在三个方面。一是写篆要先识篆。章氏认为"唐人不识古文，所作篆书，劣等字匠"。[①] 二是重视写字执笔。他在给弟子王旭初的信札中谈及了他的观点：

> 旭初足下，别五十日，想意兴转佳。仆近作单钩书，略已成规，但执笔过于沈著，近《天发神谶》意，与此前专求韵味者稍殊，盖亦由巧入拙矣，单钩本作篆正则，而今人殊鲜为之。五指握笔，殊非古法，但观少温、鼎臣所书，恐亦只用双钩。双钩亦见神韵，而或失弱；单钩亦见腕力，而或失之火气。真书中欧、虞、褚、薛，盖亦只用双钩，平原乃单钩矣。明人唯香光从颜入手，故汲汲以单钩传授也。仆因单钩易入《天发神谶》一路，故欲得其真本。[②]

章炳麟指出了单钩和双钩执笔的区别，认为单钩执笔易于篆书，双钩执笔易于楷、行书。执笔对书法的学习是有一定影响的，如何执笔，历来书家都有论述。书论史上较早谈及执笔的，当属于（传）卫铄《笔阵图》这篇书论，书中有"凡学字书，先学执笔"[③] 的观点。清代书法家

---

① 章太炎：《小学略说》，载崔尔平选编《历代书法论文选续编》，上海书画出版社1993年版，第768页。

② 章太炎：《说单钩》，载崔尔平选编《历代书法论文选续编》，上海书画出版社1993年版，第773页。

③ 《历代书法论文选·笔阵图》，上海书画出版社1979年版，第22页。

大都重视书法学习中的执笔方法,其中,最为重视执笔法的当属乾隆年间的书法家梁巘。梁巘认为:"书学大原在得执笔法,得法虽临元、明人书亦佳,否则日摹钟、王无益也。不得执笔法,虽极作横撑苍老状,总属皮相。得执笔法,临摹八方,转折皆沉着峭健,不仅袭其貌。"①梁巘在对历代书家的品评尤其是对明清以来书家的评价中也以是否得执笔法为标准:

> 梁巘所评价得执笔法的王铎、张瑞图、汪退谷等,梁氏称其书作"劲健";而对于得执笔法而书学理念崇尚"圆润"的王鸿绪、杨宾,梁巘则嫌其"弱",可见梁巘是特别崇尚"劲健"的书学理念。而梁巘所评价的所谓未得执笔方法的何义门、王良常,梁氏则嫌其书作"欠圆劲";梁巘对于郑簠隶书八分的评价甚高,只是叹其"未得执笔法",而"莫由追踪先哲";称赞的"汪退谷得执笔法,书绝瘦硬。"可见,梁巘把执笔方法与其所追求的"尚劲健、崇瘦硬"的书法风格联系起来,这就构成梁巘主要的书学审美体系。②

梁巘的执笔法传授给了向其讨教书法的清代文字学家、朴学大师段玉裁,段玉裁的《述笔法》③一文对此作了详细记录。可见,章氏重视执笔源自清代书学一脉。三是重视帖学学习的书法观。清末民初,受康有为《广艺舟双楫》影响,碑学一脉成为书坛主流,天下学碑者蔚然成风,转瞬之间碑学已经洪流,"碑学大播,三尺之童,十室之社,莫不口北碑,写魏体,盖俗尚成矣"。④ 由此,带来了帖学书法的没落。章炳麟深谙学习碑版书法的弊端,他撰文《论牌版法帖》论及了学帖的重要性:

> 然一二善书者,皆从法帖得津,次及碑版,则形神可以不离;其一意石刻之士,持论则高,大抵得其形模,失其神采,是何也?石刻虽真,去时积远,刓弊随之。……秦、汉石刻,至今二千岁,唐碑至

---

① 梁巘:《评书帖》,载《历代书法论文选》,上海书画出版社1979年版,第579页。
② 孙晓涛:《梁巘书论与书法研究》,硕士学位论文,陕西师范大学美术学院,2011年,第26页。
③ 段玉裁:《述笔法》,载崔尔平选编《明清书法论文选》,上海书店出版社1993年版,第737—740页。
④ 康有为:《广艺舟双楫·尊碑篇》,北京图书馆出版社2004年版,第37页。

今亦千余岁，其间风雨所蚀，椎拓所镕，至于刻浅字粗者，十有七八，则用笔之妙不可尽见。①

同时，章炳麟还从石刻制作的过程中指出了碑学之失，章氏云：

  自晋而上，未有纸背勾摹之技，所以仲将题榜，必缘梯缅；伯喈刻石，先自书丹。清代得《王基断碑》，书成未刻其征愈明。《晋书》称戴逵以鸡卵汁溲白瓦屑作《郑玄碑》，是乃以白代丹，书之于石，若有纸背勾摹之术，则无以是为也。凡笔丹则肥，纵不磨镕，其字画已视墨书为丰硕矣。……汉碑有石未剥缺而字或失肥者，皆书丹所不调所致。……立石而对书之，其石则横，横则腕力之赴笔端者，易以失其节制，顾其势犹完建，则风骨可知之。②

这里，章炳麟指出了碑版石刻"先书丹后刻制"的制作工艺。事实上，书法家在碑版上的书丹过程已较平时发生了很大的变化，不论是"立石对书"，还是平石书写，书写感觉已与纸面迥异，书写的难度可想而知，因此，碑版上的书法字形和神采表现不足，就不难理解了。当然，章炳麟对于碑刻也不是完全持否定态度的，他认为："规模碑版，非倜傥有识之士心知其意者，则视法帖为尤难。其必以浅深辩坚镕，以丹墨校肥瘦，以横卓通运用，然后可与昔人竞力耳。"③ 章炳麟认为要对碑版有一个正确的认识，唯其如此，才能避免石刻之不足，才能更好地从碑版中取法学习。后来，启功提出的学习碑刻要"透过刀锋看笔锋"的学碑思想与章氏的碑帖学习观是一致的。

  学养深厚的章炳麟有自己的书学见解，故其书写的书法作品有自己个人的书法面目就不难理解了。查检章氏遗存的书法作品，主要有楷书、篆书、行草书三类。章炳麟的楷书作品并不多见，《独居记》（37cm×140cm）是其楷书代表佳作之一。为章太炎1894年所写，款识中的"阏逢敦牂"指甲午年，这一年，中日甲午战争爆发。二十七岁的章太炎情绪激愤中写下此篇《独居记》，后此稿修改，改题为《明独》，收入《訄书》，影响深远。此作结字体势左低右高，点画精到，从点画特征可

---

① 章炳麟：《论碑版法帖》，载崔尔平选编《历代书法论文选续编》，上海书画出版社1993年版，第770—772页。
② 同上书，第772页。
③ 同上。

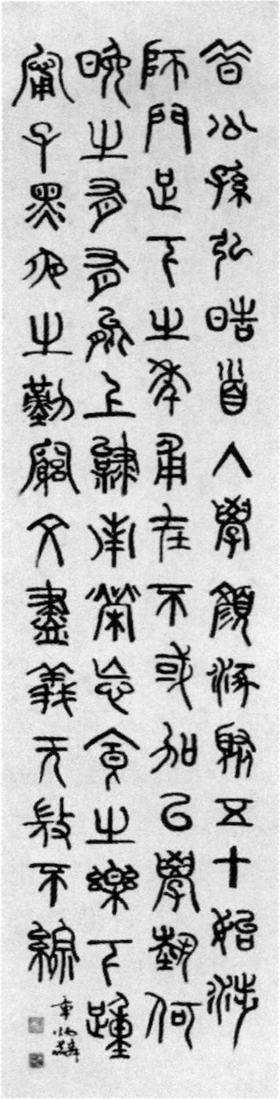

以看出章氏楷书受到了魏碑的影响，亦有赵之谦楷书风韵。此外，章炳麟的《〈国粹学报〉祝辞》也是楷书佳作。从中可以看出章氏楷书融颜楷、魏楷的痕迹。

章炳麟的篆书种类较多，总的来说，主要包括大篆和小篆作品。具体来说，主要有金文、石鼓文和小篆作品。章炳麟好篆书，但主要以小篆作品为主，以杭州章太炎纪念馆馆藏的章氏 79 件书法作品来说，大篆作品 1 件，小篆有 55 件，书写形式有大堂、中堂、横批、对联、书屏等①。章太炎深研《说文解字》，其书写用篆符合说文"六法"用字规范。沙孟海在其《篆书千字文序》中云："章炳麟是古文字学别派。篆书高淳朴茂，其笔法自然近古。"② 并认为其篆书"结法用笔与后来的出土战国墨书竹简和铜器刻款多有暗合之处"③。顾廷龙在《章太炎先生篆书墨迹序》一文中认为章氏篆书"……信笔书之，或录全文，或节片段，乘兴命笔，无拘虚矜持之迹，有端庄流利之妙"④。章氏的篆书最为明显的一个特征就是多字数的篆书作品书写的线条明显瘦硬劲挺，而少字数篆书作品则笔画粗壮厚实（图 82）。章太炎深谙古文字学，是学者型书法家，其作书"虽尚未达到处处引经据典、字字讲究来历的境界，却也上探语源，下辨流变，始终与文字学相辉映，显现出深厚的学术功底"⑤。章炳麟的篆书中不难看到偶有甲骨文、金文、秦诏版、权量等篆字意味的书迹。清末，书家临写《石鼓文》成为时尚，其中最为著名者当属吴昌硕。对古文字研究颇有造诣的

图 82　章太炎篆书《应荔答韩文宪书句轴》

---

① 项文惠、钱国莲：《馆藏章太炎书法作品杂论》，载王宁主编《民俗典籍文字研究》第 1 辑，商务印书馆 2003 年版，第 153 页。
② 沙孟海：《沙孟海论书丛稿》，上海书画出版社 1987 年版，第 210 页。
③ 沙孟海：《章太炎自题墓碑和有关手迹》，《书法》1987 年第 6 期。
④ 顾廷龙：《章太炎先生篆书墨迹序》，《中国文化》2006 年第 8 期。
⑤ 项文惠、钱国莲：《馆藏章太炎书法作品杂论》，载王宁主编《民俗典籍文字研究》第 1 辑，商务印书馆 2003 年版，第 155 页。

章炳麟也喜临习《石鼓文》，从此可以看出，章氏就所节临的石鼓文书法作品，也受到了吴昌硕临《石鼓文》的影响，体势拉长，结字欹侧取势。

章太炎喜作行草书，在杭州章炳麟纪念馆馆藏的79件作品中，有19件行草书作品，多为楹联或录古人诗作。章氏的行草书法作品主要有手稿、信札、条幅和条屏四类。刘诗能、邵鑫认为章太炎的行草书法风格可以分为三种类型："一种布局疏朗，结体雅正，点画间暗含牵带，稍露机巧，似受汉简及《平复帖》影响。一种苍健恣肆，若群鸟歌喧，意气扬扬，是诗人才调。还有一种将前两者加以融会，复以篆笔转运，拙朴沉静，独具特性。在布局上他似乎受过董其昌的影响，如《家训》、《帛布织语》等可资佐证。"[①] 事实上，章炳麟的行书受颜真卿的影响尤甚。章炳麟没有参加科举考试，清代的馆阁体书法对其影响不大，也许这就是章氏的行书之所以能写得如此豪迈不羁的最主要原因吧。章氏对颜真卿的道德事工分外敬仰，其书法受颜体影响尤甚，从章氏行书作品中可见一斑。章氏不同时期的行书作品虽在用笔和结体上一致，但我们也能在其不同时期的作品中看到章氏行书作品的变化。尤其是章氏书写最多的行书小字，结体欹侧多变，书风古拙朴茂。如章炳麟《致汪旭初信札〈论单钩〉》《致汤夫人信札》《挽史量才书札》。鲁迅在日本留学期间，曾与弟弟周作人一起师从章炳麟学习《说文解字》。鲁迅在去世前还写了《关于太炎先生二三事》《因太炎先生而想起的二三事（未完稿）》，赞誉章氏为"有学问的革命家"。章炳麟的行书对鲁迅影响较深，也许鲁迅景仰章炳麟的学问、道德、事业的缘故，刻意学习了章氏行书。鲁迅行书确与章炳麟的行书风格有诸多相似之处，都具有从容、不激不离的萧散意态。

章炳麟善章草，但其几乎没有单纯的草书作品存世。章炳麟只是把章草的结字和用笔特点都一寓其行书中，使其行书作品的节奏感加强。成都杜甫草堂博物馆藏章炳麟行书杜甫诗《光禄坂行》轴（图83），就有章草意味。章炳麟的行草书作品，由于行笔速度的加快，章氏把字的不少笔画简约成了点画，如中国国家博物馆藏章炳麟的行草书《录艳歌何尝行》中的"饮""酒""炙""长""裘"等字。章氏把一些笔画简化为点，而这些点画均饱满厚实，且千姿百态，和而不同，体现了章氏善于在作品中营构点画组合的节奏的艺术才情。此幅作品，颇值得一说的是字中的笔画

---

① 刘诗能、邵鑫：《章太炎先生与书法》，《书法之友》1999年第12期。

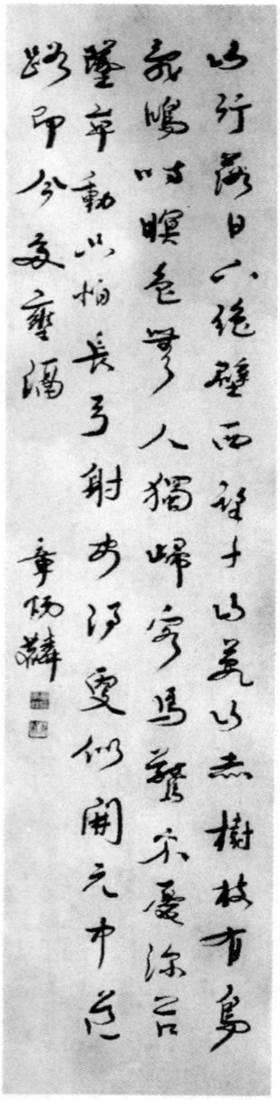

多取左低右高之势，而通篇又较为平稳和谐，整体气息含融；枯笔的运用，增加了作品的古朴蕴藉，章氏驾驭笔墨点画的才情得以彰显。

章炳麟不以书法家自居，在汪东撰的《余杭章先生墓志铭》里也未提及章氏的翰墨之事。但章氏著述宏富，大量的书写使其笔法精熟，其书写的作品俨然自成一格。不论是楷书、篆书，还是行草书，章炳麟正式的书法作品数量明显多于同时期其他学者，且不乏四尺以上的书法佳作。这些作品，除部分应酬之作外，大都是精彩之作。在文化断裂的当下书坛，重新品味作为学者书法家的章炳麟的书法艺术，也许带给人们更多的并不仅仅是书写层面上的思考。

四　蔡元培的书法艺术

被誉为"学人兼通人"的蔡元培，其思想广博，涉及社会各个领域。其所倡导的"美育救国"思想，对近现代中国的文化发展影响深远。蔡元培曾三次游学德国，其美学思想受到了康德美学论的影响[1]，撰写了《康德美学述》（1916年，未完稿）[2]、《在康德诞生二百周年纪念会上致词》的演说词[3]。蔡元培在德国留学期间，学习异常刻苦。蔡元培在《自写年谱·我在教育界的经验》一文中详细记述了当年的读书学习情况，他说："讲堂上既常听美学、美术史、文学史的讲演，于环境上又常受音乐、美术的熏习，不知不觉的渐集中心力于美学方面。尤因冯德讲哲学史时，提出康德关于美学的见解，最注重于美的超越性与普遍性，就康

图83　章炳麟行书杜甫诗轴

---

[1] 蔡元培：《〈自写年谱〉手稿》，高平叔编《蔡元培全集》第七卷，中华书局1984年版，第302页。

[2] 蔡元培：《康德美学述》，高平叔编《蔡元培全集》第二卷，中华书局1984年版，第497—503页。

[3] 1924年4月21日，在西欧游学的蔡元培代表北京大学参加德国学术界举行的康德诞生二百周年纪念会，蔡元培用德文撰写此文（蔡元培：《在康德诞生二百周年纪念会上致词》，载高平叔编《蔡元培全集》第四卷，中华书局1984年版，第480—481页）。

德原书,详细研读,益见美学关系的重要。""德国学者所著美学的书甚多,而我(蔡元培——引者注)所最喜读的,为栗丕斯(T. Lipps)的《造型美术的根本主义》(Grnndlage der Bildende Kunst),因为他所说明的感入主义,是我(蔡元培——引者注)所认为美学上较合于我意之一说,而他的文笔简明流利,引起我屡读不厌的兴趣。"① 蔡元培吸收了康德哲学和美学思想有关美的性质的观点,力主"美育救国"。1917 年 4 月 8 日,蔡元培在北京神州学会做了著名的《以美育代宗教说》的演讲,他说:

> 鉴激刺感情之弊,而专尚陶养感情之术,则莫如舍宗教而易以纯粹之美育。纯粹之美育,所以陶养吾人之感情,使有高尚纯洁之习惯,而使人我之见、利己损人之思念,以渐消沮者也。盖以美为普遍性,决无人我差别之见能参入其中。②

此后,蔡元培陆续撰文倡导美育③。蔡元培的美育主张在他执掌的北京大学开始实施,北大的学风因蔡氏的到来而得以改变。当年北京大学的一位学生回忆了当时的情形:"进了北大以后,那一年的功课特别紧,可是非常快乐,因为蔡先生提倡以美育代宗教,教人欣赏艺术,课余学习美术游技,于是画法、音乐、技击等会应时而兴,人人都有一种高尚娱乐来消遣课余的时间。又提倡自由研究,于是辩论会,各种学科研究会又多组织起来了,大家兴致都非常好,在课余又编辑刊物,进一步介绍新学说、新思想、批评研究,层出不穷,学校风气为之一变。"④

蔡元培主张科学与美术二者相互促进、不可偏废。1918 年 10 月 22 日,蔡元培在北大画法研究会上演讲时,主张学画应以科学方法入美术⑤。1924 年 5 月 22 日,蔡元培在旅法中国美术展览会招待会上演讲时也表达了类

---

① 蔡元培:《自写年谱·我在教育界的经验》,载高平叔编《蔡元培全集》第七卷,中华书局 1984 年版,第 302 页。
② 蔡元培:《以美育代宗教说》,载高平叔编《蔡元培全集》第三卷,中华书局 1984 年版,第 33 页。
③ 蔡元培倡导美育的代表著作为:《文化运动不要忘了美育》(1919 年);《美术的起源》(1920 年);《美术的进化》《美学的进化》《美学的研究法》和《美术与科学的关系》(1921 年);《美育实施的方法》(1922 年)等。
④ 孙世哲:《蔡元培鲁迅的美育思想》,辽宁教育出版社 1990 年版,第 26 页。
⑤ 蔡元培:《在北大画法研究会演词》,载高平叔编《蔡元培美育论集》,湖南教育出版社 1987 年版,第 54 页。

似的主张,他在旅法中国美术展览会招待会上演讲时说:"有人疑科学家与美术家是不相容的,从科学方面看,觉得美术家太自由,不免少明确的思想;从美术方面看,觉得科学家太枯燥,不免少活泼的精神。然而事实上并不如此,因为爱真爱美的性质,是人人都有的。虽平日的工作,有偏于真或偏于美的倾向;而研究美术的人,决不致嫌弃科学的生活;专攻科学的人,也决不肯尽弃美术的享用。文化史上,科学与美术,总是同时发展。美术家得科学家的助力,技术愈能进步;科学家得美术的助力,研究愈增兴趣。"[1] 蔡元培认为"美是各种相对性的调和剂"[2],而美术就是蔡氏所倡导的美育中的一个重要组成部分,此外,还包括图画、书法、音乐、文学等方面。虽然蔡元培的美育思想中的核心概念是美术和美术教育,但对于社会上把"美育"和"美术"两词混同使用的情况,蔡元培又专门撰文《以美育代宗教》(1930年12月)一文,详细阐释了二者之间的差别,再次强调了美育并非美术教育。蔡元培在《以美育代宗教》一文中,强调"美育并非美术教育"时说:"我向来主张以美育代宗教,而引者或改美育为美术,误也。我所以不用美术而用美育者:一因范围不同,欧洲人所设之美术学校,往往止有建筑、雕刻、图画等科,并音乐、文学,亦未列入。而所谓美育,则自上列五种外,美术馆的设置,剧场与影戏院的管理,园林的点缀,公墓的经营,市乡的布置,个人的谈话与容止,社会的组织与演进,凡有美化的程度者,均在所包,而自然之美,尤供利用,都不是美术二字所能包举的。二因作用不同,凡年龄的长幼,习惯的差别,受教育程度的深浅,都令人审美观念互不相同。"[3] 从蔡元培的学术思想和美育观,可知他的美育观涉及的范畴是具有广义上的泛指含义,而非仅仅指的是与我们所熟知的狭义的现实主义"美术"范畴。蔡元培所主张的"以美育代宗教"中的"美育"也非是宗教中的"美育",蔡元培指出:"宗教中美育的原素虽不朽;而既认为宗教的一部分,则住往引起审美者的联想,使彼受智育、德育诸部分的影响,而不能为纯粹的美感,故不能以宗教充美育,而止能以美育代宗教。"[4] 虽然,蔡元培所

---

[1] 蔡元培:《旅法中国美术展览会招待会演说词》,载高平叔编《蔡元培全集》第四卷,中华书局1984年版,第483页。
[2] 同上书,第484页。
[3] 蔡元培:《以美育代宗教》,载高平叔编《蔡元培美育论集》,湖南教育出版社1987年版,第206页。
[4] 蔡元培还列出了三条原因:"一、美育是自由的,而宗教是强制的;二、美育是进步的,而宗教是保守的;三、美育是普及的,而宗教是有界的。"参见蔡元培《以美育代宗教》,载高平叔编《蔡元培美育论集》,湖南教育出版社1987年版,第207页。

第九章 "大文学"与"广书法"的建构

倡导的"以宗教代美育""美育救国"主张片面夸大了美育教育的价值，但在传统教育向现代教育转型的过程中还是起到了一定的积极作用，具有重要的社会现实意义。蔡元培的"以宗教代美育"等学术思想对鲁迅产生了重要深远的影响。

蔡元培除对美术感兴趣外①，还对书法艺术也给予了关注，他一生用毛笔创作了丰富的书法作品②。蔡元培书法真草隶篆四体皆工。因工于书法，蔡元培受到了求字的困扰，他"晚年侨居海上，以读书写字为遣。求其墨宝者，日有若干起，积年余，致积素充盈其室。盖蔡习于'疏懒'，惮于一一应付也"。③蔡元培在香港养病期间，因不堪干扰，外界的求文求字，多由其学生兼秘书余天民代笔④。

蔡元培的书法也经历了私塾描红、临帖的过程，其书法四体皆工，其楷书有颜体风韵，恢宏大气；其行书师承黄山谷，书风洒脱飘逸；蔡元培也善小篆书写。蔡氏在《自写年谱》中曾云："我的八股文是用经、子中古字义古句法凑成的，钱先生（钱振常，钱玄同父亲——引者注）很赏识；诗赋有时候全用小篆写的，王先生（王继香，金石大家、稽山书院院长，善篆隶书法——引者注）很赏识。"⑤（图84）蔡元培重视行楷书法的学习，他认为行楷在生活中应用方便。1934年1月1日，蔡元培在《我在北京大学的经历》一文中说："我素信学术上的派别，是相对的，不是绝对的；……例如我

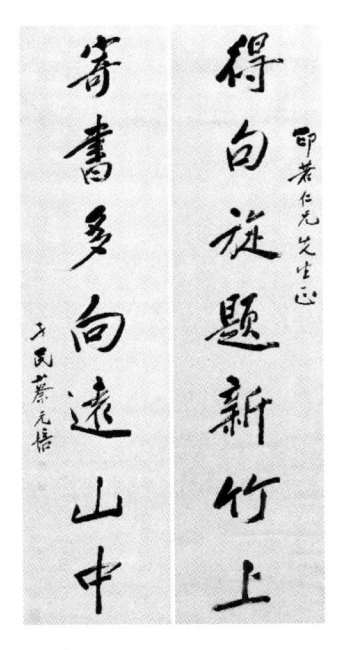

图84 蔡元培《行书七言联》

---

① 蔡元培曾在演讲中说他"最喜欢研究的，却是美术"。参见蔡元培《美术与科学的关系》，载高平叔编《蔡元培全集》第四卷，中华书局1984年版，第31页。
② 高平叔编的《蔡元培全集》中收录了蔡元培为朋友写的书法作品文字内容。
③ 郑逸梅：《郑逸梅选集》第4卷，黑龙江人民出版社2001年版，第486页。
④ "蔡元培居港养疴期间，不时有文字应酬，因年老体弱，大多婉言谢绝，凡无法避免之序文、寿诗及联语，也多由其学生（亦秘书）余天民代笔，亲撰应酬文字并不多见。"转引自陆景林主编《绍兴书画史》，西泠印社2007年版，第116页。
⑤ 蔡元培：《自写年谱》，高平叔编《蔡元培全集》第七卷，中华书局1984年版，第276页。

们写字，为应用起见，自然要写行楷，若如江艮庭君的用篆隶写药方，当然不可；若是为人写斗方或屏联，作装饰品，即写篆隶章草，有何不可。"① 蔡元培还精于书法鉴赏，他为唐楷《九成宫醴泉铭》、汉隶《曹全碑》题跋②，他认为："汉人分书碑，存者尚二十余，各有特性，而以曹全为最隽永。"③ 蔡元培还为合肥书家吴了邨书《金刚经》题跋，并给王一亭写信，请王一亭帮忙推介出售。蔡元培最早提出了建设"书法专科"的构想，虽然其初衷是"助中国图画之发展"，但他关于"增设书法专科"的主张，促进了书法专业化的进程。在他支持下成立的北大书法研究会，随着沈尹默、徐悲鸿等书画名家的加入，推动了书法事业的发展。

第二节　现当代文人个性与书法艺术风格

书法风格是指书法家在创作中所表现出的艺术特色和创作个性。书法家由于生活经历、审美趣味、艺术修养以及个性特征的不同，在选择书体、书写线条等诸方面都会形成自己的艺术特色，这样就形成了不同的书法风格特点。比如人们常说孙犁的字有风骨，有静气，有书卷气，有清冽气，有清正气，就是对其个性与书风的判断。仔细体味之也确实可以获得一些这样的感受：孙犁的文学文本和书法文本常常能够给人以自然流畅、平正清淡、自在自如的印象。有学者倾情赞美孙犁的书法已经达到了"清正"境界，并有深厚的传统为基：我们仔细观赏孙犁的书法作品，就会发现，其用笔藏锋敛锷，提按转折，极有法度；结构平中见奇、斜中取势，灵动多姿；布局谋篇，行气贯注；整体和谐，气韵生动。读孙犁的书法如临山涧清泉，如观出水芙蓉，不经意处法度在，看似平常却奇崛。因此大致可以说，书法风格也能显示出一个人的气质、精神风貌。这也是数千年书法文脉积淀在书法家心灵中的高能反映，体现在线条中的微妙之处，能够给人以无限的遐思。现当代文人作家个性千差万别，在"字如

---

① 欧阳哲生编：《中国近代思想家文库·蔡元培卷》，中国人民大学出版社2014年版，第534页。
② 蔡元培：《题唐拓九成宫醴泉铭》，载高平叔编《蔡元培全集》第七卷，中华书局1984年版，第235页；蔡元培：《题明拓曹全碑》（1931年1月27日），载高平叔编《蔡元培全集》第六卷，中华书局1984年版，第7页。
③ 蔡元培：《题明拓曹全碑》，载高平叔编《蔡元培全集》第六卷，中华书局1984年版，第7页。

其人"的书风呈现上,也显示出不同的书法面貌或风格。这里且选取若干作家文人为例,可以大致窥探一下相关情况。

1. 鲁迅的书法追求及其风格。学界关于鲁迅书法的分期研究已有不同程度的论述[①]。笔者在此基础上,对鲁迅少年时期、南京求学时期、日本留学时期,以及留日回国工作后的书写进行了考察后,同意学界对鲁迅的书法风格的形成分成早、中、晚三期的分法,但在时间上笔者认为应作如下界定:早期(1912年5月之前),为鲁迅学习书法的探索时期;中期(1912年5月—1926年12月31日),鲁迅钞碑辑校,书法"师古而不拟古"阶段;晚期(1927年1月—1936年10月18日),鲁迅个人书法面貌形成,书写已臻"随心所欲不逾矩"的境界。如何欣赏书法作品,不同的人,都会给出不一样的答案。关于书法欣赏,书法家沈鹏曾在一篇文章中这样描述:"读书法作品,我们可以不记得作品的文词,不记得每一笔画如何书写,留在脑海里印象最深的是作品的情性,寓于'形质'的'情性'是书写者心声的最深刻的表露……一切都排除了,剥离了,余下的只是赤裸裸的个性存在。我们与之交流、共鸣、同哀乐、合死生……进入完全自由的时空当中。"[②] 实际上,欣赏书法艺术带来视觉美感的同时也能够带来审美感觉上的快感。这是因为,我们在"欣赏书法作品时,快感来自我们对作者笔势一种不自觉的追踪,尽管作品是由布局、风格、笔力几方面共同构成的"[③]。鲁迅的书法作品多以手稿、信札、日

[①] 王欣陵对鲁迅早期、中年及晚期的书法风格进行了论述,但没有对鲁迅的书法风格的时间以界定;胡卓君、章剑深把鲁迅的书法分为早(1901年以前)、中(1911—1927年)、晚(1927—1936年)三期分别进行论述;赵雁君在《鲁迅书法艺术论》中指出鲁迅书法发展的脉络:"1915年至1919年间为一转折期,前期以尚用为归宿,后期则沿复线形式——尚用与唯美的不同趋归";刘涛认为"可以宽泛地定在20年代,如果再具体一点,就是在北京教育部供职期间";李小龙、小舟认为,鲁迅的书法风格可以分为三个阶段:1915年以前的俊逸书风,1915—1922年间质朴书风,以及1922年以后的多样书风;蔡显良则认为鲁迅书法风格以1912年为界,前后可以分为两个时期,其前期书法气势飘逸放达、意蕴稍逊,1912年以后,其书法逐渐走向了定型成熟,渐趋简练质朴、内敛含蓄、骨力亭匀;马蹄疾的文章《鲁迅绘画、书法、装帧作品系年》(上、下)与陈新年的文章《鲁迅书法编年考略》,则对鲁迅的书法作品的编年进行了粗略整理研究;李荣的硕士学位论文《鲁迅书法艺术的演变及美学特征》中把鲁迅书法艺术分为三个阶段:鲁迅书法艺术的基础训练阶段(1912年以前)、鲁迅书法艺术的变革自化阶段(1912—1926年)、鲁迅书法艺术的人书俱老阶段(1927—1936年),然后对各阶段的鲁迅书风进行了不同程度的论述;李兆森的硕士学位论文《鲁迅书法研究》中,只是以早期和晚期来界定,对鲁迅的书法分期较为模糊。
[②] 沈鹏:《书法,回归"心画"本体》,《中国书法》2011年第4期。
[③] 林语堂:《智者眼光:中国与世界(林语堂文选)》,国际文化出版公司1997年版,第247页。

记的形式出现。此外，鲁迅在晚年还创作了大量的条幅书法作品。鲁迅有意识地进行书法创作，书法作品形式多样，有中堂、条幅、扇面等。这些书法作品与鲁迅的毛笔抄书、信札、文稿、日记等诸多墨迹（也包括间或使用的硬笔书写），构成了鲁迅一个比较完整的日常书写标本。存世的鲁迅书写墨迹和书法作品，主要包括楷书、行书和少量的篆书、隶书等，其中，尤以楷书、行草书居多。以下分别对其书法艺术进行论述。

先谈鲁迅的篆书艺术。查检鲁迅书写墨迹，篆书风格的作品书写数量很少，更难发现鲁迅单独用篆书创作的大幅篆书法作品。通常，我们更多的是从鲁迅的行草书法艺术中去品味鲁迅书法作品中所蕴含的篆籀气息。事实上，鲁迅在篆书字体的研究上曾花费了很多精力。据夏晓静统计，鲁迅存有汉代碑拓 130 余种，"共抄录校勘了 100 种，有 9 种使用了篆书，88 种隶书"[1]。鲁迅早年在日本东京师事太炎先生学习《说文解字》[2]，"大约继续了有一年少的光景"[3]。鲁迅用心记录了听课笔记《说文解字》（26 页半，1908 年记于日本东京，存绍兴鲁迅纪念馆）、《说文解字札记》（18 页，1908 年记于日本东京，存北京图书馆）[4]。可见，章太炎的学术对鲁迅的影响，而鲁迅在研究古文字及金石碑刻，在辑佚、校勘、考证、目录等方面与清学之间的关联，其中介就是章太炎。值得注意的是"鲁迅的治学方法与书法大格局的定型与章氏之间的师承关系"[5]。鲁迅的学术和书法都受到了太炎先生的影响。鲁迅用心学习章太炎的著作，他还收藏有章太炎著的训诂类的书《小学答问》[6]（清宣统元年（1909）刻本）。为了深入研究古文字学，鲁迅还非常重视收藏与《说文解字》相关的书

---

[1] 夏晓静：《鲁迅的书法艺术与碑拓收藏》，《鲁迅研究月刊》2008 年第 1 期。
[2] 汉代许慎的《说文解字》一书，根据文字的形体，创立了 540 个部首，将 9353 字分别归入 540 部。《说文解字》用六书学说，系统地阐述了汉字的造字规律，书中体例是先列出小篆，如果古文和籀文不同，则在后面列出，然后解释这个字的本义，再解释字形与字义或字音之间的关系。学习《说文解字》可以熟悉古代文字的字源、变化及发展规律，有利于书法家的篆书创作。
[3] 周作人：《知堂回想录》，香港三育图书文具公司 1980 年版，第 215 页。
[4] 北京鲁迅博物馆编：《鲁迅手迹和藏书目录（内部资料）1·其他》，北京鲁迅博物馆 1959 年版，第 79 页。
[5] 赵雁君：《鲁迅书法论》，《绍兴师专学报》1991 年第 3 期。
[6] 北京鲁迅博物馆编：《鲁迅手迹和藏书目录（内部资料）2·小学类·训诂》，北京鲁迅博物馆 1959 年版，第 2 页。

第九章 "大文学"与"广书法"的建构　359

籍资料①。此外，鲁迅还收藏有一些甲骨文②、金文③方面的文字学著作。

鲁迅除对文字学方面的学术著作感兴趣外，还收藏秦代篆书刻石字帖。其中，最为著名的是李斯的小篆《秦泰山刻石》④（上海艺苑真赏社影印北宋拓五十三字本秦代）。鲁迅尤其喜欢我国最早的石刻文字《石鼓文》⑤。《石鼓文》因其刻石外形似鼓而得名，亦称猎碣或雍邑刻石，无具

---

① 主要有许慎：《说文解字》，清姚文田、严可均：《说文校议》，清莫友芝：《仿唐写本说文解字木部笺略》，清王绍兰：《说文段注钉补》，清吴大澂：《字说》《说文古籀补》及《吴清卿书说文解字建首》，丁佛言：《说文古籀补补》，石一参：《说文匡郼》等。
② 据北京鲁迅博物馆的《鲁迅手迹和藏书目录2·金石类·其他》（内部资料）统计，鲁迅收藏的甲骨文著作主要有：《殷虚书契菁华》，罗振玉著，民国三年（1914），影印本，一册；《甲骨文拓本》，不著辑者名氏，拓本，五册，原书无书名，本名为拟加者；《殷契拾遗》，陈帮怀著，民国十六年（1927）影印本，一册；《铁云藏龟》，清刘鹗编辑，民国二十年（1931），谭饮庐影印本，六册，第一册有"鲁迅"印；《甲骨文字研究》，郭沫若著，1930年影印本，二册，附录：1. 一年以后之自跋；2. 后记；3. 威德纳尔原著，叶列妙氏添修之西纪前2200年代巴比伦之恒星天图；《卜辞通纂》，一卷，考释三卷，索引一卷，郭沫若著，日本昭和八年（1933），东京文求堂影印本，四册；《龟甲兽骨文字》二卷，日本林泰辅编，日本大正六年（1917），商周遗文会影印本，二册，第一册有"鲁迅"印；《流沙坠简》，罗振玉辑，民国三年（1914），上虞罗氏宸翰楼影印本，三册，第一册有"会稽周氏收藏"印，第二册有"周树所藏"印，第三册有"周树"印；《秦汉瓦当文字》，罗振玉编，民国三年（1914）影印本，二册，又名"唐风楼秦汉瓦当文字"。参见北京鲁迅博物馆编《鲁迅手迹和藏书目录2·金石类·其他》（内部资料），第21—22页。
③ 鲁迅收藏的金文方面的学术著作，多为郭沫若所作或编辑，具体有：《两周金文辞大系图录》《殷周青铜器铭文研究》《古代铭刻汇考》《古代铭刻汇考续编》《金文余释之余》《两周金文辞大系考释》《金文丛考》等。此外，鲁迅还收藏有薛尚功辑的《历代钟鼎彝器款识法帖》、王顺伯辑的《钟鼎款识》、清张廷济辑编的《清仪阁所藏古器物文》、刘心源著的《奇觚室吉金文述》、吴东发释注的《商周文字拾遗》、毛凤枝的《关中金石文字存逸考》、容庚编的《秦汉金文编》等关于金文的学术著作。参见北京鲁迅博物馆《鲁迅手迹和藏书目录2·金石类》，北京鲁迅博物馆1959年版。
④ 北京鲁迅博物馆：《鲁迅手迹和藏书目录（内部资料）2·艺术类·书画》，北京鲁迅博物馆1959年版，第27页。
⑤ 石鼓在唐代发现于陕西的天兴县（今凤翔县），后因战乱一度失散。北宋寻到时，已失去一鼓，经寻访后重又获得，但已非原貌，被人"剜以为臼"成为杵件了。后来，《石鼓文》从陕西迁到北宋都城汴梁（今河南开封市）。北宋亡时，金人把石鼓运到北京，现藏于北京故宫博物院。《石鼓文》拓本十枚就是鲁迅较早收藏一批碑刻拓片中的一种。1912年6月25日，鲁迅在日记中记载："午后视察国子监及学官，见古铜器十事及石鼓，文多剥落，其一曾剜以为臼。中国人之于古物，太率尔尔。"[鲁迅：《壬子日记》（1912年），载《鲁迅全集》第十五卷，第7页。]鲁迅特别重视收集与《石鼓文》相关的金石资料。1915年3月6日，鲁迅的日记中还有前往琉璃厂买"《金石契》附《石鼓文释存》一部五本"的记录。鲁迅亲眼见过石鼓原物，根据拓片上面的文字形状和原物上残缺的一样，判断这些拓片"是新拓者"，就果断地买了下来。鲁迅在重订《寰宇贞石图》时，第一册目录上的第一份著录的就是《石鼓文》。关于《石鼓文》的刻制年代，学界有多种不同的说法。鲁迅把它断代为"周"，并在题下写有小字注："十石，在京师国子监。"（参见鲁迅《辑校石刻手稿》碑铭部分）

体镌刻年月,具有重要的文献及书法艺术价值。《石鼓文》是集大篆之成,开小篆之先河,在书法史上起着承前启后的作用,有"书家第一法则"之称誉。其字体多取方形,体势整肃、端庄凝重、笔力稳健,石与形,诗与字浑然一体,充满古朴雄浑之美。《石鼓文》被历代书家视为习篆书的重要范本,对清代书坛影响最大,如杨沂孙、吴昌硕的篆书就主要得力于《石鼓文》而形成自家风格的。《石鼓文》拓本十枚就是鲁迅较早收藏一批碑刻拓片中的一种。

鲁迅收藏金石碑版资料并不仅仅是为了收藏文物,而是对这些金石碑拓资料进行辑校。鲁迅重视《秦汉瓦当文字》的摹本,《鲁迅日记》中记录了当时抄写的详细情况:"'从稻孙借得《秦汉瓦当文字》一卷二册,拟景(影)写之(3月19日)';'夜景写《秦汉瓦当文字》一卷之上讫,自始迄今计十日(3月29日)';'晚景写《秦汉瓦当文字》一卷之下讫,计十二日(4月12日)'。"① 鲁迅对秦代刻石如此用心,他在篆书书写方面也有很深的造诣。我们可以从鲁迅钞校篆书碑拓的字迹中欣赏到鲁迅对篆书艺术的理解。《禅国山碑》为三国时期重要碑刻之一,笔多圆转,继承了周秦篆书的遗意,书风淳古秀茂、体势雄健。鲁迅用篆书抄写的《禅国山碑》,没有亦步亦趋于原碑书风,也不斤斤拘泥于篆书的起笔藏锋及转折处运笔圆转,鲁迅按照原字形结构,用自己的笔法抄写了此碑,鲁迅的这种抄写超越了书法练习中亦步亦趋的"实临",书风瘦劲挺拔,规整有致,已成自家风貌(图85)。鲁迅有时会篆楷兼用抄碑,如鲁迅抄写的《群臣上酬刻石》(图86)篆额中的"赵""酬""北"字,以及"上"字笔画的修饰部分,鲁迅用篆书进行抄写;该碑中的"廿二年八月"等字,鲁迅则用楷书字体抄写。鲁迅还用古文、小篆、隶书抄写了《三体石经尚书残字》(图87)。

鲁迅对汉碑的篆额感兴趣,他收藏有大量的东汉金石碑额拓片,还收藏有清代何澂编的《思古斋双句汉碑篆额》②[清光绪九年(1883)刻本,三册]。碑额上的篆书字数虽然不多,但因其部位显著,常在庄重神圣的场合中使用,故刻写精良。其中端庄方整一路的阴刻有《张迁碑》碑额,篆字进行了变化处理,结字紧密,造型扁方,上下顾盼照应,寓动于静,寓圆于方,开合挪让富于变化,为汉碑篆额中具有装饰美的代表;

---

① 鲁迅:《乙卯日记》(1915年),载《鲁迅全集》第十五卷,人民文学出版社2005年版,第164、165、167页。

② 《鲁迅手迹和藏书目录2·艺术类·书画》(内部资料),北京鲁迅博物馆1959年版,第27—28页。

图 85　鲁迅抄《禅国山碑》（局部）及《禅国山碑》原拓（局部）

阳刻有《白石神君碑》碑额等，其碑额规整成方形，类似印章文字，是典型的汉篆，带有明显的装饰性。鲁迅精于设计，善于借鉴古文字的字形用于设计中（图88）。1911年，鲁迅把金文文字夸张变形，为本人所绘的植物标本册设计"火鸟"字样。1917年，鲁迅受蔡元培的委托为北京大学设计了校徽，校徽采用了中国传统的瓦当形象，鲁迅用类似《石鼓文》的篆书风格书写了"北大"二字，并把"北大"二字的线条做了变形处理，上下排列，这与汉碑碑额中的篆字字形的变化有异曲同工之处。北京大学现在所使用的校徽标志，就是在鲁迅先生设计的北大校徽图案基础上丰富和发展而来的。此外，鲁迅在给许广平的书信中还多次使用变形了的金文线条，作"小白象"① 图案。鲁迅不仅具有深厚的文字学造诣，他还善于篆书书写（图89）。1934年，鲁迅就用篆书字体给友人韦素园墓碑题写了"韦君素园之墓"，这是目前所能够发现的鲁迅书法中篆字较多的一幅作品。此件作品，用笔圆润、凝练厚重，鲁迅也不全是用篆书笔法书写，尤其是在一些点画的起笔上，如"韦""墓"等字（图90）。

---

① 1926年，鲁迅应好友林语堂的邀请，去厦门大学任教。后来与学校当局闹得很不愉快。林语堂为此说鲁迅在那里好像一头"白象"。这在英语里有"珍贵而甩不掉的包袱"的含义，所以后来许广平把鲁迅称为"白象"，鲁迅也以此自称，在书信里多次画上一头小象。转自山水《鲁迅的艺术世界》，《中华文化画报》2010年第12期。

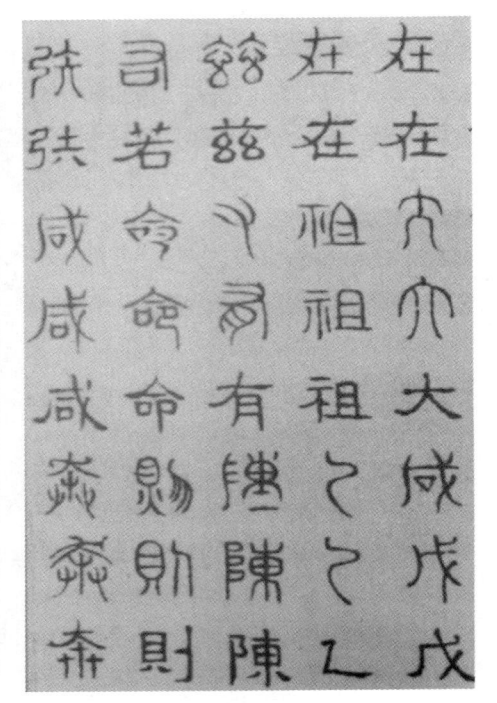

图 86　鲁迅抄《群臣上酬刻石》　　图 87　鲁迅抄《三体石经尚书残字》（局部）

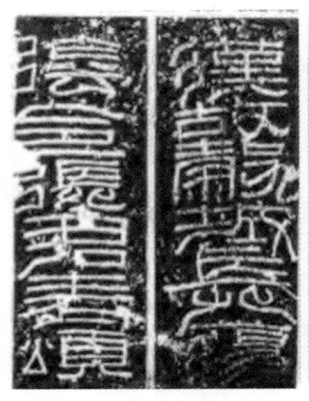

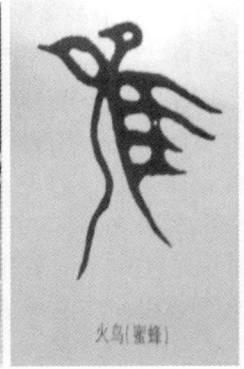

图 88　《张迁碑》篆额　鲁迅设计的"火鸟"　鲁迅设计的北大校徽

通过对鲁迅篆书作品的梳理，可以看出篆书作品在鲁迅墨迹中的数量很少，尽管如此，我们也能从中感受到鲁迅的睿智与善于借鉴。

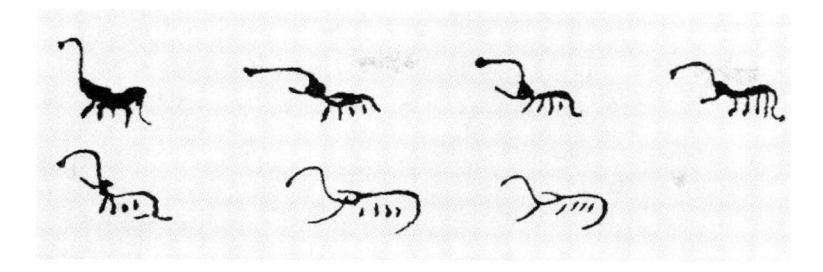

图89 鲁迅所画的"小白象"图案

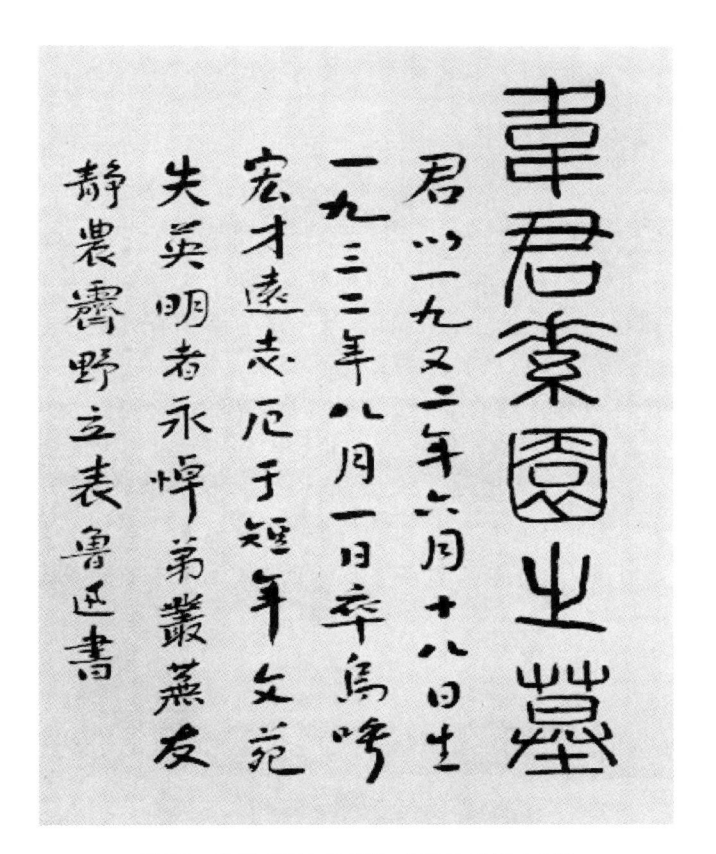

图90 鲁迅1934年书法《韦君素园之墓》

再说鲁迅的隶书艺术。隶书是萌生于战国初期的一种书体，成熟并兴盛于汉代。隶书字体的出现适应了庄重场合的使用，被定为汉代官方使用的正体文字。汉代刻石书法极为丰富，碑刻上所存的书体主要有汉金文、汉代隶书、汉代石刻、汉代砖瓦文等。鲁迅对汉代隶书碑刻情有独钟。为了研究汉碑，鲁迅还收藏有大量的关于汉碑的金石著作，如刘球纂的《隶韵》、洪适著的《隶释》、万经著的《分隶偶存》、朱百度著的《汉碑征经》、淳于鸿思辑的《汉碑经义纪略》等著作，其中鲁迅特别珍爱的学术著作是他收藏的清同治十年（1871）皖南洪氏晦木斋摹刻楼松书屋汪氏本宋洪适著的《隶释》八册（二十七卷，隶续二十一卷，附：清黄丕烈著《汪本隶释刊误（同治十一年影刻士礼居本）》），鲁迅亲自为此书装订，并在第一册《隶释》上钤有"会稽周氏藏本"印。

鲁迅收藏的秦汉碑拓中，数量最多的也是汉碑碑拓。西汉隶书石刻虽形构已脱去篆书遗意而完全隶化，但刻工在雕刻石碑中仍沿用篆书之法，无明显波磔。西汉碑刻本来就不多见，鲁迅所藏的西汉名碑拓片非常珍贵，鲁迅辑校的西汉碑刻计有7种[①]。鲁迅对所收藏的拓片都做了细致准确的记录，如他在抄写《群臣上酬刻石》时，就用双行小字对此碑刻进行了标注："摩厓刻。高五尺二寸，广四寸。一行，十五字，篆书。左方有唐人题名七行，字数不等，正书。"[②] 东汉时期，隶书碑刻数量最多。鲁迅辑校的东汉碑刻拓片有93种[③]，这些东汉碑刻拓片几乎囊括了隶书的所有风格。端庄平正、法度严谨一路的碑刻有《乙瑛碑》《鲁峻碑》《白石神君碑》《史晨碑》等，此脉碑刻，体现了正统儒家的审美趣味，充满了理性色彩；挺峻流丽、清劲秀逸一路的碑刻有《礼器碑》《尹宙碑》《孔宙碑》《曹全碑》等，这一路的碑刻，在讲究法度的基础之上，各具个性，展示了汉隶雅丽精巧一派的典型风貌；质朴高华、雄浑沉厚一路的碑刻，为汉碑阳刚的一极，在汉碑中数量较多，鲁迅收藏有《裴岑纪功碑》《衡方碑》《张迁碑》等；飘逸洒脱的摩崖碑刻，鲁迅收藏的有《杨孟文颂》《封龙山颂》《西狭颂》等拓片。

此外，鲁迅还收藏有大量的汉代砖瓦铭文。汉砖瓦铭文的主要书体是具有装饰趣味的篆书和隶书，汉末少数刻画砖铭中还可以看到当时流传的章草、今草和行书，文字装饰变形丰富，多取小篆、缪篆和鸟虫

[①] 鲁迅辑校的7种西汉碑刻分别是：《群臣上酬刻石》《甘泉山刻石》《鲁王泮池刻石》《麃孝禹碑》《朱博残石》《坟坛刻石》《莱子侯作封刻石》（参见北京鲁迅博物馆、上海鲁迅纪念馆编《鲁迅辑校石刻手稿》，上海书画出版社1987年版）。

[②] 参见鲁迅抄《群臣上酬刻石》局部。另见李新宇、周海婴主编《鲁迅大全集第22卷·学术编》（鲁迅辑校石刻手稿·碑铭上），长江文艺出版社2011年版，第1页。

[③] 其中，较为经典的隶书名碑有：《三老讳字忌日记》《鄐君部掾开通褒余道刻石》《祀三公山碑》《裴岑纪功碑》《杨孟文颂》《封龙山颂》《孔宙碑（碑阴）》《尹宙碑》《白石神君碑（碑阴）》《曹全碑（碑阴）》《张迁碑》等（参见北京鲁迅博物馆、上海鲁迅纪念馆编《鲁迅辑校石刻手稿》，上海书画出版社1987年版）。

第九章 "大文学"与"广书法"的建构　365

篆，或典雅优美，或雄健朴厚。此类汉砖，民间工匠书刻者居多，少拘束，多创造，形式上表现出一种自然的装饰美，文字笔画灵动新奇而不失古意。这些砖瓦铭文，有先写而后刻的，也有直接刻画的，因砖质硬度的差异和刻画者不同，刀痕笔画的粗细、强弱、曲直，而形成了不同的书法风格。

　　古代的许多碑石拓片，不仅具有无比珍贵的文献资料价值，还具有书法艺术的瑰宝，在传承书法艺术方面发挥了重要的作用。下面以《五凤二年刻石》《曹全碑》为例，来看鲁迅对汉碑的喜爱之情。

　　《鲁王泮池刻石》，又名《五凤二年刻石》《鲁孝王刻石》，简称《五凤刻石》，是我国西汉时期重要的碑刻，立于西汉宣帝五凤二年（公元前56年）。这块刻石原为西汉孔庙前大殿的竣工基石，隶书，阴刻，高38.4厘米，宽73.6厘米，现藏于孔庙碑廊。石侧刻有铭文三行，前两行，每行四字，后一行五字，计13字："五凤二年，鲁世四年六月四日成"。《五凤刻石》是并不多见的西汉时期著名碑刻之一，历来为众多金石学家和书法家所推崇。明赵崡《石墨镌华》云："西汉石刻传者极少，此字简质古朴。"清翁方纲《两汉金石记》谓其"浑沦朴古，隶法之未雕凿者也"。清方朔《枕经金石跋》云："字凡十三，无一字不浑成高古，以视东汉诸碑，有如登泰岱而观傲莱诸峰，直足俯视睥睨也。字在篆隶之间。"从书法艺术的角度来看《五凤刻石》，其结体宽博，书风亦篆亦隶，用笔有圆有方，是篆书向隶书过渡的书体，从字形上看已脱去篆书遗意而完全隶化，但无明显波磔。鲁迅特别重视西汉时期的《五凤刻石》拓片，《鲁迅日记》中记载有鲁迅两次购买《五凤刻石》的详细记录：1915年5月30日午后，鲁迅"往留黎厂买《张敬造像》六枚，一元五角。又《李夫人灵第画鹿》一枚，一元；《鲁孝王石刻》一枚，五角，疑翻刻也。"[1] 同时，《鲁迅书账》中也有"五凤二年石刻一枚〇五〇元"[2] 的记录。鲁迅在1916年3月12日的日记中有"往宜古斋置孔庙汉碑拓本一分十九枚，三元；《赵芬残碑》二枚，《正解寺残碑》四枚，各一元"[3] 的记录。《鲁迅书账》中记载有鲁迅该天购买"孔庙汉碑拓本十九枚"的一份详

---

[1] 鲁迅：《乙卯日记》（1915年），载《鲁迅全集》第十五卷，人民文学出版社2005年版，第173页。
[2] 鲁迅：《乙卯日记·书账》（1915年），载《鲁迅全集》第十五卷，人民文学出版社2005年版，第203页。
[3] 鲁迅：《丙辰日记》（1916年），载《鲁迅全集》第十五卷，人民文学出版社2005年版，第220页。

单:"曲阜孔庙汉碑拓本十三[二]种十九枚三·〇〇:鲁孝王刻石并题记二枚;乙瑛碑一枚;谒庙残碑一枚;孔谦碣一枚;孔君碣一枚;礼器碑并阴侧共四枚;孔宙碑并阴二枚;史晨前碑一枚后碑一枚;孔彪碑并阴二枚;熹平残碑一枚;孔褒碑一枚;汝南周君碑并题记二枚。"①鲁迅的《五凤刻石》拓片抄件有五页(图91),计九面。鲁迅用双行小字题注了此刻石的情况:"石高一尺五寸,广二尺三寸。三行,行四或五字,隶书。在山东曲阜孔庙同文门西。"②鲁迅按照原石字形录出正文后,并抄录了金人高德裔发现此件刻石时加刻的题记,鲁迅在文后注明:"行书十一行"。同时,鲁迅还抄录了《金石文字记》《曝书亭集四十七》《竹云题跋》《潜研堂金石文字跋尾》《两汉金石记七》《金石萃编五》《艺风堂金石目一》等金石著作中近2000字的有关该碑刻的校勘文字。民国期间,坊肆间碑刻拓片的翻刻本流行,鲁迅初次购得《五凤刻石》拓片后,在没有确定把握的情况下,就在日记中对此拓片做了"疑翻刻"的说明。

《曹全碑》,全称《汉郃阳令曹全碑》,是我国东汉时期重要的碑刻,立于东汉中平二年(185)。碑高253厘米,宽123厘米。此碑篆额佚失无存,碑身两面均刻有隶书铭文,碑阳20行,满行45字;碑阴分5列,每列行数字数均不等。明万历初年,该碑在陕西郃阳县旧城出土。在明代末年,相传碑石断裂,人们通常所见到的多是断裂后的拓本。1956年移入陕西省西安博物馆碑林保存。查检《鲁迅日记》,鲁迅有3次购买《曹全碑》的记录。第一次买的是有正书局影印本的《曹全碑》,鲁迅在1914年12月30日的日记中写道:"午后至留黎厂……有正书局买……《黄小松藏汉碑五种》一部五册,一元二角。"③《黄小松藏汉碑五种》指的是著名汉碑《石门颂》《礼器碑》《西狭颂》《曹全碑》和《张迁碑》。第二次是1918年3月11日的日记载记:"陈师曾与好大王陵专拓本一枚。又同往留黎厂买杂拓片三枚,一元。又《曹全碑》并阴二枚,二元。"④第三次是1923年2月28日,鲁迅"至庆云堂观簠斋藏专拓片,价贵而似新

---

① 鲁迅:《丙辰日记·书账》(1916年),载《鲁迅全集》第十五卷,人民文学出版社2005年版,第261页。
② 李新宇、周海婴主编:《鲁迅大全集第22卷·学术编》(鲁迅辑校石刻手稿·碑铭上),长江文艺出版社2011年版,第25页。
③ 鲁迅:《乙卯日记》(1915年),载《鲁迅全集》第十五卷,人民文学出版社2005年版,第145页。
④ 鲁迅:《戊午日记》(1918年),载《鲁迅全集》第十五卷,人民文学出版社2005年版,第321页。

第九章 "大文学"与"广书法"的建构　367

图 91　《五凤刻石》

拓也。买《曹全碑》并阴二枚，皆整张，一元五角"①。以上三次购买的《曹全碑》花销，鲁迅在书账中也都分别作有记录②。由于《曹全碑》的文字较为完整，鲁迅校碑所参考的一些金石著作中都没有收录《曹全碑》，可能无须校正的缘故吧。鲁迅在抄写《曹全碑》时，对此碑情况作了详细记录："碑高七尺五寸，广三尺六寸八分，二十行，行四十五字。碑阴题名五列，首列一行，次列二十六行。第三列八行，第四列十七行，第五列四行，均隶书。在陕西郃阳孔庙"。③《曹全碑》在汉隶中独树一帜，是保存汉代隶书字数较多的一通碑刻。《曹全碑》不仅是一份重要的金石文献资料，也是汉代秀逸一路隶书中的杰出代表作品之一，以风格秀逸多姿和结体匀整而著称，为历代书法家推崇备至。清万经评《曹全碑》

---

① 鲁迅：《日记十二》（1923 年），载《鲁迅全集》第十五卷，人民文学出版社 2005 年版，第 462 页。
② 《鲁迅全集·日记（1912—1926）·书账》第十五卷，人民文学出版社 2005 年版，第 153、351、494 页。
③ 李新宇、周海婴主编：《鲁迅大全集第 22 卷·学术编》（鲁迅辑校石刻手稿·碑铭上），长江文艺出版社 2011 年版，第 272 页。

云:"秀美飞动,不束缚,不驰骤,洵神品也。"清孙承泽评云:"字法遒秀,逸致翩翩,与《礼器碑》前后辉映,汉石中至宝也。"鲁迅抄写的《曹全碑(碑阴)》手稿为楷书,隶意浓重。鲁迅对拓片中的磨泐损失的"因"字,用"□"代之。据肖振鸣考证,鲁迅收藏的《曹全碑》拓片,"现在鲁迅博物馆中只存两件,而且无碑阴。黄小松藏汉碑五种及他购买的另外两件,现已不存"。①

从鲁迅多次购买、钞校《五凤二年刻石》及《曹全碑》拓片,我们可以看出鲁迅对这两块汉碑的重视程度。清人冯班曾云:"八分书只汉碑可学,更无古人真迹。近日学分书者,乃云碑刻不足据,不知学何物?"②鲁迅钞校了大量的汉碑拓片,"拓片是金石气显现的媒介"③,朝夕与这些丰富的隶书拓片打交道,汉碑拓片上蕴含的丰富隶书艺术对鲁迅的书写会产生一定影响。可见,郭沫若评价鲁迅书法"熔冶篆隶于一炉",并非虚妄之言。

目前虽未发现鲁迅书写的大幅隶书作品,但在一些绘画的题名和书籍的题签上也可以领略到鲁迅书写的不同风格的隶书字体样式。鲁迅用隶书为自己所绘制的"二十四孝"之"老莱娱亲图"题写了《戏彩娱亲》四字诗题;为国画《如松之盛》④ 题写了"如松之盛(预才祝)"款识;鲁迅还用隶书字体题写了《毁灭》《准风月谈》等书名(图92、图93、图94、图95)。从鲁迅这些屈指可数的隶书墨迹中,我们能够探究到鲁迅隶书艺术特点的"蛛丝马迹"。可以看出鲁迅隶书对《五凤刻石》等一路汉碑隶书的借鉴学习。相较创新而言,继承传统就相对容易多了。鲁迅并不排斥"旧事物",鲁迅的隶书书写也有类似汉碑隶书波磔笔画较为规整一路的书法特征,如鲁迅用隶书为杂志《十字街头》题写的刊名(图96)。

---

① 肖振鸣:《鲁迅藏汉曹全碑拓片考》,《鲁迅研究月刊》2011年第12期。
② (清)冯班:《钝吟书要》,载《历代书法论文选》,上海书画出版社1979年版,第551页。
③ 白砥:《书法艺术的"金石气"》,金开诚、王岳川主编《中国书法文化大观》,北京大学出版社1995年版,第114页。
④ 国画《如松之盛》是否为鲁迅所画,学界有争议。倪墨炎的文章《〈如松之盛〉不是鲁迅的作品》(上海《文汇报》2008年8月19日《笔会》),列举了八大理由,论定此图不是鲁迅画的。顾农的文章《〈如松之盛〉仍有可能是鲁迅作品》(《博览群书》2010年第九期)认为:倪墨炎的八条理由虽然持之有故,却未必能确立,并分别阐述了自己的观点,得出结论:《如松之盛(预才祝)》这幅画确有可疑之处,尚须认真研究,但不必断然否定它有可能是鲁迅的作品。

图 92　鲁迅隶书
《戏彩娱亲》

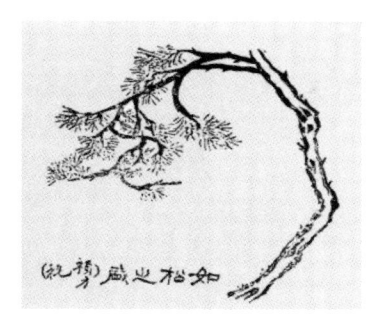

图 93　鲁迅隶书
《如松之盛（预才祝）》

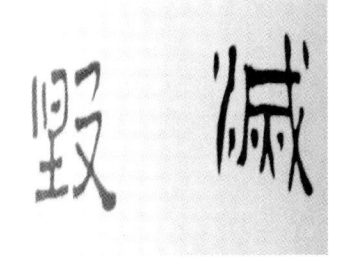

图 94　鲁迅隶书题写
《毁灭》

图 95　鲁迅隶书题写
《准风月谈》

总的说来，鲁迅收藏有很多经典汉碑隶书名碑，其隶书融合了各家汉碑所长，却不着任何痕迹，极见其功力之深。鲁迅的隶书也受到了俞樾先生的影响，俞樾擅长篆隶行草书法，尤以隶书闻名。鲁迅曾师从俞樾弟子章太炎学习文字学，对太炎的学术渊源也有所了解。受太炎先生老师的影响也在所难免。鲁迅题的"海燕"（图 97）的字形明显受俞樾隶书风格的影响，近于方正，且笔画提按幅度较小，具有行书韵味，别有一番风采。鲁迅隶书圆润大气，线条遒劲，有力度感。其隶书近取俞樾隶书字形，远涉篆籀书法用笔方法的同时，泯去汉碑隶书装饰性的波磔笔画特征，形成了较为蕴藉的具有鲁迅自家风神的隶书风格。兹举两件鲁迅书作说明：其一，鲁迅用隶书为《木刻纪程（壹）》题字并设计了封面；另一件作品是鲁迅应镰田寿所托，用隶书为内山书店店员镰田成一书写墓碑"镰田诚一墓"（图 98、图 99）。

鲁迅的楷书艺术。楷书，又叫真书、正书，由汉代隶书演变而来。楷

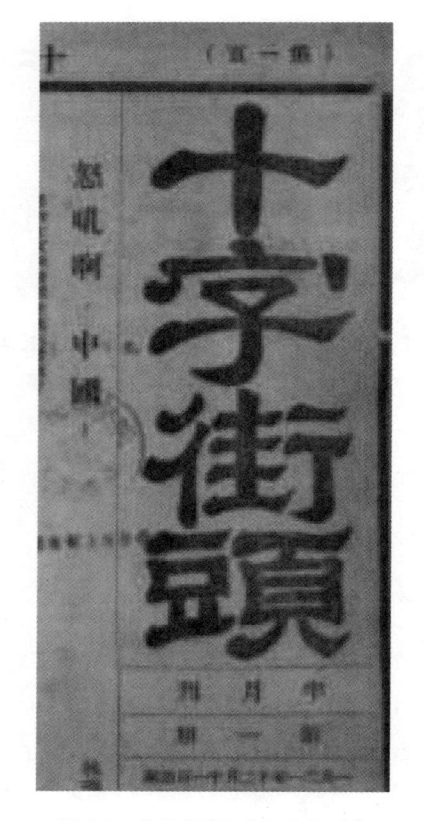

图 96　鲁迅题写《十字街头》

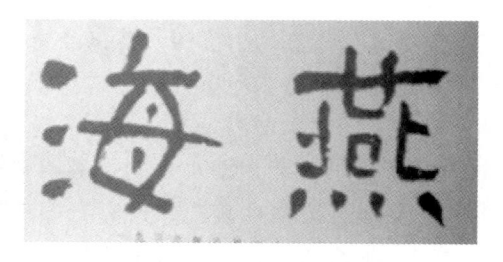

图 97　鲁迅题写《海燕》

书之"楷",有"楷则""典范"的意思,是社会上用处最广的一种字体。从文字学的角度来看,"楷书"到东晋才算是演化成熟,这一书体才得以确立。若从书法的角度来看,从汉末至东晋过渡期中的非隶非楷者,也应包括在楷书范围之中;而从书法审美的角度看,书法史意义上的楷书

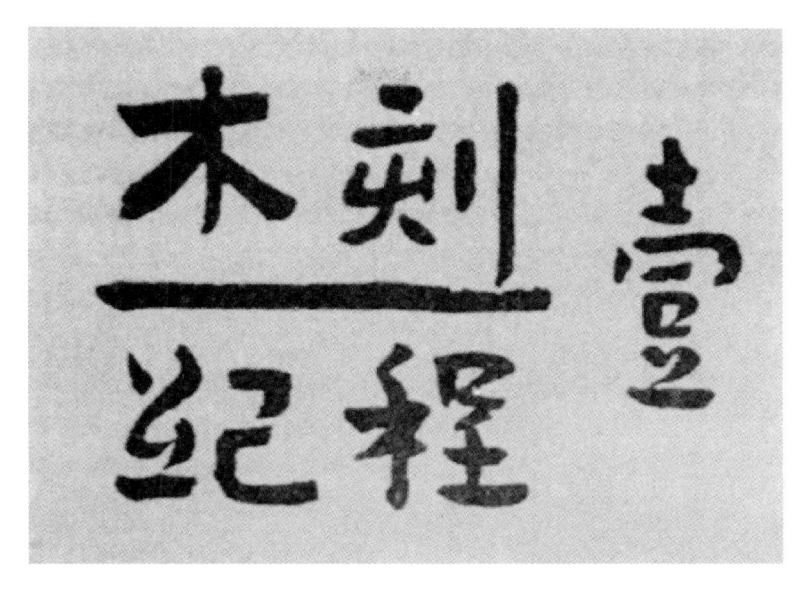

第九章 "大文学"与"广书法"的建构　371

图98　鲁迅隶书题写《木刻纪程（壹）》

则可归结为"晋楷一系、魏楷一系和中唐楷书一系"[①]。晋楷以二王小楷为典范，具有隶书遗韵，重气韵，匀中见豁，严谨有致，风流蕴藉；魏楷是指北魏碑版及北魏前后书风相近的碑版石刻书法的总称，包括墓志、造像、碑碣及摩崖石刻等，书法天真烂漫，艺术风貌多样，结字疏密自然、奇趣天成、变化多端，诸如恣肆、飘逸、厚重、劲健、平正、奇崛等等书法神韵的书法风格都能够找到相应的魏楷书法资源；唐楷尚法度，重心平稳，布白匀称，规矩严整，以薛稷、褚遂良、欧阳询、虞世南、颜真卿、柳公权等书家为代表。清代倡导碑学的书法家也都没有放弃楷书学习，而直接追求纯粹的书法艺术性，如提出"南北碑派论"的阮元的书法也是从工稳的

图99　鲁迅隶书题写
《镰田诚一墓》

[①] 黄惇、李昌集、庄熙祖编著：《书法篆刻》，高等教育出版社1990年版，第98页。

"馆阁体"楷书起步的;包世臣也有"习时俗应试书"① 的记录;康有为主张学习书法应从魏碑入手,并单列《干禄篇》,教人如何应试,且主张"先从结构入,横平竖直,先求体方"②,可谓良苦用心。唐代孙过庭在《书谱》中就主张书法学习,先学平正一路,他说:"初学分布,但求平正;既知平正,务追险绝;既能险绝,复归平正。"③鲁迅的书法学习就是从工整的楷书学起的。从第一章的论述可知,鲁迅的楷书学习经历了描红、临摹等训练,学习的范本是欧体楷书。"学成规矩,老不如少"④,正是童年打下的书法"童子功",为鲁迅的书写打下了楷书基础。鲁迅收藏有大量的魏晋墓志造像及唐碑拓片,在大量翻阅、钞校中,其楷书艺术承接传统楷书文脉的基础上而自成体格,在其留存的书写墨迹数量中占有很大的比重。

明代书法家徐枋曾说:"书法以小楷为极致,而小楷必宗晋唐尚矣。"⑤鲁迅崇尚晋唐之风,其小楷得晋楷精髓,法度谨严,点画精到,笔画刚劲犀利,骨力有致,气息疏朗,雅韵有致。鲁迅喜欢用毛笔抄书,字体为小楷,正是大量的楷书书写,最终使鲁迅的楷书得以从"量变"到"质变",从而成就了自家楷书风貌。绍兴鲁迅纪念馆收藏的鲁迅抄写的周玉田《鉴湖竹枝词》局部,是鲁迅早期小楷书法作品。从此幅作品来看,鲁迅的书写字体属于唐楷一路,写得中规中矩。鲁迅早期的这类小楷抄书作品还有手抄《二树山人写梅歌》,以及他南京求学期间抄写的《恒训》手稿等。鲁迅早期的小楷抄书作品与唐代书法家欧阳询的小楷《心经》相比,可以看出,鲁迅的师法唐楷的痕迹。鲁迅在日本师从章太炎学习文字学后,其小楷书写也开始向晋楷书风靠近,这亦与其"崇尚魏晋风度"的思想密切相关。这类小楷书法的代表是他代周作人的《劲草》译本所写的序言残稿。从鲁迅的书写《〈劲草〉译本序》的"小""并""之"等字可以看出,鲁迅通过字的笔画的左高右低来取势。鲁迅的书写增加了笔画的提按使转,部分平直方整笔画间夹杂着圆润笔画。我们通过王羲之的小楷《黄庭经》,与鲁迅的书写进行比较,可以看出此阶段,鲁迅的书

---

① 包世臣:《艺舟双楫·述书上》,载《历代书法论文选》,上海书画出版社1979年版,第640页。
② (清)康有为:《广艺舟双楫·学述二十二》,载《历代书法论文选》,上海书画出版社1979年版,第848页。
③ (唐)孙过庭:《书谱》,载《历代书法论文选》,上海书画出版社1979年版,第129页。
④ 同上。
⑤ (明)徐枋:《书王咸中乞临曹娥碑后》,《居易堂集》卷十,据康熙刻本影印《续修四库全书》第1404册,第215页。

写还不能够按照晋楷风格进行挥洒。鲁迅去北京工作以后，购买了大量碑帖，随着眼界的开阔，其书写的小楷线条取左低右高之势，线条圆润，书法已趋晋楷书风。如鲁迅《壬子日记》（1912 年）书账中的小楷。

书法是实用与艺术的统一体，"书法的实用基础为书法家的生长提供了生存的土壤。几乎所有的书法家都在这片沃土中吸收了成长的营养。……在科举制度下的书法痴迷者都经过了科举要求的'平正'阶段，为日后成为艺术家打下了坚实的基础"。[①] 鲁迅的书法艺术也得益于"平正"一路楷书学习，其楷书学习，源自描红，后得益于钞书校勘的大量书写。鲁迅收藏的碑铭拓片书法丰富，不仅有大量的汉代隶书名碑，还有砖瓦铭文、刻石等。不仅是隶书风格的字体，而是隶书、楷书、行书、草书等多种书体并存，此阶段的楷书和行书都深受隶书影响。鲁迅从收藏的碑铭中钞校了其中的 261 种[②]，其中以东汉、北魏、东魏居多。墓志书法艺术在我国书法艺术发展史上具有相当重要的地位和价值。由于墓志出土较晚，剥蚀漫漶现象相对较轻微，可以从品类繁复的墓志中欣赏到镌刻精美、风格独特的书法艺术风貌，其中以北魏墓志是我国古代墓志中的精品，存世数量较多。鲁迅钞校了 192 种墓志[③]，其中以北魏、隋居多。造像题记上的书法虽是楷法，但结体扁阔，多呈隶书气韵。因造像书法出自不同阶级阶层的书法手迹，故其书法风格良莠不齐，且别字纷繁芜杂，尽管如此，数量众多的造像记书法为我们正确认识中国书法发展史提供了不可多得的文献资料，具有一定的书法价值。鲁迅钞校的造像题记共有 348 种[④]，其中以北魏、东魏、北齐造像题记为最多。鲁迅用小楷书写了西汉

[①] 杨晓军、米文佐：《刍议科举重书与书法艺术的发展》，《天水师范学院学报》2014 年第 34 卷第 6 期。

[②] 鲁迅钞校的各个朝代的石刻手稿碑铭部分有："西汉 7 种、东汉 93 种、魏 16 种、吴 4 种、蜀 2 种、晋 11 种、前秦 1 种、宋 1 种、梁 13 种、北魏 21 种、东魏 17 种、北齐 26 种、高昌 2 种、北周 3 种、隋 32 种、唐 1 种，另有年代佚失碑铭 11 种。"据北京鲁迅博物馆、上海鲁迅纪念馆编著的《鲁迅辑校石刻手稿》统计，参见《鲁迅辑校石刻手稿》，上海书画出版社 1987 年版。

[③] 鲁迅抄校的各个朝代的石刻手稿墓志部分有："晋 5 种、后秦 1 种、宋 3 种、北魏 63 种、东魏 29 种、北齐 27 种、北周 8 种、隋 54 种、郑 2 种。"据北京鲁迅博物馆、上海鲁迅纪念馆编著的《鲁迅辑校石刻手稿》统计，参见《鲁迅辑校石刻手稿》，上海书画出版社 1987 年版。

[④] 鲁迅抄校的各个朝代的石刻手稿造像部分有："后秦 1 种、宋 1 种、齐 1 种、梁 1 种、北魏 66 种、东魏 72 种、西魏 8 种、北齐 92 种、北周 20 种、隋 56 种、唐 2 种、后周 1 种、年代佚失的有 27 种。"据北京鲁迅博物馆、上海鲁迅纪念馆编著的《鲁迅辑校石刻手稿》统计，参见《鲁迅辑校石刻手稿》，上海书画出版社 1987 年版。

《甘泉山刻石》的碑石情况及文献资料。鲁迅在抄完《李宪墓志》的碑石内容后，还用小楷书写了金石著作中载记的关于此墓志的文献资料（图100、图101）。鲁迅在辑校《杜乾绪等造像记》后，还用小楷书写了金石学著作中载记的关于此造像的文献资料。由此可见，鲁迅书写碑拓数量的巨大。鲁迅钞校的碑铭、墓志与造像楷书字体，囊括了书法史意义上的所有楷书字体。鲁迅的钞碑，不是亦步亦趋于碑拓上的文字风格，而是自出机杼，脱离范本独立自运，挥洒自己的性情。鲁迅的钞碑方法思想源自庄子所倡导的“模仿”说。庄子：“筌者所以在鱼，得鱼而忘筌；蹄者所以在兔，得兔而忘蹄。”①后人则把庄子的“模仿”说运用于学习书法中。唐太宗曾说他学习历代书法的方法在于：“今吾临古人之书，殊不学其形势，唯在求其骨力；及得其骨力，而形势自生耳。然吾之所为，皆先作意，是以果能成也。”②孙过庭《书谱》中则云：“穷变态于毫端，合情调于纸上；无间心手，忘怀楷则。自可背羲、献而无失，违钟、张而尚工。”③可见，临习古人，不必一味追求逼真，按照自己的艺术感觉赋予师法的范本以新意，才能既得古人书法艺术的真谛，又能自出新意。鲁迅的小楷书法，从早期抄书时线条的稚嫩到抄碑体楷书的形成，我们明显看

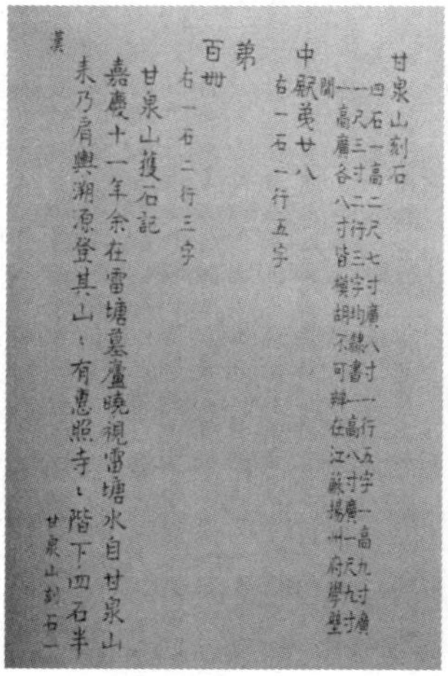
甘泉山刻石
中殿第廿八
右一石一行五字
第百卅
右一石二行三字
甘泉山獲石記
嘉慶十一年余在雷塘墓廬晚視雷塘水自甘泉山
來乃肩輿溯源登其山山有惠照寺寺階下四石半
甘泉山刻石一

图 100　鲁迅书写《甘泉山刻石》

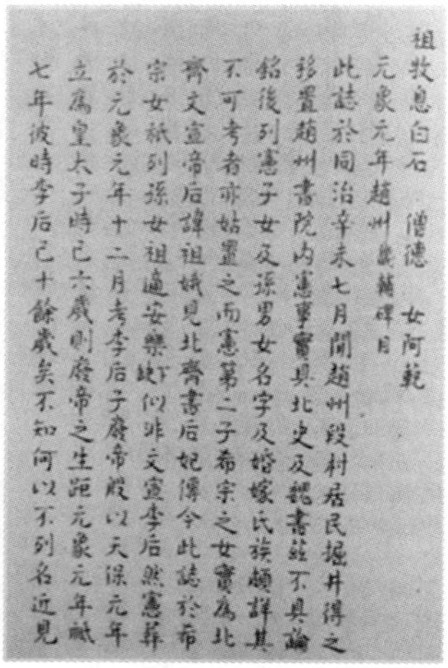
祖姝息白石　僧德　女阿乾
元象元年趙州欒城碑目
此誌於同治辛未七月間趙州段村居民掘井得之
移置趙州書院內憲事實具北史及魏書並不具論
銘後列憲子女及孫男女名字及婚嫁氏族頗詳其
不可考者亦姑置之而憲第二子希宗之女實為北
齊文宣帝后諱祖娥見北齊書后妃傳今此誌於希
宗女祇列孫女祖瓘安樂[illegible]似非文宣李后然憲葬
於元象元年十二月考李后子廢帝殷以天保元年
立為皇太子時已六歲則廢帝之生距元象元年祇
七年彼時李后已十餘歲矣不知何以不列名近見

图 101　鲁迅书写《李宪墓志》文献资料

---

① 《庄子·杂篇》卷二十六，上海古籍出版社1989年版，第407页。

② 《唐朝叙书录》第七十三。

③ （唐）孙过庭：《书谱》，载《历代书法论文选》，上海书画出版社1979年版，第131页。

到鲁迅书写的进步。鲁迅写字的进步是其勤奋用功的回报,更与他善于学习传统相关。写毛笔字,除要有正确的执笔法外,还需要正确的运腕法。鲁迅注重写字执笔方法,写字时也注重用腕,且善于提腕作书①。提腕是指书法术语,写字时腕法的一种,指写字时"肘著案而虚提手腕"②书写。提腕写字,"腕随己意左右"③,"下笔有千仞之势,此必须提高手腕而后触之"④,"提之则字中骨健矣"⑤。提腕宜于写小楷、中楷。因此,历代书家都注意提腕写字。提腕写字,"以腕力作书,便于作圆笔,以作方笔,似稍费力,而尤有矫变飞动之气,便于自运,而亦可临仿,便于行草,而尤工分、楷"⑥。鲁迅善于提腕写字,故其善于书写楷书是在情理之中的。

鲁迅还用小楷书写文稿,他喜欢用毛笔在带丝栏带格子的稿纸上写文章(也使用无格的白纸),一字一格,干净美观(图102)。如鲁迅1909年写的《〈域外小说集〉序言》,他的这种喜好,或许也是受到了俞樾先生喜欢在带格子的稿纸上书写的影响。鲁迅擅长用毛笔写小楷,不多见其写大楷。他偶尔写的中楷书法,结字工整,章法匀称,布白疏密有致。有些笔画形态又具飘逸之姿,给人一种浓厚的书卷气息。杨莘耕在评价鲁迅的书法时说:"豫才之书法,无论是早年的楷书,中年富有碑章的隶字,或则晚年挺拔秀丽之行书,都深具功力。"⑦可谓的评。

鲁迅的行草书法艺术。行书是介于楷书与草书之间的一种书体,张怀瓘《书断》中云,行书是"正书之小讹。务从简易,相间流行,故谓之行书"。⑧ 行书以其具有的减省点画、笔势流动、用笔灵活、体态多变、表现力丰富等特征受到了历代书家的喜爱。"行书有真行,有草行,真行近真而纵于真,草行近草而敛于草。"⑨ 鲁迅的行草书法艺术颇具晋代书法神韵,蔚为壮观,取得了很高的成就。

---

① 鲁迅:《论毛笔之类》,载《鲁迅全集》第六卷,人民文学出版社2005年版,第406页。
② (元)陈绎曾:《翰林要诀·骨法》,载《历代书法论文选》,上海书画出版社1979年版,第480页。
③ (宋)黄庭经:《论书》,载《历代书法论文选》,上海书画出版社1979年版,第357页。
④ 转引自刘小晴《中国书学技法评注》,上海书画出版社1991年版,第11页。
⑤ (元)陈绎曾:《翰林要诀·骨法》,载《历代书法论文选》,上海书画出版社1979年版,第482页。
⑥ 康有为《广艺舟双楫》。
⑦ 杨莘耕:《鲁迅杂忆》,《文教资料简报》1981年第12期。
⑧ (唐)张怀瓘:《书断》,载《历代书法论文选》,上海书画出版社1979年版,第163页。
⑨ (清)刘熙载:《艺概》,载《历代书法论文选》,上海书画出版社1979年版,第687页。

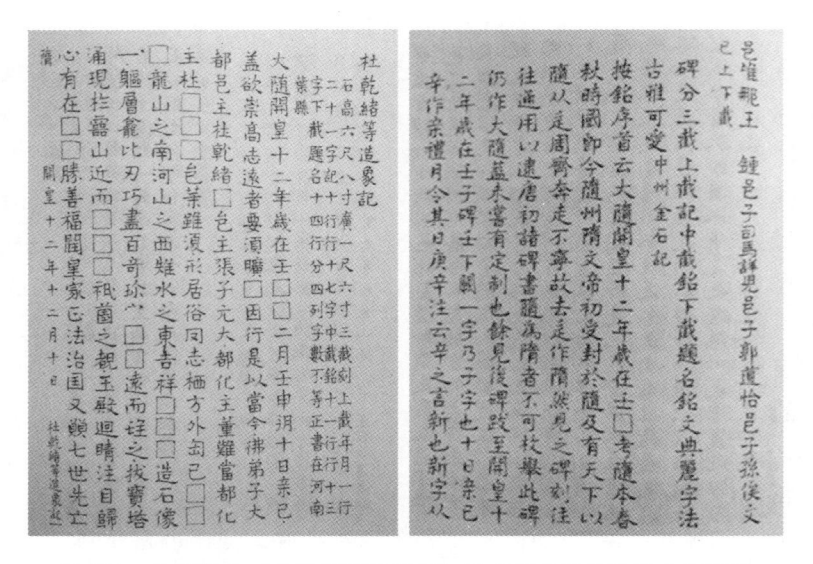

图 102　鲁迅辑校《杜乾绪等造像记》及小楷书写此造像文献资料

  鲁迅的行草书首先受到了魏晋书法风格的影响。魏晋是中国书法艺术发展的高峰时期，在崇尚自然而又推崇飘逸狂放的玄学思潮影响下，形成了清丽俊朗、俊逸、洒脱、飘逸的流美书风。"晋人风神潇洒，不滞于物。这优美的自由的心灵找到一种最适宜于表现他自己的艺术，这就是书法中的行草。行草艺术纯系一片神机，无法而有法，全在于下笔时点画自如，一点一拂皆有情趣，从头至尾，一气呵成，如天马行空，游行自在。……这种超妙的艺术，只有晋人萧散超脱的心灵，才能心手相应，登峰造极。"① 王羲之是晋代行草书风的代表书家，其行书代表作《兰亭集序》就写于山阴，被誉为"天下第一行书"，受到了历代学书者的顶礼膜拜。从山阴走出来的鲁迅，生于斯长于斯，其骨子里面流淌着山阴书法文化的血脉因子。鲁迅具有魏晋情结，喜爱魏晋文学，他崇尚魏晋的淡远高古，使得其思想境界不落凡俗。鲁迅楷书由唐楷而溯源晋楷，其行书受到魏晋行草的影响也是显见的。刘熙载曾云："观人于书，莫如观其行草。"②"书道妙在性情"，鲁迅的书写不拘小节，这与他追求的书法审美韵致密切相关。毕竟时代不同，人也各有其性情。在鲁

---

① 宗白华：《美学散步》，上海人民出版社1981年版，第180页。
② （清）刘熙载：《艺概》，载《历代书法论文选》，上海书画出版社1979年版，第715页。

迅这种追求魏晋时期书法风神韵致中已多了一种生命的激情。"金不换"牌毛笔书写的线条中承载了鲁迅的生命意蕴、书法审美理想。有灵魂的书写线条艺术,是鲁迅书法获得久远的艺术魅力的根源。

鲁迅的大部分书稿是用毛笔行书写的,如今已趋之若鹜,一字"千金"。但鲁迅本人并不爱惜他用毛笔书写的文稿①。关于鲁迅不爱惜手稿的情况,萧红在《回忆鲁迅先生》一文中也有记载:"鲁迅先生的原稿,在拉都路一家炸油条的那里用着包油条,我得了一张,是译《死魂灵》的原稿,写信告诉了鲁迅先生,鲁迅先生不以为稀奇,许先生倒很生气。"②鲁迅在1935年4月12日给萧军的信中写道:"我的原稿的境遇,许(许广平——引者注)知道了似乎有点悲哀;我是满足的,居然还可以包油条,可见还有一些用处。我自己是在擦桌子的,因为我用的是中国纸,比洋纸张能吸水。"③鲁迅将他的手稿用来擦桌子或擦手是经常的事。萧红也曾回忆道:"鲁迅先生出书的校样,都用来揩着桌,或做什么的。请客人在家吃饭,吃到半道,鲁迅回身去拿来校样给大家分着,客人接到手里一看,这怎么可以?鲁迅先生说:'擦一擦,拿着鸡吃,手是腻的'。到洗澡间去,那边也摆着校样纸。"④鲁迅不注意保存自己的文稿,得以存留下来的文稿都是别人,特别是许广平背着他悄悄地保存的。也正是这些手稿,让我们得以欣赏到鲁迅的文稿书法艺术。兹举鲁迅写于不同年代的文章手稿来说明他书写的变化。鲁迅写于1903年的《地质佚文》、1912年7月22日写的《哀范君三章》、1925年10月30日写的《〈坟〉的题记》、1935年3月2日写的《〈中国新文学大系〉小说二集序》(图103、图104、图105、图106)。从鲁迅四个时期写的文稿来看,

---

① 许广平在《关于鲁迅的生活》一书中曾有记载:"他(鲁迅——引者注)对自己的文稿并不爱惜,每一书出版,亲笔稿即行弃掉。有时他见我把弃掉的保存起来,另一回我就见他把原稿撕碎,又更加以讽刺,说没有这么多的地方好放。其实有许多不大要紧的书,倒堆在那里,区区文稿会没有地方放?不过他不愿意保留起来就是了。曾经有一次他的《表》的原稿给卖油条的人拿来包油条给买客,刚好那张稿子落在一个朋友手里,我听见好象身上受了刀割那么痛伤我的心,然而我时常眼巴巴地看他把原稿弄掉,我是无法防止的。"许广平:《片段的记录》,载《关于鲁迅的生活》,人民文学出版社1954年版,第22页。
② 萧红:《回忆鲁迅先生一文》,载萧红著,章海宁主编《萧红全集·散文卷》,北京燕山出版社2014年版,第364页。
③ 鲁迅:《书信·350412·致萧军》,载《鲁迅全集》第十三卷,人民文学出版社2005年版,第438页。
④ 萧红:《回忆鲁迅先生一文》,萧红著,章海宁主编《萧红全集·散文卷》,北京燕山出版社2014年版,第364页。

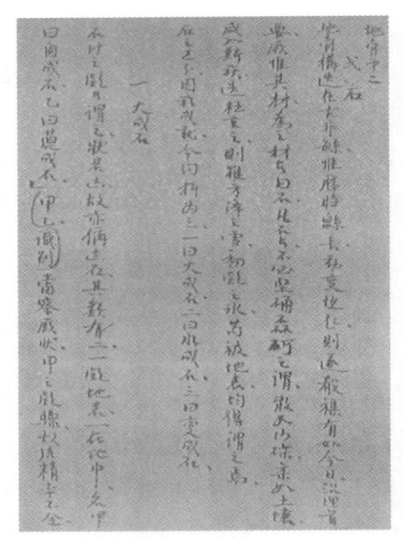

378　中国现当代作家与书法文化

图 103　鲁迅《地质佚文》手稿

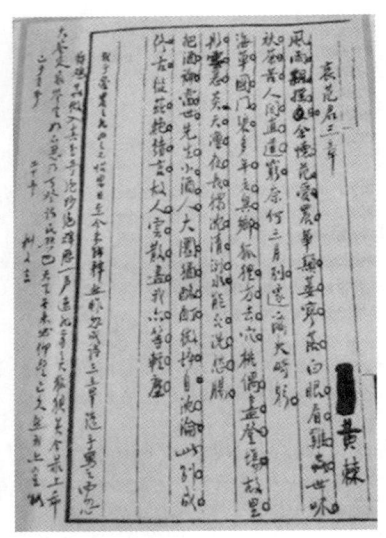

图 104　《哀范君三章》行书手稿

图 105　鲁迅《坟》的题记

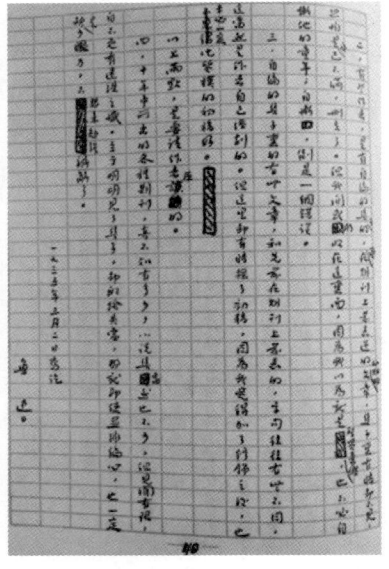

图 106　《中国新文学大系》小说二集序

早期文稿字体都是用纯正的行书写成，线条干净简约，书风平和简静；其晚期行书文稿书体近于草书，可谓之行草，书写不拘小节，纵横涂抹间，可见其挥洒之神采，书法线条凝练遒劲，书风老辣恣肆。除了文稿之外，鲁迅还用行书书写了他的诗稿。鲁迅的诗稿书法一般是按照书法创作的格式书写的作品，鲁迅在书写诗稿时（也有抄录古代诗稿），采取了多种书法样式进行书写，如条幅书法、扇面书法、横幅书法。可见，鲁迅虽不以书法家自居，但他对书法创作的形式十分熟悉（图107、图108、图109）。

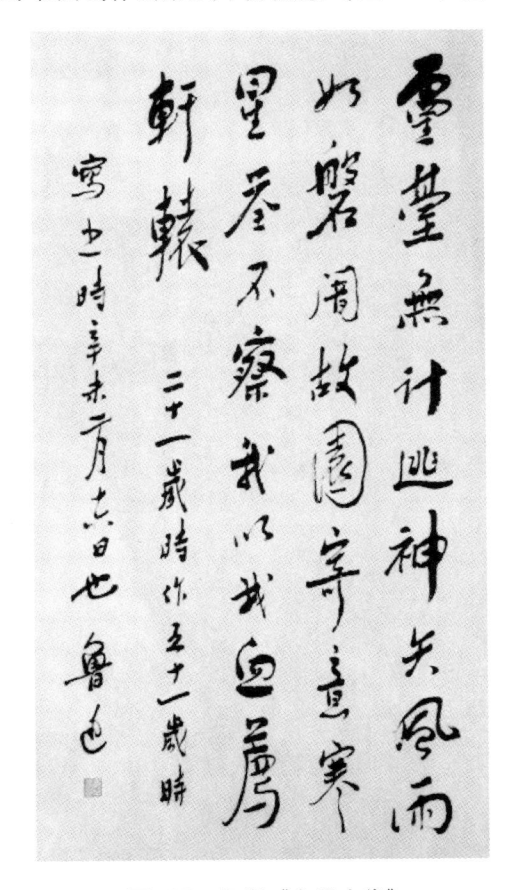

图107　条幅《自题小像》

鲁迅喜欢用行草书写信，其信札书法是鲁迅行草书法的重要组成部分。鲁迅的书信数量众多，翔实记录了鲁迅与同时代精英的交流沟通情况，可以和鲁迅其他著作互相参看，成为校勘鲁迅作品的资料，具有重要的史料文献价值。鲁迅曾在《孔另境编〈当代文人尺牍钞〉序》一文中

图 108　扇面《自嘲》（赠山本勇乘）

图 109　鲁迅诗《题三义塔》（赠西村真琴）

说："从作家的日记或尺牍上，往往能得到比看他的作品更明晰的意见，也就是他自己的简洁的注释。"[1] 由于书信写作比较私密，书写较为随意，

---

[1] 鲁迅：《且介亭杂文二集·孔另境编〈当代文人尺牍钞〉序》，载《鲁迅全集》第六卷，人民文学出版社 2005 年版，第 429 页。

其性情爱憎、学术思想、文化底蕴都诉诸笔端，通过信札呈现出来，因此，信札也具有书法艺术价值。鲁迅喜欢用花笺写信。他选择的一些花笺是蕴含有一定意思的，如他选择用莲蓬花笺给许广平写信，是因为当时许广平已有身孕。当然，也并不是所有的花笺都是有含义的，鲁迅曾明确指出："我十五日信所选的两张笺纸，确也有一点意思的，大略如你所推测。莲蓬中有莲子，尤是我所以取用的原因。但后来各笺，也并非幅幅含有义理，小刺猬不要求之过深，以致神经过敏为要。"[1] 从鲁迅的信札中能够体会到其行草书法的丰富。鲁迅写给蒋抑卮的信札（1904年），字形平正，字取横势，书风平缓；鲁迅写给好友许寿裳的信札（1910年10月4日），字形取纵势，用笔提按顿挫显著，书风沉雄；鲁迅写给钱玄同的信札（1919年2月16日），同为章氏弟子，钱氏亦善书法，鲁迅给其写信自然不会苟且应付，此信札用行楷书法写就，书写不激不厉，信中"出而""以为"两处的上下字间有牵丝引带，是情之所至的缘故；鲁迅写给母亲的家信（1932年7月2日），行书写成，字与字间无牵丝，每个字的笔画都交代清楚，静穆之气逼人，鲁迅对其母亲的敬畏之情跃然纸上；鲁迅写给费慎祥的短札（1936年9月22日），此信札充满激情，一挥而就，结尾处的"即请撰安"四字纯用草法。鲁迅善草书，尤善写小草书法。他写给李霁野（1929年11月16日）与赵家璧（1933年1月16日）的信札，纯用草法写成，从中可以看出鲁迅的草书才情。孙过庭《书谱》云："草以点画为情性，使转为形质"[2]，此两幅信札，线条简练，结字奇险，但又不失法度，牵丝引带仅用于单个字中，虽字字独立，但字与字之间却若断若连；墨也有丰富变化，如信札《291116致李霁野》中的最后一行用墨明显加重，且"罷"字明显大于其他字；点画变化多端，概不雷同，信札中的五个"一"字，形态各异；其小草信札，书法书写流畅潇洒，富有书卷气息。鲁迅信札章法安排也有显著特点，字与字之间、行与行之间，皆保持一定从的距离，张弛有度，富有节奏感，章法安排显得宽松闲雅。鲁迅还擅长章草书写。章草书法"起于秦末汉初。它演变的方法，是解散隶体，使它趋于简便"[3]。鲁迅熟谙文字学，但他极少用章草书写，我们

---

[1] 鲁迅：《书信·290527·致许广平》，载《鲁迅全集》第十二卷，人民文学出版社2005年版，第177页。
[2] 孙过庭：《书谱》，载《历代书法论文选》，上海书画出版社1979年版，第126页。
[3] 北京中国书法研究社编：《各种书体源流浅说》，人民美术出版社2014年版，第111页。

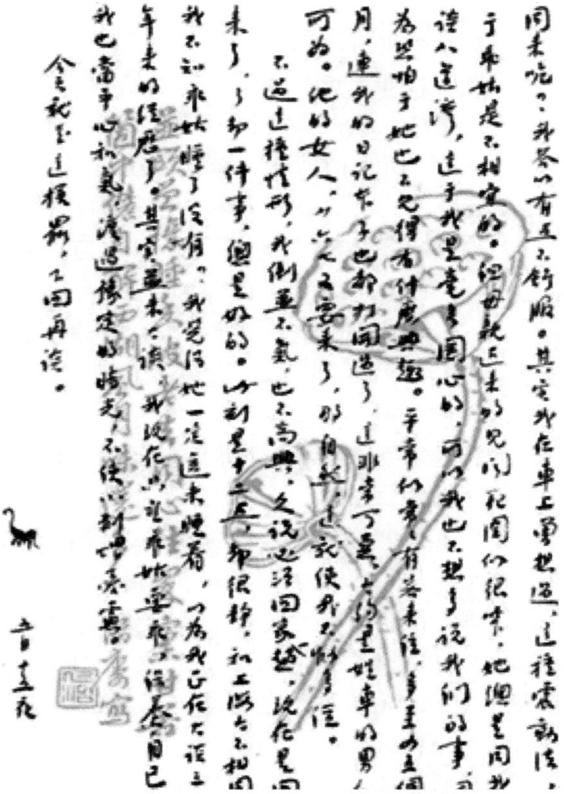

图 110　鲁迅致许广平

可以从他为自己的著作题签中寻觅到其章草书法风貌。如鲁迅于 1925 年 11 月为由北新书局出版的《热风》一书题签书名，"热风"二字，就属于章草书体，把章草书法中显著的波磔点画泯于笔画之中，线条厚重遒劲（图 111—图 118）。

"就追求文字书写之美而言，实际并不限于中国。几乎所有有自己民族文字的国家都有所谓书法，书写者都在一定程度或范围内，努力把字写得'美'一些。"[1] 在鲁迅书写的文字除中国的汉字外，还有日本、德国等国家的文字。鲁迅曾留学日本，他擅长日语，直接用日文写给日本友人的信札也很精彩。在日本，书法被称为书道，日本书道的文字是由日文汉

---

[1] 李继凯：《墨舞之中见精神——文人墨客与书法文化》，台湾新锐文创 2014 年版，第 44 页。

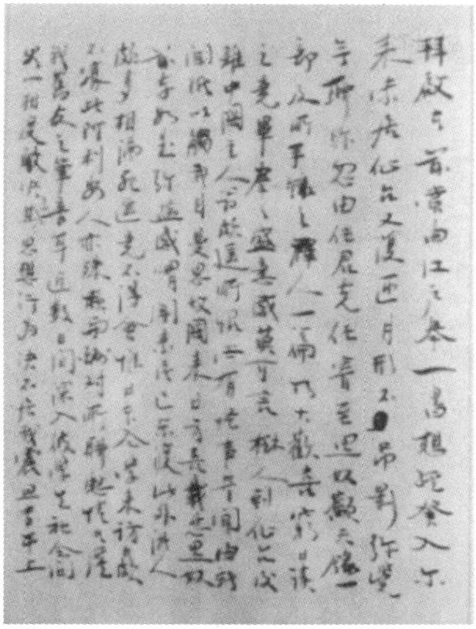

第九章 "大文学"与"广书法"的建构　383

图111　《041008 致蒋抑卮》 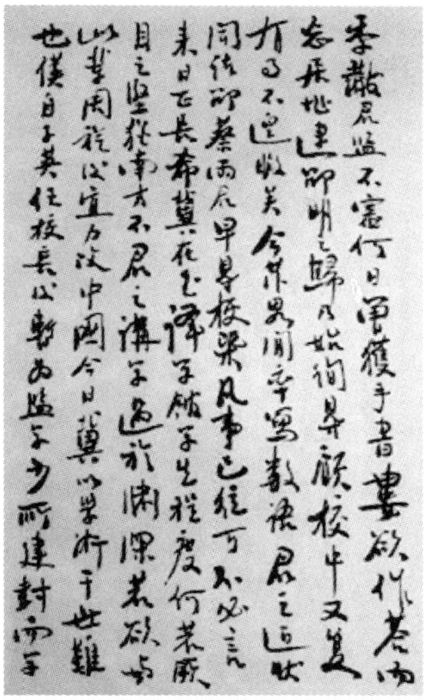　　图112　《101004 致许寿裳》

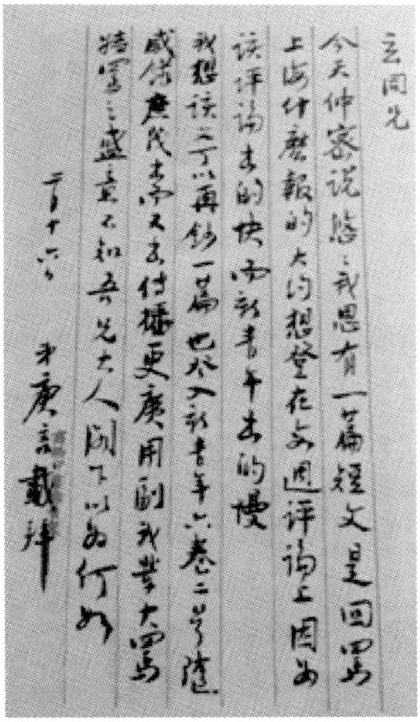

图113　《190216 致钱玄同》 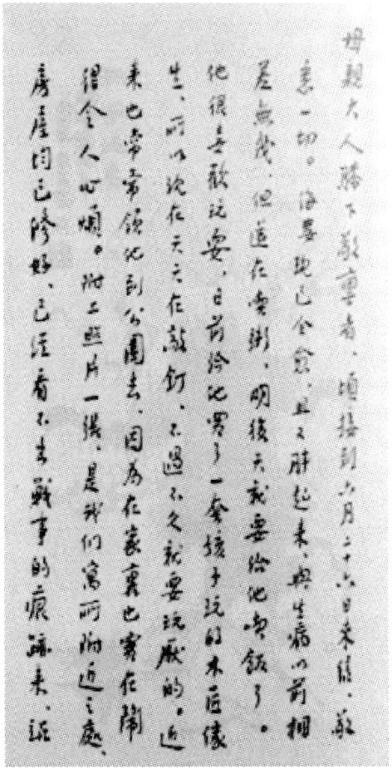　　图114　《320702 致母亲》

字、假名（平假名和片假名）和外来语组成。日文汉字的写法基本上与中文使用的汉字大同小异，而早期日文中，大多数沿用的是汉字，这与中

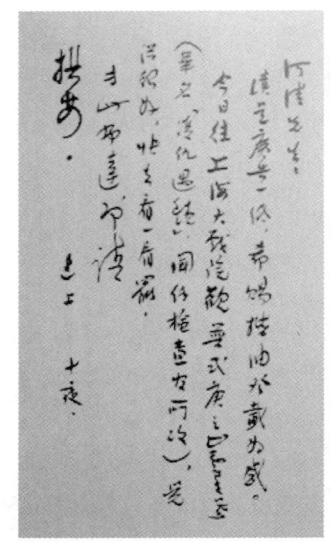

图 115 《361010 致黄源》　　图 116 《291116 致李霁野》

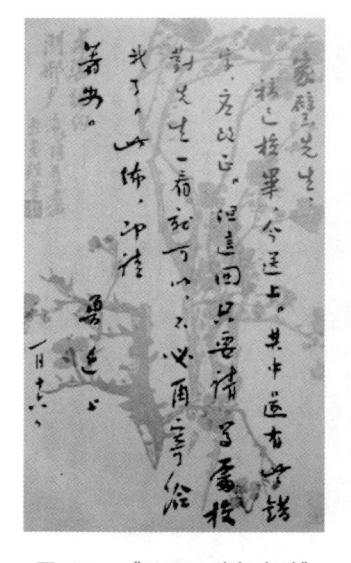

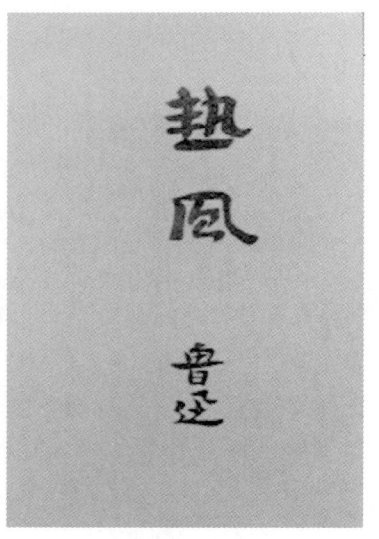

图 117 《330116 致赵家璧》　　图 118 章草题签《热风》

国繁体字相差不多①。可见，以日本汉字为主体形成的书道艺术与中国书

---

① 有一部分日文独创的汉字，则称为"日制汉字"或"和制汉字"。《诸桥大汉和辞典》是最大的日文汉字字典，收有接近 5 万个汉字，战后的现代日文中常用的汉字只有数千个。

法艺术有着很深的渊源关系,学者陈华对此曾有深入研究,她说:盛唐时,王羲之等的法帖传入日本,受此影响,日本书法开始确立,及至日本奈良时期,全面模仿唐朝,……王羲之等的书体由那些来唐朝学习的遣唐使带回日本,当时最著名的有最澄、空海、橘逸势等。晚唐以后,追随和模仿中国的倾向衰弱下来,与此同时,日本自己的民族文化也萌出了新芽。南宋时候的日本书法界,宋朝的书体开始向以王羲之书体为基础的唐朝书体挑战了。[1] 我们可以从鲁迅写给日本友人的信札中领略到他写的日文书法艺术,《360915鲁迅致增田涉》,是鲁迅去世前一个月用行草书体写给增田涉的信札,内容由汉字、平假名和片假名组成,书写一气呵成,浑然一体,信中有四处上下字间用了牵丝引带,连日本的平假名、片假名也写得较为圆润自然,整幅信札写得酣畅淋漓,是鲁迅信札书法艺术中的精品,此时,鲁迅的书法已至"炉火纯青"的艺术境界。鲁迅的绝笔是1936年10月18日早晨,写给内山完造的日文信札便条,内容为:

老板几下:没想到半夜又喘起来。因此,十点钟的约会去不成了,很抱歉。拜托你给须藤先生挂个电话,请他速来看一下。草草顿首 L拜十月十八日。[2]

这张便条,是鲁迅绝笔之作。病危中的鲁迅,书写的笔画依然真气弥漫,结字与章法安排仍如平时书写习惯,只是墨色也不复是平时的那般精致,有了枯笔的变化,笔情墨性中传递出来的是鲁迅的艺术才情,即使是在生命即将结束之时,仍不懈怠自己的书写。欣赏鲁迅此幅信札,不禁生出一缕悲怆而又恬然的韵致。《360330致巴惠尔·艾丁格尔》,是鲁迅1936年3月30日写给德国美术家巴惠尔·艾丁格尔的信札。信札中有四处用了字母,分别为收信者的名字、江亢虎的《中国研究》、内山书店和瑞典艺术批评家奥斯瓦尔德·西林的《中国早期绘画史》。由于有字母,传统的竖式书写颇不方便,鲁迅就采用了横式书写此信,这种章法在鲁迅的信札中是不多见的。鲁迅擅长行草书,他把行草书写的方法运用于字母书写上,其汉字和字母书写浑融一体,信札中的外文名字、单词及拼音字母,鲁迅写得非常流利,字母间有牵丝,而信札中的

---

[1] 陈华:《中国法书对日本书法的影响》,《文史哲》2005年第3期。
[2] 据鲁迅绝笔便条内容翻译录入。

汉字书写字字独立，仅字内笔画间有牵丝映带，汉字笔画欹侧取势，增加了字的动感。随意书写的信札就极具艺术观赏性，可见鲁迅书法功底的深厚。

与鲁迅的文稿、信札书法相比，鲁迅的日记书法给我们提供了鲁迅书法艺术的另一种风格。鲁迅早年的日记已佚，北京鲁迅博物馆保存的鲁迅24本日记[①]，开始于1912年5月5日，终止于鲁迅去世前一天1936年10月18日。1923年以前的日记，鲁迅都是用"乌丝栏"稿纸记的（壬子日记，1912）；此后，鲁迅喜欢在红格纸上[②]写日记（如《日记十二》）。鲁迅在每年的日记后面还附有一年内的购书账目及购书细目，此外他的日记中主要记载着他的起居饮食、书信往来、友朋往来、文稿记录、旅行游历等等，这为我们研究鲁迅生平和学术思想提供了重要的第一手文献资料。鲁迅曾在文章中讽刺同乡先贤李慈铭的《越缦堂日记》和胡适的日记[③]，故其日记所记内容较为简洁。与其文稿、信札书法相比，他的日记少提按顿挫，字体缺少变化，虽干净整洁，但却少了艺术性。值得注意的是，受时风影响，从1926年起，鲁迅开始使用蘸水笔记日记。蘸水笔是钢笔的一种，由金属制作而成，非常耐用，其不足之处就是在书写的过程中需要经常蘸墨水。蘸水笔用笔尖蘸墨水书写，可以根据提按力度的不同，以及对笔尖的倾斜度的控制，使线条产生粗细变化。《日记十五》（1926），是鲁迅1926年用蘸水笔记的日记；《日记二十》是鲁迅1936年去世前几天的日记，病重中的鲁迅，其日记书写也能像平时那样严谨；从鲁迅用蘸水笔写的日记可以看出，他通过控制蘸水笔的提按力度，也能写出如毛笔

[①] 1922年的鲁迅日记因许广平被捕而遗失。

[②] 许广平曾在给鲁迅的信中提醒他经过琉璃厂时买日记用的红格纸，参见《两地书》（一二〇），载《鲁迅书信》第十一卷，人民文学出版社2005年版，第297页。

[③] 《越缦堂日记（套装共18册）》是李慈铭积四十年心力写成，日记洋洋数百万言，记载了清咸丰到光绪四十年间的朝野见闻、朋踪聚散、人物评述、古物考据、书画鉴赏、山川游历及各地风俗，同时也记录了他的大量读书札记，具有重要的史料和学术价值。鲁迅在《怎么写》一文中曾评论李慈铭的日记，他说："《越缦堂日记》近来已极风行了，我看了却总觉得他每次要留给我一点很不舒服的东西。为什么呢？一是钞上谕。大概是受了何焯的故事的影响，他提防有一天要蒙'御览'。二是许多墨涂。写了尚且涂去，该有许多不写的罢？三是早给人家看，钞，自己为一部著作了。我觉得从中看不见李慈铭的心，却时时看到一些做作，仿佛受了欺骗。"鲁迅只是站在自己的角度批评了日记中的不足之处，并没有否认李慈铭日记的史料价值。鲁迅还曾对胡适的日记作过评论："听说后来胡适之先生也在做日记，并且给人传观了。照文学进化的理论讲起来，一定该好得多。我希望他提前陆续的印出。"可见，鲁迅反对的只是一些人在日记中故意"卖弄"才情。因此，鲁迅的日记就只记载平常生活中的事情。

书写的效果。鲁迅从"便当"、节约时间的角度积极倡导使用钢笔写字,但他本人极少使用,查检鲁迅书写墨迹,他只在 1936 年间生病时使用钢笔给朋友写了 3 封信札:鲁迅于 1936 年 2 月 15 日写给萧军的信札(《360215 致萧军》)、1936 年 3 月 7 日写给沈雁冰的信札(《360307 致沈雁冰》)、1936 年 3 月 9 日写给黄源的信札(《360309 致黄源》)(图 119—图 121)。虽然钢笔尖也有一定的弹性,但由于受钢笔书写工具的局限,用钢笔写字的线条表现形式和艺术感染力远远不及毛笔书法那样丰富,鲁迅的钢笔书写也是如此。尽管受到书写工具的局限,但擅长书写的鲁迅,还是用钢笔写出了酣畅流利、干净秀美的线条,鲁迅还从毛笔书写中借鉴了笔法、结字规律及章法安排,虽然写出的线条没有提按顿挫变化,但依然能给人们以美的享受。一件完整的书法作品,不论是从单字、单行的书写,还是到整幅内容的布置安排,都贯穿了书写者的审美思想。从鲁迅的钢笔书法作品中,我们能够体味到他的书写审美追求。

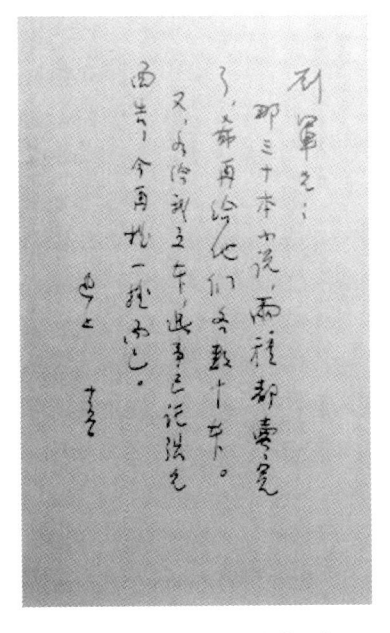

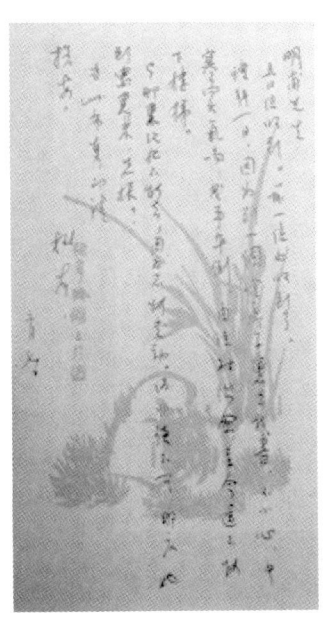

图 119　《360215 致萧军》　　图 120　《360307 致沈雁冰》

有学者认为:"鲁迅各个集子中的题序(跋)内容丰富、风格各异,蕴含着丰富的精神因子。那些既面对现实,又思接千载的文字,有一种悲愤之情一以贯之,忧愤深广仍不失其为文的总格调。要全面认识鲁迅、还原鲁迅,理性认识鲁迅精神的偏激与深刻,这是一个不应忽略的视界。"① 解读鲁迅的序跋,让我们领略其学术思想的同时,也能领略到他的书法艺术。鲁迅《〈吕超墓志铭〉跋》,是鲁迅1918年6月2日为《吕超墓志石》写的跋记。吕超墓志石于民国6年十一月(1917年6月)出土于山阴兰上乡,鲁迅为研究家乡出土的这块墓志石,曾先后于1919年6月5日、1923年6月8日、1924年8月23日购买此墓志石拓片。鲁迅在钞校此墓志后,又专门做了跋文,可见,鲁迅对此墓志的重视程度。鲁迅此跋记用行楷书写,颇具章草气息,是鲁迅跋记书法中的精品。

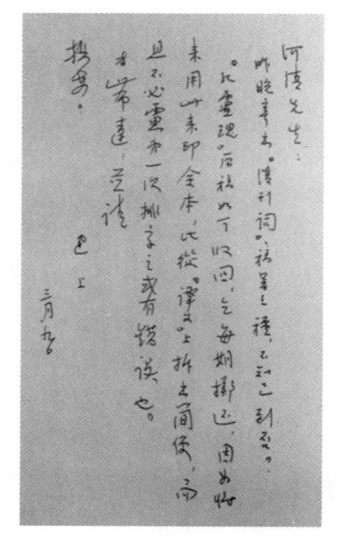

图121 《360309致黄源》

2. 周作人的书法艺术。周作人②生于1885年1月16日,比鲁迅小四岁。周作人在与鲁迅"兄弟相怡"的近四十年的岁月,受鲁迅影响很深③。鲁迅除在文学上对周作人产生影响外,还对周作人的毛笔书写产生了影响。与鲁迅一样,周作人喜欢金石碑刻,也喜欢使用毛笔写作、记日记、写信,也喜欢以书法样式进行创作送给友人,作品形式有条幅、扇面、对联等。

作为周氏家族子孙,周作人从小被灌输要写得一手好字,以参加科举考试。虽然周作人没走科举入仕之路,但早年的书写训练是他能写得一手好字的直接诱因。与鲁迅的书学之路相同,周作人的早年的书法学习是在家庭和私塾里面完成的。周作人很聪颖,从小接受私塾教育,诵读古代典籍,他"到十三岁的年底,读完了'论''孟''诗''易'及《书经》

---

① 周娜、王谦毅:《冷眼悲情睿见深——从题跋文字看鲁迅精神的偏激与深刻》,《当代文坛》2010年第6期。

② 周作人最早取名"櫆寿",后自改成"起孟""启明"等,到南京上学时因鲁迅名为"树人",遂取名"作人"。

③ 对此,孙郁先生曾有详细描述:"显然,青少年时代,鲁迅对周作人影响深远,这位早熟的兄长,对周作人早期生活道路起了重要作用。因为鲁迅是长子,承担的家务自然多于弟弟,且又因兄长接受启蒙略早,故有关花鸟虫鱼、文史掌故,懂得略多一些,弟弟受到一些熏陶,也是自然的。可以说,周作人后来的成长与职业选择,鲁迅是起到很大作用的。他把弟弟带到南京,又携至日本,而后回绍兴,再调至北京任教,其间出力甚多,弟弟亦广为受益。两人一同由小镇走出国门,闯进文坛,又共创'五四'新文化,其成就相映成辉,颇为后人所赞叹。"孙郁:《鲁迅与周作人》,辽宁人民出版社2007年版,第6页。

的一部分"①。这期间，周作人一直坚持练习写毛笔字。周作人能坚持用毛笔进行书写，除他自己形成的书写习惯外②，应与鲁迅的榜样示范作用密切相关，良好的榜样具有巨大的感染力！作为兄长的鲁迅坚持毛笔写字，这种榜样示范作用无疑会对周作人的持续书写产生巨大影响。长兄为父，鲁迅对周作人关怀备至，他在南京读书期间还节衣缩食购买石印《芥子园全集》三函十二本、《状元阁执笔法》一本等③资料托伯文叔带给周作人使用，体现了鲁迅对弟弟周作人学习书画艺术的重视④。

鲁迅对金石碑拓的喜爱对周作人产生了深远影响。在鲁迅的影响下，周作人也极喜欢金石碑拓，他曾"在乡间曾经跑到水乡的古庙里去，拓过南朝的造像铭，又拓过些砖瓦文字"⑤，他把所拓得的造像、砖瓦及钱币等拓片寄给鲁迅，鲁迅也把自己购买的金石拓片资料寄给周作人，周氏兄弟互相帮助、互相协作，在金石碑拓的收藏上，为后人留下了一段不可多得的兄弟收藏佳话。鲁迅在他的日记中，还把他和周作人的往来书信都进行了编号，根据他们各自的日记内容，可以推断他们兄弟之间往来书信的大致内容，其中，应该不乏对拓片、古物等提出的各自看法，诸如拓片真伪、品相、编目、时代的辨别、文字的考释等，也有很多鉴古的方法和探讨过程，遗憾的是这些书信早已不知下落。鲁迅收藏的拓片和他整理拓片时留下的手迹、周作人日记和他的回忆文章是我们研究鲁迅在金石学方面唯一也是最为珍贵的资料了。⑥ 周作人崇拜鲁迅，在兄弟失和之前，他常把文章寄给鲁迅让他帮忙修改，最有名的一篇文章莫过于《〈蜕龛印存〉序》。这篇由周作人初稿鲁迅修改定稿的序跋文章，应反映了周氏兄弟关于印学方面的共同审美思想。

周作人与鲁迅一样，也有古钱癖和砖拓片收藏。兄弟之间曾经在很长一段时间里都是分享金石文物收藏所带来的快乐，互相寄给对方欣赏。古

---

① 岂明：《我学国文的经验》，载张菊香、铁荣编《周作人研究资料》，天津人民出版社1986年版，第97页。
② 参见周作人《买墨小记》，载钟叔河编《周作人文选1930—1936》，广州出版社1995年版，第449页。
③ 参见周遐寿《鲁迅小说里的人物·旧日记里的鲁迅》，上海出版公司1954年版，第253页。
④ 鲁迅还与周作人分享他阅读的一些励志书籍，如鲁迅把他看过的《高僧传》寄给二弟周作人阅读，兹举例说明：1914年9月12日，鲁迅在寄给周作人的两包书籍中就有"《宋高僧传》八、《明高僧传》二"两本书。[参见鲁迅《甲寅日记》（1914年），载《鲁迅全集》第十五卷，人民文学出版社2005年版，第133页。]
⑤ 陈子善、张铁荣编：《周作人集外文（下集）》（1926—1948），海南国际新闻出版中心1995年版，第369页。
⑥ 夏晓静：《拓片上的记忆——鲁迅和周作人的兄弟情》，《鲁迅研究月刊》2010年第6期。

砖拓片上不仅积淀有深厚的中国传统文化，而且还渗透着"周氏兄弟"所独有的文化情趣和情谊，同时也是研究鲁迅和周作人从"兄弟怡怡"到决裂的重要佐证之一[1]。童年时期，周作人的性情中就已有好古的性情的趋向，他"十三岁时就有一方'酣古'印章"[2]。1917年7月27日，周作人已开始"贴砖文拓本为册"，"以便翻检"[3]。他还曾用"专"为他的书斋起"专斋"作为斋号，并作《〈专斋漫谈〉序》，文中解释了"专斋"的三个含义："甲，斋中有一古砖，因以为号焉，乙，专者不专也，言于学问不专一门，只是'三脚猫'地乱说而已也。丙，专借作颛，颛蒙愚鲁。"[4]《周作人日记》1933年4月7日载"下午，往后门外在品古斋买砖文。以三元得砖砚，文曰永明三年，永上略见笔尽盖是齐字也。笔势与永明年妙相寺佛铭相似，颇可喜"。[5] 同一年的4月8日，周作人的日记中又记"下午拓昨所得永明三年砖砚二纸"[6]。周作人接连两天购买永明砖、大吉砖，可见他对砖砚的喜爱程度。周作人还把他所拓制的砖砚拓片寄给鲁迅，鲁迅在同年四月十日的日记中就曾记载，收到了周作人寄来的《永明造象记》拓片2枚（周作人四月六日发信）[7]；同年四月十三日，鲁迅收到周作人寄来的"《建初摩厓》、《永明造象》拓片各二分，九日付邮"[8]。可见，砖拓寄托了周氏兄弟之间的深情厚谊。周作人与鲁迅决裂后，他仍没有放弃对古砖的研究工作。周作人在古砖研究方面造诣深厚。1950年，他在《砖上的手迹》一文中表达了他对古砖文的喜爱之情，他说：

> 古物里我所喜欢的是古砖文的拓片，这比砖的本身还要有意思，一因为轻便易收藏，不像实物的笨重，二是清楚，便于翻阅。这些砖上的文字及花纹有什么意义，难道单是为的是古么？古自然也是一种原因，更重要的乃由于这是古来人民的手迹，石刻中有些小品，如小形的造像和墓志，并非出于名家手笔，也只是匠人随便雕刻的，不过

---

[1] 夏晓静：《拓片上的记忆——鲁迅和周作人的兄弟情》，《鲁迅研究月刊》2010年第6期。
[2] 转引自江平《从周作人的金石事论其性情》，《绍兴文理学院学报》2006年第4期。
[3] 周作人：《周作人日记影印本》上册，大象出版社1996年版，第571页。
[4] 郭文友编：《周作人精致小品》第1集，成都出版社1992年版，第94页。
[5] 周作人：《周作人日记影印本》下册，大象出版社1996年版，第408页。
[6] 同上。
[7] 鲁迅：《乙卯日记》（1915年），载《鲁迅全集》第十五卷，人民文学出版社2005年版，第167页。
[8] 同上。

第九章 "大文学"与"广书法"的建构   391

这只是少数,不像砖瓦那样全是工人所作,充满了平民的质朴味。①

收集古砖伴随周作人一生,沉浸其中,令他在鲁迅逝世、钱玄同病故以及其本人附逆后的各种声讨中,找到了一些乐趣。

据专家考证,早在三千年前的西周时期,我国砖就已出现,而带有铭文的砖是两千多年前战国时期的遗物,两汉至魏晋南北朝时期的砖文数量最多,铭文信息量也最为丰富。砖文是指或书写或刻或模印在砖上的文字。砖文所包含的书法字体也很全面,"举凡大篆、小篆、缪篆、虫书、八分、隶书、章草、今草、行书、楷书,可以说无所不有。同时,每一种书体的规范化与草率话化两种倾向,在砖文中时有反映"。② 砖文的书法风格特征,著名书法家李刚田先生曾有详细论述:

> 从西汉到魏晋南北朝是砖文书法的鼎盛期、典型期。这个时期中的砖文内容虽然涉及儒、释、道诸家,但就其书法艺术的审美特征来看,儒家的中和之美仍占主导地位。砖文虽具有稚拙率真的民间书法特点,但汉代"罢黜百家,独尊儒术"的主导思想仍对砖文书法产生着不自觉的影响力,安详、宽博、端正、质朴是砖文书法的主调。砖文书法的美不是表面的巧饰,而是内在的沉静,不是表面的张扬,而是内在的源深,这个主调与儒家中和之美是自然契合的,砖文书法之美融合于当时时代审美的大趋势之中。③

周作人长期与砖文打交道,赏玩金石文物,滋养了他的崇古之情,无疑会对其书写产生影响,同时,对其文学创作也会产生影响。对周作人文章中的"古雅"之风,郁达夫曾有评论:"周作人的文体,又来得舒徐自在,信笔所至,初看似乎散漫支离,过于繁琐!但……读完之后,还想翻转来从头再读的。……近几年来,一变而为枯涩苍老,炉火纯青,归入古雅遒劲的一途了。"④ 周作人的弟子张中行评论乃师文风时云:"他先是写

---

① 周作人:《砖上的手迹》,载钟叔河编《周作人文选》,广州出版社1995年版,第324页。
② 王镛:《中国古代砖文概说》,载《书法文献2·古代砖文卷》,青岛出版社2014年版,第11页。
③ 李刚田:《道在瓦甓——古代砖文书法专题引言》,载《书法文献2·古代砖文卷》,青岛出版社2014年版,第9页。
④ 郁达夫:《〈中国新文学大系〉散文二集导言》,载《郁达夫全集》第六卷,浙江文艺出版社1992年版,第207页。

白话诗，后来写旧诗，确是没有某种柔情和豪情，可是有他自己的意境。晚年写怀旧诗……语淡而意厚，就不写某种柔情和豪情说，可算是跳出古人的藩篱之外了。"① 可见，一生嗜古的周作人，其文其字都受到了金石文物的"熏染"。

　　关于周作人的书法，我们可以从鲁迅博物馆编辑、大象出版社影印出版的三册《周作人日记》中欣赏到他早年的书法风格。从周作人 1898 年农历正月所记的日记墨迹可以看出，十四岁的周作人的书法学习欧楷的痕迹，线条稚嫩，笔画的转折处的顿挫痕迹明显，从中能看出他书写认真，笔笔不苟。1901 年农历八月，十七岁的周作人入南京江南水师学堂读书，此阶段，他在写字方面格外用心，他经常在日记中记载自己写大字的事情②，此后的日记中，几乎每天都有大字的记载，写字数量也增加了，如周作人十月十六日的日记中有"书大字四张"的记录，十月十七日的日记中有"午不写字夜书小字数千"的记录③。从周作人 1901 年阴历十月份所记的日记墨迹可以看出，周作人毛笔书写运笔娴熟，有行草气韵，点画圆润，并有牵丝映带，已无欧楷痕迹，但字形依然是纵向取势。从周作人 1905 年阴历十一月份所记的日记墨迹可以看出，二十一岁的周作人此阶段的书写线条使转自如，字内点画间不乏牵丝映带，字形呈横向取势，可能与师法汉碑隶书有关。从周作人 1918 年一月份所记的日记墨迹可以看出，三十四岁的周作人此阶段的书写字形呈纵势，点画收放自如，结字紧凑，线条干净利落，呈现出静穆的书风。从周作人 1927 年十二月份所记的日记墨迹可以看出，四十三岁的周作人此阶段的书写提按顿挫较为显著，上下字之间已有牵丝映带，此时周作人的个人的书写风格已趋稳定。我们还可以从影印的《周作人日记》中看到他所书写的外文书法，由于是在竖线格中写外文单词，他在书写字母时，是把日记本横起来书写的。不论是外文单词，还是日语文字，周作人的书写没有鲁迅放得开，他很少连笔，这可能是他的性情所致吧。从周作人三十多年跨度的书写墨迹的变化中可以看出他对书法的用功。大象出版社影印出版的三册《周作人日记》中缺失 1928 年周作人的日记墨迹，我们无法推断出他此年的书写情

---

① 张中行：《苦雨斋一二》，载萧南选编《在家和尚周作人》，四川文艺出版社 1995 年版，第 38 页。

② 8 月 24 日这天的日记中记着"夜写大字一纸"；25 日，"上午看书写大字二纸"；26 日，"上午字二纸看书"；27 日，"上午字二纸"。参见周作人《周作人日记影印本》上册，大象出版社 1996 年版，第 252 页。

③ 周作人：《周作人日记影印本》上册，大象出版社 1996 年版，第 263 页。

况，从书中呈现的周作人1929年至1934年间的日记墨迹，我们可以发现周作人这几年是用硬笔记的日记。其硬笔书法风格特点与毛笔书写区别很大，这是由于受其使用的书写工具影响的缘故。因周作人有深厚的毛笔书写功底作为基础，他的硬笔书写较为自由。

林语堂曾说："我们只有知道一个人怎样利用闲暇时光，才会真正了解这个人。只有当一个人……开始做他所喜欢的事情时，他的个性才会显露出来。……通过一个人的社会生活状况去判断一个人，通常是不公平的。"① 钱理群也曾说，我们"在评价现实与历史人物时，往往自觉、不自觉地过分看重于道德的崇高与完善，对于现实生活中的普通'人'所难免的软弱、妥协……之类的人性弱点的评价往往失之苛严，这是可能会构成某些偏颇的"②。对于周作人，我们应以辩证求实的态度对待。虽然书坛自古以来，都有"书如其人"之说，事实上也不尽然，人品的好坏与书写并没有必然的联系。对于周作人的书法艺术，应给予必要的关注，解读其书写墨迹，也利于了解其文学创作。周作人擅长书法，其书名都是自己题签。他还用作品的不同形制创作书法，周作人用行书书写白居易的词，创作中堂条幅；如图122所示，他用行楷书写了四言对联。从周作人的书法作品风格来看，其所用书体创作比鲁迅更丰富。遗憾的是周作人书法作品留存较少，无法分别对周氏兄弟的各体书法进行比较。周作人晚年还能在格子稿纸内书写精致的小行楷；周作人78岁时书写的信札墨迹（1962年7月9日），其书写不拘泥于格子的限制，随着毛笔蘸墨书写，而产生墨色变化，行草书写随心所欲，草法也合乎规范，可见其书法造诣深厚（图123、图124）。

3. 台静农的书法艺术。成名于"五四"时期且以乡土小说家彰显于世的台静农，晚年"大隐隐于台"，成为中华文化史上一个别开生面的人物：他没有隐逸于赫赫有名的终南山，而是进入了孤悬海上的宝岛台湾，由此成为别一种意义上的"现代隐士"。他的文化角色似乎也发生了明显变化，即从五四时期新形态的"作家文人"转型为传统的"书家文人"，但整体看，他骨子里其实并没有多大变化：他的一生始终都在为继承、弘扬和创新中华文化而奋斗不息，从"五四"时期的小说集《地之子》到居台时期的《静农书艺集》，其创作或书写的内容、形式可以变化，但他

---

① 林语堂：《中国人》，学林出版社1994年版，第313页。
② 钱理群：《有缺憾的价值——关于我的周作人研究》，载程光炜编《周作人评说80年》，中国华侨出版社2000年版，第520页。

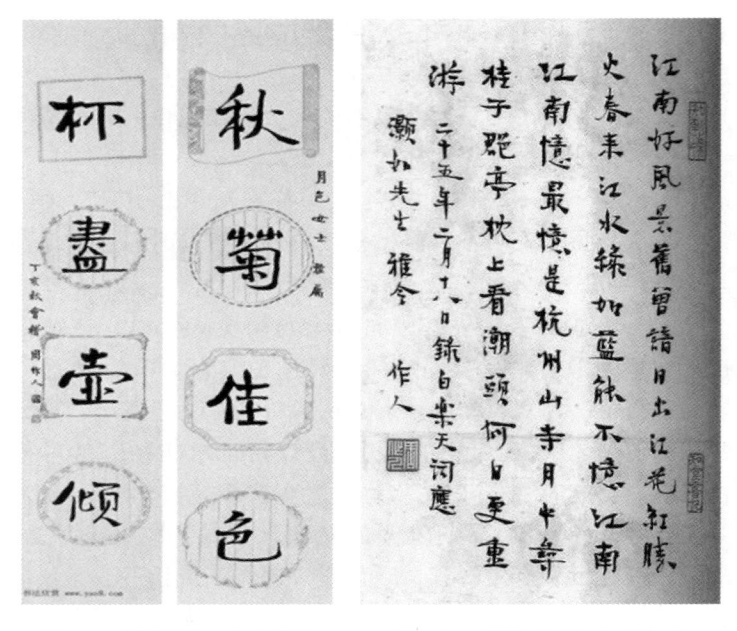

图 122　周作人 52 岁时书法　　图 123　周作人 63 岁时书法

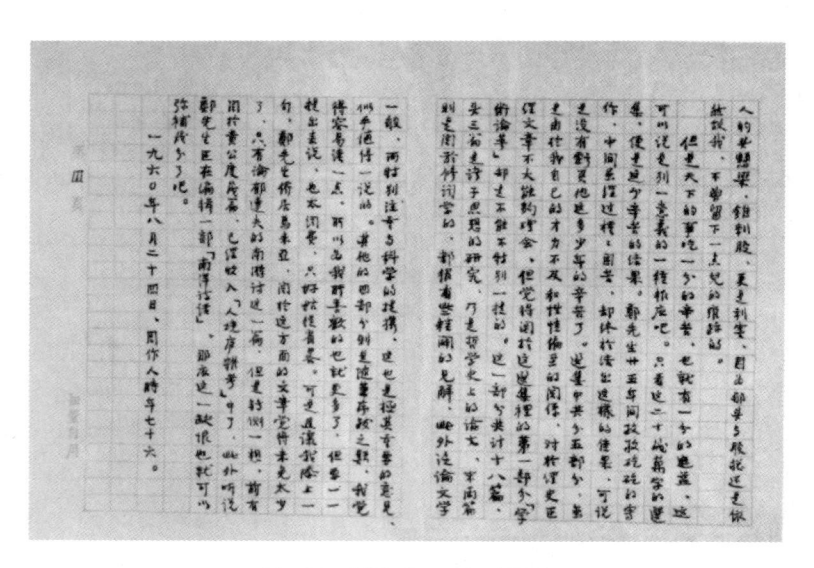

图 124　周作人 76 岁时墨迹

热爱吾国吾土吾民吾文的"文心"及意在"雕龙"的目的并无根本变化。只是在当今某些学者笔下，静农先生居然成了"悲情"或"闲情"人物，在李敖眼中台先生甚至成了"胆怯"和"疏懒"之人，这些看法都含有先入为主或自以为是的偏见吧，我想。

台先生"南人北相"，一身才艺，在文学、书画、教育及学术等领域建树颇多，可惜大陆人知之甚少。近期终于推出了能够彰显台先生成就的《台静农全集》（黄乔生主编），但也令人稍感遗憾：书、画、印原本也是文人从事文化创造的宝贵结晶物，为什么就不能编入其全集呢？台先生其实是既能从事小说创作、文学编辑、文学教育、文化研究，又是能够将诗书画印"四绝"萃于一身的现代文化名人。所以我们期待着《台静农书画印全集》和《台静农手稿全编》之类的大书早日问世。书画大家张大千曾说："三百年来，能得倪书神髓者，静农一人也。"而在笔者看来，尽管倪书与台书确实相似或神似，但毕竟还是存有差异：较之于古人倪书（倪元璐书法），台书更多借鉴了汉隶、魏碑及众家之长，其书法形式也更加丰富，因其承受古今中外文化的多重影响，其精心创作的书法更具有"势足、意足、韵足"的"三足"形态或境界，不仅具有书卷之气、情感之态，而且也具有金石之味和现代之感。他尤其擅长于隶、行、草书，其隶书的开阔大气，行书的奇崛苍劲，草书的顿挫多姿，笔法多古拙遒劲，利落有神，点画如刀切玉，布局舒展自如，确乎达到了很高的艺术境界。在大陆书坛享有至高声誉的启功先生甚至还自认其书艺不及老友台静农，并认定其为"一位完美的艺术家"，其书法"错节盘根，玉质金相"。自然，友人所评或有偏爱之处，但台书境界之博大、内容之丰富、形式之多样毕竟就在那里客观地呈现着，令人印象深刻难忘。其中，给人印象尤其深刻的是他那些寄托乡情和友情的佳作，如他曾寄赠对联"西风白发三千丈，故国青山一万重"给大陆的友人；又如晚年台静农再次看到启功《荒城寒鸦图》时，百感交集的他在《荒城寒鸦图》一侧题写道："余于七七事变前四日由济南到北京，住魏建功家，是月三十日敌军入北京城，与建功、元白悲愤大醉，醉后元白写《荒城寒鸦图》寄概。今四十余年，建功谢世已四年矣……"书画融合，更寄托了他的家国之思和怀友之情。这种浓浓情思经常渗透其笔墨之间："日暮更移舟望江国渺何处，明朝又寒食见梅子忽相思"，"为怜冰雪盈怀抱，来写荒山绝世姿"，"相逢握手一大笑，故人风物两依然"，"故国山川皆梦寐，昔年亲友半凋零"，"天地存肝胆，江山阅鬓华"，等等，莫不显示出"书为心画"的"意象"，意味隽永，深挚含蓄，情牵两岸，至今观之依然令人感慨不已。尤其是台先生晚年"每感郁结，意不能静，惟时弄毫墨以自排遣"，将早年习惯于文学创作的笔触"移情"于书法，并使这种"文学化"的书法书写与通常书法家仅仅看重"技巧"的挥毫相区别:这种作家文心和书家翰墨的水乳交融能够使其书法达到很高的艺术水平,既可以赢得文学圈的好评,也可以赢得书法圈的好评。

据说台静农晚年出过一个上联:"台湾台北台大台静农",长期无人应对,笔者则有意于猴年伊始凑趣对之曰"西安西域西天西游记"。原想这下联也可勉强对之"西安西京西大贾平凹",意在特别强调跨地两大高人的某种暗合或类似,但终于觉得还是要扩大视野、彰显境界,遂在"文化西游东渐"的文化传播层面,将古今人文领域的两位杰出人物唐玄奘与台静农"点化"为跨地传扬文化的象征性"符号",同时也从古都西安这个文化高台,郑重推举静农先生作为大陆文化与宝岛文化的一个代表性纽带式人物。

台静农的文学书法艺术之路与鲁迅的大力提携不无相关。作为新文学开山祖师的鲁迅,他一直走在时代前列,怀着"愿有英俊出于中国之心"[①]"想闹出几个新的创作家来"[②]的宏愿,特别注重扶植提携青年学子。对嵇康阮籍深有研究的鲁迅,不希望别人来走他的老路,他说:"凡人们的言论,思想,行为,倘若自己以为不错的,就愿意天下的别人,自己的朋友都这样做。但嵇康阮籍不这样,不愿意别人来模仿他。"[③] 因此,鲁迅曾语重心长地告诫青年,他自己"走过的路子不好走,各人应该走各人的路子"。[④] 鲁迅本人特别注重克己尊师,但他并不赞成学生对老师"必须绝对尊敬和服从"[⑤],他也不主张学生去寻找"那挂着金字招牌的导师"。针对"要前进的青年们大抵想寻求一个导师",他说:"他们将永远寻不到。寻不到倒是运气;自知的谢不敏,自许的果真识路么?凡自以为识路者,总过了'而立'之年,灰色可掬了,老态可掬了,圆稳而已,自己却误以为识路。假如真识路,自己就早进向他的目标,何至于还在做

---

① 鲁迅:《书信·300327·致章廷谦》,载《鲁迅全集》第十二卷,人民文学出版社 2005 年版,第 226 页。
② 鲁迅:《对于〈新潮〉一部分的意见》,载《鲁迅全集》第七卷,人民文学出版社 2005 年版,第 236 页。
③ 鲁迅:《魏晋风度及文章与药及酒之关系》,载《鲁迅全集》第三卷,人民文学出版社 2005 年版,第 536 页。
④ 林楚君:《鲁迅热切关怀文艺青年——记鲁迅与"南中国文学会"青年的一次会见》,薛绥之主编《鲁迅生平史料汇编》第 4 辑,天津人民出版社 1983 年版,第 359 页。
⑤ 鲁迅:《我的第一个师父》,载《鲁迅全集》第六卷,人民文学出版社 2005 年版,第 598 页。

导师。"① 鲁迅进一步对寻求进步的青年给出了他的主张:"不如寻朋友,联合起来,同向着似乎可以生存的方向走。你们所多的是生力,遇见深林,可以辟成平地的,遇见旷野,可以栽种树木的,遇见沙漠,可以开掘井泉的。问什么荆棘塞途的老路,寻什么乌烟瘴气的鸟导师!"② 鲁迅身先士卒,以身作则③,从不轻言做学生的导师。鲁迅经常鼓励青年学子勇于走出一条属于自己的文艺创作道路。鲁迅以自身所具有的超凡魅力,而对青年学子影响甚巨,深受进步学生的爱戴,也正是在其高屋建瓴的英明指导下,受其指导而成长起来的文艺青年不囿于师,各自走出了一条属于自己的文艺创作之路,从而在现代文学史、艺术史的画卷上各自都涂下了一抹亮丽的色彩。其中,以台静农等为代表的鲁门弟子,除在文学创作上有突出成就外,还在书画艺术上成就卓著,为现当代中国书画艺术的发展上做出了自己独特的贡献。

1925 年,台静农到北京大学当旁听生。次年 4 月 27 日,经鲁迅学生张目寒的介绍与鲁迅认识,稍后参加了以鲁迅为首的"未名社"。在鲁迅的帮助下,台静农的第一篇小说《懊悔》得以发表在 1925 年 8 月 24 日的《语丝》第四十一期上。鲁迅写给台静农的第一封信就是关于这篇小说出版的信息:"《懊悔》早交语丝社,现已印出了。"④ 大约从 1925 年 4 月 27 日开始,台静农连续十一年多的时间保持与鲁迅有来往,据学者严恩图先生统计,"台静农拜访鲁迅三十九次,致信七十四封,赠书十余种;鲁迅也有九次访台静农,给他复信六十九封,赠书二十余种"⑤。可见,台静农是鲁迅的"忘年交",两人之间交往密切,有着深厚情谊。鲁迅在他的日记中多次记载与台静农的交往,据鲁迅现存的日记统计,鲁迅日记中提及台氏的名字次数达 189 次。1932 年 11 月,鲁迅回北平探亲期间,台静农多次陪同鲁迅参加活动。11 月 28 日,鲁迅返回上海时,台静农

---

① 鲁迅:《导师》,载《鲁迅全集》第三卷,人民文学出版社 2005 年版,第 58 页。
② 同上书,第 59 页。
③ 鲁迅曾在给许广平的信中说:"我离厦门后,恐怕有几个学生要随我转学,还有一个助教也想同我走,因为我的金石的研究于他有帮助。我在这里常有学生来谈天,弄得自己的事无暇做;倘这样下去,是不行的。"(参见鲁迅《书信·261212·致许广平》,载《鲁迅全集》第十一卷,人民文学出版社 2005 年版,第 652 页。)可见,鲁迅的金石研究对学生和同事都产生了影响。向鲁迅请教的人很多,占用了鲁迅的很多时间,影响到了他的文学创作。
④ 鲁迅:《书信·250823·致台静农》,载《鲁迅全集》第十一卷,人民文学出版社 2005 年版,第 513 页。
⑤ 严恩图:《鲁迅与台静农》,《安徽师范大学学报》1983 年第 1 期。

"相送至东车站"①。三十日下午六时，鲁迅抵上海北站，雇车回寓后，顾不上休息就写信给台静农，表示感谢："廿八日破费了你整天的时光和力气，甚感甚歉。……一路均好，特以奉闻。"② 此前，鲁迅在北平探亲期间写给许广平的信中表达了他对台静农等人的赞誉之情："我到此后，紫佩、静农、霁野……皆待我甚好，这种老朋友的态度，在上海势利之邦是看不见的"③；"此地人事，似尚存友情，故颇欢畅，殊不似上海文人之反脸不相识也"④。台静农深受鲁迅的赏识和倚重，鲁迅常在给友人信中介绍台静农，如鲁迅给姚克写信时就特别称赞台静农，说："台君为人极好，且熟于北平文坛掌故，先生去和他谈谈，是极好的。"⑤ 在鲁迅的影响和帮助下，台静农的文学创作日趋成熟。鲁迅认为要在台静农作品里吸取"'伟大的欢欣'，诚然是不易的，但他却贡献了文艺"⑥，鲁迅对台静农的小说创作给予了高度评价，认为"在争写着恋爱的悲欢，都会的明暗的那时候，能将乡间的死生，泥土的气息，移在纸上的，也没有更多、更勤于这作者的了"⑦。可见，台静农师法鲁迅的艺术经验，不是生硬的模仿，而是在"鲁迅的艺术启示下，作为最富有表现力的艺术方法而予以应用的"。⑧

台静农敬仰鲁迅，他以鲁迅为师。为了扩大鲁迅文学著作的影响，他注重收集有关评价鲁迅的文章，并于1926年编印了《关于鲁迅及其著作》一书，这是国内最早评价研究鲁迅思想的重要文献资料。台静农得到鲁迅多方面的支持、关怀和帮助⑨，对于鲁迅托办的事情，他总是尽力

---

① 鲁迅：《日记二十一》（1932年），载《鲁迅全集》第十六卷，人民文学出版社2005年版，第336页。
② 鲁迅：《书信·321130·致台静农》，载《鲁迅全集》第十二卷，人民文学出版社2005年版，第348页。
③ 鲁迅：《书信·321120·致许广平》，载《鲁迅全集》第十二卷，人民文学出版社2005年版，第343页。
④ 鲁迅：《书信·321123·致许广平》，载《鲁迅全集》第十二卷，人民文学出版社2005年版，第344页。
⑤ 鲁迅：《书信·331219·致姚克》，载《鲁迅全集》第十二卷，人民文学出版社2005年版，第520页。
⑥ 鲁迅：《且介亭杂文二集·〈中国新文学大系〉小说二集序》，载《鲁迅全集》第六卷，人民文学出版社2005年版，第263页。
⑦ 同上。
⑧ 朱丽婷：《鲁迅对台静农小说创作的影响》，《江淮论坛》2001年第2期。
⑨ 台静农在追求光明、进步的道路上，曾于1928年4月、1932年12月、1934年7月三次因共产党嫌疑被捕入狱。鲁迅每次都深表关切，并积极设法营救。台静农获释后，鲁迅又及时给予台氏热情的鼓励和帮助，劝其可以趁此机会用功于学问事业。

完成。台静农协助鲁迅收集了大量的石刻碑拓、画像及造像拓片。在鲁迅的教导下，他也掌握了一些金石学鉴定方面的知识。台静农师从沈尹默学习书法艺术，鲁迅深知台氏喜爱书法艺术，他多次书写作品送给台氏。1932年12月9日，鲁迅在当天日记记载："为静农写一横幅。"① 接着，鲁迅在致台静农的信中说："日前寄上书籍二包，又字一卷，不知已收到否？字写得坏极，请勿裱挂，为我藏拙也。"② 1933年1月26日，鲁迅在日记中写道："又戏为邬其山先生书一笺云：'云封胜境护将军，霆落寒村戮下民。依旧不如租界好，打牌声里又新春。'已而毁之，别录以寄静农。改胜境为高岫，落为击，戮为灭也。"③ 此幅诗作即为《二十二年元旦》，鲁迅署为"申年元旦开笔大吉并视静农兄无咎"，稍后，鲁迅于1933年2月12日致台静农信中说："以酉为申，乃是误记。"④ 1934年3月16日，鲁迅在日记中写道："闻天津《大公报》记我患脑炎，戏作一绝寄静农云：'横眉七夺蛾眉冶，不料仍违众女心。诅咒而今翻异样，无如臣脑故如冰。'"⑤ 鲁迅三月十五夜闻谣戏作《报载患脑炎戏作》，意在"以博静兄一粲"。鲁迅在给懂书法的台静农写信，认为自己于书法是外行，他说："我是外行，实不敢开口，非不为也，不能耳。令我作刻石之书，真如生脑膜炎，大出意外，笔画尚不能平稳，不知可用否？"⑥ 对于鲁迅贬低自己的书法，台静农丝毫不在意，他特别喜欢鲁迅的书法艺术。他甚至还把鲁迅的信札装裱起来，鲁迅知道后，就写信给台静农说："我的信竟入于被装裱之列，殊出意外，遗臭万年姑且不管，但目下之劳民伤财，为可惜耳。"⑦ 鲁迅去世后，台静农曾用毛笔抄录鲁迅所作的旧诗词，在他本人去台湾时将鲁迅给他的书法转赠给了

---

① 鲁迅：《日记二十一》（1932年），载《鲁迅全集》第十六卷，人民文学出版社2005年版，第338页。
② 鲁迅：《书信·321213·致台静农》，载《鲁迅全集》第十二卷，人民文学出版社2005年版，第352页。
③ 鲁迅：《日记二十二》（1933年），载《鲁迅全集》第十六卷，人民文学出版社2005年版，第356页。
④ 鲁迅：《书信·330212·致台静农》，载《鲁迅全集》第十二卷，人民文学出版社2005年版，第371页。
⑤ 鲁迅：《日记二十三》（1934年），载《鲁迅全集》第十六卷，人民文学出版社2005年版，第439页。
⑥ 鲁迅：《书信·340412·致台静农》，载《鲁迅全集》第十三卷，人民文学出版社2005年版，第74页。
⑦ 鲁迅：《书信·340215·致台静农》，载《鲁迅全集》第十三卷，人民文学出版社2005年版，第26页。

诗人舒芜先生（图125、图126）。

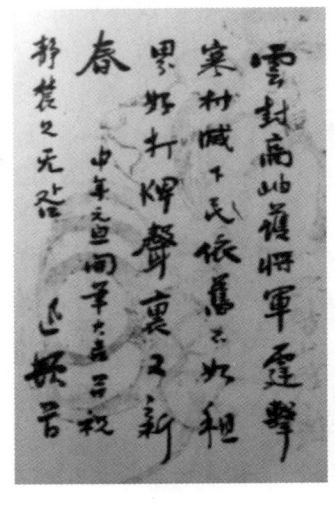

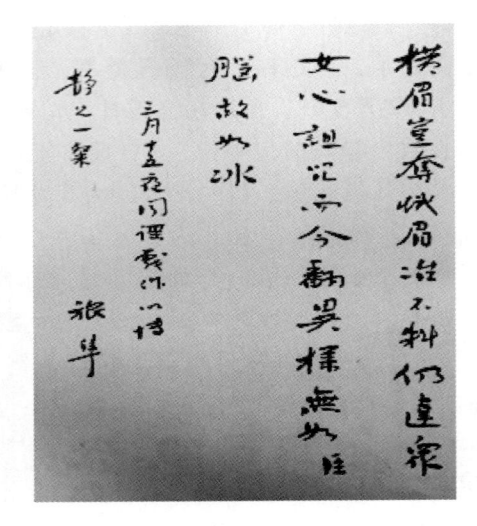

图125　鲁迅书《二十二年元旦》　　**图126　鲁迅书《报载患脑炎戏作》**

台静农的书法学习得益于家庭熏陶，而养成写字习惯。我们可以从他给自己的书法作品集写的《自序》中得知其书学之路：

> 余之嗜书艺，盖得自庭训，先君工书，喜收藏，目濡耳染，浸假而爱好成性。初学隶书华山碑与邓石如，楷行则颇鲁公麻姑仙坛记及争座位，皆承先君之教。尔时临摹，虽差胜童子描红，然兴趣已培育于此矣。后求学北都，耽悦新知，视书艺为玩物丧志，遂不复习此。然遇古今人法书高手，未尝不流览低回。抗战军兴，避地入蜀，居江津白沙镇，独无聊赖，偶拟王觉斯体势，吾师沈尹默先生见之，以为王书"烂熟伤雅。"于胡小石先生处见倪鸿宝书影本，又得张大千兄赠倪书双钩本及真迹，喜其格调生新，为之心折。顾时方颠沛，未之能学。战后来台北，教学读书之余，每感郁结，意不能静，惟时弄毫墨认自排遣，但不愿人知。然大学友生请者无不应，时或有自喜者，亦分赠诸少年，相与欣悦，以之为乐。自大学退休后，外界知者渐多而求者亦众，斯又如颜之推云："常为人所役使，更觉为累。"四十年来，虽未能精此一艺，然时日累聚，亦薄有会心。行草不复限于一家，分隶则偏于摩崖，若云通会前贤，愧未能也。因思平生艺事，多得师友启发之功，今师友凋落殆尽，蟠然一支，不知亦复能

有所进否？①

台静农的书法成就主要体现在隶书和行草书上。从序言中可知，其隶书学习从汉代《华山碑》和清代邓石如的隶书起步，后于摩崖隶书《石门颂》用功最多，并大量临习其他圆笔一路汉碑，如《群臣上酬刻石》《莱子侯刻石》等。台静农喜欢写圆笔一路的汉隶，正如他所说："汉有隶书，圆笔是一大宗，这当然是从篆书笔意中蜕变出来的，若《石门颂》《杨淮表纪》则是汉隶圆笔之代表作。"② 台静农之所以喜欢圆笔隶书，与他喜欢篆书有关。但台静农没有临习篆书，他说："我喜欢两周大篆、秦之小篆，但我碰都不敢碰，因为我不通六书，不能一面检字书一面临摹。"③ 篆书的圆笔笔法与汉碑圆笔想通，故其篆书情结使他于汉碑圆笔一路较为用功。其隶书以《石门颂》为基础，并参入清代何绍基隶书线条的"颤抖"笔法，从而形成了他自己的隶书风貌（图127—图133）。

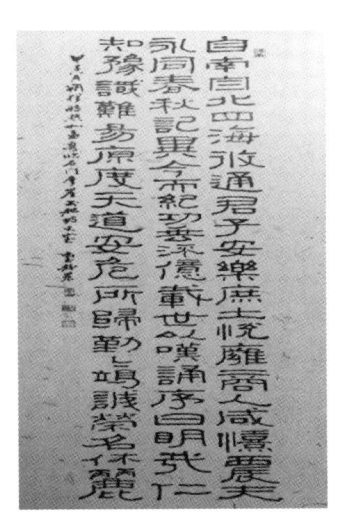

图127　《石门颂》（局部）　　图128　台静农临《石门颂》

---

① 台静农：《二十世纪书法经典·台静农卷》自序，载《二十世纪书法经典·台静农卷》，河北教育出版社、广东教育出版社1996年版，第10页。
② 台静农：《论书法——魏密云太守霍扬碑》，载《二十世纪书法经典·台静农卷》，河北教育出版社、广东教育出版社1996年版，第117页。
③ 台静农：《我与书艺》，《中国作家》1985年第3期。

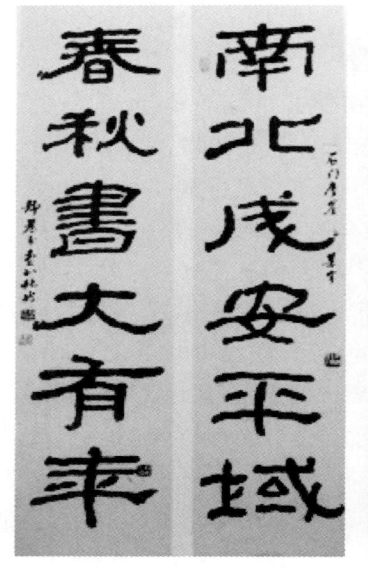

图 129　集《石门颂》联　　图 130　拟何绍基书

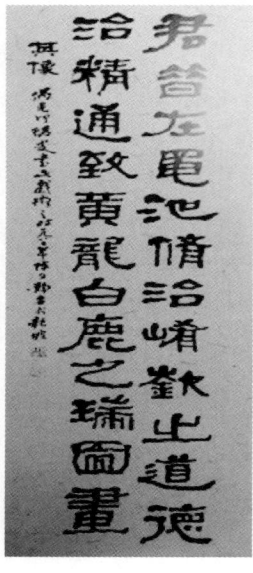

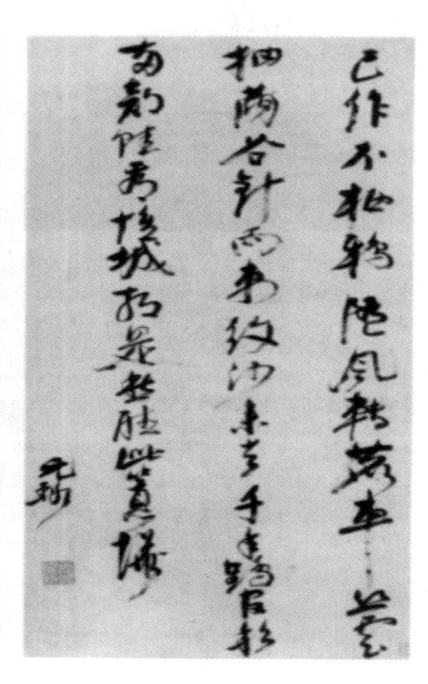

图 131　台静农行书　　图 132　倪元璐行书

台静农小时候在其父指导下临习过师法颜真卿的楷书《颜勤礼碑》、行书《争座位帖》，但随着学习的深入，他对唐楷学习失去了兴趣，他说："初唐四家树立了千余年来楷书轨范，我对之无兴趣，未曾用过功夫。"①台静农不喜欢临习唐楷，除唐楷外，台静农还临习过魏碑《爨龙颜碑》。虽然台静农有楷书功底，但他很少创作楷书书法作品。台静农喜欢写行草书，但他不喜欢魏晋行草书，他认为："研究魏晋人书法，自然以阁帖为经典，然从辗转翻刻本中摸索前人笔意我又不胜其烦。"②台静农的行草书学习，从颜真卿的行书《争座位帖》起步，后取法明代倪元璐的行草书，用功最勤。台静农"最不喜王文治的字，常说他'侧媚'"③，其行草书法是以倪元璐的行书风格为基础，启功先生曾对倪元璐和台静农二人的行书进行比较："倪字结体极密，上下字紧紧衔接，但缺少左顾右盼的关系。倪字用笔圆熟，如非干笔处，便不见生辣之致。而台静老的字，一行之内，几行之间，信手而往，浩浩落落。到了酣适之处，真不知是倪是台。这种意境和乐趣，恐怕倪氏也不见得尝到的。"④诚哉斯言，把台静农的行书作品与倪元璐的行书作品进行比较，不难发现台静农的行草书法的字形承袭倪元璐一脉，所不同的是，台静农的行草线条更具有"金石味"。这与台氏大量翻阅汉魏碑拓、临习汉魏书法名碑有关。台氏师法碑学书法，其行草书法线条比倪氏更加沉着、厚实。台氏的行草书法的用墨也有别于倪元璐，与倪氏行草中枯笔较多不同，台氏行草书写墨色较润。由此可见，台氏善于学习书法传统，融会贯通。台氏于书法一道用功不辍，于鲁迅当年的鼓励也密切相关。台静农曾因共产党嫌疑三次被捕入狱，鲁迅积极参与营救，台静农获释后，鲁迅又给予热情的鼓励和帮

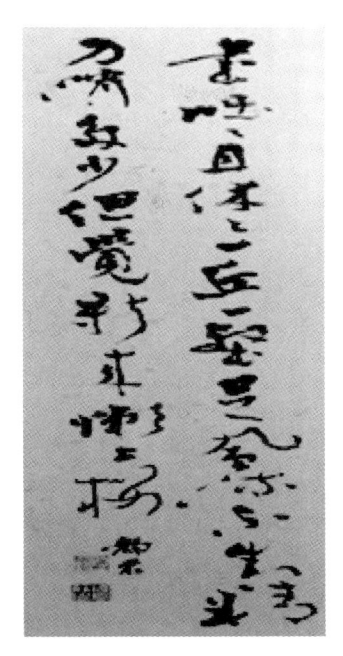

图133　台静农草书

---

① 台静农：《我与书艺》，《中国作家》1985年第3期。
② 同上。
③ 启功：《读〈静农书艺集〉》，载人民美术出版社编《台静农书法选》，人民美术出版社1987年版，第4页。
④ 同上。

助，劝其"不必侘傺，大可以趁此时候，深研一种学问，古学可，新学亦可，既足自慰，将来亦仍有用"①。对于台静农来说，他选择了书法作为学问来悉心钻研，终成隶书和行草书法创作上取得成就，从而成为一代书法名家。

4. 李凖的书法艺术。李凖是我国当代著名小说家和电影剧作家，在文坛和影坛上卓然挺立，声名远播，关注和研究者颇多。但对他的书法以及他与书法文化的关联，关注者不多，认真的研究者更是几近缺席，这与他的书法水准及实际业绩是很不匹配的。

文人书法大多散淡随意，线条柔顺简约，从书法文化传承角度看，"帖派"的特点很明显。但观著名作家李凖的书法却并非如此，而以"大气磅礴"的气势见长，其"碑派"的特点相当突出。在作家文人圈子里，能够精通碑派并写出一手碑体好字的人少之又少，几乎是濒临绝迹的"稀有动物"。从李凖的碑派书法中，则可以看出这样的鲜明特点：勇武阳刚的军人气质和文人气质的有机融合，粗犷豪迈的蒙古族血脉与包容大度的汉族文化的潜移默化，使其碑派书法的艺术风貌呈现出肃然巍然、深厚深沉的气象，其作为文人书法家的气度也堪称是"大气磅礴"，独树一帜的。

李凖在运笔挥毫时，其"碑派"的苍劲有力及勇武刀斧之气是显而易见的，同时又蕴含着深厚的文化内功（图134）。这使他立足于文坛、影坛和书坛而又能兼容"三坛"之美于一身，殊为难能可贵：他的书法世界融会了文学性和镜像感，既有了文学的诗意、文化的品位，也有了电影的聚焦和立体感，可静观可叹赏。据有关资料，李凖作为蒙古族人，是成吉思汗大将木华黎的后代，木华黎因赫赫战功而被封中原。或许是祖辈征战疆场的勇武气质传承，据李凖夫人讲，他从小便黑胖个大，祖父给他起名铁生，村里人更是对他以"铁疙瘩"相称，单是他威猛壮硕的身板也足可令人想起"字如其人"的说法。他虽出生于河南耕读传家的宿儒之家，但父亲却一面教导他要儒雅有致，另一面又教导他要有个性，敢作敢当。这对他的书法也产生了较大影响。正是父辈如狼似鹰式的"性子"教育，使他崇尚豪迈雄健之美，这在他厚硬磅礴的书法中多有展露。来自中原大地的著名书法家、篆刻家李刚田先生，亦曾特别注意到李凖魏碑体书法的历史来源与地域特色，以及与康有为倡导碑学的近代书法文

---

① 鲁迅：《书信·331227·致台静农》，载《鲁迅全集》第十二卷，人民文学出版社 2005 年版，第 533 页。

化传统之间的内在联系。康有为曾致力于挖掘和梳理碑学的审美和理论体系，从而使其阳刚古朴的书法美重新光照神州，李凖对此心有灵犀，遂深受魏碑书风影响，出手便是一手魏碑字。此外，他也曾亲临龙门石窟，被那里碑刻作品的开张大气和大巧若拙的书法笔意深深震撼，北魏碑刻的遒劲豪迈与民间朴素的自然情感都给了他很多启发，也巩固了他的笔墨基础。他平时喜爱阅览魏碑名拓，更是坚持将《龙门二十品》《经石峪》等常读常临了十余载，从而逐渐形成了他自己骨力劲健、大气磅礴、厚重生拙的书风，建构了具有"李凖书法个性"特征的"有意味的形式"。

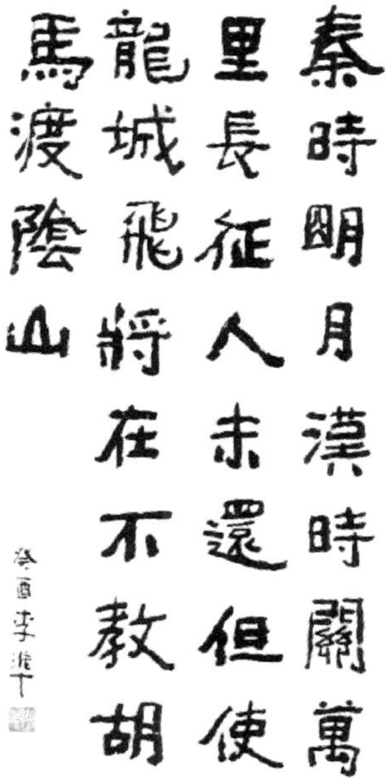

李凖虽然担任过中国现代文学馆馆长等行政职务，但他终归是作家文人，其书法作品一定会带有文人的痕迹。文人们大都学富五车，天南地北无所不知，他们深厚的文学功底、文化素养都渗透、润化在书法的间架结构中，或细腻或粗犷，但灵性隽永的每一笔都暗藏着鲜活的故事，每一幅都可以给人意味深沉的启示。文人的精神世界本来就是复杂的，雄厚阔大的书法实践作为李凖的一种"生命形式"，其艺术结构与他生命结构的相似之处总会统一于其高级复杂的情感与人性之中。李凖对书法的研究和实践，也像他的小说或电影剧本一样，颇显其文人亮色，有感性更有理性，真正踏进了中国书法的阔大而又深邃的艺术境界。纵观李凖的书法，其潇洒不羁的文人书法气质还是蕴藏于尺幅之间的，他的泼墨行笔，方笔、圆笔混杂运用而以中锋枯笔运用为多，笔画厚重浑圆却行笔自然，不去精雕细刻却自有一番意趣和神采，正气优雅、温润高迈的诗意渗透进他恢宏广博的提笔行墨之中，因而使其雄强豪放的书法还具有了"刀工藏锋，斧凿藏声"的含蓄美。李凖书法艺术所表现和传达出的这种文人化的情绪与感受，也体现着他内在心理结构和外在社会秩序的碰撞调谐，从而协和演奏出一曲伴随墨舞而余音袅袅的生命之歌。

可以说，李凖的书法表现特征与其文学艺术精神是互为表里的。在北京1994年秋天召开的"文学与书法"座谈会上，云集于此的众多文学家

图134 李凖书《秦时明月汉时关》

与书法家均有精彩之论,李凖发言中曾特别强调:"要力图摆脱身上的'姿气娟媚'。书读多了,就会自然脱俗有个性。"这与中国书学强调的"腹有诗书气自华"显然是一致的。书法表现着书者个人的"诗书"之气,也就是文学之气,李凖的表述无疑也融入了他自己对书法与文学关系的深切体验。书法艺术在本源上便是跟文学、文学家同在共进的,李凖自然也乐于将书法和文学结合起来,因此,我们不可能排除他书法中的"文章学问之气",而只去单纯欣赏其书法的用笔与线条之美。他即使书写的是古人的小诗《唐终南山翁诗》:"霜鹤鸣时夕风急,乱鸦又向寒林集,此君辍椊悲且吟,独对莲花一峰立。"也别有寄托,其间也透露着书写者某种悲凉而又超然的心境。

底蕴丰厚的中原"地域风格"就这样滋养了李凖,塑造出他的审美个性,也使其书风颇富张力和庄重浑厚。来自山川草木的淳朴之气蕴含在其文学作品中,更流荡在他大气挥就的书法之中;他与朴素的农民是心心相印的,这种质朴情感成就了他绝无媚俗之气的文学,也成就了他质朴凝重的书法艺术。在当代中国,李凖是同时在小说、电影、书法等多个领域都取得重要成就的文化人物。这得益于他具备的充沛的"正能量",得益于他长期积累的作为文化名人的高度自觉,更得益于他基于"人民文艺"立场而生成的艺术良知。

李凖从小说和电影"跨界"到书法领域,并且介入程度很深,俨然成了书坛中人。他的书法作品在20世纪80年代就陆续发表,且常为热爱书法的人士收藏;他的书法曾在中国美术馆展出,也屡屡出现于北京的荣宝斋,进入了正规的书法市场。由此可见,李凖书法并不是一般所谓的"名人字",因为他在通畅自然的墨舞、浓郁深沉的笔意中表现出的是名副其实的书法艺术,显示了可与专业书家媲美的书法功力。

究竟如何看待作家们的书法,在文化界已成为一大热论焦点。但对李凖的书法似乎很少有不屑一顾的负面评论。因为他的书法确实显示了内在功力,并总是能够给人一种有情可抒、有意可达的感受。曾有人评价其运笔落墨带有晚清书法大家张裕钊的韵味,在笔法上尤其能够注意中笔必折、外墨必连、转必提顿、落必含蓄等细节,且能巧用锐笔和涨墨等笔法。李凖由此深得笔情墨趣,欣然说过"我发现书法天地也是一个大千世界"这样乐观的话语。

5. 任政的书法艺术。任政(1916—1999),字兰斋,浙江黄岩人。生前为中国书法家协会会员,上海市书法家协会常务理事,上海市文史研究馆馆员,上海外国语大学、复旦大学等高校艺术顾问。任政"幼从叔祖晚清名孝廉任心尹公精研诗文,青箱家学,渊源有自。平生爱书法,七十余年精勤不懈,功力之深,鲜有其匹。善鉴别,富收藏,精用笔,擅各体,风神洒落,筋骨老健"[1]。任政在继承优秀传统书法的基础上,推陈出新,创出了自己的书法风格,雄健挺拔,工整秀丽,深受国内外书法爱好者赞赏。任政著述极富,出版的书法专著和字帖有:《楷书基础知识》《少年书法》《祖国的书法艺术》《书法教学》《隶书写法指南》《兰斋唐诗宋词行书帖》《任政隶书字帖》《任政行书千家诗帖》等十余种。任政书法造诣深厚,多次在国内外书法大赛中获奖,其书法作品被各地刻石流芳,被多家纪念堂、博物馆珍藏。任政德艺双馨,常被邀请到上海各大中学校、电视台、青年宫、文化宫等单位讲学,1983年还东渡日本讲学,为书法艺术在国内外的广泛传播做出了自己的贡献。1979年,任政获选书写行书字模七千余字,以后又作为"书写标准模本"进入了全国规范的电脑汉字行楷常用字库。1997年被上海市文联誉为德艺双馨的书法家(图135)。

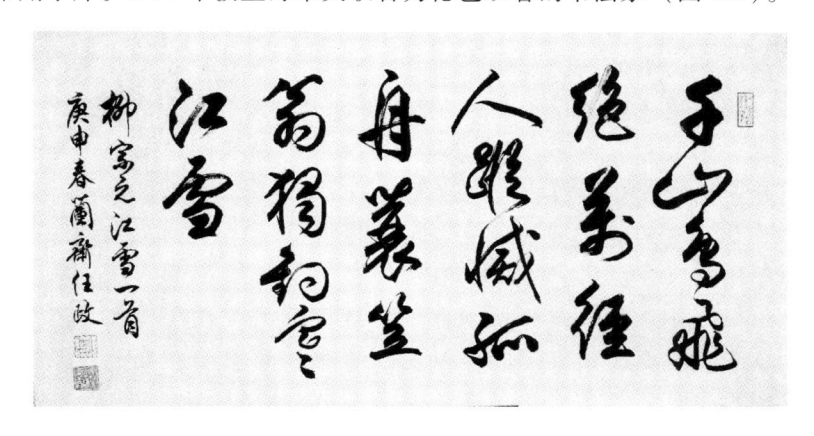

图 135　任政行书柳宗元《江雪》

任政除在楷、行草书上成就卓越外,还擅长隶书书写。任政隶书师法汉碑,其于隶书较为用功,大量临习了两汉隶书碑刻。从任政经常钤盖的印章"隶法中郎"可以看出他的隶书学习理念。"中郎",为古代官职的一种,为帝王近侍官。任政所钤印章中的"中郎"指的是东汉文学家、书法家蔡邕(133—192年),蔡邕通经史、天文、音律、绘画,擅辞章,精篆隶,尤以隶书著称。献帝时,曾拜左中郎将,也称"蔡中郎"。在书法史上,蔡邕被推为笔法授受之祖,汉代著名的隶书《熹平石经》就与

---

[1]　书法空间网站:http://www.9610.com/jindai/renzheng/。

蔡邕紧密相连。学者范文澜评价说："从经学方面说，它（《熹平石经》）校正了五经文字，从艺术方面说，石经文字是两汉书法的总结。"《熹平石经》是隶书的标准字体，规矩方正，刻字多达三万多，前后历时九年完工，应是蔡邕和汉代书法家群共同书写所完成的，现仅存稍许残石。任政的"隶法中郎"，目的在于师法其隶书法度的完善。

1969年，任政53岁时所临《朝侯小子碑残石》隶书册页（34.5×23cm×7）就非常精彩。任政临帖时的款识："汉朝朝侯小子碑残石，己酉夏六月兰斋临"，第一张册页的引首章钤有铁线朱文印"草宗内史，隶法中郎"，第七张册页，钤有阳文印"任政私印"与"兰斋临秦汉晋唐碑刻"，另在该册页的左下角钤有藏家的朱文印"陈红亮藏兰斋墨迹"。

《朝侯小子碑残石》，碑刻为残石，不知原碑文几行、行为几字。现碑阳存十四行，行十五字，碑阴漫漶存十字。因残石首行有"朝侯之小子"得名，又有《朝侯小子残碑》《朝侯小子》《小子残碑》等俗称。据陕西学者党晴梵《华云杂记》中记载，"残碑高二尺一寸，阔一尺三寸，为全碑之下端。十四行，行存十五字，字共百七十有奇"。清代宣统年间，此碑刻被陕西长安南乡一农民掘土得之，以六金价格卖给了南院门马姓刻字匠，马以七十余金的价格卖给了西安大收藏家阎甘园，阎又以千余金的价格卖给了天津金石收藏家周季木，周季木著的《居真草堂汉晋石影》就有该碑刻的收藏记录。中华人民共和国成立后，周季木的子女将其捐献给国家，今藏北京故宫博物院。

从《朝侯小子碑残石》所遗存的字迹内容"朝侯""督邮"来看，此碑应为东汉时期所刻。"朝侯"为汉爵名，蔡邕《独断》中有记载。"督邮"为汉官名，《汉书》《汉官仪》中都有记载。该残碑章法为一般汉碑布局，笔势较为开张，用笔以圆笔为主，方圆结合，结体取横势，书风在秀美和雄浑之间。党晴梵评价此碑刻："文字结体，遒逦茂密。方整似乙瑛，骨力似张迁，秀逸似曹全，虽属缺残，然存字均明显，诚汉代碑版中之佳构也。"（《华云杂记》）碑中"以""凶"等字是篆书，其中，7个"㠯（以）"字，在书写中，略有不同。"彦""在""真""辭（辞）"等字多横画，笔画中出现了二至三笔雁尾，这种"雁尾"与西汉后期及东汉初期简牍隶书中的一些笔画极为相似，而与东汉碑刻中"燕不双飞"有很大区别。"集联圣手"秦文锦评价此碑，认为"书体在《孔宙》、《史晨》之间，逊其浑厚而劲利过之，亦妙刻也。"启功认为，此碑点画工整妍美，极近《史晨》一路，并以《朝侯小子碑》为题，赋诗评述："笔锋无恙字如新，体态端严近史晨。虽是断碑犹可宝，朝侯小子尔何

人。"(《论书绝句·廿二》)

任政所临写的《朝侯小子碑残石》,基本上是忠实于原帖临习,他用自己的书写经验临此汉碑,结字舒展,随体布势。7张册页临书,一气呵成,笔法劲健,秀美飘逸。从临习作品中可以看出,任政在处理一些横画上,吸取了礼器碑横画的特点,如"生""上""二""孟""主""兵""無(无)"等字的横画主笔。此外,在书写时,用笔速度明显放慢,涩笔顿挫,甚至出现了横画的颤抖形态。在临写《朝侯小子碑残石》时,任政也特别注意墨色的变化。他所处理的墨色变化,并不是我们日常所见到的行草书中大量的用水所造成的墨色层次上的变化,在写一个字时,毛笔没墨但并不急于蘸墨,而是通过行笔的技巧与行笔的速度来完成整个字的书写,如"晨""童""官""善""廉""謁(谒)""兵""㠯(以)"等字。任政还特别注意相同部首和字的变化,不用说7个"㠯(以)"字的笔画形态的变化了,第2张册页上的"远""近""送"与"連(连)"四个"辶"旁,处理得很微妙,也都有变化。

真正的善书者,无不善于从经典法帖中借鉴学习并融会贯通,从而形成自己笔墨语言与书法风貌。从任政临写的《朝侯小子碑残石》册页,能够给我们临习隶书带来很多有益的启示(图136、图137)。

图136 任政临《朝侯小子碑残石》(局部)

6. 卫俊秀的书法艺术。卫俊秀(1909—2002),字子英,因慕鲁迅而自号若鲁、景迅,山西襄汾县人,著名文学研究者、书法家。卫俊秀是庄子、鲁迅、傅山研究专家。他特别崇敬鲁迅,"读小学时就敬慕鲁迅的人格和学问,立下学习研究鲁迅的志念"。[①] 其弟子柴建国曾在文章中详细

[①] 柴建国:《一个书法家的自白——读卫俊秀先生1971—1979年日记》,《东方艺术》2011年第四期。

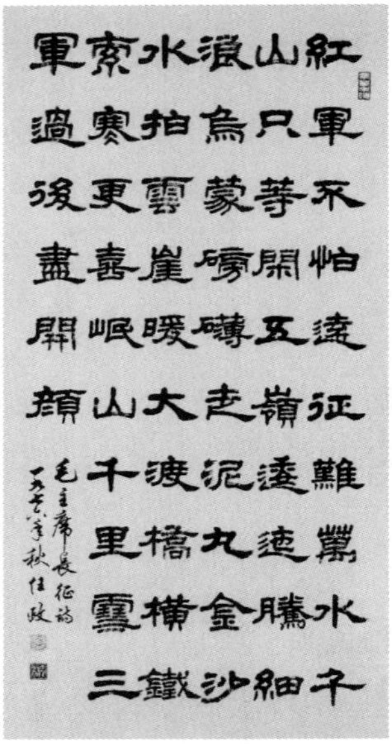

描述了他在鲁迅研究方面取得的成就：

  他的《庄子与鲁迅》书稿曾得到郭沫若的赞赏，他的《鲁迅〈野草〉探索》被李何林誉为"用马克思主义立场和观点研究《野草》的第一部学术专著"。在他的日记内，鲁迅的名字出现最多，他常常用大字写出"鲁迅先生"四字，但与上下文的文义却不连属，这是在用鲁迅精神警饬自己。他多次写出鲁迅名句"有真意、去粉饰、少做作、勿卖弄"，作为自己治学做人的标准。①

  从卫老的"若鲁""景迅"字号，足见卫老对鲁迅的景仰敬慕之情。卫老也因研究鲁迅而致使人生命运多舛②。卫老一生，"不仅命运坎坷，且久沉下层，对人间冷暖，世态炎凉感受颇深。然而，他矢志不渝，研习书法，于学问研究最勤的则是傅山和鲁迅"。③ 卫老认为"学习鲁迅偏不磕头之气态，傅山祖父劲瘦挺拗之字风"。④ 卫老倾心于鲁迅，研究鲁迅学问的同时，他从鲁迅身上寻找到了精神寄托。他时时以鲁迅精神鞭策自己，他说读"鲁迅集——铮铮硬骨，战斗到底"。⑤ 卫老"以鲁迅自居，自勉，非傲也，正是学其为人，处事，不能含忽！不俗最难，是说不庸俗，装腔作势，曲曲折折，唠唠叨叨，不是说不和从众打成一片。大众也绝不是这类俗物。人就是要有些顶天立地的气概！人格不正，言行不一致的人，他提到这几个字，也根本不会有这种观点"。⑥ 鲁迅精神对卫老激励

图 137 任政隶书
《七律·长征》

---

① 柴建国：《一个书法家的自白——读卫俊秀先生 1971—1979 年日记》，《东方艺术》2011 年第四期。
② 1958 年，卫老因《鲁迅〈野草〉探索》一书在上海出版，而被疑为"胡风分子"，后以"历史反革命"罪名送陕北劳教（参见卫俊秀《汉字书法教育私观》，载《卫俊秀学术论集》，北京大学出版社 2002 年版，第 278 页）。
③ 薛军：《遒劲的线条 人格的力量——卫俊秀书法艺术线条刍议》，《西安教育学院学报》2004 年第 2 期。
④ 卫俊秀：《谈艺语录》，载《卫俊秀学术论集》，北京大学出版社 2002 年版，第 435 页。
⑤ 同上书，第 413 页。
⑥ 同上书，第 365 页。

很大,他在极为艰苦的岁月中,没有向生活屈服,仍然坚持读书写字。

卫老赞同鲁迅所认为的书法为个人艺术,法愈高愈为从众所难欣赏故也①,他认为:"多一种知识学问,多一种经验阅历,书法便多一种营养、滋补,愈见其淳厚,愈见其精神,体会不尽。谁知艺道无终穷。"②卫老是把书法当作一生志业来做的,他说:"我们干什么事情,都要有目的性和针对性。搞书法也是这样,它不是为作家而作字,目的是通过书法来完善人格,倾泻真情。"③卫老很喜欢鲁迅的书法艺术,他认为:"鲁迅先生日记、书稿,虽蝇头小字,笔笔不苟,真是惟一模楷,良师也。"④可见,卫老学习书法还受到了鲁迅书法的影响。受鲁迅影响,卫老也喜欢用毛笔记日记。鲁迅喜欢书鲁迅诗,兹举卫老1992年元月份的日记说明:

  一日开始书鲁迅诗;二日书鲁迅诗;三日书鲁迅诗太半;四日书讫鲁迅诗三十六首。⑤

由此可以看出,卫老对鲁迅诗的喜爱程度。卫老还喜欢书写鲁迅诗送人,他曾评论自己为李何林书写鲁迅诗三首的书法艺术:"行书,较胡桃稍小,颇有二王气韵,又悟得用水墨之妙,又行笔迟涩提按之理,真非语言所可明喻。"⑥

卫老佩服傅山志节学问,傅山又工书写,其书法被时人誉为"清初第一写家",因此,卫老学习书法还从傅山处取法。他早在1947年就出版了研究傅山书法理论的第一本专著《傅山论书法》。他认为傅山书法"恣肆狂放,启我周行;为天地精英,有宇宙气象"⑦,值得深入学习。卫老认为,从王羲之书法去学傅山,才能得窥傅山书法门径。卫老在总结自己的书法学习时,说:"以北魏为根,山谷、王铎、傅山为主干,章草、晋人为枝叶花。"⑧他认为若认真从此书法路径学习,行草足观矣。卫老认

---

① 卫俊秀:《谈艺语录》,载《卫俊秀学术论集》,北京大学出版社2002年版,第365页。
② 同上书,第351页。
③ 卫俊秀:《两次研讨会上的插话》,载《卫俊秀学术论集》,北京大学出版社2002年版,第293页。
④ 卫俊秀:《谈艺语录》,载《卫俊秀学术论集》,北京大学出版社2002年版,第364页。
⑤ 卫俊秀:《卫俊秀日记全编》(下),山西古籍出版社2007年版,第624页。
⑥ 卫俊秀:《谈艺语录》,载《卫俊秀学术论集》,北京大学出版社2002年版,第396页。
⑦ 同上书,第417页。
⑧ 同上书,第437页。

字有筋、骨，才能站立得脚跟。他认为为傅山、鲁迅书法中就蕴含筋、骨①。他在八十五岁时曾把自己的书法与他所崇敬的鲁迅及傅山进行比较，他说：

> 余已八十有五岁，比鲁迅先生年超过近 30 岁，较傅山超五岁。余自信秉有二贤性格，疾恶如仇，并有庄子的旷达，不计得失荣辱。然论学问，实瞠目，望尘莫及！论书艺，应该过之，然仍不及，当努力为之，或可并肩矣。至少在行书上应进一步的向丑拙、率真处求之，即是巧，也当不失骨气也。②

卫俊秀曾以写杂文来形容自己写字，他说："余作字，如写杂文，须把胸中久积伏之真情至意付诸诡谲之大笔，以白描手段，畅畅快快之流露于观者耳目心神之间，扬眉吐气足矣。"③ 从卫老行草书法作品来看，其书法作品内容书写独具匠心，很有特点，字与字之间很少连笔，但每个字的内部点画之间的牵丝引带连绵不绝。卫老也间或使用钢笔书写的信札，由于他在行草书艺术上的造诣，其钢笔书写虽然不能表现出毛笔的提按顿挫，但字里行间和书写的线条中依然能够呈现出毛笔书法所具有的律动（图 138）。

图 138　卫俊秀行书和行草

卫老在逆境中不颓废，他在书法上的用功，使他晚年在书法上获得了巨大的成功，也获得了世人的认可。1992 年 9 月，卫老在中国美术馆举办了个人书法展，中国书法家协会还特地为此次展览召开了专题书法学术研讨会，与会专家学者对卫老人品书品作了高度评价。一些书法类的专业报纸杂志（如《中国书法》等）还专门刊发了卫老的文字和书法作品。学者杨吉平高度评价了卫老书法，认为"卫俊秀书法是本世纪学者书法的最杰出代表"，他"成功地解决了大草领域碑帖兼容的难题"，他认为卫老可与于右任、王蘧常、林散之并列为

---

① 卫俊秀：《谈艺语录》，载《卫俊秀学术论集》，北京大学出版社 2002 年版，第 451 页。
② 同上书，第 436—437 页。
③ 同上书，第 439 页。

"20世纪草书四大家"①。即从这里列示的两幅书法作品看，行笔老辣，行草自如。从艺术形式而言，图左的卫老书法对联即《水之鹤在联》常能给人雅意盎然、文墨不俗且文学性强的感受。细品其联语"水之江汉星之斗，鹤在云霄凤在楼"，内容非常雅致，且寄意遥深。卫老书法特别强化了这种内容或意境的表达，有水流萦绕、祥鸟飞动的美感。纸墨考究且重艺术变形。至于那双"之"、双"在"的区别或不同书写，不经意间，亦能见出不凡的书法功力。图右这幅行草为四尺对开条幅。作为馈赠友人之作，彰显的是君子之交的人品和情谊。诗作前三句"虚心君子意，傲骨古人风。岁暮春常在"布局舒展，意态从容，到了尾句"天寒兴自雄"则略显逼促。然而在落款时，此句左侧留白，于是整体看依然和谐美妙。此作堪称是文学与书法紧密结合的复合文本，也透出了书法大家与古为邻、追攀古风的文人风范。

第三节　书法比较：以鲁迅与其他作家为例

进一步探讨作家或书家的个性或风格，都离不开必要的书法比较研究。我们知道，清末民初是中国近现代史上一段非常特殊的历史阶段，处于社会转型期的中国，社会形态发生了重大变化，西学东渐，外国思潮涌进，自由的信念渐渐高涨。此时，开始出现了中西合璧、文化磨合的发展态势。这样的社会人文环境，容易产生学术大家，历史上类似这样的时期，都有闪亮登场的著名人物。鲁迅、闻一多、沈尹默、沈从文就是其中的佼佼者，他们文学上的成就确立了他们在现代文学史和现代学术史上的重要地位。他们的个人经历与学术渊源都存在诸多不同，但他们都喜爱并擅长书法，他们用书法延续着古代文脉，他们各自都用聪明才智创造了丰富的书法文化。这里且把鲁迅的书法艺术分别与其他三人的书法进行一些比较，以期更好地理解他们的书法艺术。

（一）鲁迅与闻一多的书法比较

"在中国传统文化语境中，宋代院画体系以及民间文化中的'画工'大致为现代美术家的雏形，但与现代意义上的美术家仍有不少区别，总体而言，美术家是现代性的产物。19世纪末，中国留学生开始赴海外学习西方现代美术，其后，美术专业教育出现，美术家由此建立相对独立、现

---

① 杨吉平：《二十世纪草书四家评述》，《中国书法》2000年第10期。

代的身份认同"①。闻一多爱好美术,他在清华大学读书期间,所撰写的《征集艺术专门的同业者的呼声》《建设的美术》《字与画》诸文章,不乏真知灼见。闻一多强调艺术的社会功用,提倡艺术救国。1922年7月,闻一多从清华大学毕业后就赴美深造美术,致力于学习西洋油画艺术。在美国留学三年,闻一多辗转至美国芝加哥美术学院、珂泉科罗拉多大学、纽约艺术学院三所美术院校学习美术,他系统地学习了西方绘画的源流和传统,并勤于动笔,废寝忘食地研习西洋绘画艺术,专业成绩非常突出,打下了学习西方油画的功底。闻一多赴美国留学以后,他对自己的美术天分非常自信,他在给兄弟闻家騄、闻家驷的信中说,"益发对于自己的美术底天才有把握了,只要给我相当的时间,我定能对于此途有点成就"②。鲁迅擅长画画,从小就喜欢美术,他的抄写和绘画才能在南京矿路学堂和日本留学期间得到了充分的发挥。在北京教育部工作期间,鲁迅负责文博工作,他所撰写的《拟播布美术意见书》阐述的关于美术的一系列问题,见解也颇为精湛。因此,从美术的视角来说,鲁迅与闻一多也可以说都是美术家。与传统意义上的书法相比,美术家对书法的认识与传统书家不同,美术家所具有的较强造型能力,潜移默化中就会对他们的汉字书写产生影响,美术家的结字造型能力胜于一般书家。美术家不会斤斤计较于书写的点画是否合乎传统书法法度,他们的书写更注重的是书法艺术性地表达,这就决定了他们的书法更容易突破对传统法度的限制,而更加重视自我情感的表达。

闻一多也出生在一个书香门第的世家望族,五岁入私塾读书,接受传统的经文教育,其间也学习了"新学"知识。受家庭影响,闻一多从小就对文学艺术有特别的爱好,从小就接受学习书法、绘画、篆刻。闻一多在美国留学期间,还念念不忘写字,他在给父母的信中说:"我的字现在写得坏极了,一半也因笔不好。我要回来练字。"③ 闻一多对文字学有深入研究。与"书画同源"的主张不同,闻一多认为"字"与画"异源同流",对此,他阐释道:"字与画只是近亲而已。因为相近,所以两方面都喜欢互相拉拢,起初是字拉拢画,后来是画拉拢字。字拉拢画,使字走上艺术的路,而发展成我们这独特的艺术——书法。

---

① 李徽昭:《20世纪中国作家美术思想研究》,博士学位论文,陕西师范大学,2014年,第123页。
② 闻一多:《致闻家騄、闻家驷》,载《闻一多全集12 书信·日记·附录》,湖北人民出版社1993年版,第99页。
③ 闻一多:《致父母亲》,载《闻一多全集》第12卷,湖北人民出版社1993年版,第115页。

画拉拢字，使画脱离了画的常轨，而产生了我们这有独特作风的文人画。"① 闻一多认为铜器上的文字比甲骨文字更富于绘画意味，他说，"镌在铜器上的铭辞和刻在甲骨上的卜辞，根本是两种性质的东西。卜辞的文字是纯乎实用性质的纪录，铭辞的文字则兼有装饰意味的审美功能。"②

闻一多在留学期间，无法对书写工具进行选择，他认为："字现在写得坏极了，一半也因笔不好"，打算"要回去练字"。他在给家人的信中对忠侄作文用钢笔墨水誊写的弊端提出了批评，认为"此有二弊，一不能长进书法，二近于洋习气也。此当禁止"。③ 他鼓励家人教诸侄读诗作诗，忠侄喜作画，只当鼓励，不当禁止，鼓励他们习画。对于书法练习，则当"每日习大字一纸，小字一纸，一如我辈往日在家时做工夫之惯习"。④ 闻一多的书法，工楷书、行书、隶书、篆书四体。闻一多具有深厚的文字学造诣，最善篆书，他留下的书法作品也以篆书为主，其篆书取法甲骨文和钟鼎文字。闻一多几乎不用小篆书写书法作品，他常喜欢用大篆去书写古诗文，尤其喜欢用大篆抄写《诗经》和《楚辞》。闻一多喜欢用大篆书写作品送给朋友，如他曾用大篆为陈家煜书写的《诗经·关雎》条幅（图139、图140）；他还用大篆为《人民艺术》题字；1946年1月27日，闻一多还用大篆为《潘琰传》题签"民主使徒"。从这些大篆作品中可见闻一多的篆书线条圆润遒劲，与《石鼓文》书法线条相近。闻一多还工篆刻，他的印章显示出了他深厚的书法功底和学养内涵。闻一多还把篆书的结字造型借鉴到篆刻的方寸之中，犹如他在新诗创作中提到的"带着枷锁跳舞"，金石气的秦汉格调的苍茫混沌之美，确实是令人叹为观止。闻一多在篆刻艺术上取得了很大的成就，可以说，已经超越了他的书法。闻一多生前曾留印蜕《匡斋印谱》四册，未见梓行。文物出版社于1990年9月选了549方印刊行了《闻一多印选》，除极少数1927年篆刻外，其余多为1943年至1946年七月间之作。闻一多的篆刻风格多样，从他遗存的印拓中，可以见到他的印风对古玺、汉印的借鉴和创造性的发展。闻一多所刻的邓文康、李德龢、张问政和郑琦的姓名印，有古玺汉印意蕴，但又有所变化。闻一多很崇拜鲁迅的

---

① 闻一多：《字与画》，《闻一多全集》第2卷，湖北人民出版社1993年版，第207页。
② 同上书，第206页。
③ 闻一多：《致家人》，载《闻一多全集12 书信·日记·附录》，湖北人民出版社1993年版，第203页。
④ 同上。

416　中国现当代作家与书法文化

精神气节，他也曾篆刻"戎马书生"以示效仿（图141、图142）。比较闻、鲁两人篆刻，闻一多的"戎""书"二字用字与鲁迅不同，且其印风线条较鲁迅篆刻线条较为圆润。鲁迅虽然在文字学方面有很深的造诣，但与闻一多的篆书篆刻创作相比，他纯粹以篆书书写的作品数量就少了很多，篆刻就更少了。

图139　闻一多书《离骚》句条幅　　　　图140　闻一多为陈家煜书《诗经·关雎》

图141　闻一多篆刻的姓名印　　　　图142　闻一多篆刻"戎马书生"

闻一多能写蝇头细字、小楷书，他的楷书深受魏碑和唐楷的影响。朱自清曾赞誉道："闻先生的稿子却总是百分之九十九的工楷，差不多一笔不苟，无论整篇整段，或一句两句。不说别的，看了先就悦目。他常说钞

第九章 "大文学"与"广书法"的建构   417

稿子同时也练了字，他的字有些进步，就靠了钞稿子。"① 可见，与鲁迅一样，在抄写中，闻一多的楷书水平也得到了提高。闻一多在写文稿时，也喜欢用楷书工整誊写，他也喜欢在带格子的稿纸上写文章，他用小楷写的《全唐诗校勘记》手稿（图143），偶有行楷夹杂。闻一多的楷书师法唐楷，其楷法严谨，线条刚劲有力，可能从篆刻用刀中受到了影响。图144所示，是闻一多《九歌》手稿局部，内容为"迎神曲"，写完此稿的35天后，闻一多就被国民党特务暗杀，此稿可以看作闻一多的遗墨，字体为小楷，文稿中有涂改删减痕迹。存世闻一多的中楷书法见诸他题写的报刊名字，闻一多用中楷为《观察报》《大众报》题写报名，从字体风格来看，属于欧体一路，横画左低右高取势，书风平正醇厚（图145、图146）。闻一多的信札却不喜欢写工稳的楷书，家人曾在给闻一多的信中要求他用楷书写信，他回信说："要我写信写楷字，你们实在办不到，第一桩，我太忙了，第二桩，我写楷字真写得不痛快。请你们原谅我。好在我写的都是行书，没有草字。行书你们也是要学的。"② 闻一多重视行书学习，但其行草书法墨迹遗存不多，我们可以从他的行书墨迹中看其行书艺术魅力，图147所示，是闻一多为徐志摩题李商隐诗《碧城三首》之一并绘插图，结字呈纵势，书风属于文人书法范畴，有清人手札书风意蕴。

图 143　《全唐诗校勘记》手稿

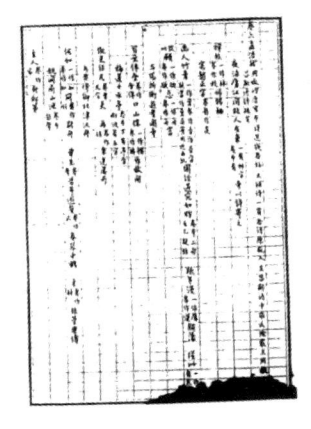

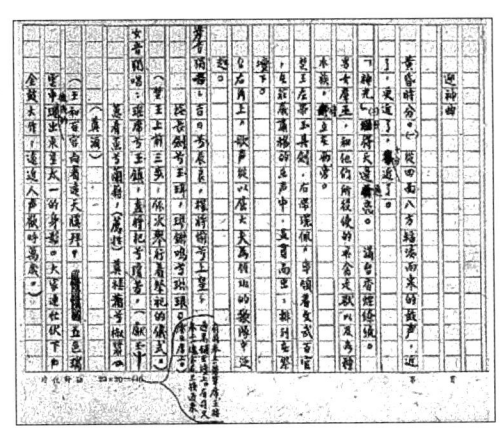

图 144　《九歌》手稿

---

① 朱自清：《〈闻一多全集〉编后记》，载朱自清著，朱乔森编《朱自清全集第4卷·散文篇》，江苏教育出版社1990年版，第496页。
② 闻一多：《致父母亲》，载《闻一多全集12 书信·日记·附录》，湖北人民出版社1993年版，第121页。

418　中国现当代作家与书法文化

图 145　题《观察报》

　　闻一多曾用心临习过汉碑隶书，他临习的汉代隶书《礼器碑》，见图148所示。《礼器碑》是中国东汉时期重要的碑刻，此碑是汉代隶书艺术的重要代表作品之一，被誉为"孔庙三碑"之一。笔画方圆兼施并用，粗细均匀一致，近于战国西汉的铜器刻字。碑文字迹清劲秀雅，书风细劲雄健，端严而峻逸，方整秀丽兼而有之，有一种肃穆而超然的神采。闻一多的临写比较忠实于原帖风格，点画波磔分明，颇得《礼器碑》线条神韵，清劲秀雅。而鲁迅钞校的《礼器碑》（图149）则不拘泥于点画形态的相似，他是用自己的笔意在书写。两家对原帖的临习各有妙趣，且值得注意的现象是两位书家都没有以纯粹的隶书字体创作的书法作品存世。

图 146　题《大众报》

　　鲁迅和闻一多的青年时都曾到国外留学，除去他们共同的作家身份来看，仅从艺术的视角来看，他们有许多相同之处，也有不同之处。相同的是两人对美术、书法的热爱，闻一多更是到美国院校专门学习美术，虽说鲁迅没有专门从事美术，但其学习经历却一直与绘图相关；两人留学回国后都从事文学，闻一多从事诗歌、古典文学研究，用心研究文字学，而鲁迅在白话文、杂文、钞碑校勘方面成就卓越。在鲁迅屡屡遭受"剿伐"时，闻一多还在为改变"不学无术"之称谓而青灯黄卷，埋首古典，认真学习传统经典文化。传统文化都对二人书法产生了深远影响，闻一多擅长大篆、篆刻创作，而鲁迅擅长小楷、行草书写。两个人的性情迥异，书风也截然不同，鲁迅的"韧"，其小楷与行草书写则较为圆润自然；闻一

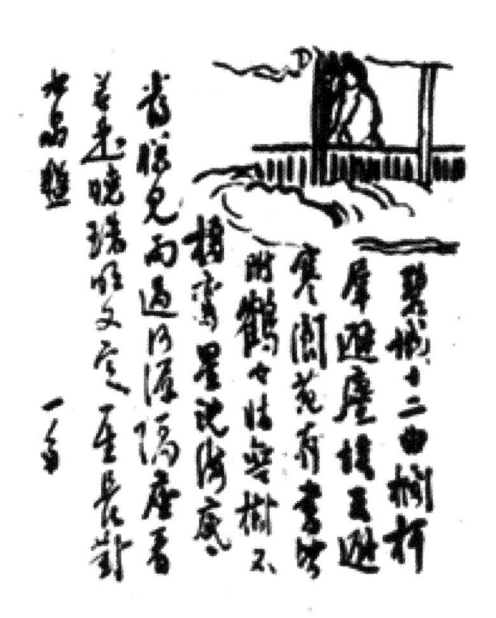

第九章 "大文学"与"广书法"的建构　419

图 147　闻一多为徐志摩题
李商隐诗《碧城三首》之一并绘插图

图 148　闻一多临《礼器碑》与《礼器碑》原拓

图 149　鲁迅钞校《礼器碑》与原拓

多以"刚"行世,其楷书线条则较为"硬挺"。闻一多景仰鲁迅,他曾用陆游悼杜甫"文章垂世自一事,忠义凛凛令人思"的诗句来表达对鲁迅的敬仰和哀思,并同样篆刻了"戎马书生"一印,以示对鲁迅精神的追随。

(二) 鲁迅与沈尹默的书法比较

论及20世纪中国书法史,沈尹默①是无法回避的。也正是沈氏的努力开拓,传道授业解惑下,才使得书法中秘而不宣的"笔法"问题被揭去神秘面纱,从而使得更多人掌握了书法运笔的真谛,从而促进了书法艺术的发展。沈尹默自己在学习书法的道路上,也经过百折千回、坚持不懈的努力耕耘,才终于大器晚成、脱颖而出,"成为20世纪中国帖学书法流派的开山盟主(约在20世纪40年代),并且与以吴昌硕为首领的碑学流派及以于右任为首领的'融碑入帖'的流派鼎足而立,成为20世纪最有影响的代表书法家之一"②。书法家是指"在书法艺术上有专门成就的艺术家,是指书法艺术的创造者。这是历史和时代所公认的。历史上凡在书法上留下重名的都是发展创造者,不是前人笔法的'谨守'者。艺术之可贵在创造,在于创造中以过硬的技巧工力得心应手抒发自己的情性,反映自己的修养,形成自己的风格面目"③。从这个角度来看,鲁迅与沈尹默一样,都创造了丰富的书法文化。

书法家首先必有"写字技能",沈尹默的书写技能首先受到了来自家庭的文化熏陶和书写培训。沈尹默的祖父沈际清④、父亲沈祖颐⑤皆工诗

---

① 沈尹默(1883—1971),字中,号秋明、鲍瓜,原名君默,后更名尹默。原籍浙江湖州,出生在陕西汉阴。是新文化运动的主将,初以诗著名,他积极倡导新思想、新观念,并在《新青年》上发表了一系列的新白话文诗作品,其中以《月夜》最为著名,为新诗的发展做出了自己的贡献。

② 沈培方:《20世纪杰出书法家沈尹默书法艺术解析》,江苏美术出版社2000年版,第1页。

③ 陈方既:《中国书法美学思想史》,河南美术出版社2009年版,第423页。

④ 沈际清(1807—1873),号拣泉,考取顺天府乡试解元(第一名)后,初任江苏盐山知县,继任顺府宛平县知县,后随左宗棠入陕,先任绥德州知州,同治十年(1871年)调任汉中府定远厅同知,加运同衔,举家迁徙兴安府汉阴定居(参见沈长庆《沈际清的存世诗文考》一文,参见《沈尹默家族往事》,中国文史出版社2013年版,第71—81页)。

⑤ 沈祖颐(1854—1903),字贻仲,《邑侯沈公贻仲复学额赠学田碑记》中评价其任内"兴学育才,为官清廉,造福一方,颇有口碑"。参见陕西《兴安府志》《府志·金石志》《府志》以及《汉阴县志》等资料中有关于沈祖颐的文字记载。沈长庆在《沈祖颐的育人之道》一文中,曾对记述沈祖颐事迹的石碑《邑侯沈公贻仲复学额赠学田碑记》进行了描述,此碑立于光绪七年闰七月蠹立于汉阴仓学大厅,碑高七尺五寸,宽三尺五寸,由邑举人罗钟衡撰写,全文约1100字。参见《沈尹默家族往事》,中国文史出版社2013年版,第82—83页。

文，兼善书法——"拣泉公师法颜清臣、董玄宰两家，父亲鬮斋公早年学欧阳信本体，兼习赵松雪行草，中年对于北朝碑版尤为爱好"。① 从沈尹默的描述中，可知拣泉公书法主要学习唐代颜清臣和明代董玄宰。关于拣泉公的遗墨，沈尹默说："他（拣泉公——引者注）是用力于颜行而参之以董玄宰的风格。"② 从拣泉公的扇面和信札作品可以看出（图150），其书法有颜真卿的意态，但在用笔上更灵润秀劲，应是融入了董玄宰书风的缘故。由于受到家庭环境的影响，沈尹默自小就养成了喜欢写字的习惯。虽然沈尹默的父亲忙于公务，没有太多时间教他写字，但是沈尹默还是受到了熏染，沈尹默在《学书丛话》一文中记载了父亲给他做示范的事情③。沈尹默"从塾师学习黄自元所临的欧阳《醴泉铭》，放学以后，有

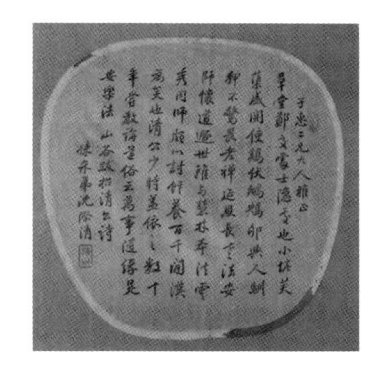

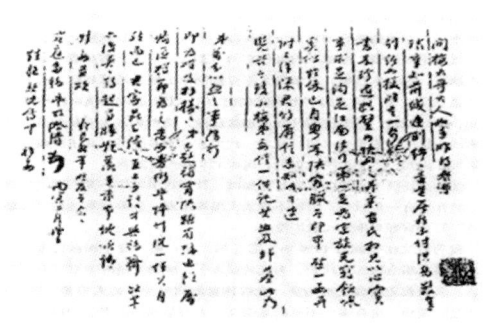

图150　沈尹默祖父拣泉公行书扇面和手札

---

① 沈尹默：《我学习书法的经过和体验》，载沈尹默《学书有法：沈尹默讲书法》，中华书局2006年版，第4页。
② 沈尹默：《学书丛话》，载马国权编《沈尹默论书丛稿》，香港三联书店1981年版，岭南美术出版社1982年版，第146页。
③ 沈尹默在文章中写道："记得在十二三岁的时，塾师宁乡吴老夫子是个黄敬舆太史的崇拜者，一开始就教我临摹黄书《醴泉铭》，不变美恶地依样画着葫芦。有一次，夏天的夜间，在祖母房里温课，写大楷，父亲忽然走进来，很高兴地看我们写字，他便拿起笔来在仿纸上写了几个字，我看他的字挺劲道丽，很和欧阳《醴泉铭》相近，不像黄太史体，我就问：为什么不照他的样子写？父亲很简单地回答：我不必照他的样子。这才领会到黄字有问题。"（沈尹默：《学书丛话》，载马国权编《沈尹默论书丛稿》，香港三联书店1981年版，岭南美术出版社1982年版，第146—147页。）此后，沈尹默就把家中有的碑帖，取来细看，并不时抽空去临写。沈尹默最为欣赏叶蔗田刻的《耕霞馆帖》，因为这部帖中所的自钟王以至唐宋明清诸名家都有一点，已经够沈尹默取法，写字的兴趣也就浓厚起来（沈尹默：《学书丛话》，载马国权编《沈尹默论书丛稿》，香港三联书店1981年版；岭南美术出版社1982年版，第147页）。

时也自动地去临摹欧阳及赵松雪的碑帖,后来看见父亲的朋友仇沫之先生的字,爱其流利,心摹取之"①。赵松雪,指的是元代大书画家赵孟頫(1254—1322)。赵孟頫博学多才,能诗善文,工书画。其善篆、隶、真、行、草诸体书法,尤以楷、行书著称于世。其楷书结体严整,笔法圆润,书风秀美,世称"赵体",与欧阳询、颜真卿、柳公权并称"楷书四大家";其行书承继王羲之平和秀逸书风,对后世影响深远。沈尹默在幼年时期,主动临习原籍书画大家赵孟頫的书法碑帖,赵孟頫的书法对沈尹默的书写产生了重要影响。仇沫之,生平事迹不详,擅长行书,书风流利。沈尹默曾仿其书法风格创作,"十五岁后,已能为人书扇"②,但此阶段,沈尹默学习书法还无法悬腕进行书写,他在《我学习书法的经过和体验》一文中记载了此事:"记得十五六岁时,父亲交给我三十柄折扇,嘱咐我要带着扇骨子写。另一次,叫我把祖父在正教寺高壁上写的一首赏桂花长篇古诗用鱼油纸蒙着钩模下来。这两次,我深深感到了我的执笔手臂不稳和不能悬着写字的苦痛,但没有下决心去练习悬腕。"③ 悬腕是执笔法中的一种,是指"自腕至肘皆虚悬空中而不著案"④。悬腕书写大字,能使肩部打开,全身之力倾注毫端,这样书写的书法点画较为劲健。沈尹默学习黄自元、赵孟頫书法,加之不能悬腕书写,致使其书写的书法线条较为软弱,为此受到了陈独秀批评他的书法"其俗入骨",他在《我和北大》一文中记录了此事:

>有一次,刘三招饮我和士远,从上午十一时直喝到晚间九时,我因不嗜酒,辞归寓所,即兴写了一首五言古诗,翌日送请刘三指教。刘三张之于壁间,陈仲甫来访得见,因问沈尹默何许人。隔日,陈到我寓所来访,一进门,大声说:"我叫陈仲甫,昨天在刘三家看到你写的诗,诗做得很好,字其俗入骨。"这件事情隔了半个多世纪,陈仲甫那一天的音容如在目前。当时,我听了颇觉刺耳,但转而一想,我的字确实不好,受南京仇沫之老先生的影响,用长锋羊毫,又不能

---

① 沈尹默:《我学习书法的经过和体验》,载沈尹默《学书有法:沈尹默讲书法》,中华书局2006年版,第4页。
② 沈尹默:《学书丛话》,载马国权编《沈尹默论书丛稿》,香港三联书店1981年版,岭南美术出版社1982年版,第147页。
③ 沈尹默:《我学习书法的经过和体验》,载沈尹默《学书有法:沈尹默讲书法》,中华书局2006年版,第4页。
④ 陈彬龢:《中国文字与书法》,商务印书馆1931年版,第84页。

提腕，所以写不好，有习气。也许是受了陈独秀当头一棒的刺激吧，从此我就发愤钻研书法了。①

陈独秀的批评使沈尹默意识到了自己书法的弊病——以仇沫之的字体应酬人的请求，"真要惭愧煞人"②。为改弊端，沈尹默更加勤奋练习北碑书法，他在文章中写道：

> 于是想起了师愚的话，把安吴《艺舟双楫》论书部分，仔仔细细地看一番，能懂的地方，就照着去做。首先从指实掌虚，掌竖腕平，执笔做起，每日取一刀尺八纸，用大羊毫蘸着淡墨，临摹汉碑，一纸一字，等它干透，再和墨使稍浓，一张写四字，再等干后，翻转来随便不拘大小，写满为止。如是不间断者两三年，然后能悬腕作字，字画也稍能平正。这时已经是二十九岁了。③

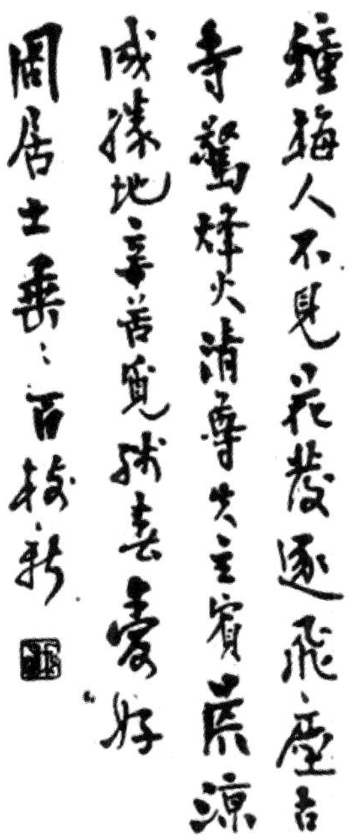

经过大量的练习，沈尹默已能悬腕作书，且所书写的笔画也能平正。我们所能见到的沈尹默二十九岁时书写的书法作品《灵峰补梅庵题记》（图151），这件作品也是沈氏最早存世书法作品，与沈尹默其他存世的书法作品风格都不同。书法家沈培方认为沈尹默的这件书法作品传达了以下几方面的信息："一、悬腕作书大大增加了沈尹默的笔力；二、汉碑体势的注入拉开了与他往昔书风的距离；三、笔势开始开张，黄自元书法的粘着开始

图151 沈尹默书《灵峰补梅庵题记》

---

① 沈尹默：《我和北大》，载王世儒、闻笛编《我与北大——"老北大"话北大》，北京大学出版社1998年版，第76页。
② 沈尹默：《我学习书法的经过和体验》，载沈尹默《学书有法：沈尹默讲书法》，中华书局2006年版，第4页。
③ 沈尹默：《学书丛话》，载马国权编《沈尹默论书丛稿》，香港三联书店1981年版，岭南美术出版社1982年版，第147页。

得到纠正。"① 沈尹默在书法上的付出，使他从此走上了一条弘扬书法艺术的专业书法家的道路。

沈尹默于 1913 年到北京大学中文系任教，开始了近二十年的北京生活。教书之余，沈尹默继续临习北碑，他主要临习了《龙门二十品》《爨宝子碑》《爨龙颜碑》《郑文公》《刁遵》《崔敬邕》《张猛龙碑》《大代华岳庙碑》《元显儁墓志》《元彦墓志》《敬使君》《苏孝慈墓志》等魏碑墓志②。临习碑志，使沈尹默的腕力得以锻炼，沈尹默开始学写行草，"从米南宫经过智永、虞世南、褚遂良、怀仁等人，上溯二王书"③，同时遍临褚遂良各碑。1932 年，沈尹默回到上海，继续用功练习褚书，也间或临习其他唐人书，"如陆柬之、李邕、徐浩、贺知章、孙过庭、张从申、范的等人，以及五代杨凝式《韭花帖》《步虚词》，宋李建中《土母帖》、薛绍彭《杂书帖》，元代赵孟頫、鲜于枢等名家墨迹"④。沈尹默也用功学习了唐太宗的《温泉铭》、王羲之的《兰亭禊帖》以及文徵明的行书。沈尹默对褚遂良的书法临习最久，并借此上溯"二王"神韵，凡所见碑帖无不用心临习，融碑于帖，终独创自家书法风貌。

沈尹默在大量临习碑帖后，"才觉得腕力有力"，从而获得了"以腕运笔"的真谛。他还研究总结了历代执笔方法，写出了《执笔五字法》⑤一文，详细论述了执笔的方法，体现了他"腕力遒时字始工"⑥ 的学书主张。沈尹默掌握用腕之法后，其线条纤弱的弊端才得以改观。沈尹默工楷书，他的小楷融会欧阳询和褚遂良楷书，书风工整质朴，秀润清圆。由于沈尹默的高度近视，他很少写小楷作品。沈尹默小楷书写《秋明长短句》杂诗局部，点画精湛，结字工稳，骨力深蕴秀美（图 152）。沈尹默的楷书得到了鲁迅的欣赏，在他和郑振铎合编《北平笺谱》时，引首"北平笺谱"四字楷书就是由沈尹默题写的（图 153）。鲁迅肯定沈尹默的诗词

---

① 沈培方：《沈尹默书法艺术解析》，江苏美术出版社 2000 年版，第 7 页。
② 据沈尹默《学书丛话》统计。参见马国权编《沈尹默论书丛稿》，香港三联书店 1981 年版；岭南美术出版社 1982 年版，第 147—148 页。
③ 沈尹默：《学书丛话》，载马国权编《沈尹默论书丛稿》，香港三联书店 1981 年版；岭南美术出版社 1982 年版，第 147—148 页。
④ 同上书，第 148 页。
⑤ 马国权编：《沈尹默论书丛稿》，香港三联书店 1981 年版；岭南美术出版社 1982 年版，第 134—135 页。
⑥ 沈尹默：《湖帆、蝶野各为拙书卷子题句，辄以小诗报之》，载马国权编《沈尹默论书丛稿》，香港三联书店 1981 年版；岭南美术出版社 1982 年版，第 231 页。

第九章 "大文学"与"广书法"的建构 425

图 152 沈尹默小楷

图 153 沈尹默题《北平笺谱》

"是好的"，其书法也"不坏"①。鲁迅对沈尹默的书法颇为欣赏，1935年《歌谣周刊》复刊，鲁迅先生画了星月图作封面，刊物名字则由沈尹默题字。鲁迅谈及沈尹默为《北大歌谣周刊》题写的刊名时，认为沈尹默的字"写得方方正正，刻出来好看"。② 沈尹默晚年克服视力不佳等困难，为青少年书写了《大楷习字帖》（图154）。沈尹默与鲁迅的人生中有多次交集③，他敬佩鲁迅的人格精神，并多次书写鲁迅的诗句。

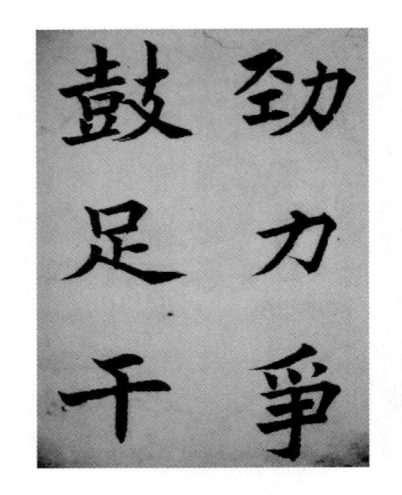

图154 大楷习字帖
（甲种）局部

在诸体书法中，沈尹默最擅长行书，他留存的书法作品也以行书居多。沈尹默也喜欢用行书在稿纸上写文章，他的行书作品最为精彩（图155—图157）。沈尹默于草书学习也很用功，在古代草书名家里面，他于怀素的《草书千字文》最为用功，多次临写，他认为："素师此书笔笔有意，而神韵淡远，极书家之能事（图158）。自来学书，当推此帖为第一，余近来数数临摹，略窥其用笔之意。锲而不舍，或有企及之望。然正未易言也……"④。沈尹默临习的怀素书法，线条遒劲，得怀素草书中锋圆润气韵（图159）。沈尹默的草书作品，牵丝映带，不

---

① 吴作桥等编：《再读鲁迅——鲁迅私下谈话录》，时代文艺出版社2005年版，第360页。
② 同上。
③ 鲁迅比沈尹默大二岁，两人在一生中有多次交集：第一次，两人为杭州的浙江两级师范学校同事；第二次，两人同在北京这座城市生活了十四年左右，其间，先后都曾为《新青年》撰稿，并同为《新青年》编委，也是北大同事，各自兄弟亦都曾在北大任教，传为一时佳话。查检《鲁迅日记》，鲁迅记载的两人来往的次数有55次：有相互拜访、互赠著作的，有一起赴宴、访友的，还有书信往来探讨诗歌的。第三次，两人同在上海生活，上海成为两人生命的最后居住的一座城市。回顾两人一生，有很多相似之处，学者乐融在《沈尹默和鲁迅——纪念沈尹默诞辰130周年》一文中对两人相似的人生轨迹进行了总结：他们都出生在官宦之家；家庭经济状况相似；都曾留学日本；有着相似的婚姻状况；都是许广平的老师；都有传达爱意的作品；同样积极支持学生运动；同样有独立的人格，对社会黑暗腐败都疾恶如仇；都曾在教育界任教多年，深受学生的欢迎；在五四新文化运动中，共同积极参与《新青年》编撰，发出新文化运动的呐喊；上海同样成为沈尹默和鲁迅生命的最后一站，并且，达到他们学术事业生涯的高峰。此外，两人一生都与书法结缘，两人都用毛笔书写了精彩纷呈的书法作品、诗词手稿等。
④ 据沈尹默临怀素《草书千字文》跋记录入。

乏怀素草书神韵，或许受其视力高度近视的局限，其草书书写节奏较为单一。在视觉有障碍的情况下，还能够进行书法创作，这不能不说是书法史上的奇迹。

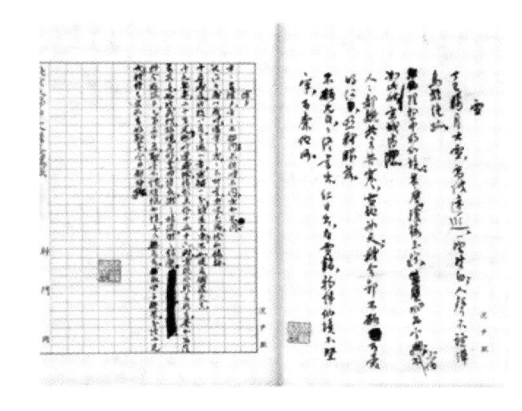

图155　沈尹默行书联

图156　沈尹默文稿书法

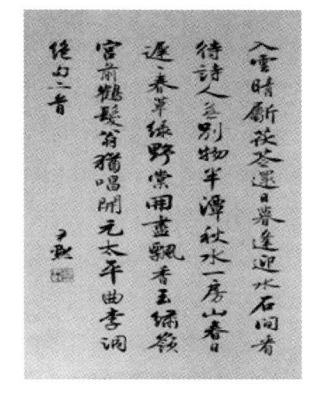

图157　沈尹默行书绝句二首

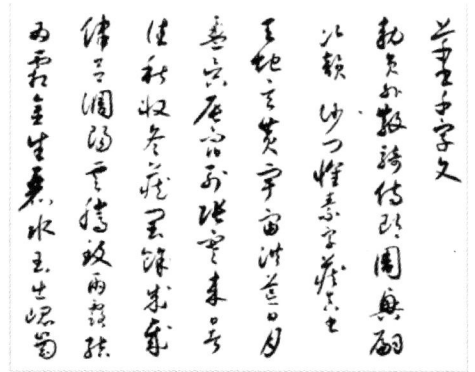

图158　草书千字文

与鲁迅一样，沈尹默的篆书作品也不多见。沈尹默早年曾在其父亲指导下学习篆书，"用邓石如所写西铭为模范，但没有能够写成功"。[①] 沈尹默二十岁后，在西安遇见王鲁生，王鲁生以"一本《爨龙颜碑》相赠，没

---

① 沈尹默：《学书丛话》，载马国权编《沈尹默论书丛稿》，香港三联书店1981年版；岭南美术出版社1982年版，第147页。

图 159　沈尹默临怀素草书　　　　图 160　《天发神谶碑》（局部）

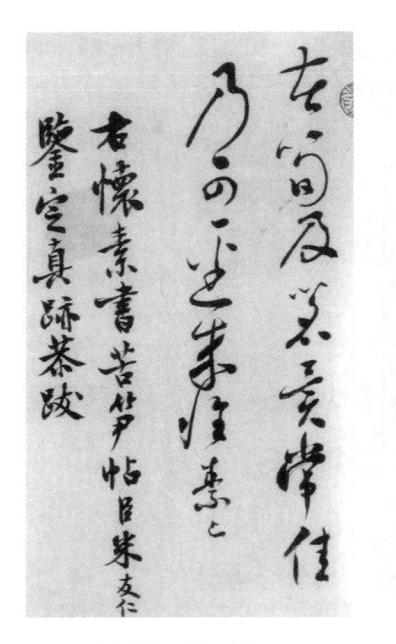

有好好地去学"①。但沈尹默却用心学习了《天发神谶碑》（图 160）。《天发神谶碑》又名《天玺纪功颂》《吴孙皓纪功碑》，三国东吴天玺元年（276）刻，此碑书风若篆若隶，在书史上确实独树一帜。从沈尹默存世篆书作品"仪宇方诸朗月，文章炳于中天"六言联中，明显可以感受到此碑书法风格对沈尹默篆书创作的影响（图 161）。沈尹默也能用小篆进行创作，风格源自清代邓石如篆书（图 162）。沈尹默在汉碑隶书学习上也颇为用功，他临习了《张迁碑》《乙瑛碑》等东汉隶书名碑（图 163、图 164）。从沈尹默的隶书临作来看，他主要是从书法学习的角度，强调法度，作品与原碑拓较为相似，其隶书创作与临作不同，已不拘泥于点画的相似，字形也不是传统意义上的横向取势，而以纵向取势（图 165）。鲁迅辑校的《张迁碑》，主要是从辑校石刻文献的角度，自由书写（图 166）。因大量的书写，鲁迅钞碑时已形成了自己的书写习惯，与平时单纯的小楷书写不同，鲁迅的钞碑体书法面貌得以形成。

---

① 沈尹默：《学书丛话》，载马国权编《沈尹默论书丛稿》，香港三联书店 1981 年版；岭南美术出版社 1982 年版，第 147 页。

第九章 "大文学"与"广书法"的建构　429

图 161　沈尹默篆书六言联图

图 162　沈尹默小篆五言联

图 163　沈尹默临《张迁碑》

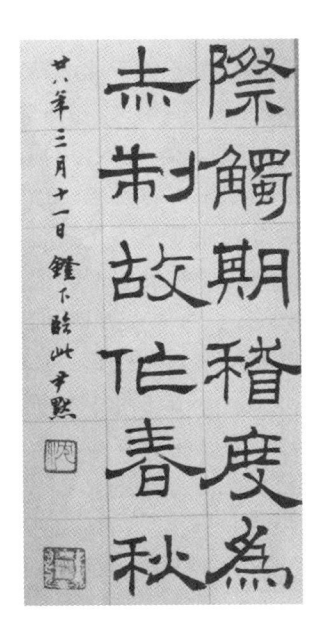

图 164　沈尹默临《乙瑛碑》

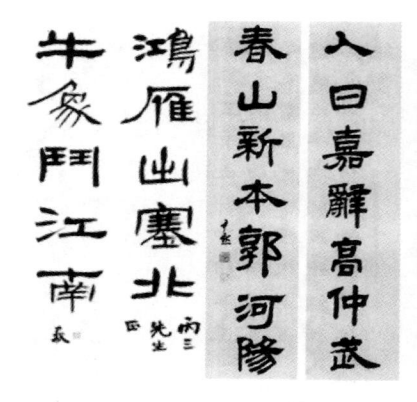

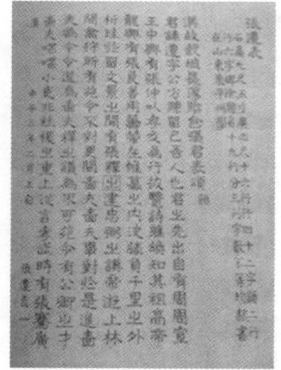

图 165　沈尹默隶书创作　　　　图 166　鲁迅辑校《张迁碑》

通过对沈尹默的书法学习之路的粗略描述可以看出①，他与鲁迅的学习书法之路上有诸多相似之处，都受到了来自家庭长辈和塾师影响，且学习书法临习范本都与欧楷相关，也都曾学习过行书、篆书，学习书法路径差异不大。而造成鲁、沈两人日后在民国书法史上的地位悬殊迥异的原因在于，二人对待书法学习的态度和目的不同：鲁迅志在成为一名文学家，并未立志想成为一名职业书法家，他把毛笔只是当成日常书写工具而已。沈尹默刚好与鲁迅相反，在他受到陈独秀的批评后，就更加勤奋地练习书法。沈尹默的刻苦临池，是他成为一名职业书法家的必要条件。沈尹默到北京大学工作后，教学之余的大部分精力用在临习碑帖上了，而此时鲁迅的主要精力则用于校勘古籍、文学创作、翻译，以及提倡木刻版画等上面。即便如此，鲁迅的书法业已成自家风格，世人誉为"鲁体"②。对于沈尹默来说，"当他在五四新文化运动时期以白话诗驰骋文坛时，他对书法不甚聊聊。当北大校长、成为文化名人的风云际会并没有给他带来书法上的便利。……1943 年，他开始真正致力于书法研究。"③ 而此时鲁迅已经去世七年了。沈尹默是以学帖出名的，他在民国书坛树立了学习帖学的

---

① 笔者曾在《鲁迅与沈尹默早期学书路径之比较》一文中对鲁迅和沈尹默早期学习书法路径进行了详细比较，参见孙晓涛《鲁迅与沈尹默早期学书路径之比较》，《纪念〈新青年〉创刊 100 周年学术研讨会论文集》，上海鲁迅纪念馆 2015 年版。
② 寇学臣、李抒梅的文章《书卷气：新文人书法的重新皈依——兼论王国维、鲁迅的个性书风特征》一文中（参见《美与时代》2006 年第 7 期），提出了"鲁迅体"书法，认为鲁迅有意识以书法形式书写的墨迹，大多是应友人之邀或赠答朋友之作。
③ 陈振濂：《现代中国书法史》，河南美术出版社 1996 年版，第 149—150 页。

标杆，但他在学碑上也下了一番苦功，他在近 50 岁时才致力于行草书，用功临习米南宫、释智永、虞世南、褚遂良等诸家书法字帖，然后上溯"二王"，同时，还从故宫博览历代书法名迹，眼界大开，书法由此大进，并形成了秀雅、俊美的个人书法面貌。在鲁迅去世前两年，五十一岁的沈尹默举办了第一次书法展览会，展览的书体有楷书、行草书、篆隶书体，引起了书坛瞩目，名震大江南北，沈尹默也从此走向了专业书法家的道路。

（三）鲁迅与沈从文的书法比较

"在 19 世纪与 20 世纪之交，当中国与世界的目光一齐朝向西方时，中国现代作家并没有放下手中的毛笔，而是创造出无愧于时代的文学与书法艺术"①。沈从文②首先是以作家的身份进入学术视野的，因他在文学上的成就，而被誉为"乡土文学之父"和京派作家代表人物，更被誉为中国现代文学史上最杰出的小说家之一。因此，"有许多评论者认为沈从文作为一个第一流的现代文学作家，仅次于鲁迅"。③ 从书法艺术的角度来看，沈从文与鲁迅堪称作家中的典范，他们创造了丰富的书法文化。

擅长书写，给沈从文的人生带来了转机，赢得了尊重，这就促使他更加努力练字④。沈从文开始有目的临习字帖，他认为世界上最使人敬仰的是王羲之，把有限的薪水积攒下来，在五个月内买了十七块钱的字帖⑤。沈从文的付出得到了同事和领导的赞美⑥，就更加勤奋习字了。为了便于习字，他随身携带"一本值六块钱的《云麾碑》，值五块钱的《圣教序》，值两块钱的《兰亭序》，值五块钱的《虞世南夫子庙堂碑》"⑦。经过努

---

① 李继凯：《书法文化与中国现代作家》，《中国社会科学》2010 年第 4 期。
② 沈从文是 20 世纪中国一位颇具传奇的人物，虽出身寒微，学历不高，但通过艰苦勤奋的自学和拼搏，不仅在西南联大、北京大学等著名高等学府任教，还在小说、散文、书法创作和文物研究等学术领域成就卓越。
③ ［美］金介甫（Jeffrey C. Kinkley）：《沈从文论》，载刘洪涛、杨瑞仁编《沈从文研究资料》（上），天津人民出版社 2006 年版，第 409 页。
④ 沈从文：《自传·保靖》，载《沈从文全集》第十三卷，北岳文艺出版社 2002 年版，第 338 页。
⑤ 同上书，第 339 页。
⑥ 因写字，而受到尊敬，于是沈从文就更加认真写字了，能用《曹娥碑》字体誊录公文或报告。因为能力比同事强，沈从文被调到参谋处服务。从事司书期间，培养了沈从文的耐力与习惯，这可以使他在桌边一坐下来就是八个钟头而不知疲倦。这些因为写字而培养出来的好品行，伴随沈从文的一生，使沈从文与书法结下了不解之缘（沈从文：《自传·保靖》，载《沈从文全集》第十三卷，北岳文艺出版社 2002 年版，第 339 页）。
⑦ 沈从文：《自传·一个大王》，载《沈从文全集》第十三卷，北岳文艺出版社 2002 年版，第 343 页。

力，沈从文的书写水平得到提高，从川东回湘西后，他就到名誉极佳的统领官身边做书记了①。而沈从文办公的房间里放置的"百来轴自宋及明清的旧画，与几十件铜器及古瓷，还有十来箱书籍，一大批碑帖"②，开阔了沈从文的视野，也为他从事文物研究奠定了基础。后来，沈从文只身到北京读书，开始了另外一种文化人身份的生活。在接下来的人生际遇中，沈从文已不再视书法为安身立命之本，但他须臾不离书法，书法艺术实践伴随沈氏一生，书法更是其生命情感的寄托。

　　书法在沈从文的工作生活中占据了很重要的位置，沈从文的一生对书法极其关注，投入了相当多的精力，因此，沈氏极其重视文字的书写，这种偏爱在他日常工作中得以淋漓尽致地体现。沈从文在给朋友秦晋的信中谈到了陈姓女士文章中的字体不易辨认的事，他说："陈小姐文章已读过，译笔还好，惟字体草得不大容易认识，付排时也必然会令排字、校对相当费事也。"③沈从文强调书法的实用性，看重写字的日常行为，多次通过工作上的事例来论证把字写得美观的重要性。沈从文在从事编辑工作时，多次对投稿作者的书写水平差而给予批评，他在给当时还在上海同济大学中文系读书的张香还同学的信中说："大作拜读，极好。只是字太难认识。以编者写草字能力说，认识尊文犹十分费力，排字人和校对吃力可知。"④

　　如何学习书法、写好字，精研书法的沈从文有着自己的观点。沈从文曾在与马国权的通信中讨论了楷书、隶书和行草书的学习⑤。沈从文认为楷书学习可以依"大小欧作底子较挺拔，以颜书则搞标题有分量"。隶书学习，沈从文认为"近人所谓美术隶，多太俗。似宜就《石门》及隋静琬书《石经》取法，体宽博而大派，又易学"。沈从文认为行书学习李北海的"《麓山》《云麾》碑易掌握，写大字报标语易归行，好看"。沈从文从应用出发指导他的儿子龙珠和侄女朝慧学习书法，让他们以楷书练习为主，沈氏认为"楷书写写即有用，用处不在目前。若再用赵帖米帖写

---

① 沈从文：《自传·学历史的地方》，载《沈从文全集》第十三卷，北岳文艺出版社2002年版，第355页。
② 同上。
③ 沈从文：《书信·194804上旬·致秦晋》，载《沈从文全集》第18卷·书信（1927—1948年），北岳文艺出版社2002年版，第490页。
④ 沈从文：《书信·470905·复张香还》，载《沈从文全集》第18卷·书信（1927—1948年），北岳文艺出版社2002年版，第475页。
⑤ 沈从文：《书信·710218·致马国权》，载《沈从文全集》第22卷·书信（1966—1971年），北岳文艺出版社2002年版，第437页。

两月行书，打个底子，……再学下去，将来用处还多"。① 沈从文在给朋友王际真的信中探讨了草书的学习，建议草书学习《书谱》。沈氏虽认为《书谱》很通俗，但"写草字或认草字，书谱是可以有小小帮助的"。② 关于行草书的练习，沈从文主张师法学习"怀素《四十二章经》和《书道大观》"，他建议："如果每天能用旧报纸，写寸来大行草半张，练笔到一年后，会可望得到'自得其乐'！"③

此外，对于书法学习，鲁迅与沈从文的观点较为一致。区别只是沈从文直接指向书法学习，而鲁迅更多的是指向学习木刻版画和文学创作。虽然艺术种类不同，但有相通之处。关于鲁迅的书学思想，笔者已在第三章第三节进行了论述。下面，我们来回顾沈从文关于书法学习的主张和建议。首先，沈氏认为书法学习态度很重要。沈从文说："学什么都必须踏实"，"写字得和写文章一样，必需认真十年廿年努力，当成一件事情来作，……"④，唯其如此，才能学好书法。其次，沈从文认为书法教师的造诣水平很重要，老师的水平低会误人子弟，沈氏在《博物馆日记片段》一文中对此进行了思考，他担心"办艺术教育的误人子弟。什么都不好好的学，怎么教？"⑤ 因此，沈从文在回复沈云麓的信札中主张："先得鼓励那些教员，自己能创作，也会教出好学生的。地方虽小，希望实大。……还是要学，一切重新学。"⑥ 对于学校教育和个人成才的问题，沈从文认为"学校教育固然极重要，但是真的学习深入，却总是自己对所学的态度，要有一点'大志'和'雄心'，才能推动生命向更高处跃进。"⑦ 沈从文与鲁迅两人对待学生选择老师的主张较为一致。对于书法学习，诚如沈从文、鲁迅所云当择名师指导为要。然而放眼当下，好为人

---

① 沈从文：《书信·620105·致沈龙朱、沈虎雏、沈朝慧》，载《沈从文全集》第21卷·书信（1961—1965年），北岳文艺出版社2002年版，第138页。
② 沈从文：《书信·300122·致王际真》，载《沈从文全集》第18卷·书信（1927—1948年），北岳文艺出版社2002年版，第44页。
③ 沈从文：《书信·730510·致杨璐》，载《沈从文全集》第23卷·书信（1972—1973年），北岳文艺出版社2002年版，第336页。
④ 沈从文：《书信·621029（2）·复程应镠》，载《沈从文全集》第21卷·书信（1961—1965年），北岳文艺出版社2002年版，第257页。
⑤ 沈从文：《历史博物馆日记片段·1951年5月10日》，载《沈从文全集》第19卷·书信［1949—1956年（1—9月）］，北岳文艺出版社2002年版，第98页。
⑥ 沈从文：《书信·570822·复沈云麓》，载《沈从文全集》第20卷·书信［1956年（10—12月）—1960年］，北岳文艺出版社2002年版，第194页。
⑦ 沈从文：《书信·620105（2）·致沈龙朱、沈虎雏、沈朝慧》，载《沈从文全集》第21卷·书信（1961—1965年），北岳文艺出版社2002年版，第137页。

师者众，书法家的称号亦满天飞，然真正能够名副其实者寡。若择师不善而从之，花费精力财力事小，误入书学歧途则尤为可怕。书法一艺，并没有那么多玄之又玄的东西，简言之，勤于临帖、临池不辍，外加巧学、多悟，即可渐入佳境。即使遇到名师，若学习者不能充分发挥自己的主观能动性，也是学不好书法的。书法家的孩子未必都善书写就是很好的例证。最后，沈从文重视书法传统的学习，他主张向传统的书法经典学习。沈氏认为书法学习，"要善于学习吸收优秀伟大传统各方面，工作才会更扎实。越会学，肯学，虚心学，就可以越加明白许多不明白的好东西，并且把这些古人长处丰富自己工作。极可惜，许多许多人总是在学的方面抓得不紧，停顿到一知半解上，不易深入，也因此不善于把古人长处或当前人长处丰富自己工作"。① 沈从文在给兄长沈云麓的信中说："正如写字，不讲究传统，不利用传统好处的结果，必然带来一种'无一定标准'的情况。许多字我们都不认识，好坏自然更不好说了，学校中'美术字'一来，更不必谈好坏了。不过过些日子也许会要提倡提倡，写得让人容易写、容易认识也相当大方好看的行书体，如李北海等字体的。"② 朋友子英学习刻印，沈从文送其"一部汉印谱"，让子英师法临摹，可见沈从文对继承传统的重视。从沈从文的关于书法学习的论述中可知，沈氏在书学理论上比鲁迅更关注书法。沈从文所持的书学观点高屋建瓴、精辟犀利，放至当下，亦不落伍，其在书学理论上的创造和奉献，如沈氏关于书法艺术价值论、"书法名家"和"名家书法"观、书法鉴赏、笔墨纸砚等方面的研究，是同时期诸多作家兼书家所无法企及的。沈从文在与朋友的往来信札及早年所撰写的《谈写字一》（1937年）、《谈写字二》（1948年）与晚年所撰写的《文字书法发展》《叙书法进展》等有关书法研究的文章中，记载了他对书法文化所进行的思考与探究。沈从文还克服了研究资料匮乏的困难，对中国独有的"文房四宝"——笔、墨、纸、砚进行了深入研究，形成了沈氏一套完整的书学理论体系。

虽然沈从文十七岁时就"从那些本地乡绅方面学会了刻图章、写草字"③，但从其留存的书法作品中没有发现篆书作品，也没有发现隶书作

---

① 沈从文：《书信·550527·复沈云麓》，载《沈从文全集》第19卷·书信［1949—1956年（1—9月）］，北岳文艺出版社2002年版，第421页。

② 沈从文：《书信·600715·致沈云麓》，载《沈从文全集》第20卷·书信［1956年（10—12月）—1960］，北岳文艺出版社2002年版，第436页。

③ 沈从文：《自传·女难》，载《沈从文全集》第十三卷，北岳文艺出版社2002年版，第324页。

品，可见，从书写实践上来看，沈从文的书体相对单一，他较擅长小楷和章草书法。对于书法，早年因为工作上的应用需要，沈从文在小楷实践上尤为用心，曾认真临习过的《曹娥碑》《乐毅论》等小楷字帖。图 167 所示，是沈从文晚年在博物馆时为青瓷展品写的说明卡。《东汉墓中青瓷器》与《北朝墓中青瓷》陈列卡的书写风格较为一致，从中可见沈从文已摆脱了临习《曹娥碑》等字帖的痕迹，更多的是用自己的感觉在随意书写，笔画比原帖厚重，字的结构宽绰有余。第三件陈列卡的说明文字的笔法精到、劲挺，书风有欧阳通《道因法师碑》的笔法特征，也难怪沈从文经常感叹他的“《道因碑》小楷书，真正是用得其所！”①

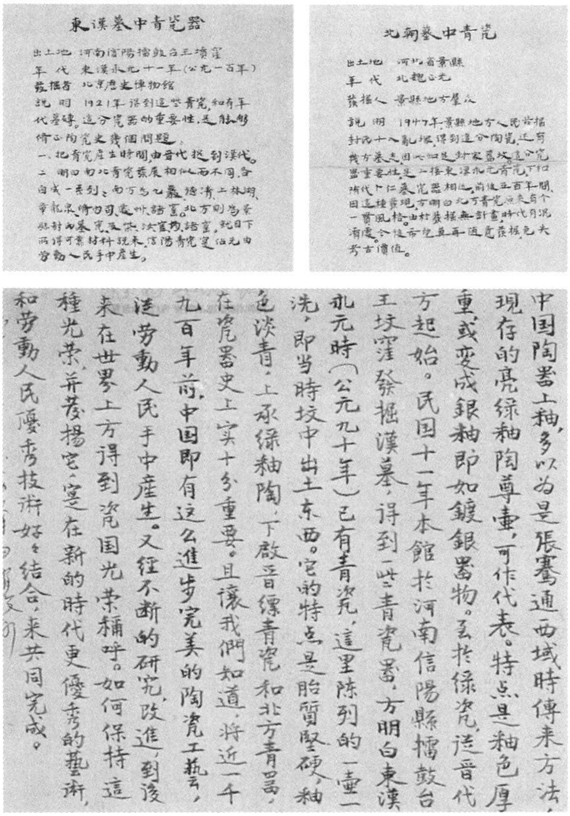
東漢墓中青瓷器

出土地 河南信陽擂鼓台王墳窪
年代 東漢永元十一年（公元一百年）
發掘者 北京歷史博物館

北朝墓中青瓷

中国陶器上釉，多以为是張騫通西域時傳来方法，現存的亮绿釉陶尊壶，可作代表。特点是釉色厚重，或变成銀釉，即如鍍銀器物。至於绿瓷，从晋代方起始。民国十一年本館於河南信陽縣擂鼓台王坟窪發掘漢墓，得到一些青瓷器，方明白東漢永元時（公元九十年）已有青瓷，這里陈列的一壶一洗，即当時坟中出土东西。它的特点是胎質堅硬，釉色淡青，上承绿釉陶，下啟晋缥青瓷和北方青器，在瓷器史上实十分重要。且讓我們知道，將近一千九百年前，中国即有这么進步完美的陶瓷工藝，是劳動人民手中産生。又经不断的研究，改進，到後来在世界上方得到瓷国光荣稱呼。如何保持這種光荣，并發揚它，是在新的時代更優秀的藝術，和劳動人民優秀技術好好结合，来共同完成。

图 167 沈从文小楷《青瓷展品说明卡》

① 沈从文：《书信 · 700701 · 致张兆和》，载《沈从文全集第二十二卷 · 书信（1966—1971 年）》，北岳文艺出版社 2002 年版，第 322 页。

沈从文认为章草"多古意，笔法潦绕新。飘撇取纵逸，姿态活泼增，乍看近潦草，结构实谨严。……秦代传'爰历'，或已具初形。《急就》成西汉，简椟具遗文。……转折严法度，真伪易判明"。[①] 他的章草学习以史游的《急就章》为范本，借鉴了元代的康里子山、明代的宋克章草笔法，晚年还向新出土的文献资料（如《东吴彭卢地券》《北齐韩裔墓志》等）取法。沈从文对于自己的章草临作水平很自信，他常把自己的临作赠送给亲朋好友。图 168 所示，是沈从文晚年七十岁时为妻妹张充和节临的皇象的章草《急就章》，该作品的题跋是沈从文用略小一点的字对皇象《急就章》的书法特点作的赏评，该跋内容为：

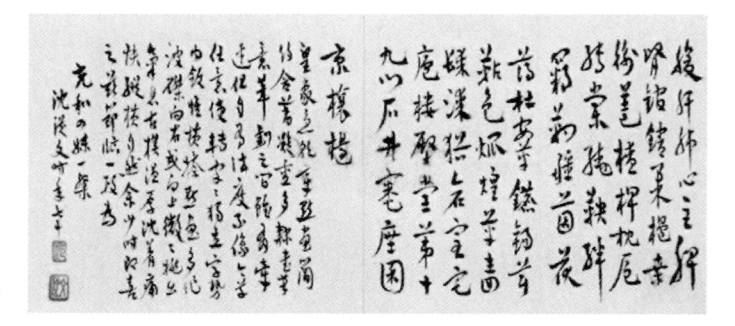

图 168　沈从文节临皇象《急就章》

皇象《急就章》点画简约含蓄、凝重，多隶书意。笔画之间虽有牵连，但自有法度，不像今草任意使转。字字独立，字势内敛，惟横、捺点画多作波磔，向右或向上微微挑出，气息古朴，温厚沉着、痛快，纵横自然。余少时即喜之，兹节临一段为四妹一笑。[②]

从跋文中可知，沈从文对皇象书法的喜爱之情。《急就章》是古代的识字课本，以皇象的写本为最早。古人对皇象书法评价甚高。裴松之注引《吴录》曰："皇象字休明，广陵江都人。幼工书。……中国善书者不能及也。"[③] 唐代张怀瓘在《书断》中评价"右军隶书，以一形而众相，万

---

① 沈从文：《文字书法发展——社会影响和工艺、艺术相互关系试探》，载《沈从文全集》第十五卷，北岳文艺出版社 2002 年版，第 380—381 页。
② 据沈从文赠给张充和的章草书法作品录入。
③ （西晋）陈寿：《裴松之注三国志》下卷，裴松之注，邹德金整理，天津古籍出版社 2009 年版，第 817 页。

字皆别;休明章草,相众而形一,万字皆同,各造其极。……休明章草入神"①。清代包世臣甚至说:"草书唯皇象、索靖笔鼓荡,而势峻密,殆右军所不及。"② 可见,皇象的章草创造了"相众而形一"的书风,在书法史上有重要意义。沈从文一直临习皇象的《急就章》不辍,学习书法方法亦和古人一样,临帖与日常书写应用相结合。

在日常的书法学习中,沈从文还养成了"集字学习"的习惯,他早年时"曾试就古文与章草相近字,集有百十字(系卅年前),此稿惜早已散失"。③ 沈从文不以对章草字体表面的临摹学习为满足,还对章草的发展进行了深入研究。他的《叙书法进展——摘章草行草字部分》一文就是写《文字书法发展》文稿局部修改时的衍生产物。此外,他还撰写了《叙章草进展》一文,文中对章草的进展提出了诸多真知灼见,他通过出土的文献资料驳斥了"章出于隶"的传统观点,而提出了"分隶成熟于东汉末,比章草晚得多"的新颖观点,他认为:

> 章草部分草法出于篆体,近年出土新材料日多,木石砖漆均证据可得。且早于分隶,亦有材料可证。又西汉不定形之隶书,体多宽博,少飘撇作态处。出土零星材料亦甚多。因此得一新的启发,即东汉定型之分隶,重撇勾挑处反近于受章草用笔影响而来。④

沈从文通过出土的文献资料来对书法史上的书法现象进行分析,而得出了与一些专家权威不同的观点,这些新颖的书学史观值得进行书法史研究的学者参考。而沈从文在章草的学习中逐渐形成了具有独特个人面貌的章草。沈从文喜欢用章草书体在长条宣纸上写字。沈从文间或也使用硬笔写字,因硬笔书写工具的局限,其硬笔书写无法表现出章草的波磔特征。

通过鲁迅与沈从文的书法书写进行比较可以看出,鲁迅用在书法上的精力远远没有沈从文多,当然,鲁迅过早的去世也是其中最大原因之一。

---

① (唐)张怀瓘:《书断》,载《历代书法论文选》,上海书画出版社1979年版,第178页。
② (清)包世臣:《艺舟双楫》,载《历代书法论文选》,上海书画出版社1979年版,第663页。
③ 沈从文:《书信·710323·复马国权》,载《沈从文全集(第22卷·书信)》,北岳文艺出版社2002年版,第459页。
④ 沈从文:《叙章草进展》,《沈从文全集》第三十一卷,北岳文艺出版社2002年版,第136页。

但从他们早年对书法艺术的关注度上，沈从文胜于鲁迅，沈从文在章草的临习和创作上所花费的精力在现代作家中也是屈指可数的，他还从书法理论的角度构建了自己的书法艺术理论和书法学习方法。从鲁、沈二人留存的文稿、信札、日记、书法创作等书写墨迹来看，鲁迅对待毛笔书写更多的是日常运用，而沈从文除了日常运用之外，更多的是从纯艺术的角度去使用毛笔。

第十章　20世纪中国作家与美术的相遇

20世纪以前,现代意义上的"文学"与"美术"概念尚未成形,作为职业的"作家""美术家"面目也多模糊不清。20世纪之交,在各种革命及思潮推动下,尤其是五四新文化运动前后,西方及日本外来文化裹挟着各种新思想、新观念进入中国,几经周折,"文学"与"美术"概念携带着传统中国文化的不同印记,以现代文化的新颖面目辗转迈入中国。随着"文学"与"美术"的现代演进,"作家""美术家"也开始向独立的职业与社会群体方向发展。经历20世纪"文学"与"美术"等不同思潮的洗礼,在现代分析哲学发展、科学分析意识增强及对现代性的不断追逐中,"作家""美术家"似乎日渐疏远,"文学"与"美术"也在不同的文化轨道上滑行,各自拥有了相对独立的创作、研究群体和学科体系,学院教育和社会文化体系中的"文学"与"美术"也承担着不同的文化职能。

不可回避的是,中国士大夫文化传统以及古典文化精神在"文学""美术"的现代发展与演进中依然存留着一定的文化血脉,中国古典文化中的"文人书画"及其包蕴的"儒释道"思想仍潜在滋润着中国现当代(即"大现代")文学。同时,现代美术范畴下的"国画""书法""雕刻""连环画"等诸多艺术门类也承受着文学的润泽,并自觉受到各种文学思潮的影响。而且,"在人类源头的史前史,图像可能是语言,或者说它曾经就是语言",[1] 因此,从文化发展演进的历史源头看,美术的图像认知与文学的语言认知有其共通性,"文学"与"美术"都共同探寻着人类的"真、善、美",具有共通的审美表意实践性。作为人类认知世界的重要方式,文字与图像的艺术语言在形象化、隐喻化等社会表意功能上也有不少相通之处。于是,20世纪以来,一批作家与美术相遇,在不同程

---

[1] 蒋原伦:《图像/图符修辞》,《文艺研究》2009年第10期。

度上关注着美术、介入美术活动中,对传统书画、民间美术、现代美术①的创作体验、形态功能、题材内容等阐发了独特认识,形成了值得梳理与探究的"美术思想",并通过"美术"这面透视镜审视着中国文化与艺术的现代发展路径。

第一节 "文学""美术"的交融与分立

中国现代意义上的"文学"与"美术"概念成形较晚,1917—1921年五四新文化运动前后,随着西方各种新思潮进入中国,"文学"与"美术"概念开始出现,并在一定范围内进行了探讨与使用。此前,古典意义上的"文学"主要是"'文章'和'学术'的合称,前者指写作,后者指对经典文献的研究,因为都以语言文字为载体,故而都是关于'文'的学问和技能"②。随着西方各种文化不断进入新旧交替的中国,对现代文化的渴求与现代文化对旧观念、旧文化的冲击,使文学逐步走向自律,"文学"概念向狭义方向转化,应用文等逐渐被清理出文学门户。随着20世纪之交民族危机及救亡思潮的迫近,审美教化逐渐成为文学的主要功能,当然,现代文学概念的确立及教化工具功能③的确立并非一朝一夕即可完成的,其经历了20世纪之交许多前辈学人的不断思考、探究与清理,魏源、王国维、陈独秀、蔡元培、鲁迅、胡适、钱玄同、刘半农、周作人等都对此阐发过不同见解,他们有关文学的观点有同有异,一个主要趋向是从文体、功能、性质等方面逐渐形成了具有现代性质的"文学"观念,使文学成为独立的文化部类,包含了小说、诗歌、散文、戏剧四大形态,并确立了与其他文化部类不同的文化价值。现代意义上的"文学"观念在确立过程中,也经历着复杂文化环境的淘洗与冲撞,在性质和功能上,审美价值与教化功能此消彼长,构成了立足本土文化特点的现代中国"文学"观。

---

① 美术是现代学科体系中的艺术部类之一,就中国美术而言,学界一般认为包含传统书画、民间美术、现代美术三类艺术形式。
② 马睿:《中国现代文学史上的"文学"》,《江汉论坛》2007年第9期。
③ 文艺功能问题是20世纪中国文化发展演进中的重要问题,也是本研究文学与美术思潮交互解读的重要视点。作为精神活动的艺术,文学与美术均通过审美影响人的生活,因此文学与美术都兼有审美功能和社会工具功能。审美功能专注于美的发现与展示,类似于"为艺术"的艺术,较少附加载道、教化等外在的社会意识。社会工具功能在审美上附加了载道与教化意识,审美意识有所偏离,类似于"为人生"或"为社会"的艺术。

在现代"文学"概念确立过程中,"美术"概念与其相互交融。例如,王国维认为,"文学"是隶属于"美术"的,"美术中以诗歌、戏曲、小说为其顶点"①。王国维主要将"美术"当作"艺术"或"艺术表现"范畴来使用,突出的应该是"文学"的审美特质,文学则因此纳入其下。② 20世纪早期,"美术"主要是对西方Fine Arts的翻译,以此对审美与中国古代文化中的载道、教化等政治功能做了区分,突出了审美独立。早期"美术"概念大致与"艺术"相通,涵盖了绘画、雕塑、文学、音乐等各种现代文化艺术门类。因此,20世纪早期"在使用'美术'一词时,一般都明确把文学归为'美术'之一种,从而把文学从与经史一体化的关系——'枝条经典'、'补史之阙'——之中剥离出来。这种剥离,导致中国知识界对文学的性质和范围产生新的认知:文学既然属于美术,那么审美体验才是它的最高追求,而具有审美价值的文本,才称得上是文学",③ 也就是今日所谓"纯文学"所推崇的审美独立性(图169)。

图169 美术书法

在"文学"与"美术"概念相互交融中,我们看到了20世纪之交,现代"文学"观念确立的难度,以及现代"文学"从中国古代及西方文化中分流而化的审美趋向。也可以说,受日本转手的西方文化影响,在20世纪早期"美术"与"文学"概念的交融中,教化、工具等传统的文艺"载道"工具功能开始受到一定的质疑,审美逐渐成为现代"文学"与"美术"共同的文化取向。由此趋向新文化新文学的新文人认为,文学之所以为"文学",其在审美性质上应该与现代"美术"的性质与功能

---

① 《王国维学术经典》,江西人民出版社1997年版,第49—72页。
② 陈振濂:《"美术"语源考——"美术"译语引进史研究》,《美术研究》2003年第4期。
③ 马睿:《中国现代文学史上的"文学"》,《江汉论坛》2007年第9期。

是一致的，对于美的感悟、体验是"文学"与"美术"共同的现代任务。这也可认为是现代中国作家与美术结下情缘的出发点。

与"文学"概念来源于中国传统文化有所不同，"美术"是外来词，如鲁迅所说，"美术为词，中国古所不道"。① 这一概念在中国的流传使用带有较为明显的现代印记。19世纪末，"美术"一词在日本已经得到社会各阶层大致的接受和确定，具有与"艺术"相同的含义，经过陈师曾、李叔同等留日学生转引使用，传入中国。在经过20世纪初"南洋劝业博览会"（1909年）、"上海图画美术院"（1912年）、北京政府教育部"美术调查处"（1912年）等不同社会文化机构的介入，以及江丹书《美术史》（1917年）、《中华美术报》（1918年）等出版物的刊行与传播，②"美术"一词大致确立其现代含义，逐步与"艺术"概念分立，向视觉艺术方向发展，并逐渐确立了自己的艺术形态与边界，成为界限相对分明的现代艺术部类。在前述文学与美术现代概念确立基础上，作为现代文化变革发展的先锋，"文学革命"与"美术革命"分别于1917年和1918年，经由《新青年》号召，开始兴起。在中国社会对现代文化的追逐中，经由五四新文化发展的"革命思潮"，"文学"与"美术"③ 不仅确立了自己的现代内涵，也共同领立潮头，成为现代思想文化变革的先驱。

文学与美术以不同的艺术语言和形式表达对世界与生活的认识与感受。在现代意义上，美术是视觉艺术，文学则是语言艺术，从《辞海》解释来看，二者共通之处在于都是社会意识形态之一。④ 美术"从原始时代便发展成一种最普通的艺术"，主要"以特具的形与色，诉诸视觉，通

---

① 鲁迅：《拟播布美术意见书》，《鲁迅全集》第8卷，人民文学出版社2005年版，第50页。
② 陈振濂：《"美术"语源考（续）——"美术"译语引进史研究》，《美术研究》2004年第1期。
③ 本书所用"文学""美术"以现代学科体系确立的概念为准，文学主要包含了"小说、诗歌、散文、戏剧"四类，美术包含"绘画、书法、雕塑、建筑、工艺、摄影"等六类。按照现代美术学科体系，木刻、画像石、连环画、碑刻等均属于美术部类，后文所用"美术"范畴当然包含了木刻、画像石、连环画、碑刻等一系列现代美术部类，不再分别说明。但为了区别西方现代美术体系与中国本土美术传统的差异，文中以传统书画、现代美术指涉某些现象是为了论文分析某些现象的方便。"传统绘画"或"传统书画"主要指书法、国画等中国传统书画艺术，这些艺术门类显然属于现代学科体系中的美术部类，但与中国传统文化有着割舍不断的内在思想与文化关联，尤其与中国作家具有文化亲缘性。文中"现代美术"指的是与传统书画相对的具有现代视觉意义的油画、雕塑、工艺美术设计等西方现代美术类型。
④ 这一界定多有马克思主义理论的影响，但也表明了在社会文化形态上，文学与美术具有的共性特质。

过眼睛进入人们的心灵"。① 当下的美术范畴主要指造型艺术，大致包含"绘画、书法、雕塑、建筑、工艺、摄影"六类。先秦时期，文学是哲学、历史、文学等书面著作的统称，现代意义中的文学，则专指用语言塑造形象以反映社会生活，表达作者思想感情的艺术。文学依赖于文字表达，故又称"语言艺术"。② 文学与美术的媒介方式不同，在思维与表达方式上也有一定区别。尤其是"'美术'这个词从西方通过日本纳入中国语言之后，它马上给艺术创作规定了一套新的规则和目的"③。在"新的规则和目的"指引下，文学和美术逐步趋向于专业化取向，形成了相对独立的一套表达方式和话语体系。

在审美现代性及现代文化演进中，文学与美术的专业化发展逐渐形成了专业鸿沟，如以图像形式传达个人意识的美术家，对美术形式语言有相对执着的自信，他们对文学或其他艺术表达方式或许不信任。美国画家兼美术理论学者布朗·科赞尼克指出："对词语的不信任已是美术界长久以来的习俗。达·芬奇曾粗暴地向诗人挑战，声称无人敢在画家绘制的一个女郎的肖像旁用语言对她的美貌加以再描写。"④ 这反映了不同艺术形式间存在着现代学科自律下的偏见与误解。由此来看，现代作家，尤其是20世纪后半叶出生成长的作家疏远美术具有现代意义上的专业合法性。"美术家仍然间接提及词语的混淆性、无效性。温得姆·刘易斯（Wyndham Lewis）对'词语者'的作用持有怀疑"⑤。尽管不是因受美术界的攻击而噤声，但文学界逐渐疏远现代美术却是文学自律的一个表现。面对现代学科不同的话语体系，在审美现代性规约下，多数作家对现代美术保持着敬而远之的距离感，尤其在教育、学科、传媒等不同话语体系中，文学与美术间的隔阂日益加深。

实际上，文学与美术有着内在多元的文化关联。原始意义上，文字与图像是人类最早出现的记录社会变化与演进的最重要也是最基本的形式。3世纪的卫操说"刊石纪工，图像存形"（《桓帝功德颂碑》），这是把图像和文字当作记录现实的基本手段。在中国古典美术发展历程中，文人的参与使中国传统绘画具有了强烈的文学性，绘画中的题画诗与画面相映成趣，图文互补与诗、书、画、印一同构成了中国绘画与文学协同互进的文

---

① 张道一：《艺术与人生》，《张道一选集》，东南大学出版社2009年版，第7页。
② 《辞海》，上海辞书出版社1979年版，第1980页。
③ 巫鸿：《美术史十议》，生活·读书·新知三联书店2008年版，第4页。
④ ［美］布朗·科赞尼克：《艺术创造与艺术教育》，马壮寰译，四川人民出版社2000年版，第6页。
⑤ 同上。

化特色。例如元代文人书画鼎盛时代,"文人鲜有不会作画者","几乎所有的作家都有题画、议画、论画的诗文存世。没有任何一个时代像元代那样,诗人、文人和画家关系那样紧密"。① 古代中国文化中的"诗书画"创作主体的同一主要建基于审美认同及文人自我心性表达,现代语境下,随着民族文化危机迫近,单纯的审美认同与个人心性表达很难再成为文学与美术单一的表意指向。20 世纪初,现代"美术"概念进入中国,包括蔡元培、鲁迅等对现代美育、新兴美术的鼓吹与号召,实际与文学一样,都是"他们所倡导的现代化运动的一个组成部分,目的在于弘扬西学、改革陈规"。② 和文学中的"小说"被鼓吹(如梁启超的小说救国论)一样,"美术"概念被引进的时候,便"有着明确的政治性和'现代性'"。③ 因此,从 20 世纪中国社会历史语境来看,文学与美术应该被赋予"救亡"与"启蒙"的双重责任,承担共同的现代任务,它们的主题内容甚至革命化、大众化的艺术形式都应该具有一定的教化工具功能。美术与文学一样,在"非艺术"的 20 世纪,独立自由的审美功能很难占据主流地位,在教化功能与工具意识上,20 世纪中国美术与文学具有共同的社会功能担当。

  文学与美术的关联除共同的社会功能担当外,还有其他理由,在艺术形式、思维特征、语言形式等方面,文学与美术有不少相通之处,如多运用象征、隐喻等表达手法,都具有审美性,都把抽象的概念以一种容易理解的方式表达出来。④ 另外,从西方文化来看,在分类学上,西方将文学与美术共同归入艺术范畴下,艺术八门的第一门便是文学。⑤ 而人类学视野中的文学与美术也都属于大的艺术范畴,⑥ 都具有同样的艺术要素,比

---

① 陈传席:《中国绘画美学史》,人民美术出版社 2009 年版,第 252 页。
② 巫鸿:《美术史十议》,生活·读书·新知三联书店 2008 年版,第 4 页。
③ 同上书,第 5 页。
④ 参见张道一《深沉雄大的艺术——汉代石刻画像概说》,《张道一选集》,东南大学出版社 2009 年版,第 141 页。
⑤ 张道一:《应该建立"艺术学"》,《张道一选集》,东南大学出版社 2009 年版,第 31 页。
⑥ 2011 年,中国有关主管部门将艺术从文学学科中独立出来,成为与文学并列的第十三大科门类,但文学与美术在社会功能、价值和意义上具有不少相同点,他们"同科学家一样通常把他们的投入同最初始的、前语言的东西联系在一起。他们的洞察越完美,他们就越觉得难以用语言表达"([美]布朗·科赞尼克:《艺术创造与艺术教育》,马壮寰译,四川人民出版社 2000 年版)。笔者认可《辞海》对"艺术"的第一种注解:通过塑造形象具体地反映社会的生活、表现作者思想感情的一种社会意识形态。艺术起源于人类的社会劳动实践,是一定社会生活在人们头脑中的反映的产物——由于表现的手段和方式不同,艺术通常分为:表演艺术(音乐、舞蹈),造型艺术(绘画、雕塑),语言艺术(文学)和综合艺术(戏剧、电影)(见《辞海》1979 年版,上海辞书出版社 1980 年版)。

如"不管在诗歌、戏剧、雕塑还是绘画中,象征性和审美性经常都被看作艺术的必要因素",艺术品都"带给我们美学意义上的愉悦,它们通过特有的意象运用手法,增强了我们对周围世界的感受"。[①] 在此意义上,现代文学与美术的交叉互融具有合理性和正当性,现代作家与美术结缘、相知、关注、思考、创作、阐述等,提出一系列角度不同观点各异的美术思想,也便具有了值得审视与探究的学术价值。

第二节 现代作家与美术的相遇

20世纪中国社会文化不断发展演进,文学与美术各自专业界限得到确认,其现代范畴也逐渐清晰。依照韦伯所说,现代化的过程就是一个不断理性化的过程,"审美现代性作为一个文化范畴,不但体现为文化的事物和社会的事物的分离,亦即审美—表现理性与认知—工具理性及道德—实践理性的分离,而且同时反映在艺术内部诸领域和类型的细分"。[②] 在传统中国向现代中国转换的同时,审美现代性要求专业分工越来越细,界限越来越分明,知识分子专业化、行业功能细分使艺术各门类逐渐独立。现代文学和美术范畴内的小说、散文、书法、绘画等按照审美现代性及理性化要求,各自形成了独立的艺术形式和细致的专业区分。作家、书法家、画家等现代身份也随着时代发展逐步职业化,现代社会中的作家与美术家开始隶属于不同的专业圈子,各自有不同的传媒渠道、学院教育传统、学科体系、职业化规则。

作为一种身份的"作家",其身份的确立及其内涵,在20世纪不同时期有内在区别。20世纪初,文学现代意识开始觉醒,但独立的作家身份尚未形成,仍处于古今文化变革中。如李欧梵所言,"在中国并没有单独的'作家'传统,直到'五四'新文学诞生,才有作家或者作者这个名称和职业——说是职业,也还要打个折扣,因为即使在'五四'时代的作家也是'两栖动物',往往兼任教授或做出版社编辑之类的工作,很少有专业作家可以靠写作谋生计"。[③] 民国时期现代作家在学院、传媒、民间等不同空间从事着相对自由的文学活动。社会责任担当外,这一时期

---

① [英]莱顿:《艺术人类学》,李东晔、王红译,广西师范大学出版社2009年版,第6页。
② 周宪:《审美现代性批判》,商务印书馆2005年版,第31页。
③ 李欧梵序,范伯群:《中国现代通俗文学史(插图本)》,北京大学出版社2007年版,第1页。

作家可以有相对宽阔的空间在审美上进行相对自由的文学思考与书写。1949年中华人民共和国成立，从事文学活动的作家逐渐被体制收编，作家身份的体制化、思想的规范化以及作家文化品格的去西方化，不仅使得当代文学形态的丰富性、复杂性被清理掉，作家也成为体制内单一的身份。[1] 体制内的作家身份被规训的影响较大，直至20世纪80年代，逐渐形成了"具有社会性、体制性、权威性、组织性等鲜明特征"同时也"需要自我的认可与认同"的中国当代作家身份[2]。细致地区别与体认，在20世纪中国社会文化发展史上，受个人出身、学习生活履历、时代思潮等多种影响，现当代作家的身份内涵、文化认同、文学取向、审美修养等均存在不少差异，不仅不同时代作家之间有所不同，同时代作家之间也有不小的差异，因此，现代中国与美术相遇的途径与方式也有所不同。

从同为"书写者"而言，作家和书法家都是"书写行为"艺术化的实践者，从古至今，他们都是作为中国传统国粹"书法文化"的主要继承者和弘扬者。"中国现代作家是中国古今文学和文化之变的桥梁式人物，自小又受过书法文化的熏陶和教育，之后又没有放弃毛笔书写"[3]。于现代作家而言，以毛笔书写为表征的传统文化成为他们类似于血液深入思想、行为中的中国传统文化意识，这一意识的首要因素是"文人性"。"'文人'可以衍变为作家，但含义更广，而且自古有之"[4]。在中国现代与传统不同语境中，"文人性"范畴界定与表述有多种。笔者认为，在中国本土现代语境下，"文人性"具有相对于官僚、民间阶层文化的"他者化"的文化特性，其具有相对独立的审美思维和人文关怀。现代文人既与西方知识分子的社会承担有别，也不同于中国古代的"士大夫"，他们既有现代意识，也热爱传统文化、富文化生活情趣、具独立审美格调、执着于艺术自律。历史地看，现代作家未曾断绝的毛笔书写习惯潜在传承了中国传统文化中的"文人性"。鲁迅、沈尹默、郭沫若、茅盾、沈从文、刘半农、叶圣陶、老舍、台静农、闻一多、丰子恺、林语堂、赵清阁、汪曾祺等承载的中国传统文人书画素养构成了其文学创作的隐形血液，他们

---

[1] 戚学英：《从阶级规训到身份认同——建国初期作家身份的转换与当代文学的生成》，《中国文学研究》2008年第2期。
[2] 张永清：《改革开放30年作家身份的社会学透视》，《文学评论》2010年第1期。
[3] 李继凯：《书法文化与中国现代作家》，《中国现代文学研究丛刊》2010年第4期。
[4] 李欧梵序，范伯群：《中国现代通俗文学史（插图本）》，北京大学出版社2007年版，第1页。

以毛笔书写所涵养的传统文化素养及 20 世纪东西文化冲撞中形成的现代意识来介入美术、思考美术。他们大量手稿中有许多就是文学与书法有机结合的"复合"文本，其"兼美"和"唯一"的特征使其具有巨大的精神文化及物质文化价值。我们不能忽视，民国时期活跃于文坛的众多作家，他们不仅频繁介入书法、传统绘画、碑帖、木刻、画像石等（鲁迅、郭沫若、茅盾、胡适、沈从文、施蛰存、凌叔华、台静农、钱钟书和赵清阁都很典型），而且有的本身就有美术专业学习经历，曾经进入美术专业学校学习并在美术专业学校任教（闻一多曾赴美国学习现代美术；艾青曾赴法国学习美术；丰子恺、倪贻德曾赴日本留学，他们后来都在美术专业学校任教过；丁玲也有短暂的美术学校学习经历）。因此，受传统中国文化文人性及文人文化生态的影响，再有美术与文学共通的审美创造功能驱动，现代中国作家与美术相遇具有一种与中国传统文化根源相沟通的合理性，也可以说是源远流长的中国传统文化选择了他们，现代美术的发展也迫切需要他们在东西文化之变中发出源自中西、古今贯通之后的独立声音。

1949 年中华人民共和国成立后，由于国家对作家的体制化处理，作家与西方现代美术、传统书画接触的途径基本被隔绝了，在此形势下，作家也只能按照国家规定的渠道参与到"社会主义建设"的"群众美术运动"[①] 中。此外，民国时期活跃的作家纷纷被送到农村接受改造，这在主客观上都使现代作家不得不接受木刻、壁画、剪纸等中国传统民间美术，不得不受到来自意识形态革命话语的规训，在现实状况下，他们接纳了大众化意识极强的传统民间美术。而民国时期作家毛笔书写形成的带有浓厚自由独立气质、审美性、精英化的文人特质被"革命文化"逐渐疏离、淡化，或者被现实所遮蔽，成为社会潜在的思想文化资源。

20 世纪 70 年代末，改革开放再度打开了中国面向西方的大门，西方现代文学、美术和其他现代文化思潮一同进入中国，文学和美术共同经历了西方现代思潮的洗礼。西方各种文学、美术观念带来了新的文化冲击，打破了"文化大革命"相对封闭的社会文化环境，也打破了相对禁锢的专业体制和学科结构。在社会文化新思潮冲击下，无论是民国时期即已成

---

① 群众美术运动是 1949 年直至 20 世纪 80 年中国美术创作、教育、传播的唯一渠道，也是影响了 20 世纪 50 年代到 70 年代末中国美术界的主要美术运动，当时农村工厂均有美术小组，以壁画、漫画、画报等诸多形式开展了群众性的美术普及活动，详见司徒常《十年来的群众美术活动》，《美术研究》1959 年第 2 期。

名、具有毛笔书写意识、传统文化素养深厚的老作家,还是中华人民共和国成立后成长起来的新一代作家,面对宽松多元的文化环境,他们的美学情趣和艺术思维得到了新的解放,尤其是文学和美术不仅共同参与了80年代澎湃的文化思潮,还成为社会文化思想解放的先锋。在这样的传统与现代对话、互动中,20世纪50—70年代,传统文人意识曾被压抑的老作家沈从文、姚雪垠、汪曾祺、周而复等重新拿起毛笔,开始在书画笔墨间寻找文学之外的视觉审美意趣和传统文化精神,其书画作品也逐渐受到社会的热爱与追捧,并产生了积极影响。这一批作家与美术相遇多与"中国书法"这一传统文化基因极强的艺术形式有关,周而复还参与了中国书法家协会的创办,姚雪垠、汪曾祺、端木蕻良等也以书法为主要媒介入美术活动。姚雪垠、汪曾祺、周而复、端木蕻良等老作家与中国传统书法文化的相遇和文学"寻根思潮"有着较相似的传统文化意识,也是中国现代文化发展中的一次反身性的思考路径,某种程度上可看作是文学与美术在"纯艺术"审美路径上的传统复归。从形式上看,这种复归也许可以将"与古为邻"的旧体诗词与书法艺术的结合推为标志性的复合体艺术,可以不断重现诗书谐美的妙趣。诚然,诗词与书法的相得益彰,或书法艺术美和诗词文学性之美结合形成的"合金"美质,也许最能够满足中国人特别是中国文人求美审美的精神需求,使其获得更多的审美愉悦,而这样的审美心理期待也反过来鼓励了诗词与书法的"亲上加亲",并形成了一道极其亮丽而又蔚为大观的景象。

"文学与艺术的语言是相通的"[①],文学与美术有不少文化共通点,例如共同的对"真善美"的追寻以及审美形式、审美表意实践上的相似性。也可以说,"文化大革命"期间淤积已久的社会生活体验、文化命运思考需要文学、美术多元复合的文化艺术形式表达出来,单一的艺术形式很难释放文化创造主体被"文化大革命"规训与抑制的情感,于是北岛、高行健等一批1949年后出生成长的作家在文学和美术间共同引领着潮流,并在一定意义上影响了同时代的其他作家。在80年代文化思潮影响下,公共性的美术活动、美术作品新颖的形式语言吸引了先锋作家去关注与思考美术,后来一些作家和美术界产生了不少联系,如北岛与星星画会的时常走动,曾经学习过绘画的韩东与南京一批美术家有所往来,这种跨界交往既是西方现代文化思潮影响下的审美追求,也是文学与美术现代审美共

[①] 张道一:《深沉雄大的艺术——汉代石刻画像概说》,《张道一选集》,东南大学出版社2009年版,第141页。

通性的一种表现。这一批作家没有民国时期出生成长的老一辈作家的思想束缚，在文化思潮发展演进中，他们热衷于透过现代美术形式扩展个人的文化视界，并将由现代美术吸纳的审美文化意识、思想资源等反馈到文学创作中，如高行健、北岛等诗歌与戏剧创作中强烈的现代意识，多与此有极大关系。尤其是擅长绘画的高行健，将西方现代美术思潮和小说文体变革、先锋戏剧探索紧密结合起来，成为当时一位文化新启蒙的先驱者。

经历20世纪50年代后期对"传统"的有效"革命"，以及20世纪80年代对西方文化的热烈追逐，传统中国书画艺术的"文人性"遭受了"革命文化"及"现代性"的多重肢解。在学院化的传授制度下，群体化的教学模式取代了古代家塾面对面的口授心传方式，集团式的规模教学取代了古典文化单一的传承与交流。同时，现代西方艺术思潮也消解了传统艺术的创作技巧和表现手法，20世纪90年代的书法主义、新文人画等皆可视作这一消解的表现。再有，随着经济全球化发展，消费主义思潮席卷中国，受经济效益最大化的现代思维影响，传统艺术的慢节奏和清静无为的生活态度都受到了挑战。在学院化、西方化、市场化多重语境中，现代美术与文学的学科体系由独立而完善，并趋于封闭的体系。文学与美术逐渐分立，传统中国书画艺术中的"文人性""传统意识"逐渐淡化，已经很难负载起应有的文化使命。在这样的文化情势下，20世纪80年代后，贾平凹、冯骥才、张贤亮、莫言、余秋雨、王祥夫、蹇国政、雷平阳等一批作家经历了现代文化、传统文化、民间文化等不同思想文化的熏陶与洗礼，这些作家对中国传统书画中蕴含的文化资源有了新的体悟与感知。这一批介入美术的当代作家对传统书画文化的体悟感知与20世纪90年代后中国社会经济发展与文化复兴有着内在关联，与文学市场化、作家身份失落也有关联。文学失落了20世纪80年代的皇冠地位，在市场中有所失意的作家需要找寻新的艺术庇护所，因此他们与中国传统书画相遇，在文化自觉意识上开始返回传统文化，在中国传统书画艺术中重新安放自己的心灵。这一批作家以中国书画传统负荷起了现代与古典多重文化碰撞下的文化新使命，他们的文学创作也因此透射出从本土文化生发、具有现代意识的新风格，其文学创作文本具有了传统文化、现代意识等复合多元的文化取向。他们在文学创作之余，以毛笔为工具参与了书法、绘画活动，实际是以传统中国书法绘画的操练向传统致敬，也是在现代社会生活中实践现代中国作家的"文人性"。

第三节　作家言说美术的动机与方式

　　20 世纪中国作家从不同角度关注美术发展、参与美术活动、投身美术创作，一系列美术实践行为使现代作家在不同的意义上思考与言说着"美术"，他们的思考、言说形成了现代意义上的作家"美术思想"。所谓作家"美术思想"，是指现代作家以中国传统书画、民间美术、西方现代美术等各种艺术形式为言说对象，从艺术创作、社会文化影响、传播流通、鉴赏收藏等不同的视角与语境提出的独立美术见解，作家美术思想形式很少注重较强的逻辑演绎，而重在其通过言说美术，来指涉社会文化与文学。由此来看，20 世纪中国作家的美术思想与中国古代思想文化资源的"中国书论、画论"有着较相似的意义。中国古代书论、画论的产生依赖于"绘画实践的日益成熟"以及"文人对绘画的关注与参与"，文人关注、参与并论说绘画促进了中国传统哲学、美学思想的发展。比如先秦两汉诸子的画论，其"本意不在论画，而是借论画以喻道"。[1]可见，在中国传统美学、哲学思想的形成以及传承中，文人画论起到了应有的作用。中国古代书论、画论由书画延伸指向社会道义、文化精神、伦理纲常等方面的"道"，这表面上是文人士大夫在表达自我或借机提出社会文化见解，实际却成为中国传统哲学思想的有机组成部分。现代社会分工不再有"文人士大夫"群体，但现代作家以文学活动为业，最接近文人性质。如前所述，20 世纪中国作家在不同的社会文化境遇下与中国传统书画及西方现代美术相遇，他们在不同动机下以独特的话语方式论说了美术，这些美术思想既接续了中国古代画论的文人传统，也在现实语境和自我实践中提出了现代审美命题，这将丰富中国美术理论、文论语言，为面向世界的中国本土文化创新提供一种可能的思考路径。

　　20 世纪中国作家论述美术的动机多有不同，也影响到了他们的话语方式，其美术思想的内在差异是显而易见的。

　　丰子恺、吴冠中、陈丹青等本身就是美术家，他们早年所接受的教育以及其后的职业方向也是现代学科体系确立的"美术"，并且他们的美术创作在中国现代美术史上也具有独特地位。像丰子恺的漫画艺术，吴冠中颇具风情与独创绘画语言的油彩画，陈丹青的油画，都是中国现代美术发

---

[1]　周积寅：《自序》，《中国历代画论》，江苏美术出版社 2007 年版，第 1 页。

展的高峰。丰子恺、吴冠中、陈丹青等人具作家与美术家双重身份,熟悉中西文化,热爱文学,① 对中西绘画形式、理论、技巧有专业性的学习研修与思考,中国现代美术史无法躲开这些跨越文学与美术两个专业的美术家。丰子恺、吴冠中、陈丹青等具有较为深厚的文学文化素养,对中国文学与美术都有所思考,也因此形成了跨越文学与美术双界的文化眼光。他们对传统书画与现代美术的论述既有直接的美术体验,也有通观中西美术思潮与理论的学养;他们既深谙中国传统绘画与西方现代美术的不同问题所在,也对中西文学文化有着深刻的感悟与书写。这一批作家美术思想产生的机缘应该是对中国传统书画的现代困境有直观而深刻的感受,对现代语境下民间美术的现代作用有所设想与实践,对中西融合的美术样式有所表达。因此,他们的美术论述是及物的,对现代美术发展有能指与所指丰富的意义,在美术、文学乃至社会文化界均有不同影响,一定意义上促进了中国现代美术与文学的发展。他们论述美术的方式多是相对系列化的散文,书写文本有一定的文学性,内容平易,文风朴实,可读性强,适宜于普通大众阅读,具有一定的美术教育意义,对普及美术及相关文化有其价值。但他们的论述不是严谨的学术论文,相互之间未必有条理清晰的逻辑关系,需要仔细梳理和归纳,才可以探究其美术思想的社会文化价值和现代意义。

与丰子恺等人不同的是,鲁迅、沈从文、郑振铎②、施蛰存③等以美术收藏家、鉴赏家闻名。他们出生于 19 世纪末 20 世纪初,接受过传统文化与现代思潮的双重洗礼,有很好的传统书画功底,有自己的书法风格,甚至也有一定的绘画才能。但他们主要的美术成就在于金石碑刻、笺谱画稿与各种古代美术物品的收藏整理,对古代美术产品中包蕴的艺术与文化

---

① 吴冠中自幼酷爱文学,并受鲁迅影响极大,他自述学习美术的原因是"由于当年爱好文学的感情没有满足"。详见吴冠中《文学,我失恋的爱情》,《吴冠中谈美》,广东人民出版社 2000 年版,第 67—68 页。
② 郑振铎对传统木刻版画有所研究,在北京期间经常与鲁迅前往琉璃厂等处购买传统文人的笺谱,后整理出版了《北平笺谱》《十竹斋笺谱》等著作,并有《中国古代木刻画史略》专著出版,详见郑振铎《中国古代木刻画史略》,上海书店出版社 2010 年版。
③ 以善写海派现代小说闻名的施蛰存对金石碑帖有较深的爱好,一生收藏了不少金石碑帖。2006 年,其家人将其收藏的旧藏碑拓和吉金拓片两千多张进行整体拍卖。除了收藏,施蛰存对金石碑帖还有较多研究,出版有《唐碑百选》(施蛰存编著,上海教育出版社 2001 年版)、《金石丛话》(施蛰存著,中华书局 2003 年版)、《北山金石录》(华东师范大学出版社 2012 年版)等著作多种,对古代金石碑刻书法文物等进行了考订研究,其所藏碑帖拓片现已部分出版,详见《施蛰存北窗碑帖选萃》(潘思源编,上海古籍出版社 2012 年版)。

之美有独到的体悟与热爱。他们了解中国古代民间美术和文人书画历史，熟悉各种美术藏品的版本、制作情况。他们也在现代文化思潮中接受了西方美学思想洗礼。在中西古今文化贯通中，通过对金石碑刻、笺谱画稿与各种古代美术物品的收藏与研究，他们形成了良好的美术鉴赏眼光，具有相对独立的审美品位，可以在中国历史与文化脉络中审视现代中国美术的现象与问题。他们的美术思想表达多见于朋友之间往来信函，或是对某一问题阐述的杂文，文字短小精悍，但有历史文化的宏阔眼光，文史贯通地表达了对中国美术史的文化见地，甚至影响到现代美术教育。比如鲁迅对木刻艺术的阐述、推介，一定意义上推动了"延安文艺"发展乃至 20 世纪 50 年代后大众美术的普及。他们也绘画实践的浓厚兴趣，并形成了一定的绘画技巧，[1] 他们的绘画实践与美术鉴赏相结合，使其美术思想具有一定的文化影响和文论价值。

　　1949 年以后出生的作家很难具有上述作家与古典文化相对亲近的文化关系，他们多于 20 世纪 70 年代后走上文坛，此时毛笔书写渐渐被硬笔书写取代，中国传统文化载体与表现形式之一的书法成为一个独立的学科门类，具有了自己的行业协会，逐渐向职业化方向发展。尤其是 20 世纪末，信息技术不断发展，电脑键盘录入开始成为较普遍的书写状态，职业书法境况下的毛笔书写很难与文学和作家产生必然关系。但由于书法文化从源头上即与文人同在，书写文章与书写书法常常是同时进行的行为。在漫长的古代，书家本来就是文章之士，20 世纪末，仍有这样的文章之士兼能书法、绘画。比如获得诺贝尔文学奖的莫言和高行健（高行健在文化根脉上仍可以说是中国人），将文学和美术的结合提升到了相当高的境界：他们的文学世界如诗如画，莫言的"红高粱"系列和高行健的"灵山"意象，都给人极其深切的印象。而莫言的左笔书法和高行健的水墨绘画，同样包含着文学的激情和想象，同样具有耐人寻味的审美价值。而贾平凹、张贤亮、莫言、冯骥才、余秋雨、王祥夫、雷平阳、林白等一大批当代作家在文学创作之余，也以审美情感疏泄为出发点，选择书法或绘画艺术，回归了毛笔书写本源意义上与文学的联系。他们与职业书法绘画拉开了距离，仍然把毛笔书写当作书写的一部分，把笔墨书写与绘画视为一种日常行为，以此表现一个人的心灵状态。这一批作家首先是在心灵状

---

[1] 鲁迅和沈从文都有过绘画经历，鲁迅少年时曾画过不少绣像，受到好评，沈从文家庭中有几位从事美术工作的亲戚，他也喜爱绘画，留有作品为美国汉学家傅汉思所收藏，他们的绘画才能多为文学成就掩盖。

态上思考与谈论美术，人文精神抒发是他们在文学创作之外需要阐述的审美取向。比如贾平凹、王祥夫等作家既有中国传统毛笔书写的书画创作体验，又有深厚的文学文化素养，同时又对现代社会人的异化有着痛彻的了解，于是通过散文形式表达自己的书法绘画见解，或者和书画界朋友往来酬答，点评他们的书画作品。他们的表达方式主要是断章式的碎文字，片段式为主，也有少量精美如玉的散文。其间，贾平凹的《废都》描写了一批书画家，对这些书画家的叙述也可以看作贾平凹美术思想的另一种表达方式。而西安"贾平凹文学艺术馆"的存在，更确证了贾平凹文学生命与美术生命的浑融状态，这也是一种文人艺术化或诗意栖居的境界，能大至此境界绝非易事。

上述三种作家之外，还有一些作家并不具有美术创作体验，而是源于文学与美术共通的艺术特质，喜爱一些美术作品，了解一些美术圈内情况，或者与部分美术家是要好的朋友，对美术创作、批评有所了解。20世纪初以来，这种类型的作家为数也不少，如民国时期诗人徐志摩，不仅参与美术批评，而且在与徐悲鸿的论战中，还发出了独特的声音。当下也有不少作家、批评家也在不同意义上对美术作出了自己的阐发，形成了吉光片羽式的美术思想。如文学批评家丁帆曾专门撰文，对某美术家的水墨组画从个人视角进行了评论，[①] 谢有顺、韩东、葛红兵等也间或在期刊报纸上发表有关美术的批评文字。这些作家对美术的表述不具明确的美术思潮与理论指向，文字内容多是一些随笔性质的短章。其或是阐发当前美术现象的部分见解，或是对一些具体的绘画作品进行个人直观印象式的评论。这些文字很少涉及当代书画艺术形态、主题以及历史发展状况，也由于没有美术学科背景，对美术艺术形式、思潮与理论多从文学视角与个人感官上进行论述，论述内容与方式也多以文学本位和文学主体。但这些文字也在文化意义上比较真实反映了文学界与美术界的交往情况，可以看作中国文艺发展的一个侧面，因此也可以说是一种美术思想，并有其自身的文化意义。

第四节　作家书画与当代书法问题

20世纪后二十年，随着中国进入全球政治经济文化体系，文学与美

[①] 丁帆：《人与自然交融的生命同构新视域——石建国女裸体水墨组画管窥》，《文艺研究》2007年第3期。

术的发展也愈益融入世界文化大潮,西方现代美术与文学影响不断波及中国,尤其是发达的艺术市场对中国现代美术影响最为明显,依照审美现代性自律发展要求,20世纪中国作家书画有着自己的传统渊源与审美特征,具有相对独立的绘画风格、主题内容、笔墨技法,应该承认"作家书画"这一独特的艺术类型,从作家书画类型独立角度来关注与思考作家书画,赋予作家书画以独立的文化意义,在此语境下,才能观察与认知中国文化的丰富性和独特性。

与作家书画相对应,20世纪80年代以来,当代中国书法呈现出过于重视技巧、忽视人文修养、过度艺术化的病象特征,甚至出现了研究各大书法展览评选标准与风向的书法现象,这实际是对艺术市场的过分认同。要消除当代书法这一不良现象,应该"去艺术化",进行"再人性化"。当代中国作家以强烈的文学色彩、文人性特征参与的书法活动,以及他们有关书法的不同论述,对职业书法是一种文化映照。当代作家提出了"精神构形""本分书写""以书体道"等具有人文精神色彩的书法观点,尽管出生于20世纪早期和后期的作家在书法实践、书法观上存在细微差别,但相同的是,他们都充分认识到书法创作者精神文化修养和生命意识投入的重要性。

20世纪以来,知识分子专业化、行业功能细分,诸多艺术门类逐渐独立,文学和书法、绘画分别独立,作家和书法家、画家身份依次确立。在理性化过程中,一个不容忽视的现象是,中国本土审美文化经验介入了审美现代性建构,作家书画便是这一体现。"审美现代性作为一个文化范畴,不但体现为文化的事物和社会的事物的分离,亦即审美—表现理性与认知—工具理性及道德—实践理性的分离,而且同时反映在艺术内部诸领域和类型的细分"。① 艺术内部的分立需要相对外在的"社会事物"的有效作用,在适当的情境推动下艺术内部才可能分立。20世纪80年代后,改革开放迅速将中国推到全球化轨道上,"中国日益深入地加入到世界市场的竞争之中,从而内部的生产和社会机制的改造是在当代市场制度的规约之下进行的;另一方面,商业化及其与之相伴的消费主义文化渗透到社会生活的各个方面"。② 在这样的外部情况下,文化艺术内部随之开始分化,最明显的是大学各种新兴艺术专业不断兴起。改革开放至今,在传统国画、油画专业基础上,相继出现了书法、艺术设计、动漫、陶瓷等诸多

---

① 周宪:《审美现代性批判》,商务印书馆2005年版,第310页。
② 汪晖:《现代中国的思想状况与现代性问题》,《文艺争鸣》1998年第6期。

独立的艺术新专业。新兴专业既显示了西方文化与社会经济全球化的推动作用，也是中国本土艺术发展专业细分的要求，是对改革开放以来经济社会文化发展的积极呼应。其间，作家书画成为值得重视的书画类型现象，它以相对独特的审美特征、创作形式呈现出一种类型独立的文化趋向。

一 作家书画渊源及其类型独立

传统书法、绘画具有源自中国本土文化的根源性特质，这一特质的首要因素是其"文人性"。在中国本土现代语境下，"文人性"具有相对于官僚、民间阶层的"他者化"审美视角，与西方意义上的知识分子有别，也不同于中国古代的"士大夫"，而是有着日常文化生活情趣和审美格调，执着于艺术自律，并以自由、审美、创造的艺术自律精神对抗现代西方异化的独立艺术精神。具有这样特质的人，可以说是当代文人。从古至今，魏晋南北朝时期具有文人风骨的阮籍、嵇康、王羲之，后来的建安七子，唐朝的王维，北宋苏东坡，及至现代以来的鲁迅、沈尹默、丰子恺、汪曾祺等，他们大多具有"文人性"。"文人性"是一种特质，这种特质在一个文人身上并非时时彰显，而会随着社会政治等外在事物的不断变化有所隐退或遮蔽。

近百年来，传统中国书画艺术的"文人性"不断遭受"现代性"支配下的理性、科学精神的冲击。在学院化传授制度下，群体化、集团式的教学模式取代了古代家塾面对面的口传心授。同时，现代西方艺术思潮也消解了传统艺术的创作技巧和表现手法，近年来的书法主义、新文人画等无不是这一消解的表现。再有，随着经济全球化席卷中国，在经济效益最大化模式下，传统艺术的慢节奏和清静无为的文人生活态度都受到挑战。在学院化、西方化、市场化多重语境中，美术专业视野中的书画艺术在当代中国已经基本上失去了"文人性"，已经很难负载起应有的传统文化传承使命。

在"非文学"的20世纪，[①] 文学依然承担着"载道"重负，在载道传统下，作为职业细分之一的现代作家负荷着西方文化与传统文化冲突交融中的两种文化重担。无论现代西方文化如何启蒙现代中国，当经济发展到一定程度，"救亡"不必再压倒"启蒙"，"启蒙"也不再是文学唯一的重负时，中国古代文人"诗书画"同一的文化血液在现代作家的文化

---

① 朱晓进等：《非文学的世纪》（南京师范大学出版社2004年版）对20世纪中国文学总体历史演进的归纳。

躯体中逐渐扩张流动。文学创作之余，当代诸多作家操起毛笔，写起了书法，画起了绘画，当代钱锺书、汪曾祺、高行健、贾平凹、熊召政、莫言、欧阳江河、王祥夫、雷平阳、杨键等一批作家钟情于笔墨，已经成为不可忽视的当代文化现象。上溯到现代作家，鲁迅、郭沫若、沈尹默、丰子恺、艾青、闻一多、凌叔华、陈梦家、叶公超、萧红、沈从文等，他们没有完全失去笔墨书写的文化环境，又有丰厚的旧学修养；他们的书法和绘画功底都颇为厚重，他们不但是书法上新旧文化的桥梁式人物，也是传统绘画上的桥梁式人物。比如鲁迅就是以传统绘画的研习功底[1]对现代美术和木刻、封面设计产生了浓厚兴趣。因而，作家书画是一种延续了中国传统书画"文人性"特征的艺术形式，具有不同于现代艺术教育体制下的独特艺术与文化取向。在20世纪艺术史中，作家书画应该被视为一个独立艺术门类进行观察和研究，这既是中国传统文人书画20世纪发展演变的一个独立艺术类型，也是作家自身艺术特点充分发展的要求，更是20世纪以来中国职业书画艺术发展种种问题的必要对照。

中国传统文人画则具有较为久远的传统，其"起源的思想因素源于先秦，其理论萌芽于魏晋，兴起于宋，成熟于元"（图170）。[2] 及至20世纪初，在西方文化冲击下，文人画传统受到了以西方写实主义绘画为参照的康有为、陈独秀等人的批评。康有为认为，"中国画近世之衰，其原因是文人画之兴起，士大夫不专精体物，以逸气、气韵自矜"，[3] 也就是说，唐宋以后绘画的写意转化导致了中国画的落后和衰败。由当下来看，康有为等前辈学人对中国文人画的认识已经被现实改变，梅墨生等的"新文人画"与当代丰子恺、汪曾祺、贾平凹、王祥夫、杨键、荆歌等作家绘画的兴起不但证明了中国文人画具有独特艺术魅力，也为中国艺术发展提供了一种思考视角。中国传统文人画在表情达意上的写意性，使其具有了"诗书画"共通的审美特质，古代"诗书画"同一传统下的写意性显示了中国文人对"逸趣、韵味、风骨"的文化审美要求，它是当代作家绘画的一个基本出发点和文化归宿。应该说，现代作家书画之所以能够绵延发展，是因中国传统文人书画有着自我复生的文化基因。

---

[1] 鲁迅在一些散文中详细描述了小时候描绣像的情节，在其他一些作家的回忆录中，也多有类似的情节，这一情节大体上反映了中国现代作家学习中国传统绘画的主要途径和方法，所以说，他们也是中国传统绘画桥梁式的人物。
[2] 程明震：《文心后素：文人画艺术研究》，东南大学出版社2007年版，第12页。
[3] 康有为：《万木草堂画目》，郎绍君、水中天编：《二十世纪中国美术文选》，上海书画出版社1999年版，第21—22页。

一个艺术门类之所以独立，更为紧要的是具有独立的笔墨语言和艺术特征，具有独立艺术类型的文化自律取向。20世纪中国作家书画既在笔墨语言上承袭了古代文人书画语言，也有自己独特创造，在中西文化碰撞中形成了传统与现代融合后新的审美价值和情感趋向。尤其贾平凹等作家书画，大胆向民间文化艺术寻求创造资源，形成了古代精英文化、西方现代文化、本土民间文化三位一体的作家书画艺术自律特征。此外，相对于职业书画沉重的专业技术教育，作家书画遣情怡性、表情达意的创作取向使作家多不过分认同书画技巧，而以抒发个人情感、传达人文关怀、阐释社会看法等文学的"人学"特征为主。如贾平凹认为"字画有它的基本技法，我是一概不知，真正的字画家往往浸淫技法太久，又破技法——我的好处是，我还能以水墨倾诉自己"。[1] 可见，作家书画追求的是精神流露与释放，技巧等形式性的东西是从属于这一目的的。但当代作家并非轻视书画技法，而是认为"在掌握了一定的技法之后，艺术的高低优劣深浅厚薄，全然取决于作者的修养。人道与艺道往往是一统的，妙微而精深"。[2] 在作家书画线条律动以表情达意的笔墨语言中，20世纪中国作家的书画艺术形成了朴素而独立的艺术自律特征，他们与职业书画艺术技巧复杂、门派众多实质远离人的文化主体性的艺术语言形成了对比，这也证明了作家书画艺术独立的审美价值和艺术语言。

图170　王祥夫国画

作家书画在美学意义上具有不同于职业书画的特征，那就是其充分的文学性、哲学性。作家书画多善于运用文学叙事手法，有的画面带有一定哲学思辨色彩，有的则简远明净，带有浓厚的禅思意趣。这种美学特征是作家对社会与人生敏锐观察思索后以书画形式作出的抽象显现，他们以书画展示文学创作之余的自由生命意志，书画作品贯穿的是作家在文学文本中未能充分显示的另一面。在丰子恺、汪曾祺、贾平凹、王祥夫、杨键等

---

[1]　贾平凹：《涂鸦》，《菩提与海枣》，中国戏剧出版社1999年版，第105页。
[2]　贾平凹：《读画随感》，《菩提与海枣》，中国戏剧出版社1999年版，第156页。

人的绘画作品中，无论是一顶荷叶，一个石狮子，还是一只狗，一只鸡，其画面的结构和笔墨与近旁凝练深刻的文字往往可以揭示无穷的文化意趣，职业书画往往是很难兼得这种趣味。作家书法也展示了文学意识与书法创作的融汇，鲁迅、郭沫若及至当下贾平凹、熊召政、王祥夫、雷平阳等人的书法往往以自作诗词语句为书写内容。如果书法作为艺术，内容与形式的统一以及互不分离，这是书法之为艺术的基本要求，作家书法的文学内容与书法线条相映成趣，显示了作家书法独立的艺术特质，与职业书法家每每抄写古典诗词形成了反差。尤其是，作家书法中的文字具有了书法审美的文学性，也提升了书画艺术的美学层次。

作家书画作为独立的艺术类型，也是中国现代美术完善与发展的需要。长期以来，中国职业书画一直未能走出西方文化引领的怪圈，文化主体性难以建立，其艺术身份是可疑的。纵观20世纪中国书画艺术史，可见无处不在的欧美艺术思潮的背影。随着中国经济文化发展，迫切需要具有中国文化主体性与本土意识、世界眼光的书画艺术。在职业化的书画艺术中，学院化、专业化的艺术教育使书画艺术家的文化素养相对匮乏，书画创作缺少人的主体精神与修养的充分观照。如果能够将作家书画作为一个独立的艺术类型来审视，而不是将其作为职业书画眼中的另类来鄙视，则无疑对中国书画艺术面向世界的本土创造与发展是有利的。

二 作家书画的现代面向

在现代文化中，艺术被分割为不同的空间，相互独立、互不串门，各门类艺术自足发展，但也忽视了人类学意义上整体性中人的主体地位。作家书画中，文学与书法、绘画形成了现代与传统、民间共同交织互动的文化作用。文学、书法、绘画互为他者，显示了艺术关联中的意义重构，使作家书画的文化阐释有了更为丰沛的价值和意义。当然，以单一的文学、书法、绘画视角来审视，会使各自艺术自律内涵中的专业意义发生偏离，但这种偏离恰恰是作家书画的意义所在，显示了对"现代性"的某种反拨，突出了艺术背后人的主体性，以及文化艺术交互作用的真正意义。

从审美现代性出发，在艺术媒介、表现内容等角度来看，每一个艺术门类都可以视为一种文化，"每一种文化就都有一个间性特质的问题，即在与他者相遇时或在与他者的交互作用中显出的特质。对与他者处于交互作用之文化的论说就要紧紧看向这个间性特质，否则，只是单一地指向参与其中之各文化要素，充其量只能满足一般认知旨趣，而无法真正切入现实发生的文化事件，因而，唯有这个间性特质标识了不同文化交互作用的真正实际"。①

作家书画有其产生的现代语境,这一语境有两种资源,其一是中国古代文人书画传统,其二是西方现代文化艺术思潮。古代文人书画传统是现代中国作家介入书画的审美归属所在,这种归属是隐形存在的。就是说,即便是一些作家宣称反中国传统文化,要与传统文化断裂,在根源深处,他们的文化血液也是无法完全更换的。譬如20世纪初,新文化运动领袖陈独秀、李大钊、鲁迅、周作人等,其抨击传统文化所依据的思想资源是西方现代文化,但实质上,他们所操持的毛笔以及毛笔文化所传递的传统文化能量是隐形存在的,这种存在根源于鲁迅的魏晋文化传统,根源于周作人的明朝性灵文化资源。因此,文人书画资源与传统是现代作家的一种隐形文化血液,西方现代文化艺术思潮则是现代中国作家表原性的文化武器,这一文化武器是现代中国作家对20世纪中国发展变革思考的主要道具,尽管有一些作家是运用这一武器戳穿了自己的文化皮肤,但实质上,他们仍然难以更替源自历史属性的中国传统文化血液,反而通过这一武器获得了自身独特的文化归属,那就是鲁迅所说的"拿来主义",使中国传统文化获得了现代新生。

现代中国"作家书画"可依据作家类型与书画作品类型分为几类。从作家角度讲,京派作家代表周作人、沈从文以及其一脉相承的汪曾祺等可归为一类,其作品具有强烈的精英文化意识。左翼作家茅盾、郭沫若等可为一类,其作品有较强的现实性,精英性和文化意识相对较弱。按照书画作品类型划分,具有独创性的自觉的书法意识的作家有茅盾、鲁迅、贾平凹等,其作品具有融汇传统与现代后的新创造。有些作家则因个人情怀遣情怡性,作品文化价值不太高,作品多是模仿性质。就书画作品的艺术情调来看,汪曾祺、贾平凹、王祥夫的绘画作品可独为一类,其绘画中有叙事,题画文字简明扼要,简洁传递了画面的文化意味。

20世纪中国书法与绘画遭遇了大致相同的文化冲击。尤其是中国书法,在钢笔书写代替毛笔书写、电脑键盘代替纸笔书写的双重文化冲击中,其传播、教育、传承均很难回归中国古代毛笔书写的文化环境。传统文人画则随着西式绘画技法及其教育的普及日渐衰落,美术专业发展使大多数文人远离了书画艺术。在此情况下,一部分作家为什么还选择书法绘画,当然,书法具有易于操笔、随意性较大的特点,多被作家选择,那么选择专业性较强的绘画则不能不说是中国作家心底深处对文人文化传统的

---

① 王才勇:《文化间性问题论要》,《江西社会科学》2007年第4期。

渴求与回归。

三 作家书画的文化意义

"超越中国知识分子早已习惯的那种中国/西方、传统/现代的二分法，更多地关注现代社会实践中的那些制度创新的因素，关注民间社会的再生能力，进而重新检讨中国寻求现代性的历史条件和方式，将中国问题置于全球化的历史视野中考虑，却是迫切的理论课题"。[1] 对作家书画进行本土化的类型处理是重视中国本土文化的再生性，也是寻求中国式的艺术审美现代性的一种处理方式，这种处理是在全球化的艺术境况中突出了中国文化的本土因素。

部分艺术概念的无法界定是因为艺术的可扩展及其无所不在、无时不有的创新性。艺术不断变化和新颖的创造使艺术的内容、形式不断交替更新。但是中国书画艺术传统"会认为不变比变化更有价值"，这一传统"会因为他更接近于先已存在的传统范式而获得更高的评价，而不是因为他的革新"，"艺术不会为了被认为是艺术而被要求具有原创性。"[2] 这样来看，中国文人书画传统即是艺术的另一传统：不变比变或许更有价值。有意义的不变价值是现代艺术哲学的一个例外显现，或者说挑战了现代西方艺术哲学。同时，在中国传统文化现代性发展演进中，通过中西两种艺术传统的碰撞，也推动和促进了本土艺术应变调整机制的形成。这一机制表明，中国传统文人书画所对应的生命哲学和文化哲学代表了人类文化的内转趋向和最终的心灵归宿，这是一切艺术所不改变的"人"所起的根本作用。由此来看，现代艺术的边界不断扩展，文人书画就应愈益凸显其价值，它以不变应万变，以对人的内心的不断发现和批判适应时代变革与人心的变化，这显示出作家书画作为一种"去艺术化"的艺术类型在当代社会应对西方艺术哲学影响的独立价值和意义。

20 世纪以来，对艺术的界定和表述上，中西方理论界始终无法达成共识。我们是否还有必要去界定艺术的概念，尤其是对书法与传统绘画这种立身中国文化与生活情境中的艺术，它们是否具有西方意义上的"艺术特质"？如果不追随西方，把一种沿袭或承载了中国上千年文化传统的文人书法绘画当作中国文化的"特有文化物"来看，是否可以更为深刻

---

[1] 汪晖：《现代中国的思想状况与现代性问题》，《文艺争鸣》1998 年第 6 期。
[2] ［美］诺埃尔·卡罗尔编著：《今日艺术理论》，殷曼㛃等译，南京大学出版社 2010 年版，第 5 页。

贴切地阐释其本源？对此应有肯定的回答。

在职业美术家看来，作家书画很难也不应获得职业美术所拥有的艺术地位，作家的主业显然应是以语言表达与书写为主的文学，作家不应成为现代意义上的"书画家"。在当下文化艺术环境中，或是在某些艺术概念中，作家书画或者根本就不是"艺术品"，作家也不应成为现代艺术意义上的职业书画家。既然如此，作家书画作为一种不是"艺术"的"去艺术化"的艺术类型存在于20世纪中国社会与文化中，这样的艺术所具有的价值和意义便值得肯定。书法与传统绘画对于20世纪中国作家而言，属于意外之物，在偶然而又必然的文化时空中，书画成为与文学创作互相启发、映照、阐释的中国式的"艺术品"。

将作家书画视为一个独立的艺术类型，应该是中国文化在全球视野中展现文化特殊性的标志，也可以认为是中国文化向传统回溯与现代延伸的一个事件。作家书画通过类型独立，重新打通了文学、书法、绘画，是整体意义上的人的实践产物，也是中国士大夫、文人书画传统的现代回归。尤其是，书画艺术活动为中国作家文学创作外的日常生活艺术拓展提供了一种途径，也消解了作家日常生活的平庸性，为作家形式审美提供了新渠道，这或将以隐含内在的方式回馈到作家的文学创作中。20世纪中国书写文化及传统绘画受到的冲击可以说是当代作家书画进行日常生活创造的新契机。书写文化的断裂表面上是从事文字书写的作家与笔墨书写的割裂，但文学书写中对人与世界的感悟没有断裂，对真善美的传承与体验没有断裂，传统文人书画在文字中抒情达性的血源没有完全断裂。因此，当代作家书画中的中国传统文化意识应该有可能的现代创造契机存在。

随着现代化发展，书法逐渐成为一个独立艺术门类，书法家逐渐职业化，职业书法艺术出现了过度艺术化的现象。在学院化、西方化、市场化多重语境中，职业书法家重视西方现代观念，或有时盲从于艺术市场，形成了当代"作为艺术的书法"与传统"作为文化的书法"发展道路的分歧。职业书法过度"艺术化"，书法家主体情感宣泄受阻，传统文化精神支撑乏力，"去人性化"的艺术状态成为当代中国书法的主要症结，并直接影响了学院书法教育。学院书法教育的课程设置多与艺术有关，书法与文学、历史等专业课程相对隔离，影响了书法文化的未来发展，造成了书法文化精神一定程度上的断裂。如果要重建当代中国书法的文化精神，我们应该通过适度的"去艺术化"，提倡心手达情的笔墨书写，再度"人性化"，张扬书法家的主体意识与情感，发现书法之美与我们现实生活的关联，建构"作为文化的书法"，实现书法艺术的民族精神传承与文化认同建构。

（一）"艺术书法"与"文化书法"

审美现代性要求艺术自律，在各自艺术门类中形成独立的话语形式。受此影响，中国现代书法逐渐演化成职业化的艺术，这释放了书法家对形式感和形式观念的追寻，对书法形式的敏感使书法家对书法艺术本体认识愈益透彻，但也使中国书法遭遇了一种潜在的发展危机。各种危机中，书写方式的转变倒在其次，书法审美环境的转变也在其次，甚至书法文化群体的缩小都不重要，重要的是，对艺术形式感的过度追求形成了书法艺术发展"过度艺术化"的不良现象。西方现代艺术观念成为一股文化海啸，先是附着在书法创作形式上，后来逐渐吞噬了书法创作与审美传统，一定程度上改变了当代书法文化精神，中国书法在一个独立的艺术门类下逐渐变得狭窄，进而造成今日书法文化精神不同程度的断裂。

譬如，20世纪末叶的流行书风展，批评界一直不予认同，这里面其实是西化的问题。西方现代艺术有自己独立的发展轨道，经过了严格的发展程序，而流行书风在中国是横空出世。再有一些特立独行的"书法主义"者，振振有词地申说从未临帖读碑，说古代书法理论都是遗患无穷的思想毒药，而西方艺术是拯救现代书法的灵丹妙药，应该按照西方现代传统重新定义中国书法。这样的说法当然有自己的话语场，在某些书法"艺术家"心目中，书法就是一门类似西方抽象主义绘画的线条艺术，线条涂抹形成"墨象"，这些"墨象"是形式，也是内容，却与中国传统美学、与中国古典文化拉开了距离。我们不禁问，这到底是西方抽象艺术，还是"中国书法"？

中国书法在20世纪80年开始复兴，并演变成轰轰烈烈的书法群众运动，随之，日本现代书法思潮以及西方艺术理论从外到内悄悄改变了中国书法生存与发展语境。"85新潮"时期，一些艺术家尝试将汉字作为符号进行水墨画创作，谷文达、沈伟等便是始作俑者。20世纪90年代，中国美术学院号称"与书法领域一无所知"的洛齐大笔一挥写就了《书法主义宣言》，并以"一大堆报纸、一把大排笔，用星光墨水在草坪上干完了6件作品"，其后1995年"中国书法主义展"喧嚣出世。① 中国书法逐渐异化出一个新物种，多成为中国书法家或艺术家在西方现代美术知识框架下对西方艺术观念的演绎，可以说是西方艺术思想的复制。这显然不叫中国书法，似乎应该叫"作为艺术的书法"。

---

① 洛齐：《书法与当代艺术》，中国美术学院出版社2001年版，第218页。

中国书法的发展道路在 20 世纪 80 年代开始有了分歧，即"作为艺术的书法"与"作为文化的书法"的区别。"作为艺术的书法"是审美现代性的产物，审美现代性的宏大语境要求各艺术领域进行自律性的细分，书法这样一个来自中国传统文化、与中国哲学思想有着割舍不断关系的文化艺术就这样逐渐独立出来，书法家也逐渐职业化。在这一过程中，中国书法古典形态的神圣性、严肃性日益消解，变成与我们的内心逐渐疏远的一门技术。在中国经济、社会与文化迈上现代高速公路、艺术逐渐市场化的大环境下，书法的文化离心力日益加重，艺术与市场的媾和使书法的"艺术消费性"即艺术功能凸显出来，而"文化经典性"即文化功能则愈益消弭。书法的"艺术化"倾向成为书法生存与发展的主导潮流，书法和油画、艺术设计等一样，成为现代市场主导下的一个过度艺术化的艺术门类。

　　（二）当代书法的艺术困境

　　我们不否认，在中国大规模启动现代化的初期，多数书法家曾极为迷恋这样一门与情感有关、心手相通的艺术，他们或曾于黑白中体味到某种生活乐趣，或曾浸淫于古碑名帖，或是师承名家，习染高标风骨，或是幼承家学，形成独特书风。早期书法家在其书法研修中，多形成了自己的书法意识和审美感觉。但到 20 世纪末，现代化、城市化风潮席卷中国，他们早年心手相应、情感所系的书法也被消费主义裹挟到市场大潮中。在日趋现代化的中国，凭借书写成名的书家很难摆脱社会与文化大环境下名利场的诱惑，于是，成为书法名家的他们开始借写字为生，成为现代语境下的"艺术家"。现代书法家们的书写内容多是书本典籍中的诗词联语，或者各种与现实没有关联的文字。这样，在消费主义引导下，成名后的书法艺术家便走向与现实没有多大关联、书写内容没有任何指向的小众游戏，这样的艺术生活是较为典型的西方艺术生活。书法艺术家按照顾客定制书写文字，顾客以文字内容装点门面，书法艺术品或者成为收藏家金钱涨跌的控制工具，或是社会交往的某种通货。现代社会的书法收藏家很少依据个人判断与喜好收藏名家书法，而是以社会与批评的反映作为标准，书法只是他们附庸物质生活的一种媒介。书法艺术家们在一字千金或万金的指引下，迅速与艺术市场接轨、与书法展览或各种赛事接轨，拍卖会、展览与赛事规格成为书法家自我身份价码的主要标尺，他们的书法创作也逐渐与拍卖会、展览、赛事挂钩，艺术风格也随展览赛事不断更变。这便是当下社会书法艺术风气及其文化精神的现状。

　　书法艺术的社会风气逐渐弥漫到学院书法教育中。20 世纪末以来，书法学院教育不断强化书法的"艺术性",高校书法专业使书法家找到了专业归属,书法不再是无家可归的一门技艺,书法家也不再是街头流浪的写手,他们既可以堂堂正正列队于大学教授中,也可在市场中由经纪人推销其书法作品。由此,书法成为国家专业艺术门类中赫然在列的一个独立艺术。书法归属于美术专业,设置于美术学院,在油画、雕塑、设计等为主导的美术专业中,书法的生存也毋庸置疑地跟随着这些西方现代艺术观念为主导的油画、雕塑专业,开始"艺术化"的生存与发展道路。

书法专业的学院"艺术化"生存困境首先是招生考试,在中国当下文化环境中,高考本科上线人数是每所高中要精准计算的数字。相对文化课,甚至相对素描,书法很难以某个量化标准测评。许多学生觉得书法专业易学、好考,随便练习几个月、知道一些笔法技巧就可以上考场,何况,书法考试中的人为因素还影响着考试结果。高中为了升学率,也鼓励文化成绩不太优良的学生报考书法专业。为顺利进入大学就读,文化成绩不佳的学生也多愿意学习书法,于是在高中后期常按照书法考试的笔墨技法要求进行突击训练。毫不夸张地说,书法专业学生多是由这样的学生构成的。

美术学院学风历来松散,弥漫着"艺术式"的过分自由与懒散。"搞艺术"成为美术学院的标签,破衣烂衫和标新立异成为美术学院过度"艺术化"生活的最佳符号。在这样的"艺术氛围"中,书法专业学生也无意识地开始了"艺术化"专业生涯。他们的专业课程设置以各体书法、书法史为主,与之相关的文字学、文学史、汉语史、美学史等基本不开设,即使开设,学生多弃之不上,或掉以轻心。美术学院艺术化氛围中的书法专业,将各体书法技巧依照流程操作一番,写得稍微像模像样,便可以大胆创作,这就是今天的艺术化的书法,书法艺术专业生产的流水线就这样完成了。

当代中国书法的文化精神正是在这样的"艺术化书法"流水线上迷失了。

或可以说,当下中国书法是一种"艺术化的艺术",① 书法学院教育以及当代书法家们的书法艺术生活使我们感到,过度"艺术化"的书法是西方文化主导下的现代主义新艺术,他们很少关注书法表现的内容,也不太重视书写者创作时的对象与情绪,而较多重视如何利用线条达到一种新颖的艺术形式,关注书法形式、观念与社会关注点的关系,与批评家的

---

① [西班牙]加赛特:《艺术的去人性化》,莫娅妮译,译林出版社 2010 年版,第 11 页。

关系。这种"艺术化书法"是形式主义的艺术理念,是过度的重视形式,将形式上升为本体,其艺术创作消弭了书法家主体情感。由此来看,王羲之《兰亭集序》中的惠风和畅不再,颜真卿创作《祭侄文稿》时的悲愤沉郁也不再。显然,过度"艺术化"抑制了书法家主体精神与情感的宣泄,也可以说,这是一种"去人性化"的艺术创作状态,这一状态也是"去情感化,追求某种冷静的、不动情的风格"。① 艺术化的书法家很少有传统重负,对于他们而言,"艺术说到底不过只是艺术而已",书法或将演变成为"一种轻松的游戏",成为他们在消费主义潮流中追逐名利的工具。这与古代王羲之、颜真卿、苏轼的《兰亭集序》《祭侄文稿》《寒食帖》中传递出大容量的古代文化与精神信息形成了区别。因此,作为"艺术文化"的书法与过度"艺术化"的书法有着较大不同,"艺术文化"范畴中的书法重视文化主体性,重视艺术形式与民族文化的审美联系,尊重书法经典与传统,尊重书法创作主体的情感投入。对传统与经典尊重的同时,也吸纳与转化了现代审美观念,由此在与传统书法文化与历史关联的基础上作出新的文化融合。

(三)"去艺术化"与"再人性化"

面对过度"艺术化"的当代中国书法,适度地"去艺术化"成为一种必要的路径。我们应该通过"去艺术化",再度"人性化",寻找书法家基于现实关联的文化情感与主体意识,建构"作为文化的书法"。由此,我们也需要重新反思,究竟什么是中国书法? 中国书法与艺术的关系是什么? 当代书法艺术精神应如何重建?

书法是线条艺术,但显然不止于线条,它有一个由线启象(墨象)、由象悟意(意境)的本体结构。② 平山观月认为"书法是在书写文字的前提下形成的艺术"。③ 线条与书写文字是中国书法构成的前提,线条是形式,文字则是内容。历史地看,中国书法有自己独特的文化精神,"笔墨意象之美,是书家情感哲思之意与线条运动之象的统一,是书家在线条中融入情绪意态而形成的独具个体性格的书法线条符号意象",④ 笔墨意象产生审美意味之美,这是书法由实用性向艺术性转化的节点。书法审美由笔意和书家心性构成,笔意是生成书法独特气韵的关键,"笔断意连"是

---

① 周宪:《卸去不能承受之重的新艺术》,[西班牙]加赛特:《艺术的去人性化》,莫娅妮译,译林出版社2010年版,第7页。
② 王岳川:《书法文化精神》,北京大学出版社2008年版,第28页。
③ [日]平山观月:《书法艺术学》,喻建十译,四川人民出版社2008年版,第38页。
④ 王岳川:《书法文化精神》,北京大学出版社2008年版,第31页。

其基本审美要求,"心手达情"则是书法艺术魅力得以呈现的创作形式。书法具有无言独化的气韵境界,具有气韵之美、意境之美,而其气韵的生动与否,与运笔、运墨灵感、心性大有关系。意境美寓于形式美之中,形式美是意境生成的基石,境内之道,是中国书法艺术精神的最高体现,集中代表了中国人的宇宙意识。① 中国书法正是建立在这样的文化意义上,这一书法观是作为文化的书法观,在文化的前提下,书法艺术才凸显其对人类文化演进的价值。

正是在这样的意义上,中国书法成为文化范畴中的"艺术",而不是当代过度"艺术化"的艺术。正如林语堂所说,书法艺术是中国文化的重要符号,"通过书法,中国的学者训练了自己对各种美质的欣赏力——书法艺术给美学欣赏提供了一整套术语,我们可以把这些术语所代表的观念看作中华民族美学观念的基础"。② 在这一审美指向上,中国书法不应该是自律性极强的纯艺术门类,不再是狭小逼仄的"为艺术而艺术",它是文化的一个表现形式,是与中国文学、历史及审美有着深度关联的一种文化,与我们生活意义有着某种看不见的联系,可以看作一种精神性存在,或者可以说,具有某种精神宗教的意义。比如,我们通过书写与生活、与社会、与自我内心建立沟通与联系,进而达到对美的追求、对存在意义的思索。因此,书法也可看作一种"为人生的艺术"。在枯燥乏味的现代社会,笔墨书写逐渐被键盘书写取代,书法这样一种与手艺、与生活息息相关而又简便易行的人性化的"艺术"生活方式与我们的品行熏陶、道德养成构成了一种隐秘关系。在这样的意义上,书法成为我们对抗现代社会异化的一门手艺,通过笔墨书写,心手达情,从而实现了传统文化认同,发现了美与我们生命本体的文化关联。

当代书法精神重建的基点还在于,在掌握书法基本法度与技巧基础上,书写者的生命意识是赋予书法以线条律动的文化根源,书法线条律动节奏形成的书法形象显示了书写者的精神文化修养和生命意识。③ 没有书写者生命力的投入,就无法在点画构形中赋予有意味的形态。书写者对书法形式与内容的探索形成了中国书法独特而有意味的表现功能,所以书法背后的"人"及其文化修养问题是中国书法得以成为一门修身养性而不是谋取物质利益、满足欲望的工具。只有书家重视文化修养、在书写中修

---

① 王岳川:《书法文化精神》,北京大学出版社2008年版,第31页。
② 林语堂:《中国人》,浙江人民出版社1988年版,第257—258页。
③ [日]平山观月:《书法艺术学》,喻建十译,四川人民出版社2008年版,第41页。

心养性才能无为而为,才能体悟到书法所蕴含的中国文化精神。文化修养与书写内容直接相关,书写的内容与形式有机统一,才能赋予当代书法以新的文化意识,也只有这样才能真正回归中国书法的文化源头,即生命意识、精神性等。

四 书法文化精神重建的可能

当代书法文化精神重建的关键在于,在基本技法把握的基础上,应重视传统书法经典与文化修为,以此实现书法的表现功能,重视书法创作者的情感投入,使书写者享受书法所应有的手工操作乐趣。在这个意义上,书法可以使现代中国人相对释放或摆脱现代性的桎梏,实现人对美与自由的追求。在作家书法中被称为"北贾南熊"中"北贾"的贾平凹认为,"在平正的基础上以线条的变化表现对自然万物的体会,体会得准确而独特,就是书法"[1]。"表现对自然万物的体会",这一文学文化视野中的书法便凸显个人的性灵意识,彰显了作家由文学意识延伸而来的对"人"的灵魂与精神的关注。由此,贾平凹批评当下一些善于玩弄形式的职业书法家的书法,"仅仅以能用毛笔写字就称之为书法家,他们除了写字就是写字,将深厚的一门艺术变成了杂耍",[2] 这是对"艺术化"的书法游戏的一种批评。

从具体操作层面来看,学院书法教育比较利于当代书法的"去艺术化"实践,进而实现书法于现代社会的"再人性化",可首先在学院书法教育中进行当代书法的文化精神重建。由于大多数中国古代文学、中国历史专家学者对中国古代文化典籍的熟悉,甚至对书法的良好研修,以及中国书法与传统文化无法割裂的渊源关系,可以尝试将书法专业从美术学院剥离,转而设置到文学院建制下。如果这种想法有失稳妥,那么也应尝试由美术专业与文学、历史等学科专业进行"协同创新",共同实现书法文化艺术的传承创新。比如可以由古代文学、古代汉语专业的专家学者与书法专业老师共同对书法艺术人才进行培养,这既促进书法专业老师在书法技巧之外修习文学文化,影响整个书法界的风气,也可以由文学专业教师在楷隶行草诸体技法外开设古文字学、古代文学、古汉语课程,弥补当代书法专业学生文化修养的不足。文学、历史专业学者相对沉静的文化风气与书法专业技术的培养可以共同促进书法研习者在精神文化层面的提升,

---

[1] 贾平凹:《读王定成的书法作品》,《报刊荟萃》2006年第7期。
[2] 贾平凹:《推荐马河声》,《四题》,《花城》2002年第1期。

使得书法研习者重新回归书法文化的生命源头，在书法文化精神的来源处思考中国现代书法的未来，这或许是一种可能的书法文化精神重建路径。

　　总体而言，当代书法文化精神缺失的关键在于，20世纪以来，我们的社会与文化一直在西方文化引领下发展，在书法文化现代发展中，我们不由得顺从了西方现代艺术观念，而遗失了自我立身所在的中国传统文化观念。当然，中国传统书法文化观念也确实需要顺应现代生活并能与时代精神相呼应，并做出合理顺变，以此在全球化审美语境中突出中国书法的本土身份，显示出古今通变、克服当代书法文化主体意识的迷失或变形，但绝不是完全顺从西方艺术观念，将过度"艺术化"的与市场紧密结合的游戏性灌注到我们的书法精神血液中。当下，我们应该在书写中凸显书法家的主体情感，通过书写体味沉思出新的适应现代生活的艺术感觉与理念，只有这样才能体现中国书法应有的生命意识及人文精神，也才能在全球化语境下确认中国传统书法文化审美的主体身份。

结语　作家与书家的生命融合及启示

中国书法文化源远流长，但流至现当代是否中断了枯涸了呢？这无疑是一个严肃的学术命题。而作家文人在传承中国文脉墨韵和创新书法文化方面能否做出贡献呢？他们究竟是建设者还是破坏者？这理应也是需要认真对待的学术命题，对此我们不能回避，确实需要认真面对并加以深入思考。

我们知道，中国书法是东方艺术的明珠，是东方艺术的灵魂，是中国文化的瑰宝。作为艺术，中国书法既是神秘的，又是亲民的；既是高雅的，又是普及的。它是民族文化的标志性符号，也体现了民众的文化爱好。在历史上，中国人所创造的书法文化，上下数千年，绵延不绝，成为亿万人代代追求、创造和欣赏的艺术，有着巨大的吸引力，甚至成为中华民族的凝聚力的一种不可或缺的精神支柱。书法世界也是中国人的一个精神家园。这是由中国书法文化的本质所决定了的。中国的书法，作为一种文化和艺术，以文字为载体，不断地反映着和丰富着华夏民族的自然观、宇宙观和人生观，反映着人的生命的本质力量。笔者曾经在《中国书法》杂志上撰文指出：如果说民族文化定有其文化基因或文化原型的话，那么中国人创造的汉字或象形文字，就自然蕴含着炎黄子孙的心灵和艺术的奥秘，并结晶为名冠全球的"中国书法"。因此，在我们今日的国民性里，也依然深深地渗透了因汉字书写而生成的文化心理基因。不管时代如何变迁，"中国书法热"似乎总能成为汉语言或华文文化圈独特的人文景观，并携其鲜明特色走向世界，吸引更多眼球来欣赏这神奇的毛颖之舞。尽管随着电脑时代的轻捷步伐，书法的实用功能日见萎缩，但书法艺术创造的无限空间仍存留于人们心中，尤其是在一些人文气息浓厚的高等学府，由于能够得到汩汩不竭的精神之泉的沾溉，书法艺术之花便格外绚烂多姿，并透露出沁人心脾的学院派气息。其实，较之于固执坚守的"古典派"和异元另类的"现代派"，应运而生的"学院派"也就是多了些书卷气和综合创新的气度。由于高校处在文化教育发展的前沿，文化气息浓厚、信息密集,却又较少受到无序市场的冲击和混乱思潮的影响,因此可以"宁静以致远","积学以致远",在书法艺术上孜孜追求,进入较为高远的艺术境界。

而中国文人作家与书法文化与生俱来的关系,必然会促成两者生命的融合,尽管进入现当代也明显出现背离倾向,但传统文化、民族文化的心理积淀和多元文化中本土文化命运的呼唤,都迫切需要重新唤起一种新的文化自觉。这就非常需要激活我们的文化记忆,促成更多的作家理解和创新我们本民族的书法文化,并借此净化我们日常文化中的低俗及混乱,增加文雅和韵味。比如,近些年来,在文人作家中,旧体诗文与书法文化便大有复活之势,二者的结合成为当年追逐西方的一批启蒙文人作家的雅好。如果以动态的建构的发展观或从接受美学观的视野来审视,有规可循、相对完美的旧体文学其实也是现当代的"活文学"。也就是说,通过作家对文体新旧、书文跨界的超越,现当代文学与现代书法文化实际已经建立了深切的历史的并且也是现实的关系。而新创作的诗文,如鲁迅、郭沫若、郁达夫、钱锺书、老舍等作家的旧体诗多被书写,不仅他们自吟自书,乐在其中,而且其诗文包括旧体诗词也经常被他人书写。这种风尚不仅在作家文人圈子里流行,其实在其他艺术领域乃至政坛、军界、学界,都有乐于将书法与诗文紧密结合起来的才子和雅士。这种情形迄今犹然,可谓难以尽述也。

著名学者梁漱溟先生认为:文学艺术"大概以美或不美为其概括的评价。美者非止悦耳悦目,怡神解忧而已。美之为美,十百其不同,要因创作家出其生命所蕴蓄者以刺激感染乎众人,众人不期而为其所动也。人的感情大有深浅、厚薄、高低、雅俗之不等,固未可一例看待。但要言之,莫非作家与其观众之间藉作品若有一种精神上的交通"(《人心与人生》)。这种精神上的交通,恰恰正是一种生命融合的境界。文学艺术有此作用,书法作为一种艺术,以书写优美悦目的字体,又配以含意深刻的名言,或意境不凡的诗文,自然同样可以在书写者与观赏者之间起着"一种精神上的交通"作用,从而使双方都能"从倾注外物回到自家感情流行上来",具体地说就是"感召高尚深微的心情,彻达乎人类生命深处,提高了人们的精神品德"(参见梁漱溟《人心与人生》《梁漱溟先生手迹选》等)。海外著名汉学家王德威曾在《国家不幸书家幸》[1] 中从书

---

[1] 王德威:《国家不幸书家幸——台静农的书法与文学》,《中国现代文学研究丛刊》2011年第4期。

法人生的角度论述小说家和书法家台静农,以台静农最钟爱的句子"人生实难,大道多歧"开始,写出台静农自青年时代开始即有深沉的寄托。文章从台静农颠沛周折的一生,结合其早年的文学创作、文学研究,深入挖掘其人生追求。抗战开始,台静农以笔墨游戏消遣,这一消遣却是台静农创作生涯的转捩点,1946年移居台湾后,他继续书法创作,到20世纪60年代,即成书法名家了,其早年文学创作反倒为人有所淡忘。该文从小说家、诗人转变为书法家,其生命意蕴一仍其旧。论者以为台静农成熟时期的书法看似沉重凝练,结构森严,但当他厚实的线条每每导出纤柔的转折,或奔放的笔力突然以压抑的回锋收尾,一种凄迷阴柔的氛围因此而生。王德威指出:台静农寻寻觅觅,似乎要为他长此的抑郁不家不足为外人道也的执着打到一种安顿力量;但另一方面,他似乎对任何奉崇高知名的安顿力量——主义、政权,或塔,或碑——总觉得惴惴不安。深藏他内心的叛逆精神和个人主义必须要有逃逸的出口。但不经意之间,台静农的书法实践也体现了"孳生与幻魅"这样两种风格,也体现了他早期文学创作中的母题。从这里,我们也可以看到作家文人与书法人生的承续及融合。

当然,我们也会经常耳闻或看到这样的论断:中国书法文化到了现当代已经成为绝响,文学也从边缘进一步走向死亡。迄今这种悲观论调仍然甚嚣尘上。诚然,生活节奏加快,导致很多人包括作家都无暇研墨铺纸书写,钢笔电脑手机等新工具对毛笔、宣纸构成了空前的挤压。然则,比较而言,较之于其他形式,如音乐舞蹈雕塑绘画等,文人作家接触更多的,或兼容兼为书法的其实也较多。这与从事书法的相对便利自然也有关系。但更重要的是,文学与书法,在艺术上确实可以互通互融、相互启迪的。比如在中国文学史上的两位大师级的人物苏东坡和鲁迅,其文学创作的辉煌自不待言,他们在书法艺术领域的成功,却也能够引起人们的关注和思考。苏轼有一首极有名的论书诗:"吾虽不善书,晓书莫如我,苟能通其意,常谓不学可。"他的"端庄杂流丽,刚健含婀娜",即将书法的审美情趣表现得灵动深刻。鲁迅也是"无意书家"而直追魏晋的文人书法家。其实,这里透出的消息是,一些文学家尤其是大师级的文学家,他们的书法上的成就有一本质的要素,即他们把在文学创作中的对艺术要旨的感悟很自然地运用于书法创作中,这就是苏轼所谓"晓书莫如我"。反过来,他们在书法创作中,又更加简捷直感地感悟到文学所必须体现的审美特征。例如文学与书法都要讲虚实、含蓄、刚劲、质朴、呼应、续断、自然,也讲起伏、轻重、疏密,讲浓淡、直曲、节奏,严谨与变化、奇特而不怪异等等。这种艺术上、美学思考上的相互启迪无疑是深刻的、本质的，他们之间还会诱发一种美妙的艺术灵感。所以林语堂曾明确说："如果不懂得中国书法及其艺术灵感，就无法谈论中国的艺术。""通过书法，中国的学者训练了自己对各种美质的欣赏力，如线条上的刚劲、流畅、蕴蓄、精傲、迅捷、优雅、雄壮、谨严与洒脱，在形式上的和谐、匀称、对比、平衡、长短、紧密，有时甚至是懒懒散散或参差不齐的美。这样，书法艺术给美学欣赏提供了一整套术语，我们可以把这些术语所代表的观念看作中华民族美学观念的基础。"清代书法家周星莲也有一段极精彩的话："作书能养气，亦能助气。静坐作楷书数十字或数百字，便觉矜躁俱平。若行草，任意挥洒，至痛快淋漓之候，又觉灵心焕发。下笔作诗作文，自有头头是道，汩汩其来势。故知书道，亦足以以恢扩才情、酝酿学问也。"总之，这种艺术与心灵上的相互启迪，使无意为书家却插柳成荫的文学家比一些单纯的习书者，往往能更深刻地把握书法的美学意蕴，当他们掌握基本的技法后，其书作表现出来的审美意趣则往往会超出常人许多。这就反过来给习书者以另一种启示，即书学要提高，要达一定的境界，必须多读书，必须有更深的学养。诗人陆游云："汝果要学诗，工夫在诗外。"这是真理，于文学，于书法，于一切真正的艺术学习，都一样适用。

古人扬雄说："书为心画"，笔者也曾撰写著作认为"墨舞之中见精神"。确实从文人作家的墨迹中，可以窥见其精神的追求和心灵的活动。看现当代作家的手写文稿，确实是一件很有意思很有情趣的事情。尤其是作家创作的草稿，稿纸上有很多修改的痕迹，从这些修改中，可以看到作家思考的过程，看到作家如何结构文章，如何锤炼文字，如何将飘忽的思绪转化为实在的文辞。稿纸上的墨迹，其实是作家文人心路的屐痕。老一辈作家，不少人从小以毛笔为书写工具，深谙汉字的书写美学，他们中一些人无愧于书法家的称号。看他们的手稿，是欣赏富有个性的书法作品。20世纪，中国作家经历了几次换笔，从毛笔，到墨水笔和铅笔，再到圆珠笔，大概经历了数十年的变迁，从书写的简单和方便来说，换笔应该历史的进步，但从汉字书写的艺术性和观赏性来说，无遗是一种失落。到20世纪80年代后期开始，写作的方式更是发生了一场颠覆传统的革命，这就是电脑的登场。有了电脑，在键盘上可以敲出字来，用笔的机会越来越少，作家用电脑写成的作品，可以通过电邮传送，也可以用软盘储存，写作，已经无须纸笔。但难能可贵的是，如前所述仍有不少作家文人依恋传统书法文化，在翰墨世界中畅享墨舞和神游的乐趣，同时为中国传统文化的传承创新奉献出多彩多姿的书法作品或墨迹手稿。过去,作家们自己也常常只是将书法当作业余爱好,对待自己的手稿也常常并不珍惜,即使鲁迅也经常将手稿乱丢乱用。但如今却价值连城,并成为学术界研究的对象,并认定随着岁月的流逝,现当代作家书法及手稿会越来越显出它非同一般的价值。从形式上看,未来作家也许不再会有这样的作品手稿,但他们仍然会与书法文化建立生命相通的关联,即使仅仅作为后进作家品鉴前辈作家那些永不可能重复的手书字迹,也可以尽情想象上一个时代的作家曾经怎样用各种各样的笔,特别是具有丰富表现力的毛笔,一个字一个字地记录心迹、驰骋想象、倾诉情怀、叙述从前的故事。这些墨迹笔迹见证了一个如火如荼的时代,也展现了在20世纪用汉字写作的中国作家们的智慧和情感。作家固然主要是通过文学创作影响世道人心的,但与之紧密结合并且有其独特审美特征的作家书法,也是能够影响人生和社会的一种方式。北京大学教授王岳川认为:书法的一极是文字——文字是中国文化中的密码,而另一极则是中国经典文化思想。书法与经典文化(往往是经典文句或诗词等)的结合,便是扩大书法文化暨经典文化影响的一种最为常见的形式。我们知道,古汉语实用功能已经淡出当代生活了,但是我们说起"厚德载物""自强不息""立己达人""上善若水""勤能补拙""谦虚谨慎"等名言警句,从《论语》《老子》等经典文献中出现,通过文人书家的书写,就会化为我们今天生活的文化元素,并且通过耳濡目染、潜移默化,使欣赏者通过书法上的文字符号进入中国文化的灵魂深处。

众所周知,作家书法的较为常见的不足是其易于"糊涂乱抹",轻视传统书法规范和技法。对此,书法界常常采取排斥而非"拉兄弟一把"的做法,也会使心性高傲的作家更加忽视书艺或书道的真谛。笔者既不赞成作家托词于随性书写的自由而淡忘书法艺术的审美规范,也不赞成文学界与书法界的泾渭分明、殊少沟通。所以积极呼吁中国作协和中国书协能够认真筹划,组织一些合作项目,使得作家与书家成为事业上的伙伴、情感上朋友,认真切磋书艺和文学的相得益彰之道,为繁荣中国特色的文学和书法做出更大的贡献。

文人作家书法的兴起,有赖于当代作家的文化自觉。要对以复古为旨归的"新古典主义"保持某种警觉,同时也要对具有解构性质的"现代派书法"采取批判借鉴的文化姿态。与此相应,近些年来,一种被命名为"新文人书法"的思潮悄然兴起。著名作家陈忠实还在古都西安举办了"新文人书法"大型展览,产生了较大的影响。其实,这也是书法界一些有识之士的共识。关于新文人书法的提倡，1989年《中国书法》刊载了陈炜湛的《书家与学者》一文，明确提倡书家学者化，此后有沈鹏等学者书家开始自觉提倡，刘正成则在研究传统文人书法基础上于1996年撰写了《书法的体与用》，提出了"以文人书法体，以民间书法为用；以中国书法为体，以西方文艺为用"的观点，继之又有《当代书法流派批评》《新文人篆刻宣言》《新文人艺术的觉醒》等文论加以论证，促进了新文人书法思潮的兴起。但这种思潮在作家群体中的影响，还有待进一步深化，并化为文人作家书法创作的自觉实践，使其文化生命得以有更高层面的升华。

书法是一种艺术，但更是一种文化现象。它是中华民族文化之母的一个骄子；它的点线面构成，并不是单纯的形式或笔画再现，而是整个民族文化隐微曲折的表现。书法及其创作主体，无疑都要受到文化的制约或影响。因而研究书法及其衍生的书法文化，绝不能限于讨论技艺和开列书家名录，更重要的则是从文化心理的视角，来探讨创作主体精神世界及其在文化哲学、艺术哲学上的意义。而这就直接涉及书法研究者的文化观念和研究方法的更新，可以说，这还是书法界迄今依然注意不够的一个课题。

这里做的，还只是这方面的初步努力。笔者试图在大量历史文献和前人一些成果的基础上，来较为系统地探讨古今文人与书法及以此为中介而与传统文化的关系，来较为细致地探讨古今文人，包括陕西作家与书法文化的关联性，以及借书艺抒发情感和陶冶性情的精神现象。尽管这种初步的尝试或涉猎借重了文化学和艺术心理学的一些观念，但还难说是真正意义上的书法文化学研究或书法心理学研究，而只是这二者综合的一个雏形。这本身似乎也就表明，书法研究的领域是多么广阔！对书法本质及其美学特征的形而上思考，对书法现象的历史反思与当代评论，对书法心理学、符号学、未来学的构建，对书法的宏观分析尤其是文化性的系统分析，以及对书法比较学（包括与其他姊妹艺术的比较、国际间书法的比较等）、书法教育学、书法接受美学、书法文化学的探讨等等，都是有待深入或加以开拓的研究命题。同时，这些单侧面的研究，又为更高层次的综合研究打下了基础。

书法艺术有着美好的未来，书法理论也同样有着美好的未来。书法理论存在的意义，似乎并不局限于与创作对应的回馈关系之中，它还有著作为理论本身的独立性和更多方面的价值。当然这首先有赖书法理论自身的丰富。譬如当意识到书法理论的读者对象可以并不局限于学书者和一般的书法家，还可以有着其他众多的读者时，也就会产生一种"前馈"效应：

书法理论工作者就可以主动地适应这些隐在的读者（如文化史工作者、大学生、美术爱好者、旅行家、外国汉学家或留学生等等）的需要，而撰写出重心不同、形式各异的有关书法、书法文化的著作来，并由此逐渐形成理论工作者的"研究个性"。

即使笔者不能达到这样的理论境界，但心却向往不已；即使以上的初论还存在浅薄不足之处，但笔者依然为曾经付出的努力而感到欣慰，也由衷期待读者的理解和批评指正，期待中国书法文化包括陕西作家文人书法能够健康发展，期待我国文人作家特别是陕西当代作家对书法文化作出更加突出的贡献。

主要参考文献

一 相关研究论文

（一）有关作家和文学观

白彩霞、马丁：《不媚俗的前卫与不落伍的古典——论王安忆的独特性及"不要独特性"之文学观》，《兰州教育学院学报》2000年第3期。

白春超：《学衡派文学观的影响与自我调整》，《周口师范学院学报》2007年第6期。

曹万生：《我看中国当代文学的现代主义》，《当代文坛》1998年第6期。

程金城、冒建华：《中国现代文学价值选择的启示》，《文学评论》2006年第6期。

代廷杰：《我们需要什么样的文学观——兼谈"否定主义文艺学"的文学观》，《文艺争鸣》2009年第3期。

董晓烨：《基督教对中美现代文学观的影响及比较分析》，《齐齐哈尔大学学报》2004年第1期。

杜治国：《文学观念的变革与"纯"文学史的兴起——论二三十年代的中国文学史编写》，《齐鲁学刊》2002年第2期。

方长安：《鲁迅文学观的发生与日本文学经验》，《广东社会科学》2008年第1期。

冯宪光：《李大钊"五四"时期的新文学观——中国化马克思主义文艺理论建构的历史起点》，《绵阳师范学院学报》2007年第12期。

付建舟：《中国现代纯文学观的发生》，《文学评论》2009年第4期。

顾庆：《胡适与现代文学新观念》，《陕西师范大学学报》2000年第3期。

郭长保：《论近代从"为政治"到"为人生"文学观的转型》，《湖北社会科学》2010年第1期。

哈迎飞：《论周作人的道家立场》，《贵州社会科学》2008年第7期。

泓峻：《老舍文化身份与文学观念的复杂性及其汉语写作的多重价值取向》，

《四川大学学报》2009 年第 2 期。

胡有清:《略论中国现代纯艺术思潮与传统文化》,《社会科学战线》2002 年第 2 期。

胡有清:《中国现代文学中的纯艺术思潮》,《中国社会科学》1997 年第 3 期。

黄曼君:《关于中国新文学源流的思考——对古今文学"对话"的一种现代传统观范式的考察》,《河北学刊》2006 年第 5 期。

李芳:《试论沈从文诗论的艺术个性与艺术建构》,《涪陵师范学院学报》2006 年第 4 期。

李红波:《近代功利文学观的流变及内在规定性》,《湖北社会科学》2008 年第 1 期。

李继凯、袁红涛:《论胡适的现代白话文学观》,《延安大学学报》2003 年第 5 期。

李曙豪:《论中国现代文学中的通俗文学观》,《韶关学院学报》2002 年第 1 期。

李欣仪、唐东堰:《"五四"功用主义文学观新解》,《绵阳师范学院学报》2008 年第 9 期。

李延江、李素霞:《传统文化因素对现代文学"现代性"的消解》,《社会科学论坛》2009 年第 6 期。

李振声:《重塑中国新文学精神之源:新文学与晚清新思想学术运动》,《扬子江评论》2008 年第 5 期。

廖超慧:《梁实秋审美文学观的理论支架——白璧德的新人文主义》,《华中科技大学学报》2002 年第 1 期。

廖可斌:《"中国文学古今演变研究"的潜在意义》,《河北学刊》2006 年第 5 期。

刘保昌:《道家文化与"人的文学"观》,《福建论坛》2003 年第 4 期。

刘丽霞:《从〈文艺月旦〉(甲集)看天主教传教士的中国现代文学观》,《广西社会科学》2003 年第 2 期。

刘为民:《科学思想影响与五四新文学观》,《文史哲》1996 年第 5 期。

梅新林:《"中国文学古今演变研究"学科范式的探索与建构》,《河北学刊》2006 年第 5 期。

南帆:《文学研究:本质主义,抑或关系主义》,《文艺研究》2007 年第 8 期。

[日] 片山智行:《肖红的文学观与"抗日"问题——由〈生死场〉说起》,

《社会科学战线》1990年第2期。

钱理群：《鲁迅、周作人文学观发展道路比较研究》，《中国社会科学》1984年第2期。

冉前林：《废名独异的文学观及其小说创作》，《甘肃广播电视大学学报》2006年第4期。

沈从文：《沈从文在吉首大学的讲话》，《吉首大学学报》1985年第3期。

税海模：《郭沫若与西方文学观念》，《郭沫若学刊》2006年第3期。

宋益乔、刘东方：《全球化语境下胡适的白话文学观》，《文学评论》2006年第3期。

王福湘：《陈独秀与鲁迅文学思想之比较》，《社会科学》2009年第2期。

王确：《论中国现代文学观的社会目的性》，《东北师大学报》1991年第3期。

王中忱：《论茅盾的现实主义文学观》，《文学评论》1984年第1期。

王仲生：《走向文学的自觉与成熟——当代作家文学观发展轨迹的研究》，《唐都学刊》1992年第3期。

温儒敏：《梁实秋：现代文学史上的"反主题"批评家》，《河北学刊》2007年第5期。

吴俊：《现代中国文学观念嬗变论》，《福建论坛》1988年第4期。

吴炫：《论文学的"中国式现代理解"——穿越本质和反本质主义》，《文艺争鸣》2009年第3期。

吴炫：《一个非文学性命题——"20世纪中国文学"观局限分析》，《中国社会科学》2000年第5期。

吴炫：《中国当代文学观局限分析》，《天津社会科学》1997年第1、2期。

[日]小岛久代：《梁实秋与人文主义》，丁祖威译，《中国现代文学研究丛刊》1994年第4期。

许思友：《从老庄的"虚静"论看沈从文的文学审美观》，《宁夏社会科学》2009年第6期。

颜敏：《简论"创造社"文学观的更张》，《江西师范大学学报》1992年第3期。

杨扬：《陌生的同路人——论五四时期茅盾文学观》，《文学评论》1993年第3期。

杨义：《认识"大文学观"》，《光明日报》2000年12月27日。

易前良、谢刚：《周作人与唯美主义》，《社会科学辑刊》2004年第2期。

殷杰：《吴宓新人文主义的"道德"的文学观》，《莱阳农学院学报》2005

年第 4 期。

尹康庄：《胡适周作人的平民文学观比较——兼谈平民文学的界定》，《山西师大学报》2007 年第 1 期。

于文秀：《对文学本质的超越性诉求——梁实秋文学观论析》，《文学评论》2008 年第 6 期。

余荣虎：《早期乡土文学与域外文学理论、思潮之关系》，《中国现代文学研究丛刊》2008 年第 5 期。

张宝明：《原"人"：五四文学观念的世纪末回眸》，《求是学刊》2004 年第 2 期。

张畅：《从"畅销书"现象看当下文学观的转变》，《内蒙古电大学刊》2007 年第 12 期。

张达：《论"十七年"的文学观》，《文史哲》2002 年第 1 期。

张林杰、方长安：《现代文学的审美超越性与现实功利的羁绊》，《学习与探索》2001 年第 3 期。

张宁：《当代文学观：悄然的反思》，《开放时代》2003 年第 5 期。

张培英：《胡适〈文学改良刍议〉与陈独秀〈文学革命论〉的比较认识》，《河北大学学报》1993 年第 3 期。

张意薇、陈春生：《鲁迅与瞿秋白的早期现实主义文学观比较探析》，《海南师范大学学报》2009 年第 2 期。

张志平：《王蒙的文学观和文学生态观》，《文艺理论研究》2010 年第 6 期。

章培恒：《中国文学古今演变研究的意义和效应》，《河北学刊》2006 年第 5 期。

赵红：《"五四"时期叶圣陶的文学观》，《西安教育学院学报》2003 年第 4 期。

赵凌河：《从"内在现实"走向"不确定的叙述"——余华与施蛰存文学观比较》，《当代作家评论》2008 年第 5 期。

周斌、刘小容：《论沈从文的"五四"观》，《重庆邮电大学学报》2009 年第 4 期。

周兴陆：《古代文论现代化之审思》，《文艺理论研究》2008 年第 1 期。

朱德发：《论茅盾"五卅"前后的无产阶级文学观》，《中国现代文学研究丛刊》1982 年第 4 期。

朱德发：《文学革命的核心理念——解读胡适文学进化观》，《山东师范大学学报》2007 年第 5 期。

朱德发：《文学研究会"为人生"文学观的基本特征》，《文学评论》1984

年第 6 期。
朱丕智：《抗战爆发与文学观的变移》，《重庆师范大学学报》2006 年第 4 期。

（二）有关书法文化

陈三弟：《关于士大夫画、僧人画、隐士画以及文人画》，《美术研究》1990 年第 3 期。
邓乔彬：《文人画写意性理论的发展》，《美术史论》1985 年第 2 期。
方麟：《鲁迅的版画情结》，《语文建设》2009 年第 11 期。
高建平：《"书画同源"之"源"》，《中国学术》总第十一辑，商务印书馆 2002 年版。
龚产兴：《陈师曾的文人画思想》，《美术史论》1986 年第 4 期。
龚文：《书画同源的观念解析》，《艺术百家》2003 年第 3 期。
韩蕊、韩鲁华：《贾平凹书法争议的学术观察》，《西安建筑科技大学学报》2008 年第 2 期。
洪毅然：《关于文人画》，《美术研究》1979 年第 4 期。
黄薇：《观念的变迁：新文学中的图像艺术——以鲁迅〈呐喊〉封面为例》，《文艺研究》2006 年第 5 期。
金学智：《论书法与文学的亲缘美学关系》，《艺术百家》1993 年第 2 期。
雷万春：《试论书法与文学之关系》，《理论月刊》1998 年第 4 期。
李继凯：《郭沫若：现代中国书法文化的创造者》，《陕西师范大学学报》2007 年第 3 期。
李继凯：《论鲁迅与中国书法文化》，《华中师范大学学报》2010 年第 3 期。
李继凯：《书法文化与中国现当代作家》，《中国社会科学》2010 年第 4 期。
刘石：《书法与文学》，《宝鸡师院学报》1990 年第 8 期。
刘守安：《"中国书法"与"中国文化"》，《山东社会科学》2006 年第 6 期。
刘颖：《鲁迅的书籍装帧艺术及其思想》，《出版史料》2007 年第 1 期。
刘玉龙：《瞿秋白和他的书法艺术》，《滁州师专学报》2000 年第 4 期。
芦海娇：《铁笔丹心写精神——浅议著名左翼女作家萧红的书法特色》，《书法赏评》2007 年第 4 期。
马蹄疾、李允经：《鲁迅与中国现代木刻社团》，《齐齐哈尔师范学院学报》1983 年第 1、2 期。
沈鹏、王岳川：《新世纪书法国际视野及其文化身份——关于中国书法历史与现状的对话》，《文艺研究》2008 年第 3 期。

施阆：《文人画的滥觞及其早期发展》，《美术研究》1982 年第 2 期。
孙其峰：《试论苏东坡和倪云林兼论文人画》，《美术》1959 年第 4 期。
汪长学：《从审美趣味看繁体字回潮》，《成都大学学报》1996 年第 3 期。
王伯敏：《谈"文人画"特点》，《美术》1959 年第 6 期。
王德威：《国家不幸书家幸——台静农的书法与文学》，《中国现代文学研究丛刊》2011 年第 4 期。
王岳川：《"文化书法"的精神底线》，《书画世界》2008 年第 3 期。
王岳川：《沈尹默与中国书法文化复兴》，《江苏行政学院学报》2010 年第 3 期。
王岳川：《书家文化化与学者艺术化》，《中国书画》2008 年第 7 期。
王岳川：《文化是中国书画的根基》，《美术博物馆》2006 年第三卷。
王岳川、龚鹏程：《文化书法与文人书法——关于当代书法症候的生态文化对话》，《文艺争鸣》2010 年第 2 期。
吴鹏：《论晚明书法的文化转向》，《文艺研究》2008 年第 3 期。
谢清风：《鲁迅对现代书籍插图的贡献》，《新闻出版交流》2001 年第 1 期。
熊纬书：《论"文人画"》，《美术》1959 年第 3 期。
杨永德：《"民族性"与书籍装帧——鲁迅书籍装帧"民族性"初探》，《鲁迅研究月刊》1998 年第 5、6 期。
翟本宽：《书法与中国文化关系管窥》，《郑州大学学报》1993 年第 6 期。
张克锋：《从书写内容看魏晋南北朝书法与文学的交融》，《西安电子科技大学学报》2006 年第 6 期。
张瑞田：《文学与书法关系的重构——我看刘家科的书法》，《青年文学》2010 年第 6 期。
张树天：《鲁迅的书法与新文化》，《内蒙古社会科学》2000 年第 5 期。
张同标：《文人与文人书法》，《青少年书法》2007、2008 年系列文章 5 篇。
郑军健：《艺舟双楫相得益彰——试论文学与书法的关系》，《广西师范学院学报》1986 年第 3 期。
郑军健：《中国书法理论与先秦两汉魏晋学术思想》，《南方文坛》1995 年第 4 期。
朱锋：《鲁迅文学创作对书画技法的借鉴》，《宁夏师范学院学报》2008 年第 4 期。

（三）有关博士学位论文

崔云伟：《鲁迅与西方表现主义美术》，中国现当代文学，山东师范大学，

2006 年。

顿子斌：《文人画的书法化倾向研究》，美术学，中央美术学院，2005 年。

龚文：《中国传统书画艺术观念研究》，美术学，东南大学，2005 年。

顾丞峰：《现代化与百年中国美术》，美术学，南京艺术学院，2003 年。

黄薇：《新文学图像艺术研究》，中国现当代文学，兰州大学，2006 年。

雷涛：《石涛绘画美学中的士人精神》，文艺学，上海师范大学，2006 年。

李福顺：《中国清末民初的美术与社会研究（1895—1937）》，美术学，首都师范大学，2004 年。

由兴波：《诗法与书法——宋代"书法四大家"书法思想与诗学理论比较研究》，中国古代文学，复旦大学，2006 年。

二 有关书法文化的著作

蔡明赞：《书法的趣味》，台北惠风堂笔墨公司 2000 年版。

陈福康：《民国文坛探隐》，上海书店出版社 1999 年版。

陈建功主编：《中国现代文学馆馆藏珍品大系》，文化艺术出版社 2006—2007 年版。

陈鸣树主编：《二十世纪中国文学大典》，上海教育出版社 1994 年版。

陈振濂：《中国现代书法史》，河南美术出版社 2009 年版。

陈志平编著：《书学史料学》，人民美术出版社 2010 年版。

丛文俊：《丛文俊书法研究文集》，中国文联出版社 1999 年版。

崔尔平选编：《历代书法论文选续编》，上海书画出版社 2004 年版。

崔树强：《笔走龙蛇》，北京大学社 2009 年版。

崔树强：《气的思想与中国书法》，人民出版社 2010 年版。

都梁：《荣宝斋》，长江文艺出版社 2008 年版。

樊波：《中国书画美学史纲》，吉林美术出版社 1998 年版。

方继孝：《旧墨五记——文学家卷》，北京图书馆出版社 2009 年版。

［日］刚仓天心：《中国的美术及其他》，蔡春华译，中华书局 2009 年版。

管继平：《民国文人书法性情》，汉语大辞典出版社 2006 年版。

郭晋铨：《沉郁顿挫——台静农书艺境界》，秀威资讯科技股份有限公司 2012 年版。

胡传海：《笔墨氤氲——书法的文化视野》，复旦大学出版社 1998 年版。

黄峰：《中国古代书论与文论的关系研究》，华中师范大学出版社 2009 年版。

黄卓越等：《东方闲情》，百花洲文艺出版社 1991 年版。

季伏昆编著：《中国书论辑要》，江苏美术出版社 2000 年版。
姜澄清：《文人、文化、文人画》，辽宁美术出版社 2002 年版。
金开诚、王岳川主编：《中国书法文化大观》，北京大学出版社 1995 年版。
金玉甫：《梁启超与中国书法》，河南美术出版社 2010 年版。
居阅时等：《江南文学与艺术》，上海人民出版社 2010 年版。
［俄］康定斯基：《康定斯基论点线面》，罗世平等译，中国人民大学出版社 2003 年版。
孔令伟：《风尚与思潮：清末民国初中国美术史的流行观念》，中国美术学院出版社 2008 年版。
兰博主编：《民族魂：中国书法作家集》，中国民族摄影艺术出版社 2004 年版。
李继凯：《20 世纪中国文学的文化创造》，中国社会科学出版社 2009 年版。
李继凯：《墨舞之中见精神》，国际文化出版公司 1988 年版。
李伟铭：《图像与历史——20 世纪美术史论稿》，中国人民大学出版社 2005 年版。
李一等：《共和国书法大系》，江西美术出版社 2009 年版。
梁新颖：《康有为书法研究》，人民出版社 2013 年版。
刘凤桥等：《清及近现代名人书法与辨伪》，万卷出版公司 2004 年版。
刘国庆、林光旭编著：《中国古代文学家书法》，山东美术出版社 2009 年版。
刘小川：《品中国文人》，上海文艺出版社 2008 年版。
吕澎：《20 世纪中国艺术史》，北京大学出版社 2006 年版。
骆芃芃编：《近现代对联书法》，荣宝斋出版社 2000 年版。
南兆旭主编：《中国书法全集》，中国传媒大学出版社 2006 年版。
欧阳中石主编：《中国书法艺术》，外文出版社、耶鲁大学出版社 2007 年版。
潘公凯：《潘天寿谈艺录》，浙江人民美术出版社 2002 年版。
潘耀昌：《中国近现代美术史》，上海百家出版社 2004 年版。
潘运告主编：《晚清书论》，湖南美术出版社 2004 年版。
［日］平山观月：《书法艺术学》，喻建十译，四川人民出版社 2008 年版。
［日］青木正心：《琴棋书画》，中华书局 2009 年版。
邱振中：《神居何所：从书法史到书法研究方法论》，中国人民大学出版社 2005 年版。
邱振中：《书法的形态与阐释》，中国人民大学出版社 2005 年版。

邱振中：《书写与观照：关于书法的创作、陈述与批评》，中国人民大学出版社 2005 年版。
阮荣春、胡光华：《中华民国美术史》，四川美术出版社 1992 年版。
上海书画出版社：《二十世纪中国书法研究丛书》，上海书画出版社 2008 年版。
上海书画出版社编：《20 世纪中国书法研究丛书：当代对话篇》，上海书画出版社 2008 年版。
上海书画出版社编：《20 世纪中国书法研究丛书：审美语境篇》，上海书画出版社 2008 年版。
上海书画出版社编：《历代书法论文选》，上海书画出版社 1979 年版。
沈尹默：《书法论丛》，上海教育出版社 1979 年版。
孙晓云：《书法有法》，华艺出版社 2001 年版。
孙洵编著：《民国书法史》，江苏教育出版社 1998 年版。
万青力：《画家与画史——近代美术丛稿》，中国美术学院出版社 1997 年版。
王冬龄：《中国"现代书法"论文选》，中国美术学院出版社 2004 年版。
王家葵：《近代书林品藻录》，山东画报出版社 2009 年版。
王竞雄：《笔有千秋·书法的发展》，台湾"国立"故宫博物院 2003 年版。
王岳川：《书法文化精神》，北京大学出版社 2008 年版。
王岳川：《中外书法名家讲演录》，北京大学出版社 2008 年版。
［美］巫鸿：《礼仪中的美术》，郑岩等译，生活·读书·新知三联书店 2008 年版。
［美］巫鸿：《美术史十议》，生活·读书·新知三联书店 2008 年版。
［美］巫鸿：《武梁祠：中国古代画像艺术的思想性》，柳杨等译，生活·读书·新知三联书店 2008 年版。
［美］巫鸿：《重屏：中国绘画中的媒材与再现》，文丹译，上海人民出版社 2009 年版。
吴振峰：《新中国六十年书法史记》，西安交通大学出版社 2010 年版。
阎正主编：《中国当代书法大观》，文化艺术出版社 1988 年版。
杨人铠：《沐雨楼书画论稿》，上海人民美术出版社 1988 年版。
杨义等：《中国新文学图志》，人民文学出版社 1996 年版。
叶鹏飞：《书法与诗词十讲》，文物出版社 2009 年版。
叶子：《中国历代书法家图表》，上海人民美术出版社 2011 年版。
曾来德、王民德：《书法的立场——一场没有终结的对话》，北京大学出版社 2008 年版。
张炳煌、崔成宗主编：《2004 台湾书法论集》，台湾里仁书局 2005 年版。
张昌华：《故纸风雪·文化名人的背影》，台北秀威资讯公司 2008 年版。
张充和等：《古色今香》，广西师范大学出版社 2010 年版。
张国良、黄芝晓：《中国传播学：反思与前瞻》，复旦大学出版社 2002 年版。
张泽贤：《现代作家手迹经眼录》，上海远东出版社 2007 年版。
章用秀：《民国书法鉴藏录》，上海远东出版社 2013 年版。
郑工：《演进与运动——中国美术的现代化（1875—1976）》，广西美术出版社 2002 年版。
郑晓华：《翰逸神飞：中国书法艺术的历史与审美》，中国人民大学出版社 2000 年版。
周耀印：《草书解剖》，东方出版社 2010 年版。
朱仁夫：《中国现代书法史》，北京大学出版社 1996 年版。
紫都、杨超编著：《现代名家书法鉴赏》，中央编译出版社 2005 年版。

三　文学文化类著作

《名人自传》丛书一套，胡适、郁达夫、巴金、徐志摩、冰心、梁实秋、老舍、沈从文、萧红、林语堂、朱自清、郭沫若、茅盾、鲁迅、胡风、丁玲、瞿秋白、朱光潜等自传，江苏文艺出版社 1996 年版。
《中国新文学大系·建设理论集》，上海文艺出版社 2003 年版。
蔡元培：《蔡孑民先生言行录》，广西师范大学出版社 2005 年版。
蔡元培等：《中国新文学大系导论集》，上海良友图书公司 1940 年版。
陈独秀：《独秀文存》，安徽教育出版社 1987 年版。
陈明远：《文化名人的个性》，陕西人民出版社 2010 年版。
陈平原：《二十世纪中国小说理论资料》，北京大学出版社 1997 年版。
陈崧变：《"五·四"前后东西文化问题论战文选》，中国社会科学出版社 1989 年版。
陈学超：《现代文学思想鉴识》，陕西人民出版社 1989 年版。
陈振濂：《维新：近代日本艺术观念的变迁》，浙江古籍出版社 2008 年版。
［法］丹纳：《艺术哲学》，傅雷译，人民文学出版社 1963 年版。
丁尔纲等编：《茅盾论文学艺术》，郑州大学出版社 1979 年版。
废名：《废名文集》，东方出版社 2000 年版。

丰子恺：《丰子恺论艺术》，复旦大学出版社 1985 年版。
丰子恺：《丰子恺自传》，江苏文艺出版社 1996 年版。
高建平、王柯平编著：《美学与文化·东方与西方》，安徽教育出版社 2006 年版。
高晓声：《高晓声文集》，作家出版社 2001 年版。
龚济民等：《郭沫若年谱》，天津人民出版社 1992 年版。
郭湛波：《近三十年中国思想史》，北平大北书局 1935 年版。
［德］黑格尔：《美学》，商务印书馆 1997 年版。
胡适：《胡适日记全编》，安徽教育出版社 2001 年版。
胡适、周作人等：《论中国近世文学》，海南出版社 1997 年版。
［日］加藤周一：《21 世纪与中国文化》，彭佳红译，中华书局 2009 年版。
贾植芳等：《文学研究会资料》，河南人民出版社 1985 年版。
江溶等主编：《美学散步丛书》（宗白华、朱光潜、李叔同、丰子恺、闻一多诸卷），北京大学出版社 2010 年版。
［俄］康定斯基：《艺术中的精神》，李政文等译，中国人民大学出版社 2003 年版。
李西建：《重塑人性——大众审美中的人性嬗变》，湖北人民出版社 1998 年版。
李泽厚：《美学三书》，安徽文艺出版社 1999 年版。
李振声：《郭沫若早期艺术观的文化构成》，贵州人民出版社 1992 年版。
梁启超：《梁启超全集》，北京出版社 1999 年版。
梁漱溟：《东西文化及其哲学》，北京财政部印刷局 1921 年版。
梁漱溟：《中国文化要义》，学林出版社 1987 年版。
林非：《鲁迅和中国文化》，学苑出版社 1990 年版。
林毓生：《中国意识的危机》，贵州人民出版社 1986 年版。
茅盾：《茅盾全集》，人民文学出版社 1989 年、2001 年版。
茅盾：《茅盾文艺论文集》，文化艺术出版社 1981 年版。
茅盾：《我走过的道路》，人民文学出版社 1981 年版。
［瑞］梅因里希·沃尔夫林：《艺术风格学》，陈平等译，中国人民大学出版社 2003 年版。
［日］木山英雄：《文学复古与文学革命》，赵京华编译，北京大学出版社 2004 年版。
钱理群：《周作人传》，北京十月文艺出版社 1990 年版。
裘锡圭：《古文字学概要》，商务印书馆 1988 年版。

沈从文：《沈从文全集》，北岳文艺出版社 2002 年版。
沈从文：《沈从文文集》（十卷本），花城出版社 1982 年版。
［法］施韦泽：《文化哲学》，陈泽环译，上海人民出版社 2008 年版。
舒芜等：《中国近代文论选》，人民文学出版社 1981 年版。
［美］孙隆基：《中国文化的深层结构》，广西师范大学出版社 2004 年版。
童庆炳：《艺术与人类心理》，北京十月文艺出版社 1990 年版。
王鼎钧：《文艺与传播》，台湾三民书局 2007 年版。
王富仁：《新国学论纲》，《社会科学战线》2005 年第 1、2、3 期。
［美］王海龙：《视觉人类学》，上海文艺出版社 2007 年版。
王蒙：《王蒙文存》，人民文学出版社 2003 年版。
王喜绒等：《20 世纪中国文学的跨学科研究》，中国社会科学出版社 2004 年版。
王永生：《中国现代文论选》，贵州人民出版社 1984 年版。
温儒敏、李宪瑜、贺桂梅、姜涛等：《中国现当代文学学科概要》，北京大学出版社 2005 年版。
闻一多：《闻一多文集》，生活·读书·新知三联书店 1982 年版。
吴中杰：《中国现代文艺思潮史》，复旦大学出版社 1996 年版。
徐复观：《中国艺术精神》，春风文艺出版社 1987 年版。
杨健民：《论茅盾的早期文学思想》，湖南文艺出版社 1987 年版。
杨义：《通向大文学观》，安徽教育出版社 2006 年版。
叶朗：《中国美学史大纲》，上海人民出版社 1981 年版。
尤西林：《心体与时间——20 世纪中国美学与现代性》，人民出版社 2009 年版。
余秋雨：《中国文脉》，长江文艺出版社 2012 年版。
袁进：《中国文学观念的近代变革》，上海社会科学院出版社 1996 年版。
［美］约翰·拉塞尔：《现代艺术的意义》，常宁生译，中国人民大学出版社 2003 年版。
张子善、张铁荣编：《周作人集外文》，海南国际新闻出版中心 1995 年版。
赵清阁编：《沧海往事——中国现代著名作家书信集锦》，上海文艺出版社 2006 年版。
郑振铎：《郑振铎全集》，花山文艺出版社 1998 年版。
中国工人出版社、山西大学合编：《赵树理文集》，中国工人出版社 1980 年版。
朱光潜：《朱光潜美学文集》，上海文艺出版社 1983 年版。

朱光潜：《朱光潜全集》，安徽教育出版社1987年版。
朱思敬等选编：《文化名人逸事录》，学林出版社2009年版。
宗白华：《美学散步》，上海人民出版社2005年版。
宗白华：《艺境》，北京大学出版社1987年版。
宗白华：《宗白华美学文学译文选》，北京大学出版社1982年版。

后　　记

　　本课题获得国家社科基金后期项目资助，其间有各方面的支持和帮助，由衷地表示感谢！只是因为总想尽可能把这个课题做好一些，也由于别的事务包括争取国家重大招标项目等分散了精力，迟至现在才完成本项目，为此也表示惭愧和道歉。

　　一个项目的完成确实要感谢很多人！课题申报得到了中国社会科学出版社郭晓鸿编审的鼎力支持，也得到了诸多课题评委的赞肯和建议；课题组的孙晓涛、李徽昭、景辉、马琳、任艳等在本人研究基础上为课题结项成果提供了有关章节内容，冯超、朱权等也为推动课题研究及结项付出了心力；还有朝夕相处的家人和同事也竭诚支持我的科研工作，使我在众多事务中时或还能抽身从事本课题的研究。举凡这些与本人及课题有缘之人都是我要衷心感谢的。

　　谢谢和祝福你们！

李继凯
2018 年 10 月 6 日